Lichtenberg

Aphorismen · Essays
Briefe

LICHTENBERG

Aphorismen

Essays

Briefe

HERAUSGEGEBEN VON KURT BATT

Mit 16 Abbildungen der Zeit

PARKLAND VERLAG

2000 Lizenzausgabe für Parkland Verlag, Köln
nach der Jubiläumsausgabe zum 250. Geburtstag von Lichtenberg,
Sammlung Dieterich 1992.

Umschlagentwurf: Klaus Dempel
Druck und Bindung: GGP Media, Pößneck

ISBN 3-88059-990-4

Printed in Germany

INHALT

EINLEITUNG

Über die Vielzahl literarischer Entwicklungslinien, die Lichtenbergs Lebenskurve berühren oder schneiden, ergeben sich erste Aufschlüsse, wenn man sein Geburts- und sein Todesjahr, 1742 und 1799, mit den Erscheinungsdaten der bedeutendsten ästhetischen Programmschriften synchronisiert. Dort entfacht Gottsched den folgenreichen Streit um Breitingers 1740 erschienene ›Kritische Dichtkunst‹; hier stellt Friedrich Schlegel in den ›Athenäums‹-Fragmenten der Jahre 1798 bis 1800 sechs Jahrzehnte literarischer Bemühungen in Frage: Anfangs- und Endpunkt von Lichtenbergs Leben markieren fast auf das Jahr Geburt und Grablegung des ersten Aufbruchs der jungen deutschen bürgerlichen Nationalliteratur, die sich in der Auseinandersetzung mit der bedrückenden Enge deutscher Kleinstaaterei innerhalb eines Lebensalters aus mühsamen Anfängen zur Höhe weltliterarischer Geltung erhebt und eine erstaunliche Vielgestalt von Bestrebungen, Richtungen, Themen und Idealen entwickelt. Eine Fülle von Stilen und Tendenzen kreuzen sich in diesen Jahrzehnten, laufen parallel, gehen ineinander über, polarisieren sich; Namen, unübersehbar an Zahl, steigen auf, sinken bald in die Vergessenheit zurück oder wirken über das Jahrhundert hinaus. Jeder von ihnen sucht Mitstreiter, Weggefährten oder doch Zeugen in den ideologischen Richtungskämpfen und literarischen Fehden, die auf Kathedern, in Flugschriften, Journalen und Magazinen ausgetragen werden. Und Lichtenberg? Er steht in regem Briefwechsel mit dem Haupt der Berliner Aufklärer, Nicolai, ist befreundet mit Gottfried August Bürger und Georg Forster, pflegt lange Gespräche mit Justus Möser, erfreut sich der Wertschätzung Herders und zunächst auch Klopstocks, Lessing besucht ihn ebenso wie Lavater; Goethe, Kant und minder Große suchen seine Zuneigung. Nur wenige bedeutende Männer gibt es in Deutschland, mit denen er keinen Kontakt hat, deren Streben er nicht zumindest aufmerksam teilnehmend oder auch polemisch ablehnend verfolgt. Aber mit keinem von ihnen ist er längere Wegstrecken gemeinsam gegangen; er hat sich keiner Schule oder Gruppe, keinem Bund und keiner Strömung verpflichtet.

Daraus entstand in späteren Jahrzehnten ein Lichtenberg-Mythos: der bucklige Gelehrte, einsam, in sich gekehrt, gar weltflüchtig, der Mann am Fenster, der, hinter der Gardine verborgen, die Welt mit skeptischen Augen betrachtet. Kurz, der Göttinger Professor mußte als Urbild kontemplativen deutschen Gelehrtentums figurieren. Die Wirklichkeit seines Lebens und Schaffens freilich erlaubt es, hier mancherlei Korrekturen vorzunehmen.

Georg Christoph Lichtenberg wurde am 1. Juli 1742 in Ober-Ramstadt geboren, einem kleinen Ort in der Nähe der Residenz Darmstadt, wohin die Familie verzog, nachdem der Vater 1745 zum Stadtprediger und bald darauf zum Generalsuperintendenten, dem höchsten geistlichen Würdenträger des Landes, ernannt worden war.

Wie für viele andere deutsche Residenzen hatte auch für die Hauptstadt des Kleinstaates Hessen-Darmstadt Versailles Modell gestanden. Den herrschenden Landgrafen Ludwig XIII., einen passionierten Jäger, kümmerten die politischen Geschäfte seines unselig zurückgebliebenen Duodezstaates nur, wenn finanzielle Schwierigkeiten seine Privatleidenschaften einzuengen drohten; im übrigen überließ er die Reglementierung des Landes der feudalen Bürokratie, die noch 1774 durchzusetzen vermochte, daß fortan allen Bürger- und Bauernsöhnen das Universitätsstudium untersagt wurde.

Georg Christoph, der während seiner Kindheit von der Not des Landes kaum etwas spürte, wuchs zunächst unter gesicherten häuslichen Verhältnissen in einer großen Familie auf, wenngleich nur vier von den siebzehn Geschwistern, von denen er das jüngste war, das frühe Kindesalter überlebten. Der Vater, der schon 1752 zweiundsechzigjährig starb, war trotz seines geistlichen Amtes und trotz seiner tiefen Frömmigkeit ein allseitig interessierter, gebildeter Mann, der mit erstaunlichem Eifer Literatur und Musik, vor allem aber Mathematik, Physik und Astronomie betrieb und eben diese Kenntnisse früh seinen Kindern mitzuteilen trachtete. Diese Erbschaft war dem Jungen auch dann nicht zu nehmen, als er nach dem Besuch der Stadtschule 1752 das fürstliche Pädagogium bezog, das in überkommener Weise nach althumanistischem Vorbild die Schüler in Theologie und klassischen Sprachen unterwies. Hier im ›lateinischen Kloster‹, wie Lichtenberg später spottete, betrachtete man ungeachtet der wissenschaftlich-technischen Neuerungen in den westlichen Ländern, vor allem in England, die verächtlich apostrophierten Realienfächer als eine Sache der kaum weniger verächtlichen ›nichtgelehrten Stände‹. Und die althergebrachte Tracht der Schüler, lange dunkle Schulmäntel, tat äußerlich kund, daß dem Institut aufklärerische Gedanken tunlich fernzubleiben hätten. So war die Schule im Kleinen ein getreues Konterfei des zurückgebliebenen Partikularstaates, dem sie willfährige Beamte und orthodoxe Theologen heranbilden sollte.

Jenseits seiner Schulpflichten, die Lichtenberg mit der ihm auch später stets eigenen Gewissenhaftigkeit erfüllte, zeichnet sich schon früh sein Doppelinteresse ab: Naturwissenschaft und Literatur; dort hält er interessierten Mitschülern Vorlesungen über seines späteren Lehrers Kästner ›Anfangsgründe der Mathematik‹, hier schreibt er ein Gedicht über einen Küchengarten in Hexametern, das er für ebensogut hält wie Klopstocks Messiade. – Während aber im Bewußtsein seines Vaters noch naturwissenschaftliches Interesse und Frömmigkeit naiv und einträchtig miteinander lebten, erkennt der Sohn demgegenüber früh in Glauben und Wissen zwei einander ausschließende Größen, und er bekennt in seinen autobiographischen Skizzen: ›Von der Religion hat er als Knabe schon sehr frei gedacht.‹

Obgleich Lichtenberg unter seiner körperlichen Mißbildung, deren Ursache wahrscheinlich eine rachitische Erkrankung war, in der Jugend und auch später heftig litt, war er doch alles andere als ein Stubenhocker, viel eher ein zu allerlei Streichen aufgelegter Witzbold, der, wenn es galt, den Präzeptor zu foppen, nicht ungern den Rädelsführer spielte. Zuweilen aber sah er sich plötzlich, wenn er wegen seines Buckels zum Gegenstand unbedachter jungenhafter Neckereien wurde, auf sich selbst zurückgeworfen, einsam, ein Ausgestoßener, den die gutgemeinten Tröstungen der Mutter und der Geschwister nur um so mehr schmerzten. Dann kroch er in seine Kammer, lange einsame Stunden überlegend, wie er seinem unverschuldeten Schicksal aus dem Wege gehen könnte, zuweilen auch das Äußerste, den Selbstmord, erwägend.

Denn auch zu Hause war für ihn nicht alles zum besten bestellt. Zwar herrschte in der Familie, gemessen am Leben der Leibeigenen, nicht etwa Armut, aber die tapfere, ehrfürchtig geliebte Mutter sah sich außerstande, die nötigen Mittel für das Universitätsstudium des jüngsten Sohnes aufzubringen, so daß Georg Christoph, nachdem er das Pädagogium absolviert hatte, zunächst anderthalb Jahre gemeinsam mit der fünfundsechzigjährigen Mutter und der vierundvierzigjährigen Schwester in kleinbürgerlicher Abgeschiedenheit leben mußte, bis sich der hessische Fiskus auf ein Bittgesuch der Mutter nach langem Zögern entschloß, ein Stipendium für ihn auszusetzen. Nicht aus christlicher Nächstenliebe zur Familie des verstorbenen Superintendenten, sondern aus dem sehr naheliegenden Grund, daß der angehende Studiosus, dem die übereinstimmend empfehlenden Gutachten besondere Fähigkeiten in den naturwissenschaftlich-technischen Disziplinen attestierten, später seinem Landesherrn bei Ingenieurarbeiten nützlich sein solle.

Nachdem Lichtenberg schließlich noch erwirkt hatte, statt der Landesuniversität Gießen die Universität Göttingen besuchen zu dürfen, nahm er 1763 von seiner Heimat Abschied. Für immer. Ihn trug kein Verlangen, dieses Land, in dem er aufgewachsen war, wiederzusehen.

Die Freude, an einer der besten deutschen Bildungsstätten studieren zu dürfen, hat seinen Blick für die Unzuträglichkeiten in der Stadt und an der Alma Mater keinen Augenblick getrübt, und es gibt schon früh bissige Bemerkungen Lichtenbergs über Göttingen, die kaum denen des jungen Heine nachstehen.

Göttingen bot mit seinen 7000 Einwohnern das Bild einer gewöhnlichen mittleren Kleinstadt des 18. Jahrhunderts mit Händlern und Handwerkern, die in altväterlicher Gelassenheit ihrer Arbeit nachgingen. Wurde die landesherrliche Steuerschraube stärker angezogen, so wagte die Bürgerschaft bisweilen ein untertäniges Schreiben an die hannoversche Regierung zu richten, ohne sich allerdings je einen Protest herauszunehmen. An der wirtschaftlichen Ohnmacht und politischen Indolenz des Bürgertums wurden hier wie andernorts die Ursachen und Wirkungen der deutschen Kleinstaaterei sichtbar. Auch die Personalunion des Kurfürstentums Hannover mit England brachte keine Erleichterungen, da sich der Landesfürst als König von Großbritannien kaum noch um seinen deutschen Partikularstaat kümmerte und die Amtsgeschäfte ganz dem Ermessen der hannoverschen ›Geheimen Räte‹ überließ, die als Adelsregierung zwar äußerlich dekorativ nach französischem Vorbild administrierten, andererseits aber den Übergriffen des Preußenkönigs untätig und machtlos zusehen mußten. Als gebildeter Kopf ragt aus dieser Sekretariokratie einzig der Freiherr von Münchhausen heraus, der als Kurator der Landesuniversität umsichtig und großzügig die Interessen der Göttinger Hohen Schule gegenüber seinen verknöcherten Amtskollegen vertrat.

In diesem wirtschaftlich, politisch und ideologisch gleichermaßen rückständigen Staatsgebilde erscheint die Universität Göttingen wie eine Enklave, der die dynastische Verbindung mit England insofern zugute kam, als die hier studierenden jungen Briten den geistigen Austausch mit dem Inselreich beförderten und die deutschen Gelehrten in einer Zeit, da sich in England die industrielle Revolution vollzog, ahnen machten, zu welchen Leistungen eine Nation, in der sich das Bürgertum emanzipiert hatte, imstande ist. Zudem war die erst 1737 gegründete Georgia Augusta, die damals jüngste der deutschen Universitäten, unbelastet von mittelalterlichen Traditionen, so daß von Anfang an die Naturwissenschaften im Zentrum der Lehre und Forschung standen. Das war für die Entwicklung der Universität um so günstiger, als sich hier die durch westliche Ideen genährte geistige Befreiung der bürgerlichen Intelligenz von der Scholastik auf einem Terrain vollzog, das den stets argwöhnischen herrschenden Kreisen als politisch belanglos erschien. – Noch zur Studienzeit Lichtenbergs war an der Universität die weise ordnende Hand des Naturkundlers, Arztes und Dichters Albrecht von Haller, der bis 1753 hier gewirkt hatte, allerorts spürbar, ein verpflichtendes und anregendes Vermächtnis, das nachwirkte auch bei Abraham Gotthelf Kästner, dem Epigrammatiker und Mathematikprofessor, um dessentwillen der junge Lichtenberg nach Göttingen gekommen war. Die Theologische Fakultät mußte mehr und mehr ihre dominierende Rolle an die feindliche Schwester, die Philosophische Fakultät, abgeben, die auch in den Geisteswissenschaften Männer von Rang anzog, so den Altphilologen Heyne, den Orientalisten Michaelis, etwas später den Historiker Schlözer. – Zwar verzichteten die Gelehrten von vornherein auf direkten politischen Einfluß und verkehrten mit den hannoverschen Räten als höchst devote Untertanen, andererseits aber waren sie auf ihrem Fachgebiet Aufklärer, so zaghaft und zögernd sie auch die domestizierten Ideen der deutschen Frühaufklärung überwanden.

Lichtenberg, für den später der Widerspruch zwischen englischer und deutscher Geschichtsentwicklung zur Quelle des Unbehagens und der Verzweiflung an seiner Heimat wird, scheint früh die Bedeutung des britannischen Vorbilds erkannt zu haben, da er schon bald nach seiner Ankunft in Göttingen Englisch zu lernen beginnt.

Aus späterer Sicht hat er kritisch geäußert, daß er den ›Plan zum Gebäude‹ seiner wissenschaftlichen Laufbahn ›zu groß angelegt‹ habe. Und obgleich er sich bezeichnenderweise weder um Theologie noch Jurisprudenz bemüht, so ist doch sein Interessen- und Tätigkeitsfeld sehr weit: er versäumt keine mathematische und physikalische Vorlesung Kästners, besucht eifrig Geschichtsseminare, scheut sich nicht, zur Aufbesserung seiner kärglichen Finanzen Korrektur zu lesen und Gelegenheitsgedichte zu verfertigen, projektiert Romane und Satiren, schreibt den Zeitungsaufsatz ›Von dem Nutzen, den die Mathematik einem bel esprit bringen kann‹, in dem er den Dichtern statt pastoraler Metaphern mathematische Vergleiche empfiehlt, macht sich schon einen Namen als Sternbeobachter und beginnt 1764 sein ›Sudelbuch‹ zu führen; ist dabei aber keineswegs ein asketischer Musterstudent: weder verschmäht er solche modischen Genüsse wie Kaffeetrinken und Tabakrauchen, noch geht er den hübschen Göttingerinnen aus dem Wege. Hingegen empfindet er abgrundtiefe Verachtung für die sogenannten Studentenorden, harmlosen Vorläufern der schlagenden Verbindungen, deren Mitglieder durch Radau wettzumachen suchten, was ihnen an Fähigkeiten fehlte.

Gemeinsam mit seinem Intimus, dem sechs Jahre jüngeren Schweden Jöns Matthias Ljungberg, dem einzigen, dem er seine Herzensangelegenheiten anvertraut, sitzt er manche Nacht beim Wein, macht sich über die ›leeren Stutzerköpfe‹ unter den Studenten lustig, philosophiert und liest aus den Werken seiner Lieblingsschriftsteller vor.

Als er 1767 das achtsemestrige Studium beendet hat, übernimmt er die Stelle eines Tutors bei zwei englischen Studenten, denen er ebenso als Wissenschaftler wie als Freund und Lebenslehrer zur Seite steht.

Neben seinen fachwissenschaftlichen Studien, die sich zusehends auf Elektrizitätslehre und Astronomie zu konzentrieren beginnen, verfolgt er aufmerksam das literarische Leben in Deutschland, insbesondere anhand der vielverspotteten Meßkataloge, der Zeitschriften und Almanache, beschäftigt er sich immer wieder mit den Satiren Liscows, den Romanen Wielands, vor allem aber mit der englischen Epik: Swift und Defoe, Fielding, Smollet und Sterne prägen bei aller Unterschiedlichkeit im einzelnen wesentlich seine ästhetischen Grundsätze und seinen Geschmack. Bei ihnen findet er das, was er an der deutschen Literatur, die in diesen Jahren durch den herzlich verehrten Lessing auf die Höhe der europäischen Aufklärung geführt wird, auch später vermißt: die realistische Schilderung der Gesellschaft, die Kritik an ihren Schäden, Witz und Satire. Und seine frühen literarischen Pläne, die schon wegen ihrer Vielzahl noch vor einer endgültigen Konzeption zerbrechen mußten, sind zumeist von englischen Vorbildern, insbesondere von Swift inspiriert.

Inzwischen forderte der Darmstädter Landesherr über seinen Minister den säumigen Untertan Georg Christoph Lichtenberg auf, eine Professur für Mathematik und Englisch an der Gießener Universität zu übernehmen. Wollte er doch das Stipendium nicht umsonst ausgegeben haben, zumal ihm das verheißungsvolle Zeugnis Kästners vorlag. Lichtenberg ersuchte zunächst um Aufschub, da er eine Englandreise plante, und fand damit um so eher Gehör, weil seine Besoldung den Etat der Universität sonst überschritten hätte.

Lichtenberg wünschte nichts weniger, als Göttingen mit Gießen zu vertauschen, zumal er in Johann Christian Dieterich, der 1766 in Göttingen eine Buchhandlung und einen Verlag eröffnet hatte, einem Mann begegnet war, mit dem ihn hinfort eine einzigartige Freundschaft verband, die alle Wechselfälle überdauerte, weil sie fern aller Betulichkeit auf der gegenseitigen Wertschätzung der Leistung des anderen beruhte. In Dieterich sah Lichtenberg zu Recht den in Deutschland damals nicht gerade verbreiteten Typ des aufstrebenden Bürgers, der, unternehmend und weitsichtig planend, Geschäfts- und Qualitätssinn miteinander zu verbinden wußte. Hatte der Verlag seine Arbeit mit einer Abhandlung Kästners über die Bienenzucht begonnen, so ließ schon ein Jahrzehnt später Lessing hier seine ›Freimaurergespräche‹ drucken, Bürger seine Gedichte und der Hainbund seinen ›Musenalmanach‹. Und die Ausstattung der Pindar-Ausgabe Heynes wie auch der von Lichtenberg besorgten Werkausgabe des Astronomen Tobias Mayer fanden selbst vor den verwöhnten Augen englischer Fachkenner hohe Anerkennung.

Dieterich war Geschäftsmann genug, dem Freund, der bald darauf als Mieter zu ihm zog, auch manche Arbeit zuzumuten, die dieser nur zähneknirschend besorgte, wie das leidige Korrekturlesen. Andererseits beruhte diese Freundschaft auf so festen Voraussetzungen, daß Lichtenberg es sich leisten konnte, Dieterich den Kopf zurechtzusetzen, wenn der Verleger aus Gründen der Geschäftstüchtigkeit oder auch aus Unüberlegtheit manches ruchbar werden ließ, worüber der vorsichtige und verschwiegene Gelehrte das Geheimnis gewahrt wissen wollte. Und es ist durchaus bezeichnend, daß Lichtenberg in seinen Briefen, sobald er etwas Persönliches mitteilt, den Freund beschwört, sich auf gar keinen Fall darüber öffentlich vernehmen zu lassen. Dabei darf nicht unerwähnt bleiben, daß der Verleger seinem Mieter, dessen kärgliche Mittel nur für das Notwendigste ausreichten, häufig aus finanzieller Verlegenheit half und ihn stets mit dem unentbehrlichen Wein versorgte. In diese Freundschaft wird auch Frau Dieterich, von Lichtenberg liebevoll Frau Gevatterin oder auch Frau Christelchen genannt, sehr bald mit eingeschlossen. Sie war es denn auch, der Lichtenberg, früher als ihrem Gatten, seine intimsten Erfahrungen und Wünsche anvertraute.

Mitte 1770 unternahm Lichtenberg dann mit seinen beiden Schützlingen die ersehnte Reise nach England. Obgleich der Aufenthalt nur knapp vier Wochen dauerte, wird er für Lichtenbergs Denken zur umstürzenden Erfahrung. Denn nun wird ihm das Erlebnis eines Landes zuteil, in dem er seine politischen Hoffnungen und sein Gesellschaftsideal erfüllt findet. Alles, was er sieht, nötigt ihm, zumal wenn er es an der Rückständigkeit Deutschlands mißt, Bewunderung ab: die entstehende Industrie, das Volksleben und die öffentliche Betriebsamkeit, der parlamentarische Stil der Politik, die politischen Demonstrationen der Londoner Volksmassen für ihren verhafteten Tribunen John Wilkes und nicht zuletzt das Theater. Vor allem aber bewundert er die ›Richtigkeit‹, mit der alles getan wird, das heißt die Lebensart des jungen englischen Bürgertums, das das Funktionell-Praktische mit Anmut zu vereinen weiß. Vier Wochen genügten dem neben Lessing Unbestechlichsten unter den deutschen Aufklärern, um von diesem Leben so gefangengenommen zu werden, daß er über aller Begeisterung die ihm sonst eigene kühle Sachlichkeit des Urteils und die nüchterne Einschätzung auch der Schattenseiten dieser Gesellschaft zu verlieren droht.

Allein die auf ihn zukommende neue Tätigkeit bewahrte ihn bei seiner Rückkehr nach Deutschland vor einer schweren seelischen Erschütterung. Auf Heynes Empfehlung hin hatte er nämlich eine außerordentliche Professur für Mathematik erhalten. Nun gehörte zwar seine eigentliche Liebe viel mehr der Physik, der Astronomie im besonderen, aber der schroffe, rechthaberische Kästner behauptete sein Monopol für alle naturwissenschaftlichen Fächer und wollte Lichtenberg nur als seinen Adlatus gelten lassen, obgleich ihm selber die Voraussetzung für experimentelle Physik und astronomische Beobachtungen fehlten. Es ist für Lichtenbergs zurückhaltenden Takt einerseits und seine Zielstrebigkeit andererseits bezeichnend, daß er es auf keine Kraftprobe mit dem wegen seiner Epigramme gefürchteten Lehrer ankommen ließ, es aber dennoch durchsetzte, daß er die gewünschten Lehrfächer nach und nach übernehmen konnte.

So kam es seinen eigenen Wünschen entgegen, als er von Georg III., der ihn schon während des Englandaufenthalts in der königlichen Privatsternwarte zu einer Audienz empfangen hatte, den Auftrag erhielt, die geographische Lage der Städte Hannover, Osnabrück und Stade durch astronomische Messungen zu bestimmen, wie es vorher schon Tobias Mayer für Göttingen getan hatte. Nicht zuletzt den Instrumenten, die er zu diesem Zweck aus England erhielt, und seiner Schulung an englischen Vorbildern, wie zum Beispiel dem berühmten Astronomen Herschel, mit dem er später in Briefwechsel stand, verdankt er die Präzision seiner Meßergebnisse, die noch im 19. Jahrhundert den Experten Bewunderung abnötigte.

Während dieser Monate nimmt er bei seinen Reisen durch Niedersachsen jede sich bietende Gelegenheit wahr, um Land und Leute, Bauern und Städter, aber auch die dort lebenden Schriftsteller kennenzulernen. So trifft er in Bückeburg mit Herder zusammen, dem er herzlich zugetan ist und den er später bei seiner Offensive gegen den Sturm und Drang von allen Angriffen verschont. Trotz der Gemeinsamkeiten in ihrer antifeudalen Einstellung, der Verehrung für England und Shakespeare ist schon in diesen Tagen des Jahres 1772 der Gegensatz zwischen dem nüchternen Lichtenberg, der auf dem Boden der Lessingschen Ästhetik steht, und dem enthusiastischen Verkünder einer neuen Literaturauffassung fühlbar. Nachhaltiger wirkte auf sein Leben und Denken die Osnabrücker Begegnung mit dem Staatsphilosophen, Historiker und Volkskundler Justus Möser, der die auch in Göttingen heimische pragmatische Geschichtsauffassung überwand, statt dessen überindividuelle, gesellschaftliche Kräfte als geschichtsbildenden Faktor erkannte und dadurch, daß er die Rolle des Volkes, vor allem der Bauern, in seine historischen Betrachtungen einschloß, ein Wegbereiter des Sturm und Drang wurde. Hier, im Hause Mösers, wo der Historiker und der Naturwissenschaftler lange Abende über Volk und Staat philosophierten, erschlossen sich Lichtenberg neue politisch-weltanschauliche Einsichten. Zwar war er nie vom Professorendünkel geplagt und nannte sich gern einen ›offenherzigen

Dorfjungen‹, aber Möser erweckte die schlummernde Sympathie für das Volk zu einem lebhaften theoretischen Interesse für die soziale Lage und die Lebensformen der Bauern ebenso wie für Volkssitten und das Plattdeutsche. (Wie man wohl auch nicht fehlgeht, wenn man den 1773 gedruckten ›Patriotischen Beitrag zur Methyologie der Deutschen‹, dessen Hauptteil aus einer Sammlung hoch- und plattdeutscher Redensarten besteht, ›womit die Deutschen die Trunkenheit einer Person andeuten‹, als eine humorvolle Huldigung der freundschaftlichen Begegnung mit dem Osnabrücker Volkskundler betrachtet, da doch der Titel ganz auf den Sprachduktus Mösers hinzielt.) So bezeichnet Osnabrück in seiner Lebenskurve den Punkt, da er sich geschichtsphilosophisch von der frühen Aufklärung, die den Einfluß der gebildeten Persönlichkeit auf die Gesellschaftsentwicklung einseitig überbetonte, trennt und zu dieser bemerkenswerten Schlußfolgerung kommt: ›Die Klasse des Pöbels enthält Originale zu unseren Versteinerungen der höhern Welt … Hier einmal wieder hinzusehen, dünkt mich, was es auch sein mag, gewiß nicht unnützer, als nach Griechenland zu reisen und das heilige Grab der schönen Künste zu besuchen.‹ Daß dieser Satz keine Affektbehauptung ist, sondern der Lebenspraxis des jungen Gelehrten entsprach, mag man in der ebenso freundschaftlichen wie liebenswürdigen Korrespondenz mit der Osnabrücker ›Mamsell‹ Marie Tietermann nachlesen, wie Lichtenberg überhaupt einige seiner innigsten und schönsten Briefe an Frauen geschrieben hat, die auf einer ungleich niedrigeren Bildungsstufe standen als er.

Nachdem er 1773 nach Göttingen zurückgekehrt war, begann er sogleich wieder seine schriftstellerische Tätigkeit und unternahm es zur gleichen Zeit, als Lessing seine Angriffe gegen die Orthodoxie eröffnete, in der glänzenden Streitschrift ›Timorus‹ den jüdischen Philosophen Moses Mendelssohn gegen den Bekehrungseifer des christlichen Schwärmers Johann Caspar Lavater zu schützen und in höchst eigentümlicher und witziger Form das aufklärerische

Ideal der Toleranz zu verteidigen. Diese Streitschrift, der Aufsatz ›Über Physiognomik wider die Physiognomen‹, kurz ›Antiphysiognomik‹ genannt, und auch die Fragment gebliebene ›Schrift, die Beurteilung betreffend, welche die Theologische Fakultät zu Göttingen über eine Schrift des Herrn Senior Goeze gefällt und dem Druck übergeben hat‹, eine Satire, in der er die bornierte Kunstfeindlichkeit der Gottesgelehrten verspotten wollte, gehören neben Lessings ›Anti-Goeze‹ zu den mutigsten und fulminantesten Pamphleten der deutschen Aufklärung. Dabei ist trotz der Gemeinsamkeit des Ausgangspunktes, der Zielrichtung und im Grunde auch des Themas ihre Darstellungsweise denkbar verschieden: Lessing, der prinzipienfeste Theoretiker, kämpft mit offenem Visier und streckt seinen Gegner mit dem ersten Lanzenstich zu Boden; Lichtenberg, der volkstümliche ›Kalendermacher‹, der sich gern unter einem Pseudonym verbirgt, kostet seine Überlegenheit aus, indem er dem Widersacher scheinbar eine Chance läßt, zermürbt ihn durch Sticheleien und entscheidet den Kampf erst im letzten Augenblick. Später hat sich Lichtenberg dann dem Lessingschen Stilideal gebeugt, während er im ›Timorus‹ noch dem grotesken Spiel seiner Phantasie die Zügel schießen läßt.

Münden seine Schriften und Notizen bis 1773/74 in den breiten Strom der deutschen Aufklärung ein, die sich trotz mannigfacher Nuancen insgesamt als antidespotische und antiklerikale vorwärtsdrängende bürgerliche Bewegung darstellt, so nimmt Lichtenberg hinfort an den inneren Richtungskämpfen teil, die durch die neue Generation der Stürmer und Dränger ausgelöst wurden. Diese junge vorrevolutionäre Intelligenz, die sich unter dem Schlagwort ›Genie‹ zusammenfand, verschärfte die Opposition gegen den Feudalabsolutismus und seine verhängnisvollen Auswirkungen in Deutschland durch ein leidenschaftliches, spontanes Aufbegehren. Sie wollte die unteren Volksschichten, die Bauern vor allem, durch ihre betont volksverbundene und nationale Kunst erreichen, eine Kunst, die sich aus dem schöpferischen Impetus, frei von herkömmlichen Regeln konstituieren sollte. – Waren bis 1774 der bevorzugte Gegenstand von Lichtenbergs Spott noch die Rezensentengilden aller Schattierungen gewesen, so holte er nun zu einem großen Schlag gegen die Geniebewegung aus. Seine Sudelbücher enthalten eine Fülle von Materialien, Entwürfen, Skizzen, Anmerkungen, die er alle für eine Satire mit dem Titel ›Parakletor oder Trostgründe der Unglücklichen, die keine Originalgenies sind‹ verwenden wollte. Es ist tief zu beklagen, daß diese Schrift in den Entwürfen liegenblieb, da Lichtenberg, trotz manchen ungerechten Urteils im einzelnen, die Überspitzungen, Auswüchse und Widersprüche der Bewegung wie kein zweiter Zeitgenosse durchschaute. Tatsächlich aber trübten zunächst einige persönliche Vorfälle seinen Blick für das Epochemachende des Sturm und Drang und ließen ihn, ganz besonders im Fall von Goethes ›Werther‹, Erscheinungsform und Wesen verwechseln. Da hatten nämlich die ›Frankfurter Gelehrten Anzeigen‹, das Organ des südwestlichen Genies, an dem zeitweilig auch Goethe mitarbeitete, seinem ›Timorus‹ in einer langen Rezension arg mitgespielt. Und da war vor allem der ›Göttinger Hain‹, der sich 1772 als Bund genialischer Studenten unter dem Ehrenprotektorat Klopstocks etablierte. Schon ihr heftiges, ambitiöses Auftreten, das bisweilen in krassem Mißverhältnis zu ihren literarischen Leistungen stand, mußte Lichtenberg, den Hochschullehrer, den Mann des Maßes und der Logik, abstoßen, so daß er in dem vermeintlich altdeutschen Gebaren dieser schwärmenden jungen Poeten nichts anderes als einen schlecht inszenierten Mummenschanz sah. Da sie glaubten, ihrer ›Teutschheit‹ nicht dadurch Genüge getan zu haben, daß sie die Attitüde und die Namen germanischer Barden annahmen, sondern sich laut in Schmähungen der ›Welschen‹ und Voltaires ergingen, zogen sie sich vollends den Haß Lichtenbergs zu, des Mittlers universeller aufklärerischer Bildung, den sie zudem noch dadurch brüskierten, daß sie Bücher des ›Sittenverderbers‹ Wieland, seines deutschen Lieblingsschriftstellers, verbrannten.

Obgleich Lichtenberg gegenüber dem Sturm und Drang eine in den siebziger Jahren bereits überholte frühbürgerliche Kunstauffassung vertrat, indem er statt Leidenschaft und revolutionären Pathos' eine sozusagen wissenschaftliche Analyse der Wirklichkeit forderte, war er einer der ersten, der die falschen Töne aus dem Konzert der Jungen heraushörte. Denn tatsächlich führte die Übertragung des westeuropäischen Sentimentalismus und speziell des vorrevolutionären plebejischen Naturevangeliums Rousseaus, seiner sprengenden Gefühlsbetontheit und kühnen Metaphorik, auf die unentwickelte deutsche Wirklichkeit zu einer Reihe von Verzerrungen und Dissonanzen, die Lichtenberg zum Anlaß seiner Kritik nahm. Dabei sprach er kein generelles Verdikt über jeden einzelnen Anhänger dieser Bewegung aus; waren doch ihr theoretischer Kopf, Herder, zunächst auch Goethes ›Götz‹ und echte Talente wie Hölty und Bürger, die er beide sehr schätzte, von vornherein von der Kritik ausgenommen. Denn nicht die Volkstümlichkeit, der revolutionäre Atem, die scharfe Abrechnung mit den herrschenden Gewalten störten ihn, sondern das Nebulose, Verstiegene, das leere Getöne, das gerade im Kreise des Göttinger Hains beheimatet war: den ›Kraftbarden‹ und ›Plunderköpfen‹ wollte er ihre ›Prunkschnitzer‹ vorrechnen; er konfrontierte das ›rasende Odengeschnaube‹ und vor allem die Deutschtümelei der Klopstockjünger mit der miserablen Wirklichkeit seines Vaterlands und bedeutete ihnen, daß das deutsche Mädchen, wie es Klopstock in einer Ode glorifiziert hatte, nicht besser sei als irgendein Mädchen auf der Welt.

Das Erlebnis des englischen Geisteslebens während seiner neuerlichen Englandreise von 1774 bis 1775 erscheint Lichtenberg als eine Bestätigung dessen, was er über Deutschland und die deutsche Literatur gedacht und geschrieben hat, und er erkennt, daß große Literatur großer Gegenstände bedarf, die die deutsche Geschichte und Gegenwart dem Dichter versagte.

Denn vor der Literatur steht das Leben. Und der bucklige

Gelehrte aus der deutschen Kleinstadt scheint sich selbst, seine Herkunft und seine Heimat in dem überquellenden Leben der englischen Metropole zu vergessen. Er begrüßt das Großstädtische aus übervollem Herzen, wohl wissend, daß hier die Pforte zu einem neuen Zeitalter aufgestoßen wird. Und sorgfältig hält er in seinen Notizbüchern und Briefen, den ersten deutschen Literaturdokumenten über die Großstadt, das schillernde Leben Londons, seinen Glanz und sein Elend, fest. Er läßt sich mittreiben von den Menschenwogen auf den Pracht- und Geschäftsstraßen der City, steht dann staunend vor den übervollen Läden, hört verwundert das schmeichelnde Werben der Prostituierten, muß sich am eigenen Leibe über die Geschicklichkeit der Taschendiebe belehren lassen und erlebt im Londoner Eastend die Welt, in der John Gays ›Bettleroper‹ spielt. Fern aller moralisierenden Entrüstung forscht er nach den Motiven der Verbrechen und stößt auf ihren sozialen Ursprung: ›Es gibt wohl keinen Menschen in der Welt, der nicht, wenn er um tausend Taler zum Spitzbuben wird, lieber um das halbe Geld ein ehrlicher Mann geblieben wäre‹ – Nicht ohne Stolz darf er nach Deutschland schreiben: ›Ich habe nunmehr das Volk so ziemlich kennengelernt und versäume keine Gelegenheit, meine Kenntnis darin zu erweitern.‹ Volk aber bedeutet für ihn ›die Klasse von Menschen ..., die mit dem westlichen Ende der Stadt wenig zu schaffen hat‹.

Tief beeindruckt ist er von den gewaltigen Produktivkräften des kapitalistischen Englands, als er in Birmingham Manufakturen und Industrieanlagen besichtigt, im Auftrage Dieterichs die weltberühmte Druckerei von Baskerville besucht und die neue Kooperation der Arbeit kennenlernt. Weil er das liberale Manchestertum bejaht und bewundert, achtet er der gravierenden Schäden der neuen bürgerlichen Gesellschaft nur im Vorübergehen und läßt sich insgesamt trotz einzelner kritischer Bemerkungen über die ungerechte Verteilung des Sozialprodukts, den Pauperismus der Massen, die Kinderarbeit hinwegtäuschen. Andererseits kommt ihm hier der Sinn der praktischen Tätigkeit, ihre Funktion bei der Gestaltung und Umgestaltung des Lebens zu Bewußtsein, und immer wieder tritt nun ganz im Sinne der englischen Nationalökonomie das Prinzip der Nützlichkeit in den Mittelpunkt seines Denkens. An einen Poeten in Deutschland gewandt, meint er aus englischer Sicht: ›Du mußt nicht glauben, daß Deine Kunst wichtiger sei als die Arbeit des Mannes, der Kaffeetische in Birmingham lakkiert.‹ Ein solcher Standpunkt, der Wirkungen auf nutzbare Ergebnisse hin prüft, der seinen Blick auf die greifbaren Ursachen und sichtbaren Folgen richtet und im Grunde auf dem bürgerlichen Arbeits- und Utilitaritätsbegriff beruht, machte Lichtenberg auch zum Schüler des in England tonangebenden Empirismus und zum eingeschworenen Gegner der metaphysischen Spekulation, wie er sie aus der deutschen Philosophie kannte. ›Nicht Metaphysik, sondern Physik!‹, dieser Ausspruch des von ihm als größten Geist aller Zeiten verehrten Newton wurde auch zu seinem Leitsatz.

Was ihn am englischen Gesellschaftszustand fesselt, ist die Öffentlichkeit des Lebens, die weltpolitische Wirklichkeit mit ihrer glanzvollen Außenseite, einer riesigen Flotte, deren Routen über den ganzen Erdball liefen. Und in dem Maße, wie er die Potenzen eines mächtigen, aufstrebenden Bürgertums innerhalb eines geeinten Nationalstaats wirken sieht, kommt ihm die Ohnmacht seines Vaterlands schmerzlich zum Bewußtsein. Der organisatorische Kopf des Göttinger Hains, Boie, der Adressat der ›Briefe aus England‹, hat Lichtenberg später einen Anglomanen genannt. Aber das mochte ihm mehr als Lob denn als Tadel erscheinen, zumal er diese Bewunderung für Britannien, das Denken in englischen Kategorien mit vielen Großen unter seinen Zeitgenossen teilte, die in England, dem fortgeschrittensten Land der Welt, den exemplarischen Fall einer bürgerlich-demokratischen Entwicklung sahen. Lichtenberg verfolgt die englische Politik mit wachsender Anteilnahme. Im Parlament wird er Zeuge von Debatten und Rededuellen, in den Wandelgängen hört er tuschelnde Gespräche, erlebt Korruptionsskandale, die gerade während dieser Jahre der ›Georgian stables‹ – einem geflügelten Wort für mannigfache Durchstechereien – schwere Schatten auf den englischen Parlamentarismus werfen. Trotz solcherart Erfahrungen, die seiner Auffassung, daß Politik keine Sphäre idealistischer Betätigung ist, recht zu geben schienen, sah er in der englischen konstitutionellen Monarchie die ›Asymptote‹, das heißt die höchstmögliche Annäherung an einen politischen Idealzustand. Daß er allerdings den deutschen Untertan nie ganz verleugnen konnte, verdeutlicht am besten seine Beurteilung des englischen Königs Georg III., der seine deutschen Mitpotentaten kaum an politischer Weisheit übertraf. Da er jedoch ein lebhaftes Interesse für Astronomie bezeigte und er sich mehrfach stundenlang mit Lichtenberg unterhielt, porträtiert dieser ihn in Briefen und Notizen so liebevoll, freut er sich über die Ehrungen, die ihm zuteil wurden, so sehr, daß man aus diesen Äußerungen unschwer den deutschen kleinbürgerlichen Byzantinismus des 18. Jahrhunderts heraushört. So nimmt es auch nicht wunder, daß er die Haussen und Krisen der englischen Machtpolitik so leidenschaftlich nachvollzieht, als ginge es um sein ureigenes Schicksal; und während des amerikanischen Unabhängigkeitskrieges verteidigt er mit zunehmender Heftigkeit die Position der englischen Krone gegenüber den Ansprüchen der Siedler.

Den Sinn für die empirische Wirklichkeit, für alles Praktische und Nützliche, den er am englischen Bürger auf der Straße ebenso schätzte wie an den englischen Philosophen, konnte er auch an der englischen Literatur des 18. Jahrhunderts feststellen, für deren Verbreitung in Deutschland er sich nicht minder einsetzte als Lessing und Herder. So ist es nur folgerichtig, daß er, der des lyrischen Wortschwalls längst müde war, tief berührt wurde vom englischen Gesellschaftsroman. Trotz seiner zeitweiligen Verehrung für Sterne, zu dessen humoristisch entgrenzter Darstellungsform er ebensoviel Affinität verspürte wie zu der melancholischen Späterotik und der komisch-idyllischen Kleinbürgerschilderung, auch trotz Jonathan Swifts, dessen satirische Bitterkeit er in Deutschland besser verstand als in England und von dem er, wie einzelne nachgelassene Fragmente zeigen, manche Formideen entlieh, trotz Defoes und Goldsmith', galt ihm Fieldings ›Tom Jones‹ als Vorbild und unverrückbares Kriterium bürgerlich-realistischer Gesellschaftsschilderung. Nur so ist es verständlich, daß er die Romane des heute längst vergessenen Fielding-Epigonen Müller-Itzehoe wohlwollend anerkannte, während er andererseits Goethes ›Wilhelm Meister‹ nicht vorbehaltlos gegenüberzutreten vermochte.

Keines seiner Erlebnisse ist jedoch dem tiefen Eindruck vergleichbar, den das englische Theater auf ihn machte. Im Coventgarden- und Drurylane-Theater, deren Vorstellungen er häufig besuchte, hat er Gelegenheit, die realistische Dramatik der Shakespearezeit und den neuen Bühnenstil kennenzulernen. Er wird bekannt mit Garrick, dem größten Schauspieler der Zeit, dessen geniale Kunst er höchst differenziert in den ›Briefen aus England‹ schilderte, die eine nüchterne und sachkundige Apotheose des großen Mimen enthalten. Diese in Boies Zeitschrift ›Deutsches Museum‹ veröffentlichten ›Briefe‹ gehören schon deshalb zu den wichtigen Dokumenten der Theatergeschichte, weil sich Lichtenberg hier für die neue Spielweise des bürgerlichen Volkstheaters einsetzt, die die Nuance an die Stelle des Pathos setzt, den Heros zum Menschen macht und das höfische Theater mit seinen aufwendigen Effekten und der hohlen Deklamation überwindet.

Nun wäre der Katalog der Reiseergebnisse Lichtenbergs höchst unvollständig, würde man nicht den Namen Hogarth nennen. Unvollständig nicht nur deshalb, weil die quantitativ reichste literarische Ernte Lichtenbergs unerwähnt bliebe, sondern vor allem auch, weil die Kupferstichfolgen des großen Satirikers einen Teil der Rückansicht jenes grandiosen Panoramas bilden, das Lichtenberg naturgemäß zuerst und vor allem sah und das er allzuleicht zu verklären geneigt war. Zwar wird man bei Hogarth vergeblich eine mitleidende oder anklagende Darstellung der Elendsquartiere des Proletariats suchen; statt dessen findet man die minutiös desillusionierende Schilderung der Fallgruben und Kloaken der neuen englischen Gesellschaft, der Kaschemmen, Bordelle, Gefängnisse und Irrenhäuser, die sarkastische Enthüllung des sittlichen Verfalls in den verschiedenen Schichten und im Ergebnis eine, wenn auch nicht ausgesprochene, handfeste Kleinbürgermoral. Das läuft kunstgeschichtlich auf einen Affront gegen den höfischen Ästhetizismus und den hohen Stil der Akademie hinaus und verbindet sich mit den Bestrebungen des kritischen Realismus in der Literatur, wie er vor allem durch Fielding repräsentiert wurde. Gerade dies macht die Hogarthschen Kupferstiche als Objekte für Lichtenbergs Beschreibungen tauglich. Denn in seinen ›skandalösen Exkursionen über den Hogarth‹, wie er später seine Beschreibungen in einem Brief an Goethe nennt, bewährt er nicht nur seinen Sinn für das Satirisch-Karikative, kann er nicht nur seine umfassende Kenntnis der englischen Gesellschaft und sein physiognomisches Wissen ausbreiten, sondern auch am negativen Beispiel ein positives bürgerliches Ethos reflektieren.

Das Ergebnis seiner Englandreise, das von neuen persönlichen Freundschaften über fachwissenschaftliche und literarische Anregungen, philosophische und politische Erkenntnisse bis zur inneren Verwandlung seiner Persönlichkeit reicht, läßt sich auch an seiner Reaktion auf die Göttinger Verhältnisse ermessen, in die er sich Ende 1775 zurückversetzt sieht. Schon gleich nach seiner Rückkehr ist die Sehnsucht nach dem Inselreich größer als die Freude über das Wiedersehen mit seinen Göttinger Bekannten. Er klagt über die geistige Enge des Landes, spottet über die Göttinger Spießer, ihre Dummheit und Kraftlosigkeit, ärgert sich über seine Kollegen, ihre Mißgunst und ihre Zwistigkeiten, bezichtigt die Universität der Knausrigkeit, verachtet die Bildungsmethoden der rivalisierenden Fakultäten und verhöhnt vor allem seine alten Widersacher, die Genies, deren Tun und Trachten ihm im Lichte seiner englischen Erfahrungen als bramarbasierende Impotenz erscheint.

So braucht er gewisse Zeit, um sich in Deutschland wieder einzuleben, wenn er sich auch hier nie mehr recht heimisch gefühlt hat. Und dann nimmt er rastloser denn je, inspiriert von englischen Vorbildern, seine vielseitige Tätigkeit als Physikprofessor wieder auf. – Die überaus sparsame Lebensführung und die freundschaftlichen Kontakte zu englischen Berufskollegen machten es ihm möglich, ein reichhaltiges Instrumentarium zu beschaffen, das in Deutschland seinesgleichen suchte; darunter waren eine Elektrisiermaschine und ein riesiger Elektrophor. Diese Instrumente erlaubten ihm als einem der ersten Gelehrten, seine Lehrmethoden radikal zu modernisieren und das Experiment in den Mittelpunkt der Vorlesungen zu stellen. Mag Sensationslust das ihre getan haben, daß Lichtenbergs Kollegräume meistens überfüllt waren – denn in seinen Vorlesungen sprühten die Funken, knallte und stank es, stiegen mit Wasserstoff gefüllte Seifenblasen zur Decke –, so haben doch nachmals bedeutende Forscher wie Hufeland und Alexander von Humboldt, die ihm zu Füßen saßen, seiner mit Worten tiefer Dankbarkeit gedacht, da er sie auf höchst geistreiche Weise lehrte, den Schleier des unerforschlichen Ratschlusses von der Natur zu lüften.

Ein Hauptspaß für die Göttinger war es, wenn ›de lüttje Professer‹ vor dem Stadttor die Drachen steigen ließ, mit deren Hilfe er die Luftelektrizität untersuchte. Mit diesen Experimenten stand er auf der Höhe der damals modernen Elektrizitätsforschung, hatte doch Franklin auf diese Weise in den fünfziger Jahren die elektrischen Ladungen der Gewitterwolken nachgewiesen. Und es ist bemerkenswert, daß man ein Jahrhundert später über diese Erscheinungen, die ihre endgültige Klärung erst durch die Ionentheorie fanden, noch nicht mehr wußte als Lichtenberg. Und wiederum bedeutete es für Göttingen eine Sensation, als er an seinem Haus einen Blitzableiter anbringen ließ, der ihm zugleich zur Erforschung atmosphärischer Elektrizität diente. Während der folgenden Jahre beschäftigt er sich eingehend mit einem möglichst sicheren Blitzschutz, den er schließlich in breiten statt dicken Bändern findet, weil die Hochfrequenzladung nur über die Oberfläche des Metalls geleitet wird.

Es ist für Lichtenbergs Forscherpersönlichkeit charakteristisch, daß er stets vor voreiligen Schlüssen warnte, ja bisweilen zögerte, wenn ein schnelles Zupacken ihm Weltruhm gesichert hätte. Während er um das Geheimnis des Wasserstoffs, dessen niedriges spezifisches Gewicht, wußte und im Kolleg schon wasserstoffgefüllte Schweinsblasen hatte aufsteigen lassen, erfährt er Ende 1783, daß der Franzose Charles vom Marsfeld einen mit Wasserstoff gefüllten Ballon, die berühmte Charlière, hatte aufsteigen lassen. Er beklagt sein unglückliches Schicksal und verwünscht seine Indolenz, die ihn allein daran gehindert habe, als erster diese Erfindung der Öffentlichkeit vorzuführen.

Die naturwissenschaftlichen Leistungen Lichtenbergs sind um so höher zu bewerten, als er nur über seine beschränkten privaten Mittel für die Experimente verfügte und es in Göttingen für ihn kaum Möglichkeiten des Gedankenaustauschs gab, für den ein ausgedehnter, bisweilen alles Maß übersteigender Briefwechsel mit verschiedenen Gelehrten in ganz Europa nur schwachen Ersatz bieten konnte. Daß sein Name in der Geschichte der Physik nur am Rande genannt wird, ist am allerwenigsten seinem persönlichen Unvermögen zuzuschreiben als vielmehr der feudal-absolutistischen Kleinstaaterei, die eine großzügige und zentralisierte Forschung verhinderte. – Im Jahre 1777 machte Lichtenberg allerdings, wenn auch zufällig, eine Entdeckung, die seinen Namen auf immer mit der Elektrizitätslehre verbindet: die ›Lichtenbergschen Figuren‹. Es handelt sich dabei um folgende Erscheinung: Wenn ein positiv elektrischer Funke auf eine Glas- oder Hartgummiplatte überspringt, auf der sich Bärlappsamen befindet, so bildet sich eine sternförmige Staubfigur; springt ein negativ elektrischer Funke über, bildet sich eine kleine, rundliche, kaum verzweigte Staubfigur. Die Hoffnungen, die sich zunächst an diese Entdekkung knüpften, mußten sich als trügerisch erweisen, da die zugrunde liegenden Gesetzmäßigkeiten erst im 20. Jahrhundert entdeckt wurden. Heute finden die ›Lichtenbergschen Figuren‹ im sogenannten Klydnographen elektrotechnische Anwendung als Kontrollmittel für Überspannungen, wie sie besonders bei Gewittern in Hochspannungsleitungen auftreten.

Daß Lichtenberg in physikalischen Fragen als allererste Autorität in Deutschland galt, erhellt Goethes Werben um Lichtenbergs Gunst bei der Beurteilung seines Aufsatzes ›Versuche, die Elemente der Farbenlehre zu entdecken‹. Und es spricht zugleich für die Lauterkeit und wissenschaftliche Integrität des Göttingers, daß er höflich, aber bestimmt Goethes Ergebnissen seine Zustimmung versagte und völlig zu Recht die Newtonsche Auffassung verteidigte, wenngleich er wohl der einzige Fachphysiker der Zeit war, der überhaupt von Goethes Experimenten Notiz nahm und dessen wegweisende Erkenntnisse zu den farbigen Schatten interessiert verfolgte. Mag man es mit Goethe als unnötige Härte empfinden, daß Lichtenberg bei der Herausgabe und Bearbeitung des Werkes seines frühverstorbenen Amtskollegen Erxleben Goethes optische Versuche mit keinem Wort erwähnte, so entspricht auch das seiner konzessionslosen wissenschaftlichen Haltung, da er in Goethes Abhandlungen zur Farbenlehre im Grunde doch nur ein dilettantisches Spiel, nicht aber ein exaktes Forschen zu sehen vermochte.

Denn nicht minder bedeutsam als die sichtbaren Ergebnisse seiner Forschertätigkeit ist für die geistige Entwicklung im 18. Jahrhundert das wissenschaftliche Ethos, mit dem er Probleme zu bewältigen suchte und das er in Deutschland heimisch machte. Freiheit der Forschung, für die er ganz im Sinne der westeuropäischen Aufklärer plädiert, ist für ihn unabdingbar verbunden mit der Verantwortung des Wissenschaftlers. Wie er sich die Freiheit nimmt, jahrhundertealten Wunderglauben und neue Mythen aus der Welt zu schaffen, so übernimmt er für sich selbst und fordert von seinen Schülern die Verpflichtung, das hundertfach Behauptete neu zu durchdenken und kein scheinbar oder tatsächlich gesichertes Ergebnis ungeprüft hinzunehmen. Diese kritische und, wenn man will, skeptische Einstellung zu den fremden und den eigenen wissenschaftlichen Leistungen macht ihn zum ›Selbstdenker‹ und folglich zum Gegner der spekulativen Philosophiesysteme. Zwar verneigt er sich vor den gedanklichen Leistungen solcher Systemdenker wie Descartes, Leibniz oder später Kant. Da er aber stets das Denken und Forschen nach greifbaren Einzelergebnissen beurteilt, bleiben ihm ihre Werke trotz eingehenden Studiums fremd. Kant, so führt er aus, gebühre ›das nicht geringe Verdienst, in der Physiologie unseres Gemüts aufgeräumt zu haben, aber diese nähere Kenntnis der Muskeln und Nerven wird uns weder bessere Klavierspieler noch bessere Tänzer geben‹.

Der lebensfremden Theoriegläubigkeit deutscher Gelehrter setzt er eine Philosophie des gesunden Menschenverstands entgegen, wie sie in England unter dem Einfluß des Empirismus vor allem von Beattie entwickelt worden war. Wie Lichtenbergs Notizen und Aphorismen beweisen, beraubt er sich durch seine Systemfeindlichkeit einer umfassenden Weltinterpretation, und häufig, insbesondere bei der Beurteilung großer historischer Vorgänge, muß die von Fakt zu Fakt fortschreitende empirische Methode versagen. Andererseits freilich unterliegt Lichtenberg dadurch nicht dem Fundamentalübel der deutschen Intelligenz am Ende des 18. Jahrhunderts, die sich allzuoft vor der erbärmlichen Wirklichkeit in ein Scheinreich hochfliegender Gedankenträume rettete.

Die auf praktischen Nutzen zielende aufklärerische Haltung wie auch das englische Vorbild der moralischen Wochenschriften mögen ihn veranlaßt haben, den Vorschlag seines Freundes Dieterich anzunehmen und den nach dem Tode Erxlebens verwaisten ›Göttinger Taschenkalender‹ zu redigieren. Zweiundzwanzig Jahre lang, von 1777 bis 1798, betreute Lichtenberg die Zeitschrift so sorgfältig, daß sein Verlegerfreund keine Ursache zur Klage hatte. Dabei muß das Ausmaß der Arbeit beachtet werden, die weit über eine Herausgebertätigkeit hinausging, denn insgesamt stammen etwa 230 Artikel aus Lichtenbergs Feder, und für das Jahr 1778 mußte er alle 16 verfassen. – Nur waren zwar die Ansprüche des deutschen kleinbürgerlichen Lesepublikums nicht sonderlich hoch; aber auch der flache Geschmack ist wählerisch, und der geforderte Damenstil erheischte adäquate Stoffe. So konnte Lichtenberg nur bis zu einem geringen Umfang das schreiben, was ihm am nächsten gelegen hätte: Satiren, Rezensionen, Besprechungen von Kupferstichen; statt dessen findet sich in den Kalendern ein buntes Vielerlei: Artikel über Aberglauben und Hochzeitskränze, Jesuiten und Modefragen, Weissagungen und Fleckentferner, über merkwürdige Krankheiten und Schmetterlinge. Aber freilich erschienen im Taschenkalender auch Veröffentlichungen, die, wenngleich für den Tag bestimmt, doch über den Tag hinauswirkten, darunter die Aufsätze ›Warum hat Deutschland noch kein öffentliches Seebad?‹ und ›Das Luftbad‹ sowie die Erklärungen der Kupferstiche von Hogarth und Chodowiecki, vor allem aber das ebenso kluge wie meisterhaft geschriebene Pamphlet ›Über die Physiognomik wider die Physiognomen‹. Hatte Lichtenberg schon mit seinem ›Timorus‹ Lavater wegen seiner ›Proselytenmacherei‹ in die Schranken gewiesen, so stand er nun vor der ungleich schwierigeren Aufgabe, Lavaters voluminösem Werk ›Physiognomische Fragmente‹, das insbesondere durch die Sturm-und-Drang-Generation überschwenglich begrüßt wurde, im Namen der Wissenschaft und intellektuellen Redlichkeit die Gloriole prophetischer Seelenkenntnis zu rauben. – Lavater, den Lessing schon einen ›enthusiastischen Narren‹ genannt hatte, unternahm es, aus der Beschaffenheit der festen Gesichtsteile, der Nase, Stirn, des Kiefers usw., den Charakter der Menschen zu deuten, und gab sich dabei den Anschein, eine neue Wissenschaft zu begründen. So fragwürdig dieser Versuch an sich schon war, so mußte er in den siebziger Jahren um so verhängnisvoller wirken, als der antifeudale Protest der jungen Generation nicht selten in Schwärmerei umschlug, weil die deutsche Wirklichkeit gegen irrationale Zugriffe nicht genügend Abwehrstoffe bot. Und Lavater war im tiefsten ein Schwarmgeist; in seinem Buch unterbricht er die sachlichen Erörterungen immer wieder durch mystisch-religiöse Abschweifungen, und mit dem Eifer eines Auserwählten behauptet er apodiktisch und intolerant, die Welt stehe unter dem Gesetz göttlicher Harmonie, also seien Tugend und Schönheit im Grunde identisch. Gegen diese gefährliche Naivität, die Wissenschaft durch religiösen Irrationalismus, Akribie durch Phantasie ersetzen möchte und die Willens- und Geistesfreiheit des Menschen verneinte, indem sie ihn durch eine zufällige körperliche Beschaffenheit mechanistisch determiniert wissen wollte, empörte sich der Geistesadel des Göttinger Aufklärers, und indem er für sich als körperlich Gezeichneten sprach, verteidigte er zugleich Ratio, Wissenschaft und Humanität vor den Ausgeburten vager Intuition. ›Wenn die Physiognomik das wird, was Lavater von ihr erwartet‹, führt er aus, ›so wird man die Kinder aufhängen, ehe sie Taten getan haben, die den Galgen verdienen. Es wird also eine Firmelung jedes Jahr vorgenommen werden, ein physiognomisches Autodafé.‹ Und die Frage, ob Newtons Seele im Kopf eines Negers sitzen könne, beantwortete er mit der rhetorischen Gegenfrage: ›Und warum nicht?‹

Hatte Lavater in ihm das ›Mißtrauen gegen alle Physiognomik‹ bestärkt, so betreibt er mit lebhaftem Interesse insgeheim die Pathognomik weiter, wie er nach dem Wort Lessings die Deutung des Charakters aus den ›beweglichen Teilen des Gesichts‹, das heißt aus den Gebärden, dem Gesichtsausdruck, den Bewegungen, nennt. Denn immer bleibt ihm das Gesicht ›die unterhaltendste Fläche auf der Erde‹, aber als kenntnisreicher Psychologe englischer Schulung verurteilt er jede ›Physiognomik im luftleeren Raum‹ und weiß, daß unser Körper zwischen der Seele und der übrigen Welt in der Mitte steht als ›Spiegel der Wirkungen von beiden‹.

Obgleich durch Lichtenbergs ›Antiphysiognomik‹ der Streit vor der Geschichte entschieden war, fühlte Lavater sich zu einer hoheitsvollen Replik genötigt, die ganz seiner Prophetenpose entsprach. Ihm zur Seite trat der Königlich-Hannoversche Leibmedikus Zimmermann, ein Bekannter Lichtenbergs aus früheren Tagen, der seine literarische Mediokrität durch persönliche Diatriben aufzuwerten suchte und mithin zu Lichtenbergs tiefem Bedauern den Streit in das Gefälle eines für diese Zeit so charakteristischen Feuilletonkriegs zerrte. Noch ein zweites Mal erlebte Lichtenberg Ähnliches, als er einige Jahre später dem Göttinger Professor Heyne in einer Philologenfehde mit dem verdienstvollen Homerübersetzer, aber grobschlächtigen Polemiker Johann Heinrich Voss beisprang.

Persönlichen Angriffen war Lichtenberg am Anfang der achtziger Jahre auch von Wohlmeinenden ausgesetzt, da sich seine häuslichen Verhältnisse dem Schema kleinbürgerlicher Sittlichkeit entzogen. Im Jahre 1777 hatte er ein dreizehnjähriges Mädchen kennengelernt, Marie Dorothea Stechard, die Tochter eines armen Leinewebers, die auf dem Wall Blumen verkaufte. Möglicherweise hat er das schöne Kind vorerst mit in sein Haus genommen, um es vor den robusten Nachstellungen der Studenten zu schützen. Dann aber findet er Gefallen daran, das Mädchen, das weder lesen noch schreiben konnte, zu unterrichten. Und wie sie ihrerseits die Häuslichkeit des Professors ordnet, naives Interesse für seine vielen Instrumente zeigt, in dem gleichen Maße gestalten sich ihre Beziehungen enger, bis sie dann 1780 endgültig zu ihm zieht. – Der Parallele zu Goethe, so verlockend sie aus der rückschauenden Betrachtung erscheinen mag, gebricht es an echter Übereinstimmung, da Lichtenberg weder die materielle und moralische Unabhängigkeit noch den gesellschaftlichen Rückhalt besaß, um sich zu seinem illegitimen Verhältnis zu bekennen. – Um allen Anfeindungen aus dem Wege zu gehen, hat die Stechardin kaum je Lichtenbergs Haus verlassen, und er versuchte, nur die Familie Dieterich ins Vertrauen ziehend, eine Art Doppelleben zu führen: war draußen hochoffiziell der unverheiratete Professor und in seiner Wohnung der heimliche

Gatte. Daß er diesem einfachen Mädchen einige der glücklichsten Jahre seines Lebens dankt, kann man, wenn auch nur indirekt, aus den Sudelbuchnotizen und Briefen dieser Zeit ablesen. Sie half ihm, seine Hypochondrie zu überwinden, und setzte neue Energien in ihm frei, vor allem aber lehrte sie ihn, die Liebe nicht mehr unter dem Mikroskop des Physiologen, sondern unter einem vielfarbig schimmernden Prisma zu betrachten. Wie schwer ihn der plötzliche Tod seiner Geliebten im Jahre 1782 traf, verdeutlichen die Zeilen, die er an seinen Freund Amelung schrieb und die dem Aufschrei beim Verlust der eigenen Existenz gleichen.

Er überwand den Schmerz durch seine immense Arbeitsleistung; da waren der Taschenkalender, wissenschaftliche Veröffentlichungen und Forschungsberichte, die Vorlesungen, die Beratung englischer Studenten, die vielen Besuche, ein umfassender, vor allem fachlich bestimmter Briefwechsel und, neu hinzukommend seit 1780, die Leitung der Zeitschrift ›Göttingisches Magazin der Wissenschaften und Literatur‹, die er gemeinsam mit Georg Forster herausgab. Die Hauptlast der Redaktionsarbeit fiel auf Lichtenberg, da Forster bis 1788, als er in Mainz eine feste Anstellung als Universitätsbibliothekar fand, ein unstetes Leben führen mußte und Göttingen nur als vorübergehenden Aufenthalt wählen konnte. In Forster, mit dem er während der letzten Englandreise bekannt wurde, fand Lichtenberg einen welterfahrenen, hochgebildeten Mitarbeiter, der, von Hause aus Naturwissenschaftler, die verschiedensten Fachgebiete souverän überschaute und wie er die westeuropäische Aufklärung in Deutschland heimisch machen wollte. Über das Programm der Zeitschrift hatte man sich schnell geeinigt; es sollte ein wissenschaftliches und doch allgemeinverständliches Publikationsmittel sein, das vornehmlich ›Kenntnis der Natur und des Menschen überhaupt, Physik, Naturhistorie und Philosophie, Physiognomik für und wider, Geschichte, hauptsächlich gelehrte, Statistik, Nachrichten von den neusten und wichtigsten Endeckungen‹ behandeln sollte. Die

Hoffnungen, die beide Herausgeber und auch der Verleger Dieterich auf das ›Magazin‹ setzten, erfüllten sich nicht. Ihm wurde das Schicksal bereitet, das viele anspruchsvolle Zeitschriften, wie zum Beispiel auch Schillers ›Horen‹, ereilte; das Publikum blieb zurückhaltend, ja ablehnend, weil es das vermißte, was die mittelmäßigen Musenalmanache und Kalender so reichlich boten: beschauliche Unterhaltung und Erbauung.

Auch nach dem Eingehen der Zeitschrift blieb Lichtenberg mit Forster, den er nach der Lektüre der ›Ansichten vom Niederrhein‹ unter die ersten deutschen Schriftsteller zählte, zunächst in gutem Einvernehmen, das nur gelegentlich getrübt wurde durch Lichtenbergs Warnungen vor Therese Heyne, Forsters späterer Frau, die in Göttingen nicht zu Unrecht übel beleumundet war, und andererseits Forsters Unverständnis für Lichtenbergs Verhältnis zu Margarete Kellner.

Und in der Tat schockierte Lichtenberg die Göttinger Spießbürger, und nicht nur sie, als er 1784 die fünfundzwanzigjährige Weißbindertochter als Haushälterin zu sich nahm; und unschwer kann man sich die Entrüstung der Göttinger Honoratioren vorstellen, als im Jahr darauf bekannt wurde, daß die Geliebte des Physikordinarius mit einem Sohn niedergekommen war. Lichtenberg begegnete den philiströsen Vorurteilen mit stoischem Gleichmut und fühlte sich weder durch Sticheleien noch durch grobe Anspielungen veranlaßt, die Verbindung durch das kirchliche Sakrament zu legitimieren. Das war mitnichten ›Freigeisterei der Leidenschaft‹ oder ein erotischer Zynismus; vielmehr blieb Lichtenberg, der seit seiner Schulzeit Kirchen nur zum Zweck ästhetischer Bewunderung aufgesucht hatte, in dieser Zeit, da es noch keine Zivilehe gab, seinem aufgeklärten Bewußtsein treu und lehnte mit der christlichen Kirche auch ihre sakralen Äußerlichkeiten ab. Erst während der schweren Wochen von 1789 ließ er sich dann als Todkranker um der Versorgung seiner Familie willen mit Margarete trauen, die inzwischen ein zweites Kind geboren hatte.

Angesichts solcher vorurteilsfreien Einstellung nimmt es nicht wunder, daß er dem tüchtigen, praktischen Mädchen aus den unteren Volksschichten den Vorzug gab vor dem ›gepuderten Mädchen‹, das ›zu artifiziell liebt, zu systematisch blickt und lächelt und mit vorsätzlicher Nachlässigkeit rühren will‹. So wich sein Schönheitsbegriff von dem durch Winckelmann inthronisierten Griechenideal ebenso ab wie von dem durch Zierlichkeit und erotische Schaustellung bestimmten höfischen Rokokoideal. Seine Briefe und Aufzeichnungen sind mitgeprägt durch einen kräftigen Zug gesunder Sinnlichkeit, und seit seiner Studentenzeit bewundert er die prallen, natürlichen Landmädchen, die sich in Göttingen als Aufwärterinnen verdingten.

Die Ehe, deren entschiedener Lobredner er in diesen Jahren wird, bedeutet für ihn nicht den Eintritt in ein abgeschlossenes Familienidyll. Er ist zwar ein vorbildlicher Vater und liest um der materiellen Sicherheit seiner am Ende achtköpfigen Familie willen manche Korrekturfahne Dieterichs mehr, als er eigentlich möchte, aber er vernachlässigt weder seine wissenschaftliche noch seine literarische Tätigkeit, und immer noch beschäftigte ihn die Hoffnung auf eine Italienreise, die er gemeinsam mit seinem alten Freund Ljunberg unternehmen wollte, die aber trotz vieler Bemühungen schon in den Vorbereitungen scheiterte.

Beständig steigt währenddessen Lichtenbergs Ruhm, dessen äußere Signen die Verleihung des Königlich Großbritannischen Hofratstitels, die Ernennung zum Mitglied der Petersburger Akademie und der Londoner Royal Society sind. Göttingen wurde zu einem Wallfahrtsort für geistig interessierte Zeitgenossen, vor allem für Naturwissenschaftler, und sie alle kamen nicht zuletzt Lichtenbergs wegen: Volta, der mehrere Tage mit ihm experimentiert; Lessing; gar Lavater, den er in ein Gespräch über Spinoza verwickelt; der italienische Anatom und Chirurg Scarpa und dessen holländischer Fachkollege Camper; der englische Philanthrop John Howard und der deutsche Moralphilosoph Garve; Gleim, der Anakreontiker; der polnische Astronom Strzecki; Johann

Heinrich Merck, der frühe Darmstädter Goethefreund, und Goethes Weimarer Landesherr Karl August. Das sind zum Teil heute verblichene Namen, aber dem 18. Jahrhundert bedeuteten sie viel. Und viel bedeutete es, daß die englischen Prinzen, darunter jener nachmalige hannoversche König Ernst August, der 1837 die ›Göttinger Sieben‹ des Landes verwies, eigens zum Studium zu Professor Lichtenberg geschickt wurden. Er gab jedoch wenig auf die ihm in den Augen der Göttinger Bürger dadurch zuteil werdende Ehre, daß in seinem Hause bisweilen königliches Gepränge herrschte. Er spürte nur, wie die Verpflichtungen an seinen Kräften zehrten: arme Studenten bitten um Freitische, und der schweren Stunden während seines Studiums eingedenk, setzt er sich oft für sie ein; Kant erbittet freundliche Rezensionen seiner Werke, und Goethe möchte ihn zu einer wohlwollenden Stellungnahme nötigen.

All das erfordert neben den laufenden Arbeiten einen Energieaufwand, der selbst einen Gesunden überfordert hätte – und Lichtenberg ist schon seit seiner Jugend ein kranker Mann. Es sind die verschiedensten Leiden, über die er klagt: Katarrhfieber, Hals-, Zahn- und Augenschmerzen, bald weiß er von Blutauswurf zu berichten, bald von starkem Stechen im Unterleib. Jahrelang quält er sich mit falschen Diagnosen, jetzt vermutet er Lungenschwindsucht, dann fürchtet er zu erblinden. Sein starker Hang zur Selbstbeobachtung verschlimmert die Leiden und macht ihn nicht selten zum Hypochonder. Im letzten Lebensjahrzehnt muß er häufig die Vorlesungen aussetzen; monatelang lebt er als Halbtoter, wird von langen schmerzvollen Asthmaanfällen und schwerem Nervenfieber gepeinigt. Nur der entsagungsvollen Pflege seiner Frau und der Unterstützung Dieterichs ist es zu danken, daß sich Lichtenberg von der schweren Krankheit des Jahres 1789 wieder erholt.

So treffen die ersten Nachrichten von den Pariser Juliereignissen im Jahre 1789 auf einen Schwerkranken, der sich erst als Rekonvaleszent ein genaueres Bild von den Vorgängen jenseits des Rheins machen kann. Im Grunde unterscheidet sich dann seine Einstellung zur Französischen Revolution nur in Nuancen von der anderer progressiver deutscher Dichter und Gelehrter. So differieren er und sein Gegner Klopstock nur in der Motivierung und im Ausdruck: denn Lichtenberg begrüßt den Sturm auf die Bastille nicht wie jener hymnisch als grandioses Naturereignis, sondern höchst sachlich als praktische Folge eines aufklärerischen Jahrhunderts, das mit Descartes' rationalistischer Philosophie begann.

Er erachtet die Änderung der herrschenden Zustände, die geprägt wurden vom Despotismus und von der ihm abgrundtief verhaßten katholischen Kirche, für notwendig, aber er sieht hinter den politischen Auseinandersetzungen nicht die höchst realen Klasseninteressen, die hier umkämpft werden. Weil er letztlich an die grenzenlose ›Perfektibilität der Menschen‹ aller Stände durch Erziehung und Aufklärung glaubt, ist er nicht von der Notwendigkeit eines gewaltsamen Umsturzes überzeugt. Und hierauf beruht von allem Anfang der Grundwiderspruch in seiner Beurteilung der Französischen Revolution: sie erscheint ihm als eine Folge der Aufklärungsbewegung und mithin als ein Werk der Vernunft. In dem Augenblick aber, als die Volksmassen und vor allem die Jakobiner gegen die Reaktion revolutionäre Gewalt gebrauchen, versagt er ihnen seine Zustimmung, weil sie sich nach seiner Auffassung Mittel bedienen, die sich weder vor der Vernunft noch vor den Prinzipien der Aufklärung rechtfertigen lassen. Folglich scheidet er säuberlich Ziel und Mittel: ›Es war auch immer so, die Geschichte gibt uns nur die Gebäude, die schmutzigen Gerüste dazu hat sie weggeworfen.‹ Wenn auch andererseits die sonst so klaren Befunde Lichtenbergs angesichts der Hinrichtung Ludwigs XVI. und Marie Antoinettes umflort werden von mancherlei Kleinbürgersentimentalität. Im ganzen verhält er sich abwartend, denn trotz vieler sich widersprechender Äußerungen faßt wohl dieser Satz seine Meinung am besten zusammen: ›Eine Republik zu bauen aus den Materialien einer niedergerissenen Monarchie ist freilich ein schweres Problem. Es geht nicht, ohne bis erst jeder Stein anders gehauen ist, und dazu gehört Zeit. Ich kann freilich nicht sagen, ob es besser wird, wenn es anders wird. Aber soviel kann ich sagen: Es muß anders werden, wenn es gut werden soll.‹

Die widerspruchsvolle Haltung Lichtenbergs zur Revolution wird vor allem deutlich, wenn man die Briefäußerungen, die in ihrer Mehrzahl heftig ablehnend sind, mit den wesentlich konzilianteren Sudelbuchnotizen vergleicht. Obschon keineswegs in Abrede gestellt werden kann, daß der äußerst vorsichtige Lichtenberg in den Briefen seine Meinung zugunsten der herrschenden Kreise retuschiert, so scheint dennoch der tiefere Grund in den unterschiedlichen Darstellungsweisen zu liegen. In den Briefen spricht er über den unmittelbaren Anlaß und die aktuelle Wirkung, die er in der Tat ablehnte, in den Sudelbüchern jedoch tritt uns der wägende, richtende Philosoph entgegen, der allgemeine Ergebnisse von aktuellen Vorgängen trennt und deshalb zu einem gerechteren, das Ganze umfassenden Urteil gelangt. Freilich versteht man Lichtenbergs Stellung zum revolutionären Frankreich erst dann, wenn man alle diese Äußerungen mit seinem Englandbild konfrontiert. Überall dort, wo die Maßnahmen der revolutionären französischen Kleinbürger über das in England geschaffene Modell einer konstitutionellen Monarchie hinausgingen, konnten sie nicht auf seine Zustimmung rechnen, denn allein im bürgerlichen England vermochte er das Ideal jenes ›Mittelzustandes‹ zu erkennen, der ihm nachahmenswert auch für Deutschland erschien.

Objektive und subjektive, gesellschaftlich-politische und persönliche Ursachen fließen zusammen, wenn Lichtenberg in den letzten Lebensjahren in Hoffnungslosigkeit versinkt. Die Verhältnisse in seinem Vaterland waren trauriger denn je, nachdem die republikanische Begeisterung der jungen Intelligenz verflogen war und die Ohnmacht Deutschlands durch den Frieden von Campo Formio im Jahre 1797 auch weltpolitisch sanktioniert worden war. Napoleon, über den

er noch auf dem Totenbett möglichst viel erfahren möchte, schickt sich schon an, das Heilige Römische Reich zu zertreten, und wird, wie Lichtenberg ahnt, zur Gefahr auch für das geliebte England. – Die meisten, die ihm nahestanden, starben: sein hannoverscher Freund und Gönner Schernhagen, 1790 folgte sein Bruder Friedrich Christian, 1794 der tapfer-unglückliche Forster, im gleichen Jahr Gottfried August Bürger, den er so häufig moralisch und materiell unterstützt hatte; tief bewegt mußte er, da er krank war, vom Fenster aus den unscheinbaren Leichenzug mit ansehen, der dem hochbegabten Lyriker folgte.
Wie sehr ihn der politische Despotismus geistlich-sittlich erniedrigte, erhellen gespenstisch zwei Briefe, die er nach dem Tode Georg Forsters schrieb. Im ersten, datiert vom 16. Juni 1794, lehnt er mit fast schroffen Worten die Bitte des Hamburger Historikers Archenholz um einen Nachruf für seinen in Paris verstorbenen Freund ab, indem er auf Forsters Jakobinertum anspielt. Ein Jahr später erklärt er in einem Brief an den Anatomen Sömmering sein Verhalten: ›O wie gerne, wie gerne hätte ich ihm ein paar Bogen gewidmet, wäre ich noch das kinderlose und wegen der Zukunft frei denkende und frei schreibende Wesen, das ich ehemals war. Jetzt muß es beim Freidenken sein Bewenden haben.‹ Durfte er einst von sich sagen: ›Mit der Feder in der Hand habe ich mit gutem Erfolg Schanzen erstiegen, von denen andere, mit Schwert und Bannstrahl bewaffnet, zurückgeschlagen worden sind‹, so konstatiert er nun: ›Ich stecke meine ganze Tätigkeit aufs Profitchen. Kohlen sind noch da, aber keine Flammen.‹ Was nützten ihm noch die Verbeugungen der Mitwelt, der ehrenvolle Ruf nach Leyden, die Zueignung der aufsehenerregenden ›Makrobiotik‹ seines Schülers Hufeland, was konnte es ihm bedeuten, daß der größte Philosoph und der größte Dichter seiner Zeit, Kant und Goethe, seine Freundschaft suchten, wenn es ihm versagt war, tätig handelnd oder doch geistig mitgestaltend das Zeitgeschehen zu beeinflussen, wenn er keinen Weg sah, der aus dem deutschen Dilemma herausführte. Während die

romantische Generation an das Tor der deutschen Literatur klopft, schreibt Lichtenberg resigniert in sein Sudelbuch: ›Man spricht viel von Aufklärung und wünscht mehr Licht. Mein Gott, was hilft aber alles Licht, wenn die Leute entweder keine Augen haben oder die, die sie haben, vorsätzlich verschließen?‹ Zu dieser düsteren Stimmung, und durch sie verschlimmert, tritt seine Krankheit, die ihn in immer kürzer werdenden Abständen zum Pausieren zwingt. Häufig muß er zu starken Stimulantien greifen, um wenigstens teilweise die Hogarth-Erklärungen abzuschließen, deren Manuskript er blattweise bei Dieterichs Setzer abliefert. Trotzdem verfolgt er noch aufmerksam die neuesten Erscheinungen der deutschen Literatur und Philosophie, die ihm jedoch im Grunde fremd bleiben. Nur die Romane Jean Pauls, der ihm schon wegen seiner Verwandtschaft zu Sterne nahesteht, liest er mit Vergnügen, wenn auch nicht ohne Vorbehalte. Jahrelang, bis kurz vor seinem Tode, quält er sich durch die zottigen Perioden Kants, und noch im letzten Lebensjahr äußert er Kantische Gedanken. Aber trotz aller Bemühungen kann er dem System des Königsberger Denkers nicht zustimmen, weder seiner Erkenntnistheorie, die eine existierende und immer weiter, auch durch Lichtenbergs Mittun, entschlüsselte Welt in ein unerkennbares Ding an sich verflüchtigt, noch der Ethik, die den Menschen unter das Gesetz eines rigorosen Müssens stellt. Und dies ist das Fazit all seines philosophischen Mühens: ›Wenn auch meine Philosophie nicht hinreicht, etwas Neues auszufinden, so hat sie doch Herz genug, das längst Geglaubte für unausgemacht zu halten.‹ Damit schließt sich sein geistiger Lebenskreis, der mit Fragen ob der Richtigkeit überkommener Philosophien begann und beim Zweifel an der Allgemeingültigkeit der Systeme endet. Aber die Fragen am Anfang sind aufklärerische Denkimpulse, die Zweifel am Ende verdüstern sich bisweilen zu einem weltumspannenden Pessimismus, denn unsentimental, aber zugleich betrübt muß er feststellen, daß mit ihm selbst auch seine Epoche, das Zeitalter der Aufklärung, seine Hoffnungen und Ideale sterben werden.

Innerlich und äußerlich vereinsamt, krank und oftmals ratlos zieht er sich auf sein Ich zurück und findet kaum noch Freude daran, seinen Platz am Fenster einzunehmen, der ihm einst den Zugang zur Welt bedeutete.
Anfang 1799 werfen ihn heftige Schmerzen aufs Krankenlager. Am 24. Februar stirbt er an einer Lungenentzündung. Über fünfhundert Studenten gaben ihm das letzte Geleit.

Obgleich Lichtenbergs Leben an Ereignissen arm ist, obgleich er sich gegen Umbrüche und Katastrophen von vornherein sicherte und, oberflächlich betrachtet, ein zurückgezogenes Gelehrtendasein führte, verharrte er doch keineswegs in apathischem Zuschaun oder passivem Registrieren. Er ist der Zeitgenosse Lessings und Forsters nicht nur im Sinne biographischer Gleichzeitigkeit, sondern auch im Sinne einer bewußt gelebten Zeitgenossenschaft. Als Sohn der europäischen Aufklärung und des aufsteigenden Bürgertums, ausgerüstet mit dem Wissen um das Fortschreiten des Menschengeschlechts, verachtet er den Despotismus der deutschen Höfe, spottet er über die Kirche und besonders den Katholizismus, kämpft er für die Toleranz und die Freiheit wissenschaftlichen Forschens, nimmt er teil an den erkenntnistheoretischen, ethischen, literarischen und naturwissenschaftlichen Auseinandersetzungen der Zeit. Als Gelehrter überhebt er sich nicht der moralischen Verpflichtung zur Stellungnahme, wenn er sich zuweilen auch um der Sicherheit seiner bürgerlichen Gelehrtenexistenz willen den Zwang des Schweigens auferlegen muß. Dieser Kompromiß mit der herrschenden Klasse bewahrte ihn zwar vor dem materiellen Scheitern, andererseits aber birgt er auch eine Ursache für das Fragmentarische seines literarischen Werkes in sich, das sich unter günstigeren Bedingungen zu einem großen polemisch-satirischen Œuvre gestaltet hätte. – So fehlen aber auch seinem geistigen Antlitz die heroischen Züge Lessings, Schillers oder Georg Forsters, weil er die Grenzen des Möglichen, besonders in den Spätjahren, sehr eng absteckte. Wie kaum bei einem Zeitgenossen verschlingen und verknäulen sich im Denken Lichtenbergs die verschiedenen ideologischen Reflexe des fortgeschrittenen westeuropäischen und des anachronistischen deutschen Gesellschaftszustandes. Je höher er sich am englischen Vorbild aufzurichten versucht, um so tiefer fällt er bisweilen in die Erbärmlichkeit deutscher Verhältnisse zurück. Neben weitschauenden politisch-historischen Thesen stehen Briefe, aus denen der willfährige Untertan spricht; mutige Polemik findet sich neben Zeugnissen übergroßer Ängstlichkeit, Äußerungen von nahezu radikalem Atheismus neben Anwandlungen von Aberglauben; hochgespannte Lebensfreude wechselt mit abgrundtiefer Skepsis. Fraglos dominiert das Lebensbejahende, Vorwärtsweisende, das Denken und das Lebensgefühl, wie er es im englischen Bürgertum kennengelernt hatte, aber unterschwellig ist auch noch das Überwundene gegenwärtig, verhindert letzte Konsequenzen, führt zu Spannungen und Krisen.

Damit ist allerdings nur der allgemeine Rahmen angedeutet, innerhalb dessen sich Lichtenbergs Leben und Schaffen vollzieht. Um das Besondere und Einzigartige dieser Persönlichkeit zu verstehen und seinen ideologiegeschichtlichen Ort genauer zu fixieren, dazu muß man vor allem seine berufliche Stellung und Tätigkeit in die Erörterungen einbeziehen. Lichtenberg steht am Ende einer Entwicklungslinie, deren Beginn durch den Namen Albrecht von Haller bezeichnet wird und für die charakteristisch ist, daß sich exakte Wissenschaften und Literatur ungeschieden und theoretisch kaum differenziert miteinander in Personalunion befinden. Insofern finden die ersten Stufen der deutschen Aufklärung, welche die Kunst der wissenschaftlichen Analyse unterordneten und noch nicht das Spezifische des literarischen Erkenntnisprozesses anerkannten, in Lichtenberg ihren letzten großen Vertreter. Wie sehr das naturwissenschaftliche Denken alle theoretischen Erwägungen überwölbt, läßt sich an seiner scharfen Polemik gegen den Sturm und Drang ablesen. Die künstlerische Erkenntnis soll bei einer praktikablen Wahrheit enden, und füglich behauptet die didaktische und satirische Literatur bei Lichtenberg noch ihre Favoritenstellung, als sie historisch durch die vielschichtigen, alle menschlichen Regungen bloßlegenden Werke des jungen Goethe längst überwunden ist. Und er fordert noch zu einem Zeitpunkt Lehrgedichte auf die Perfektibilität des Menschen und die Physiognomik, als die – ihm höchstwahrscheinlich unbekannten – ›Räuber‹ Schillers das Mannheimer Theaterpublikum zu Exzessen hinrissen.

Obgleich er den Sturm und Drang ästhetisch zu disqualifizieren versucht, beruft er sich in anderen Fragen trotz mannigfacher Interpretationsnuancen auf die gleichen Namen: Shakespeare und Spinoza, vor allem Rousseau, Pope und Möser. – Nicht nur seinem Geburtsjahr nach – er ist dreizehn Jahre jünger als Lessing und sieben Jahre älter als Goethe – steht er an der Wegscheide der beiden höchsten Entwicklungsstufen der deutschen Aufklärung, der Lessingperiode und des Sturm und Drang.

Bevor noch Herder das Programm der Geniebewegung proklamiert, vollzieht Lichtenberg für sich jene die Literatur der siebziger und achtziger Jahre revolutionierende soziale Neuorientierung der bürgerlichen Intelligenz auf die einfachen Menschen, im besonderen die Bauern. Das drückt sich sowohl in seiner Vorliebe für alles Volkstümlich-Lebendige, in seinem Interesse für die Mundart, wie vor allem in seinem dem Klassizismus entgegengesetzten Schönheitsideal aus. Aber ebensowenig wie bei den meisten deutschen Schriftstellern der Zeit äußert sich bei Lichtenberg diese Umorientierung prononciert politisch, sondern vielmehr ethisch. Wie der junge Goethe überwindet auch Lichtenberg die engherzige Frühaufklärung, die der höfischen Ausschweifung mit dem Kontrastideal einer puritanischen Kleinbürgertugend zu begegnen suchte, indem er Natürlichkeit und die allseitige Entfaltung der bürgerlichen Persönlichkeit fordert, was auch die Befreiung der Leidenschaften vom Reglement moralisierender Zöpfe einschließt. Und Lichtenberg rebelliert nicht nur in Worten gegen die rüde Kleinbürgermoral, sondern höchst praktisch und persönlich durch seine illegitime Verbindung mit der Stechardin und mit Marie Kellner.

Mit der neuen Persönlichkeitsauffassung, wie sie sich im vorrevolutionären Jahrzehnt durchsetzt, hängt sein starkes psychologisches Interesse wie seine Neigung zur Selbstdarstellung zusammen. Dabei drängt sich zugleich die Frage auf, warum Lichtenberg nicht über das fragmentarische, aphoristische, tagebuchartige Selbstzeugnis hinausgelangt ist zu der zwar projektierten, aber nie ernsthaft begonnenen Autobiographie. Die mit geradezu ermüdender Stereotypie von den meisten Lichtenberg-Interpreten wiederholte Behauptung, ihm habe es an künstlerischem Talent gefehlt, enträt insofern echter Kompetenz, weil hier kurzerhand Folgen als Ursachen ausgegeben werden; während die objektiven Gründe in seiner eigentümlichen, widersprüchlichen Mittelstellung zwischen den beiden letzten Stadien der deutschen Aufklärungsbewegung und dem damit ursächlich verbundenen Gegensatz von naturwissenschaftlicher und literarischer Tätigkeit zu sehen sind. Er besitzt schon die neuen, nicht zuletzt durch Rousseau beeinflußten psychologisch-ethischen Einsichten, ohne daraus die ästhetischen Konsequenzen ziehen zu können, welche die Voraussetzungen für die künstlerische Darstellung des neuen Persönlichkeitstyps bilden. Daß ihm die Sensibilität und Leidenschaftlichkeit Werthers durchaus nicht fremd ist, verrät allein dieser Satz: ›Bei mir liegt das Herz dem Kopf wenigstens um einen ganzen Schuh näher als bei den übrigen Menschen.‹ Aber er hält das, sofern es künstlerisch adäquat dargestellt wird, für einen unangebrachten aristokratischen Gefühlsluxus, dem es an positiver moralisch-gesellschaftlicher Zielsetzung und erzieherischer Nutzbarkeit gebricht. – Dort ist er schon Weggefährte der jungen Generation des Sturm und Drang, hier huldigt er noch den überkommenen Lehrmeinungen der frühen Aufklärung.

Hinzu tritt Lichtenbergs ständiges Mißtrauen gegenüber Verallgemeinerungen und seine Neigung zur exakten Einzelforschung. So konnte er sein Bestes und Bemerkenswertestes mit den vielen psychologischen Momentaufnahmen leisten, die uns in seinen Aphorismenbüchern erhalten geblieben sind. Hier vermochte er einen Beitrag zur Erkenntnis der menschlichen Seele zu leisten, der über das 18. Jahrhundert weiterwirkte, weil er fern von Vorurteilen, Spekulationen und mechanistischen Deutungen, allein auf scharfsichtige Beobachtung und Selbstbeobachtung gestellt, seiner Zeit voraus, die Dialektik von Mensch und Umwelt, von der ›Korruptibilität‹ und ›Perfektibilität‹ des Menschen zu ergründen versuchte.

Die ideologiegeschichtliche Mittelstellung Lichtenbergs wie auch sein Beharren auf naturwissenschaftlicher Tatsachenerkenntnis verhinderte die Ausbildung eines Weltanschauungssystems mit Totalitätsanspruch. Aber was auf den ersten Blick als Ratlosigkeit erscheinen mag, wird von ihm zum philosophischen Regulativ erhoben: Er verweigert kategorisch allen Systemen und Doktrinen die Gefolgschaft, nachdem er die Relativität der überlieferten und zeitgenössischen Philosophien erkannt hat, die einer Gedankenkonstruktion zuliebe die Wirklichkeit zurechtrücken oder spekulativ umbiegen möchten und nicht dem fortschreitenden Leben Rechnung tragen. Denn, so meint er, wo man über das Zeugnis der Sinne hinausgehe, gewinne die ›spekulative Simplizität‹ Oberhand. So fordert er immer wieder in Übereinstimmung mit seinen Erfahrungen als Physiker empirische Tatsachenforschung, obgleich er sehr wohl weiß, daß dies nicht der Weisheit letzter Schluß sein kann. Der Affront gegen die Vorurteile aller Art bestimmt ihn zum ›Selbstdenker‹: ›Laß dich nicht anstecken, gib keines andern Meinung, ehe du sie dir passend gefunden, für deine aus; meine lieber selbst.‹ Hinter Lichtenbergs Selbstdenkertum steht nicht, wie häufig angenommen wird, ein finsterer und müder Skeptizismus, sondern die drängende Skepsis des aufklärerischen Forschers, der allem Hergebrachten, nicht zuletzt dem spekulativen deutschen Denken mißtraut.

Diese Skepsis bildet einerseits den Riegel, mit dem er sich

den Zugang zur größeren literarischen Form versperrte, andererseits aber den Schlüssel zu seiner Aphoristik, die Spontaneität in den Dienst wissenschaftlicher Durchleuchtung stellt, sich auf Einzelbeobachtungen stützt, diese deutet und analysiert, ohne daß der Versuch unternommen wurde, eine Gesamtansicht der Gesellschaft und des menschlichen Lebens zu entwerfen.

Es entspricht ganz dieser Haltung, daß Lichtenberg, den das Individuelle und Spezielle fesselte, der psychologische Durchleuchtung den Monumentalentwürfen von Weltbildern vorzog, im Brief eine adäquate Form für die Objektivierung seiner Gedanken sah. Hier war dem Vorsichtigen und Verschwiegenen weitgehend die Angst vor einer schnellfertigen Denunziation durch die literarische Öffentlichkeit genommen, hier erhielten seine apodiktischen Urteile die gewünschte hypothetische Form, so daß ihm der Brief die beste Möglichkeit bot, seine Gedankenexperimente vorzutragen. Hier konnte er sich dem Mitstrebenden offenbaren und sich zugleich dem vagen Urteil kritischer Heißsporne entziehen.

Freilich gibt es eine Anzahl von rein privaten Mitteilungen, aber größer ist die Zahl der Briefe, in denen er seine Stellung in der Zeit, in der naturwissenschaftlichen Forschung, inmitten des politischen Ringens der Mitlebenden fixiert. Das bürgerliche Zusammenleben in jenen Tagen brachte es mit sich, daß die Briefe bei abendlichen Teegesprächen in einem kleinen Kreis solidarischer Geister vorgelesen und erörtert wurden. Gerade Lichtenbergs Briefe stehen zwischen privater Nachricht und Publikation; das geht auch daraus hervor, daß er zuweilen anmerkt, wem der jeweilige Brief vorgelesen oder gezeigt werden solle.

Uns sollte indessen nicht so sehr das Ausmaß der Korrespondenz verwundern – ist doch das 18. Jahrhundert eine Zeit hoher Briefkultur – als vielmehr die Tatsache, daß das Briefschreiben Lichtenberg Erholung und Freude bedeutete. Denn ›außer dem Vergnügen, Briefe von meinen guten Freunden zu erhalten, kenne ich beinahe kein größeres als das, in müßigen und guten Stunden wieder an dieselben zu schreiben‹. Und dennoch steht er auch hier in Gegensatz zu den inständig monologisierenden Briefschreibern des empfindsamen Zeitalters, denen der Brief ein handliches Gefäß ist, in das sie ihre Seelenschmerzen ergießen. Die überwiegende Anzahl von Lichtenbergs Briefen beschäftigt sich nicht mit seiner Person, sondern mit dem Gegenüber oder einem Dritten, mit Beobachtungen der Umwelt, Reiseerlebnissen, Forschungen und Kunst. Daher ist seine Persönlichkeit nicht unmittelbar aus dem geschriebenen Briefwort erkennbar, sondern nur indirekt, aus seinem Verhalten und Verhältnis zu den Personen, an die er schreibt, aus der Darstellung, aus der kalten oder herzlichen Höflichkeit, dem versteckt ironischen Urteil oder einem übermütigen Geplauder.

Zu Unrecht hat man vom Briefstil Lichtenbergs gesprochen, da es sich doch in Wirklichkeit um Stile, um Stilarten handelt, die abhängig sind vom jeweiligen Adressaten. Und er besitzt eine proteische Verwandlungsfähigkeit! Hier erweist er sich als temperamentvoller Polemiker, dort als freundlich-humoristischer Sittenschilderer, berichtet hier in nüchternem Ton von seinen wissenschaftlichen Ergebnissen und gibt sich dort weltmännisch-ironisch. Er kann entzückende Glückwunschadressen verfassen und schreibt an Strieder, den Verfasser eines Gelehrtenlexikons, ein wahrlich exemplarisches Kanzleideutsch. Bis in die feinsten Nuancen, von der Anrede- bis zur Abschlußformel, ist diese Einstellung auf den Adressaten spürbar, die eine ungewöhnliche Menschenkenntnis, eine komödiantische Ader und einen bedeutenden Grad von Anpassungsvermögen voraussetzt. Der gleiche Lichtenberg, der an den nicht in jedem Betracht geschätzten Lehrer Kästner ein höchst devotes Schreiben richtet, vermag wenig später an Frau Dieterich einen Brief über Damenbekanntschaften zu schreiben, hinter dessen todernstem Ton man das Augurenlächeln zu sehen meint. Der gleiche, der seitenlange Berichte über astronomische Fragen an Amtskollegen schreibt, ist dann plötzlich des trockenen

Tones satt und tut sich an allerlei glaubwürdigen und unglaubwürdigen Histörchen gütlich.

Fraglos ist ihm das Briefschreiben Bedürfnis, aber beileibe nicht immer ein Bedürfnis zur Konfession. Seine Briefe sind deshalb nicht nur Lebensdokumente, sondern durchaus, jedenfalls ihrer Stilhaltung nach, künstlerische Zeugnisse, weil Lichtenberg sie ganz bewußt gestaltet. Nicht selten fühlt er sich gedrängt, den gleichen Vorgang, zum Beispiel die Helgolandreise, eingestellt auf den jeweiligen Adressaten, auf ganz verschiedene Weise zu spiegeln. So wollen uns viele seiner Briefe als eine literarische Experimentier- und Spielform erscheinen, die allerdings in jedem Falle eine intime Kenntnis der Psyche seines Gegenübers voraussetzte.

Das schließt natürlich nicht aus, daß manche seiner Briefe von großem informativem Wert sind, wie zum Beispiel die Beschreibung des Londoner Lebens in dem Brief an Baldinger oder das Schreiben an Goethe zu Problemen der Farbenlehre. Im Grunde sind es aber die ironischen Facetten, die Plastizität des Stils, die unmittelbare Lebendigkeit, die uns diese Briefe auch heute noch so lesenswert erscheinen lassen.

Es ist auch kein Zufall, daß er in einigen der besten seiner Aufsätze, wie zum Beispiel in den ›Briefen aus England‹, die Kunstform des Briefes wählte. Aber auch ein solcher Aufsatz wie ›Warum hat Deutschland noch kein großes, öffentliches Seebad?‹ und selbst die ›Ausführliche Erklärung der Hogarthischen Kupferstiche‹ weisen enge Verwandtschaft mit der Briefform auf. Hier konnte Lichtenberg die Grundforderung, die er an jeden Schriftsteller richtete, stets an ein bestimmtes Publikum zu denken, am reinsten verwirklichen. Freilich ist die von ihm gewählte Form, deren Wesen in der Mitteilung besteht, weit entfernt vom Briefroman des europäischen Sentimentalismus. Sie steht vielmehr in einer Traditionsfolge, die sich von der römischen Antike, von Cicero und Plinius, über die Humanisten zu den englischen Pamphletisten des Aufklärungszeitalters fortsetzt. Es ist eine Diskussions- und Gesprächsform, die öffentlich anregen, Fakten übermitteln, zuweilen auch provozieren will und die sich im speziellen Falle Lichtenbergs an das Bildungsbedürfnis des deutschen Bürgertums wendet, an der Veränderung des Menschen und seiner Welt teilhaben will.

Überhaupt ist für die überwiegende Zahl von Lichtenbergs schriftstellerischen Arbeiten charakteristisch, daß sie in der Mitte zwischen künstlerischer und wissenschaftlicher Prosa stehen, also auch insofern die Bezeichnung Essays verdienen. Das zeigt sich schon an seiner Arbeitsmethode. Ihm bleiben vulkanische Eruptionen fremd, statt dessen trägt er mit großem Fleiß Material zusammen und sammelt Sentenzen und Einfälle, die er dann in den Schriften verwendet. Häufig wird der Anstoß durch einen aktuellen Anlaß gegeben, den Besuch eines englischen Seebads, das Erscheinen der ›Physiognomischen Fragmente‹ usw., stets aber verbindet er mit seinen Arbeiten einen praktischen Zweck, wie sehr sie sich auch in Thematik und Form unterscheiden mögen.

Das Mißtrauen des Aufklärers und im besonderen des sehr publikationsfreudigen Naturwissenschaftlers gegen die freischaffende Phantasie führte dazu, daß er gern ein bereits in dieser oder jener Weise vorgeformtes Thema – entweder beschreibend oder auch polemisch ablehnend – behandelte, was deutlich wird an seiner größten literarischen Arbeit, den Hogarth-Beschreibungen, wobei hier ganz besonders die minutiös dargestellten Details seiner Neigung zur Exaktheit entgegenkamen und ihm die Möglichkeit zu einer höchst differenzierten Schilderung des frühen ›bürgerlichen Heldenlebens‹ boten, zu einer kritisch-moralisierenden Gegenwartshistoriographie, wie sie das Mittelalter als ›Spiegel‹ bezeichnete. Da er stets den Nützlichkeitseffekt gewahrt wissen wollte, fand er nicht bei den Griechen und ihrem Schönheitskult sein Stilideal verwirklicht, sondern – und das wiederum in Gegensatz zu den meisten seiner Zeitgenossen – bei den weitaus praktischeren Römern, besonders bei ihren Historikern.

Daß jedoch Lichtenbergs eigentliche schriftstellerische Begabung, die er nur allzu bereitwillig unterdrückte, im Bereich des Satirisch-Polemisch-Parodistischen lag, vergegenwärtigt allein ein so amüsanter und phantasiestarker Aufsatz wie das ›Fragment von Schwänzen‹, mit dem er Lavaters Physiognomik vollends dem Lachen preisgeben wollte. Dabei ist für Lichtenberg solch skurriler und zweideutiger Einfall durchaus typisch, wie er auch andererseits durch die Verbindung heterogener Inhaltssphären und Stilebenen im ›Gnädigsten Sendschreiben der Erde an den Mond‹ erstaunliche Wirkungen erzielt.

Dieses Talent jedoch, an dem es den deutschen Schriftstellern des 18. Jahrhunderts zu fehlen scheint, konnte und wollte er unter den gegebenen Bedingungen nicht entwikkeln und pflegen. Zwar erlaubt er seiner Phantasie, oftmals ungewollt, manchmal unter einem Pseudonym verborgen, gewisse Seitensprünge, im Grunde lebt er aber dann entweder in ständiger Furcht vor einer scharfen öffentlichen Reaktion, oder er hat zumindest ein schlechtes Gewissen ob seiner eigenen Einbildungskraft.

Im einzelnen belehren uns darüber eine Fülle von Entwürfen zu Essays, Polemiken, Erzählungen, sogar Romanen, die allerdings fast ausnahmslos in der ersten Konzeption stekkenblieben. Genannt werden muß hier vor allem die ›Zezuanische Geschichte‹, zu der sich Lichtenberg über mehrere Jahre Notizen machte. Sie sollte ein großes satirisch-zeitkritisches Werk werden nach dem Vorbild des hochgeschätzten ›Gulliver‹ von Jonathan Swift. Zu Papier gebracht wurden lediglich einige funkelnde Einfälle, die indessen hinreichend für die unerhörte Imagination Lichtenbergs zeugen. Wenn sich der Künstler vor anderen Menschen durch die Fülle der Gesichte, durch Phantasie und Einfallsreichtum auszeichnet, so war es Lichtenberg in hohem Maße. Er notierte beispielsweise den Plan zu einer Erzählung, in welcher der Held als Greis geboren und als Säugling sterben sollte: ein Projekt, das auszuführen das 20. Jahrhundert dem Amerikaner Francis Scott Fitzgerald mit der Erzählung ›Der seltsame Fall des Benjamin Button‹ überließ.

Gerade an diesem Beispiel zeigt sich der Schriftsteller Lichtenberg als homo ludens, der insgeheim nicht vor dem phantastischen Spiel mit dem Absurden zurückschreckte. Insgeheim muß jedoch betont werden, daß es Lichtenberg nicht nur höchst albern vorgekommen wäre, ein solches Vorhaben zu verwirklichen, sondern zugleich seinem aufklärerischen Ethos als Verrat an den Prinzipien menschenbildender Literatur erschienen wäre.

Man mag es beklagen, daß die geplanten Polemiken, Essays und Satiren Lichtenbergs in den Entwürfen liegenblieben, fest steht aber, daß er im Aphorismus sein Höchstes geleistet hat, daß er durch ihn, wenn auch erst postum, zu einer der führenden Gestalten der deutschen Nationalliteratur des 18. Jahrhunderts wurde. An den Aphoristiker dachte Hebbel, wenn er lieber mit Lichtenberg vergessen als mit Jean Paul unsterblich sein wollte; den Aphoristiker meinten Platen und Tolstoi, der Physiker Einstein oder Publizisten von hohen Graden wie Karl Kraus und Kurt Tucholsky, wenn sie Lichtenberg zu ihren Lieblingsschriftstellern zählten.

Den Aphoristiker? Da Lichtenberg doch, streng genommen, keine Aphorismen schrieb oder nicht schreiben wollte. Denn was uns in den acht Wachstuchheften, die 1901 von Albert Leitzmann vollständig, vorher schon auszugsweise ediert wurden, überliefert ist, sind Einfälle, Anmerkungen, Beobachtungen, Notizen, Vorstufen, Entwürfe, Fragmente, Arbeitsmaterialien, die von ihrem Verfasser nie zur Veröffentlichung bestimmt waren. Hatte er doch stets einigermaßen abschätzig von seinem ›waste-book‹, dem Sudelbuch, Klitterbuch oder Schmierbuch gesprochen. Als er am 1. Januar 1789 ein neues Heft beginnt, stellt er ihm den folgenden programmatischen Satz voran: ›Vermischte Einfälle, verdaute und unverdaute, Begebenheiten, die mich besonders angehen; auch hier und da Exzerpte und Bemerkungen, die an einem andern Ort genauer eingetragen oder sonst von mir genutzt sind.‹ – Wenn er seine Methode beiläufig als Gelegenheitsdenken bezeichnet, so trifft das genau den Charakter seiner Bemerkungen, die ihre Existenz oftmals dem Zufall, einem plötzlich eintretenden Ereignis, einem Einfall verdanken und die als ›Pfennigswahrheiten‹ in seiner ›Exzerptenbuchsparbüchse‹ gesammelt werden. Daher findet der Leser dort ein schier regelloses Durcheinander von philosophischen, historischen, politischen, psychologischen und sprachwissenschaftlichen Notizen, eine Buntheit und Vielgestalt, die durch kein System geordnet ist. Weshalb es auch ein müßiges und schwer zu rechtfertigendes Unterfangen ist, wenn manche Herausgeber der Bemerkungen durch Gruppierung eine Systematik vortäuschen, die weder in der Absicht Lichtenbergs lag, noch seinem Werk dient. Und dennoch ist insofern eine innere Ordnung unverkennbar, als die Chronologie der Notizen die geistige Entwicklung Lichtenbergs abspiegelt, die philosophisch mit der Aneignung Leibnizscher Gedanken beginnt und mit der Überwindung der Kantischen Transzendentalphilosophie endet. Aber auch äußerlich-formal läßt sich unschwer ein Reifeprozeß feststellen, da Lichtenberg beim Niederschreiben seiner Bemerkungen mehr und mehr zu der Überzeugung gelangte, daß hier unversehens etwas Eigenes, Unwiederholbares entstand. So feilte er in späteren Jahren oft längere Zeit an den Formulierungen, schrieb sie um, tilgte Unfertiges, suchte nach dem angemessenen Wort und der treffenden Pointe. Das geschah jedoch nicht mit dem Ziel der Publikation, sondern vielmehr als Gedanken- und Fingerübung, zumal er wie alle Aufklärer die geschliffene Sentenz als unabdingbares Bestandteil echter Dichtung betrachtete. Dabei gereichte es den Bemerkungen fraglos zum Vorteil, daß sie nicht von Lichtenberg veröffentlicht wurden, da seine erbarmungslose Selbstzensur und Selbstkritik vieles ausgeschlossen hätte, was heute zur ersten Wahl deutscher Prosa gehört.

So tritt uns aus den Sudelbüchern der ganze Lichtenberg entgegen mit seinen persönlichen Fragen und Zweifeln, mit seinen Qualen und Freuden; aber mehr noch, die Ära ökonomischer, wissenschaftlich-technischer und politischer Umwälzungen, das große Zeitalter der bürgerlichen deutschen Philosophie und Literatur erfährt hier eine Brechung, deren Eigenart darin besteht, daß Lichtenberg zugleich Beteiligter und dennoch distanzierter Richter ist, da er zwar dem großen Strom der Aufklärung, nicht aber einer ihrer Strömungen zugehört.

Das brachte ihm in späteren Jahrzehnten die Aura der Einsamkeit ein, und von seiten Goethes kam gar der Vorwurf, er sei ›keine konstruktive Natur‹ gewesen. Tatsächlich sind Lichtenbergs Bemerkungen nur in Ausnahmefällen im Sinne Goethes ›Maximen‹. Sie vermeiden geradezu, Lebensregeln zum täglichen Gebrauch auszugeben, statt dessen überwiegt eine kritische, kühle, analysierende Haltung, die aber stets von Verantwortung für die Menschheitsentwicklung getragen ist, die Kritik nicht als nihilistische Absage, sondern als Voraussetzung zur Erneuerung und Umwandlung betrachtet. Denn: ›Der oft unüberlegten Hochachtung gegen alte Gesetze, alte Gebräuche und alte Religion hat man alles Übel in der Welt zu danken.‹

Lichtenbergs schriftstellerische und philosophische Haltung ist nicht auf Repräsentanz eingestellt, er will nicht der Praeceptor Germaniae sein, keinen kategorischen Imperativ formulieren, vielmehr den Menschen durch Beobachtung und Erfahrung kennenlernen und dann das tausendfach Beobachtete und Erfahrene in einem Satz, der das Innerste der Sache enthüllt, komprimieren. Insofern ist Lichtenberg im französischen Sinne ein Moralist, das heißt, er untersucht Sein und Wesen des Menschen, studiert Charaktere, beobachtet Reaktionen auf bestimmte Umwelteinflüsse und entwickelt daran seine Thesen der Lebensführung. Aber nur in diesem sehr umfassenden Sinne. Denn die Kunstform des französischen Aphorismus, wie sie durch die Moralisten von La Rochefoucauld bis Rivarol europäische Wirkung ausübt, entsteht aus dem Gesellschaftsleben des Rokoko und sublimiert literarisch die höfische Spätkultur, deren intellektueller Zynismus im Brillantfeuerwerk von La Rochefoucaulds Maximen verführerisch aufleuchtet.

Lichtenbergs Bemerkungen sind überhaupt keiner bestimmten künstlerischen Traditionsfolge verpflichtet, da ihr Verfasser sich nicht mit der Absicht trug, Aphorismen zu schreiben. Und nur ein Teil der in den Sudelbüchern enthaltenen Abschnitte, Sätze und Satzscherben tun dem Gattungsbegriff des Aphorismus Genüge, der in einem prägnant formulierten geistreichen, witzigen Satz eine Lebensweisheit, ein Urteil oder auch einen paradoxen Gedanken vorträgt, und zwar zumeist in überraschendem, subjektivistisch überspitztem Gegensatz zu einem überkommenen Meinungsgefüge.

Wie sehr Lichtenberg auch seine geistige Unabhängigkeit und Vorurteilslosigkeit betont und in Übereinstimmung mit dem sich emanzipierenden Bürgertum die Freiheit des Individuums als Voraussetzung gesellschaftlichen Fortschreitens betrachtet, sowenig huldigt er doch als Aufklärer einer subjektiven Willkür und Bindungslosigkeit. Seine Bemerkungen sind trotz mancher schockierender Aussage nicht die Denkergebnisse eines freischwebenden individualistischen Geistes, sondern vielmehr Bausteine, die er dem Gebäude der europäischen Aufklärung einfügen möchte. – Wenn von Lichtenbergs Vorbildern die Rede ist, so muß an erster Stelle der englische Renaissancephilosoph Francis Bacon genannt werden, den er wegen seines vorurteilsfreien Forscherethos, seiner naturwissenschaftlichen Methode und seines gegen die Systemphilosophie gerichteten Denkens des öfteren rühmt. ›Der berühmte Baco von Verulam hat schon gesagt, und wir haben es für wahr befunden, daß in einer Wissenschaft nicht viel mehr erfunden wird, sobald sie in ein System gebracht wird.‹ Daraus ergibt sich Lichtenbergs Stilideal, das sich gleichermaßen weit entfernt von dem Glanz der Aphorismen La Rochefoucaulds wie von der orakelhaften Dunkelheit der Fragmente Friedrich Schlegels. Lichtenberg unterordnet immer die Form dem Inhalt, ohne auf das Schleifen zu verzichten. Er will jedoch nicht bestechen und verblüffen, sondern überzeugen. Und überzeugen kann nur die Sache selbst. Wie er einerseits zeitlebens den Sprachschwulst und -prunk bekämpfte, so hegte er andererseits tiefes Mißtrauen gegen stilistische Marmorglätte. Und er verzichtete gern auf wohlgefügte Figuren und symmetrische Perioden, sobald er dahinter eine wenn auch nur leichte Wahrheitsretusche witterte. Gegenständlichkeit und Klarheit, Schlichtheit und Sachlichkeit sind oberste Gebote, die er am schönsten bei Lessing verwirklicht sah, und eine Formulierung vermochte er nicht höher zu ehren als mit dieser Bemerkung: ›Der fast Lessingsche Ausdruck, der dem Gedanken sitzt wie angegossen.‹ – Dabei sind Lichtenbergs Aphorismen alles andere als einfach oder banal, sondern eher kompliziert. Die Energien, die in einem Satz zusammengeballt sind, erfordern vom Leser ein intensives Mit-, vor allem aber ein Weiterdenken. Allerdings sind die Denkbahnen mit zwingender Logik vorgezeichnet, so daß keine phantasievolle Deutung, sondern nur das exakte Erfassen des Sinngehalts möglich ist. Das erweist sich an einem Aphorismus wie diesem: ›Kluge Leute glauben zu machen, man sei, was man nicht ist, ist in den meisten Fällen schwieriger, als wirklich zu werden, was man scheinen will.‹ Die glasklare, geometrische Struktur dieses Satzes, der als rhetorische Figur ein meisterhaft gelungener Chiasmus ist, erleichtert zwar zunächst nicht das Verständnis des ungewöhnlichen, ja paradoxen Gedankens, aber sie gibt ihm eine solche präzise und bündige Fügung, daß man beim zweiten Lesen mit dem Inhalt auch die Form begreift, ja die konzentrierte Antithetik als die bestmögliche Gestalt des geistreich-paradoxen Inhalts erkennt. Die Schönheit der Sprache realisiert sich in der Überschaubarkeit der Gedanken. Die sprachliche Form der Aphorismen soll nach Lichtenbergs Willen einem von allem Schmuck befreiten enganschließenden Kleid gleichen, auf dem sich die Muskeln, Sehnen und Knochen des Gedankenkörpers sichtbar abzeichnen. Das setzt freilich, um dem ästhetischen Gesetz zu genügen, jene Schlankheit des Denkens voraus, die allein die Mathematik lehrt.

Wie er das Ornament und den Zierat ablehnt, so unterliegt er auch höchst selten der Versuchung des Wortspiels um seiner selbst willen, des Wortwitzes, wohl aber bedient er sich des außergewöhnlichen Wortarrangements, mit dessen Hilfe er schlaglichtartig und mit hintersinniger Ironie die Illusionen der Mächtigen seiner Zeit zerstört: ›Nicht alle, die wohlgeboren, sind wohlgestorben oder im Reich der Toten Hochedelgestorbene.‹ Im übrigen läßt sich gerade an diesem Beispiel das Wesen von Lichtenbergs Sprachkunst gut demonstrieren, deren Wirkung nicht zuletzt darauf beruht, daß sie zwischen Metapher und Abstraktion, reinem Bild und reinem Gedanken in der Mitte steht und Dichtung gleichsam mit wissenschaftlicher Akribie zu realisieren weiß. Trotzdem wird Lichtenbergs Diktion nie blutleer, weil er seine Sprache ständig durch Dialektwörter und volkssprachliche Wendungen bereichert. Und manche seiner Bemerkungen gewinnen gerade durch den Kontrast von esoterischem Gegenstand und umgangssprachlich-lässiger Formulierung eine eigentümliche Pikanterie oder auch eine nahezu brutale Schärfe: ›Oden, wenn man sie liest, so gehen einem, mit Respekt zu sagen, Nasenlöcher und Zehen auseinander.‹

Wenngleich die Bemerkungen ihre Entstehung häufig einem zufälligen Denkreiz verdanken, so sind sie in der uns vorliegenden Gestalt doch das Ergebnis einer jahrelang geübten und wohlüberlegten Sprachbehandlung, da ihr Verfasser – wie nur wenige seiner Zeitgenossen – über Wesen und Möglichkeiten der Sprache nachgedacht hat, Wörter in neuer Bedeutung verwendete, ihre semantischen Randzonen abhorchte und feinsinnige Beobachtungen über Akzent und Sprachgestus anstellte.

Freilich beruht die Wirkung von Lichtenbergs Bemerkungen nicht nur auf einem genialen Sprachvermögen, sondern vor allem auf einer universellen Bildung, über die er souverän zu gebieten vermochte. So jedenfalls erklärte Goethe das Phänomen Lichtenberg: ›Ihm stand eine ganze Welt von Wissen und Verhältnissen zu Gebote, um sie wie Karten zu mischen und nach Belieben schalkhaft auszuspielen.‹

Obschon der thematische Radius der Bemerkungen sehr

weit ist und fast alle Wissens- und Tätigkeitsgebiete berührt, steht doch unverkennbar die geistig-moralische Physiognomie des Menschen im Zentrum von Lichtenbergs Nachdenken. Aber ihn interessiert nicht so sehr das Genie oder das gekrönte Haupt, sondern der einfache Mensch seiner Zeit, der abseits von der Heerstraße der Geschichte lebt, arbeitet, liebt und stirbt. Er mißtraut dem großen Wort wie dem weltfernen Pathos und leuchtet mit seiner Zauberlaterne hinter die heroische Attitüde, deren Fragwürdigkeit im bizarren Licht- und Schattenspiel seiner Aphorismen offenbar wird. – Er vermag den Propheten und Priestern nicht zu glauben und mißtraut den vermeintlichen Helden der Weltgeschichte, weil er weiß, daß der Mensch von irdischem Zuschnitt ist. Fern von den Utopien und Selbsttäuschungen des jungen Bürgertums, an dessen Ringen um einen neuen Lebensinhalt er teilnimmt, weist er den Menschen auf das tätige Leben, die Gegenwart, das Naheliegende und verpflichtet ihn zur Toleranz ohne Standpunktlosigkeit, zur Menschlichkeit ohne Sentimentalität, zur Hoffnung ohne Illusionismus.

Kurt Batt

APHORISMEN

1764–1772

Der große Kunstgriff, kleine Abweichungen von der Wahrheit für die Wahrheit selbst zu halten, worauf die ganze Differentialrechnung gebaut ist, ist auch zugleich der Grund unserer witzigen Gedanken, wo oft das Ganze hinfallen würde, wenn wir die Abweichungen in einer philosophischen Strenge nehmen würden.

Es ist eine Frage, ob in den Wissenschaften und Künsten ein Bestes möglich sei, über welches unser Verstand nicht gehen kann. Vielleicht ist dieser Punkt unendlich weit entfernt, ohnerachtet bei jeder Näherung wir weniger vor uns haben.

Die Erfindung der wichtigsten Wahrheiten hängt von einer feinen Abstraktion ab, und unser gemeines Leben ist eine beständige Bestrebung, uns zu derselben unfähig zu machen; alle Fertigkeiten, Angewohnheiten, Routine, bei einem mehr als bei dem andern, und die Beschäftigung der Philosophen ist es, diese kleinen blinden Fertigkeiten, die wir durch Beobachtungen von Kindheit an uns erworben haben, wieder zu verlernen. Ein Philosoph sollte also billig als ein Kind schon besonders erzogen werden.

So wie das Ohr Verhältnisse mißt, so berechnet vielleicht die Zunge Flächen von Körpern.

Die größten Dinge in der Welt werden durch andere zuwege gebracht, die wir nichts achten, kleine Ursachen, die wir übersehen und die sich endlich häufen.

Rousseau nennt mit Recht den Akzent die Seele der Rede. Und Leute werden von uns oft für dumm angesehn, und wenn wir es untersuchen, so ist es bloß der einfache Ton in ihren Reden. Weil nun dieses bei den Schriften wegfällt, so muß der Leser auf den Akzent geführt werden, dadurch, daß man deutlicher durch die Wendung anzeigt, wo der Ton hingehört. Und dieses ist es, was die Rede im gemeinen Leben vom Brief unterscheidet und was auch eine bloß gedruckte Rede von derjenigen unterscheiden sollte, die man wirklich hält.

Die Versart den Gedanken anzumessen ist eine sehr schwere Kunst, und eine Vernachlässigung derselben ist ein wichtiger Teil des Lächerlichen. Sie verhalten sich beide zusammen wie im gemeinen Leben Lebensart und Amt.

Da alle Glieder der Tiere eine sehr weisliche Absicht ihres großen Schöpfers zeigen, so fragt sich, warum die Menschen oft Gewächse, Glieder ohne eine Absicht, bekommen.

Die Esel haben die traurige Situation, worin sie jetzo in der Welt leben, vielleicht bloß dem witzigen Einfall eines losen Menschen zu danken. Dieser ist schuld, daß sie zum verächtlichen Tier auf immer geworden sind und es auch bleiben werden, denn viele Eselstreiber gehen deswegen mit ihren Eleven so fürchterlich um, weil es Esel, nicht weil es träge und langsame Tiere sind.

Der Aberglauben gemeiner Leute rührt von ihrem frühen und allzu eifrigen Unterricht in der Religion her. Sie hören von Geheimnissen, Wundern, Wirkungen des Teufels und halten es für sehr wahrscheinlich, daß dergleichen Sachen überall in allen Dingen geschehen könnten. Hingegen wenn man ihnen erst die Natur selbst zeigte, so würden sie leichter das Übernatürliche und Geheimnisvolle der Religion mit Ehrfurcht betrachten. Da sie hingegen jetzo dieses für etwas sehr Gemeines halten, so daß sie es für nichts Sonderliches halten, wenn ihnen jemand sagte, es wären heute sechs Engel über die Straße gegangen. Auch die Bilder in den Bibeln taugen nicht für Kinder.

Es gibt keine Synonyma; die Wörter, die wir dafür halten, haben ihren Erfindern gewiß nicht einerlei, sondern vermutlich Spezies ausgedrückt.

Die Schnecke baut ihr Haus nicht, sondern es wächst ihr aus dem Leib.

Aus den Träumen der Menschen, wenn sie dieselben genau anzeigten, ließe sich vielleicht vieles auf ihren Charakter schließen. Es gehörte aber dazu nicht etwa einer, sondern eine ziemliche Menge.

Die Furcht vor dem Tod, die den Menschen eingeprägt ist, ist zugleich ein großes Mittel, dessen sich der Himmel bedient, sie von vielen Untaten abzuhalten; vieles wird aus Furcht vor Lebensgefahr oder Krankheit unterlassen.

Daß der Mensch grob sündigen kann, daran ist mehr die Beschaffenheit der äußeren Dinge als seine eigene schuld; könnte er nicht die Wirkung gewisser Dinge hindern, andere zerstören, wie könnte er fehlen, wenn alles, was er gegen die Wesen außer ihm vornähme, denselben zum Vorteil gereichte?

Die Speisen haben vermutlich einen sehr großen Einfluß auf den Zustand der Menschen, wie er jetzo ist, der Wein äußert seinen Einfluß mehr sichtbarlich, die Speisen tun es langsamer, aber vielleicht ebenso gewiß. Wer weiß, ob wir nicht einer gut gekochten Suppe die Luftpumpe und einer schlechten den Krieg oft zu verdanken haben. Es verdiente dieses eine genauere Untersuchung. Allein wer weiß, ob nicht der Himmel damit große Endzwecke erreicht, Untertanen treu erhält, Regierungen ändert und freie Staaten macht und ob nicht die Speisen das tun, was wir den Einfluß des Klimas nennen.

Heftigen Ehrgeiz und Mißtrauen habe ich noch allemal beisammen gesehen.

Ich habe etliche Mal bemerkt, daß ich Kopfweh bekam, wenn ich mich lange in einem Hohlspiegel betrachtete.

Wenn ich bisweilen viel Kaffee getrunken hatte und daher über alles erschrak, so konnte ich ganz genau merken, daß ich eher erschrak, ehe ich den Krach hörte. Wir hören also gleichsam noch mit anderen Werkzeugen als mit den Ohren.

Leute, die nicht die feine Verstellungskunst völlig innehaben und andere mit Fleiß hintergehen wollen, entdecken uns gemeiniglich das Generelle ihrer ganzen Denkungsart bei der ersten Zusammenkunft. Wer also der Neigung eines andern schmeicheln will und sich in dieselbe schicken lernen will, der muß bei der ersten Zusammenkunft sehr achtgeben, dort findet man gemeiniglich die bestimmenden Punkte der ganzen Denkungsart vereinigt.

Ich träumte neulich an einem Morgen, ich läge wachend im Bette und könnte keinen Atem bekommen. Darauf erwachte ich ganz helle und spürte, daß ich nur ganz mäßig Mangel nach meiner damaligen Lage daran hatte. Einem bloß fühlenden Körper kommen böse Empfindungen allzeit größer vor als einem, der mit einer denkenden Seele verknüpft ist, wo selbst oft der Gedanke, daß die Empfindungen nichts zu bedeuten haben oder daß man sich, wenn man nur wollte, davon befreien könnte, vieles vom Unangenehmen vermindert. Wir liegen öfters mit unserm Körper so, daß gedrückte Teile uns heftig schmerzen, allein weil wir wissen, daß wir uns aus dieser Lage bringen könnten, wenn wir nur wollten, so empfinden wir wirklich sehr wenig. Dieses bestärkt eine Anmerkung, die ich unten gemacht habe, nämlich daß man sich durch Drücken die Kopfschmerzen vermindern kann.

Der Tod ist eine unveränderliche Größe, allein der Schmerz ist eine veränderliche, die unendlich wachsen kann. Dieses ist ein Satz, den die Verteidiger der Folter zugeben müssen, denn sonst foltern sie vergeblich, allein in vielen wird der Schmerz ein Größtes und kleiner als der Tod.

Die Vorurteile sind sozureden die Kunsttriebe der Menschen; sie tun dadurch vieles, das ihnen zu schwer werden würde, bis zum Entschluß durchzudenken, ohne alle Mühe.

Eine Sprache, die allemal die Verwandtschaft der Dinge zugleich ausdrückte, wäre für den Staat nützlicher als Leibnizens Charakteristik. Ich meine solche wie zum Exempel Seelsorger statt Prediger, Dummkopf statt Stutzer, Wassertrinker statt anakreontischer Dichter.

Debitum naturae reddere heißt auf lateinisch gemeiniglich sterben. Oh, es könnte noch mehr heißen! Viele Schwachheiten, die wir begehen, sind Schulden, die wir der Natur bezahlen.

Unser Leben hängt so genau in der Mitte zwischen Vergnügen und Schmerz, daß uns schon zuweilen Dinge schädlich werden können, die uns zu unserm Unterhalt dienen, wie ganz natürlich veränderte Luft, da wir doch in die Luft geschaffen sind. Allein wer weiß, ob nicht vieles von unserm Vergnügen von diesem Balancement abhängt; diese Empfindlichkeit ist vielleicht ein wichtiges Stück von dem, was unsern Vorzug vor den Tieren ausmacht.

Eine Empfindung, die mit Worten ausgedrückt wird, ist allzeit wie Musik, die ich mit Worten beschreibe; die Ausdrücke sind der Sache nicht homogen genug...

Es ist in der Tat ein sehr blindes und unsern aufgeklärten Zeiten sehr unanständiges Vorurteil, daß wir die Geographie und die römische Historie eher lernen als die Physiologie und Anatomie, ja die heidnische Fabellehre eher als diese für Menschen beinah so unentbehrliche Wissenschaft, daß sie nächst der Religion sollte getrieben werden. Ich glaube, daß einem höheren Geschöpfe, als wir Menschen sind, dieses das reizendste Schauspiel sein muß, wenn er einen großen Teil des menschlichen Geschlechts starr ein paar tausend Jahre hinter sich gehen sähe, und aufs ungewisse und unter dem Freibrief, Regeln für die Welt aufzusuchen, sich und der Welt unnütz sterben, die ihren Körper, der doch ihr vornehmster Teil war, nicht kannten, da ein Blick auf ihn, sie, ihre Kinder, ihren Nächsten, ihre Nachkommen hätte glücklich machen können.

Um uns ein Glück, das uns gleichgültig scheint, recht fühlbar zu machen, müssen wir immer denken, daß es verloren sei und daß wir es diesen Augenblick wieder erhielten. Es gehört aber etwas Erfahrung in allerlei Leiden dazu, um diese Versuche glücklich anzustellen.

Diejenigen Verba, welche die Leute täglich im Munde führen, sind in allen Sprachen die irregulärsten: sum, sono, εἰμὶ, ich bin, je suis, jag är, I am.

Die Kritiker lehren uns, uns an die Natur zu halten, und die Schriftsteller lesen es, sie halten es aber immer für sicherer, sich an Schriftsteller zu halten, die sich an die Natur gehalten haben. Die meisten lesen die Regeln des Home, und wenn sie schreiben wollen, denken sie an eine Stelle des Shakespeare. Es ist freilich gut, ein so großes Original vor Augen zu haben, allein es ist klar, daß, wenn man eine solche Kopie nicht erreicht, die Entfernung davon nach der Seite zu geschieht, die von der Natur noch weiter abweicht; oder es muß ein großes Genie sein, das sich der Natur noch mehr nähert als die erste Kopie derselben. Geschieht aber dieses, so muß notwendig der Verfasser mehr die Natur als die Kopie zu erreichen gesucht haben, und man kann eigentlich alsdann nicht mehr sagen, daß er nach einer Malerei gezeichnet hat, sondern er bedient sich derselben nur so, wie man sich in der praktischen Geometrie des Augenmaßes zuweilen bedient, Messungen zu probieren, nicht um dadurch überhaupt zu sehen, ob man genau gemessen hat, sondern zu sehen, ob man nicht durch einen Irrtum in der Rechnung einen Fehler begangen hat, der die Hälfte des gesuchten beträgt.

Dante Alighieri nennt in seiner Komödie den Virgil mit vielem Respekt seinen Lehrer und hat ihn, wie Herr Meinhard bemerkt, doch so schlecht genützt; eine deutliche Probe, daß man schon damals die Alten lobte, ohne zu wissen, warum. Sie zu loben und andere Sachen tun, dieser Respekt gegen Dichter, die man nicht versteht und doch erreichen will, ist die Quelle unserer schlechten Schriften.

Bei einem Verbrechen ist das, was die Welt das Verbrechen nennt, selten das, was die Strafe verdient, sondern da ist es, wo unter der langen Reihe von Handlungen, womit es sich gleichsam als mit Wurzeln in unser Leben hinein erstreckt, diejenige ist, die am meisten von unserm Willen dependierte und die wir am allerleichtesten hätten nicht tun können.

Es gibt eine gewisse Art Menschen, die mit jedem leicht Freundschaft machen, ihn ebensobald wieder hassen und wieder lieben. Stellt man sich das menschliche Geschlecht als ein Ganzes vor, wo jeder Teil in seine Stelle paßt, so werden dergleichen Menschen zu solchen Ausfüllteilen, die man überall hinwerfen kann. Man findet unter dieser Art von Leuten selten große Genies, ohnerachtet sie am leichtesten dafür gehalten werden.

Die wahre Bedeutung eines Wortes in unserer Muttersprache zu verstehen, bringen wir gewiß oft viele Jahre hin. Ich verstehe auch zugleich hiermit die Bedeutungen, die ihm der Ton geben kann. Der Verstand eines Wortes wird uns, um mich mathematisch auszudrücken, durch eine Formel gegeben, worin der Ton die veränderliche und das Wort die beständige Größe ist. Hier eröffnet sich ein Weg, die Sprachen unendlich zu bereichern, ohne die Worte zu vermehren. Ich habe gefunden, daß die Redensart ›es ist gut‹ auf fünferlei Art von uns ausgesprochen wird und allemal mit einer anderen Bedeutung, die freilich auch oft noch durch eine dritte veränderliche Größe, nämlich die Miene, bestimmt wird.

Das Maß des Wunderbaren sind wir, wenn wir ein allgemeines Maß suchten, so würde das Wunderbare wegfallen, und würden alle Dinge gleich groß sein.

Ein Narr, der sich einbildet, ein Fürst zu sein, ist von dem Fürsten, der es in der Tat ist, durch nichts unterschieden, als daß jener ein negativer Fürst und dieser ein negativer Narr ist, ohne Zeichen betrachtet, sind sie gleich.

Kein Fürst wird jemals den Wert eines Mannes durch seine Gunst bestimmen, denn es ist ein Schluß, der nicht auf eine einzige Erfahrung etwa gegründet ist, daß ein Regent meistens ein schlechter Mann ist. Der in Frankreich backt Pasteten und betrügt ehrliche Mädchen, der König von Spanien hurt unter Pauken und Trompeten Hasen in Stücken, der letzte König in Polen, der Kurfürst von Sachsen war, schoß seinem Hofnarren mit dem Blasrohr nach dem Arsch, der Fürst von Löwenstein beklagt bei einem großen Brand nichts als seinen Sattel, der Landgraf von Kassel fährt einer Tänzerin zu Gefallen in der Suite eines Fürsten, der nicht viel mehr ist als er, und wird durch die erbärmlichsten Leute betrogen, der Herzog von Württemberg ist ein Wahnsinniger, ... der Fürst von Weilburg badet sich öffentlich in der Lahn; die meisten übrigen Beherrscher dieser Welt sind Tambours, Fouriers, Jäger. Und dieses sind die Obersten unter den Menschen; wie kann es denn in der Welt nur erträglich hergehen; was helfen die Einleitungen ins Kommerzienwesen, die ›Arts de s'enrichir par l'agriculture‹, die ›Hausväter‹, wenn ein Narr der Herr von allen ist, der keine Oberen erkennt als seine Dummheit, seine Kaprize, seine Huren und seinen Kammerdiener. »O wenn doch die Welt einmal erwachte, und wenn auch drei Millionen am Galgen stürben, so würden doch vielleicht 50 bis 80 Millionen dadurch glücklich!« So sprach einst ein Perückenmacher in Landau auf der Herberge. Man hielt ihn aber mit Recht für völlig verrückt, er wurde ergriffen und von einem Unteroffizier, noch ehe er in Verhaft gebracht wurde, mit dem Stock totgeschlagen; der Unteroffizier verlor den Kopf.

Wenn Plato sagt, die Leidenschaften und die natürlichen Triebe seien die Flügel der Seele, so drückt er sich sehr lehrreich aus. Solche Vergleichungen erläutern die Sache und sind gleichsam Übersetzung der schweren Begriffe eines Mannes in eine jedermann bekannte Sprache, wahrhafte Definitionen.

Es kann ohnstreitig Kreaturen geben, deren Organe so fein sind, daß sie nicht imstande sind, durch einen Lichstrahl durchzugreifen, so wie wir nicht durch einen Stein durchgreifen können, weil unsere Hände eher zerstört werden würden.

Es ist eine richtige Beobachtung, wenn man sagt, daß Leute, die zu stark nachahmen, ihre eigene Erfindungskraft schwächen. Dieses ist die Ursache des Verfalls der italienischen Baukunst. Wer nachahmt und die Gründe der Nachahmung nicht einsieht, fehlt gemeiniglich, sobald ihn die Hand verläßt, die ihn führte.

Ich habe schon auf Schulen Gedanken vom Selbstmord gehegt, die den gemein angenommenen in der Welt schnurstracks entgegenliefen, und erinnere mich, daß ich einmal lateinisch für den Selbstmord disputierte und ihn zu verteidigen suchte. Ich muß aber gestehn, daß die innere Überzeugung von der Billigkeit einer Sache (wie dieses aufmerksame Leser werden gefunden haben) oft ihren letzten Grund in etwas Dunklem hat, dessen Aufklärung äußerst schwer ist oder wenigstens scheint, weil eben der Widerspruch, den wir zwischen dem klar ausgedrückten Satz und unserem undeutlichen Gefühl bemerken, uns glauben macht, wir haben den rechten noch nicht gefunden. Im August 1769 und in den folgenden Monaten habe ich mehr an den Selbstmord gedacht als jemals vorher, und allezeit habe ich bei mir befunden, daß ein Mensch, bei dem der Trieb zur Selbsterhaltung so geschwächt worden ist, daß er so leicht überwältigt werden kann, sich ohne Schuld ermorden könne. Ist ein Fehler begangen worden, so liegt er viel weiter zurück. Bei mir ist eine vielleicht zu lebhafte Vorstellung des Todes, seines Anfangs, und wie leicht er an sich ist, schuld, daß ich vom Selbstmord so denke. Alle, die mich nur aus etwas größeren Gesellschaften und nicht aus einem Umgang zu zweit kennen, werden sich wundern, daß ich so etwas sagen kann. Allein Herr Ljungberg weiß es, daß es eine von meinen Lieblingsvorstellungen ist, mir den Tod zu gedenken, und daß mich dieser Gedanke zuweilen so einnehmen kann, daß ich mehr zu fühlen als zu denken scheine und halbe Stunden mir wie Minuten vorübergehn. Es ist dieses keine dickblütige Selbstkreuzigung, welcher ich wider meinen Willen nachhinge, sondern eine geistige Wollust für mich, die ich wider meinen Willen sparsam genieße, weil ich zuweilen fürchte, jene melancholische nachteulenmäßige Betrachtungsliebe möchte daraus entstehen.

Den 25. Februar 1770.

Was ist es, das macht, daß wir uns zuweilen eines geheimen Kummers standhaft entschlagen können, da die Vorstellung, daß wir unter dem Schutz einer höchstgütigen Vorsicht stehen, die größte Wirkung auf uns hat, und dennoch oft in der nächsten halben Stunde diesem nämlichen Kummer beinah unterliegen. Mit mir ist es wenigstens so, ohne daß ich sagen könnte, daß ich bei der zweiten Vorstellung meinen Kummer von einer neuen Seite betrachte, andere Relationen einsehe, nichts weniger. Fände dieses statt, so würde ich diese Anmerkung nicht einmal niedergeschrieben haben. Ich glaube vielmehr, daß die moralische Empfindlichkeit im Menschen zu unterschiedenen Zeiten verschieden ist, des Morgens stärker als des Abends.

Es donnert, heult, brüllt, zischt, pfeift, braust, saust, summet, brummet, rumpelt, quäkt, ächzt, singt, rappelt, prasselt, knallt, rasselt, knistert, klappert, knurret, poltert, winselt, wimmert, rauscht, murmelt, kracht, gluckset, röcheln, klingelt, bläset, schnarcht, klatscht, lispeln, keuchen, es kocht, schreien, weinen, schluchzen, krächzen, stottern, lallen, girren, hauchen, klirren, blöken, wiehern, schnarren, scharren, sprudeln. Diese Wörter und noch andere, welche Töne ausdrücken, sind nicht bloße Zeichen, sondern eine Art von Bilderschrift für das Ohr.

Weiser werden heißt immer mehr und mehr die Fehler kennenlernen, denen dieses Instrument, womit wir empfinden und urteilen, unterworfen sein kann. Vorsichtigkeit im Urteilen ist, was heutzutage allen und jedem zu empfehlen ist. Gewönnen wir alle zehn Jahre nur *eine* unstreitige Wahrheit von jedem philosophischen Schriftsteller, so wäre unsere Ernte immer reich genug.

Es gibt Menschen, die sogar in ihren Worten und Ausdrükken etwas Eigenes haben (die meisten haben wenigstens etwas, das ihnen eigner ist), da doch Redensarten durch eine lange Mode so und nicht anders sind. Solche Menschen sind allzeit einer Aufmerksamkeit würdig; es gehört viel Selbstgefühl und Unabhängigkeit der Seele dazu, bis man so weit kommt. Mancher fühlt neu, und sein Ausdruck, womit er dieses Gefühl andern deutlich machen will, ist alt.

Den Männern in der Welt haben wir so viel seltsame Erfindungen in der Dichtkunst zu danken, die alle ihren Grund in dem Erzeugungstrieb haben, alle die Ideale von Mädchen und dergleichen. Es ist schade, daß die feurigen Mädchen nicht von den schönen Jünglingen schreiben dürfen, wie sie wohl könnten, wenn es erlaubt wäre. So ist die männliche Schönheit noch nicht von denjenigen Händen gezeichnet, die sie allein recht mit Feuer zeichnen könnten. Es ist wahrscheinlich, daß das Geistige, was ein paar bezauberte Augen in einem Körper erblicken, der sie bezaubert hat, ganz von einer andern Art sich den Mädchen in männlichen Körpern zeigt, als es sich dem Jüngling in weiblichen Körpern entdeckt.

Wenn er seinen Verstand gebrauchen sollte, so war es ihm, als wenn jemand, der beständig seine rechte Hand gebraucht hat, etwas mit der linken tun soll.

Er hatte zu nichts Appetit und aß doch von allem.

Er ging weder den ganz breiten Weg zur Ewigkeit noch den ganz schmalen, sondern hatte bei häufigem Gebet und einer guten Tafel einen mittleren eingeschlagen, den man den geistlich-kurfürstlichen nennen könnte.

Der Pöbel wünscht sich Gold und Chargen und würde sich betrogen finden, wenn er sie hätte. Unter den Großen ist es nun auch Mode geworden, die Quelle und den Strohsack dem Bauern zu beneiden; mancher würde sich auch in diesem Zustand betrogen finden. Der Dichter versteht aber ein Ideal, wird man sagen; wer weiß aber, ob nicht der Bauer sich den Zustand des Großen auch idealisiert.

Mich dünkt immer, die ganz schlechten Schriftsteller sollte man immer in den gelehrten Zeitungen ungeahndet lassen;

die gelehrten Zeitungsschreiber verfallen in den Fehler der Indianer, die den Orang Utan für ihresgleichen und seine natürliche Stummheit für einen Eigensinn halten, von welchem sie ihn durch häufige Prügel vergeblich abzubringen suchen.

Es gibt eine gewisse Art von Büchern, und wir haben in Deutschland eine große Menge, die nicht vom Lesen abschrecken, nicht plötzlich einschläfern oder mürrisch machen, aber in Zeit von einer Stunde den Geist in eine gewisse Mattigkeit versetzen, die zu allen Zeiten einige Ähnlichkeit mit derjenigen hat, die man einige Stunden vor einem Gewitter verspürt. Legt man das Buch weg, so fühlt man sich zu nichts aufgelegt, fängt man an zu schreiben, so schreibt man ebenso. Selbst gute Schriften scheinen diese laue Geschmacklosigkeit anzunehmen, wenn man sie zu lesen anfängt. Ich weiß aus eigener Erfahrung, daß gegen diesen traurigen Zustand nichts geschwinder hilft als eine Tasse Kaffee mit einer Pfeife Varinas.

Winckelmann, Hagedorn und Lessing haben unsern deutschen Kritikern einen ganz neuen Geist mitgeteilt, ehmals sagte man von einem schlechten Kupferstich, der Kupferstich ist schlecht, jetzt haben die Beurteilungen mehr Feuer. Von einer Cœur-Dame werden sie so urteilen: Das Gesicht hat zu viel Lokales, die Augen haben von den Augen der Juno, die der Kartenmacher sich zu erreichen gesucht hat, nichts als die Größe, nichts von dem stillen Feuer, das den Paris wanken machte, nichts von dem Himmel in ihnen, der sich mit ihnen auf- und mit ihnen zuschließt. So idealisch auch der Mund scheint, so französisch sind die Locken, sie spielen nicht neidisch um die volle Wange, sondern mit reicher Pomade in eine gewisse Stellung gesteift, scheinen sie wenig bekümmert zu sein, ob sie zuviel oder zuwenig verbergen. In ihrem Wuchs ist nichts griechisch, dem Serer könnte sie gefallen; man vermißt mit Unwillen die schlanke Biegung des Körpers, die uns dadurch, daß sie das Gesicht wegzieht, den warmen, elastischen Busen anzubieten scheint. Die Hände sind wie von der englischen Krankheit verdreht und scheinen angesetzt. Das Kolorit ist das Kolorit eines schlechten Malers, der auf frischen Gips malt und der, um einer Stelle sanften Schmelz mitzuteilen, sieben andere ganz abgeschnitten sitzen läßt. Kurz, in der ganzen Cœur-Dame finden wir auch nicht die flüchtigste Spur des Genies, das durch einen einzigen Zug uns nötigt, Leinewand für unseren Nächsten zu halten, seinem stummen Seufzer uns entgegen zu erbarmen und bei seinen gemalten Tränen das höchste Geschenk des gefühlvollen Menschen, lebendige Tränen, zu weinen.

Beobachtungen zur Erläuterung der Geschichte des Geistes dieses Jahrhunderts. Die Geschichte eines Jahrhunderts ist aus den Geschichten der einzelnen Jahre zusammengesetzt. Den Geist eines Jahrhunderts zu schildern, kann man nicht die Geister der hundert einzelnen Jahre zusammenflicken, unterdessen ist es dem, der ihn entwerfen will, allemal nützlich, auch die letzteren zu kennen, sie können ihm immer neue Punkte darbieten, seine steten Linien dadurch zu ziehen.

Der Pöbel ruiniert sich durch das Fleisch, das wider den Geist, und der Gelehrte durch den Geist, dem zu sehr wider den Leib gelüstet.

Diese Frau war mit einer Zunge schon eine Fama, was würde sie erst getan haben, wenn sie tausendzüngig gewesen wäre.

In den Romanen gibt es tödliche Krankheiten, die im gemeinen Leben nichts weniger als tödlich sind, und umgekehrt im gemeinen Leben tödliche, die es in Romanen nicht sind.

Der Deutsche liegt im Charakter so zwischen dem Franzosen und Engländer in der Mitte, daß unsere Romanschreiber leicht einen von diesen beiden schildern, wenn sie einen Deutschen nur mit etwas starken Farben malen wollen.

Im ›Zuschauer‹ wird gesagt: ›The whole man must move together.‹ Alles muß einen einzigen Endzweck im Menschen haben.

Er war, was man in allen Ländern zwischen dem Rhein und der Donau eine gute Haut nennt.

Jedermann sollte wenigstens so viel Philosophie und schöne Wissenschaften studieren als nötig ist, um sich die Wollust angenehmer zu machen. Merkten sich dieses unsere Landjunker, Hofkavaliere, Grafen und andere, sie würden oft über die Wirkung eines Buches erstaunen. Sie würden kaum glauben, wie sehr Wieland den Champagner erhöhet, seine häufige Rosenfarbe, sein Silberflor, seine leinenen Nebel würden ihnen selbst den Genuß eines guten elastischen Dorfmädchens mehr sublimieren.

Blut, das vierzig Ahnen durch allzeit unter eigenen Westen geflossen hat, rann nun zum ersten Mal unter einer geborgten.

Sein Rock war mehr wert als seine Ehre, und jeder Jude hätte ihm mehr für jenen, als für diese gegeben.

Sein Stil spielt so etwas ins Lohensteinische.

Es ist wirklich möglich, daß, wenn Teile im Gehirn, die symmetrisch sein sollen, es nicht sind, dieses zum Vorteil des Verstandes dienen könne. Wir können mit einem Auge genug haben, so auch mit einer Seite des Gehirns, die andere kann durch zufällige Umstände eher verhärten oder sonst Veränderungen leiden, die denn das Resultat der ganzen Stellung des Gehirns bei einer Idee verändern. Ausgewachsene Personen sollen öfters sehr scharfsinnig sein; die verwachsene Seite verhärtet mehr, und vielleicht folgt eine ähnliche einseitige Veränderung im Gehirne, die dem Genie, das ohnehin schon jemand für einen kränklichen Zustand erklärt hat, eher vorteilhaft als schädlich ist. Ich habe bemerkt, daß Personen, in deren Gesichtern ein gewisser Mangel von Symmetrie war, oft die feinsten Köpfe waren. Wenn einem gewissen Bildnis zu trauen war, das ich von Herrn von Voltaire gesehen habe und von dem man mir versicherte, daß es ein Abguß wäre von einer Form, die man in Mannheim über sein Gesicht gegossen habe, so ist die eine Seite des Gesichts viel kürzer als die andere, auch die Nase, wiewohl kaum merklich, schief. K....r, von der einen Seite betrachtet, sieht viel jünger aus als von der anderen. Diesen beiden merkwürdigen Gesichtern gibt eben dieses, wiewohl nicht anstößige Irreguläre einen gewissen Schwung, aus welchem alles das Salz und die Bitterkeit hervorblickt, die ihre Schriften so charakteristisch gemacht haben. Ein Mensch, dessen eines Auge ein Perspektiv, das andere ein Mikroskop wäre, wird unter gewöhnlichen Menschen eine sonderbare Figur spielen.

Gott schuf den Weibern die Haare lang und um die Schultern hängend, aber ein Perückenmacher fand für gut, dieses zu ändern und sie hinaufzukämmen.

Billingsgate: der Ort, wo die Fischweiber in London sitzen und wo viel feiner Witz verschwendet wird.

Die verschiedenen Schreibarten unter Klassen zu bringen. Lessing, Wieland, Kästner schreiben unter den Deutschen die beste Prose...

Er pflegte seine obern und untern Seelenkräfte das Ober- und Unterhaus zu nennen, und sehr oft ließ das erstere eine Bill passieren, die das letztere verwarf.

Wir können gar nichts von der Seele sehen, wenn sie nicht in den Mienen sitzt, die Gesichter einer großen Versammlung von Menschen könnte man eine Geschichte der menschlichen Seele nennen, mit einer Art von chinesischen Zeichen geschrieben. Die Seele legt, so wie der Magnet den Feilstaub, so das Gesicht um sich herum, und die Verschiedenheit der Lage dieser Teile bestimmt die Verschiedenheit dessen, das sie ihnen gegeben hat. Je länger man Gesichter beobachtet, desto mehr wird man an den sogenannten nichtsbedeutenden Gesichtern Dinge wahrnehmen, die sie individuell machen.

Unsere Kunstkammern sind alle voll von elfenbeinernen Bechern, ein Beweis von der Favoriteignung unserer lieben Voreltern; ein Stück Elfenbein, woraus der Grieche einen Apoll geschnitzt hätte, schnitten sie zum Becher hohl.

Die lebhafte Empfindung, die der gemeine Mann Heimweh nennt.

Ich beneide sehr wenige Menschen, etwa Wieland, Sternen, den Horaz, Kästnern und, wenn ich etwas Wein getrunken habe, den Herrn Gleim. Ja, wenn ich Wein getrunken habe, da sehe ich schon in der Zeit, da ich dem Bedienten das Geld für die Bouteille gab, wie der Seligen einer in dieses Jammertal zurück. Wenn uns Sterne doch die Naturgeschichte des Rausches, so wie ihn der Dichter, der Philosoph und der Liebhaber betrachtet, beschrieben hätte! Es sind wenig Dinge in der Welt, die eines Philosophen so würdig sind als die Flasche, die cum spe divite durch die Gurgel eines Liebhabers oder eines Dichters fließt. Spes dives, der Theolog trinkt, und ein Thema zur Predigt wird nun zur Pfründe, er umarmt das Mädchen, das, nur noch eine Seele, zu seiner künftigen Besoldung auf die Empfängnis des Körpers wartet, der Jurist zieht sein Burgunder ein, und Hasser werden nun zu Brot, Fähigkeiten und Titulargeschicklichkeiten zu wirklichen Ambassaden. O jenseits der Bouteille, wieviel ist nicht da. Gebraucht es, Menschen, als Philosophen und lernt erkennen, was Wein ist. Wie sich verhält tierischer Genuß zum platonischen – – – Genuß, so der Rausch des Fuhrmanns und des Tambours zu einer Verfassung, die vor dem unplatonischen Rausch vorhergeht, als die feine Liebe vor dem noch zweifelhaften Genuß, und für welche ich nun kein Wort wagen will.

Jeder Mensch hat auch seine moralische Backside, die er nicht ohne Not zeigt und die er so lange als möglich mit den Hosen des guten Anstandes zudeckt.

In dem Hause, wo ich wohnte, hatte ich den Klang und die Stimmung jeder Stufe einer alten hölzernen Treppe gelernt und zugleich den Takt, in welchem sie jeder meiner Freunde, der zu mir wollte, schlug, und ich muß gestehen, ich bebte allemal, wenn sie von einem Paar Füßen in einem mir unbekannten Ton heraufgespielt wurden.

Charakter einer mir bekannten Person.
Ihr Körper ist so beschaffen, daß ihn auch ein schlechter Zeichner im Dunkeln besser zeichnen würde. Und stünde es in ihrem Vermögen, ihn zu ändern, so würde sie manchen Teilen weniger Relief geben. Mit seiner Gesundheit ist dieser Mensch, ohnerachtet sie nicht die beste ist, doch noch immer so ziemlich zufrieden gewesen, er hat die Gabe, sich gesunde Tage zunutze zu machen, in einem hohen Grade. Seine Einbildungskraft, seine treuste Gefährtin, verläßt ihn alsdann nie, er steht hinter dem Fenster, den Kopf zwischen die zwei Hände gestützt, und wenn der Vorbeigehende nichts als den melancholischen Kopfhenker sieht, so tut er sich oft das stille Bekenntnis, daß er im Vergnügen wieder ausgeschweift hat. Er hat nur wenige Freunde, eigentlich ist sein Herz nur immer für einen Gegenwärtigen, aber für mehrere Abwesende offen. Seine Gefälligkeit macht, daß viele glauben, er sei ihr Freund, er dient ihnen auch aus Ehrgeiz, Menschenliebe, aber nicht aus dem Trieb, der ihn zum Dienst seiner eigentlichen Freunde treibt. Geliebt hat er nur ein- oder zweimal, das eine Mal nicht unglücklich, das andere Mal aber glücklich.

Er gewann bloß durch Munterkeit und Leichtsinn ein gutes Herz, worüber er nun oft beide vergißt, wird aber Munterkeit und Leichtsinn beständig als Eigenschaften seiner Seele verehren, die ihm die vergnügtesten Stunden seines Lebens verschafft haben, und könnte er sich noch ein Leben und noch eine Seele wählen, so wüßte ich nicht, ob er andere wählen würde, wenn er die seinigen noch einmal wiederhaben könnte. Von der Religion hat er als Knabe schon sehr frei gedacht, nie aber eine Ehre darin gesucht, ein Freigeist zu sein, aber auch keine darin, alles ohne Ausnahme zu glauben. Er kann mit Inbrunst beten und hat nie den 90. Psalm ohne ein erhabenes, unbeschreibliches Gefühl lesen können. ›Ehe denn die Berge worden‹ pp. ist für ihn unendlich mehr als ›Sing unsterbliche Seele‹ pp. Er weiß nicht, was er mehr haßt, junge Offiziere oder junge Prediger, mit keinen von beiden könnte er lange leben. Für Assembleen sind sein Körper und seine Kleider selten gut und seine Gesinnungen selten ... genug gewesen. Höher als drei Gerichte des Mittags und zwei des Abends mit etwas Wein und niedriger als täglich Kartoffeln, Äpfel, Brot und auch etwas Wein, hofft er nie zu kommen, in beiden Fällen würde er unglücklich sein. Er ist noch allzeit krank geworden, wenn er einige Tage außer diesen Grenzen gelebt hat. Lesen und Schreiben ist für ihn so nötig als Essen und Trinken; er hofft, es wird ihm nie an Büchern fehlen. An den Tod denkt er sehr oft und nie mit Abscheu; er wünscht, daß er an alles mit so vieler Gelassenheit denken könnte, und hofft, sein Schöpfer wird dereinst sanft ein Leben von ihm abfordern, von dem er zwar kein allzu ökonomischer, aber doch kein ruchloser Besitzer war.

Schreiben an Herrn Ljungberg, von Herrn S. im Rausch geschrieben.

Mein lieber Freund, mehr habe ich wohl noch nie an einen Freund geschrieben, als ich jetzo an dich schreibe. Und was denn? Die Beschreibung einer der schönsten Kreaturen, die für uns vielleicht gelebt hat. Bedenke der schönsten! Das ist viel gesagt, aber ich kenne dich, und das macht mich so zuverlässig. Stelle dir ein Mädchen vor, nicht sehr reich, aber doch für ihren Stand wohlhabend, gutherzig, und die jedermanns Vergnügen wünscht und vielleicht (ich getraue kaum, diese Zeile zu schreiben) auch gern befördert und es zuverlässig befördern kann. Nicht sehr groß, mehr fleischig als fett, gewachsen wie, wie – – – wie das schönste Mädchen gewachsen sein muß, wie ein Bogen, wo aber die konvexe Seite Brust, Bauch und Schenkel werden. Zart, Bescheidenheit und alle Tugenden in dem feinen Gesicht, Gutherzigkeit, Geschmack, Schätzerin von Munterkeit und liebenswürdigem Leichtsinn. Ihr Busen – oh! Ljungberg, Ljungberg, wieviel, wieviel war da. Menschliche Wollust, das höchste Werk des Vollkommenheit suchenden Himmels. Wollust – du kennst dieses Wort in unserer Bedeutung, in unserer gefühlvollen Bedeutung, diese wohnte auf ihr. Verständlich sind diese Zeilen für uns, Nonsens vielleicht für alles übrige, was lebt. Ihre Sprache! Engel, sprecht so, ich bin fromm, ich bin gottselig, ich bin Engel. Ihr Kuß, zu hoch sind meine Empfindungen nun gestimmt, als daß irdische Worte – – – Nonsens der Entzückung, Nonsens, Nonsens. Gedacht, gefühlt ist besser als gesprochen, Himmel gefühlt ist ausgedruckt Nonsens, Nonsens. Schweigt oder lernt besser Deutsch. Kein Deutsch für diese Empfindungen, kein Deutsch. Gottsched, was bist du, Riedel, Kästner, Wieland, Rosenfarb und Silber, Amen!

Die Erde, diese allgemeine Wiege, hatte nun ein gutes halbes Hundertmillionen Kinder von allerlei Stand eingewiegt.

Der Mann zu sein, der so absolut in Deutschland herrschen könnte wie ich auf meinem Schreibtische, wünsche ich mir nie. Ich würde gewiß nur Tintenfässer umwerfen und durch Aufräumen die Sachen nur noch mehr verwirren.

Der Mensch kommt unter allen Tieren in der Welt dem Affen am nächsten.

Das Ding, von dessen Augen und Ohren wir nichts und von dessen Nase und Kopfe wir nur sehr wenig sehen, kurz, unser Körper.

Er hatte seine Bibliothek verwachsen, so wie man eine Weste verwächst. Bibliotheken können überhaupt der Seele zu enge und zu weit werden.

Die kleinen Pfennigs-Vorurteile, -Tugenden, -Wahrheiten.

Dieses ist so gewiß, als $(a - x) \cdot (a + x) = a^2 - x^2$ ist.

Der Stolz der Menschen ist ein seltsames Ding, es läßt sich nicht sogleich unterdrücken und guckt, wenn man das Loch A zugestopft hat, ehe man sich's versieht, zu einem andern Loch B wieder heraus, und hält man da zu, so steht er hinter dem Loch C usw.

Kopf und Füße, so weit sie auch im physischen Verstand voneinander liegen, so nah liegen sie sich doch im moralischen und psychologischen. Freude und Traurigkeit zeigen sich kaum so bald an der Nase, die doch kaum drei Zoll von der Seele wegliegt, als in den Füßen; ich kann dieses täglich an meinem Fenster bemerken, wo ich deutlich an den Füßen der Studenten sehen kann, ob sie aus einem Kollegio kommen oder in eines zu gehen willens sind; jenes an der platt auffallenden Sohle, die den Hunger der regierenden Seele verrät, dieses an dem schmachtenden Schritt, wo Absatz und Zehen etwas langsamer nacheinander aufzuliegen kommen, der allemal ein Zeichen der kurz vorhergegangenen Sättigung ist. Bei den Studenten, wo ich nichts dergleichen bemerken konnte, habe ich nach der Hand fast allemal erfahren, daß sie zugleich in ein Kolleg gehen und aus einem kommen. Bei dem Catilina, wie die lateinischen Schriftsteller sagen, soll dieses so merklich gewesen sein, daß einige Leute schon lange vorher, ehe Cicero die berühmte Konspiration in desselben Kopf entdeckte, sie schon wollten in seinen Füßen beobachtet haben, er ging nämlich zuweilen auf der Straße ganz ordentlich, dann langsam, dann kehrte er um, als wenn er sein Schnupftuch vergessen hätte, dann stand er gar still, dann auf einmal lief er, bis daß ein neues Projekt wieder quer vor ihn hintrat und ihn stillstehen machte. Bei unserem verblaßten Freund konnte man nichts so was bemerken, er hinkte sehr stark und sein Gang sah fast immer aus als eines, der zugleich in ein Collegium geht und aus einem herauskommt. Ich versuchte andere Mittel, hinter seinen Charakter zu kommen.

Das Nachahmen ist allezeit, wie mich dünkt, eine sehr kitzlige Sache, denn entweder zeigt meine Denkungsart nach Norden und mein Original auch, gut, so kommen wir etwas geschwinder dahin, wo wir allein vielleicht später hingekommen wären, oder ich nach Osten und das Original nach Nord, da wird das ganze Ding, das wir zusammen herausbringen, ein unkardinalisches nordöstliches Mittelding, oder ich zeige nach Süden und mein Original nach Nord, ja lieber Gott, da stehen wir wohl gar still und kommen nicht vom Fleck.

Damals fing sich etwas von der Leidenschaft in ihm an zu regen, die wir gewöhnlich nicht lange vorher, ehe wir uns zum ersten Mal rasieren lassen, schon verspürt haben. Von Anfang war es ein Ding, das gar keine Richtung hatte, und er konnte nichts bemerken, als daß seine gewöhnlichen Begierden nicht sowohl besänftigt, als von etwas wenigstens ebenso stark nicht mehr dahin, sondern dorthin gezogen wurden, ein ärgerliches Gleichgewicht, man schüttelt und rüttelt und weiß nicht warum, nur um nicht stillzustehen und wieder etwas anderem Überwucht zu geben, ein seltsamer Zustand, durch den wir Männer alle müssen, und ihr Mädchen, ja, das weiß ich nicht. Glücklich ist, der geschwind da durchkommt oder schon vorher eine klare Einbildungskraft durch eine wohltätige Erziehung erhalten hat, daß dieser süße Tumult in der Seele ihm nichts als schöne Hoffnungen eingibt und ihn über einen bezauberten Boden endlich zu der schönen Kreatur hinführt und entzückende Gewißheit mit reizender Ungewißheit vertauscht.

Es gibt zwei Wege, das Leben zu verlängern, erstlich, daß man die beiden Punkte geboren und gestorben weiter voneinander bringt und also den Weg länger macht, diesen Weg länger zu machen hat man so viele Maschinen und Dinge erfunden, daß man, wenn man sie allein sähe, unmöglich glauben könnte, daß sie dazu dienen könnten, einen Weg länger zu machen, in diesem Fache haben einige unter den Ärzten sehr viel geleistet. Die andere Art ist, daß man langsamer geht und die beiden Punkte stehen läßt, wo Gott will; und dieses gehört für die Philosophen, diese haben nun gefunden, daß es am besten ist, daß man zugleich botanisieren geht, zickzack, hier versucht über einen Graben zu springen und dann wieder herüber, wo es rein ist und es niemand sieht, einen Purzelbaum wagt und so fort.

In dem Satz 2 mal 2 ist 4 oder $2 \cdot 2 = 4$ liegt wirklich schon etwas von der Parallaxe der Sonne oder von der pomeranzenförmigen Gestalt der Erde.

Der Trieb zum Bücherschreiben, der gemeiniglich wie ein anderer ebenso starker in die Zeit des ersten Barts fällt, hat sich bei mir etwas früher eingestellt. Mein erstes Jucken, wenn ich vom ersten Vers der Messiade zu zählen anfange, fiel in das sechste Jahr des deutschen Hexameters und ungefähr in das vierzehnte, wenn ich mit meiner Geburt anfange. Es ist dieses eine etwas kitzlige Zeit, und Eltern und Lehrer haben genau achtzugeben auf ihre Kinder. Ich will daher beschreiben, was ich in mir fühlte; man wird leicht erachten können, wie jemand aussehen muß, der dieses fühlt. Ich fand die Sprache in unserer Familie etwas zu plan, ich vermißte hier und da die Beiwörter und fühlte mich so voll, wenn ich welche fand, zumal die ich selbst gemacht hatte pp.

Die schwerste Akzise in Deutschland liegt noch immer auf der Satire. Von einer freimütigen Erinnerung von drei Bogen im Manuskript muß der Verfasser in kühleren Augenblicken allemal gewiß abrechnen drei Prozent für die ...liche Landesregierung, wenigstens fünf für den Herrn von ..., weil er alles gilt, zehn Prozent für das Konsistorium oder Bannstrahlsteuer, dann noch Gönnerabgaben in den Balleien zusammen acht Prozent. Am Ende behält der Verfasser nichts als ein Caput mortuum von einer moralischen Abhandlung, das kein Mensch mehr auf sich deuten kann, der über 200 Taler Besoldung hat, und das die andern drunter nicht mehr lesen.

Einteilung. Ich teile mir das Publikum so ein: Leute, die gar keine Besoldung und auch keine fixe Einnahmen haben, arme Teufel; Leute, die unter 500 Taler Besoldung oder bestimmte Einnahmen haben; Leute, die über 500 Taler haben; Leute, die in die Tausende kommen oder von Konsequenz sind. Dieses sind die vier Klassen in der natürlichen Ordnung, wo die vierte die größte ist. Ich deklariere also feierlichst im Angesicht dieser Messe, daß ich nie etwas in meinen Schriften gegen die vierte Klasse, ja nicht einmal gegen die dritte geredet oder gedacht habe, sondern daß ich auch niemals etwas weder reden noch denken werde, was dieser ehrwürdigen Klasse entgegenlaufen könne. Die zweite Klasse versichere ich meiner Freundschaft als Mitgenossen, allein die erste Klasse! Sehet da das Feld für einen deutschen Satirenschreiber, unübersehbar; arme Teufel gibt es überall und wird vermutlich welche geben, solange die Welt stehen wird.

Bei dem Frauenzimmer fällt der Sitz des Point d'honneurs mit dem Schwerpunkt zusammen, bei den Mannespersonen liegt er etwas höher, in der Brust, um das Zwerchfell herum. Daher bei Mannspersonen die elastische Fülle in jener Gegend bei Unternehmung prächtiger Taten, und eben daher das schlappe Leere daselbst bei der Unternehmung kleiner.

Alles wird uns schön, was einige Relation auf sinnliche Liebe hat, in den Stunden, da der tierische Affekt selbst schläft und unsere übrigen sinnlichen Werkzeuge einer Seele gegenüberstehen, die voll von dem Gedanken eines vergangenen Vergnügens und eines künftigen nach Belieben wirklichen ist. Wir sehen alsdann vieles, was wir nicht würden gesehen haben. Wir haben die armen Knaben nicht mehr lieb wie die Griechen, wenn unsere neueren Zeiten ein schönes Stück in der Bildhauerkunst liefern, so muß es ein Mädchen sein. Der christliche Künstler findet die Schönheit nicht, und wenn er sie fände und anbrächte, so erkennt sie der Anschauer wieder nicht.
Den 2. Mai 1769.

Den 3. Mai 1769.
Alle Leute, welche Sachen von uns kaufen, die wir nicht mehr brauchen und eben aus dieser einzigen Ursache weggeben, stehen nicht in dem besten Kredit bei der Welt, die Antiquarii, die geringen Juden, alle Trödler, die Dungkärrner, die ihre Grade haben und endlich sich gar in das Unehrliche verlieren.

Er wußte wenigstens 10 000 Wörter im Deutschen und konnte sie alle, insofern es anging, deklinieren und konjugieren, aber wenigstens 8000 davon hatten sich in seinem Gehirn so von den eigentlichen Begriffen, die sie bezeichnen sollten, weggeschoben, daß sie öfters auf ganz andere zu liegen kamen oder daß sie doch über die Hälfte drüber oder drunter weglagen, daher kamen die sonderbaren Vorstellungen von den Wissenschaften, wovon er doch täglich die Bücher unter Händen hatte. Manche Wörter waren bei ihm von einem abscheulichen Umfang, daß sie nicht allein zwei, drei Geschlechter, sondern jede Gattung und jedes Individuum besonders bezeichneten, so werden wir eine besondere Bedeutung von dem Wort Belles Lettres bei ihm finden. Das Wort Beruf drückte bei ihm die Begriffe Hang, Neigung und Leidenschaft aus. Kurz, in einem Kopf, wo die Wörter nicht recht liegen, da ist eine ganz andere Denkungsart, ein anderes Ius naturae, andere Belles Lettres, die ganze Haushaltung muß sich ändern, man wird Fremdling in seinem eigenen Vaterland und in der Welt. Also wollte ich allen jungen Leuten raten, alle neue Wörter fein zu ordnen und so wie die Mineralien in ihre Klassen zu bringen, damit man sie finden kann, wenn man danach fragt oder sie selbst gebrauchen will. Dieses heißt Wörterökonomie und ist dem Verstand ebenso einträglich als die Geldökonomie dem Beutel.

Trinken, wenn es nicht vor dem fünfunddreißigsten Jahre geschieht, ist nicht so sehr zu tadeln, als sich viele von meinen Lesern vorstellen werden. Diese ist ungefähr die Zeit, da der Mensch aus den Irrgängen seines Lebens heraus auf die Ebene tritt, in welcher er seine künftige Bahn von nun an offen vor sich hinlaufen sieht. Er ist betrübt, wenn er alsdann erst sieht, daß es die rechte nicht ist; eine andere zu suchen, wenn er nicht sehr gut zu Fuß ist, ist gemeiniglich zu spät. Ist diese Entdeckung mit einer Unruhe verknüpft, so hat man durch die Erfahrung befunden, daß der Wein zuweilen Wunder tut, fünf bis sechs Gläser oder bis an die Spes dives des Horaz getrunken, gibt nun den Menschen die Lage, die er verfehlt hat, das Gesinnungensystem findet alles Äußere mit seinem angenehmsten Stande harmonisch, wo Prospekte verbaut sind, da reißt die Seele ein, und überall schafft sie sich die schönste Perspektive, von dem reinsten rosenfarbenen Licht erhellt oder dem erquickendsten Grün, das nur ein Auge zur Stärkung und eine Seele zur angenehmsten Füllung verlangen kann.

Er hatte schon längst den stillen Vorsatz bei sich gefaßt, etwas zu tun, das entweder in die gelehrte oder in die politische Zeitung kommen müßte.

Der Genuß seiner selbst findet mehr bei ruhigen Seelen statt, sagt Winckelmann.

Er war so schwächlich und dünne, daß ein etwas mutwilliger Zephir ihn hätte umlächeln und ein boshafter Nord in Dünste auflösen können.

Er und sein Bedienter waren so einig, einer dependierte so vom andern, daß man sie ein vierfüßiges Tier nennen konnte. Der verheiratete vierfüßige Mensch.

Ein kleines Fenster verriet nur, daß auch dort noch ein Ort wäre, wo Licht hineinkommen, Regen und Wind hingegen herausbleiben sollten.

Duell. Wenig wahre Herzhaftigkeit, mit einem unwiderstehlichen Vorsatz verbunden, etwas zu tun, das leicht ist, und doch jenen Mangel zu ersetzen scheint, falsche Begriffe von Ehre und Verdienst, Leichtsinn mit einem Mangel an soliden Kenntnissen verbunden, das ist es ungefähr, was der Student besitzt, der sich gerne schlägt. Ein göttingisches Duell erfordert die nämliche Herzhaftigkeit, die man nötig hat, eine Bowl of Punch auszutrinken. Fünfzig haben ihren Tod schon in der letzteren gefunden und nur ein einziger in dem ersteren. Kein Wunder also, wenn so viele dieses Mittel ergreifen, eine vermeintlich verlorene Ehre wiederherzustellen ...

Er mußte etwas zu spielen haben, hätte ich ihn keine Vögel halten lassen, so hätte er Mätressen gehalten.

Man soll sehr gut schießen, wenn man etwas getrunken; sehet da die Verwandtschaft zwischen Schützenkunst und Poesie.

Was haben Sie hier?
Einen Kompaß, um durch die Welt zu reisen.
Wie, in einem Beutel?
Ja, es sind 50 Louisdor bar und Wechsel auf ein paar Tausend andere.

Das einzige, was er Männliches an sich hatte, konnte er des Wohlstandes wegen nicht sehen lassen. Mi si nihil aliud virile, sexus esset. (Petronius)

Man pflegte ihn den Halbköpfigen zu nennen, nicht wegen einer besonderen Einrichtung und Form seines Kopfes, als vielmehr desjenigen unsichtbaren Wesens, das nach der meisten Menschen Urteil im Kopf sitzt.

Er trug die Livree des Hungers und des Elends.

Er besaß viel Philosophie oder common sense, der so aussah.

Rede eines Selbstmörders, kurz vor der Tat aufgesetzt. Freunde! Ich stehe jetzo vor der Decke, im Begriff, sie aufzuziehen, um zu sehen, ob es hinter derselben ruhiger sein wird als hier. Es ist dieses keine Anwandlung einer tollen Verzweiflung, ich kenne die Kette meiner Tage aus den wenigen Gliedern, die ich gelebt habe, zu wohl. Ich bin müde, weiterzugehen; hier will ich ganz ersterben oder doch wenigstens über Nacht bleiben. Hier nimm meinen Stoff wieder, Natur, knete ihn in die Masse der Wesen wieder ein, mache einen Busch, eine Wolke, alles, was du willst, aus mir, auch einen Menschen, aber mich nicht mehr. Dank sei es der Philosophie, daß mich jetzo keine frommen Possen in dem Zug meiner Gedanken stören. Genug, ich denke, ich fürchte nichts, gut, also weg mit dem Vorhang!

... Seine Aussprache war so wie des Demosthenes seine, wenn er das Maul voller Kieselsteine hatte.

Seinen kleinen Stock brauchte er, allerlei zu messen, körperliche sowohl als moralische Dinge, denn er sagte oft: Ich bekümmere mich nicht soviel darum, und zeigte mit dem Nagel seines Daumens an dem Stock, wieviel er sich darum bekümmerte.

Ihr Unterrock war rot und blau sehr breit gestreift und sah aus, als wenn er aus einem Theatervorhang gemacht wäre. Ich hätte für den ersten Platz viel gegeben, aber es wurde nicht gespielt.

Weil er seinem Vater nun einmal bei der Zeugung mißlungen war, so getraute sich kein Kupferstecher nachher, noch einmal sein Heil mit ihm in Kupfer zu versuchen.

Leute werden oft Gelehrte, so wie manche Soldaten werden, bloß weil sie zu keinem anderen Stand taugen; ihre rechte Hand muß ihnen Brot schaffen, sie legen sich, kann man sagen, wie die Bären im Winter hin und saugen aus der Tatze.

Beleidigungen des Verstandes und Witzes.

To be or not to be – Toby or not Toby, that is the question.

Witz und Laune müssen wie alle korrosive Sachen mit Sorgfalt gebraucht werden.

Wer ist da?
Nur ich.
Oh, das ist überflüssig genug.

Herr Schnetter, Hofmeister von Herrn von Reineck, schrieb hinter seinen Namen Gouverneur. Wieviel Torheiten müssen nicht in einem Kopfe Quartier machen, ehe eine solche Platz findet.

Wenn uns ein Engel einmal aus seiner Philosophie erzählte, ich glaube, es müßten wohl manche Sätze so klingen als wie 2 mal 2 ist 13.

Und mit dem Wein, der nun nicht mehr in den Bouteillen, sondern im Kopf war, gingen sie auf die Straße.

Vergleichung zwischen Y und J (Yorick und Jacobi). Ich schreibe immer lieber bey als bei.

Das älteste Sprichwort ist wohl: Allzuviel ist ungesund.

Nimm dich in acht, daß meine Geduld nicht über deiner Langsamkeit abläuft. Auf meine Ehre, ich ziehe sie deinetwegen nicht noch einmal auf.

Wenn ich einmal sein Leben herausgebe, so suchen Sie gleich im Index die Wörter Bouteille und Selbstgenuß auf, sie enthalten das Wichtigste von ihm.

Er bewegte sich so langsam als wie ein Stundenzeiger unter einem Haufen von Sekundenzeigern.

Es wäre nicht gut, wenn die Selbstmörder oft mit der eigentlichen Sprache ihre Gründe erzählen könnten; so aber reduziert sie sich jeder Hörer auf seine eigene Sprache und entkräftet sie nicht sowohl dadurch, als macht ganz andere Dinge daraus. Einen Menschen recht zu verstehen, müßte man zuweilen der nämliche Mensch sein, den man verstehen will. Wer versteht, was Gedankensystem ist, wird mir Beifall geben. Öfters allein zu sein und über sich selbst zu denken und seine Welt aus sich zu machen kann uns großes Vergnügen gewähren, aber wir arbeiten auf diese Art unvermerkt an einer Philosophie, nach welcher der Selbstmord billig und erlaubt ist. Es ist daher gut, sich durch ein Mädchen oder einen Freund wieder an die Welt anzuhaken, um nicht ganz abzufallen.

Heute habe ich im de Lacaille etwas über die Theorie der Kometen nachgelesen; als ich mich etwas ermüdet fand, stützte ich mich auf meinen Tisch, weil dieses die Lage ist, in welcher ich gemeiniglich an mich selbst denke, so nahmen meine Gedanken jetzo diesen Zug wieder. In den Gedanken gibt es gewisse Passatwinde, die zu gewissen Zeiten beständig wehen, und man mag steuern und lavieren, wie man will, so werden sie immer dahin getrieben. Bei solchen Novembertagen wie die jetzigen streichen alle meine Gedanken zwischen Melancholie und Selbstverkleinerung hin, wenn übrigens kein besonderer Strom mich seitwärts treibt, und ich würde oft mich nicht mehr zu finden wissen, wenn nicht die beiden Kompasse, Freundschaft und Wein, mich lenkten und mir Mut gäben, against a sea of troubles zu kämpfen. Mein Verstand folgte heute den Gedanken des großen Newton durch das Weltgebäude nach, nicht ohne den Kitzel eines gewissen Stolzes, also bin ich doch auch von dem nämlichen Stoff wie jener große Mann, weil mir seine Gedanken nicht unbegreiflich sind, und mein Gehirn Fibern hat, die jenen Gedanken korrespondieren, und was Gott durch diesen Mann der Nachwelt zurufen ließ, wird von mir gehört, da es über die Ohren von Millionen unvernommen hinschlüpft. An diesem Ende folge ich der ehrwürdigen Philosophie, während als am andern Ende zwo Aufwärterinnen (die Stella mirabilis und der Planet) eben diesen Verstand, der sich so über die Erde zu schwingen glaubt, in einem Winkel nicht einmal für wichtig genug halten, allen ihren Witz gegen ihn zu gebrauchen, sondern, ohne ihn erst unter den Focum desselben zu bringen, schon mit seinem gemeinen Licht schmelzen. Die Einbildungskraft, mit welcher ich der subtilsten Wendung einer Wielandischen Beschreibung folge, mir selbst meine eigene Welt schaffe, durch die ich wie ein Zauberer wandele und die Körner eines kleinen Leichtsinns in ganze Gefilde geistiger Lust aufblühen sehe, diese Einbildungskraft wird oft von einer feingebogenen Nase, von einem aufgestreiften gesunden Arm in ihrem schnellsten Schwung so heftig angezogen, daß von der vorigen Bewegung nicht ein flüchtiges Zittern übrigbleibt. So hänge ich in der Welt zwischen Philosophie und Aufwärterinnenlist, zwischen den geistigen Aussichten und den sinnlichsten Empfindungen in der Mitte, taumelnd aus jenen in diese, bis ich nach einem kurzen Kampf zur Ruhe meines beiderseitigen Ichs, dereinst völlig geteilt, hier faule und dort in reines Leben aufdunsten werde. Wir beide, ich und mein Körper, sind noch nie so sehr zwei gewesen als jetzo; zuweilen erkennen wir einander nicht einmal, dann laufen wir so widereinander, daß wir beide nicht wissen, wo wir sind.

Bei unsrem frühzeitigen und oft gar zu häufigen Lesen, wodurch wir so viele Materialien erhalten, ohne sie zu verbauen, wodurch unser Gedächtnis gewöhnt wird, die Haushaltung für Empfindung und Geschmack zu führen, da bedarf es oft einer tiefen Philosophie, unserem Gefühl den ersten Stand der Unschuld wiederzugeben, sich aus dem Schutt fremder Dinge herauszufinden, *selbst* anfangen zu fühlen und *selbst* zu sprechen, und ich möchte fast sagen, auch einmal selbst zu existieren.

Wie hat es Ihnen in dieser Gesellschaft gefallen?
Antwort: Sehr wohl, beinah so sehr als auf meiner Kammer.

Kein Schriftsteller muß je glauben, daß das, was einer gemischten Gesellschaft gefällt, deswegen der Welt gefalle. Die kleine Gesellschaft hat alle erforderlichen Mittel, einen Gedanken in allen seinen Relationen zu betrachten, sie kann aus der Gelegenheit und Umständen die Zeit messen, die der Urheber brauchte, ihn hervorzubringen; die Vergleichung der Zeit oder anderer Umstände mit dem inneren Gewicht des Gedankens könnte man sein Moment nennen, und man sieht, daß ein schlechter Gedanke zuweilen ein großes Moment bekommen, wenn er unerwartet kommt, dabei nicht viel Zeit kann gekostet haben. Die Welt schätzt bloß das Werk nach dem Gewicht, nicht nach der Zeit, worin es ist zustande gebracht worden. Wüßte der Leser die Umstände genau, so würde der Gedanke nichts verlieren, es ist aber höchst ungereimt, zu glauben, daß dasjenige, was ich einer Gesellschaft sage, die ich kenne, eben die Wirkung auf ein ganzes Publikum haben soll, das ich doch nicht kenne.

Was mich allein angeht, denke ich nur, was meine guten Freunde angeht, sage ich ihnen, was nur ein kleines Publikum bekümmern kann, schreibe ich, und was die Welt wissen soll, wird gedruckt. Von einem Gedanken, der mich angeht, brauche ich nur ein Exemplar, ebenso für den Freund und das kleine Publikum ebensoviel, jedes auf eine Art gedruckt, wie es sich für sie am besten schickt und am bequemsten ist; die Welt muß mehrere Exemplare haben, und so lassen wir drucken. Wäre es möglich, auf irgendeine andere Art mit ihr zu sprechen, daß das Zurücknehmen noch mehr stattfände, so wäre es gewiß dem Druck vorzuziehen.

Ich habe mit ihm zwei Jahre in einerlei Nachtgeschirr gepisset und kann also schon wissen, was an ihm ist.

Vernunft und Einbildungskraft haben bei ihm in einer sehr unglücklichen Ehe gelebt.

Lernen, sich selbst zu prüfen und zu belehren, hat so viele Bequemlichkeit und ist nicht so gefährlich, als sich selbst zu rasieren, jedermann sollte es in einem gewissen Alter lernen, aus Furcht, irgendeinmal der Raub eines übelgeführten Schermessers zu werden.

Wer Unterricht geben will, von dem kann man mit Recht verlangen, daß er alles in einem Ton sage, der zu erkennen gibt, daß er auch im Fall der Not welchen annehmen könne. Es mag nun sein, was es will, billig oder nicht, Erbsünde oder Adel der Seele, genug, wir lesen lieber, wo wir glauben, unsere Stimme sei wenigstens nötig dazu, um das draus zu machen, wofür es der Verfasser ausgibt, sollte es auch weiter nichts sein als ein: Wenn Sie so glauben, so mag es denn sein. Seine Zweifel zu sagen ist einem freigeborenen Menschen erlaubt; er darf mit seinen Meinungen handeln. Wenn er seinen Handel versteht, so muß er wissen, was Konterbande im Lande ist, nur biete er sie solchen Leuten an, die sie brauchen können, zwinge sie niemandem auf, weder wie Mandrin mit der Pistole noch auch wie manche Juden durch Komplimente oder Tausch gegen abgetragene Stücke. Offen und frei getragen, wer Augen hat zu sehen, der sieht, und wer Ohren hat zu hören, der höret. Es ist heutzutage Mode geworden, das Bücherschreiben als den Endzweck des Studierens anzusehen, daher studieren so viele, um zu schreiben, anstatt daß sie studieren sollten, um zu wissen. Was man nur ankauft, um es bei der ersten Gelegenheit wieder anzubringen, vermischt sich nie recht mit uns und war nie recht unser. Der Gedanke und der Ausdruck selbst, sich anderer Gedanken recht eigen zu machen, ist schon sehr alt. Man spricht in gemeinen Stadtschulen von in succum et sanguinem konvertieren, aber man gibt, ich wette, diese Redensart oft aus, ohne sie zu kennen; man würde sonst nicht so oft Sätze dazu vorschlagen, aus denen sich die gesundeste Seele sowenig einen moralischen Chylus bereiten kann, als unser Magen einen aus Feuersteinen.

Man lese nicht viel und nur das Beste langsam und befrage sich alle Schritte, warum glaube ich dieses? Folgt es aus meinem übrigen Gedankensystem, oder ist es nur aus Trägheit zur Untersuchung durch Vorurteil, fides implicita und dergleichen daran angeplackt worden; hat sich einmal ein solcher Klumpe angehängt, und man fängt an, darauf zu bauen, so reißt öfters alles ab, und dann wird eine Menge guter Sachen zuweilen unbrauchbar, und die Mühe ist doppelt, sie an das eigentliche System schicklich so anzusetzen, daß sie anschlagen.

Ohne meine innere Überzeugung würde alle Ehre, Glück und Beifall der Welt mich nicht vergnügt machen können; und wenn ich meiner Überzeugung nach es bin, so kann das Urteil einer ganzen Welt mich nicht in diesem Genuß stören. Es ist einer mit von den Galagedanken mittelmäßiger Schriftsteller geworden, den Bettler vor dem König glücklich zu preisen. Es ärgert mich nur, daß ihn so viele Leute sagen, deren Eigentum er nicht ist, er ist aber wirklich gegründet. Ich glaube, daß es im Krankenbette oft besser zugeht als am ersten Platz der königlichen Tafel. Ich habe wenigstens in einer kleinen Kammer als Kranker im Bette zuweilen Augenblicke gehabt, die ich den glücklichsten meines übrigen Lebens ohne Scheu gleichsetze, traurige auch, das versteht sich, aber auch ebenso traurige bei vollkommener Gesundheit außer dem Bette.

Etwas in Prosa oder in Versen arbeiten zu können ist zu gewissen Zeiten ebenso bequem, als sich selbst rasieren und frisieren zu können.

Er verstand alle die Ausdrücke der Deklination und Inklination des Hutes.

In allen Wissenschaften gibt es durchgängig brauchbare und recht roulierende Wahrheiten, die die Presse noch nicht gesehen haben.

Daß das Barometer öfters fällt, wenn es trüb wird, daran sind die Wolken ebensowenig Ursache als an manchen Örtern die Jahrmärkte, daß es regnet.

Wenn die wilden Schweine dem armen Manne seine Felder verderben, so rechnet man es ihm unter dem Namen Wildschaden für göttliche Schickung an.

Kein Wunder, daß sich Stutzer so gerne im Spiegel sehen, sie sehen sich ganz. Wenn der Philosoph einen Spiegel hätte, in welchem er sich so wie jener ganz sehen könnte, er würde nie davon wegkommen.

Es ist ein Fehler, den der bloß witzige Schriftsteller mit dem ganz schlechten gemein hat, daß er gemeiniglich seinen Gegenstand eigentlich nicht erleuchtet, sondern ihn nur dazu braucht, sich selbst zu zeigen. Man lernt den Schriftsteller kennen und sonst nichts. So hart es auch zuweilen widergehen sollte, eine witzige Periode wegzulassen, so muß es doch geschehen, wenn sie nicht notwendig aus der Sache fließt. Diese Kreuzigung gewöhnt allmählich den Witz an die Zügel, die ihm die Vernunft anlegen muß, wenn sie beide zusammen mit Ehren auskommen sollen.

Er hatte etwas an sich, was die Herrnhuter gemeiniglich gesalbtes Wesen, der stubensitzende Lehrer der Theologie Frömmigkeit, der vernünftige Mann, der die Welt kennt, Einfalt und Unverstand nennt.

Eine gedankenfliehende Kraft.

Hätte die Natur nicht gewollt, daß der Kopf den Forderungen des Unterleibes Gehör geben sollte, was hätte sie nötig gehabt, den Kopf an einen Unterleib anzuschließen. Dieser hätte sich, ohne eigentlich dasjenige zu tun, was man Sünde nennt, satt essen und sich satt paaren und jener ohne diesen Systeme schmieden, abstrahieren und ohne Wein und Liebe von platonischen Räuschen und platonischen Entzückungen reden und singen und schwatzen können. Küsse vergiften ist noch weit ärger von der Natur gehandelt als das Vergiften der Pfeile der Feinde im Krieg.

Ich wünschte mir bloß, ein König zu sein, um mit meinen geringen Talenten L. der Große zu heißen.

Die Scheidewand zwischen Vergnügen und Sünde ist dünne, daß sie der Strom des langsamsten Blutes im Siebenzigsten in Stücken drückt. Was? Will denn die Natur, was sie nicht will? Oder denkt die Vernunft, was sie nicht denken kann? Du Narr! Weg mit dieser verfluchten Demokratie, wo alles das Wort führen will. Wenn ich will, soll eine uneinheimische, eingeführte nichtswürdige Sentenz aufsteigen und Fleisch und Blut Trotz bieten? Eine Sentenz, Herr, von diesem festen, steten Hang eines ganzen Systems zur Wollust? Ja, werfe einem hungrigen Volk einen Zwieback zu und befriedige es, oder halte die Flut mit einem Fächer auf. Sünde, was Sünde – dreitausend Stimmen gegen eine, es ist nichts. Eine Schuldistinktion oder Priesterbetrug. So – hier steh ich fest, und dieses bin ich. Seid, was ihr wollt, wohlan.

Unter den heiligsten Zeilen des Shakespeare wünschte ich, daß diejenigen einmal mit Rot erscheinen möchten, die wir einem zur glücklichen Stunde getrunkenen Glas Wein zu danken haben.

Ein gewisser Freund, den ich kannte, pflegte seinen Leib in drei Etagen zu teilen, den Kopf, die Brust und den Unterleib, und er wünschte öfters, daß sich die Hausleute der obersten und der untersten Etage besser vertragen könnten.

Lieber Freund, du kleidest deine Gedanken so sonderbar, daß sie nicht mehr aussehen wie Gedanken.
Sage mir, ob dieser nicht seltsam gekleidet ist, und du sollst alle die meinigen nackend sehen, ehe sie noch meine Sinnen mit ihrer Livree bedecken. Es ist eine Schande, die meisten unserer Wörter sind mißbrauchte Werkzeuge, die oft noch nach dem Schmutz riechen, in dem sie die vorigen Besitzer entweihten. Ich will mit neuen arbeiten oder, ohne so viel Luft dazu zu brauchen, als ein Sommervogel aussumst, nur mit mir selbst in alle Ewigkeit sprechen.

Trinken, πίνειν, heiße ich hier überhaupt mit offenen Sinnen und zur guten Stunde einen Zug tun, der mit einer solchen Zauberkraft auf unser Innerstes auffällt und alle Seelenkräfte zu einem Freudenfeste versammelt, bei dem die strengste Vernunft Feierabend macht; es geschehe nun dieser Zug aus der Bouteille (welches die eigentliche Bedeutung des Wortes ist) oder beim Mondenlicht aus einer mit Blütengerüchen geschwängerten Luft, ganz allein, wie Agathon, ehe ihn Danaë nahm, oder in Gesellschaft, wie er bald hernach Gelegenheit hatte. Daher nenne ich Rausch den

Zustand sanfter Empfindlichkeit, in welchem jedem äußeren Eindruck neue unaussprechliche Gedanken korrespondieren, oder jenen Zustand wollüstiger Ruhe, der nicht sowohl die Wirkung einer verdauten Philosophie als vielmehr eines glücklichen ungefähren Zugs ist. Tausend Menschen sterben jährlich, bloß weil sie nicht dursten konnten, ohne doch jemals nur einen Tropfen auf diese Art getrunken zu haben, so wie es ehrliche Väter von zehn Kindern gibt, die nie die Liebe geschmeckt haben.

Polizei, Polzei, Plotzei, Platzei, Platzerei, Plackei, Plackerei.

Apostel, Apostille, Postille.

Sie glauben oft, um ein schöner Geist zu sein, müsse man etwas liederlich leben und gleichsam das Genie mit verdorbenen Sitten fett machen.

Was hilft das Lesen der Alten, sobald ein Mensch den Stand der Unschuld einmal verloren hat, und wo er hinsieht, überall sein System wieder erblickt. Daher urteilt der mittelmäßige Kopf, es sei leicht, wie Horaz zu schreiben, weil er es für leicht hält, besser zu schreiben, und weil dieses Besser zum Unglück schlechter ist. Je älter man wird (vorausgesetzt, daß man mit dem Alter weiser werde), desto mehr verliert man die Hoffnung, besser zu schreiben als die Alten, am Ende sieht man, daß das Eichmaß alles Schönen und Richtigen die Natur ist, daß wir dieses Maß alle in uns tragen, aber so überrostet von Vorurteilen, von Wörtern, wozu die Begriffe fehlen, von falschen Begriffen, daß sich nichts mehr damit messen läßt.

Ist es denn so unrecht, daß der Mensch wieder durch die nämliche Pforte zur Welt hinausgeht, durch die er hineingekommen ist?

Ich spreche jetzo nicht mit Ihrem Witz, der alles zu bemänteln weiß, sondern mit Ihrem Gewissen spreche ich.

Daß das Genie eine Art von Krankheit ist, hat Herr Unzer so vortrefflich in seinem ›Arzt‹ bewiesen, daß es jemanden grauen sollte, sich diese gefährlichste der Nervenkrankheiten zu wünschen; und die beneidenswürdigste Nation unter dem Monde, ich meine die englische, hat dieses auch erkannt, denn einer ihrer berühmtesten Naturforscher, der große Hill, hat einen Tee erfunden, der das Nachdenken vertreibt, ein sicherer Beweis, daß dieser große Geist das Nachdenken für eine Schwachheit gehalten hat. Allein dafür sind wir Deutsche auch die Verachtung des leicht dahinrieselnden Galliers und des harmonischen Italieners. Dieses Übel reißt immer mehr und mehr in Deutschland ein, alles will heutzutage denken, sogar auf die Kanzel und Handwerker breitet sich dieses Übel aus. Ich sehe es schon wie im Traum, daß dereinst, o der Schande! mein sich hinwegdenkendes Vaterland anfangen wird zu glauben, in der Rangleiter der Nationen könnte ein Liedchen die seinige nicht um eine Staffel höher bringen.

Es kann nicht alles ganz richtig sein in der Welt, weil die Menschen noch mit Betrügereien regiert werden müssen.

Es tun mir viele Sachen weh, die andern nur leid tun.

Sa Majesté très Voltairienne, der König von Preußen.

Fein war er eigentlich nicht, allein er verstand doch die Kunst, wenn er es bedurfte, zuweilen auf seinen Nebenmenschen zu reiten.

In saufbrüderlicher und kaffeeschwesterlicher Eintracht.

Man muß sich die Menschen nach ihrer Art verbindlich machen, nicht nach der unsrigen.

Es gibt ein Sprichwort im Englischen, das heißt: Er ist zu dumm, um ein Narr zu werden. Es steckt sehr viel feine Bemerkung hierin.

Alles gelernt, nicht um es zu zeigen, sondern um es zu nutzen.

Auf sehr entfernte Dinge auf einmal zu kommen und dann im folgenden zu zeigen, daß doch ein Zusammenhang dazwischen war, dieses ist einer von Yoricks Griffen.

Das Besondere statt des Allgemeinen, proprie communia dicere, Gänsediebstahl statt Dieberei, dieses ist das Element des Ausdrucks.

Erst die natürlichen Betrachtungen gemacht, ehe die subtilen kommen, und immer vor allen Dingen erst versucht, ob etwas ganz simpel und natürlich erklärt werden könne.

Populär wie Gellert, Shakespeare und Hogarth.

Die schönste Art der Ironie ist, eine Sache, die gar nicht verteidigt werden kann, zu verteidigen mit Gründen, die voll satirischer Bitterkeit sind, häufig Stellen zu zitieren und zu erklären.

Man soll öfters dasjenige untersuchen, was von den Menschen meist vergessen wird, wo sie nicht hinsehen und was so sehr als bekannt angenommen wird, daß es keiner Untersuchung mehr wert geachtet wird.

Auch die allergemeinsten Dinge würde jedermann anders ausdrücken, wenn er seinem eigenen, individuellen Gefühl folgen wollte; dieses geschieht selten vor einem gewissen reifen Alter, da man merkt, daß man so gut wie ein Mensch ist als Newton oder als der Prediger im Dorf oder der Amtmann und alle unsere Vorfahren. Shakespeare ist eine Probe davon.

Vielleicht ist dieses nur durch eine beständige Gewohnheit von Kindheit an in mir so entstanden. Was für Aussichten würden wir bekommen, wenn wir unser Kapital von Wahrheiten einmal von demjenigen entblößen könnten, was ihnen nicht sowohl wesentlich ist, als vielmehr aus der öfteren Wiederholung zuwächst.

Man frage sich selbst, ob man sich die kleinsten Sachen erklären kann; dieses ist das einzige Mittel, sich ein rechtes System zu formieren, seine Kräfte zu erforschen und seine Lektüre sich nützlich zu machen.

Die Kunst, alle Dinge recht tief unten anzufangen und eine Frage in tausend untergeordnete zu zerfällen.

Die eine Schwester ergriff den Schleier und die andere den Hosenschlitz.

Bei mir liegt das Herz dem Kopf wenigstens um einen ganzen Schuh näher als bei den übrigen Menschen, daher meine große Billigkeit. Die Entschlüsse können noch ganz warm ratifiziert werden.

Flicksentenzen.

Ein Dreigroschenstück ist immer besser als eine Träne.

Ihr, die ihr so empfindsam von der Seele eurer Mädchen sprechen könnt, ich gönne euch diese Freude, glaubt aber ja nicht, daß ihr so was Erhabenes tut oder sagt; oder dünkt euch nicht edler als der Pöbel, der gewiß so gar unrecht nicht hat, sich hauptsächlich an den Körper zu halten. Was doch ein junger Rezensionenleser für eine Idee von einem so feinen Sentiment hat! Der Bauernknecht schielt nach dem Unterrockschlitz und sucht den Himmel dort, den du in den Augen suchst. Wer hat recht? Ich wäge keine Gründe in dieser Frage, und noch viel weniger entscheide ich sie, aber raten will ich es aus treuem Herzen allen empfindsamen Kandidaten, daß sie sich mit dem Bauern setzen, es könnte sonst auf verdrießliche Weitläufigkeiten hinauslaufen.

Mit größerer Majestät hat noch nie ein Verstand stillgestanden.

Die Sanduhren erinnern nicht bloß an die schnelle Flucht der Zeit, sondern auch zugleich an den Staub, in welchen wir einst verfallen werden.

Dieser Satz gehört mit unter die offizinellen.

Vergangener Schmerz ist in der Erinnerung angenehm, vergangenes Vergnügen auch, künftiges Vergnügen wieder, auch gegenwärtiges, also ist nur der zukünftige und gegenwärtige Schmerz, was uns quälet; ein merkliches Übergewicht von seiten des Vergnügens in der Welt, das noch dadurch vermehrt wird, daß wir uns beständig Vergnügen zu verschaffen suchen, dessen Erhaltung wir in vielen Fällen mit ziemlicher Gewißheit voraussehen können; hingegen der noch künftige Schmerz weit seltener vorausgesagt werden kann.

Etwas, das sich mit der Schnelligkeit des Blitzes oder des Lichts von dem einen Ende eines Sandkörnchens bis zum andern bewegt, wird uns zu ruhen scheinen.

Ja, die Nonnen haben nicht allein ein strenges Gelübde der Keuschheit getan, sondern haben auch noch starke Gitter vor ihren Fenstern.

Er kann sich einen ganzen Tag in einer warmen Vorstellung sonnen.

Wir glauben öfters, daß wir zu verschiedenen Zeiten verschiedene Hände schrieben, während als sie einem Dritten immer einerlei scheinen.

Die englischen Genies gehen vor der Mode her und die deutschen hintendrein.

Diejenigen, von denen er noch hauptsächlich angebetet wurde, waren einige Kandidaten der Empfindsamkeit.

Es ist ein Vorurteil unsers Jahrhunderts in Deutschland, daß das Schreiben so zum Maßstab des Verdienstes gediehen ist. Eine gesunde Philosophie wird vielleicht dieses Vorurteil nach und nach vertreiben.

Was einem das Liegen auf dem rechten Ellenbogen ist, nachdem man eine Stunde auf dem linken gelegen.

Es gibt hundert Witzige gegen einen, der Verstand hat, ist ein wahrer Satz, womit sich mancher witzlose Dummkopf beruhigt, der bedenken sollte, wenn das nicht zuviel von einem Dummkopf gefordert heißt, daß es wieder hundert Leute, die weder Witz noch Verstand haben, gegen einen gebe, der Witz hat.

Aus der Weisheit Gottes manche Sachen schließen zu wollen ist nicht viel besser, als es aus seinem eignen Verstand zu tun.

Es ist fast zu vermuten, daß, wenn sich protestantische Religion und kalte, gesunde Vernunft mehr ausbreiten und wenn gesunde, brauchbare Philosophie gang und gäbe wird, die schönen Künste merklich verfallen werden. Ja, es ist eine Frage, ob nicht die schädlichen Folgen sich noch weiter erstrecken werden. Die gesündeste Philosophie ist geneigt, sich in Vorschläge zu verlieren. Den Schwärmern, die feineren Aberglauben mit gesunder Vernunft in der gehörigen Proportion zu mischen gelernt haben, ist es aufbehalten, den bei der kalten Betrachtung gerinnenden Säften des Völkerkörpers wieder Flüssigkeit, Wärme und Geschwindigkeit zu erteilen und die Glieder dahin zu vermögen, nicht alle ihre Entschlüsse erst durch den Kopf passieren zu lassen. Der Hang zum Besondern. Es wird daher auch nie eine Philosophie allgemein gemacht werden können. Vernunft und Erfahrung können zwar bei einem Schriftsteller einigermaßen die Haushaltung für die Empfindung führen, wenn er beide in einem sehr großen Maße besitzt, nie wird er aber sein Werk durch Züge erheben können, bei deren Erblikkung der feinste Nachahmer bekennen muß, sie lägen außer seinem Sprengel. Es scheint, als wenn sich der Himmel die Mitteilung besonderer Gedanken und Entdeckungen selbst vorbehalten hätte, da sie so selten die Frucht des Fleißes sind.

Wir Protestanten glauben nunmehr in sehr aufgeklärten Zeiten in Absicht auf unsere Religion zu leben. Wie, wenn nun ein neuer Luther aufstünde? Vielleicht heißen unsere Zeiten noch einmal die finstern. Man wird eher den Wind drehen oder aufhalten können, als die Gesinnungen des Menschen heften.

Dieses ist dem Menschen so natürlich als das Denken oder das Werfen mit Schneebällen.

Es war ihm unmöglich, die Wörter nicht in dem Besitz ihrer Bedeutungen zu stören.

In Hannover logierte ich einmal so, daß mein Fenster auf eine enge Straße ging, wodurch die Kommunikation zwischen zwo großen erhalten wurde. Es war sehr angenehm, zu sehen, wie die Leute ihre Gesichter veränderten, wenn sie in die kleine Straße kamen, wo sie weniger gesehen zu sein glaubten, so wie hier einer pißte, der andere dort sich die Strümpfe band, so lachte der eine heimlich und schüttelte der andere den Kopf. Mädchen dachten mit einem Lächeln an die vorige Nacht und legten ihre Bänder zu Eroberungen auf der nächsten großen Straße zurecht.

Es wird schwerlich ein Mensch können gefunden werden, dessen Urteil über das Gute und Schöne als die Stimme der menschlichen Natur wird angesehen werden können. Man sollte anfänglich glauben, daß ein Mann von der größten Erfahrung und Einsicht allemal am besten schreiben würde. Allein ist der Witzige nicht ebensogut ein Mensch? Da ein menschliches Geschlecht von lauter Weisen sowenig das glücklichste wäre als eines von lauter Narren oder Witzigen, sondern das Glück desselben vielmehr in einer Mischung derselben besteht, so kann kein Glied desselben sein Gedanken- und Gesinnungensystem als das Maß des besten angeben. Seneca und Plinius haben so gut recht als Cicero. Am besten wird derjenige schreiben, der so schreibt, wie es die vernünftigsten derjenigen Klasse gut finden würden, die er durch seine Schriften zu belehren gedenkt. Allgemeine Regeln werden sich nie in diesem Stück angeben lassen.

In Athen herrschte weit weniger gesunde Vernunft als in Lakedaimon. Die erstere Stadt war äußerst wankelmütig, sie ließ ihre Generale hinrichten und bereute es; sie vergiftete den Sokrates, bestrafte seine Feinde und richtete ihm Ehrensäulen auf.

Die Astronomie ist vielleicht diejenige Wissenschaft, worin das wenigste durch Zufall entdeckt worden ist, wo der menschliche Verstand in seiner ganzen Größe erscheint und wo der Mensch am besten lernen kann, wie klein er ist.

Die kleinsten Unteroffiziere sind die stolzesten.

Ich habe sehr oft schon darüber nachgedacht, worin sich eigentlich das große Genie von dem gemeinen Haufen unterscheidet. Hier sind einige Bemerkungen, die ich gemacht habe. Der gewöhnliche Kopf ist immer der herrschenden Meinung und der herrschenden Mode konform; er hält den Zustand, in dem sich alles jetzt befindet, für den einzig möglichen und verhält sich leidend bei allem. Ihm fällt nicht ein, daß alles von der Form der Möbel bis zur feinsten Hypothese hinauf in dem großen Rat der Menschen beschlossen werde, dessen Mitglied er ist. Er trägt dünne Sohlen an seinen Schuhen, wenn ihm gleich die spitzen Steine die Füße wund drücken, er läßt die Schuhschnallen sich durch die Mode bis an die Zehen rücken, wenn ihm gleich der Schuh öfters steckenbleibt. Er denkt nicht daran, daß die Form des Schuhs so gut von ihm abhängt als von dem Narren, der sie auf elendem Pflaster zuerst dünne trug. Dem großen Genie fällt überall ein: Könnte auch dieses nicht falsch sein? Er gibt seine Stimme nie ohne Überlegung. Ich habe einen Mann von großen Talenten gekannt, dessen ganzes Meinungensystem so wie sein Möbelvorrat sich durch

eine besondere Ordnung und Brauchbarkeit unterschied. Er nahm nichts in sein Haus auf, wovon er nicht den Nutzen deutlich sah; etwas anzuschaffen, bloß weil es andere Leute hatten, war ihm unmöglich. Er dachte: So hat man ohne mich beschlossen, daß es sein soll, vielleicht hätte man anders beschlossen, wenn ich mit dabei gewesen wäre. Dank sei es diesen Männern, daß sie zuweilen wenigstens wieder einmal schütteln, wenn es sich setzen will, wozu unsere Welt noch zu jung ist.
Chinesen dürfen wir noch nicht werden. Wären die Nationen ganz voneinander getrennt, so würden vielleicht alle, obgleich auf verschiedenen Stufen der Vollkommenheit, zu dem chinesischen Stillstand gelangt sein.

Das Bekehren der Missetäter vor ihrer Hinrichtung läßt sich mit einer Art von Mästung vergleichen. Man macht sie geistlich fett und schneidet ihnen hernach die Kehle ab, damit sie nicht wieder abfallen.

... Wenn ich nicht sehr irre, so sind die Zeiten, da Europa die Systeme von den Deutschen nehmen mußte, so wie den Zimt von den Holländern, ihrem Ende sehr nahe. Die eine Hälfte unserer Landsleute ist mit in den großen kritischen Aufstand und in das Rezensieren omnium contra omnes so verwickelt, daß sie nicht hört, und die andere liegt in einem empfindsamen Schlummer und hört und sieht nicht, was um sie vorgeht ...

Der Mensch vergibt sich nichts, ohne etwas zu erwarten; daher das Sammeln des Lohns im Himmel, Geißelung und dergleichen. Die Philosophie des gemeinen Mannes ist die Mutter der unsrigen; aus seinem Aberglauben konnte unsere Religion werden, so wie unsere Medizin aus seiner Hausmittelkenntnis. Er tat etwas, ohne Belohnung vorauszusehen; er erhielt sie aber auch, ohne sich eines kurz vorhergängigen Verdienstes bewußt zu sein; was war natürlicher, als eine Verbindung zwischen jenem Verdienst und dieser Belohnung zu finden? Was konnte für den Religionsstifter wichtiger und was der Gesellschaft nützlicher sein? So wurde der Mensch aus Eigennutz uneigennützig, und was ihm das Glück ohnehin zugeführt hätte, wurde ihm als eine Bezahlung angerechnet, die ihn noch mehr verpflichtete.

Jacobi, du mußt nicht glauben, daß deine Kunst wichtiger sei als des Mannes, der Kaffeetische zu Birmingham lakkiert.

Die Katholiken bedenken nicht, daß der Glauben der Menschen sich auch ändert, wie überhaupt die Zeiten und Kenntnisse der Menschen. Hier zunehmen und dort stillestehn ist den Menschen unmöglich. Selbst die Wahrheit bedarf zu andern Zeiten wieder einer andern Einkleidung, um gefällig zu sein.

Zwei auf einem Pferd bei einer Prügelei, ein schönes Sinnbild für eine Staatsverfassung.

Ein Mann, der sich in einem engen Felde mit Aufmerksamkeit und Nachdenken beschäftigt hat, wird, wo es nicht auf Geschmack, sondern auf Verstand ankommt, gewiß außer diesem Feld gut urteilen, wenn ihm der Fall gehörig vorgestellt wird, da der andere, der vielerlei weiß, nirgends recht zu Hause ist. Wenn sich eine mannigfaltige Kenntnis heutzutage nicht so leicht aus Büchern erwerben ließe, ohne andere Anstrengung als allein des Gedächtnisses, so ließe sich noch eher etwas dafür sagen, da aber dieses gewiß immer der Fall ist. so ziehe ich schon aus diesem Grund eine geringe, aber deutliche Kenntnis vor.

Dieses haben unsere Vorfahren aus gutem Grunde so geordnet, und wir stellen es aus gutem Grunde nun wieder ab.

Ich habe auch Federn auf dieser Leimrute sitzenlassen.

Einen Roman zu schreiben ist deswegen vorzüglich angenehm, weil man zu allen Meinungen, die man gerne einmal in die Welt laufen lassen will, allemal einen Mann finden kann, der sie als die seinigen vorträgt ...

Zeit urbar machen.

Er war das bei der Sache, was der Schwanzmeister bei der Ramme ist, er kommandierte, führte den dicksten Strick und arbeitete am wenigsten.

Ist denn kein Unterschied zwischen Gerechtigkeit und Schinderei?

So wie Julius Cäsar einen Brief schreiben und zugleich etliche diktieren konnte, so hatte er die Gabe, einen Takt zu treten und in einem andern Magentropfen in einen Löffel zu zählen.

Er redete oft an Orten sehr frei, wo jedermann eine heilige Miene annahm, dafür predigte er aber die Tugend wiederum an Orten, wo sie sonst kein Mensch predigte.

Wie leicht Eigenliebe, ohne daß wir es merken, die Triebfeder mancher uns von derselben ganz independent scheinenden Handlung sei, können wir daraus ersehen, daß Leute das Geld lieben können als Geld, ob sie gleich nie Gebrauch davon machen.

Gäbe es nur lauter Rüben und Kartoffeln in der Welt, so würde einer vielleicht einmal sagen: Es ist schade, daß die Pflanzen verkehrt stehen.

Wenn jemand auf die Ärzte, auf Advokaten oder die elenden Philosophen loszieht, so lachen die Vernünftigen unter denselben mit. Allein wenn man auf einen schlechten Geistlichen loszieht, deren es doch gewiß mehrere gibt als schlechte Leute in irgendeiner Fakultät, deswegen weil es schwerer ist, ein guter zu sein, so werfen selbst gute Männer unter ihnen mit Eifer und Verfolgung um sich.

Man könnte ihn den Zaunkönig der Schriftsteller nennen.

Alcibiades hieb einmal seinem Hund den Schwanz ab. Als man ihn um die Ursache fragte, so sagte er: Ich tue es bloß, um den Atheniensern etwas zu sprechen zu geben.

Ich kann es keinem Mädchen verdenken, wenn sie sich in ihrer Wahl eines Gemahls nicht nach dem Willen der Eltern richtet. Soll sie etwas, das sie so oft im Spiegel beschaut, woran sie so oft poliert und geputzt hat, dessen Auszierung, Pflegung und Erhaltung so lange ihre einzige Sorge gewesen ist, soll sie das jemandem hingeben, den sie nicht leiden kann?

Eine Hauptregel für Schriftsteller, zumal solche, die ihre eigenen Empfindungen beschreiben wollen, ist, ja nicht zu glauben, daß, weil sie solches tun, dieses bei ihnen eine besondere Anlage der Natur dazu anzeige. Andere können dieses vielleicht ebensogut als du. Sie machen nur keine Geschäfte daraus, weil es ihnen einfältig vorkommt, solche Dinge bekanntzumachen.

Beim Disputieren ist ein sehr feiner und bitterer Griff, erst die Gründe des Gegners noch viel stärker vorzustellen, als er sie selbst vorzustellen imstand war (hierbei ist allenfalls Sophisterei verzeihlich), und dann alles mit triftigen Gründen zusammen aus dem Wege zu räumen. Dieses läßt sich bei der Satire gebrauchen.

Der kühnste Flug des faselnden Menschen.

Ich bemerkte wirklich auf seinem Gesicht den Nebel, der allezeit während des Wonnegefühls aufzusteigen pflegt, das man hat, wenn man sich über andere erhaben zu sein glaubt.

Es gibt Menschen, die nicht sowohl schön schreiben, als vielmehr jedem Decennio und Saeculo das Modegesicht ablernen können, daß der Teufel selbst glauben sollte, sie schrieben von Natur so. Es mag stürmen, wie es will, so schwimmen verzwickte Bälge immer oben. Ich mag immer den Mann lieber, der so schreibt, daß es Mode werden kann, als den, der so schreibt, wie es Mode ist.

Sie tun die Taten, und wir übersetzen die Erzählungen davon ins Deutsche.

Man ist in die Erde kaum nur den 8000. Teil ihrer Dicke eingedrungen.

Wenn ich doch eine Verrichtung wählen soll, die tausend Menschen schon vor mir gewählt haben, so soll es gewiß das Kompendienschreiben nicht sein.

Wenn jemand etwas sehr gerne tut, so hat er fast immer etwas in der Sache, was die Sache nicht selbst ist. Dieses ist eine Bemerkung, die eine tiefsinnigere Untersuchung durch den nützlichen Erfolg belohnen würde.

Ein Kerl schreibt dem andern von einem Lied; Schicke mir doch den Text zu dem Lied, das die Schüler in G. singen, die Melodie weiß ich. Es fängt sich an: dra ri li-li-li dara.

Mit wollüstiger Bangigkeit.

Zwo Personen verabreden sich, was sie in Gesellschaft miteinander sprechen und wie sie sich einander aufziehn wollen.

Nicht Größe des Geistes, sondern des Windes hat ihn zu dem Manne gemacht.

Wenn man nun einmal in der Welt anfangen wollte, das bloß Nötige zu tun, so müßten Millionen Hungers sterben.

In den Worten ›vox populi vox dei‹ steckt mehr Weisheit, als man heutzutage in vier Worte zu stecken pflegt.

Gegen das Kompendienschreiben, und dieses so lächerlich gemacht als möglich.

Es ist nicht Lasterhaß, sondern Halseisenfurcht. Oder so: Wer kann in jedem Fall Tugend und Halseisenfurcht unterscheiden?

Unsere Gesinnungen sind so unterschieden als unsere Gesichter, denn wer will uns beweisen, daß unsere inneren Werkzeuge, zumal des Gehirns, nicht merklich unterschieden sind? Wie mannigfaltig sind die Vorfälle des Lebens, aus denen hernach Gesinnungen und Meinungen werden. Sie sind deswegen immer menschlich. Die meisten Menschen nehmen die Meinungen an, so wie sie von andern gemacht worden sind. Der Deutsche geht hierin unbegreiflich weit. In England hat beinah jedermann seine eigne Meinung. Ich sage damit nicht, daß jeder eine verschiedene habe. Dieses gibt der Urteilskraft ein leichteres Spiel, gelernte Meinungen hingegen schränken sie ein. In dem neuen Land könnte man die Masken der Kinder in kupferne Formen zwingen. Wir sollten uns bemühen, Facta kennenzulernen und keine Meinungen, hingegen diesen Factis eine Stelle in unserm Meinungensystem anweisen. Man räsoniere nur einmal selbst über die gemeinsten Dinge, hüte sich aber ja, etwas hineinzubringen, was die Meinung eines andern war, wenigstens muß sie nicht qua talis hinein, wenn sie nicht die unsrige ist. Es ist unglaublich, was sich die Menschen Dinge einander nachbeten können. Der größte Mann, der alles auf seiner eignen Waage wiegt, was er ausgibt, glaubt sich einmal einen Augenblick allzu sicher und legt etwas hin, das er nicht gewogen hat. Wo ich nicht sehr irre, so liegt hierin eigentlich der Unterschied des großen und des schlechten Schriftstellers, daß jener mit eignen geübten Kräften aus Factis räsoniert und dieser die verstümmelten Meinungen anderer mit nicht genugsam geübten verbindet. Ein schlechter Schriftsteller ist von dem guten nicht dem Grade nach unterschieden, daher gibt es große schlechte Schriftsteller. Daß die Geschichte eine Lehrmeisterin des Lebens sei, ist ein Satz, der gewiß von vielen ununtersucht nachgebetet wird. Man untersuche einmal, wo die Menschen, die sich durch ihren Verstand gehoben haben, ihren Verstand herhaben. Sie holen ihn in den Affären selbst, da, wo die Begebenheiten sind, und nicht da, wo sie erzählt werden. Man kann sehr viel gelesen haben und wenig Verstand zeigen...

Er hat den Galgen nicht auf dem Buckel, aber in den Augen.

Schwachheiten schaden uns nicht mehr, sobald wir sie kennen.

Wenn jemand Lavatern vor die Stirne schlägt und sagt: »So wache doch auf, Träumer!«, da schimpfen die Kandidaten der Empfindsamkeit, die Bürger brummen und murren, und die politischen Weisen zischeln sich auf der Straße in die Ohren, so geschäftig, so gesprächig, mit einer so geheimnisvollen Geschwätzigkeit, daß man glauben sollte, die Äbtissin wäre mit Zwillingen niedergekommen oder der Erzbischof hätte den Tripper. Aber wenn jemand der gesunden Vernunft vor den Kopf schlägt, das achtet man soviel als ein Bohnenfleckchen.

Manches an unserm Körper würde uns nicht so säuisch und unzüchtig vorkommen, wenn uns nicht der Adel im Kopf steckte.

Man liest auch, um andere Schriftsteller kennenzulernen. Jemand, der von Kindheit an nichts als die Meisterstücke des menschlichen Verstandes hätte kennenlernen, würde das Gesicht zum Erstaunen verziehen, wenn er einige unsrer neuen lesen sollte. Es würde ihm vorkommen als eine Musik auf einem verstimmten Klavier oder eine von Pfannen und Mörsern und Tellern. Eine Situation, die zu gebrauchen wäre.

Man ist nur gar zu sehr geneigt zu glauben, wenn man etwas Talent besitzt, arbeiten müßte einem leicht werden. Greife dich immer an, Mensch, wenn du etwas Großes tun willst.

Allzeit: wie kann dieses besser gemacht werden.

Eine Uhr, die ihrem Besitzer immer um viertel zuruft: »Du ...«, um halb: »Du bist ...«, um dreiviertel: »Du bist ein ...«, und wenn es voll schlägt: »Du bist ein Mensch.«

Das ist wahr, meine Schuh kann ich mir nicht selbst machen, aber ihr Herrn, meine Philosophie lass' ich mir nicht zuschreiben ...

Das heißt recht Eulen nach Athen oder Kompendia nach Göttingen tragen.

Wenn er eine Rezension verfertigt, habe ich mir sagen lassen, soll er allemal die heftigsten Erektionen haben.

Was heißt schwätzen? Schwätzen heißt mit einer unbeschreiblichen Geschäftigkeit von den gemeinsten Dingen, die entweder schon jedermann weiß oder nicht wissen will, so weitläufig sprechen, daß darüber niemand zum Wort kommen kann und jedermann Zeit und Weile lang wird. Die deutsche Sprache ist sehr arm an Wörtern für Handlungen, die sich so zu andern Handlungen des vernünftigen Mannes verhalten wie Geschwätz zur zweckmäßigen, vernünftigen Unterredung. So fehlt es uns an einem solchen Wort für rechnen.

Die Komödie bessert nicht unmittelbar, vielleicht auch die Satire nicht; ich meine, man legt die Laster nicht ab, die sie lächerlich macht. Aber das können sie tun, sie vergrößern unsern Gesichtskreis, vermehren die Anzahl der festen Punkte, aus denen wir uns in allen Vorfällen des Lebens geschwinder orientieren können.

Zu der ›Zezuanischen Geschichte‹.
Satiren sind im ganzen Lande erlaubt, und unter der letzten Regierung hat man sie noch bekräftigt, und ist ein sehr gnädig abgefaßtes Plakat deswegen ergangen, welches in die zezuanischen Intelligenzblätter eingerückt worden.
Das Manifest selbst:
Die Satire darf sich aber ausdrücklich auf niemanden erstrecken, wer nach dem großen Deichbruch, so nennen sie die Sündflut, gelebt hat, und nimmt das Manifest noch sechs oder sieben Männer, die vor dem Deichbruch gelebt haben, aus, auf die sich die Satire auch nicht erstrecken darf. Wer dagegen handelt, der soll den dritten Grad der Kritik aushalten, welcher darin besteht, daß einem an einem Ort, den man selbst wählen darf, ein Vesikatorium von der Größe eines zinnernen Tellers aufgelegt und hernach die rohe Stelle mit Pfeffer und Salz gerieben wird.

Das Erheben in den Bürgerstand.

Ein Mensch wählet sich ein Thema, beleuchtet es mit seinem Lichtchen, so gut er's hat, und schreibt alsdann in einem gewissen erträglichen Modestil seine Alltagsbemerkungen, was jeder Sekundaner auch sehen, aber nicht so festlich hätte sagen können. Für diese Art zu schreiben, welches die Lieblingsart der mittelmäßigen und untermittelmäßigen Köpfe ist, wovon es in allen Ländern wimmelt, in welchen die Magazinsatiren gemeiniglich geschrieben sind, habe ich kein besseres Wort als Kandidatenprosa finden können. Er führt höchstens das aus, was die Vernünftigen schon bei dem bloßen Wort gedacht haben.

Der Gedanke hat in dem Ausdruck noch zu viel Spielraum; ich habe mit dem Stockknopf hingewiesen, wo ich mit der Nadelspitze hätte hinweisen sollen.

Aktiv- und Passivvisiten.

Ein König läßt befehlen, daß man bei Lebensstrafe einen Stein für einen Demant halten soll.

Er hielt sich ein Zettelchen, auf welches er gewöhnlich schrieb, was er für eine besondere, ihm von Gott erwiesene Gnade ansah und was sich gar nicht anders erklären ließ. Bei seinem inbrünstigsten Gebet sagte er zuweilen: »O lieber Gott, etwas aufs Zettelchen.« Solche Ausdrücke, Ausbrüche der empfindlichsten Seelen, sind gleichsam Vertrauensgeheimnisse zwischen Gott und der Seele.

Eine Vorrede könnte Fliegenwedel betitelt werden und eine Dedikation Klingelbeutel.

Es scheint, als wenn Herr S., der durch das Tor der Geschichte in den Tempel des Ruhms gekommen, sich nun wieder durch das Türchen der Dichtkunst hinausschleichen wollte.

Die Zeitungsschreiber haben sich ein hölzernes Kapellchen erbaut, das sie auch den Tempel des Ruhms nennen, worin sie den ganzen Tag Porträts anschlagen und abnehmen und ein Gehämmer machen, daß man sein eigenes Wort nicht hört.

Wenn du in einer gewissen Art von Schriften groß werden willst, so lese mehr als die Schriften dieser Art. Wenn du auch schon nicht deine Äste über ein großes Stück Feld ausbreiten willst, so ist es deiner Fruchtbarkeit immer zuträglich, deine Wurzeln weit ausgebreitet zu haben. Ein bloßer Leser des Wieland wird nie ein Wieland werden. Ich glaube,

Wieland nähme es wohl selbst über sich, für die Wahrheit dieses Satzes Bürge zu werden.

Man kann sicher bei verschlossenen Augen in das erste beste Buch den Finger auf eine Zeile legen und sagen, hierüber ließe sich ein Buch schreiben. Wenn man die Augen auftut, so wird man sich selten betrogen finden.

So närrisch, als es dem Krebse vorkommen muß, wenn er den Menschen vorwärtsgehen sieht.

Heutzutage machen drei Pointen und eine Lüge einen Schriftsteller.

Die erste Satire wurde gewiß aus Rache gemacht. Sie zur Besserung seines Nebenmenschen, gegen die Laster und nicht gegen den Lasterhaften zu gebrauchen, ist schon ein geleckter, abgekühlter, zahm gemachter Gedanke.

Ein Grab ist doch immer die beste Befestigung wider die Stürme des Schicksals.

Er hat eine Seite herunter geLavatert.

Die poetischen Zitterer.

Der Mensch ist vielleicht halb Geist und halb Materie, so wie der Polype halb Pflanze und halb Tier. Auf der Grenze liegen immer die seltsamsten Geschöpfe.

Er hat mich einiger Fäden des frömmsten Geifers gewürdigt und sein geweihtes Pfui über mein Werkchen ausgespuckt.

Sich in einen Ochsen verwandeln ist noch kein Selbstmord.

Acht Bände hat er geschrieben. Er hätte gewiß besser getan, er hätte acht Bäume gepflanzt oder acht Kinder gezeugt.

Bei Ausarbeitungen habe vor Augen: Zutrauen auf dich selbst, edlen Stolz und den Gedanken, daß andere nicht besser sind als du, die deine Fehler vermeiden und dafür andere begehen, die du vermieden hast.

Ein rechtes Sonntagskind in Einfällen.

Gott schuf den Menschen nach seinem Bilde, das heißt vermutlich: Der Mensch schuf Gott nach dem seinigen.

Heutzutage haben wir schon Bücher von Büchern und Beschreibungen von Beschreibungen.

Himmel, laß mich nur kein Buch von Büchern schreiben.

Dann gnade Gott denen von Gottes Gnaden.

Was die Spannung der Triebfedern in uns am meisten hemmt, ist, andere Leute im Besitz des Ruhms zu sehen, von deren Unwürdigkeit man überzeugt ist.

Der gute Schriftsteller ist der, der viel und lange gelesen und nach hundert Jahren noch in allerlei Format aufgelegt und eben dadurch das Vergnügen des Menschen im allgemeinen wird. Das ganze menschliche Geschlecht lobt nur das Gute, das Individuum oft das Schlechte.

Regeln für den Schriftsteller: Allen Ständen verständlich und angenehm, zweitens die Nachwelt vor Augen oder eine gewisse Gesellschaft, den Hof pp.

Die Genies brechen die Bahnen, und die schönen Geister ebnen und verschönern sie. Eine Wegverbesserung in den Wissenschaften wäre anzuraten, um desto besser von einer zu den andern kommen zu können.

Recensent, quasi recens natus.

Es ist mit dem Witz wie mit der Musik, je mehr man hört, desto feinere Verhältnisse verlangt man.

Es ist eine Bemerkung, die ich durch vielfältige Erfahrung bestätigt gefunden habe, daß unter Gelehrten diejenigen fast allezeit die verständigsten sind, die nebenher sich mit einer Kunst beschäftigen oder, wie man im Plattdeutschen sagt, klütern.

Eine halb neue Erfindung mit einem ganz neuen Namen.

Der gesunde Gelehrte, der Mann, bei dem Nachdenken keine Krankheit ist.

Was auf Shakespearisch in der Welt zu tun war, hat Shakespeare größtenteils getan.

Unsere Erde ist vielleicht ein Weibchen.

Das ist eine Arbeit, wobei sich, glaube ich, die Geduld selbst die Haare ausrisse.

Weil doch nun einmal Geld in der Welt dasjenige ist, was macht, daß ich das Kinn höher trage, freier aufsehe, sicherer auftrete, härter an andere anlaufe.

Swiften möchte ich zum Barbier, Sterne zum Friseur, Newton beim Frühstück, Hume beim Kaffee gehabt haben.

Es wäre kein Wunder fürwahr, wenn die Zeit einem solchen Schurken das Stundenglas ins Gesicht schmisse.

Einige Ärzte wollen nun gar glauben, daß das menschliche Geschlecht die venerischen Krankheiten und andere den Satiren zuzuschreiben habe, die man auf die Ärzte gemacht hat.

So wie gewisse Schriftsteller, nachdem sie ihrer Materie erst einen derben Hieb versetzt haben, hernach sagen, sie zerfalle von selbst in zwei Teile.

Wenn man über dieses anfängt zu sprechen, so wird es plausibel, denkt man aber daran, so findet man, daß es falsch ist. Der erste Blick, den ich im Geist auf eine Sache tue, ist sehr wichtig. Unser Geist übersieht die Sache dunkel von allen Seiten, welches oft mehr wert ist als eine deutliche Vorstellung von einer einzigen.

Gott schuf den Menschen nach seinem Bilde, sagt die Bibel, die Philosophen machen es grade umgekehrt, sie schaffen Gott nach dem ihrigen.

Ich glaube, der schlechteste Gedanke kann so gesagt werden, daß er die Wirkung des besten tut, sollte auch das letzte Mittel dieses sein, ihn einem schlechten Kerl in einem Roman oder Komödie in den Mund zu legen.

Ob ein Mann, der schreibt, gut oder schlecht schreibt, ist gleich ausgemacht, ob aber einer, der nichts schreibt und stillesitzt, aus Vernunft oder aus Unwissenheit stillesitzt, kann kein Sterblicher ausmachen.

Die Bauernmädchen gehen barfuß und die vornehmen barbrust.

Das bißchen Kopf, das sie noch haben, zerbrechen sie sich mit solchem Zeuge.

Ich stelle mir vor, wo wir an die uns gesteckten Grenzen der Dinge kommen oder noch ehe wir daran kommen, so können wir ins Unendliche sehen, so wie wir auf der Oberfläche der Erde in den unermeßlichen Raum hinaussehen.

Man muß keinem Werk, hauptsächlich keiner Schrift, die

Mühe ansehen, die sie gekostet hat. Ein Schriftsteller, der noch von der Nachwelt gelesen sein will, muß es sich nicht verdrießen lassen, Winke zu ganzen Büchern, Gedanken zu Disputationen in irgendeinen Winkel eines Kapitels hinzuwerfen, daß man glauben muß, er habe sie zu Tausenden wegzuschmeißen.

Bei wachender Gelehrsamkeit und schlafendem Menschenverstand ausgeheckt.

Unsere Welt wird noch so fein werden, daß es so lächerlich sein wird, einen Gott zu glauben als heutzutage Gespenster.

Daß der Mensch das edelste Geschöpf sei, läßt sich auch schon daraus abnehmen, daß es ihm noch kein anderes Geschöpf widersprochen hat.

Die großen Medaillen Gellert, Hagedorn pp. hat die Natur eingeschmolzen und scheint sie uns nun in kleinen Courantsorten wiederzugeben.

Einer unserer Voreltern muß in einem verbotenen Buch gelesen haben.

Die Täfelchen von Schokolade und Arsenik, worauf die Gesetze geschrieben sind.

Der Witz wird mit den Jahren stumpf, andere Kenntnisse bleiben.

Es muß untersucht werden, ob es überhaupt möglich, etwas zu tun, ohne sein eignes Bestes immer dabei vor Augen zu haben.

Würmer in den Rädern einer hölzernen Uhr.

Unsere besten Ausdrücke werden veralten; schon manches

Wort ist jetzo niedrig, was ehemals eine kühne Metapher war. Es ist also gewissermaßen der Dauer eines Werks zuträglich, wenn man etwas neu im Stil tut, doch so, daß die Nachahmung schwer ist; es kann nicht so leicht veraltern.

Der Mangel an Ideen macht unsere Poesie jetzt so verächtlich. Erfindet, wenn ihr wollt gelesen sein. Wer, Henker, wird nicht gern etwas Neues lesen?

Man kann eine Sache wieder so sagen, wie sie schon ist gesagt worden, sie vom Menschenverstand weiter abbringen oder sie ihm nähern; das erste tut der seichte Kopf, das zweite der Enthusiast, das dritte der eigentliche Weltweise.

Der Deutsche ist nie mehr Nachahmer, als wenn er absolut Original sein will, weil es andere Nationen auch sind. Den Original-Schriftstellern anderer Nationen fällt es nie ein, Original sein zu wollen. Der Esprit du Corps zeugt Gedanken, in einer Rezensenteninnung hat mancher Kopf einen Einfall gehabt, den er insuliert nicht gehabt haben würde.

Der oft unüberlegten Hochachtung gegen alte Gesetze, alte Gebräuche und alte Religion hat man alles Übel in der Welt zu danken.

Bei noch jungfräulicher Vernunft.

In diesem Jahrhundert haben wir zuerst künstliche Magnete gemacht, zu Erfindung der Meereslänge große Schritte getan und den deutschen Hexameter zur Vollkommenheit gebracht.

Kann es nicht mit den Gelehrten sein wie mit den Gerichten vor Zeiten, da die jüngsten Schöffen das Henken verrichteten?

Er hat den Kelch des Stolzes getrunken.

Wenn ein Buch und ein Kopf zusammenstoßen, und es klingt hohl, ist das allemal im Buch?

In den vorigen Zeiten achtete man auf Kometen und Nordscheine, um andere Bedürfnisse zu befriedigen. Aberglauben trieb damals den Beobachter, jetzt tut es Ehrgeiz und Wißbegierde.

Der Philosoph setzt sich oft über die Großen der Erde weg mit einem Gedanken, der Große setzt sich über sie weg und fühlt es.

Die Welt muß noch nicht sehr alt sein, weil die Menschen noch nicht fliegen können.

Heinrich sagte einmal ›zum Schicksal‹ anstatt ›zum Glück‹.

Dieses ist eine Theorie, die meines Erachtens in der Psychologie eben das vorstellt, was eine sehr bekannte in der Physik ist, die das Nordlicht durch den Glanz der Heringe erklärt.

Ich glaube kaum, daß es möglich sein wird, zu erweisen, daß wir das Werk eines höchsten Wesens und nicht vielmehr zum Zeitvertreib von einem sehr unvollkommenen sind zusammengesetzt worden.

Je mehr man in einer Sprache durch Vernunft unterscheiden lernt, desto schwerer wird einem das Sprechen derselben. Im Fertigsprechen ist viel Instinktmäßiges, durch Vernunft läßt es sich nicht erreichen. Gewisse Dinge müssen in der Jugend erlernt werden, sagt man; dieses ist von Menschen wahr, die ihre Vernunft zum Nachteil aller übrigen Kräfte kultivieren.

Buchstabenmännchen und -weibchen.

Es gibt Leute, die nicht sowohl Genie als ein gewisses Talent besitzen, dem Jahrhundert oder wohl gar dem Dezennium seine Wünsche abzumerken, noch ehe es sie tut.

Ich weiß gar nicht, was ihr Leute wollt. Ich bin gar nicht einmal willens, ein großer Mann zu werden, und das hättet ihr mich wenigstens erst einmal vor der Hand fragen müssen. Meint ihr denn, um einem Sünder einmal mit der Geißel über den Wirbel zu hauen, müsse man eine Löwenforce besitzen? Man braucht kein großer Mann zu sein, um jemand die Wahrheit zu sagen, und ein Glück für uns, daß auch der arme Teufel Wahrheiten sagen kann.

Wenn wir mehr selbst dächten, so würden wir sehr viel mehr schlechte und sehr viel mehr gute Bücher haben.

Wenn heutzutage jemand einen beißenden Gedanken anbringen will, so macht er seinen Versuch an einem armen Schriftsteller so wie die Physiologen an Hunden.

Das ganze Zeitungs-All.

So wird uns der Vetter Engel und der Vetter Affe auslachen.

Es gibt heuer eine gewisse Art Leute, meistens junge Dichter, die das Wort Deutsch fast immer mit offnen Naslöchern aussprechen. Ein sicheres Zeichen, daß der Patriotismus bei diesen Leuten sogar auch Nachahmung ist. Wer wird immer mit dem Deutschen so dicke tun? ›Ich bin ein deutsches Mädchen‹, ist das etwa mehr als ein englisches, russisches oder otaheitisches? Wollt ihr damit sagen, daß die Deutschen auch Geist und Talent besitzen? O das leugnet nur ein Unwissender oder ein Tor. Ich stelle mich zum Beweis, wenn er sich zur Behauptung stellt. Er sei Prinz, Duc, Bischof, Lord, Alderman, Don, oder was er will. Gut, das ist ein Narr oder Unwissender, wer das leugnet, das nehme ich schlechtweg an. Ich bitte euch, Landsleute, laßt diese gänzlich unnütze Prahlerei, die Nation, die uns verlacht und die, die uns beneidet, müssen sich darüber kitzeln, zumal wenn sie innewerden, daß es ihnen gesagt sein soll.

Ich wollte lieber das Wort superklug gemacht haben als irgendeines, es macht seinem Zusammensetzer zuverlässig Ehre ...

Wenn man die meisten Gelehrten ansieht, nichts verrichten sie an sich, als daß sie sich die Nägel und Federn schneiden. Ihre Haare lassen sie sich durch andere in Ordnung legen, ihre Kleidung durch andere machen, ihre Speise durch andere bereiten dafür, daß sie das Wetter in ihrem Kopfe beobachten.

Der Mann hat so viel Verstand, daß er fast zu nichts mehr in der Welt zu gebrauchen war.

Ich kenne die Leute wohl, die ihr meint; sie sind bloß Geist und Theorie und können sich keinen Knopf annähen. Lauter Kopf und nicht so viel Hand, als nötig ist, einen Knopf anzunähen.

Rom, London, Karthago sind nur dauerhaftere Wolken, sie verändern sich und vergehen endlich alle. Wie oft hält der Mensch Dinge für wesentlich unterschieden, die es nur durch plus und minus sind.

Wenn ihn die Welt ganz kennte, so wie ich ihn kenne, meine Herrn, sie würde den Fuchs und das Chamäleon in ihren Gleichnissen gegen ihn vertauschen.

Außer den Eigenschaften, die er mit allerlei Tieren gemein hatte, hatte er auch noch einige mit Thermometern, Hygrometern und Barometern gemein.

Der Satz muß noch mit einem Bruch multipliziert werden.

Wenn Scharfsinn ein Vergrößerungsglas ist, so ist der Witz ein Verkleinerungsglas. Glaubt ihr denn, daß sich bloß Entdeckungen mit Vergrößerungsgläsern machen ließen? Ich glaube, mit Verkleinerungsgläsern oder wenigstens durch ähnliche Instrumente in der Intellektualwelt sind wohl mehr Entdeckungen gemacht worden. Der Mond sieht durch einen verkehrten Tubum aus wie die Venus und mit bloßen Augen wie die Venus durch einen guten Tubum in seiner rechten Lage. Durch ein gemeines Opernglas würden die Plejaden wie ein Nebelstern erscheinen. Die Welt, die so schön mit Bäumen und Kraut bewachsen ist, hält ein höheres Wesen als wir vielleicht eben deswegen für verschimmelt. Der schönste gestirnte Himmel sieht uns durch ein umgekehrtes Fernrohr leer aus.

Bemühe dich, nicht unter deiner Zeit zu sein.

Er war ein solcher aufmerksamer Grübler, ein Sandkorn sah er immer eher als ein Haus.

Zum Superklugen: Durch das häufige Beobachten nach Regeln in der Absicht, etwas erfinden zu wollen, bekommt die Seele endlich unvermerkt eine verwünschte Leichtigkeit, das Natürliche zu übersehen.

Wenn der Papst heiraten wollte, so wüßte ich ihm keine tugendhaftere Frau vorzuschlagen.

In der Republik der Gelehrten will jeder herrschen, es gibt da keine Aldermänner, das ist übel; jeder General muß sozureden den Plan entwerfen, Schildwache stehen und die Wachtstube fegen und Wasser holen, es will keiner dem andern in die Hände arbeiten.

Der Oberrock war in ganz gutem Stand, allein in den Unterrock hatte sie sich ein solches Loch gerissen, daß sie zuweilen übertrat.

Alles verfeinert sich, Musik war ehemals Lärm. Satire war Pasquill, und da, wo man heutzutag sagt: »Erlauben Sie gütigst«, schlug man einem vor alters hinter die Ohren.

Nonsens ist in der Tat etwas sehr Betrübtes, und ein Professor, der welchen schreibt, sollte freundlich auf Pension gesetzt werden.

Ich hoffe, die meisten meiner Leser männlichen Geschlechts werden ehemals Primaner gewesen sein und aus der Erfahrung wissen, wie heftig um jene Zeit der Trieb ist, Bücher zu rezensieren, und wie schmeichelhaft, der sündigen Seele Entreebilletts zum Tempel des Nachruhms für Leute zu stempeln, die älter sind als wir.

Wenn jemand etwas mit Emsigkeit tut, so ist die Idea rectrix zuweilen ganz etwas anders als die Sache, sich schön gedruckt zu sehen, ein noch nicht volles Hundert oder Tausend voll zu sparen ...

Zwei Absichten muß man bei der Lektüre beständig vor Augen haben, wenn sie vernünftig sein soll. Einmal, die Sachen zu behalten und sie mit einem System zu vereinigen, und dann vornehmlich, sich die Art eigen zu machen, wie jene Leute die Sachen angesehen haben. Das ist die Ursache, warum man jedermann warnen soll, keine Bücher von Stümpern zu lesen, zumal wenn sie ihre Räsonnements einmischen. Man kann Sachen aus ihren Kompilationen lernen, allein was einem Philosophen ebenso wichtig, wo nicht wichtiger ist, seiner Denkungsart eine gute Form zu geben, lernt er nicht.

Wäre damals ein Zoll auf die Gedanken gelegt worden, sie wäre gewiß insolvent geworden.

Keine einzige geldfeste Tasche hat er am ganzen Leibe.

Wie werden einmal unsere Namen hinter den Erfindern des Fliegens und dergleichen vergessen werden.

Es gibt eine gewisse Art von gekünsteltem Unsinn, den der Halbköpfige leicht für tiefe Weisheit, ja wohl gar für ein Weben des Genies hält, erstimulierte Ausbrüche eines fundamentlosen Enthusiasmus, ein fieberhaftes Haschen nach Originalismus, ohne Richtigkeit der Empfindung, in welchem der Frankfurter Rezensent oder der Primaner aller Orten Shakespearesche Inspiration zu wittern glaubt, das Rauschen von Libanons ewiger Zeder, die donnernden Tritte des Würgengels und den Klang der Posaune des letzten Tages hört. Es ist nichts. Fünf gegen eins, der Mann, der es geschrieben hat, ist ein Tropf, der mehr scheinen will, als er ist, und damit ist seine arme Seele für den Ruhm der Nachwelt hin, als hätte sie das Licht nie gesehen oder den Satz des Widerspruchs nie gedacht.

Wenn ein Werk auf die Nachwelt kommt, und daran kann es ihm nicht fehlen, wenn es ein Dutzend neue und nützliche Wahrheiten gut vorgetragen enthält und mit messingnen Ecken und Krappen gebunden wird.

Bücher werden aus Büchern geschrieben, unsere Dichter werden meistenteils Dichter durch Dichter lesen. Gelehrte sollten sich mehr darauf legen, Empfindungen und Beobachtungen zu Buch zu bringen.

Auch ich habe seine Oden schnaubende Muse mit Unwillen gehört.

Stolz, mit hoher Brust und halb umgedrehtem Haupt schritte sie daher wie die Eitelkeit, wenn sie sieht, ob ihr die Schleppe nachkommt.

Ein Fähnrich, der nach einer Schlacht, während welcher er sich verkrochen hatte, hinter einer Hecke seinen Hut aufgehängt und ein Loch hineinschießen will, wäre ein Sujet für Hogarth.

Der Herbst, der der Erde die Blätter wieder zuzählt, die sie dem Sommer geliehen hat.

Ich habe seine Stärke im Kauderwelschen beständig bewundert.

Ein paar Dutzend Millionen Minuten machen ein Leben von 45 Jahren und etwas darüber.

Ich bin aus vielfältiger Erfahrung überzeugt, daß die wichtigsten und schwersten Geschäfte in der Welt, die der Gesellschaft den meisten Vorteil bringen, durch die sie lebt und sich erhält, von Leuten getan werden, die zwischen 300 und 800 oder 1000 Taler Besoldung genießen, zu den meisten Stellen, mit denen 20, 30, 50, 100 Taler oder 2000, 3000, 4000, 5000 Taler verbunden sind, könnte man nach einem halbjährigen Unterricht jeden Gassenjungen tüchtig machen, und sollte der Versuch nicht gelingen, so suche man die Schuld nicht im Mangel an Kenntnissen, sondern in der Ungeschicklichkeit, diesen Mangel mit dem gehörigen Gesicht zu verbergen.

Verzeichnis der Druckfehler in dem Druckfehlerverzeichnis.

Da sie sahen, daß sie ihm keinen katholischen Kopf aufsetzen konnten, so schlugen sie ihm wenigstens seinen protestantischen ab.

Er war sonst ein Mensch wie wir, nur mußte er stärker gedrückt werden, um zu schreien. Er mußte zweimal sehen, was er bemerken, zweimal hören, was er behalten sollte; und was andere nach einer einzigen Ohrfeige unterlassen, unterließ er erst nach der zwoten.

Endlich kam er, genau wie er versprochen hatte, nach einem Viertelstündchen, das aber fast so lang war als anderthalb der gewöhnlichen bürgerlichen Stunden.

Die Schurzfellchristen (Freimaurer).

Grade das Gegenteil tun heißt auch nachahmen, es heißt nämlich das Gegenteil nachahmen.

Manche unserer Originalköpfe müssen wir wenigstens so lange für wahnwitzig halten, bis wir so klug werden wie sie.

Wenn sie noch unter ihre Oden setzten: ›Die Fortsetzung folgt‹, so ließe ich es noch gelten.

Ich kann in der Welt nicht begreifen, was wir davon haben, den Alten so bei jeder Gelegenheit gleich den Bart zu streicheln; danken können sie es uns nicht, und aus den breiten und niedrigen Stirnen und den trotzigen Gesichtern zu schließen, worüber sich jeder deutsche Pitschierstecher aufhält, würden sie nicht einmal, wenn sie könnten. Es ist fürwahr eine mächtige Ehre für uns alte Studenten, daß es vor zweitausend Jahren Leute gegeben hat, die gescheiter waren als wir. Meint ihr vielleicht, wir lebten noch in den Zeiten, wo die größte Weisheit in dem Bewußtsein bestand, daß man nichts weiß? Auf das Kapital borgt man euch keinen Magistertitel, sowenig als auf den Reichtum, der in der Armut besteht, einen Groschen. Nein, Freunde, die Zeiten haben wir verschlafen. Diese Sätze sind heutzutage nichts weiter als schöne Nester von ausgeflogenen Wahrheiten. In den philosophischen Kunstkammern gehen sie mit, in die Haushaltung taugen sie nicht einen Schuß Pulver. Eine herrliche Ehre heutzutage, überzeugt zu sein, daß man nichts weiß. Ihr könnt schon daraus sehen, daß der Satz unmöglich mehr gelten kann, oder eure Klagen über die gegenwärtigen Zeiten sind noch in einem andern Betracht widersinnig. Das könnt ihr nicht leugnen, daß wir heutzutage mehr Leute haben, die nichts wissen, und die einfältige Überzeugung davon ließe sich ihnen bald beibringen.

Ich übergebe euch dieses Büchelchen als einen Spiegel, um hinein nach euch, und nicht als eine Lorgnette, um dadurch und nach andern zu sehen.

Ich habe mit meinen Augen in einer englischen Schrift gelesen, daß die Rede eines gewissen Mitgliedes im Parlament zwar ausgearbeitet, aber sehr vernünftig gewesen sei.

Vier Deputierte pissen gegen eine Kutsche, die Kutsche geht weg, und sie pissen gegeneinander.

Einen schlechten Geschmack kann niemand haben, aber gar keinen haben manche Leute …

… An dem Tage, da die Geschichte ihre Bücher schließen wird, möchte ich wohl einmal ein Stündchen ins Register gucken, um zu sehen, ob je ein Land seinen Schriftstellern so mitgespielt hat als Deutschland. Ich glaube kaum. In Europa wenigstens nicht, oder es müßte bald geschehen, denn künftig, wenn wir uns alle zu Chinesen abgeschliffen haben, wenn unsere Moneten sich nach dem jetzigen Kampf zu einer einzigen politischen Uhr zusammentun, wenn uns die Polizeibedienten ins Haus kommen und die Tinte mit Fingerhüten wöchentlich zumessen werden, da geschieht es wahrlich nicht mehr. Das einzige Volk, von dem ich noch etwas Ähnliches erwarte, sind etwa die Neuseeländer, und zwar deswegen, weil wir in Deutschland fast ebendieselben Vertikallinien haben und weil sie stolz, tapfer und treu sind wie die Deutschen, und endlich, weil sie schon jetzt, da es ihr gänzlicher Mangel an Feder und Tinte nicht anders verstattet, bei gelehrten und andern Disputen ihre Antagonisten auffressen.

Hiermit hätte man einen weit standhafteren Mann bewegen können, etwas weit Schlimmeres zu tun.

Leib und Seele: ein Pferd neben einen Ochsen gespannt.

Ehmals verlangte man nur, daß die Mädchen schön wären, heutzutage auch noch, daß sie gescheit aussehen sollen …

Die sogenannten gesitteten Menschen, die, unter uns zu reden, die aller ungesittetsten sind.

Ein Dialog von Eidschwüren und Schimpfwörtern.

Schimpfwörter und dergleichen.

alter Krachwedel
alter Hosenhuster
Dreck auf den Bart (Araber)
Bärenhäuter
Schandbalg
alte Hure
Bankert
Flegel
Reckel
Bengel
Tölpel
Gelbschnabel
Schuft
Hundsfott
Esel
Schlingel
Maulaffe
Klotzkopf
Dummkopf
Schurke
Spitzbube
Dieb
Hure
Betrüger
Lork
Affengesicht
Narre
Matz
Lausewenzel
Flöhbeutel
Galgenschwengel
Galgenvogel
Sauwedel
Lümmel, Saulümmel
Laffe
Schelm
Rotzlöffel
Schnauzhahn
Hundejunge
Poltron
Lausebalg
Schandbalg
Scheißmatz
Knasterbart
Memme
Hexe

Nickel
Mensch
Drecksau
Schlampe
Vettel
Luder

Kanaille
Trulle
Schindaas
Regimentshure
-nickel

Hol dich der Teufel
Daß dich tausend Teufel zerreißen
Daß dich der Donner und das Wetter erschlüge
Daß du tausend schwere Not hättest
Daß du die Kränke hättest
Blitz, Hagel und alle Wetter
Schwerenot
Himmel Sakrament
potz Donner und der Teufel
tausend Sakrament
beim Teufel.

1775–1779

Er teilte des Sonntags Segen und oft schon des Montags Prügel aus.

Es hätte etwas aus seinen Ideen gemacht werden können, wenn sie ihm ein Engel zusammengesucht hätte.

Arschwische mit Mottos.

Die Gedanken dicht und die Partikeln dünne.

Daß die wichtigsten Dinge durch Röhren getan werden. Beweise: erstlich die Zeugungsglieder, die Schreibfeder und unser Schießgewehr, ja, was ist der Mensch anders als ein verworrenes Bündel Röhren?

Man wird bei allen Menschen von Geist eine Neigung finden, sich kurz auszudrücken, geschwind zu sagen, was gesagt werden soll. Die Sprachen geben daher keine schwachen Kennzeichen von dem Charakter einer Nation ab. Wie schwer ist es nicht, einem Deutschen den Tacitus zu übersetzen. Die Engländer sind schon konziser als wir, ich meine ihre guten Schriftsteller. Sie haben einen großen Vorzug darin für uns, daß sie besondere Wörter für die Spezies haben, wo wir oft das Genus mit einer Limitation gebrauchen, welches Weitläufigkeit verursacht. Es könnte nicht schaden, wenn man in jeder Periode die Worte zählte und sie jedesmal mit den wenigsten auszudrücken suchte.

Der Mann hatte so eine gesetzte Umständlichkeit in allem, was er sagte, und eine solche frachtbriefmäßige Art, sich auszudrücken, daß es gar kein lebendiger Mensch bei ihm ausdauern konnte.

Es ist der Ordnung der Natur sehr gemäß, daß zahnlose

Tiere Hörner haben; was Wunder, wenn es alten Männern und Weibern öfters so geht?

Die Kaufleute haben ihr Waste-book (Sudelbuch, Klitterbuch, glaube ich, im Deutschen), darin tragen sie von Tag zu Tag alles ein, was sie verkaufen und kaufen, alles durcheinander, ohne Ordnung, aus diesem wird es in das Journal getragen, wo alles mehr systematisch steht, und endlich kommt es in den Leidger at double entrance, nach der italienischen Art buchzuhalten. In diesem wird mit jedem Mann besonders abgerechnet, und zwar erst als Debtor und dann als Kreditor gegenüber. Dieses verdient von den Gelehrten nachgeahmt zu werden. Erst ein Buch, worin ich alles einschreibe, so wie ich es sehe oder wie es mir meine Gedanken eingeben, alsdann kann dieses wieder in ein anderes getragen werden, wo die Materien mehr abgesondert und geordnet sind, und der Leidger könnte dann die Verbindung und die daraus fließende Erläuterung der Sache in einem ordentlichen Ausdruck enthalten.

Eher kannst du einen Tropfen Wasser wiederfinden, der sich im Luftmeer verloren hat.

Es muß ein Spiritus rector in einem Buch sein, oder es ist keinen Heller wert.

Es ist ein großer Unterschied zwischen etwas noch glauben und es wieder glauben. Noch glauben, daß der Mond auf die Pflanzen wirke, verrät Dummheit und Aberglaube, aber es wieder glauben zeugt von Philosophie und Nachdenken.

Um witzig zu schreiben, muß man sich mit den eigentlichen Kunstausdrücken aller Stände gut bekannt machen; ein Hauptwerk, in jedem nur flüchtig gelesen, ist hinlänglich. Denn was ernsthaft seicht ist, kann witzig tief sein.

Das Tier, das in einer Träne ertrinkt.

Ich bin überzeugt, daß alles gut sein wird an dem Tage, wenn die Geschichte ihre Bücher schließt, aber wer kann mir verdenken, wenn ich auch zuweilen meinen Baß in diesem Konzert brumme?

Nichts kann mehr zu einer Seelenruhe beitragen, als wenn man gar keine Meinung hat.

Burke hat die Formen der Argumente in seinen Reden allein weit vollkommener als Goethe die Formen des Shakespeare, und jener ist zu dem Namen des großen Redners und dieser des Shakespeare gekommen wie die Kelleresel (Läuse) zum Namen Tausendfuß, weil sich niemand die Mühe nehmen wollte, sie zu zählen.

Wer zwei Paar Hosen hat, mache eins zu Geld und schaffe sich dieses Buch an.

Gewiß kann in Deutschland nichts der Aufmerksamkeit eines satirischen Kopfs würdiger sein als der jetzt so allgemein gewordene lächerliche Eifer, Original zu sein. Es gehn über diesem Bemühen die besten Köpfe zugrunde, und der Deutsche vernachlässigt diejenigen Wissenschaften, wozu ihn die Natur hauptsächlich bestimmt zu haben scheint, das Klarmachen in der Philosophie und der höheren Geschichte …

Der Mann hat sich die Mühe genommen, meine Fehler aufzudecken, da der Dienst, den er mir getan hat, der angenehmste eben nicht ist, so kann ich auf eine Schadloshaltung gewissermaßen Anspruch machen. Ich verlange keine größere Genugtuung, als daß er nun etwas von seiner eigenen Arbeit drucken läßt.

Seine Uhr lag schon einige Stunden in einer Ohnmacht.

Oden, wenn man sie liest, so gehen einem, mit Respekt zu sagen, Nasenlöcher und Zehen auseinander.

Wir ziehen unsere Köpfe in Treibhäusern.

Die geheimen und ungeheimen Tiefen der Philosophie. Er kannte die Tiefen dieser Wissenschaft mit allen ihren Untiefen.

Jacob Böhme, der Mann, dessen Schriften alles das gediegen und in einer festen Masse enthalten, was uns seine albernen Nachfolger mit einer bloß scheinbaren Verständlichkeit verdünnt und verdorben übergeben, ist und bleibt einer der ersten Schriftsteller unserer Nation. Für das, was die Rezensenten heutzutage das Weben des Genies hoch in den Wolken oder das Brausen desselben am Boden des Ozeans nennen, für die halb ausgedachten großen Losungsideen denkender Adepten, in denen sich ihre Seelen küssen, in einem Goldregen von Wörtern und Ausdrücken der lechzenden Seele versinnlicht, ist nie jemand ihm gleich gewesen. Denn unsere beiden Preußen und unser Schweizer sind bloße Originalköpfe, Leute, die bloß das subtilere Babel schreiben.

Witzige Schriften wollten sie. Da regnete, blitzte und hagelte es Epigramme. Wißt ihr, was die Antwort war? Die alte ausgepeitschte Sentenz, es gäbe hundert Witzige gegen einen, der Verstand hätte. Wer konnte es alsdann den Spottvögeln verdenken, von denen es in Deutschland wimmelt, wenn sie die Welt mit verständigen Schriften anfüllten, ich meine mit solchen, in welchen kein Gran von Witz anzutreffen ist, daher nahm die verständige Komödie ihren Ursprung, die verständige Farce, unsre verständige Satire, ja, man machte sogar verständige Wortspiele.

Ich kenne die Blaustrümpfe wohl, sie können auch das Konkave so herauspinseln, daß ihr meint, es wäre das Konvexe.

Seit wann ist denn schlecht und recht und recht schlecht einerlei?

Und gesetzt, ein junger Mensch, der einen Trieb in sich verspürt, ein Originalkopf zu werden, schreibt uns eine Romanze oder eine Ballade oder so etwas, wobei jedem vernünftigen Mann die Augen aus Mitleiden über das unglückliche junge Genie übergehen, hat man deswegen gleich Ursache, ein langes und breites davon zu machen und sich anzustoßen, zuzuwispern und zuzugicklen und laut heimlich zu tun, als wenn der Papst mit Zwillingen niedergekommen wäre? Wenn jemand schlecht schreibt, gut, so laßt ihn schreiben. Sich in einen Ochsen verwandeln ist noch lange kein Selbstmord.

Es hatte die Wirkung, die gemeiniglich gute Bücher haben. Es machte die Einfältigen einfältiger, die Klugen klüger, und die übrigen Tausende blieben ungeändert.

Wahrlich, die Ochsen und die Bullenbeißer in England haben ihre Whims, und es gibt Originale unter ihnen so gut als unter ihren Schriftstellern.

Sachte, sachte, damit euch die Engel nicht auslachen. Der Gegenstand ist schlecht, aber ihr kennt ihn noch nicht ganz, und deswegen verfahrt behutsam. Wißt ihr wohl, daß der Magnet von Anfang bloß den Taschenspielern diente?

Ihr hofft also wirklich, daß das geschehen wird. Ich will nichts dagegen sagen, aber ich glaube nicht eher, bis wir Gold und Silber in Treibhäusern ziehen und Erfindungen wie Menuette herauswürfeln können.

Ein sonderbares Geräusch, als wenn ein ganzes Regiment auf einmal niesete.

Schwätzt doch nicht. Was wollt ihr denn? Wenn die Fixsterne nicht einmal fix sind, wie könnt ihr denn sagen, daß alles Wahre wahr ist?

Sie schreiben aus Vaterlandsliebe Zeug, worüber man unser liebes Vaterland auslacht.

Die Ausbrüche eines sehr schmierigen Pinsels.

Ich bin eigentlich nach England gegangen, um deutsch schreiben zu lernen.

Mut, Geschwätzigkeit und Menge ist auf unserer Seite. Was wollen wir weiter?

Was man nicht gleich sieht, ist keine drei Groschen wert, artifizielles Gewäsch.

Deutsche Charaktere. Das ist die schon hundertmal hergeleierte Klage der Allgemeinen Bibliothek, über der einem fast alle Geduld ausgehen möchte. Ich frage gleich: Was ist ein deutscher Charakter? Was? Nicht wahr, Tabakrauchen und Ehrlichkeit? O ihr einfältigen Tröpfe. Hört, seid so gut und sagt mir, was ist es für Wetter in Amerika? Soll ich's statt eurer sagen? Gut. Es blitzt, es hagelt, es ist dreckig, es ist schwül, es ist nicht auszustehn, es schneit, friert, weht, und die Sonne scheint.

Der Engländer tut für den Schall ›Liberty‹ so viel als mancher ehrliche Mann in Deutschland für das Ding ›Freiheit‹.

Die Katholiken und die andern Menschen.

Daß man seine Gegner mit gedruckten Gründen überzeugen kann, habe ich schon seit dem Jahr 1764 nicht mehr geglaubt. Ich habe auch deswegen die Feder gar nicht angesetzt, sondern bloß, um sie zu ärgern und denen von unserer Seite Mut und Stärke zu geben und den andern zu erkennen zu geben, daß sie uns nicht überzeugt haben.

Es gibt Leute, die so fette Gesichter haben, daß sie unter

dem Speck lachen können, daß der größte physiognomische Zauberer nichts davon gewahr wird, da wir arme winddürre Geschöpfe, denen die Seele unmittelbar unter der Epidermis sitzt, immer die Sprache sprechen, worin man nicht lügen kann.

Um eine fremde Sprache recht gut sprechen zu lernen und wirklich in Gesellschaft zu sprechen mit dem eigentlichen Akzent des Volkes, muß man nicht allein Gedächtnis und Ohr haben, sondern auch in gewissem Grad ein kleiner Geck sein.

Hüte dich, daß du nicht durch Zufälle in eine Stelle kommst, der du nicht gewachsen bist, damit du nicht scheinen mußt, was du nicht bist; nichts ist gefährlicher und stört alle innere Ruhe mehr, ja ist aller Rechtschaffenheit mehr nachteilig als dieses und endigt gemeiniglich mit einem gänzlichen Verlust des Kredits.

Wißt ihr wohl, daß weitläufig zu sein erlaubt ist, wenn man nach den Bogen bezahlt wird, und ich hasse die Beschreibungen von einer Schlacht, die zu lesen weniger Zeit wegnehmen als die Schlacht selbst. Nichts muß man behutsamer aussprechen als das Urteil ›dunkel‹. Etwas dunkel zu finden ist keine Kunst; die Elefanten und die Pudelhunde könnten dann wer weiß was dunkel finden.

Ihr wünscht uns einen Kopf, und ich wünsche, daß ihr zwei hättet und säßet in Spiritus bis über die vier Ohren.

Geht hin und schreibt einmal eine Satire auf den regierenden Kammerdiener, auf den natürlichen Sohn oder des natürlichen Sohns Bastard oder des Bastards Bankert. Ihr werdet des Henkers werden. Überhaupt, wenn ihr in Deutschland auf vornehme Herren Satiren machen wollt, so rate ich euch zwei Stücke, entweder wählt euch welche aus dem Alten Testament, oder bewerbt euch zuvor um ein Dienstchen zwischen den Tropicis, und wenn euch das nicht ansteht, so haltet's Maul.

Keine Leute sind eingebildeter als die Beschreiber ihrer Empfindungen, zumal wenn sie dabei etwas Prosa zu kommandieren haben.

Für alle die Bemerkungen eines Mannes, der zum Exempel barfuß nach Rom laufen könnte, um sich dem Vatikanischen Apoll zu Füßen zu werfen, gebe ich keinen Pfennig. Diese Leute sprechen nur von sich, wenn sie von andern Dingen zu reden glauben, und die Wahrheit kann nicht leicht in üblere Hände geraten.

Auch ich habe meine Empfindung beschreibende Prosa oft mit einem Entzücken gelesen, das meine sterbliche Hülle mit einer wollüstigen Gänsehaut überzog; ich habe bei protestantischem Kopf und Herzen in den Hallen eines katholischen Tempels bei heiliger Musik und unter dem Donner der Pauken die Tritte des Allmächtigen zu hören geglaubt und Tränen der Andacht geweint. Mit unaussprechlicher Wollust denke ich noch an den Tag zurück, da ich in Westminsterabtei, über den Staub der Könige wandelnd, bei mir selbst die Worte betete: »Ehe denn die Berge worden und die Erde und die Welt geschaffen worden, bist du, Gott, von Ewigkeit zu Ewigkeit.«

Bei Systole und Diastole der Naselöcher.

Die Leute können nicht begreifen, wie es Menschen geben könne, die das sogenannte Weben des Genies in den Wolken, wo ein glühender Kopf halbgare Ideen auswirft, für Possen halten können, ja wie man so grausam sein könne und ganze Kapitel voll schöner Ausdrücke nicht so hoch achtet als ein Senfkorn von Sache.

Die Beweiser, da nichts zu beweisen ist. Es gibt eine Art

von leerem Geschwätz, dem man durch Neuigkeit des Ausdrucks, unerwartete Metaphern das Ansehen von Fülle gibt. Klopstock und Lavater sind Meister darin. Im Scherz geht es an. Im Ernst ist es unverzeihlich.

Die Wahrheit hat tausend Hindernisse zu überwinden, um unbeschädigt zu Papier zu kommen und von Papier wieder zu Kopf. Die Lügner sind ihre schwächsten Feinde. Der enthusiastische Schriftsteller, der von allen Dingen spricht und alle Dinge ansieht wie andere ehrliche Leute, wenn sie einen Hieb haben, ferner der superfeine erkünstelte Menschenkenner, der in jeder Handlung eines Mannes wie Engel in einer Monade sein ganzes Leben sich abspiegeln sieht und sehen will, der gute, fromme Mann, der überall aus Respekt glaubt, nichts untersucht, was er vor dem 15. Jahr gelernt hat, und sein bißchen Untersuchtes auf ununtersuchtem Grund baut, dieses sind Feinde der Wahrheit.

Ich glaube, daß von fünfzig, die den Homer schön finden, ihn kaum einer versteht; sie haben ihn nie tadeln hören, und so kann sie seine Lektüre ergötzen, allein es gehört viel dazu, ihn eigentlich zu verstehn. Ein Buch, das man ganz übersieht und das man im Zwanzigsten ganz versteht, gefällt nicht leicht mehr, wenn man Dreißig alt ist; daher kommen die elenden Nachahmungen der Alten, die wir von jungen Leuten lesen. Sie haben zum Exempel den Horaz, den Shakespeare nachgeahmt, den sie sahen, gewiß genau, davon bin ich sicher überzeugt, aber nicht den Horaz und Shakespeare, den der erfahrenere, klügere und weisere Mann in ihm findet. Der eine klebt bloß an dem Ausdruck und der Manier, die er nicht erreicht, der zweite gibt uns fast in der Manier Sachen, die grade denen ähnlich sind, die man aus dem Original wegwünschen könnte. Ein dritter den Ausdruck ganz, allein er hat nichts in der Welt gesehen und erfahren und sagt uns Dinge, die wir schon auswendig wissen pp. Ein sicheres Zeichen von einem guten Buch ist, wenn es einem immer besser gefällt, je älter man wird. Ein junger

Mensch von Achtzehn, der sagen wollte, sagen dürfte und vornehmlich sagen könnte, was er empfindet, würde von Tacitus etwa folgendes Urteil fällen: Tacitus ist ein schwerer Schriftsteller, der gute Charaktere zeichnet und vortrefflich zuweilen malt, allein er affektiert Dunkelheit und kommt oft mit Anmerkungen in die Erzählung der Begebenheiten herein, die nicht viel erläutern, man muß viel Latein wissen, um ihn zu verstehen. Im Fünfundzwanzigsten vielleicht, vorausgesetzt, daß er mehr getan hat als gelesen, wird er sagen: Tacitus ist der dunkle Schriftsteller nicht, für den ich ihn ehemals gehalten, ich finde aber, daß Latein nicht das einzige ist, was man wissen muß, um ihn zu verstehen, man muß sehr viel selbst mitbringen. Und im Vierzigsten, wenn er die Welt hat kennenlernen, wird er vielleicht sagen: Tacitus ist einer der ersten Schriftsteller, die je gelebt haben.

Margate. Es geht da so wie an allen Orten, wo Bäder sind, man holt ein bißchen verlorene Gesundheit und verliert sein Herz.

Sie verkaufen alles bis aufs Hemd und noch weiter.

Ein Schluck von Vernunft.

Sie lesen nur und sehen nicht und trinken Hühnerbrühe.

Der fast Lessingsche Ausdruck, der dem Gedanken sitzt wie angegossen.

Dem Papst einen Bart machen, heißt das reformieren?

Ein Buch ist ein Spiegel, wenn ein Affe hineinguckt, so kann freilich kein Apostel heraussehen. Wir haben keine Worte, mit dem Dummen von Weisheit zu sprechen. Der ist schon weise, der den Weisen versteht.

Nichts als Knochen und Überrock.

Der Mensch ist nicht so schwer zu kennen, als mancher Stubensitzer glaubt, der sich in seinem Schlafrock freut, wenn er eine von Rochefoucaulds Bemerkungen wahr findet. Ja, ich behaupte, die meisten kennen den Menschen besser, als sie selbst wissen, sie machen auch Gebrauch davon im Handel und Wandel, allein sobald sie schrieben, da wäre der Teufel los, da wäre alles so feiertagsmäßig schön, daß man sie gar nicht kenne; und da sie sonst ganz natürlich aussähen, so machten sie jetzt Gesichter wie eine alte Jungfer, wenn sie sich malen läßt.

Ich hasse nichts so sehr als die Bürschchen, die Sachsenhäuser Grobheit für Satire halten, wenn sie sie durch ein paar verzierte Lippchen seigen oder mit dem lispelnden Züngelchen, womit sie sie vorbringen, wieder halb zurückzunehmen glauben.

Es ist keine Kunst, etwas kurz sagen, wenn man etwas zu sagen hat, wie Tacitus, allein wenn man nichts zu sagen hat und schreibt dennoch ein Buch und macht die Wahrheit mit ihrem ex nihilo nihil fit zur Lügnerin, das heiß ich Verdienst.

Indem ich jetzt die Feder ansetze, fühle ich mich so voll, meinem Gegenstand so gewachsen, sehe mein Buch in dem Keim so deutlich vor mir, daß ich es fast versuchen möchte, mit einem einzigen Wort auszusprechen.

In unseren verklärten Tagen, wo den Voltaire verachten das Kriterium philosophischer und Wielanden für einen armen Sünder halten schöner Talente ist.

Einen Primaner, der den Goethe anbetet und den Wieland anspeit.

Der Mann, der glaubt, ein Kompendium wäre ein Buch, oder Facta registrieren wäre Geschichte schreiben.

Er urteilt davon wie ein Professor juris von einer Satire.

Ich habe so wenig für die Gelehrten geschrieben, daß ich vielmehr öfter mit den Ungelehrten rede, als ihnen lieb sein wird. Überhaupt, dünkt mich aber, beruht die ganze Anmerkung auf einem Wortstreit, man nimmt an, daß man, sooft man sich an die Schriftsteller wendet, die Gelehrten meine. Das ist aber einfältig. Ehemals war es so, aber seitdem man das Wort Buch in einem so weitläufigen Verstand nimmt, daß man Compendia, Kompilationen, Wetterbeobachtungen und Zänkereien mit darunter zählt, so schreiben nicht allein eine Menge Leute Bücher, die gar keine Gelehrte sind, sondern wenn das so fortgeht und man, wie ich hoffe, die Lotterielisten und Musterkarten mit unter die Bücher rechnen wird, so werden die eigentlichen Gelehrten sich allein auf das bereits einreißende Erfinden legen und nicht mehr schreiben, sondern tun und das Schwätzen darüber andern Leuten überlassen. Ferner, werden denn Bücher bloß zum Lesen geschrieben oder nicht auch zum Unterlegen in der Haushaltung?

Die große Regel: Wenn dein bißchen an sich nichts Sonderbares ist, so sage es wenigstens ein bißchen sonderbar.

Auf einer meiner Reisen wurde ich in ein Kabinett von Büsten und Statuen geführt. Mir gefiel trotz der vielen alten teuren Köpfe die Büste eines Demokrit, der etwa 50 bis 60 Jahre alt sein mochte, mehr als alles. Allein um mich nicht von der Frau, die das Kabinett zeigte, auslachen zu lassen, fiel mein Lob auf einen alten Caligula, dem die Zeichen der Auferstehung, römische Gartenerde, noch hinter den Ohren saß, und die Frau sagte, ich müßte ein Herr von Geschmack sein.

Ordnung müßt ihr im Büchelchen nicht suchen. Ordnung ist eine Tochter der Überlegung, und meine Feinde haben so wenig Überlegung gegen mich gebraucht, daß ich gar nicht absehe, warum ich welche gegen sie gebrauchen sollte.

Briefe über die neueste Literatur: Und ich dank es dem lieben Gott tausendmal, daß er mich zum Atheisten hat werden lassen.

Wir sollten deutsche Charaktere auf die Bühne bringen, vortrefflich, und die deutschen Charaktere uns dafür ans Halseisen. Nicht wahr?

Die Mädchen, anstatt sich für ihren Überfluß Schuh, Strümpfe, undurchsichtige Halstücher und solchen üppigen Plunder anzuschaffen, lasen die gelehrte Zeitung und errichteten eine Lesegesellschaft, bliesen Oden und lauschten auf das Brausen des Genies in den Wolken.

Solche Leute sollte man Knöpfe mit dem Buchstaben Null tragen lassen, damit man sie kennte.

Da sitzen sie, legen die Hände zusammen, ohne die Augen aufzutun, und wollen warten, bis ihnen der Himmel einen Shakespearegeist gibt. »Verlaßt euch nicht darauf, daß Shakespeare geboren worden ist«, so tröstet der Teufel die Ochsen. Shakespeare hat keine Offenbarungen gehabt. Alles, was er euch sagt, hat er gelernt oder erfahren, also um wie Shakespeare zu schreiben, muß man lernen und erfahren, sonst wird nichts daraus. Wenn ihr auch gleich eure Werke den seinigen so ähnlich haltet als ein Ei dem andern. Der, der über euch ist, sieht den Unterschied augenblicklich, sobald er an seiner Sonne genießen will, was ihr bei eurer Lampe angerichtet habt. Shakespeare wartete vor der Tür des Komödienhauses auf und machte sich Geld damit, das wissen wir. Was tat er für das Geld, nicht wahr, ging hin und studierte die Alten, blätterte sich die Lippen trocken hinter den Wörterbüchern und machte Auszüge? Nicht wahr? Und wurde Hofmeister, sah gelb aus, wurde Professor, empfahl die Alten wieder, spitzte Stubenmaximen zu, usw.? Nein, er verzehrte sein Geld auf englischen Kaffeehäusern, speiste in einem Chophaus, an öffentlichen Plätzen, und das in einer Nation, die stolz darauf ist, ihre Neigungen nicht zu verbergen; dort lernte er die Sprache der Alten verstehen, und alsdann las er sie in einer Übersetzung, die er leicht verbessern konnte. Der Grund von allem ist die Beobachtung und Kenntnis der Welt, und man muß viel selbst beobachtet haben, um die Beobachtungen anderer so gebrauchen zu können, als wenn es eigne wären, sonst liest man sie nur, und sie gehen ins Gedächtnis, ohne sich mit dem Blut zu vermischen, alles Lesen der Alten ist vergeblich, wenn es nicht so getrieben wird. Wir sehen das an unsern jungen Leuten, bei denen Studium der Alten das rechte Losungswort ist, sie empfehlen sie ewig, und wenn sie schreiben, so ist es wieder Kandidatenprosa vor wie nach.

Der noch nicht einmal passives und aktives Lesen unterscheiden kann.

Schimpft nicht auf unsere Metaphern, es ist der einzige Weg, wenn starke Züge in einer Sprache zu verbleichen anfangen, sie wieder aufzufrischen und dem Ganzen Leben und Wärme zu geben. Es ist unglaublich, wieviel unsere besten Wörter verloren haben. Das Wort ›vernünftig‹ hat fast sein ganzes Gepräge verloren; man weiß die Bedeutung, aber man fühlte sie nicht mehr, wegen der Menge von vernünftigen Männern, die den Titel geführt haben; unvernünftig ist in seiner Art stärker. Ein vernünftiges Kind ist ein schlaffer, frommer Taugenichts von einem Anbringer, ein unvernünftiger Junge ist viel besser …

Ist ›heimsuchen‹ wirklich soviel als ›strafen‹, oder ist es soviel als ›das Herz untersuchen‹? Wir müssen mehr Gebrauch machen von dem Wort ›heim‹, es ist sehr stark; ›heimreden‹, das ist die Seele, höchste Überzeugung, bei Scham, sie zu gestehen.

Es gibt Leute, die glauben, alles wäre vernünftig, was man mit einem ernsthaften Gesicht tut.

In einem Städtchen, wo sich immer ein Gesicht aufs andere reimt.

Demosthenes im Postwagen statt am Ufer der See.

Pfui, sich über solche Kleinigkeiten aufhalten, das heißt Batterien aufwerfen, um Bachstelzen zu schießen, und vernünftige Leute wissen kaum, ob ihr den Hieb gegeben oder empfangen habt.

Was ist denn L..s Physiognomik anders als ein vierbeiniger Adler ohne Flügel und die ›Aussichten in die Ewigkeit‹ als ein Cherub mit einem Affenkopf?

Der Mensch denkt wunder, wer er wäre, wenn er die Milbe einen Elefanten und die Sonne einen Funken nennt.

Das wäre eine Sünde? Sowenig als Fenster einschmeißen und Äpfel stehlen.

Ich sage ausdrücklich die Schornsteine auf dem Dach, denn wenn man sagt, in Niedersachsen gehn die Leute auch durch die Schornsteine in die Häuser, so ist das eine dumme Lüge; die Leute steigen nicht zu den Schornsteinen hinein, sondern der Rauch geht zur Haustüre heraus.

Ich möchte nur einen einzigen Tag König von Preußen sein, ich wollte die Berliner zausen.

Wenn sie die Wahrheit in der Natur gefunden haben, so schmeißen sie sie wieder in ein Buch, wo sie noch schlechter aufgehoben ist.

Vorschlag: in einem kalten Winter Bücher zu brennen.

Er schreibt, daß selbst den Engeln der Verstand stillesteht.

Sagt, ist noch ein Land außer Deutschland, wo man die Nase eher rümpfen lernt als putzen?

Ist denn besinnen etwas anderes als nachschlagen, und erfinden mehr als umformen?

Sowohl die Hungrigen als die Gelehrten haben darüber gearbeitet.

Ein guter Ausdruck ist soviel wert als ein guter Gedanke, weil es fast unmöglich ist, sich gut auszudrücken, ohne das Ausgedrückte von einer guten Seite zu zeigen.

Statt Goethisch lies Gothisch.

Sich ein paar Kreuzer erschreiben.

Die Leiden des Herrn Baron von Werther.

Ich scherze fürwahr nicht, liebe Landsleute, wenn ich eingestehe, die Deutschen hätten keinen Esprit, denn das bißchen Atheisterei unter uns kann man noch nicht Esprit nennen. Zu einem französischen Atheisten, der Esprit hat, wird verlangt, daß er sich nur bloß bei schmerzlichen Krankheiten und auf dem Todbette bekehrt, unsere hingegen bekehren sich gemeiniglich bei jedem Donnerwetter. Ferner, die Liedchen unserer Jugend sind ebenfalls noch kein Beweis, daß die Jugend Esprit hat. Es ist zwar wahr, Esprit ist Nonsens, aber nicht jeder Nonsens ist Esprit.

Das Land, wo man den Shakespeare eher kennenlernt als den Pontius Pilatus.

Eine Preisfrage an den Himmel.

Als er eine Mücke ins Licht fliegen sah und sie nun mit dem Tode rang, so sagte er: Hinunter mit dem bitteren

Kelch, du armes Tier, ein Professor sieht es und bedauert dich.

Der Charakter der Deutschen in zwei Worten: patriam fugimus. (Virgilius)

Katechismusmilch.

Das dunkle Gefühl seiner Perfektibilität macht, daß der Mensch sich auch alsdann noch vom Ziel entfernt dünkt, wenn er es erreicht hat, und die Vernunft leuchtet ihm nicht genug. Was ihm leicht wird, dünkt ihn schlecht, und so spannt er sich vom Schlechten zum Guten und vom Guten zu einer Art von Schlechtem, das er für besser hält als gut. Ein guter Geschmack ist entweder der, der mit dem meinigen übereinkommt, oder sich unter die Herrschaft der Vernunft wirft. Hieraus sieht man, wie nützlich es ist, Regeln durch die Vernunft für den Geschmack aufzusuchen.

Die Physiognomen, ein Lustspiel.

Es wäre besser, solche Leute legten sich ins Bett, als daß sie solches Zeug schwätzen.

Viel Federkauens wollen wir gewiß nicht machen.

Eine Nase mit Flügeln.

Wer wird abwimmern, was er abtragen kann?

Nicht alle, die wohlgeboren, sind wohlgestorben oder im Reich der Toten Hochedelgestorbene.

Als ich nun so studierte und schlief.

Den Nachtwächter nach der Stimme zeichnen wollen. Man irrt sich oft, so daß man sich des Lachens nicht enthalten kann, wenn man seinen Irrtum sieht. Ist Physiognomik etwas anders? Die Leute, mit denen man des Nachts in einem Postwagen fährt.

Man suche keinen Enthusiasten Behutsamkeit lehren zu wollen. Solche Leute sagen, sie wollen behutsam sein, glauben auch, sie wären behutsam, und sind die unbehutsamsten Seelen auf der Welt.

»Wie geht's?« sagte ein Blinder zu einem Lahmen. »Wie Sie sehen«, antwortete der Lahme.

Das Fortgehen des Guten und des Zweckmäßigen in der Welt. Wenn es in der menschlichen Natur liegt, daß zum Exempel die christliche Religion endlich einmal wieder zugrunde geht, so wird es geschehen, man mag sich darwidersetzen oder nicht, das Zurückgehn und Hemmen auf eine kurze Zeit ist nur ein unendlich kleiner Bogen in der Linie. Nur ist es schade, daß gerade wir die Zuschauer sein müssen und nicht eine andere Generation. Es kann es uns also niemand verdenken, wenn wir soviel als möglich arbeiten, unsere Zeiten nach unseren Köpfen zu formen. Ich denke immer, wir auf dieser Kugel dienen zu einem Zweck, dessen Erreichung eine Zusammenverschwörung des ganzen menschlichen Geschlechts nicht verhindern kann. Ebenso geht ein gutes Buch zur Nachwelt, wenn sich alle kritischen Richterstühle vereinigten, es verdächtig zu machen, nicht durch Satire, sondern mit der Miene des unschuldigen Lamms und mit dem Akzent der Wahrheitsliebe, ja, wenn sie gar ganz davon schwiegen. Wenn es ein Dutzend neue Wahrheiten, stark und gut gesagt, enthält, wenn man den Menschenkenner im übrigen des Werks erblickt, so wird eine Legion von witzigen Bibliothekenschreibern es in seinem Gang zur Ewigkeit sowenig aufhalten können, als ich den Sturm oder die kommende Flut mit einem Kartenblatt zurückfächeln. Ein Mensch kann ein gutes Buch aus Neid, Unverstand oder Narrheit als schlecht verdammen, allein der Mensch nicht. Den Verfasser kann er an den Bettelstab bringen. Ein Mensch kann etwas Schlechtes loben und etwas Gutes verdammen, aber der Mensch nicht.

Zum Anschwärzen seien die Schwarzen am besten.

Wo hoher Odenschwung in subtileres Babel zu zerschmelzen anfängt.

Wir wollen die metaphysischen Grübeleien denen überlassen, die nichts Besseres tun können. Man kann, ohne aus dem Sprengel der Beattieschen Philosophie zu weichen, sehr viel Gutes und Nützliches tun und sagen, ja mehr, als wenn man sich in feine Subtilitäten verirrt. Seine Philosophie ist für die Menschen, die andere für die Professoren …

Habe keine zu künstliche Idee vom Menschen, sondern urteile natürlich von ihm, halte ihn weder für zu gut noch zu böse.

Nicht jeder Originalkopf führt eine Originalfeder, und nicht jede Originalfeder wird von einem originellen Kopf regiert.

Wenn ich die Genealogie der Dame Wissenschaft recht kenne, so ist die Unwissenheit ihre ältere Schwester, und ist denn das etwas so Himmelschreiendes, die ältere Schwester zu nehmen, wenn einem die jüngere auch zu Befehl steht? Von allen denen, die sie gekannt haben, habe ich gehört, daß die älteste ihre eignen Reize habe, daß sie ein fettes, gutes Mädchen sei, die eben deswegen, weil sie mehr schläft als wacht, eine vortreffliche Gattin abgibt.

Mit der Feder in der Hand habe ich mit gutem Erfolg Schanzen erstiegen, von denen andere, mit Schwert und Bannstrahl bewaffnet, zurückgeschlagen worden sind.

Unsere Philosophen hören zu wenig die Stimme der Empfindung, oder vielmehr, sie haben so selten feines Gefühl genug, daß sie bei jedem Vorfall in der Welt immer mehr das angeben, was sie wissen, als wie, was sie dabei empfinden, und das ist nichts wert, dadurch kommen wir der eigentlichen Philosophie keinen Schritt näher. Das, was der Mensch wissen kann, ist das grade auch das, was er wissen soll?

Über Menschenkenntnis und Stil ließe sich etwas sehr Nützliches schreiben, es müßten die großen Regeln Vorrat ohne Aufwand oder womöglich Aufwand bei großem Vorrat ins Licht gesetzt werden. Des Tacitus' Ausdruck müßte analysiert und rekommendiert werden. Ein guter Schriftsteller muß sich schlechterdings nichts daraus machen, wenn man ihn auch in zehn Jahren nicht versteht. Was dieses Jahrhundert nicht versteht, versteht das nächste.

Die wirklichen Philosophen und die titulären.

Die Enthusiasten, die ich gekannt habe, haben alle den entsetzlichen Fehler gehabt, daß sie bei dem geringsten Funken, der auf sie fällt, allemal wie ein lange vorbereitetes Feuerwerk abbrennen. Immer in derselben Form und immer mit demselben Getöse; da bei dem vernünftigen Mann die Empfindung immer dem Eindruck proportioniert ist. Der Leichtsinnige räsoniert nach dem ersten Eindruck kaltsinnig fort, da der vernünftige Mann immer einmal umkehrt und sieht, was der Instinkt dazu sagt.

Jene absichtsvolle Zusammenfügung und Verkettung des Ganzen, die eigentlich den Meister in der dramatischen Kunst verrät und die wir an Lessingen so sehr bewundern.

Wer will sagen, wie weit die Perfektibilität des Menschen geht? Vom Kind, das an der Hand seiner Führerin taumelt, bis zum Terzi in London. Wer will behaupten, daß die Menschen nie werden fliegen lernen? Am allerwenigsten kann man sagen, wie weit der Mensch in einer Kunst gekommen ist und kommen kann, deren Hauptabsicht es mit ist, sich immer weniger merklich zu machen, je größer sie wird.

Die alten Dichter haben doch noch den Nutzen, wenn sie auch sonst keinen hätten, daß wir die Meinungen des gemeinen Volks hier und da kennenlernen, die sonst nicht aufgezeichnet sind, auch den haben unsere Genies nicht einmal. Denn unsere Volkslieder sind oft voll von einer Mythologie, die niemand im Städtchen kennt als der Narr, der das Volkslied gemacht hat.

›Götz von Berlichingen‹ wird sowenig in Drurylane aufgeführt werden, als je die Kardinäle einen Landesvater in der Peterskirche machen werden.

Der Mann geht zu weit, aber tue ich das nicht auch? Er hört sich gern in seinem Enthusiasmus. Höre ich mich nicht gerne mit meinem Witz oder in meiner kaltblütigen Verachtung alles dessen, was aus Empfindung getan wird?

Namentlich alle Buhl- und Betschwestern.

Man soll seinem Gefühl folgen und den ersten Eindruck, den eine Sache auf uns macht, zu Wort bringen. Nicht als wenn ich Wahrheit so zu suchen riete, sondern weil es die unverfälschte Stimme unserer Erfahrung ist, das Resultat unserer besten Bemerkungen, da wir leicht in pflichtmäßiges Gewäsch verfallen, wenn wir erst nachsinnen. Insofern rate ich Beattiesche Philosophie an.

So schreiben wie Herder ist unchristlich gegen die Nachwelt, nämlich manche ihrer Erfindungen werden neidische Wortklauber in diesen Schriften schon finden wollen, obgleich die ehrlichen Leute mit keiner Silbe daran gedacht haben.

Eine Hauptregel in der Philosophie ist, keinen Deum ex machina zu machen, keine Sinnen, keinen Instinkt anzunehmen, wo man noch mit Assoziation und Mechanismus auskommen kann.

Leute, die sehr viel gelesen haben, machen selten große Entdeckungen. Ich sage dieses nicht zur Entschuldigung der Faulheit, denn Erfinden setzt eine weitläuftige Selbstbetrachtung der Dinge voraus, man muß mehr sehen als sich sagen lassen. Assoziation.

Die Handlungen eines Menschen, die Beschaffenheit seines Hauswesens sind gemeiniglich Fortsätze seiner inneren Beschaffenheiten, seines Gehirns pp. So wie der Magnet dem Eisenstaub Form und Ordnung gibt.

Das Wort Teufel, das in meinem Werkchen öfters vorkommt, brauche ich nicht in dem Verstand, in welchem es die gemeinen Leute nehmen, sondern wie die neuern Philosophen, um Friede mit allen Sekten zu halten, so ist es mehr mit x, y, z der Algebraisten zu vergleichen und eine unbekannte Größe.

Wenn Leute ihre Träume aufrichtig erzählen wollten, da ließe sich der Charakter eher daraus erraten als aus dem Gesicht.

Was muß es auf ein Volk für einen Einfluß haben, wenn es keine fremde Sprache lernt? Vermutlich etwas Ähnliches von dem, den eine gänzliche Entfernung von aller Gesellschaft auf einen einzelnen Menschen hat.

Wenn wir die Mütter bilden, das heißt die Kinder im Mutterleibe erziehen.

Es ist kein sicherer Weg, sich einen Namen zu machen, als wenn man über Dinge schreibt, die einen Anschein von

Wichtigkeit haben, die sich aber nicht leicht ein vernünftiger Mann die Zeit nimmt zu untersuchen.

Er fiel sich selbst ins Wort.

Es ist eine Schande, sagte neulich einmal ein Mann zu mir, daß sich Deutschland so sehr durch gelehrte Zeitungen und Journale lenken läßt. Ich hätte wenigstens von dem Manne eine solche Bemerkung nicht erwartet. Besteht denn Deutschland aus gelehrten Zeitungsschreibern? Ich glaube nicht, daß ein vernünftiger Mann in Deutschland ist, der sich um das Urteil einer Zeitung bekümmert, ich meine, der ein Buch verdammt, weil es die Zeitung verdammt, oder schätzt, weil es die Zeitung anpreist, denn es streitet schlechterdings mit dem Begriff eines vernünftigen Mannes.

Ein langes Glück verliert schon bloß durch seine Dauer.

Lesen heißt borgen, daraus erfinden, abtragen.

Wenn man gerne wissen will, was andere Leute über eine gewisse Sache denken, die einen selbst angeht, so denke man nur, was wir unter gleichen Umständen von ihnen denken würden. Man halte niemanden für moralisch besser in diesem Stück, als man selbst ist, und niemand für einfältiger. Die Leute merken öfter, als man glaubt, solche Dinge, die wir vor ihnen mit Kunst versteckt zu haben denken. Von dieser Bemerkung ist mehr als die Hälfte wahr, und das ist allemal viel für eine Maxime, die jemand in seinem dreißigsten Jahr festsetzt, so wie ich diese.

Das Doktorwerden ist eine Konfirmation des Geistes.

Niederdeutsch, Hochdeutsch und Seraphischdeutsch.

Ich bin überzeugt, daß, wenn Gott einmal einen solchen Menschen schaffen würde, wie ihn sich die Magistri und

Professoren der Philosophie vorstellen, er müßte den ersten Tag ins Tollhaus gebracht werden. Man könnte daraus eine artige Fabel machen: Ein Professor bittet sich von der Vorsicht aus, ihm einen Menschen nach dem Bilde seiner Psychologie zu schaffen, sie tut es, und er wird in das Tollhaus gebracht.

Jede Stange Siegellack erinnerte ihn an die Treulosigkeit des Menschen und Adams Fall.

Die hitzigsten Verteidiger einer Wissenschaft, die nicht den geringsten scheelen Seitenblick auf dieselbe vertragen können, sind gemeiniglich solche Personen, die es nicht sehr weit in derselben gebracht haben und sich dieses Mangels heimlich bewußt sind.

Kluge Leute glauben zu machen, man sei, was man nicht ist, ist in den meisten Fällen schwerer, als wirklich zu werden, was man scheinen will.

Wir, der Schwanz der Welt, wissen nicht, was der Kopf vorhat.

Nachdem die Welt schon so lange gestanden hat, scheint es fast unnötig, am Menschen weiter zu künsteln. Man lasse die Kinder soviel als möglich tun, halte sie immer zu älteren, als sie selbst sind. Schwätze ihnen nicht viel von großen Männern vor, sondern halte sie möglich an, andere zu übertreffen. Wer immer angehalten wird, seine Spielkameraden zu übertreffen, der wird im Vierzigsten alle seine Kollegen übertreffen. Aus den Schulen von Eton und Westminster kommen Leute, die, was es auch sein mag, immer lieber tun als schwätzen. Wenn ich mir ein Vergnügen machen will, so denke ich mir einen von unsern fünfzehnjährigen gelehrten Knaben in die Gesellschaft eines fünfzehnjährigen Engländers, der aus der Schule von Eton zurückkommt. Den ersten im Haarbeutel, gepudert, demütig und gespannt, auf den mindesten Druck mit einer Menge Gelehrsamkeit loszugehen, in seinen Meinungen schlechterdings nichts anderes als der im Kleinen schlecht kopierte Papa oder Präzeptor, ein bloßer Widerschein, bewundert bis ins sechzehnte Jahr, im siebzehnten, achtzehnten, neunzehnten, zwanzigsten mit Erwartung und Stille angesehen, da indessen das auf hohlem Grunde aufgeführte Gebäude zu sinken anfängt, im zweiundzwanzigsten, dreiundzwanzigsten usw. ein mittelmäßiger Kopf und so bis ans Ende. Den Engländer sein reines lockiges Haar um die Ohren und in die Stirn hängen, die Miene blühend, die Hände zerkratzt und auf jedem Knöchel eine Wunde. Horaz, Homer und Virgil immer gegenwärtig, in seinen Meinungen bestimmt und eigen, irrt sich tausendmal, aber verbessert sich selbst pp.

Ich lese die ›Tausendundeine Nacht‹ und den ›Robinson Crusoe‹, den ›Gil Blas‹, den ›Findling‹ tausendmal lieber als die Messiade, ich wollte zwei Messiaden für einen kleinen Teil des ›Robinson Crusoe‹ hingeben. Unsere meisten Dichter haben, ich will nicht sagen, nicht Genie genug, sondern nicht Verstand genug, einen ›Robinson Crusoe‹ zu schreiben.

Den Leuten, die ausgewachsene Schienbeine haben, kann man es gemeiniglich an dem Unterkinn ansehen.

Die unterhaltendste Fläche auf der Erde für uns ist die vom menschlichen Gesicht.

Ich sehe nicht, warum, da der Autor selbst nur neun Monate im Mutterleib gelegen hat, ein Buch neun Jahre im Pult liegen soll. Man kann sich nichts Einfältigeres denken. Mich wundert es gar nicht, daß ein Staat (und ich wette, es soll ein Spaß vom Horaz sein, er spielt auf die neun Monate der Schwangerschaft an) mit solchen Gesetzen nicht bestehen kann. Ich weiß zwar keine Provinz in Deutschland, wo die Gelehrten ihre Werke neun Jahre liegen lassen, aber es ist mir ein Land bekannt, wo die Richter die Horazische Regel befolgen, sie lassen nämlich die Prozesse neun Jahre liegen, und am Ende werden sie doch viel einfältiger entschieden als in den Ländern, wo sie aus dem Stegreif entschieden werden.

Jeder arme Teufel sollte wenigstens zwei ehrliche Namen haben, damit er den einen dran wagen könnte, um den andern ins Brot zu bringen; so haben Schriftsteller anonymisch geschrieben. Wenn man zwei ehrliche Namen hätte, so könnte man sich mit dem einen noch wehren, wenn einem der andere abgeschnitten wäre.

Ich habe Leute gekannt, die haben heimlich getrunken und sind öffentlich besoffen gewesen.

Sie streichen die Postwagen rot an als die Farbe des Schmerzes und der Marter. Sie bedecken sie mit Wachslinnen, nicht, wie man glaubt, um die Reisenden gegen Sonne und Regen zu schützen (denn was die Reisenden sind, tragen ihren Feind unter sich, das sind die Wege und der Postwagen), sondern aus derselben Ursache, warum man den zu Henkenden eine Mütze über das Gesicht zieht, damit nämlich der Umstehenden die gräßlichen Gesichter nicht sehen mögen, die jene schneiden.

Es regnete so stark, daß alle Schweine rein und alle Menschen dreckig wurden.

Die Gewissen der Menschen sind, so wie ihre Leiber, nicht allein nicht gleich zart, sondern auch bei einem Menschen zart, wo sie beim andern schweinsledermäßige Dicke haben. So habe ich Leute gekannt, deren Gewissen so zart war, daß sie nicht glauben wollten, die Sonne stünde stille, und auf kein Stückchen Brot für wieviel getreten hätten und die hingegen mit dem Eigentum der Witwen und Waisen schalteten als mit ihrem eigenen …

Man muß zuweilen trinken, um den Ideen, die in eines Gehirn liegen, und den Falten mehr Geschmeidigkeit zu geben und die alten Falten wieder hervorzurufen.

Wo man bloß den Buchmenschen kennt und in jeder Sache nur sieht, was man schon weiß.

Ein Mittel, sich Ruhm zu erwerben, ist, wenn man mit einer gewissen Zuversicht in eine dunkle, unbekannte Materie hineingeht, wohin es niemand der Mühe wert achtet, einem zu folgen, und darüber mit scheinbarem Zusammenhang räsoniert.

Welches Vergnügen es ist, in einer Kokette zu sehen, wie sie sich sträubt und bäumt und wendet und nicht über die Linie hinüber will, die die alte Frau von der jungen scheidet. Ich habe es an der Frau Baumin (Baumwoll-Marie) bemerkt. Sie arbeiten mit Reiben und Waschen, Schönpflästerchen und Reinlichkeit, mit der letzteren am wirksamsten, immer dem Alter entgegen, das sie hinüberziehen will, bis sie endlich, wenn sie sehen, daß man zu glauben anfängt, sie seien schon hinüber, wirklich nachgeben und wirklich hinübergehn.

Die Spitzbuben würden allerdings gefährlicher sein, oder es würde eine neue Art von gefährlichen Spitzbuben geben, wenn man einmal anfangen wollte, die Rechte zu studieren, um zu stehlen, als man sie studiert, um ehrliche Leute zu schützen; es muß unstreitig zur Vollkommenheit der Gesetze beitragen, wenn es Spitzbuben gibt, die sie studieren, um ihnen mit heiler Haut auszuweichen.

Wenn ich ein deutsches Buch, mit lateinischen Buchstaben gedruckt, lese, so kommt es mir immer vor, als müßte ich es mir erst übersetzen, ebenso wenn ich das Buch verkehrt in die Hand nehme und lese; ein Beweis, wie sehr unsere Begriffe selbst von diesen Zeichen abhängen.

Er las so sehr gerne, wie er sagte, Abhandlungen vom Genie, weil er sich immer stark danach fühlte.

Wenige Bücher kosten so viel Zeit zu schreiben als zu binden, und alles daran erfordert Fleiß und Sorgfalt, das Papier, das Setzen und Drucken, das Binden, nur das Verfertigen nicht.

Vor einigen Wochen meldete sich bei mir ein Mann in Göttingen, der aus zwei Paar alten seidenen Strümpfen ein Paar neue machen konnte und seine Dienste offerierte. Wir verstehen die Kunst, aus ein paar alten Büchern, ein neues zu machen.

Der Umgang mit vernünftigen Leuten ist deswegen jedermann so sehr anzuraten, weil ein Dummkopf auf diese Art durch Nachahmen klug handeln lernen kann, denn die größten Dummköpfe können nachahmen, selbst die Affen, Pudelhunde und Elefanten können es.

Was mag wohl die Ursache sein, daß einen unangenehme Gedanken viel lebhafter schmerzen des Morgens, wenn man erwacht, als einige Zeit nachher, wenn man weiß, daß alles wacht, oder auch wenn man aufgestanden ist oder mitten am Tage oder auch des Abends, wenn man zu Bette liegt? Ich habe davon vielfältige Erfahrung gehabt, ich bin des Abends ganz beruhigt über gewisse Dinge zu Bette gegangen, über die ich gegen vier Uhr des Morgens wieder sehr bekümmert gewesen bin, so daß ich oft einige Stunden wachte und mich herumwarf; um neun Uhr oder auch noch vorher war schon Gleichgültigkeit oder Hoffnung wieder da.

Empfindsam zu schreiben, dazu ist mehr nötig als Tränen und Mondschein.

Beim Gehirn kommt es nicht allein auf die Größe, sondern auch auf die Feinheit und spezifische Schwere an.

Die lebendigen Sprachen sind größtenteils für die Ausländer tot, wenn sie nicht unter dem Volk gelebt haben. Wie schwer ist es, alle die kleinen Beziehungen zu erlernen, fast unmöglich, wenn man einmal bei Jahren ist.

Wenn man manche Histörchen genau untersucht, so wird man immer finden, daß etwas Wahres darunter steckt, und zuweilen etwas ganz anderes, als man gemeiniglich sich vorstellt, so sind zum Exempel die Hexen, die man ehemals so sehr mit Feuer und Wasser verfolgte, gar die Geschöpfe nicht gewesen, die man sich gemeiniglich vorstellt – auch hat man das Verbrennen derselben ein wenig zu früh eingestellt. Ich habe an die 150 Loca gesammelt, woraus ich beweisen kann, daß die Hexen der vorigen Welt eigentlich die sogenannten Kaffeeschwestern der jetzigen sind. Unter dem Namen Kaffeeschwester verstehe ich alle alte Frauenspersonen, die in ihrer Jugend so viel gelernt haben, daß sie die Bibel bis auf einige Nomina propria im Alten Testament ziemlich fertig weglesen und alle Zahlen aussprechen können, wenn sie mit Worten geschrieben sind, und die, nächst den biblischen Geschichten, hauptsächlich sich auf die Privatgeschichte aller Familien in ihrem Städtchen gelegt haben und über Schwangerschaften, Ehverlöbnisse, Hochzeittage und Kopfzeuge Register halten, die in jeder Krankheit eines jungen Mädchens den Bastard reifen sehen und den Mann und den Ball erraten, der die Ursache und die Gelegenheit dazu war, die hypothetische Ehen zwischen ledigen Personen und nicht selten reelle Ehescheidungen mit ihrem Geschwätz stiften; kurz, alle unverständigen plappernden, besuchen gehenden alten Weiber, so sehr die Pest und das Verderben der guten Gesellschaft als hingegen die reinliche, verständige Matrone und ehrwürdige Mutter die Zierde derselben ist. Die Hexen schwammen auf dem Wasser, ist ein bloß figürlicher Ausdruck und soll nur so viel heißen, daß eigentlich Tee und Kaffee ihr Element sei, und ich glaube im Ernst, daß unsere neueren Hexen im Kaffee nicht ersäuft werden können, denn ich habe selbst eine einmal

14 Tassen trinken sehen, da die frischsten westfälischen Viehmägde an vieren sterben ...

So wie man den Heiligen eine Nulle über den Kopf malt.

Warum die Menschen so wenig behalten können, was sie lesen, ist, daß sie so wenig selbst denken. Wo ein Mensch, was andere gesagt haben, gut zu wiederholen weiß, hat er gewöhnlich selbst viel nachgedacht, wenn sein Kopf anders nicht ein bloßer Schrittzähler ist, und dergleichen sind manche Köpfe, die des Gedächtnisses wegen Aufsehen machen.

Die letzte Hand an sein Werk legen, das heißt verbrennen.

Ich habe sonstwo schon einmal meine Gedanken über die Büchertitel gegeben. Es ist zuweilen nötig, den Leuten alte Sachen unter einem neuen Titel und etwas neu gemischt zu geben; wieviel Laxiertränkchen gibt es nicht, wo die Rhabarber oder das Salz oder das Manna oder die Jalappe vor allem zu verbergen außer dem Magen und den Eingeweiden. Es gibt auf eben die Art einen erlaubten Betrug, den ein feines Gefühl leicht unterscheidet. Pillen werden übergüldet.

Er hat so lange dran geboren, und ist nichts daraus geworden, daß es auch nun vermutlich ohne Kaiserschnitt nicht gehen wird.

Sie ist am Furore Wertherino gestorben. Der Furor Wertherinus.

Die Wälder werden immer kleiner, das Holz nimmt ab, was wollen wir anfangen? Oh, zu der Zeit, wenn die Wälder aufhören, können wir sicherlich so lange Bücher brennen, bis wieder neue aufgewachsen sind.

Er spricht sein transzendentes Hokuspokus darüber aus.

Er gibt Namen, die man an alle Galgen der Welt schlagen sollte.

Das hat ihm sicherlich sein Diabolus familiaris eingegeben.

Der Ort sieht nicht aus wie eine Stadt, sondern wie ein Krempelmarkt von abgetragenen Häusern.

Die Perfektibilität des Menschen gäbe ein herrliches Gedicht ab, auch die Physiognomik. Eines Haller nicht unwürdig.

Ich sehe nicht ein, warum manche Teile des menschlichen Körpers mit Haaren bewachsen sind, als damit beim Baden sich das Wasser länger darin hält und durch seine Kühlung jene Teile stärkt und kühlt, weil sie es am meisten vonnöten haben.

Man kann die Fehler eines großen Mannes tadeln, aber man muß nur nicht den Mann deswegen tadeln. Der Mann muß zusammengefaßt werden.

Wenn ich nur wüßte, wer es dem ehrlichen Mann beibringen wollte, daß er nicht klug ist.

Sie wollten also die Katholiken mit Pulver in Himmel sprengen?

Die Welt ist immer in ihren Urteilen zu gütig oder unbillig.

Die erste Regel bei Romanen sowohl als Schauspielen ist, daß man die verschiedenen Charaktere gleichsam wie die Steine im Schachspiel betrachtet und sein Spiel nicht durch Veränderung der Gesetze zu gewinnen sucht, nach welchen sich diese Steine richten, nicht einen Springer wie einen Bauern zieht, diese Charaktere genau bestimmt, auch sie nicht außer Aktivität setzt, um seinen Endzweck zu erhalten, sondern lieber mit der Wirksamkeit derselben gewinnt. Das nicht tun heißt eigentlich Wunder tun wollen, die immer unnatürlich sind.

Er war ein geschäftiger Schriftsteller und ein sehr fleißiger Leser seiner eigenen Artikel in den gelehrten Zeitungen und Journalen.

Er sah so zerknickt aus als wie ein Mädchen in Mannskleidern.

Der völlige Idiot, der vernünftige, gangbare Mann und der Rasende haben überhaupt ihre Zeichen, woran man sie leicht erkennt, aber die Gradationen und Nuancen hierin zu bestimmen (das eigentliche Fach der Physiognomik) ist sehr schwer.

Es gibt Leute, deren Lippen mit gleicher Breite um den ganzen Mund herumgehen, der dadurch das Ansehen von einem Feuerstahl erhält. Mit denen ist selten viel anzufangen.

Was sie Herz nennen, liegt weit niedriger als der vierte Westenknopf.

Empfindsam schreiben, heißen die Herren, immer von Zärtlichkeit, Freundschaft und Menschenliebe reden. Ihr Schöpse, hätte ich bald gesagt, das ist nur ein Ästchen des Baumes. Ihr sollt den Menschen überhaupt zeigen, den zärtlichen Mann und den zärtlichen Gecken, den Narren und den Spitzbuben, den Bauer, den Soldaten, den Postillion, alle, wie sie sind, das heiß ich empfindsam schreiben. Was ihr schreibt, ist uns nicht sowohl verhaßt als euer ewiges Fiedeln auf einer und derselben Saite. Der Mensch besteht doch noch aus etwas mehr als Testikeln.

Was ist denn der Mensch anders als eine Kaffeetasse? Er sammelt im Köpfchen, um ins Schüsselchen auszugießen, und das Schüsselchen taugt ohne Köpfchen nichts und das Köpfchen nichts ohne Schüsselchen.

Das war, wie die Zeit noch keinen Bart hatte.

Wer seine Talente nicht zur Belehrung und Besserung anderer anwendet, ist entweder ein schlechter Mann oder äußerst eingeschränkter Kopf. Eines von beiden muß der Verfasser des leidenden Werthers sein.

Versuch über die Nachtwächter. Ich selbst bin ein Nachtwächter, meine Herrn, zwar nicht von Profession, sondern ein Dilettante, ich kann nämlich des Nachts nicht schlafen und habe es darin so wie Dilettanten gemeiniglich ohne alle Prahlerei weiter gebracht als die meisten von Profession.

Ich denke, wenn man etwas in die Luft bauen will, so sind es immer besser Schlösser als Kartenhäuser.

Ich glaube, daß die Quelle des meisten menschlichen Elends in Indolenz und Weichlichkeit liegt. Die Nation, die die meiste Spannkraft hatte, war auch allezeit die freieste und glücklichste. Die Indolenz rächt nichts, sondern läßt sich den größten Schimpf und die größte Unterdrückung ablaufen.

Zum Lärmmachen wählt man die kleinsten Leute, die Tambours.

Nach dem neuen Griechenland reisen, um das heilige Grab der schönen Künste zu besuchen.

In Göttingen wird der Mann, der den Kopf von außen zustutzt, von dem Burschen eines größeren Vertrauens gewürdigt, als der ihn von innen zu verbessern unternimmt.

Verständigen Personen werden nicht allein schöne Leute

ohne Verstand verhaßt, sondern auch die äußerste Dienstfertigkeit bei Leuten verliert ohne Gaben des Geistes ihren Wert.

Große Reinlichkeit ohne Geckerei, und ohne daß man merkt, daß sie gar zu sehr gesucht wird, Nachgiebigkeit und unaffektierte Bescheidenheit und Wohlwollen ohne Zwang kann zu Schönheit werden, wenigstens Liebe gewinnen.

Die Leute, die einem aus Interesse gut sind, sind es auch aus Hoffnung auf Vorteil.

Warum sind junge Witwen in Trauer so schön? (Untersuchung)

Das heißt, man soll mit dem Licht der Wahrheit leuchten, ohne einem den Bart zu sengen.

Ich habe noch niemanden gefunden, der nicht gesagt hätte, es wäre eine angenehme Empfindung, Stanniol mit einer Schere zu schneiden.

Ich habe alle meine Werke mit einem FF gestempelt. Keine Stichelrede auf die Pandekten der Unordnung wegen, sondern es sind die Anfangsbuchstaben meiner Hausgötzen, denen ich täglich opfere, Fama und Fames.

Ein etwas verstimmter Ausdruck.

Es lehrt die Handgriffe beim Bücherschreiben.

Wie nah wohl zuweilen unsere Gedanken an einer großen Entdeckung hinstreichen mögen?

So sagt man, jemand bekleide ein Amt, wenn er von dem Amt bekleidet wird.

Mancher Mann quält sich seine Lebenszeit, studiert sich frigid und impotent über der Entwicklung der Meinung eines Schriftstellers. Ich gebe es zu, es war eine Lebenszeit nötig, das System des Mannes zu entwickeln, es vom Schmutz schmieriger Ausbesserer zu reinigen, das ist alles wahr, aber es erforderte nur viertelstündiges helles Wachen gesunder Vernunft, einzusehen, daß die ganze Historie keine drei Groschen wert war.

Man empfiehlt Selbstdenken oft nur, um die Irrtümer anderer beim Studieren von Wahrheit zu unterscheiden. Es ist ein Nutzen, aber ist das alles? Wieviel unnötiges Lesen wird uns erspart. Ist denn Lesen Studieren? Es hat jemand mit großem Grunde der Wahrheit behauptet, daß die Buchdrukkerei Gelehrsamkeit zwar mehr ausbreitet, aber im Gehalt vermindert hätte. Das viele Lesen ist dem Denken schädlich. Die größten Denker, die mir vorgekommen sind, waren grade unter allen den Gelehrten, die ich habe kennengelernt, die, die am wenigsten gelesen hatten. Ist denn Vergnügen der Sinne gar nichts?

Die meisten Gelehrten sind abergläubischer, als sie selbst sagen, ja als sie selbst glauben. Man kann üble Gewohnheiten nicht so leicht ganz loswerden; sie vor der Welt verbergen und die schädlichen Folgen hindern, das kann man.

Seinen Organen etwas zu spielen geben heißt nicht studieren.

Es ist ausgemacht, daß unsere gegenwärtige Glückseligkeit, zumal insofern sie von der Güte der politischen Verfassung abhängt, nicht in dem Verhältnis gewachsen ist, in dem unsere Erkenntnis zugenommen hat. Woher rührt das? Von der Erziehung der Individuorum? Gewiß nicht allein.

Alles ist sich gleich, ein jeder Teil repräsentiert das Ganze. Ich habe zuweilen mein ganzes Leben in einer Stunde gesehen.

Der Wein hat manche große Tat hervorgebracht.

Man führt gegen den Wein nur die bösen Taten an, zu denen er verleitet, allein er verleitet auch zu hundert guten, die nicht so bekannt werden. Der Wein reizt zur Wirksamkeit, die Guten im Guten und die Bösen im Bösen.

Wenn er sprach, so fielen in der ganzen Nachbarschaft die Mäusefallen von selbst zu.

Narren, die ihre Schwäche nicht kennen, wollen gewöhnlich die Nation reformieren, allein die größten Genies, unter den glücklichsten Zufällen in Wirksamkeit gesetzt, reformieren sie. Anstatt sich dem Strom eingewurzelter Vorurteile und Gebrechen einer Nation (Nachahmung zum Exempel bei den Deutschen) mit Torherzhaftigkeit entgegenzusetzen, ist es schicklicher und den Kräften mehrerer angemessen, sich jener Schwachheit zu bedienen, die Menschen weiser und glücklicher zu machen.

Ich sehe das Grab auf meinen Wangen, den 16. April 1777.

Der Mensch wird ein Sophist und überwitzig, wo seine gründlichen Kenntnisse nicht mehr hinreichen; alle müssen es folglich werden, wo es auf Unsterblichkeit der Seele und Leben nach dem Tode ankommt. Da sind wir alle ungründlich. Materialismus ist die Asymptote der Psychologie.

Daß wir nur Geschmack an englischen und französischen Sachen haben, ist ein Zeichen, daß unser Geschmack und Kräfte sich voneinander entfernt haben. Unser Appetit ist leckerer, als es noch zur Zeit unser Boden mit sich bringt.

Bei unseren Modedichtern sieht man so leicht, wie das Wort den Gedanken gemacht hat, bei Milton und Shakespeare zeugt immer der Gedanke das Wort.

Ich glaube nicht, daß unter der sogenannten studierenden deutschen Jugend die Summe leerer Köpfe je größer gewesen ist als jetzt. Dieses ist die Ursache, warum es so viel junge Werther gibt, nicht weil das Buch meistermäßig geschrieben ist, sondern weil man solche Schafengel brauchen kann, wozu man will. Sie gehn ihrem Wirt, ohne zu bezahlen, durch und weinen über Gellerts Grab, sie zeichnen Silhouetten und wittern Golgathas Tau; ein protestantischer metaphernmächtiger Gaßner könnte sie brauchen, Teufel einzunehmen oder auszutreiben, und Hancock zu Stäben, eine Spitzbubenrepublik abzustecken. Es ist kein Charakter. Indolenz, Unverstand und Unerfahrenheit in allem, was ernste Wissenschaft heißt, hat sie stumpf gemacht zu allem außer der Spekulation über den Trieb, aus dem haben sie sich eine Naturhistorie geschaffen, eine Ästhetik, eine Philosophie, da suchen sie allen Adel der Seele und den Himmel auf der Welt.

Ich habe einen sehr guten Freund gehabt, der mir gestand, daß, wenn er mit gutem Appetit sich bei eine gute Schüssel niedersetzte, er immer eine sehr lebhafte Hoffnung bei sich verspüre, daß er einmal ein großer Mann werden würde. Dieser Traum hat ihn betrogen. Er ist kein großer Mann geworden, ob er gleich ein sehr guter und brauchbarer geworden ist.

Es ist sehr gefährlich, sagt Voltaire, in Dingen recht zu haben, wo große Leute unrecht gehabt haben.

Es fehlt den Deutschen sicherlich noch ein Boileau.

Es ist allezeit betrübt für mich, wenn ich bedenke, daß man in der Untersuchung mancher Dinge zu weit gehen kann, ich meine, daß sie unserer Glückseligkeit nachteilig werden können. Eine Probe habe ich darin an mir. Ich wünsche, ich wäre in meinen Bemühungen, das menschliche Herz kennenzulernen, minder glücklich gewesen. Ich verzeihe den

Leuten ihre Bosheiten weit lieber als vorher, das ist wahr; wenn jemand in Gesellschaft übel von mir redet, zumal wenn es nur geschieht, die Gesellschaft zu belustigen, so kann ich ihm deswegen nicht im mindesten aufsässig werden, ich mache mir im strengsten Verstande nichts daraus, nur muß es nicht mit wallendem Blut und Hitze geschehen oder grobe Verleumdung sein, die glaube ich nicht zu verdienen. Hingegen ist mir zu wenig an dem Lob der Leute gelegen, ihr Neid wäre allenfalls das einzige, was mich noch freuen würde. Das sollte in der Welt nicht sein. Also ist auch hier harmonisches Wachstum des ganzen Erkenntnissystems nötig. Wo ein Teil zu sehr kultiviert wird, führt es immer auf kleines oder großes Unheil am Ende hinaus.

Der Mensch hat einen unwiderstehlichen Trieb, zu glauben, man sähe ihn nicht, wenn er nichts sieht. Wie die Kinder, die die Augen zuhalten, um nicht gesehen zu werden.

Die schönste Stelle im ›Werther‹ ist die, wo er den Hasenfuß erschießt.

Der Verleger hat ihn in effigie vor sein Werk aufhängen lassen.

In Göttingen hat man zwar keine förmlichen Komödien, allein man kann sich desto leichter eine zusammensuchen, hier eine Szene und dort eine.

Wenn die Physiognomik das wird, was Lavater von ihr erwartet, so wird man die Kinder aufhängen, ehe sie die Taten getan haben, die den Galgen verdienen, es wird also eine neue Art von Firmelung jedes Jahr vorgenommen werden. Ein physiognomisches Autodafé.

Ich kann nicht sagen, daß ich ihm feind gewesen wäre, aber auch nicht gut, es hat mir nie von ihm geträumt.

Liscow sagt, die greuliche Menge elender Schriftsteller ist ebenso geschickt, eine Barbarei einzuführen, als ein Schwarm von Ost- und Westgoten. (vortrefflich)

Ein kluges Kind, das mit einem närrischen erzogen wird, kann närrisch werden. Der Mensch ist so perfektibel und korruptibel, daß er aus Vernunft ein Narr werden kann.

Ich kann nur die Oberfläche der Leute auf meine Seite bringen, ihr Herz erhält man nur mit ihrem sinnlichen Vergnügen, des bin ich so überzeugt, als ich lebe.

Vorstellungen sind auch ein Leben und eine Welt.

Grabsteine für Bücher.

Es gibt Leute von unschädlicher Gemütsart, aber doch dabei eitel, die immer von ihrer Ehrlichkeit reden und die Sache fast wie eine Profession treiben und mit einer so prahlenden Bescheidenheit von ihrem Verdienst zu wimmern wissen, daß einem die Geduld über den immer mahnenden Gläubiger ausgeht.

Nicht die Lügen, sondern die sehr feinen falschen Bemerkungen sind es, die die Läuterung der Wahrheit aufhalten.

Ich habe es sehr deutlich bemerkt: Ich habe oft die Meinung, wenn ich liege, und eine andere, wenn ich stehe, zumal wenn ich wenig gegessen habe und matt bin.

Mit dem Band, das ihre Herzen binden sollte, haben sie ihren Frieden stranguliert.

Unter den Opfern, die man ihm brachte, war ihm immer der ehrliche Namen eines Feindes das angenehmste.

So traurig stand er da wie das Trinkschälchen eines krepierten Vogels.

Damals, als die Seele noch unsterblich war.

Er ist nun aus den Oden-Jahren in die Psalm-Jahre gekommen.

Alle Unparteilichkeit ist artifiziell. Der Mensch ist immer parteiisch und tut sehr recht daran. Selbst Unparteilichkeit ist parteiisch. Er war von der Partei der Unparteiischen.

Da, wo das Auge undeutlich sieht, ist schon eine Art von Tod; wo kein deutliches Bild ist, ist keine Vorstellung.

Dessen, was wir mit Gefühl beurteilen können, ist sehr wenig und simpel, das andere ist alles Vorurteil und Gefälligkeit.

Man läßt sich jetzt seinen Schatten besehen wie ehemals sein Wasser.

Man scherzt so viel über Mohren, die einen Handel mit Menschen treiben, aber welches ist grausamer, sie verkaufen oder zu kaufen?

... Wahrheit, Unterricht und Besserung des Menschen sei der Hauptzweck eines Schriftstellers; erhält er diesen, so können wir über die Mittel ziemlich gleichgültig sein...

Die Meinung des Menschen, der zwar die Erde für rund hielt, aber glaubte, wir gingen auf der konkaven Seite wie die Ochsen im Tretrade, verdient angemerkt zu werden.

Es gibt Schwärmer ohne Fähigkeit, und dann sind sie wirklich gefährliche Leute.

Ein Magnet, der sich in sechs Pfund verliebt.

Schlankheit gefällt wegen des besseren Anschlusses im Beischlaf und der Mannigfaltigkeit der Bewegung.

Gesicht und Seele sind wie Silbenmaß und Gedanken.

Es gibt keine wichtigere Lebensregel in der Welt als die: Halte dich, soviel du kannst, zu Leuten, die geschickter sind als du, aber doch nicht so sehr unterschieden sind, daß du sie nicht begreifst. Das Erheben wird deinem Ehrgeiz durch Instinkt leichter werden als dem Allzugroßen das Herablassen aus kalter Entschließung.

Das Mädchen ist ganz gut, man muß nur einen andern Rahmen drummachen lassen.

Da werden die Engel einmal recht gelacht haben.

Zu Abführung eines solchen Unrats waren freilich ein paar Kalenderblättchen zu wenig.

In Lavatern ist nichts von dem sanften Sonnenlicht des Tizian, sondern über alles dampft er einen heiligen Nebel her und blitzt mit Hexenmehl und Kolophonium und donnert auf der Baßgeige.

Er sollte einmal die Köpfe sehen, die bei seiner Physiognomik sind geschüttelt worden.

Wo Lotte beim Spiel herumlauft und allen Ohrfeigen gibt, das könnte die Germania sein, wie sie allen neun Musen Ohrfeigen gibt.

»Es ist schade, daß es keine Sünde ist, Wasser zu trinken«, rief ein Italiener, »wie gut würde es schmecken!«

Eine jede Sache hat ihre Werktags- und Sonntagsseite.

So wie Assimilation Silben und Wörter hervorbringt, so können Silben in nominibus propriis wiederum Farben zu Bildern der Einbildungskraft und Züge zu Charakteren hergeben. Es ist aller Untersuchung wert, woher die Bilder stammen, die wir uns von Leuten formieren, die wir nie gesehen haben, die Formen von Straßen und Städten, die wir nie gesehen haben. An dem Gesicht, das ich mir vom General Lee gemacht habe, hat das doppelte E mehr Anteil als alle seine schlechten Taten, die mir zu Ohren gekommen sind.

Aus der Mätresse eines Mannes läßt sich viel auf den Mann schließen, man sieht in ihr seine Schwachheiten und seine Träume. Ex socio wird man nicht halb so gut erkannt als ex socia.

Und was ist Kränklichkeit (nicht Krankheit) anderes als innere Verzerrung?

Eine Rede muß nicht gedruckt werden; man hat gute Redner gehabt in den Zeiten, da man vermutlich schlecht schrieb, und etwas, das sich gut lesen läßt, muß man nicht hersagen hören; es sind ganz verschiedene Dinge. Ein Gemälde gehört nicht unter das Mikroskop. Das sollten sich unsere dramatischen Dichter merken.

Der Mensch und die Affen können nicht nach Belieben gemästet werden wie das Vieh.

Wenn ich noch ein Zeichen des Verstandes angeben soll, das mich selten betrogen hat, so ist es dieses, daß Leute, die sehr viel älter sind, als sie scheinen, selten viel Verstand hatten und umgekehrt junge Leute, die alt aussehen, sich auch dem Verstand des Alters nähern. Man wird mich verstehen und nicht etwa glauben, daß ich unter Jungaussehen Gesundheit und frische Farbe und unter Anschein des Alters Falten und Blässe verstehe.

Ich empfehle Träume nochmals; wir leben und empfinden so gut im Traum als im Wachen und sind jenes so gut als dieses; es gehört mit unter die Vorzüge des Menschen, daß er träumt und es weiß. Man hat schwerlich noch den rechten Gebrauch davon gemacht. Der Traum ist ein Leben, das, mit unserm übrigen zusammengesetzt, das wird, was wir menschliches Leben nennen. Die Träume verlieren sich in unser Wachen allmählich herein; man kann nicht sagen, wo das Wachen eines Menschen anfängt.

Eine angenehme Stimme ist sehr oft mit sonst übrigens guten Eigenschaften des Leibes und der Seele verbunden. Und doch sind so viel Sängerinnen Huren, und die meisten Menschen haben schlechte Stimmen.

Klopstocks ›Messias‹ kann nur, dünkt mich, alsdann schwer scheinen, wenn man das darin finden will, was das Geschrei der Zeitungsschreiber und der Barden hineingelegt hat. Mir kommt es vor, als wenn das Gedicht nicht zu schwer, sondern zu leicht, oder deutlicher, nicht zu tief, sondern zu seicht wäre.

Wenn Vernunft, die Tochter des Himmels, von Schönheit urteilen dürfte, so wäre Krankheit die einzige Häßlichkeit.

Was einem das Absolute in dem Schönen der griechischen Gesichtsbildung immer verdächtig macht, ist, daß es eine Art von Gelehrsamkeit ist, es zu erkennen.

Daß ich etwas, ehe ich es glaube, erst durch meine Vernunft laufen lasse, ist mir nicht ein Haar wunderbarer, als daß ich erst etwas im Vorhof meiner Kehle kaue, ehe ich es hinunterschlucke. Es ist sonderbar, so etwas zu sagen, und für unsere Zeiten zu hell, aber ich fürchte, es ist für 200 Jahre, von hier ab gerechnet, zu dunkel.

Eine von den Hauptkonvenienzen der Ehe ist die, einen Besuch, den man nicht ausstehen kann, zu seiner Frau zu weisen.

Es ist besonders, und ich habe es nie ohne Lächeln bemerkt, daß Lavater mehr auf den Nasen unserer jetzigen Schriftsteller findet als die vernünftige Welt in ihren Schriften.

Daß man solch närrisches Zeug träumt, wundert mich nicht, allein daß man glaubt, man wäre es selbst, der so was täte und dächte, das wundert mich.

Ich glaube grade das Gegenteil, daß nämlich das meiste Gute in der Welt durch Menschen getan wird, die ihrer schönen Bildung wegen nicht in Betrachtung kommen. Oder das meiste Unheil in der Welt hat die Schönheit gestiftet, ob sie gleich das Glück oder vielmehr die Wollust einzelner mag befördert haben.

Solange jemand in die Ewigkeit hinausschaut und mir Dinge im Himmel liest, die ich nicht sehe, so schweige ich deswegen still, weil er mir auch glauben müßte, wenn ich ihm wiederum meine Weissagungen abläse. Allein wenn wir Blicke in diese Welt tun, da hat bei verschiedener Meinung nur einer recht oder beide unrecht. Wir haben alle auf die vier Syllogismen geschworen, den Suprematseid der Logik abgelegt.

Man kann nicht allein Dinge aus der Körperwelt transzendent machen, sondern auch Dinge aus der Geisterwelt retroszendent auf die Körperwelt zurück.

Betrachte einmal einen Nerven. Von der Spitze meines Fingers ergießen sich Tausende von Empfindungen wie kleine unmerkliche Bäche in einen größeren Bach, mit dem wieder andere größere zusammenfließen, die ein anderes Wasser führen, bis sie sich endlich, in einen Hauptstrom vereinigt, in das Meer des Gehirns ergießen, dessen Zustand und Fähigkeiten du aus dem knöchernen Gewölbe beurteilst, unter dem es kochen, vertrocknen und versteinert werden könnte, ohne daß du es merktest.

Dieses unbegreifliche Wesen, das wir selbst sind und das uns noch weit unbegreiflicher vorkommen würde, wenn wir ihm noch näher kommen könnten, als wir selbst sind, muß man nicht auf einer Stirne finden wollen.

Die Hand, die einer schreibt, aus der Form der physischen Hand beurteilen wollen, ist Physiognomik.

Das Hutabnehmen ist eine Abkürzung unseres Körpers, ein Kleinermachen.

Wenn das Gesicht mit kleinen Vulkanen übersät ist, so schließe ich auf einen Brand.

Daß die Menschen so oft falsche Urteile fällen, rührt gewiß nicht allein aus einem Mangel an Einsicht und Ideen her, sondern hauptsächlich davon, daß sie nicht jeden Punkt im Satz unter das Mikroskop bringen, und bedenken.

Tausend sehn den Nonsense eines Satzes ein, ohne imstand zu sein, noch Fähigkeit zu besitzen, ihn förmlich zu widerlegen.

Gedanken im Klingelbeutel sammeln zu einer Rede auf den Geburtstag des Königs.

Ein gesunder Appetit und die damit gemeiniglich verbundene Hochachtung gegen das Frauenzimmer.

Ich habe oft auf dem Punkt gestanden, mit so viel Überzeugung zu glauben, daß man, um der Nachwelt zu gefallen, von der jetzigen gehaßt werden müßte, daß ich alles anzufallen Neigung fühlte.

Ich bin sehr viel mitleidiger in meinen Träumen als im Wachen.

Die Pastoren, die Unschuld in Trauer, hic niger est.

Vom ersten Dichter der Welt bis zum Versefabrikant.

Ein reines Herz und ein reines Hemd. (Ein reines Herz ist eine vortreffliche Sache und ein reines Hemd auch.)

Man widerspricht sich niemals, wenn man sich mit einer festen Meinung zum Schreiben niedersetzt, allein bei der festesten Meinung kann man den Gegenstand flüchtig behandeln, und wenn man mit demselben allzu bekannt ist, so daß man zu glauben anfängt, jedermann müßte es verstehen, Worte zu gebrauchen, die der, den man erst belehren will, zweideutig findet. Ich vergebe es Herrn Lavater, daß er so viel Widersprüche in meiner Abhandlung findet, er war nicht der erste, der sie darin zu finden glaubte, und einer der größten Denker, die mir je vorgekommen sind, hat mir gestanden, er habe meine Meinung erst bei der zweiten Durchlesung verstanden und sei nun völlig mit mir eins. Das ist ein großer Fehler von einer Schrift, ich leugne es nicht, und es soll mir eine Warnung sein, künftig alles, was ich drucken lasse, wie Molière, erst meiner Köchin vorzulesen.

Wenn jemand keine Hände hat, so lernt er mit den Füßen Federn schneiden; so eben im Gehirn. Hier ist Erziehung und Zweck das kräftigste.

Die Schlappherzigkeit.

Starke Empfindung, deren sich so viele rühmen, ist nur allzuoft die Folge eines Verfalls der Verstandeskräfte. Ich bin nicht sehr hartherzig, allein das Mitleid, das ich in meinen Träumen oft empfinde, ist mit dem bei wachendem Kopf nicht zu vergleichen, das erstere ist in mir ein nah an Schmerz grenzendes Vergnügen.

Die Abhandlung von einem Philosophen, der in Europa seinesgleichen nicht haben soll, mit einer Einleitung von einem, deren Deutschland mit großem Gewinn jetzt ein Dutzend missen könnte.

Ein Amengesicht.

Wenn die feinen Weltleute fragen: »Gott weiß warum?«, so ist es immer ein sicheres Zeichen, daß sie außer dem lieben Gott noch einen großen Mann kennen, der es auch weiß.

Es ist eine traurige Liebe, wo man zum ersten Mal im Grab miteinander zu Bette geht.

Das Ideal von Stärke und Tugend müßte die größte Schönheit sein, freilich, das würden und müßten wir so nennen. Doch könnte es mit Befriedigung sinnlicher Lust streiten, die richtet auch mit. Wir lieben uns in andern, wo wir Güte erkennen, gefällt uns das Gesicht. Aber kann man das eigentlich mit zu der Schönheit rechnen? Schön nennen die Leute sehr oft, was ihnen gefällt, und das ist relativ.

Ich muß meine Leser inständigst bitten, hier bloß Sachen zu betrachten, keine Namen, die vielleicht in Deutschland mehr Gewicht haben als in irgendeinem Land in der Welt und nirgends leichter zu erwerben sind, wenn von einigen Jahren die Rede ist. Zuweilen sind die berühmten Werke weiter nichts als die gemeinste Primanerphilosophie, mit ungeprüften Exzerpten aus den allgemeinen Reisen versetzt, und das alles unter einem Geläute von Glocken und Schellen vorgetragen, daß selbst Untersucher verleitet werden, zu glauben, man begehe ein Fest. In den Privatversammlungen denkender Köpfe hört man den Wert solcher Werke bestimmen.

Unsere Empfindung ist sicherlich nicht der Maßstab für die Schönheit des unübersehbaren Plans der Natur.

Nichts läßt lustiger, als seinen Feind bepissen wollen, wenn man eine Strangurie hat.

Dieses ist eine sehr fruchtbare Wahrheit, wenn man sie in einem gesunden Kopf bewahrt, so hat sie wie die Glückspfennige alle Morgen eine neue bei sich liegen.

Ich kann nicht leugnen, mein Mißtrauen gegen den Geschmack unserer Zeit ist bei mir vielleicht zu einer tadelnswürdigen Höhe gestiegen. Täglich zu sehen, wie Leute zum Namen Genie kommen wie die Kelleresel zum Namen Tausendfuß, nicht weil sie so viele Füße haben, sondern weil die meisten nicht bis auf 14 zählen wollen, hat gemacht, daß ich keinem mehr ohne Prüfung glaube.

Die Klugheit eines Menschen läßt sich aus der Sorgfalt ermessen, womit er das Künftige oder das Ende bedenkt. Respice finem.

Sogar aus den Hunden läßt sich etwas machen, wenn man sie recht erzieht; man muß sie nur nicht mit vernünftigen Leuten, sondern mit Kindern umgehen lassen, so werden sie menschlich. Dieses ist eine Bestätigung von meinem Satz, daß man Kinder immer zu Leuten halten müsse, die nur um ein weniges weiser sind als sie selbst.

Er liebte Pfeffer und gezackte Linien.

Bei manchem Werk eines berühmten Mannes möchte ich lieber lesen, was er weggestrichen hat, als was er hat stehenlassen.

Sein Tintenfaß war ein wahrhafter Janustempel, wenn's zugepfropft war, so war's in der ganzen Welt Friede.

Die Vorrede könnte Blitzableiter betitelt werden.

Wie eine besoffene Fama.

Ich habe sehr oft folgendes bemerkt: Je mannigfaltiger die Begebenheiten sind, die sich ereignen, desto geschwinder verstreichen einem zwar die Tage, allein desto länger dünkt einen die vergangene Zeit, die Summe dieser Tage; hingegen je einförmiger die Beschäftigungen, desto länger werden einem die Tage und desto kürzer die vergangene Zeit oder ihre Summe. Die Erklärung ist nicht sehr schwer.

Gott, der unsere Sonnenuhren aufzieht.

Alles Tun in -eln ist nicht viel wert, weder witzeln noch schwärmeln.

Hauptsächlich: Menschen mit ganz unähnlichen Gesichtern sind sich einander oft übrigens sehr ähnlich. Wenigstens ist die Verhältnis ihres Gemütes nicht in der ihrer Gesichter.

Nicht sagen: der diesen Kopf hat, ist ein verständiger Mann, sondern dahin muß man es zu bringen suchen: Der so aussieht, ist hundert gegen eins ein verständiger Mann.

Einige mutwillige Leute haben behauptet, so wie es keine Mäuse gäbe, wo man keine Katzen halte, so gäbe es auch keine Besessene, wo es keine Teufelsaustreiber gäbe.

Wie perfektibel der Mensch ist und wie nötig Unterricht, sieht man schon daraus, daß er jetzt in 60 Jahren eine Kultur annimmt, worüber das ganze Geschlecht 5000 Jahre zugebracht hat. Ein Jüngling von 18 Jahren kann die Weisheit ganzer Zeitalter in sich fassen. Wenn ich den Satz lerne: ›Die Kraft, die im geriebenen Bernstein zieht, ist dieselbe, die in den Wolken donnert, welches sehr bald geschehen kann‹, so habe ich etwas gelernt, dessen Erfindung den Menschen einige Tausend Jahre gekostet hat.

Wenn man einmal weiß, daß einer blind ist, so meint man, man könnte es ihm auch von hinten ansehen.

Sie fühlen mit dem Kopf und denken mit dem Herzen.

Ein Gelehrter weint, daß er seine eigne Schriften nicht versteht, ist ein drolliger Gedanke …

An den Köpfen der großen Griechen und Römer muß man nicht Regeln für die sichtbare Form des Genies abstrahieren wollen, solange man nicht griechische Dummköpfe ihnen entgegenstellen kann.

Sterne und Fielding. Sterne steht nicht auf einer sehr hohen Staffel, nicht auf dem edelsten Weg. Fielding steht nicht ganz so hoch, auf einem weit edleren. Es ist der Weg, den derjenige betreten wird, der einmal der größte Schriftsteller der Welt wird, und sein ›Findling‹ ist gewiß eines der besten Werke, die je geschrieben worden sind. Hätte er uns ein klein wenig mehr für seine Sophia einzunehmen gewußt und wäre er da, wo wir nur ihn hören, oft kürzer gewesen, so wäre vielleicht gar kein Werk drüber.

Der Trieb, unser Geschlecht fortzupflanzen, hat noch eine Menge anderes Zeug fortgepflanzt.

Das viele Lesen hat uns eine gelehrte Barbarei zugezogen.

Unstreitig ist die männliche Schönheit noch nicht genug von den Händen gezeichnet worden, die sie allein zeichnen könnten, von weiblichen. Mir ist es allemal angenehm, wenn ich von einer neuen Dichterin höre. Wenn sie sich nur nicht nach den Gedichten der Männer bildeten, was könnte da nicht entdeckt werden.

Die Leute mit langen Füßen gehen gewöhnlich schlecht; was den Füßen zugeht, geht den Knien ab.

Ich habe mich zuweilen recht in mir selbst gefreut, wenn Leute, die Menschenkenner und Weltweise sein wollen, über mich geurteilt haben. Wie entsetzlich sie sich irren, der eine hielt mich für weit besser und der andere für weit schlimmer, als ich war, und das immer aus sehr feinen Gründen, wie er glaubte.

Außer seiner geistlichen Herde, welcher er, wo er konnte, etwas abnahm, hatte er noch 200 Stück auf der Weide gehen, die er regelmäßig schor.

Überall angezeigt, was noch zu leisten ist.

Wenn eine Betschwester einen Betbruder heiratet, so gibt das nicht allemal ein betendes Ehepaar.

Es ist eine Temperamentslüge.

Wir verbrennen zwar keine Hexen mehr, aber dafür jeden Brief, worin eine derbe Wahrheit gesagt ist.

Einige feine Bemerker wollen gefunden haben, daß das Poetisch-Schwärmerische in der Liebe in dem Grade zunehme, in welchem das Irdisch-Herkulische abnimmt, auch soll nach ihnen das Frauenzimmer in diesen Kenntnissen durch Tradition sehr viel weiter sein, als mancher welke Petrarch glaubt, und sehr sorgfältig den Liebhaber von der Feder von dem vom Leder zu unterscheiden wissen.

Die Sprache des Leibmedikus Zimmermann verliert sich in das Rohrsperlingische.

Die klügsten Leute können solche dumme Gesichter machen, die hinlänglich beweisen, wie sehr alles pathognomisch ist.

Es gibt zweierlei Arten von Bramarbas, den positiven Dick- und den negativen Dünnetuenden, beide zu gleich windigem Endzweck; daß der letztere noch zuweilen rechtschaffene Leute hintergeht, kommt unter andern auch daher, daß man in moralischen Dingen noch nicht rechnen gelernt hat.

In die Welt zu gehen ist deswegen für einen Schriftsteller nötig, nicht sowohl damit er viele Situationen sehe, sondern selbst in viele komme.

Wenn einem zum Tod Verurteilten eine Stunde geschenkt wird, so ist sie ein Leben wert.

Wir wissen zuverlässig, daß ihm ein einziger sogenannter Kraftausdruck oft zwei bis drei Stunden kosten soll. Solche Mühe gibt sich die Natur, die Menschen bei solchen Jahren von Kindereien abzuhalten, und solche Mühe geben sich schwache Köpfe, der Natur entgegenzuarbeiten.

Daß Leute, die so erstaunlich lesen, oft so schlechte Denker sind, kann seinen Grund ebenfalls in der Beschaffenheit unseres Gehirns haben. Es ist ja wahrhaftig nicht einerlei, ob ich einen Satz ohne Mühe lerne oder ob ich selbst nach meinem System endlich darauf komme. Beim letzteren hat alles Wurzeln, beim ersteren ist es bloß angeklebt.

Ich gehe oft, wenn ein Bekannter vorbeigeht, vom Fenster weg, nicht sowohl um ihm die Mühe einer Verbeugung, als vielmehr mir die Verlegenheit zu ersparen, zu sehen, daß er mir keine macht.

Daß wir uns im Traume selbst sehen, kommt vom Spiegelsehen her, bei welchem wir nicht denken, daß es im Spiegel ist. Es ist aber im Traum die Vorstellung lebhafter und das Bewußtsein und Denken geringer.

Es sind gewiß wenig Pflichten in der Welt so wichtig als die, die Fortdauer des Menschengeschlechts zu befördern und sich selbst zu erhalten, denn zu keiner werden wir durch so reizende Mittel gezogen als zu diesen beiden.

Physiognomik (Kinder). Bei häßlichen Gesichtern läßt Unwillen lasterhafter als bei schönen. Man nennt manches Bosheit, was mit einem häßlichen Gesicht getan wird.

Physiognomik muß sich auf unleugbare Grundsätze bringen lassen; soviel ich weiß, ist noch nicht ein einziger untrüglicher gefunden. Die wenigen Sätze, die man dafür ausgeben will, wird man kaum mehr unter dem Gebüsch von Ausnahmen erkennen, sobald die Beobachtungen zunehmen und man nicht bloß Narren und Gelehrte silhouettiert.

Es unterscheidet sich wie Taktschlagen und Trommeln.

Wenn du die Geschichte eines großen Verbrechers liesest, so danke immer, ehe du ihn verdammst, dem gütigen Himmel, der sich mit deinem ehrlichen Gesicht nicht an den Anfang einer solchen Reihe von Umständen gestellt hat.

Du glaubst, ich laufe dem Sonderbaren nach, weil ich das Schöne nicht kenne, nein, weil du das Schöne nicht kennst, deswegen suche ich das Sonderbare.

Im Wort Gelehrter steckt nur der Begriff, daß man ihn vieles gelehrt, aber nicht, daß er auch etwas gelernt hat, daher sagen die Franzosen sehr sinnreich, wie alles, was von diesem Volk kommt, nicht les enseignés, sondern les savants, und die Engländer nicht the taught ones, sondern die learned.

Mir ist es eine sehr unangenehme Empfindung, wenn jemand Mitleiden mit mir hat, so wie man das Wort gemeiniglich nimmt. Deswegen brauchen auch die Menschen, wenn sie recht böse auf jemanden sind, die Redensart: »Mit einem solchen muß man Mitleiden haben.« Diese Art Mitleidens ist ein Almosen, und Almosen setzt Dürftigkeit von der einen und Überfluß von der anderen Seite voraus, er sei auch noch so gering …

(Lion) Gibt sich wahrscheinlich zwei Jahr geringer an ... Findet oft ein Vergnügen darin, Mittel auszudenken, wie er diesen oder jenen Menschen ums Leben bringen könnte, ohne daß es gemerkt würde, oder Feuer anzulegen, ohne daß man es merkte. Ohne jemals den festen Entschluß gefaßt zu haben, so etwas zu tun, oder auch ohne nur die mindeste Neigung zu haben, ist er sehr oft mit solchen Gedanken eingeschlafen. Konnte sich seit seinem sechzehnten Jahr nicht mehr überzeugen, daß Christus Gottes Sohn sei, dieses wurde ihm so geläufig und verwuchs so sehr mit ihm, daß an eine Überzeugung gar nicht mehr zu denken war. Er bedauerte nur, daß Christus nicht selbst geschrieben und uns nicht mehr Nachricht von Joseph von Arimathia hinterlassen hat. Es war ihm zu wohlbekannt, was fromme Schwärmer in einer solchen Sache tun können. Sein Glaube an die Kräftigkeit des Gebets; sein Aberglaube in vielen Stücken, Knien, Anrühren der Bibel und Küssen derselben; förmliche Anbetung seiner heiligen Mutter; Anbetung der Geister, die um ihn schwebten. Ich beschwöre die Wahrheit dieser Erzählung gar nicht. Eine Versicherung ist nichts, ich berufe mich auf die innern Zeichen der Übereinstimmung und die Merkmale der Aufrichtigkeit, die, solange die Welt steht, gelten werden, dem allein kennbar, der Wahrheit aufrichtig sucht und Beobachtungsgeist hat. Zutrauen, weil es zum Teil im Herzen des Zutrauenden mit wurzelt, kann trügen, wenn die Verfassung des letzteren nicht die reinste ist.

So wie die Knaben so lange kratzen und schaben, bis sie einen Bart herausschaben.

Schmierbuchmethode bestens zu empfehlen. Keine Wendung, keinen Ausdruck unaufgeschrieben zu lassen. Reichtum erwirbt man sich auch durch Ersparung der Pfennigswahrheiten.

(Lion) Verliebt sich in seinem zehnten Jahr in einen Knaben namens Schmidt (Stadtschule Primus), eines Schneiders

Sohn, hört von ihm gern erzählen und bringt alle Knaben auf eine Unterredung mit ihm, hat ihn nie selbst gesprochen, war ihm aber ein großes Vergnügen, zu hören, daß der Knabe von ihm gesprochen habe. Kletterte nach der Schule auf eine Mauer, um ihn aus der Schule gehen zu sehen. Jetzt, da er sich seiner Physiognomie noch sehr deutlich erinnert, so war er nichts weniger als schön, eine Stumpfnase mit roten Backen. War aber Primus in der Schule. Es sollte mir leid sein, wenn ich durch dieses freie Bekenntnis das Mißtrauen gegen die Welt vermehren sollte, aber ich war ein Mensch, und das Glück der Welt, wenn sie es jemals erreicht, muß nicht durch Verhehlung gesucht werden, auf keine Weise; so wird nichts Festes entstehen können. Dauerndes Glück ist nur in Aufrichtigkeit zu finden; Liebe mit Weilands Tochter genau und rührend beschrieben, und dann Justine, sie war niemals stärker. Er hat nie stärker geliebt – und Sachsens Marie, und D …s Marie. Er hat wenig Menschen in der Welt gekannt, deren Schwachheiten er nicht nach einem Umgang von drei Wochen (Stunden des Umgangs bloß gerechnet), welches wohl ein Vierteljahr im Kalender betragen konnte, ausgefunden hätte, und er ist überzeugt geworden, daß alle Verstellung nichts hilft gegen einen Umgang von drei Wochen, denn jede Befestigungskunst hat eine eigene Belagerungskunst, für den, der sehen kann. Das Gäßchen (hinten herum), wo mir Weilands Tochter einmal begegnete gegen halb eins des Nachmittags, vergesse ich nie, es kam mir wie eine Nacht vor, weil da alles am Tische saß, sehr subtil, aber herzenswahr. Hat nie aus Gewinnsucht unrecht gehandelt, so wahr Gott lebt.

Eine Regel beim Lesen ist, die Absicht des Verfassers und den Hauptgedanken sich auf wenig Worte zu bringen und sich unter dieser Gestalt eigen zu machen. Wer so liest, ist beschäftigt und gewinnt; es gibt eine Art von Lektüre, wobei der Geist gar nichts gewinnt und vielmehr verliert, es ist das Lesen ohne Vergleichung mit seinem eigenen Vorrat und ohne Vereinigung mit seinem Meinungssystem.

›Die buntesten Vögel singen am schlechtesten‹, gilt auch von Menschen, und wo Prachtstil ist, wie bei Zimmermann, da muß man nie tiefe Gedanken suchen.

Die Gesichter der gemeinen Leute auf einer Straße anzusehen ist jederzeit eines meiner größten Vergnügen gewesen. Keine Zauberlaterne kommt diesem Schauspiel bei.

Die Freiheit der Engländer unterscheidet sich von der unsrigen im Hannöverischen dadurch, daß sie dort durch Gesetze gesichert ist und hier von der Gutherzigkeit des Königs abhängt. Sie kann also nicht anders untergraben werden als durch Bestechung der Mitglieder des Parlaments, welches jetzt der Fall zu sein scheint; der Krieg gegen die Kolonien wird gegen die Stimme des Volkes geführt. Wie gut wäre es, wenn man die Stimmen, anstatt sie zu zählen, wägen könnte.

Es gibt kein sicheres Kriterium von einem großen Schriftsteller, als wenn sich aus seinen Anmerkungen en passant Bücher machen lassen. Tacitus und Sterne sind jeder in seiner Art Muster hiervon.

Was den Unterschied zwischen dem englischen und deutschen Gelehrten hauptsächlich ausmacht, ist nicht sowohl ihre frühe Beschäftigung mit den Alten, sondern daß sie früh angehalten werden, das, was sie lernen, gründlich zu wissen. Sie sind nicht so leicht befriedigt und dringen mehr auf klare Ideen. Durch das entsetzliche Durcheinanderlesen wird unsere Jugend verdorben, und gewiß durch nichts in der Welt mehr als durch unsere Dichter, die so sehr von Empfindung überfließen.

Vielleicht wird bald eine Zeit kommen, da wir sehen werden, daß wir in manchen Stücken über den Alten sind, in denen wir uns jetzt unter denselben glauben. In der Bildhauerkunst und Malerei ist dieses nur allzu klar. Winckelmann war ein Enthusiast, ein Mann, der für die Alten eingenommen war, der sich selig pries, als er sich auf klassischem Grund und Boden befand, der seinen Geschmack nach den Mustern bildete, die er richten sollte …

Sich recht anschauend vorstellen zu lernen, daß niemand vollkommen glücklich ist, ist vielleicht der nächste Weg, vollkommen glücklich zu werden. Es ist freilich niemand ganz glücklich, allein es sind sehr große Stufen in unserm Leiden, und das ist das Übel.

1779–1789

Die Augen eines Frauenzimmers sind bei mir ein so wesentliches Stück, ich sehe oft darnach, denke mir so vielerlei dabei, daß, wenn ich nur ein bloßer Kopf wäre, die Mädchen meinetwegen nichts als Auge sein könnten.

Meine Hypochondrie ist eigentlich eine Fertigkeit, aus jedem Vorfalle des Lebens, er mag Namen haben wie er will, die größtmögliche Quantität Gift zu eigenem Gebrauch auszusaugen.

Ich habe oft des Nachts über einen Einfall lachen müssen, der mir am Tage schlecht oder gar frevelhaft vorkam.

In der Gesellschaft spielte ich zuzeiten den Atheisten bloß exercitii gratia.

Ein großer Fehler bei meinem Studieren in der Jugend war, daß ich den Plan zum Gebäude zu groß anlegte. Die Folge war, daß ich die obere Etage nicht ausbauen konnte, ja ich konnte nicht einmal das Dach zubringen. Am Ende sah ich mich genötigt, mich mit ein paar Dachstübchen zu begnügen, die ich so ziemlich ausbaute, aber verhindern konnte ich doch nicht, daß es mir bei schlimmem Wetter nicht hineinregnete. So geht es gar manchen!

Ich hatte in meinen Universitätsjahren viel zuviel Freiheit und leider etwas überspannte Begriffe von meinen Fähigkeiten und schob daher immer auf, und das war mein Verderben. In den Jahren 1763 bis 1765 hätte ich müssen angehalten werden, täglich wenigstens sechs Stunden die schwersten und ernsthaftesten Dinge zu treiben (höhere Geometrie, Mechanik und Integralrechnung), so hätte ich es weit bringen können. Auf einen Schriftsteller habe ich nie studiert, sondern bloß gelesen, was mir gefiel, und behalten, was sich meinem Gedächtnis, gleichsam ohne mein Zutun, wenigstens ohne eine bestimmte Absicht, eingedrückt hat. Weil ich aber dennoch eine gewisse Selbstbeobachtung über mich ausgeübt habe, so kann ich vielleicht in der kurzen Zeit, die ich noch zu leben habe, dadurch nützlich werden, daß ich lebhaft und mit Kraft andern sage, was sie nicht tun müssen.

Ich habe oft mit Bemerkungen gegeizt, ich meine, immer aufs Künftige damit gespart, ohne sie jemals gern auszugeben. Es könnte sein, daß manche auf diese Weise gar nicht ans Licht kämen.

L. war im Herzen gut, nur hat er sich nicht immer die Mühe genommen, es zu scheinen. Mein größter Fehler, der Grund von allem meinem Verdruß.

Die Erinnerung an meine Mutter und ihre Tugend ist bei mir gleichsam zum Kordial geworden, das ich immer mit dem besten Erfolg nehme, wenn ich irgend zum Bösen wankend werde.

Wenn ich einen Nagel einschlage, nur um etwas anzuheften, so denke ich immer, was wird geschehen, ehe ich ihn wieder herausziehe? Es ist gewiß hierin etwas. Ich heftete den Pappdeckel im November an mein Bett an, und ehe ich den Nagel noch herauszog, war mein vortrefflicher Freund Schernhagen in Hannover und eines meiner Kinder gestorben und die italienische Reise zu Wasser geworden.

Ist das nicht ein herrlicher Zug in Rousseaus ›Bekenntnissen‹, wo er sagt, er habe mit Steinen nach Bäumen geworfen, um zu sehen, ob er selig oder verdammt würde? Großer Gott, wie oft habe ich Ähnliches getan, ich habe immer gegen den Aberglauben gepredigt und bin für mich immer der ärgste Zeichendeuter. Als N... auf tot lag, ließ ich es auf den Krähenflug ankommen, wegen des Ausgangs mich zu trösten. Ich hatte, wenn ich am Fenster stand, einen hohen Turm mir gegenüber, auf dem viele Krähen waren. Ob rechts oder links vom Turm die erste Krähe erschien. Sie erschien von der Linken, allein da tröstete ich mich wieder damit, daß ich nicht festgesetzt hatte, welches eigentlich die linke Seite des Turms genannt zu werden verdiente. Es ist vortrefflich, daß Rousseau sich mit Fleiß einen dicken Baum aussuchte, den er also nicht leicht fehlen konnte.

Was bei anderen Ehen im Ernst geschieht, das ahmen wir (ich und meine Frau) aus Scherz nach. Wir zanken uns förmlich im Scherz, wo dann jeder so viel Witz zeigt, als er auftreiben kann. Dieses tun wir, um der Ehe ihr Recht zu lassen. Wir feuern blind, um, wenn einer von uns sich je wieder verheiraten sollte, nicht aus der Übung zu kommen.

In allen Dingen der Welt gibt es ein Coup d'Œil, das heißt, jeder vernünftige Mensch, der etwas hört oder sieht, urteilt instinktmäßig darüber. Er schließt zum Beispiel aus dem Titel des Buches und dessen Dicke auf den inneren Wert. Wohlverstanden, ich sage nicht, daß diese Dinge sein eigentliches Urteil lenken, sondern nur, daß er mit dem ersten Anblicke einer Sache auch ein dieser geringen Information proportioniertes Urteil von ihr verbindet, oft ohne daß er sich dessen deutlich bewußt wird. Auch hebt die Erfahrung der nächsten Sekunde das Urteil oft wieder auf …

Das Möserische ›Mehl und nicht die Mühle‹ ist vortrefflich; Früchte der Philosophie und nicht die Philosophie. Wenn wir fragen, wieviel Uhr es ist, so wollen wir nichts von der Einrichtung der Taschenuhr wissen. Die Kenntnis der Mittel ist heutzutage eine rühmliche Wissenschaft geworden, und niemand gebraucht sie zu seinem Glück und dem Glücke der Welt. Kenntnis der Mittel ohne eine eigentliche Anwendung, ja ohne Gabe und Willen, sie anzuwenden, ist, was man jetzt gemeiniglich Gelehrsamkeit nennt.

Es ist ein großer Unterschied zwischen etwas glauben und das Gegenteil nicht glauben können. Ich kann sehr oft etwas glauben, ohne es beweisen zu können, so wie ich etwas nicht glaube, ohne es widerlegen zu können. Die Seite, die ich nehme, wird nicht durch strikten Beweis, sondern durch das Übergewicht bestimmt.

Was, wie ich glaube, die meisten Deisten schafft, zumal unter Leuten von Geist und Nachdenken, sind die unveränderlichen Gesetze in der Natur. Je mehr man sich mit denselben bekannt macht, desto wahrscheinlicher wird es, daß es nie anders in der Welt hergegangen, als es jetzt darin hergeht, und daß nie Wunder in der Welt geschehen sind, sowenig als jetzt. Daß ganze Zeitalter hintergangen werden und noch leichter einzelne Menschen, daß man aus tausendfachem Interesse etwas glaubt, daß es sogar ein Vergnügen sein kann, etwas zu glauben, was man nicht untersucht hat, das ist gar kein Wunder, das sehen wir täglich; daß aber die Sonne beim Vollmond verfinstert, Wasser in Wein verwandelt wird und dergleichen, ist unbegreiflich.

Man irrt sich, wenn man glaubt, daß alles unser Neues bloß der Mode zugehörte, es ist etwas Festes darunter. Fortgang der Menschheit muß nicht verkannt werden.

Ich glaube, es ist ein großer Unterschied zwischen Vernunft lehren und vernünftig sein. Es kann Leute geben, die nichts weniger als eigentlich gesunden Verstand besitzen und doch vortrefflich über die Regeln nachdenken, die er befolgen muß; so wie ein Physiologe den Bau des Körpers kennen und selbst sehr ungesund sein kann. Die großen Analysten des menschlichen Kopfs waren nicht immer die Praktisch-Vernünftigen. Ich rede hier nicht von Moral, sondern von Logik.

Zu den feinsten Ramifikationen unserer Wissenschaften und Künste liegt irgendwo der Stamm in unserer Wildheit oder Barbarei (dem Mittelstand zwischen Wildheit und Verfeinerung); diesen aufzusuchen, wieviel Philosophie erforderte es nicht, aber wieviel Nutzen hätte es auch!

So wie es schon schmerzt, manche Entdeckung nicht gemacht zu haben, sobald man sie gemacht sieht, obgleich noch ein Sprung nötig war, so schmerzt es unendlich mehr, tausend kleine Gefühle und Gedanken, die wahren Stützen menschlicher Philosophie, nicht mit Worten ausgedrückt zu haben, die, wenn man sie von andern ausgedrückt sieht, Erstaunen erwecken. Ein gelernter Kopf schreibt nur zu oft, was alle schreiben können, und läßt das zurück, was er schreiben könnte und wodurch er verewigt werden würde. Solche Bemerkungen, wie Hartknopf beim Ziehbrunnen macht, habe ich in meinem Leben sehr viele gemacht.

Für den Geist des Menschen ist nicht minder gesorgt als für den Leib der Tiere; was hier Trieb und Kunsttrieb heißt, ist dort gesunder Menschenverstand. Beide sind einer Erstikkung fähig, nur mit dem Unterschiede, daß das Tier diese nur von außen, der Mensch auch von innen erhalten kann. Das Tier ist für sich immer Subjekt, der Mensch ist sich auch Objekt.

Wenn die Welt noch eine unzählbare Zahl von Jahren steht, so wird die Universalreligion geläuterter Spinozismus sein. Sich selbst überlassene Vernunft führt auf nichts anderes hinaus, und es ist unmöglich, daß sie auf etwas anderes hinausführe.

Ich und mich. Ich fühle mich – sind zwei Gegenstände. Unsere falsche Philosophie ist der ganzen Sprache einverleibt; wir können sozusagen nicht räsonieren, ohne falsch zu räsonieren. Man bedenke nicht, daß Sprechen, ohne Rücksicht von was, eine Philosophie ist. Jeder, der Deutsch spricht, ist ein Volksphilosoph, und unsere Universitätsphilosophie besteht in Einschränkungen von jener. Unsere ganze Philosophie ist Berichtigung des Sprachgebrauchs, also die Berichtigung einer Philosophie, und zwar der allgemeinsten. Allein die gemeine Philosophie hat den Vorteil, daß sie im Besitz der Deklinationen und Konjugationen ist. Es wird also immer von uns wahre Philosophie mit der Sprache der falschen gelehrt. Wörter erklären hilft nichts; denn mit Wörtererklärungen ändere ich ja die Pronomina und ihre Deklination noch nicht.

Die vernünftigen Freigeister sind leichte fliegende Korps, immer voraus und die die Gegenden rekognoszieren, wohin das gravitätische geschlossene Korps der Orthodoxen am Ende doch auch kommt.

So wie das höchste Recht das höchste Unrecht ist, so ist auch umgekehrt nicht selten das höchste Unrecht das höchste Recht.

Wo damals die Grenzen der Wissenschaft waren, da ist jetzt die Mitte.

Die gefährlichsten Unwahrheiten sind Wahrheiten, mäßig entstellt.

Vieles Lesen macht stolz und pedantisch; viel sehen macht weise, verträglich und nützlich. Der Leser baut eine einzige Idee zu sehr aus; der andere (der Weltseher) nimmt von allen Ständen etwas an, modelliert sich nach allen, sieht, wie wenig man sich in der Welt um den abstrakten Gelehrten bekümmert, und wird ein Weltbürger.

Die sichere Überzeugung, daß man könnte, wenn man wollte, ist Ursache an manches guten Kopfes Untätigkeit, und das nicht ohne Grund.

Wer in sich selbst verliebt ist, hat wenigstens bei seiner Liebe den Vorteil, daß er nicht viele Nebenbuhler erhalten wird.

Ein eingebildetes Unvermögen kann bei furchtsamen Personen lange die Rolle eines wirklichen spielen, in Werken des Kopfs sowohl wie des Leibes.

Alle Tugend aus Vorsatz taugt nicht viel. Gefühl oder Gewohnheit ist das Ding.

Man sollte niemanden in seiner Profession lächerlich machen, er kann dadurch unglücklich werden.

Es gibt eine gewiße Jungfernschaft der Seele bei den Mädchen und eine moralische Entjungferung; diese findet bei vielen schon sehr frühzeitig statt.

Das Wort Gottesdienst sollte verlegt und nicht mehr vom Kirchengehen, sondern bloß von guten Handlungen gebraucht werden.

In jedes Menschen Charakter sitzt etwas, das sich nicht brechen läßt: das Knochengebäude des Charakters; und dieses ändern wollen heißt immer ein Schaf das Apportieren lehren.

Wo Mäßigung ein Fehler ist, da ist Gleichgültigkeit ein Verbrechen.

Ich kenne die Miene der affektierten Aufmerksamkeit, es ist der niedrigste Grad von Zerstreuung.

Den Menschen so zu machen, wie ihn die Religion haben will, gleicht dem Unternehmen der Stoiker; es ist nur eine andere Stufe des Unmöglichen.

Man irrt sich gar sehr, wenn man aus dem, was ein Mann in Gesellschaft sagt oder auch tut, auf seinen Charakter oder Meinungen schließen will. Man spricht und handelt ja nicht immer vor Weltweisen; das Vergnügen eines Abends kann an einer Sophisterei hängen. Beurteilt ja auch kein Vernünftiger Ciceros Philosophie aus seinen Reden.

Die recht guten, offenherzigen Leute muß man nie unter den Phrasesdrechslern suchen, wie Sterne.

Wenn die Menschen sagen, sie wollen nichts geschenkt haben, so ist es gemeiniglich ein Zeichen, daß sie etwas geschenkt haben wollen.

Der Mensch liebt die Gesellschaft, und sollte es auch nur die von einem brennenden Rauchkerzchen sein.

Man muß keinem Menschen trauen, der bei seinen Versicherungen die Hand auf das Herz legt.

Die Dienstmädchen küssen die Kinder und schütteln sie mit Heftigkeit, wenn sie von einer Mannsperson beobachtet werden; hingegen präsentieren sie sie in der Stille, wenn Frauenzimmer auf sie sehen.

Ich habe das schon mehr bemerkt, die Leute von Profession wissen oft das Beste nicht.

Wie glücklich würde mancher leben, wenn er sich um anderer Leute Sachen so wenig bekümmerte als um seine eigenen.

Der Mensch ist der größten Werke alsdann fähig, wenn seine Geisteskräfte schon wieder abnehmen, so wie es im Julius und um zwei Uhr des Nachmittags, da die Sonne schon wieder zurückweicht und sinkt, heißer ist als im Junius und um zwölf Uhr.

Es ist wahr, alle Menschen schieben auf und bereuen den Aufschub. Ich glaube aber, auch der Tätigste findet so viel zu bereuen als der Faulste; denn wer mehr tut, sieht auch mehr und deutlicher, was hätte getan werden können.

Es gibt Leute, die können alles glauben, was sie wollen; das sind glückliche Geschöpfe!

Es ist ja doch nun einmal nicht anders: Die meisten Menschen leben mehr nach der Mode als nach der Vernunft.

Die edle Einfalt in den Werken der Natur hat nur gar zu oft ihren Grund in der edlen Kurzsichtigkeit dessen, der sie beobachtet.

Irren ist auch insofern menschlich, als die Tiere wenig oder gar nicht irren, wenigstens nur die klügsten unter ihnen.

Die gesundesten und schönsten, regelmäßig gebauten Leute sind die, die sich alles gefallen lassen. Sobald einer ein Gebrechen hat, so hat er seine eigne Meinung.

Die Geistlichen machen einen Lärm, wenn sie einen Mann sehen, der frei denkt, wie Hennen, die unter ihren Jungen ein Entchen haben, welches in das Wasser geht. Sie bedenken nicht, daß Leute in diesem Elemente ebenso sicher leben als sie im Trocknen.

Es ist zum Erstaunen, wie weit ein gesunder Menschenverstand reicht. Es ist auch hier wie im gemeinen Leben, der gemeine Mann geht hin, wohin der Vornehme mit Sechsen fährt.

Ein großes Genie wird selten seine Entdeckungen auf der Bahn anderer machen. Wenn es Sachen entdeckt, so entdeckt es auch gewöhnlich die Mittel dazu.

Ein Mädchen, die sich ihrem Freund nach Leib und Seele entdeckt, entdeckt die Heimlichkeiten des ganzen weiblichen Geschlechts; ein jedes Mädchen ist die Verwalterin der weiblichen Mysterien. Es gibt Stellen, wo Bauernmädchen aussehen wie die Königinnen, das gilt von Leib und Seele.

Er hat bloß Feinheit genug, sich verhaßt zu machen, aber nicht genug, sich zu empfehlen.

Es gibt wirklich sehr viele Menschen, die bloß lesen, damit sie nicht denken dürfen.

Es ist eine alte Regel: Ein Unverschämter kann bescheiden aussehen, wenn er will, aber kein Bescheidener unverschämt.

Von allem, was ich über Physiognomik geschrieben habe, wünschte ich bloß, daß zwei Bemerkungen auf die Nachwelt kämen. Es sind ganz einfältige Gedanken, und niemand wird mich darum beneiden. Der eine, daß ich die Ähnlichkeit zwischen Physiognomik und Prophetik erkannt habe; der andere, daß ich überzeugt gewesen bin, die Physiognomik werde in ihrem eigenen Fette ersticken.

Wenn die Pockeninokulation allgemeiner wird, so werden wir um eine ganze Klasse von Gesichtern kommen. Überhaupt, wenn Krankheiten ausstürben, so würden viele Gesichtsgeschlechter untergehen.

Es gibt wenig Menschen, die ein gescheutes Gesicht machen können, wenn sie nach der Sonne sehen.

Es gibt Gesichter in der Welt, wider die man schlechterdings nicht du sagen kann.

Über die Erziehung soll man nicht räsonieren, sondern erst Erfahrungen sammeln, welche Nation die größten, aktivsten Leute hervorgebracht hat, nicht die größten Kompilatoren und Bücherschreiber, sondern die standhaftesten, die großmütigsten, in Künsten geschicktesten usw. – Das möchte doch wohl die englische sein.

Der Zweck aller Erziehung ist, tugendhafte, verständige und gesunde Kinder zu erziehen. Inwieweit stimmt dieses mit unserer Methode überein? Unser Einbläuen der Geographie scheint keines von allen Dingen sonderlich zu befördern. Es kann einer in seinem zwanzigsten Jahre noch glauben, daß das Königreich Preußen eine Insel sei, und deswegen doch ein in allem Betracht trefflicher Mensch sein. Ich habe einen solchen gekannt. Man soll zwar immer bei der Erziehung auf die konventionellen Schönheiten des Geistes Rücksicht nehmen, aber es sind doch die letzten.

Es ist in der Tat verkehrt, wenn man unsern Kindern alles mit Liebe beibringen will, da in dem höheren Leben, wenn wir älter werden, uns das wenigste zu Gefallen geht und wir uns immer unter einen Plan demütigen müssen, den wir nicht übersehen. Also je eher, je lieber zu jenem künftigen Leben gewöhnt!

Ich wünschte ein Kind zu haben, das ich mir ganz eigen machen könnte; ich wollte es zu allem anhalten, wovon ich jetzt zu spät einsehe, daß ich es versäumt habe. Die Eltern halten ihre Kinder nicht genug zu dem an, was sie nun erkennen müssen, versäumt zu haben. Überhaupt glaube ich, daß es sehr wenige Lehrer gibt, die so unterrichten, daß sie das vermeiden zu lehren, was sie selbst, wenn sie bei jetzigem Verstande jung wären, vermeiden würden zu lernen.

Es war ein vortrefflicher Junge; als er kaum sechs Jahr alt war, konnte er schon das Vaterunser rückwärts herbeten.

Wenn Heiraten Frieden stiften können, so sollte man den Großen die Vielweiberei erlauben.

Die an den Untertanen meistern wollen, wollen die Fixsterne um die Erde drehen, bloß damit die Erde ruhe.

Daß man so viel wider die Religion und die Bibel schreibt, geschieht mehr aus Haß gegen eine gewisse Klasse von Menschen. Wenn Philologen anfangen sollten zu herrschen, so könnte leicht den alten Klassikern Homer, Virgil, Horaz und andern eine ähnliche Ehre mit größerem Vorteil widerfahren. Wir dürften nur einmal einen philologischen Papst bekommen.

Die traurigste Art Schriften ist die, die weder Räsonnement genug enthalten, um zu überzeugen, noch Witz genug, um zu ergötzen; dahin gehören einige Schriften des Herrn Leibmedikus Zimmermann in Hannover.

Mir ist es immer vorgekommen, als wenn man den Wert der Neuern gegen die Alten auf einer sehr falschen Waage wäge und den letzteren Vorzüge einräumte, die sie nicht verdienen. Die Alten schrieben zu einer Zeit, da die große Kunst, schlecht zu schreiben, noch nicht erfunden war und bloß schreiben hieß gut schreiben. Sie schrieben wahr, wie die Kinder wahr reden. Heutzutag finden wir uns, wenn wir im sechzehnten Jahre zu uns selbst kommen, schon, möcht ich sagen, von einem bösen Geist besessen; und diesen erst durch eigene Beobachtung und Streit gegen Ansehen und Vorurteil und gegen die Macht einer vierzehnjährigen Erziehung auszutreiben und dann noch wieder die eigene Haushaltung der Natur anzufangen, erfordert sicherlich mehr Kraft, als in den ersten Zeiten der Welt natürlich zu schreiben, jetzt, da natürlich schreiben, möcht ich sagen, fast unnatürlich ist. Homer hat gewiß nicht gewußt, daß er gut schrieb, sowenig wie Shakespeare. Unsere heutigen guten Schriftsteller müssen alle die fatale Kunst lernen, zu wissen, daß sie gut schreiben.

Es wäre gewiß sehr nützlich, der Welt die Schriftsteller anzuzeigen, die mit Kenntnis anderer, die vor ihnen gewesen sind, aus sich selbst allein geschöpft haben. Durch diese allein lernt man, und es sind ihrer gewiß sehr wenige, die also jedermann leicht lesen könnte. Die andern prägen nach und sind im eigentlichen Verstande Falschmünzer.

Der Gemeinspruch, daß das Leben eines Gelehrten in seinen Schriften bestehe, verdient sehr eingeschränkt zu werden.

Es ist leider in Deutschland der allgemeine Glaube, doch nur gottlob! unter den eigentlich Unmündigen, daß jemand von demjenigen viel verstehen müsse, worüber er viel geschrieben hat. Gerade das Gegenteil! Die Leute, die keine Denker sind und bloß schreiben, um zu schreiben und im Meß-Catalogus zu stehen, verstehen oft 14 Tage nachher weniger von dem, was sie geschrieben haben, als der erbärmlichste ihrer Leser. Gott bewahre alle Menschen vor dieser Art von Schriftstellerei! Es ist aber leider die gemeinste.

Ich glaube, daß einige der größten Geister, die je gelebt haben, nicht halb soviel gelesen hatten und bei weitem nicht soviel wußten als manche unserer mittelmäßigen Gelehrten. Und mancher unserer sehr mittelmäßigen Gelehrten hätte ein größerer Mann werden können, wenn er nicht soviel gelesen hätte.

Die simple Schreibart ist schon deshalb zu empfehlen, weil kein rechtschaffener Mann an seinen Ausdrücken künstelt und klügelt.

Ein Volk kann in seinen Schriften vernünftiger scheinen, als es ist, denn es kann noch lange die Sprache seiner Väter schreiben, wenn ihm schon ihr Geist zu mangeln anfängt. Die Metaphern in unserer Sprache entstanden alle durch Witz, und jetzt gebraucht sie der Unwitzigste. Die Morgenländer denken bei ihren vielen Bildern nicht mehr als wir. So fassen auch oft Leute das Äußere der Sitten rechtschaffener Leute, ohne daß sie es wissen. Die bilderreichste Sprache muß mit der Zeit das Bildliche verlieren und bloß zu Zeichen erkalten, die den willkürlichen nahekommen. So kann Sprachkenntnis sehr nützlich werden.

Ich habe in meinen Universitätsjahren und nachher enthusiastische Bewunderer von Haller und welche von Klopstock gekannt. Die von Haller, ich rede hier bloß von dem Dichter, waren gemeiniglich Leute von Geist und Nachdenken, die ihre Brotwissenschaft nie vernachlässigten. Hingegen mit Klopstocks enthusiastischen Bewunderern verhielt es sich gerade umgekehrt. Die meisten waren unausstehliche Pinsel, denen vor den Wissenschaften, die sie eigentlich erlernen sollten, ekelte. Musenalmanache waren eine Hauptlektüre für sie. Waren es Juristen, so lernten sie nichts, waren es Theologen, so wurden es frühzeitige Prediger, und die kamen noch am besten fort. Mediziner, die enthusiastisch für Klopstock eingenommen gewesen wären, habe ich nicht gekannt. Mir ist nicht bewußt, daß ein deklarierter Bewunderer von Haller und der seine Gedichte mit vorzüglichem Vergnügen gelesen, hernach etwas frappant Einfältiges geschrieben hätte, hingegen ist es eine ganz bekannte Sache, daß unter Klopstocks eifrigsten Bewunderern einige der größten Flachköpfe der Nation sind. Das Faktum ist wahr. Erklären kann ich es selbst nicht.

Ich mag immer den Mann mehr lieben, der so schreibt, wie es Mode werden kann, als den, der so schreibt, wie es Mode ist.

Ist es nicht sonderbar, daß eine wörtliche Übersetzung fast immer eine schlechte ist? Und doch läßt sich alles gut übersetzen. Man sieht hieraus, wieviel es sagen will, eine Sprache ganz verstehen; es heißt das Volk ganz kennen, das sie spricht.

Es gibt eine wahre und eine förmliche Orthographie.

Der eine hat eine falsche Rechtschreibung und der andere eine rechte Falschschreibung.

Es ist ein großer Rednerkunstgriff, die Leute zuweilen bloß zu überreden, wo man sie überzeugen könnte; sie halten sich alsdann oft dafür überzeugt, wo man sie bloß überreden kann.

Die Künste üben die Empfindung und Phantasie und verfeinern sie. Diese Fähigkeiten aber und ihre Vervollkommnung sind zur Erreichung des Zwecks menschlicher Natur unentbehrlich, wir mögen nun diese in die Glückseligkeit oder in die Ausübung der Tugend setzen.

Die Nachtigallen singen und wissen wohl dabei nicht, was für Lärm die Verliebten und Dichter aus ihren Gesängen machen und daß es eine Gesellschaft höherer Wesen gibt, die sich ganz mit Philomelen und ihren Klagen unterhalten. Vielleicht hält ein höheres Geschlecht von Geistern unsere Dichter wie wir die Nachtigallen und Kanarienvögel; ihr Gesang gefällt ihnen eben deswegen, weil sie keinen Verstand darin finden.

Die Briefe eines klugen Mannes enthalten immer den Charakter der Leute, an die er schreibt. Dieses kann in einem Roman in Briefen sehr schön gezeigt werden.

Man hat so viele Anweisungen, den Wein recht zu bauen, und noch keine, ihn recht zu trinken. Er wächst nur gut unter dem Schutz eines sanften Himmels, und ähnliche Seelen müssen diejenigen haben, die ihn am besten trinken. Derjenige, der mehr als eine Bouteille trinkt, ohne entweder Französisch oder von seinem Mädchen zu sprechen, ohne mich seiner Freundschaft zu versichern, ohne zu singen, ohne irgendein kleines Geheimnis zu verraten usw., und der, der beim vierten Glas mich hitzig fragt, ob ich ihn nicht für einen braven Kerl halte, alle kleinen Scherze krittlig abwägt, kurz, der Unglückliche, der beim Wein immer Schläge haben will und sehr oft auch bekommt, täten beide weiser, wenn sie Wasser tränken.

Ihr Geschichtschreiber, rückt den Helden nicht auf, daß ohne euch ihre glänzendsten Taten nach hundert Jahren vergessen sein würden, denn ohne diese glänzenden Taten hätte man nie etwas von euch erfahren.

Da steht er wie Niobe unter den Kindern seines Witzes und muß sehen, wie ihm Apoll eines nach dem andern über den Haufen schießt.

Das Buch, das in der Welt am ersten verboten zu werden verdiente, wäre ein Catalogus von verbotenen Büchern.

Von einem, der nur immer auf das Gegenwärtige denkt, könnte man sagen, er hat die Unsterblichkeit der Seele nicht erfunden.

In einem Lande, wo den Leuten, wenn sie verliebt sind, die Augen im Dunkeln leuchteten, brauchte man des Abends keine Laternen.

Weil er seine eigenen Pflichten immer vernachlässigte, so behielt er Zeit genug übrig, zu sehen, wer von seinen Mitbürgern seine Pflichten vernachlässigte, und es der Obrigkeit anzuzeigen.

Harlekin will sich selbst ermorden, und nachdem er gegen jede Todesart etwas einzuwenden findet, entschließt er sich endlich, sich totzukitzeln.

Andere lachen zu machen ist keine schwere Kunst, solang es einem gleich gilt, ob es über unsern Witz ist oder über uns selbst.

Man macht jetzt so junge Doktoren, daß Doktoren und Magister fast zur Würde der Taufnamen gediehen sind. Auch bekommen die, denen diese Würden erteilt werden, sie oft wie die Taufnamen, ohne zu wissen, wie.

Dieser Mann arbeitete an einem System der Naturgeschichte, worin er die Tiere nach der Form der Exkremente geordnet hatte. Er hatte drei Klassen gemacht: die zylindrischen, sphärischen und kuchenförmigen.

Es ist doch nichts als eine bloße Verwechselung vom Mein und Dein bei beiden, beim ehrlichen Manne sowohl als bei dem Spitzbuben. Der eine sieht jenes an, als wäre es dieses, und der andere hält dieses für jenes.

Man sollte Katarr schreiben, wenn er bloß im Halse, und Katarrh, wenn er auf der Brust sitzt.

Man sollte, wenn man die Titel ansieht, wie sie ihren Wert verlieren, fast glauben, es wäre mehr Ehre in die Welt gekommen; so wie der Wert des Geldes fällt, wenn des Goldes zu viel wird.

Die menschliche Haut ist ein Boden, worauf Haare wachsen; mich wundert's, daß man noch kein Mittel ausfindig gemacht hat, ihn mit Wolle zu besäen, um die Leute zu scheren.

Der Vater: Mein Töchterchen, du weißt, Salomon sagt: ›Wenn dich die bösen Buben locken, so folge ihnen nicht.‹ Die Tochter: Aber Papa, was muß ich dann tun, wenn mich die guten Buben locken?

Unter die größten Entdeckungen, auf die der menschliche Verstand in den neuesten Zeiten gefallen ist, gehört meiner Meinung nach wohl die Kunst, Bücher zu beurteilen, ohne sie gelesen zu haben.

›Das alte Weib‹ könnte eine vortreffliche politische Monatsschrift werden.

Die schönen Weiber werden heutzutage mit unter die Talente ihrer Männer gerechnet.

Während man über geheime Sünden öffentlich schreibt, habe ich mir vorgenommen, über öffentliche Sünden heimlich zu schreiben.

Die Braut war pockengrübig und der Bräutigam finnig. Spötter sagten, wenn das Pärchen nur erst zusammengeschmiedet wäre, so gäben ihre Gesichter ein treffliches Waffeleisen.

Er verschluckte viel Weisheit, es war aber, als wenn ihm alles in die unrechte Kehle gekommen sei.

Es gibt Predigten, die man, ohne Tränen zu weinen, nicht anhören und, ohne welche zu lachen, nicht lesen kann.

Das Faustrecht ist heutzutage verschwunden bis auf die Freiheit, jedem eine Faust in der Tasche zu machen.

Gestern nachmittag $3\frac{3}{4}$ Uhr ist meine Taschenuhr ganz sanft verstorben. Sie hatte schon seit drei Monaten gekränkelt.

Er exzerpierte beständig, und alles, was er las, ging aus einem Buche neben dem Kopfe vorbei in ein anderes.

Unter all den Kuriositäten, die er in seinem Hause aufgehäuft hatte, war er selbst am Ende immer die größte.

Er las immer Agamemnon statt angenommen, so sehr hatte er den Homer gelesen.

Er hatte sich wenigstens seit sechs Wochen nur in Gedanken gewaschen.

Einer zeugt den Gedanken, der andere hebt ihn aus der Taufe, der dritte zeugt Kinder mit ihm, der vierte besucht ihn am Sterbebette, und der fünfte begräbt ihn.

Er konnte das Wort sukkulent so aussprechen, daß, wenn man es hörte, man glaubte, man bisse in einen reifen Pfirsich.

Das Buch bedarf noch des Kalfaterns, die Risse auszustopfen.

Die Suppe schmeckte so abscheulich, daß, um zu glauben, es sei auf eine Vergiftung abgesehen, man nur nötig gehabt hätte, ein großer General oder ein König zu sein.

In einem Aufsatze, worin ein neuer Brunnenkurort empfohlen wird, wird auch angezeigt, daß ein schöner, geräumiger Kirchhof da sei.

Wir fressen einander nicht, wir schlachten uns bloß.

Ein einschläfriger Kirchstuhl.

Wir von Gottes Ungnaden, Taglöhner, Leibeigene, Neger, Fronknechte usw.

Kirchtürme: umgekehrte Trichter, das Gebet in den Himmel zu leiten.

Königlicher Hofblitzableiter – ein Titel.

Ein Mannsfriseur, der auch allenfalls mit Frauenzimmern fertig werden kann.

Die Schulen – gelehrte Raspelhäuser. Er raspelte die Auctores classicos seine ganze Lebenszeit durch.

Er hielt sehr viel vom Lernen auf der Stube und war also gänzlich für die gelehrte Stallfütterung.

Der Esel kommt mir vor wie ein Pferd, ins Holländische übersetzt.

Die Gesundheit sieht es lieber, wenn der Körper tanzt, als wenn er schreibt.

An die Universitätsgaleere angeschmiedet.

Er stand so erbärmlich da wie ein ausgebranntes Räucherkerzchen.

Der deutsche Gelehrte hält die Bücher zu lange offen, und der Engländer macht sie zu früh zu. Beides hat indessen in der Welt seinen Nutzen.

Durch eine strikte Aufmerksamkeit auf seine eigenen Gedanken und Empfindungen und durch die stärkstindividualisierende Ausdrückung derselben, durch sorgfältig gewählte Worte, die man gleich niederschreibt, kann man in kurzer Zeit einen Vorrat von Bemerkungen erhalten, dessen Nutzen sehr mannigfaltig ist. Wir lernen uns selbst kennen, geben unserm Gedankensystem Festigkeit und Zusammenhang; unsere Reden in Gesellschaften erhalten eine gewisse Eigenheit wie die Gesichter, welches bei dem Kenner sehr empfiehlt und dessen Mangel eine böse Wirkung tut. Man bekommt einen Schatz, der bei künftigen Ausarbeitungen genützt werden kann, formt zugleich seinen Stil und stärkt den innern Sinn und die Aufmerksamkeit auf alles. Nicht alle Reichen sind es durch Glück geworden, sondern viele durch Sparsamkeit. So kann Aufmerksamkeit Ökonomie der Gedanken und Übung den Mangel am Genie ersetzen.

Laß dich deine Lektüre nicht beherrschen, sondern herrsche über sie.

Ängstlich zu sinnen und zu denken, was man hätte tun können, ist das Übelste, was man tun kann.

Von den jedermann bekannten Büchern muß man nur die allerbesten lesen und dann lauter solche, die fast niemand kennt, deren Verfasser aber sonst Männer vom Geist sind.

Jeden Augenblick des Lebens, er falle, aus welcher Hand des Schicksals er wolle, uns zu, den günstigen so wie den ungünstigen, zum bestmöglichen zu machen, darin besteht die Kunst des Lebens und das eigentliche Vorrecht eines vernünftigen Wesens.

Nicht eher an die Ausarbeitung zu gehen, als bis man mit der ganzen Anlage zufrieden ist, das gibt Mut und erleichtert die Arbeit.

Keine Untersuchung muß für zu schwer gehalten werden und keine Sache für zu sehr ausgemacht.

Es ist reizend, ein ausländisches Frauenzimmer unsere Sprache sprechen und mit schönen Lippen Fehler machen zu hören. Bei Männern ist es nicht so.

Ich kann mir eine Zeit denken, welcher unsere religiösen Begriffe so sonderbar vorkommen werden als der unsrigen der Rittergeist.

Sie sprechen für ihre Religion nicht mit der Mäßigung und Verträglichkeit, die ihnen ihr großer Lehrer mit Tat und Worten predigte, sondern mit dem zweckwidrigen Eifer philosophischer Sektierer und mit einer Hitze, als wenn sie Unrecht hätten. Es sind keine Christen, sondern Christianer.

Mit wenigen Worten viel sagen heißt nicht, erst einen Aufsatz machen und dann die Perioden abkürzen, sondern vielmehr, die Sache erst überdenken, und aus dem Überdachten das Beste so zu sagen, daß der vernünftige Leser wohl merkt, was man weggelassen hat. Eigentlich heißt es, mit den wenigsten Worten zu erkennen geben, daß man viel gedacht habe.

Die meisten Leute halten die Augen zu, wenn sie rasiert werden. Es wäre ein Glück, wenn man die Ohren und andern Sinne so verschließen könnte wie die Augen.

Wenn eine Geschichte eines Königs nicht verbrannt worden ist, so mag ich sie nicht lesen.

Ist es nicht sonderbar, daß die Beherrscher des menschlichen Geschlechts den Lehrern desselben so sehr an Rang überlegen sind? Hieraus sieht man, was für ein sklavisches Tier der Mensch ist.

Es war eine Zeit in Rom, da man die Fische besser erzog als die Kinder. Wir erziehen die Pferde besser. Es ist doch seltsam genug, daß der Mann, der am Hofe die Pferde zureitet, Tausende von Talern zur Besoldung hat und die, die demselben die Untertanen zureiten, die Schulmeister, hungern müssen.

Wenn jemand alle glücklichen Einfälle seines Lebens dicht zusammensammelte, so würde ein gutes Werk daraus werden. Jedermann ist wenigstens des Jahrs einmal ein Genie. Die eigentlich sogenannten Genies haben nur die guten Einfälle dichter. Man sieht also, wieviel darauf ankommt, alles aufzuschreiben.

1789–1793

Ich habe öfters gesehen, daß sich, wo die Schweine weiden, Krähen auf sie setzen und achtgeben, wenn sie einen Wurm aufwühlen, herabfliegen und ihn holen, alsdann sich wieder an ihre alte Stelle setzen. Ein herrliches Sinnbild von dem Kompilator, der aufwühlt, und dem schlauen Schriftsteller, der es ohne viele Mühe zu seinem Vorteil verwendet.

Die Haare stehen einem zu Berge, wenn man bedenkt, was für Zeit und Mühe auf die Erklärung der Bibel gewendet worden ist. Wahrscheinlich eine Million Oktavbände, jeder so stark als einer der ›Allgemeinen Deutschen Bibliothek‹. Und was wird am Ende der Preis dieser Bemühungen nach Jahrhunderten oder -tausenden sein? Gewiß kein anderer als der: die Bibel ist ein Buch, von Menschen geschrieben, wie alle Bücher. Von Menschen, die etwas anderes waren als wir, weil sie in etwas anderen Zeiten lebten; etwas simpler in manchen Stücken waren als wie wir, dafür aber auch sehr viel unwissender; daß sie also ein Buch sei, worin manches Wahre und manches Falsche, manches Gute und manches Schlechte enthalten ist. Je mehr eine Erklärung die Bibel zu einem ganz gewöhnlichen Buche macht, desto besser ist sie. Alles das würde auch schon längst geschehen sein, wenn nicht unsere Erziehung, unsere unbändige Leichtgläubigkeit und die gegenwärtige Lage der Sache entgegen wären.

Zu Aufweckung des in jedem Menschen schlafenden Systems ist das Schreiben vortrefflich, und jeder, der je geschrieben hat, wird gefunden haben, daß Schreiben immer etwas erweckt, was man vorher nicht deutlich erkannte, ob es gleich in uns lag.

Ich glaube, diejenigen Gelehrten, die alles schätzen zu können glauben, haben doch nicht recht den Wert eines jeden ihrer Mitbrüder schätzen gelernt. Es kommt wahrhaftig in dem Fortgang der Wissenschaften nicht darauf an, ob einer etwas in dem, was sonst groß genannt wird, getan hat. Wenn nur jeder täte, was er könnte, den Teil von Kenntnissen verarbeitete, dessen er mächtig ist und in welchem er schärfer sieht als tausend andere. Dieses ist die ganze Sache eigentlich.

Die Kantische Philosophie mag ein Reich aufrichten, was für eines sie will, so wird sie doch, wenn sie nicht zu alten, bekannten Lappereien herabsinken will, zugeben müssen, daß unseren Vorstellungen etwas in der Welt korrespondiert.

Warum warnt die eiternde Lunge so wenig und das Nagelgeschwür so heftig?

Wenn bei kleinen Personen alles Innere stark und gut ist, so sind sie gewöhnlich lebhafter als andere Menschen, weil bei gleicher Bluterzeugung weniger Masse zu versorgen ist. Zwerge und Riesen sind gemeiniglich gleich dumm, weil bei erstern die Kräfte fehlen und bei letzteren zuviel zu bestreiten ist. Vielleicht kommt es noch dahin, daß man die Menschen verstümmelt, so wie die Bäume, um desto bessere Früchte des Geistes zu tragen. Das Kastrieren zum Singen gehört schon hierher. Die Frage ist, ob sich nicht Maler und Poeten ebenso schneiden ließen.

Es müßte artig lassen, wenn man eine ganze Stadt auf eine Waage bauen könnte, das beständige Schwanken zu bemerken.

Es ist freilich nötig, daß, wenn die nützliche, arbeitende Volksklasse erhoben werden soll in Kenntnissen, die höhere sehr viel weiter sein muß, um sie nachzuschleppen. Allein dieses Sehrviel-Weiter ist relativ. Wenn unsere Gelehrten so fortarbeiten, so werden sie sich immer mehr von der gemeinen Menschenklasse entfernen, und der Eifer, jene nach sich zu ziehn, wird immer größer, aber auch die Verachtung größer werden, womit man jene Menschen ansieht. Der Katholike ist in dieser Rücksicht billiger als wir; er gibt das nach, was wir verlangen, daß der Niedrigere zugeben soll. Er segelt langsamer, um die schlechten Segler bei sich zu behalten, wir mit vollen Segeln und hoffen, was kaum zu erwarten ist, daß uns die Kleinen nachkommen sollen.

Auf Flügeln der Lunge.

Ob ich gleich weiß, daß sehr viele Rezensenten die Bücher nicht lesen, die sie so musterhaft rezensieren, so sehe ich doch nicht ein, was es schaden kann, wenn man das Buch liest, das man rezensieren soll.

Befehl, kein merkwürdiges Buch ohne den vollständigsten Index zu drucken, könnte sehr nützlich sein.

Der schwächste aller Menschen ist der Wollüstling, der nach dem Leibe sowohl als nach dem Geist; ich meine der Hurer und der Betbruder, der, der mit Mädchen und der mit der Religion hurt. Gott bewahre alle Menschen vor einem so hurenden König und Minister. Und Gott behüte einen solchen König und Minister vor vernünftigen Untertanen.

Bayern, sagt der König, ist ein Paradies, von Tieren (Bestien hätte er sagen sollen) bewohnt.

Ein Schullehrer und Professor kann keine Individuen erziehn, er erzieht bloß Gattungen. Ein Gedanke, der sehr viele Beherzigung und Auseinandersetzung verdient.

Verhunzdeutschen. Er hat es verhunzdeutscht.

Das Höchste, wozu sich ein schwacher Kopf von Erfahrung erheben kann, ist die Fertigkeit, die Schwächen besserer Menschen auszufinden.

Das Hurenlied Salomonis.

Die Katholiken verbrannten ehmals die Juden und bedachten nicht, daß des lieben Gottes Mutter von der Nation war, und bedenken noch jetzt nicht, daß sie eine Jüdin anbeten.

Man tut manches auf dem Todbette und sogar ins Todbett, das man vorher als vernünftiger Mensch nicht getan haben würde. Man fängt den alten Kinderglauben wieder an, so wie man das Scheißen ins Bett wieder anfängt, man weiß alsdann nicht mehr, was weggeht.

Das heißt die Hand auf den Mund legen und hernach ein wenig durch die Finger plaudern.

Die Personen, die am aufgelegtesten sind, sich mit praktischen Dingen zu beschäftigen, oder was man in der gelehrten Welt jetzt arbeiten nennt, sind die, die am wenigsten Unterhaltung in sich selbst finden. Bei ihnen ist immer der Stoß von außen nötig.

Ich glaube, sehr viele Menschen vergessen über ihrer Erziehung für den Himmel die für die Erde. Ich sollte denken, der Mensch handelte am weisesten, wenn er erstere ganz an ihren Ort gestellt sein ließe. Denn wenn wir von einem weisen Wesen auf diese Stelle gestellt worden sind, woran kein Zweifel ist, so laßt uns das Beste in dieser Station tun und uns nicht durch Offenbarungen blenden, die alle betrügerisch sind. Was der Mensch zu seiner Glückseligkeit zu wissen nötig hat, das weiß er gewiß ohne alle Offenbarung, als die, die er seinem Wesen nach besitzt. Laßt ihn seinen Endzweck finden, wie sehr die Palliative von temporeller Ruhe Schaden gestiftet haben, hat man ja gesehen. Ja, wenn man mit lauter Menschen zu tun hätte (Gott behüte und bewahre), die alle Sonntage in die Kirche und zum Abendmahle gingen!! Das Blutvergießen, das das Palliativ bewirkt hat, ist ja bekannt. Die Einführung natürlicher Religion würde das nicht bewirkt haben, wenn man ihr gleich treu geblieben wäre. Ich sehe alle diese Menschensatzungen nur als Palliative an, Zeit zu gewinnen für die Aufsuchung des wahren Ganges. Man sollte das Wort Religion gar nicht haben. Wann und wie ist es entstanden? Eine eigentliche Glückseligkeitslehre daraus zu machen, alles muß dahin abzwecken. Nach dem, was ich mir von Religion gedenke, so ist es eine Sammlung von Vorschriften zur Glückseligkeit, die der untersuchende Teil des Menschengeschlechts (seine Repräsentanten) so lange dem ununtersuchenden einzuschärfen sucht, bis sie selbst etwas Besseres ausspioniert haben. Was hat nicht, während der Pöbel ruhte, der fortschreitende Geist der Untersucher für Gutes getan! Freilich möchte jetzt manche Unordnung entstehn, wenn wir im eigentlichen Verstand bessern wollten. Aber dieses ist nicht ihre Schuld, sondern das ist unsere, die wir ihnen so viel weisgemacht haben.

Ich vergesse das meiste, was ich gelesen habe, so wie das, was ich gegessen habe; ich weiß aber soviel, beides trägt nichtsdestoweniger zu Erhaltung meines Geistes und meines Leibes bei.

Auch die Wilden laufen mehr vor dem Knall der Flinte als vor der Kugel.

Er hatte sich in den lieben Gott verliebt.

Die weißen Federn der Damen sind weiße Fahnen, die sie aufstecken zum Zeichen der Kapitulation.

Bei unserer elenden Erziehung, wo wir in der zweiten Hälfte des Lebens wieder vergessen müssen, was wir in der ersten gelernt haben, erfordert also simpel schreiben Anstrengung, und daher glaubt man endlich, alles, was Anstrengung erfordert, sei simpel und gut.

Was man so sehr prächtig Sonnenstäubchen nennt, sind doch eigentlich Dreckstäubchen.

Seine Bücher waren alle sehr nett, sie hatten auch sonst wenig zu tun.

Es wäre ein denkendes Wesen möglich, dem das Zukünftige leichter zu sehen wäre als das Vergangene. Bei den Trieben der Insekten ist schon manches, was uns glauben machen muß, daß sie mehr durch das Künftige als das Vergangene geleitet werden. Hätten die Tiere ebensoviel Erinnerung des Vergangenen als Vorgefühl vom Künftigen, so wäre uns manches Insekt überlegen, so aber scheint die Stärke des Vorgefühls immer in umgekehrter Verhältnis mit der Erinnerung an das Vergangene zu stehen.

Das Melancholische, Dichterische pp. in der Liebe ist eigentlich eine eigne Form von Anschauung des Genusses; der Mensch hat mehrere Formen als eine für seine innere Empfindung.

Der Mann machte sehr viel Wind. B.: O nein! Wenn es noch Wind gewesen wäre, es war aber mehr ein wehendes Vakuum.

Bei dem ist Hopfen und Malz verloren. B.: Das setzt voraus, daß es mit ihm auf Bier angelegt gewesen wäre. Das ist es aber nicht. Es war alles Wassersuppe.

Wir wohnen zu Göttingen in Scheiterhaufen, die mit Türen und Fenstern versehen sind.

Das Buch muß erst ausgedroschen werden.

Dieterich ist ein unversiegelter Brief.

Eine desultorische Lektüre ist jederzeit mein größtes Vergnügen gewesen.

Wenn sie auf dem Leihhause Menschen annähmen, so möchte ich wohl wissen, wieviel ich auf mich geborgt bekäme. So sind die Schuldtürme eigentlich Leihhäuser, in welchen man nicht sowohl auf Möbel als auf die Besitzer selbst Geld leiht.

Das Verbrechen der beleidigten Philosophie.

Man erleichtert sich, habe ich irgendwo gelesen, die Betrachtungen über die Staaten, wenn man sie sich als einzelne Menschen gedenkt. Sie sind also auch Kinder, und solange sie dieses sind, mögen sie monarchisch am besten sein. Wenn aber die Kinder groß werden, so lassen sie sich nicht mehr so behandeln, denn sie werden alsdann wirklich nicht selten klüger als der Vater.

Noch eine neue Religion einzuführen, die die Wirksamkeit der christlichen haben sollte, ist wohl unmöglich, deswegen bleibe man dabei und suche lieber darauf zu tragen, und gewiß sind auch die Ausdrücke Christi so beschaffen, daß man, solange die Welt steht, das Beste wird hineintragen können.

Ich möchte wohl wissen, was es geben würde, wenn ganz Europa einmal recht erzkatholisch wäre, keine Protestanten, die lächelten und kluge Köpfe erweckten, und sich kein Pfaffe mehr zu schämen hätte, wenn alles so fortgegangen wäre wie vor einigen Jahrhunderten, so würde der Papst göttlich verehrt und sein Dreck nach Karaten geschätzt und verkauft worden sein, ja man hätte wohl gar die Bibel angefangen: Am Anfang schuf der Papst Himmel und Erden.

Die Mythen der Physiker.

Aufklärung in allen Ständen besteht eigentlich in richtigen Begriffen von unsern wesentlichen Bedürfnissen.

Die Superklugheit ist eine der verächtlichsten Arten von Unklugheit.

Die gewöhnliche populäre Philosophie ist eigentlich bloß der Körper der Kantischen.

Kantische Philosophie sprechen zu lernen. Im Alter geht es nicht mehr gut an, wie mit den Sprachen zu sprechen, indessen schreiben kann man sie noch immer lernen.

Bei meiner Nervenkrankheit habe ich sehr häufig gefunden, daß das, was sonst bloß mein moralisches Gefühl beleidigte, nun in das physische überging. Als Dieterich einmal sagte: »Mich soll Gott töten«, so wurde mir so übel, daß ich ihm daher auf eine Zeitlang die Stube verbieten mußte.

Die gemeinen Leute unter den Katholiken beten lieber einen Heiligen an oder richten ihr Gebet an ihn als an den lieben Gott, so wie sich die Bauern immer lieber an die Bedienten halten. Gleich und gleich gesellt sich gern.

Wenn der Frost des Todes meine Wange bereift.

Es ist wenigstens von Herrn Kant nicht freundschaftlich gegen seine Leser gehandelt, daß er sein Werk so geschrieben hat, daß man es studieren muß wie ein Werk der Natur. Bei Werken der Natur wird der Fleiß und der Eifer bei der Untersuchung durch die Überzeugung unterhalten, daß das ganze der Untersuchung wert ist und daß man etwas seines Fleißes Würdiges finden würde, wenn man etwas fände. Allein bei menschlichen Werken ist dieses nicht zu erwarten, denn da kann es sein, daß der Verfasser sich geirrt hat und daß alles auf Jacob Böhmismus hinausläuft. Herr Kant hatte freilich schon vielen Kredit in der Welt, dafür betraf aber auch sein Buch einen Gegenstand, der an sich nicht der interessanteste für die Welt ist, und doch mußte man Begriffe wie den von Vorstellung selbst aus wiederholter Lesung des

Buches kennenlernen. Die Gegenstände von Herrn Kants Buch sind freilich sehr interessant, aber das konnte doch nicht jedermann gleich wissen.

Wie sind wohl die Menschen zu dem Begriff von Freiheit gelangt? Es ist ein großer Gedanke gewesen.

Unsere Theologen wollen mit Gewalt aus der Bibel ein Buch machen, worin kein Menschenverstand ist.

Daß zuweilen eine falsche Hypothese der richtigen vorzuziehen sei, sieht man aus der Lehre von der Freiheit des Menschen. Der Mensch ist gewiß nicht frei, allein es gehört sehr tiefes Studium der Philosophie dazu, sich diese Vorstellung nicht irreführen zu lassen; ein Studium, zu welchem unter Tausend, die nicht die Zeit und Geduld haben, und unter Hundert, die sie haben, kaum einer den Geist hat. Freiheit ist daher eigentlich die bequemste Form, sich die Sache zu denken, und wird auch allezeit die übliche bleiben, da sie so sehr den Schein für sich hat.

Beide Systeme führen so gewiß einen verständigen Geist auf eins hinaus, daß man, um zu sehen, ob man in dem Spinozismus richtig ist, sich des deistischen bedienen kann, so wie man sich des Augenmaßes oft zur Probe der genauesten Messungen bedient.

Es soll Menschen gegeben haben, die sogleich, wenn sie einen Gedanken niederschrieben, auch sogleich die beste Form getroffen haben sollen. Ich glaube wenig davon. Es bleibt allemal die Frage, ob der Ausdruck nicht besser geworden wäre, wenn sie den Gedanken mehr gewendet hätten, ob nicht kürzere Wendungen wären getroffen worden, ob nicht manches Wort weggeblieben wäre, das man anfangs für nötig hielt, welches aber eigentlich doch nur unnütze Erläuterung war, wenigstens für den verständigen Leser. – Gleich auf den ersten Wurf so zu schreiben wie zum

Exempel Tacitus liegt nicht in der menschlichen Natur. Um einen Gedanken recht rein darzustellen, dazu gehört sehr vieles Abwaschen und Absüßen, so wie einen Körper rein darzustellen. Um sich hiervon zu überzeugen, vergleiche man nur die ersten Ausgaben der ›Reflexions‹ des La Rochefoucauld mit den späteren ..., so wird man finden, was ich gesagt habe...

Aber so geht's, wenn man Leuten durchs Auge deutlich machen will, was eigentlich, um vollkommen gefaßt zu werden, gerochen werden muß.

Ich lobe mir die Leute, die Nerven haben wie Vierpfennigsstricke.

Sich der unvermuteten Vorfälle im Leben so zu seinem Vorteil zu bedienen wissen, daß die Leute glauben, man habe sie vorhergesehen und gewünscht, heißt oft Glück und macht den Mann in der Welt. Ja, diese Regel bloß zu wissen und immer im Geist zu haben, ist schon eine Stärkung. Nach La Rochefoucaulds Urteil soll der Kardinal de Retz diese Eigenschaft in einem hohen Grade besessen haben.

Wenn nur der Scheidepunkt erst überschritten wäre. Mein Gott, wie verlangt mich nach dem Augenblick, wenn die Zeit für mich aufhören wird, Zeit zu sein, in dem Schoß des mütterlichen Alles und Nichts, worin ich damals schlief, als der Hainberg angespült wurde, als Epikur, Cäsar, Lukrez lebten und schrieben und Spinoza den größten Gedanken dachte, der noch in eines Menschen Kopf gekommen ist.

Man gibt über lyrischen Gedichten oft die Versart an

/ – · · / – – – – / – · · · / pp.

Wenn man die Gedanken darin mit Eins und den Nonsens mit Null anzeigte, so würde es zuweilen so aussehen:

ooo/ooo/oo

oder so.

Ich glaube von Grund meiner Seele und nach der reifsten Überlegung, daß die Lehre Christi, gesäubert von dem verfluchten Pfaffengeschmier und gehörig nach unserer Art sich auszudrücken verstanden, das vollkommenste System ist, Ruhe und Glückseligkeit in der Welt am schnellsten, kräftigsten, sichersten und allgemeinsten zu befördern, das ich mir wenigstens denken kann. Allein ich glaube auch, daß es noch ein System gibt, das ganz aus der reinen Vernunft erwächst und ebendahin führt, allein es ist nur für geübte Denker und gar nicht für die Menschen überhaupt, und fände es auch Eingang, so müßte man doch die Lehre Christi für die Ausübung wählen ...

Wer weniger hat, als er begehret, muß wissen, daß er mehr hat, als er wert ist.

Hier, wo die Krankheiten so wohlfeil und die Arzneien so teuer sind.

Hinten hat er einen falschen Zopf eingebunden und vornen ein frommes Gesicht, das nicht viel echter war, auch zuweilen wie jener bei heftigen Bewegungen ausfiel.

Übe, übe deine Kräfte, was dich jetzt Mühe kostet, wird endlich maschinenmäßig werden.

Eine Menagerie von Spitzbuben und Huren.

Ich glaube nicht, daß es ganz unmöglich wäre, daß ein Mensch ewig leben könne, denn immer abnehmen schließt den Begriff von Aufhören nicht notwendig in sich.

Das Wort Organisation, das jetzt von den Franzosen so häufig gebraucht wird, könnte recht gut von Gelehrsamkeit gesagt werden. Man muß Hypothesen und Theorien haben, um seine Kenntnisse zu organisieren, sonst bleibt alles bloßer Schutt, und solche Gelehrten gibt es in Menge.

Eine ganze Milchstraße von Einfällen.

Das Mädchen sah mit parallelen Augenachsen und einem Blick voll Ruhe und innern Friedens aufwärts, als sähe sie den Himmel offen, und mit einem Glanz auf die Wangen des Engels, als fiele wirklich ein Strahl aus jenem Licht auf sie herab.

In England wurde bei einem politischen Frauenzimmerklub festgesetzt, daß bei wichtigen Vorfällen außer der Präsidentin nur noch zwei Personen zu gleicher Zeit reden sollten.

Dieses ist noch das leise Nachhallen eines schweren Donnerschlags des Aberglaubens.

Die Wörterwelt.

Es gibt zwar viele rechtschaffene Christliche, das ist gar keine Frage, so wie es überall und in allen Ständen gute Menschen gibt, allein soviel ist gewiß, in corpore und was sie als solches unternommen haben, ist nie viel wert gewesen.

Wenn es noch ein Tier gäbe, dem Menschen an Kräften überlegen, das sich zuweilen ein Vergnügen machte, mit ihm zu spielen wie die Kinder mit Maikäfern oder sie in Kabinetten aufspießte wie Schmetterlinge, ein solches Tier würde wohl am Ende ausgerottet werden, zumal wenn es nicht an Geisteskräften dem Menschen sehr weit überlegen wäre. Es würde ihm unmöglich sein, sich gegen die Menschen zu halten. Es müßte ihn dann verhindern, seine Kräfte im mindesten zu üben. Ein solches Tier ist aber wirklich der Despotismus, und doch hält er sich noch an so vielen Orten. Bei der Geschichte des Tieres muß aber auch angenommen werden, daß das Tier den Menschen nicht wohl entbehren kann.

Wenn die Hunde, die Wespen und die Hornisse mit menschlicher Vernunft begabt wären, so könnten sie sich vielleicht der Welt bemächtigen.

Man könnte die katholische Religion die Gottfresserin nennen.

Diese ganze Lehre taugt zu nichts, als darüber zu disputieren.

Die Französische Revolution, das Werk der Philosophie, aber was für ein Sprung von dem ›Cogito, ergo sum‹ bis zum ersten Erschallen des ›À la Bastille‹ im Palais Royal. Der Schall der letzten Posaune für die Bastille.

Das ist die Wetterseite meiner moralischen Konstitution, da kann ich was aushalten.

Jungfern, davon drei aufs Säkulum gehn.

Die Fliege, die nicht geklappt sein will, setzt sich am sichersten auf die Klappe selbst.

Hinlänglicher Stoff zum Stillschweigen.

Wenn ich mit jemandem rede, so bemerke ich gleich, ob er Elastizität hat oder ob er jedem Druck nachgibt. Die Barbierer sind alle weich. Kästner ist hart. Meister war elastisch.

Ein Glaubenssklave.

Er hatte im Prügeln eine Art von Geschlechtstrieb, er prügelte nur seine Frau.

Ich war zuweilen nicht imstande zu sagen, ob ich krank oder wohl war.

Solche gestempelte Konventionsköpfe.

Ein Fisch, der in der Luft ertrunken war.

Exzerptenbuch-Sparbüchse.

Ich glaube, so wie die Anhänger des Herrn Kant ihren Gegnern immer vorwerfen, sie verstünden ihn nicht, so glauben auch manche, Herr Kant habe recht, weil sie ihn verstehen. Seine Vorstellungsart ist neu und weicht von dem Gewöhnlichen sehr ab, und wenn man nun auf einmal Einsicht in dieselbe erlangt, so ist man auch sehr geneigt, sie für wahr zu halten, zumal da er so viele eifrige Anhänger hat; man sollte aber dabei immer bedenken, daß dieses Verstehen noch kein Grund ist, es selbst für wahr zu halten. Ich glaube, daß die meisten über der Freude, ein sehr abstraktes und dunkelabgefaßtes System zu verstehn, zugleich geglaubt haben, es sei demonstriert.

Es wäre sonderbar, wenn das wahre System der Philosophie sowie des Weltgebäudes beide aus Preußen gekommen wären. Zum Berechnen der Finsternisse dienen beide, aber es sind doch gewiß weniger Epicycli in dem Kantischen.

Es ist nichts gewöhnlicher, als daß man sich von der Wahrheit einer Sache überzeugt hält, sobald man die Meinung versteht, die ein großer Mann davon gehegt hat. Das sind aber ganz verschiedene Dinge. Es ist mir oft selbst so gegangen. Ich glaube, daß mancher, der sich nur durch die Schwierigkeiten des tychonianischen Systems und durch alle die Epicyclen durchgearbeitet hatte, dachte, nun gottlob, daß ich endlich alles ins reine habe.

Er urteilt nach dem jedesmaligen Aggregatzustand seiner Empfindungen.

Die beste Art, Lebende und Verstorbene zu loben, ist, ihre Schwachheiten zu entschuldigen und dabei alle mögliche

Menschenkenntnis anzuwenden. Nur keine Tugenden angedichtet, die sie nicht besessen haben, das verdirbt alles und macht selbst das Wahre verdächtig. Entschuldigung von Fehlern empfiehlt den Lobenden.

Er hatte ein paar Stückchen auf der Metaphysik spielen gelernt.

Anderer Leute Wein auf Bouteillen ziehn und sich dabei ein bißchen benebeln, daß man glaubt, er gehöre ihm. So etwas tun die meisten deutschen Schriftsteller.

Er hatte von seiner Frau ein Kind, welches einige für apokryphisch halten wollten.

Die meisten Glaubenslehrer verteidigen ihre Sätze, nicht weil sie von der Wahrheit derselben überzeugt sind, sondern weil sie die Wahrheit derselben einmal behauptet haben.

Nach einem dreißigjährigen Krieg mit sich selbst kam es endlich zu einem Vergleich, aber die Zeit war verloren.

Mir tut es allemal weh, wenn ein Mann von Talent stirbt, denn die Welt hat dergleichen nötiger als der Himmel.

Die Stadtuhr hat wieder rheumatische Zufälle.

Es ist kein tückischeres und boshafteres Geschöpf unter der Sonne als eine Hure, da sie sich alterswegen genötigt sieht, eine Betschwester zu werden.

Was mögen wohl die Huren in den alten Zeiten geworden sein? Ob es da wohl auch Betschwestern gab?

Eine Welt, wo die Menschen als Greise geboren werden und immer frischer werden, endlich Kinder, die immer an

Ketschigkeit zunehmen, bis man sie endlich in eine Bouteille sperrt, wo sie nach neun Monaten alles Leben verlieren, nachdem sie so klein geworden sind, daß man zehn Alexander auf einem Butterbrot verschlingen könnte. Die Mädchen von fünfzig bis sechzig Jahren finden ein besonderes Vergnügen daran, die klein gewordenen Alten auf Bouteillen zu ziehn.

Es gibt sogenannte Mathematiker, die sich gerne ebenso für Gesandte der Weisheit gehalten wissen möchten als manche Theologen für Gesandte Gottes und ebenso das Volk mit algebraischem Geschwätz, das sie Mathematik nennen, als jene mit einem Kauderwelsch hintergehen, dem sie den Namen biblisch beilegen.

Schauer der Vorwelt.

Ach Gott, wie manchen Gedanken habe ich gehabt, von dem ich überzeugt sein konnte, daß er den besten unter den Menschen gefallen würde, wenn sie ihn läsen, und den ich nicht anzubringen wußte, auch anzubringen nicht sonderlich begierig war, und dafür mußte ich mich von manchem seichten Literator und Kompilator oder irgendeinem bloß empirischen Waghals oder einem Epigramme schreibenden Konfusionär über die Achsel ansehen lassen und doch auch gestehen, daß, nach meinem Verhalten, die Leute so gar unrecht nicht hätten, denn wie konnten sie wissen, was meine Indolenz selbst vor meinem Schmierbuch verheimlichte. Wenn mir Deluc schrieb, ich schriebe ihm nie einen Brief, aus dem er nicht etwas lernte, so setzte mich dieses über alle Urteile der Welt weg, aber wieder nur bei mir selbst.

Jetzt fließt der Märtyrerwein in Frankreich.

›Flieh den Diogenes und fürchte die Laterne‹, sagt Haller. Jetzt könnte man sagen: Entflieh dem Mirabeau und fürchte die Laterne.

Der Rheinwein ist der beste, in welchen der Rhein und die Mosel gar nicht geflossen ist.

Eine Art von Gang, als wenn er in seinen Kopf kriechen wollte.

Ich habe schon lange gedacht, die Philosophie wird sich noch selbst fressen. Die Metaphysik hat sich zum Teil schon selbst gefressen.

Ich habe mir zur Regel gemacht, daß mich die aufgehende Sonne nie im Bette finden sollte, solange ich gesund bin. Es kostete mich nichts als das Machen, denn ich habe es bei Gesetzen, die ich mir selbst gab, immer so gehalten, daß ich sie nicht eher festsetzte, als bis mir die Übertretung fast unmöglich war.

Ich habe überhaupt sehr viel gedacht, das weiß ich, viel mehr, als ich gelesen habe, es ist mir daher sehr viel von dem unbekannt, was die Welt weiß, und daher irre ich mich oft, wenn ich mich in die Welt mische, und dieses macht mich schüchtern. Könnte ich das alles, was ich zusammengedacht habe, so sagen, wie es in mir ist, nicht getrennt, da möchte sich manches nicht zum besten ausnehmen, so würde es gewiß den Beifall der Welt erhalten.

Gleichnisweise: Er trägt immer Sporen, reitet aber nie.

Der König von Frankreich ist jetzt bloßer Pensionär von Frankreich.

Ich glaube, man würde immer blühen wie die Jugend, wenn man immer so sorglos sein könnte, oder macht umgekehrt die Blüte sorglos?

Wenn es der Himmel für nötig und nützlich finden sollte, mich und mein Leben noch einmal neu aufzulegen, so wollte ich ihm einige nicht unnütze Bemerkungen zur neuen Auflage mitteilen, die hauptsächlich die Zeichnung des Porträts und den Plan des Ganzen angehen.

Er verachtet mich, weil er mich nicht kennt, und ich seine Beschuldigungen, weil ich mich kenne.

Eine beträchtliche Wolke von angezeigten Druckfehlern beschattet den Beschluß.

Ich habe immer gesagt, die Mechaniker gedeihen am besten, wenn man sie auf junge Stämme von Uhrmachern pfropft.

Jedermann ist sehr bereitwillig, durch Schaden klug zu werden, wenn nur der erste Schade, der dieses lehrt, wieder ersetzt wäre.

Es gibt für mich keine gehässigere Art Menschen als die, welche glauben, daß sie bei jeder Gelegenheit ex officio witzig sein müßten.

Das Bilderbuch der Welt.

Man ist verloren, wenn man zu viel Zeit bekommt, an sich zu denken, vorausgesetzt, daß man sich nicht als ein Objekt der Beobachtung, wie ein Präparat ansieht, sondern immer als alles, was man jetzt ist. Man wird so viel Trauriges gewahr, daß über dem Anblick alle Lust verfliegt, es zu ordnen oder zusammenzuhalten.

Ich glaube doch, daß in Vergleich mit dem Engländer die Vernunft bei dem Deutschen mehr vertuscht, was eigentlich gar nicht einmal stattfinden sollte. Der Deutsche lacht zum Exempel bei mancher Gelegenheit nicht, weil er weiß, daß es unschicklich ist, wobei dem Engländer das Lachen gar nicht einfällt.

Einer der merkwürdigsten Züge in meinem Charakter ist gewiß der seltsame Aberglaube, womit ich aus jeder Sache eine Vorbedeutung ziehe und in einem Tage hundert Dinge zum Orakel mache. Ich brauche es hier nicht zu beschreiben, indem ich mich hier nur allzuwohl verstehe. Jedes Kriechen eines Insekts dient mir zu Antworten über Fragen über mein Schicksal. Ist das nicht sonderbar von einem Professor der Physik? Ist es aber nicht in menschlicher Natur gegründet und nur bei mir monströs geworden, ausgedehnt über die Proportion natürlicher Mischung, wo es heilsam ist?

Das Grenadierkabinett Friedrich Wilhelms I.

Sollte es dem Könige von Frankreich nicht erlaubt sein, sich zum Deputierten bei der Nationalversammlung wählen zu lassen? Es wäre besser für ihn.

Bei einem Menschen, der mit Gottesfurcht prahlt, muß man nie eigentliche christliche Gesinnungen suchen.

Auf die Blüte folgt die unreife Frucht; die Blüte ist in sich eine Vollkommenheit. Ebenso ist es mit dem Menschen. Der Jüngling wird für vollkommener gehalten als der Mann von dreißig, vierzig Jahren, und dann kommt erst wieder ein vollendeter Zustand, die Reife.

Alle großen Herrn sollten so wie die Sultane eine Kunst lernen; wir leben jetzt in sonderbaren Zeiten, man kann nicht wissen, ob man sie nicht einmal braucht. Der vorige türkische Kaiser schnitzte Bogen und Pfeile sehr gut, der jetzige malt Musselin für das Frauenzimmer.

Seine Stirne verdient das glühende Eisen des Geschichtsschreibers.

Ein Mädchen in usum Delphini, nämlich eine, die keine Vaginam hat oder der sie verwachsen ist.

Er schrieb und dachte frisch vom Leben weg, ohne alles erst durch das Filtrum der Konvenienz laufen zu lassen.

Offensiver und defensiver Stolz.

Vom Wahrsagen läßt sich's wohl leben in der Welt, aber nicht vom Wahrheitsagen.

Sympathie ist ein schlechtes Almosen.

Es ist Demantstaub, der, wenn er auch selbst nicht mehr glänzt, doch dient, andere damit zu schleifen.

Mancher Schriftsteller, sobald er ein bißchen Beifall erhält, glaubt, alles von ihm interessiere die Welt. Der Schauspielschmierer Kotzebue hält sich sogar berechtigt, dem Publico zu sagen, daß er seiner sterbenden Frau ein Klistier gesetzt habe.

Der Januarius ist der Monat, da man seinen guten Freunden Wünsche darbringt, die übrigen die, worin sie nicht erfüllt werden.

Es ist die Redekunst, die vor der Überzeugung einhertritt und ihren Pfad mit Blumen bestreut.

Es ist nicht Kenntnis der menschlichen Natur, sondern der Sitte, die zu beobachten jeder Gecke, möchte ich sagen, Fähigkeit hat.

Die Menschen, die erst die Vergebung der Sünden durch lateinische Formeln erfunden haben, sind an dem größten Verderben in der Welt schuld.

Sie war damals Vizegemahlin vom Landgrafen. Die Pompadour Vizekönigin von Frankreich.

Eine der schwersten Künste für den Menschen ist wohl die, sich Mut zu geben. Diejenigen, denen er fehlt, finden ihn am ersten unter dem mächtigen Schutz eines, der ihn besitzt und der uns dann helfen kann, wenn alles fehlt. Da es nun so viele Leiden in der Welt gibt, denen mit Mut entgegenzugehen kein menschliches Wesen einem schwachen Trost genug geben kann, so ist die Religion vortrefflich. Sie ist eigentlich die Kunst, sich durch Gedanken an Gott ohne weiter andere Mittel, Trost und Mut im Leiden zu verschaffen und Kraft, demselben entgegenzuarbeiten. Ich habe Menschen gekannt, denen ihr Glück ihr Gott war. Sie glaubten an ein Glück, und der Glaube gab ihnen Mut. Mut gab ihnen Glück und Glück Mut. Es ist ein großer Verlust für den Menschen, wenn er die Überzeugung von einem weisen, die Welt lenkenden Wesen verloren hat. Ich glaube, es ist dieses eine notwendige Folge alles Studiums der Philosophie und der Natur. Man verliert zwar den Glauben an einen Gott nicht, aber es ist nicht mehr der hilfreiche Gott unserer Kindheit; es ist ein Wesen, dessen Wege nicht unsere Wege und dessen Gedanken nicht unsere Gedanken sind, und damit ist dem Hilflosen nicht sonderlich viel gedient.

A.: Der Mann hat viele Kinder.
B.: Ja, aber ich glaube, von den meisten hat er bloß die Korrektur besorgt.

Einer von den Negersklaven in den Plantagen der Literatur.

Es ist doch sonderbar, daß man die langen Silben mit ¯ und die kurzen mit ˘ bezeichnet, da doch das erste der kürzeste Weg zwischen zwei Punkten und das letzte eine krumme Linie ist. Der Erfinder dieser Zeichen muß also etwas ganz anderes dabei gedacht haben, wenn er überhaupt etwas dabei gedacht hat.

Da der Mensch toll werden kann, so sehe ich nicht ein, warum es ein Weltsystem nicht auch werden kann …

A.: Warum unterstützen Sie Ihren Schwiegervater nicht?
B.: Warum?
A.: Er ist ein armer Mann.
B.: Aber fleißig, und ich habe nicht Geld genug, ihn zum Faulenzer zu machen.

Außer der Zeit gibt es noch ein anderes Mittel, große Veränderungen hervorzubringen, und das ist die – Gewalt. Wenn die eine zu langsam geht, so tut die andere öfters die Sache vorher.

Es ist kein witziger Einfall, sondern die lautere Wahrheit, daß vor der Revolution die Jagdhunde des Königs von Frankreich mehr Gehalt hatten als die Akademie der Inschriften...

Die Welt ist nicht da, um von uns erkannt zu werden, sondern uns in ihr zu bilden. Das ist eine Kantische Idee.

Nachdem ich vieles menschenbeobachterisch und mit vielem schmeichelhaften Gefühl eigner Superiorität aufgezeichnet und in noch feinere Worte gesteckt hatte, fand ich oft am Ende, daß grade das das Beste war, was ich ohne alle diese Gefühle so ganz bürgerlich niedergeschrieben hatte.

Die deutschen Despoten werden ein beförderndes Vorbeugen zustand bringen, was sonst nicht leicht entstanden wäre.

Von allem, was ausgerechnet wird in der Welt, geschehen zwei Drittel gedankenlos.

Ich habe lange nicht recht begreifen können, woher es kommt, daß es mir so entsetzlich schwerfällt, in den Büchern mancher berühmter Polygraphen zu lesen, aber endlich merkte ich mir die Sache ab; es rührt daher, daß die Menschen sonst, in Vergleich mit wahrhaft großen Männern, so unbedeutend sind, daß einen gar nicht reizen kann, zu wissen, was diese Menschen wissen.

Der Pater: Ihr seid Menschenfresser, ihr Neuseeländer.
Neuseeländer: Und ihr seid Gottfresser, ihr Pfaffen.

In dem freien Frankreich, wo man jetzt aufknüpfen lassen kann, wen man will.

Die Welt jenseits der geschliffenen Gläser ist wichtiger als die jenseits der Meere und wird vielleicht nur von der jenseits des Grabes übertroffen.

Es ist doch fürwahr zum Erstaunen, daß man auf die dunklen Vorstellungen von Ursachen den Glauben an einen Gott gebaut hat, von dem wir nichts wissen und nichts wissen können, denn alles Schließen auf einen Urheber der Welt ist immer Anthropomorphismus.

Wenn der Verstand reift oder seine Regierungskräfte fühlt, ohne etwas zu haben, was er regieren kann, so entstehen freilich seltsame Dinge. Man fällt in den Fehler der kleinen Fürsten und macht sich vor den großen lächerlich. Hat man viel gelesen und besitzt wenig Regierungskunst, so macht man sich vor den Weisen lächerlich. Wenn sich denn doch am Ende einmal lächerlich gemacht sein soll, so wollte ich doch lieber vor dem Großen lächerlich werden als vor dem Weisen, lieber vor dem Belesenen als vor dem Denker, der mich immer nach der Art beurteilt, womit ich von meinem Vermögen Gebrauch gemacht habe.

Passabel auszudrücken, was andere Leute gedacht hatten, war seine ganze Stärke.

Man liest jetzt so viele Abhandlungen über das Genie, daß jeder glaubt, er sei eines. Der Mensch ist verloren, der sich früh für ein Genie hält.

Bei aller meiner Bequemlichkeit bin ich immer in Kenntnis meiner selbst gewachsen, ohne die Kraft zu haben, mich zu bessern; ja ich habe mich öfters für alle meine Indolenz dadurch entschädigt gehalten, daß ich dieses einsah, und das Vergnügen, das mir die genaue Bemerkung eines Fehlers an mir machte, war oft größer als der Verdruß, den der Fehler selbst bei mir erweckte. So sehr viel mehr galt bei mir der Professor als der Mensch. Der Himmel führt seine Heiligen wunderlich.

Eine goldne Regel: Man muß die Menschen nicht nach ihren Meinungen beurteilen, sondern was die Meinungen aus ihnen machen...

Darf ein Volk seine Staatsverfassung ändern, wenn es will? Über diese Frage ist sehr viel Gutes und Schlechtes gesagt worden. Ich glaube, die beste Antwort darauf ist: Wer will es ihm wehren, wenn es entschlossen ist?...

Es steckte viel Anlage in dem Menschen, und er trug auch zu, allein es fehlte ihm so gänzlich alles, was man irgend hierbei Stöpsel nennen könnte, daß gemeiniglich, noch ehe er etwas zusammenbringen konnte, was der Mühe wert gewesen wäre, in leichtem Maulwerk verdampfte.

Ich habe das Register der Krankheiten angesehen und habe die Sorgen und traurige Vorstellungen nicht darunter gefunden, das ist sehr unrecht.

Er hatte viel hypochondrische Attention gegen sich selbst.

Es kömmt so außerordentlich viel darauf an, wie etwas gesagt wird, daß ich glaube, die gemeinsten Dinge lassen sich so sagen, daß ein anderer glauben müßte, der Teufel hätte es einem eingegeben.

Daß Hupazoli 22 Bände über seine Handlungen geschrieben, erklärt auch, warum er so alt geworden. Ich habe mehr solche Buchhalter gekannt. Sie werden gewöhnlich alt. Die Diät dieser Menschen nachzuahmen hilft nicht viel. Die Nachahmer tun es durch den Kopf, durch vernünftigen Entschluß, und das hilft so wenig, als sich der Mangel des Genies durch Regeln ersetzen läßt. Man hält hier für die Wirkung, was eigentlich die Ursache ist. Die Männer nach der Uhr werden gewöhnlich alt, denn die Fähigkeit, alt zu werden, macht sie zu Männern nach der Uhr. Der Nachahmer weiß sich bei sich selbst schon zu groß, der Triumph über seine Neigungen selbst ist ein Nervenspiel, das sich nicht mit einem langen Leben verträgt.

Ich habe einen Mann gekannt, der die seltsame Grille hatte, nach Tische beim Obst aus Äpfeln regelmäßige stereometrische Körper zu schneiden, wobei er immer den Abfall aufaß. Meistens endigte sich die Auflösung des Problems mit einer gänzlichen Aufzehrung des Apfels.

Ich nehme der Mamsell ihre Tugend in acht, als wenn es meine eigne wäre, sagt eine alte Gouvernante.

Die Allmacht Gottes im Donnerwetter wird nur bewundert entweder zur Zeit, da keines ist, oder hintendrein beim Abzuge.

Er verlangte Steine, und sie gaben ihm Brot. Von einem, der ein Mineralkabinett sehn will und dem man dafür ein gutes Frühstück gibt.

Die Natur hat die Frauenzimmer so geschaffen, daß sie nicht nach Prinzipien, sondern nach Empfindung handeln sollen.

Daß Gott, oder was es ist, durch das Vergnügen im Beischlaf den Menschen zur Fortpflanzung gezogen hat, ist doch bei Kants höchstem Prinzip der Moral auch zu bedenken.

Wenn der Schlaf ein Stiefbruder des Todes ist, so ist der Tod ein Stiefbruder des Teufels.

Die Gegner der Französischen Republik sprechen immer, daß es das Werk einiger wenigen aufrührerischen Köpfe sei. Hier kann man frei fragen: Was ist je bei großen Begebenheiten das Werk von vielen zugleich gewesen? Oft war es nur das Werk eines einzigen. Und was sind denn unsere Potentatenkriege je anders gewesen als das Werk von wenigen? König und Minister. Es ist ein elendes Räsonnement. Selbst das Mehrere in den Köpfen hindert den Fortgang; es müssen und können nur wenige sein, wenn etwas Großes ausgeführt werden soll, die übrigen, die Menge muß allemal herübergebracht werden, man mag nun das Überzeugung oder Verführung nennen, das ist gleichviel. Auch spricht man so verächtlich von Bierbrauern, Parfümeurs, die jetzt große Rollen spielen. Es gehört ja dazu nichts als grader Menschensinn, Mut und Ehrgeiz. Muß denn gerade ein Exzerpierkontor allen Mutterwitz versessen haben, um ein Volk anzuführen? (bloß Gerippe des Gedankens)

Könnten nicht die Titel Magister, Doktor pp. zu Taufnamen erhoben werden?

Im Namen des Herrn sengen, im Namen des Herrn brennen, morden und dem Teufel übergeben, alles im Namen des Herrn.

Er pflegte sich und seinen Kindern so viel circenses zu geben, daß es endlich beiden am pane zu fehlen anfing.

Es gibt manche Leute, die nicht eher hören, bis man ihnen die Ohren abschneidet.

Die Zähne mit Knallsilber zu sprengen.

Viel Hasen sind der Hunde Tod, sagt der Oberförster, dem man seinen Hund aus Versehen totgeschossen hatte, weil der Schützen zu viele waren.

Eigentlich kein Philosoph, sondern er tat Frachtfuhren für die Philosophen in der Messe.

Herder sagt sehr schön (›Ideen zur Philosophie der Geschichte der Menschheit‹, zweiter Teil, IX. Buch, Kapitel IV): ›Man kann es als einen Grundsatz der Geschichte annehmen, daß kein Volk unterdrückt wird, als daß sich unterdrücken lassen will.‹

Die gegenwärtigen sind vortreffliche Zeiten für einen Cervantes. Cervantes' Zeiten sind da, aber der Cervantes noch nicht. Die Narren sind da, noch fehlt die Pritsche.

Wenn jemand in Cochinchina sagt: »Doii« (doji, mich hungert), so laufen die Leute, als wenn es brennte, ihm etwas zu essen zu geben. In manchen Provinzen Deutschlands könnte ein Dürftiger sagen: »Mich hungert«, und es würde gerade soviel helfen, als wenn er sagte: »Doii«.

Zumal wenn die geistliche Überschattung dazukömmt.

Eine alle Denkkräfte schmelzende Beschäftigung ist bei den meisten Menschen das Kompilieren und Exzerptensammeln. Man bemerkt auch täglich, daß Männer, die in ihrer Jugend viel Erweiterung in den Wissenschaften hoffen ließen, in reiferen Jahren, bloß um häufig im Meßkatalog zu glänzen oder auch sich zu bereichern, zumal da sie bemerkten, daß man en gros in Deutschland bei literarischem Ruhm eben nicht sehr genau distingiert, Kompilatoren geworden sind. Ich glaube, daß es ein Verdienst ist, was in hundert Büchern steht, unter einen gewissen Gesichtspunkt in eins zu bringen. Allein man muß ihn sehr von dem Manne unterscheiden, der die Wissenschaften erweitert, der die Grenzen fortrückt …

Die Bücher Kopfgeld bezahlen lassen.

Man gibt falsche Meinungen, die man von Menschen gefaßt hat, nicht gern auf, sobald man sich dabei auf subtile Anwendung von Menschenkenntnis etwas zugute tun zu können für berechtigt hält und glaubt, solche Blicke in das Herz des anderen könnten nur gewisse Eingeweihte tun. – Es gibt daher wenige Fächer der menschlichen Erkenntnis, worin das Halbwissen größeren Schaden tun kann als dieses Fach.

Glaubt etwa jemand, daß sich alte Mißbräuche auf der Welt so leicht wegwischen lassen? Die Französische Revolution wird manches Gute zurücklassen, das ohne sie nicht in die Welt gekommen wäre, es sei auch, was es wolle. Die Bastille ist weg, und das infame Insekt, das Herr von Born in seiner ›Monachologie‹ beschrieben hat, ist dadurch etwas zusammengeschwefelt worden.

Was der Soldat für ein Tier ist, sieht man deutlich aus dem gegenwärtigen Krieg. Er läßt sich gebrauchen, Freiheit festzusetzen, Freiheit zu unterdrücken, Könige zu stürzen und auf dem Thron zu befestigen. Wider Frankreich, für Frankreich und wider Polen!

Das große Trauerspiel der Pandekten.

Was doch eigentlich den Armen den Himmel so angenehm macht, ist der Gedanke an die dortige größere Gleichheit der Stände.

Unter die Mißverständnisse oder die falschen Darstellungen bei der Französischen Revolution gehört auch die, daß man glaubt, die Nation werde von einigen Bösewichtern geleitet. Sollten nicht vielmehr diese Bösewichter sich die Stimmung der Nation zunutz machen?

Mein Körper ist derjenige Teil der Welt, den meine Gedanken verändern können. Sogar eingebildete Krankheiten können wirkliche werden. In der übrigen Welt können meine Hypothesen die Ordnung der Dinge nicht stören.

A.: Sie sind sehr alt geworden.
B.: Ja, das ist gewöhnlich der Fall, wenn man lange lebt.

Der Eierstock der Zukunft.

Für den Verlust von Personen, die uns lieb waren, gibt es keine Linderung als die Zeit und sorgfältig und mit Vernunft gewählte Zerstreuungen, wobei uns unser Herz keine Vorwürfe machen kann.

In der ›Allgemeinen Literaturzeitung‹ wird einmal angemerkt, man hätte zu Paris die Statuen einschließen sollen, um der Barbarei ihrer Zerstörung vorzubeugen; auch an einem anderen Ort, es hätte manches bei der Revolution nicht so gewaltsam geschehen müssen. Als wenn je die Natur die Ausführung ihrer Plane der Metaphysik abtreten würde. Es wäre wohl auch gut gewesen, wenn die Städte in Kalabrien so lange in Sicherheit wären gebracht worden, bis die Natur den Kellerbau, den sie unter denselben vorhatte, vollendet gehabt hätte ...

Die Dogmatik, die fruchtbare und gütige Mutter der Polemik.

Ist es nicht sonderbar, daß jedermann sein eigner Arzt, auch sein eigner Advokat sein darf, sobald er aber sein eigner Priester sein will, so schreit man Jammer und Weh über ihn, und die Götter der Erde mischen sich darein. Was wohl die Ursache sein mag, daß sich die Götter der Erde so sehr um das ewige Wohl der Menschen bekümmern, da sie doch ihr zeitliches oft so unverantwortlich vernachlässigen? Die Antwort ist nicht sehr schwer.

Ist denn etwa die Lage so selten, in der einem Philosophie das Philosophieren versagt?

Es gibt wohl keinen Menschen in der Welt, der nicht, wenn er um tausend Taler willen zum Spitzbuben wird, lieber um das halbe Geld ein ehrlicher Mann geblieben wäre ...

Und predigte mit milder (stiller) Wut die alleinseligmachende Kraft des katholischen Glaubens.

Sie fühlen den Druck der Regierung sowenig als den Druck der Luft.

In Frankreich gärt es, ob es Wein oder Essig werden wird, ist ungewiß.

Dinge zu bezweifeln, die ganz ohne weitere Untersuchung jetzt geglaubt werden, das ist die Hauptsache überall.

Es verdiente einmal recht ernstlich für eigene Haushaltung untersucht zu werden, warum die meisten Erfindungen durch Zufall müssen gemacht werden. Die Hauptursache ist wohl die, daß die Menschen alles so ansehen lernen, wie ihre Lehrer und ihr Umgang es ansieht. Deswegen müßte es sehr nützlich sein, einmal eine Anweisung zu geben, wie man nach gewissen Gesetzen von der Regel abweichen könne.

Wenn ich nun auf einen neuen Gedanken, auf eine Theorie gekommen bin, allemal zu fragen: ist denn das auch wirklich so neu, als du glaubst? Dieses ist auch überhaupt die beste Erinnerung, nichts in der Welt anzustaunen.

Ja über alles seine Meinung sagen mit so vielen Zusätzen von Neuem als möglich, ohne dieses wird aus allem nichts; nur hüte dich vor dem Druckenlassen. Nicht bloß stilles Nachdenken, sondern auch Aufschreiben erleichtert den

Ausdruck sehr, sondern verschafft auch die Gabe, selbst dem Auswendiggelernten eine Farbe des eigenen Denkens zu geben.

An jeder Sache etwas zu sehen suchen, was noch niemand gesehen und woran noch niemand gedacht hat.

Die Frage: Ist dies auch wahr? ja bei allem zu tun, und dann die Gründe aufzusuchen, warum man Ursache habe zu glauben, daß es nicht wahr sei.

In allen Stücken zu sammeln, nicht bloß Wahrheiten, sondern auch Wendungen und Ausdrücke für gewisse Gelegenheiten; wenn man sie öfters durchliest, so vermehrt sich der Vorrat durch ähnliche.

Nichts setzt dem Fortgang der Wissenschaft mehr Hindernis entgegen, als wenn man zu wissen glaubt, was man noch nicht weiß. In diesen Fehler fallen gewöhnlich die schwärmerischen Erfinder von Hypothesen,

Ein Meisterstück der Schöpfung ist der Mensch auch schon deswegen, daß er bei allem Determinismus glaubt, er agiere als freies Wesen.

Je länger die Welt steht, desto mehr Entdeckungen werden gemacht werden, sagte schon Meister. Es ist damit wie mit dem Feuer, das um sich greift; die Wirkung disponiert neue Ursachen.

Immer Endursachen aufzusuchen, nicht ihrer selbst wegen sowohl als zu Aufdeckung des Zusammenhangs und als ein bloß heuristisches Mittel.

Es ist sonderbar, daß nur außerordentliche Menschen die Entdeckungen machen, die hernach so leicht und simpel scheinen. Dieses setzt voraus, daß, die simpelsten, aber wahren Verhältnisse der Dinge zu bemerken, sehr tiefe Kenntnisse nötig sind.

Das Wort Schwierigkeit muß gar nicht für einen Menschen von Geist als existent gedacht werden. Weg damit!

Den Mann nenne ich groß, der viel gedacht und gelesen und erfahren hat und der alles, was er gedacht, gelesen und erfahren hat, bei jeder Sache, die er unternimmt, also auch bei jedem Buch, das er schreibt, vereint zum besten Zweck anzuwenden weiß, alles so anschaulich darzustellen, daß jeder sehen muß, was er selbst gesehen hat.

Es ist ein gutes Erfindungsmittel, sich aus einem Systeme gewisse Glieder wegzudenken und aufzusuchen, wie sich das übrige verhalten würde; zum Exempel, man denke sich das Eisen aus der Welt weg. Wo würden wir sein? Dieses ist ein altes Exempel.

Sich allen Abend ernstlich zu befragen, was man an dem Tage Neues gelernt hat.

Der Witz ist der Finder und der Verstand der Beobachter.

Was mich von meinen alten Lehren abgehen heißt, sind nicht meine individuellen, subjektiven Fortschritte. Nein, es sind Fortschritte der Wissenschaft selbst.

Ein Sprech- und Schallwerk. Wenn man etwas in einer fremden Sprache hineinredet, so schallt es zu einem andern Loch, ins Deutsche übersetzt, heraus.

Man muß etwas Neues machen, um etwas Neues zu sehen.

Es ist eine große Stärkung beim Studieren, wenigstens für mich, alles, was man liest, so deutlich zu fassen, daß man eigne Anwendungen davon oder gar Zusätze dazu machen kann. Man wird am Ende dann geneigt zu glauben, man habe alles selbst erfinden können, und so was macht Mut. So wie nichts mehr abschreckt als Gefühl von Superiorität im Buch.

In die gewöhnlichen Betrachtungen der Menschen über das Wesen, das die Welt hervorgebracht hat, mischt sich doch offenbar eine große Menge von frommem, unphilosophischem Unsinn. Der Ausruf: Was muß das für ein Wesen sein, das das alles gemacht hat! ist doch nicht viel besser als der: Was mag das für ein Bergwerk sein, in welchem der Mond ist gefunden worden. Denn erstlich wäre doch erst einmal zu fragen, ob die Welt gemacht worden ist, und zweitens, ob das Wesen, das sie gemacht hat, imstand wäre, eine Repetieruhr aus Messing zu machen. Ich meine, das Messing zu schmelzen, in Platten zu schmieden, die Räder zu teilen und zu feilen. Ich glaube nicht. Das kann nur der Mensch, und ein vollkommener Mensch würde sich noch allerlei Griffe dabei ersinnen, aber wenn unsere Welt je ist gemacht worden, so hat sie ein Wesen gemacht, das nicht auf der Skala der Menschheit liegt, sowenig als der Walfisch zum Lerchengeschlecht gehört. Ich kann daher mich nicht genug wundern, wenn berühmte Männer sagen, in einem Fliegenflügel stecke mehr Weisheit als in der künstlichsten Uhr. Der Satz sagt weiter nichts als: Auf dem Wege, auf welchem die Uhren gemacht werden, kann man keine Mückenflügel, aber so wie die Mückenflügel gemacht werden, kann man auch keine Repetieruhren machen. Man muß billig sein und sich über dergleichen unnütz frömmelnde Anspielungen wegsetzen. Man muß es hierbei nicht sagen. Allein man muß die Kraft besitzen, so etwas zu denken, denn die Kraft ist nötig.

Ein witziger und dabei flüchtiger Kopf lernt wenig gründlich, macht aber von dem wenigen gewiß den bestmöglichen Gebrauch, den ein minder witziger, aber gründlicherer Gelehrter von dem seinigen nicht zu machen imstande ist.

Es ist äußerst wichtig bei Widerlegungen, ja nicht zu geschwind zu gehen, sondern jedes Komma umständlich auseinanderzusetzen, und nicht eher zum Folgenden überzugehen, bis alles in dem gegenwärtigen Schritt fast zum Überdruß dargetan ist. Nicht zu eilen. Das ist mein gewöhnlicher Fehler.

Wenn du ein Buch oder eine Abhandlung gelesen hast, so sorge dafür, daß du es nicht umsonst gelesen haben magst; abstrahiere dir immer etwas daraus zu deiner Besserung, zu deinem Unterricht oder für deine Schriftstellerökonomie.

Wir sehen in der Natur nicht Wörter, sondern immer nur Anfangsbuchstaben von Wörtern, und wenn wir alsdann lesen wollen, so finden wir, daß die neuen sogenannten Wörter wiederum bloß Anfangsbuchstaben von andren sind.

1793–1796

Die besten Gesetze kann man bloß respektieren und fürchten, aber nicht lieben. Gute Regenten respektiert man, fürchtet man und liebt man. Was für mächtige Quellen von Glück für ein Volk!

Bei vielen Menschen ist das Versemachen eine Entwicklungskrankheit des menschlichen Geistes.

Je größer und weitaussehender der Plan ist, in den eine Revolution hineingehört, desto mehr Leiden verursacht sie denen, die darin begriffen sind, indem es nicht jedermanns Sache ist, selbst wenn er es übersieht, sich durch den Verstand mit Geduld zu stärken, und dieses um so weniger, je ungewisser es ist, ob er noch die Früchte davon genießen werde …

Ich merkte zuerst mein eintretendes Alter an der Abnahme des Gedächtnisses, die ich bald mit dem Mangel an Übung desselben entschuldigte, bald als Folgen des eintretenden Alters beklagte. Solche Wellen von Furcht und Hoffnung habe ich all mein Leben lang verspürt.

Oh, ich erinnere mich noch sehr wohl, wie ich beim Aufgange der Sonne empfinden sollte und wollte und nichts empfand, aber mit dem Kopfe bald gegen diese, bald gegen die andere Schulter gesenkt und mit blinzenden Augen zuweilen vieles von Empfindung sprach und damit nicht bloß andere, sondern sogar mich selbst betrog, Aber jene Empfindung kam erst in späteren Jahren und vorzüglich stark von 1790 an, da ich die Sonne öfter aufgehen sah. Vorzüglich waren verstorbene Freunde, zumal die letztverstorbenen, und meine Frau und Kinder der Gegenstand, den mein Herz jetzt umfaßte. Ich habe oft Tränen geweint und bin niedergekniet. Könnte ich doch meinen Entschlüssen mehr Dauer geben! Allein es ist gewiß körperliche Schwäche daran schuld. Leichtsinn gewiß nicht, ob es mich gleich sehr schmerzt, daß die Welt vermutlich das einer Wankelmütigkeit im Charakter zuschreibt, was doch bloß Kränklichkeit ist.

Meine beständige Vergleichung der Jahre eines Schriftstellers, dessen Leben ich lese, mit den meinigen, die ich schon in meiner Jugend machte, ist ganz menschlicher Natur.

Ich fing erst gegen Ende meines Lebens an zu arbeiten und mein bißchen Witz aufs Profitchen zu stecken.

Ich stecke jetzt meine ganze Tätigkeit aufs Profitchen. Kohlen sind noch da, aber keine Flamme.

Ich bin außerordentlich empfindlich gegen alles Getöse, allein es verliert ganz seinen widrigen Eindruck, sobald es mit einem vernünftigen Zwecke verbunden ist.

Es war eine drollige Idee von ..., sich einen so dicken Kerl zu denken, der mit der einen Seite unter dem Pol und mit der andern unter dem Äquator wäre. Ein trauriges Leben! Aber ich habe doch wirklich bei eiskalten Füßen zuweilen oben geschwitzt.

Ich bin mehrmal wegen begangener Fehler getadelt worden, die mein Tadler nicht Kraft oder Witz genug hatte zu begehen.

Wenn ich zuweilen in einem meiner alten Gedankenbücher einen guten Gedanken von mir lese, so wundere ich mich, wie er mir und meinem System so fremd hat werden können, und freue mich nun so darüber, wie über einen Gedanken eines meiner Vorfahren.

Nichts schmerzt mich mehr bei allem meinem Tun und Lassen, als daß ich die Welt so ansehen muß wie der gemeine Mann, da ich doch scientifisch weiß, daß er sie falsch ansieht.

Am 10. Oktober 1793 schickte ich meiner lieben Frau aus dem Garten eine künstliche Blume aus abgefallenen bunten Herbstblättern. Es sollte mich in meinem jetzigen Zustande darstellen; ich ließ es aber nicht dabei sagen.

Wenn auch meine Philosophie nicht hinreicht, etwas Neues auszufinden, so hat sie doch Herz genug, das längst Geglaubte für unausgemacht zu halten.

Ich habe offenbar bei dem gröbern Druck meines Hogarth gefühlt (wiewohl dunkel), daß das bißchen Geist nicht imstande ist, so vieler Masse Leben zu geben, man sage, was man wolle, es ist wahr. Man sollte die Bücher immer desto kleiner drucken lassen, je weniger Geist sie enthalten.

Ich kann den Gedanken nicht loswerden, daß ich gestorben war, ehe ich geboren wurde, und durch den Tod wieder in jenen Zustand zurückkehre. Es ist ein Glück in mancher Rücksicht, daß diese Vorstellung nicht zur Deutlichkeit gebracht werden kann. Wenn auch der Mensch jenes Geheimnis der Natur erraten kann, so wäre es doch sehr gegen ihr Interesse, wenn er es beweisen könnte. Sterben und wieder lebendig werden mit Erinnerung seiner vorigen Existenz, nennen wir ohnmächtig gewesen sein; wieder erwachen mit andern Organen, die erst wieder gebildet werden müssen, heißt geboren werden.

Nichts macht schneller alt als der immer vorschwebende Gedanke, daß man älter wird. Ich verspüre dieses recht an mir; es gehört mir zum Giftsaugen.

Wenn es ein Werk von etwa zehn Folianten gäbe, worin in nicht allzu großen Kapiteln jedes etwas Neues, zumal von der spekulativen Art, enthielte, wovon jedes etwas zu denken gäbe und immer neue Aufschlüsse und Erweiterungen darböte, so glaube ich, könnte ich nach einem solchen Werke auf den Knien nach Hamburg rutschen, wenn ich überzeugt wäre, daß mir nachher Gesundheit und Leben genug übrigbliebe, es mit Muße durchzulesen.

Es geht mir mit meiner Gesundheit wie den Müllern zuweilen mit dem Wasser; ich muß immer, wenigstens zwei Tage in der Woche, im Freien sammeln, um die übrigen fünfe mahlen zu können.

Es ist mir in meinem Leben so viel unverdiente Ehre angetan worden, daß ich mir wohl einmal etwas unverdiente Blame kann gefallen lassen.

Das größte Glück in der Welt, um welches ich den Himmel täglich anflehe, ist, daß nur verständige und tugendhafte Menschen mir an Kräften und Kenntnissen überlegen sein mögen.

Was sehr seltsam ist, bleibt selten lange unerklärt. Das Unerklärliche ist gewöhnlich nicht mehr seltsam, und ist es vielleicht nie gewesen.

Schon vor vielen Jahren habe ich gedacht, daß unsere Welt das Werk eines untergeordneten Wesens sein könne, und noch kann ich von dem Gedanken nicht zurückkommen. Es ist eine Torheit, zu glauben, es wäre keine Welt möglich, worin keine Krankheit, kein Schmerz und kein Tod wäre. Denkt man sich ja doch den Himmel so. Von Prüfungszeit, von allmählicher Ausbildung zu reden heißt, sehr menschlich von Gott denken, und ist bloßes Geschwätz. Warum sollte es nicht Stufen von Geistern bis zu Gott hinauf geben und unsere Welt das Werk von einem sein können, der die

Sache noch nicht recht verstand, ein Versuch? Ich meine unser Sonnensystem oder unser ganzer Nebelstern, der mit der Milchstraße aufhört. Vielleicht sind die Nebelsterne, die Herschel gesehen hat, nichts als eingelieferte Probestücke oder solche, an denen noch gearbeitet wird. Wenn ich Krieg, Hunger, Armut und Pestilenz betrachte, so kann ich unmöglich glauben, daß alles das Werk eines höchst weisen Wesens sei; oder es muß einen von ihm unabhängigen Stoff gefunden haben, von welchem es einigermaßen beschränkt wurde, so daß dieses nur respektive die beste Welt wäre, wie auch schon häufig gelehrt worden ist.

Wenn man die Natur als Lehrerin und die armen Menschen als Zuhörer betrachtet, so ist man geneigt, einer ganz sonderbaren Idee vom menschlichen Geschlechte Raum zu geben. Wir sitzen allesamt in einem Kollegio, haben die Prinzipien, die nötig sind, es zu verstehen und zu fassen, horchen aber immer mehr auf die Plaudereien unserer Mitschüler als auf den Vortrag der Lehrerin. Oder wenn ja einer neben uns etwas nachschreibt, so spicken wir von ihm, stehlen, was er selbst vielleicht undeutlich hörte, und vermehren es mit unsern eigenen orthographischen und Meinungsfehlern.

Es gibt Wahrheiten, die so ziemlich herausgeputzt einhergehen, daß man sie für Lügen halten sollte, und die nichtsdestoweniger reine Wahrheiten sind.

Um vergnügt oder vielmehr lustig in der Welt zu sein, wird nur erfordert, daß man alles nur flüchtig ansieht; so wie man nachdenkender wird, wird man auch ernsthafter.

Daß man manchen außerordentlichen Mann, von dem man gehört hat, geringer zu finden glaubt, wenn man ihn sieht, rührt gemeiniglich oder gewiß allemal daher, daß man jetzt sieht, daß er das gewöhnliche Gesicht eines Menschen hat.

Wovon das Herz nicht voll ist, davon geht der Mund über, habe ich öfters wahr gefunden als den entgegengesetzten Satz.

Es ist der gemeine Fehler aller Leute von wenig Talenten und mehr Belesenheit als Verstand, daß sie eher auf künstliche Erklärungen verfallen als auf natürliche.

Ich bin überzeugt, daß es Brillen für die Seelenkräfte gibt so gut wie für die Augen. Es wäre sonderbar, wenn so etwas nicht sollte möglich sein. Wenn der Witz mit dem Alter schwach wird, so kann oft das Lesen von Wortregistern Vergleichungen bewirken, die ohne dieses unmöglich wären.

Es ist gewiß besser, eine Sache gar nicht studiert zu haben als oberflächlich. Denn der bloße gesunde Menschenverstand, wenn er eine Sache beurteilen will, schießt nicht so sehr fehl als die halbe Gelehrsamkeit.

Es gibt eine Menge kleiner moralischer Falschheiten, die man übt, ohne zu glauben, daß es schädlich sei, so wie man etwa aus ähnlicher Gleichgültigkeit gegen seine Gesundheit Tabak raucht.

Der Stolz, eine edle Leidenschaft, ist nicht blind gegen eigene Fehler, aber der Hochmut ist es.

Ein Gelübde zu tun ist eine größere Sünde, als es zu brechen.

Ehe man tadelt, sollte man immer erst versuchen, ob man nicht entschuldigen kann.

Ich habe sehr häufig gefunden, daß gemeine Leute, die nicht rauchten, an Orten, wo das Rauchen gewöhnlich ist, immer sehr gute und tätige Menschen waren. Bei dem gemeinen Mann ist es leicht zu erklären; es verrät bei dieser

Klasse vorzüglich schon etwas Gutes, sich von einer solchen Mode nicht hinreißen zu lassen oder überhaupt etwas zu unterlassen, was wenigstens von Anfang nicht behagt. Auch muß ich gestehen, daß von allen den Gelehrten, die ich in meinem Leben habe kennengelernt und die ich eigentlich Genies nennen möchte, kein einziger geraucht hat. – Hat wohl Lessing geraucht?

Es ist für die Vervollkommnung unseres Geistes gefährlich, Beifall durch Werke zu erhalten, die nicht unsere ganze Kraft erfordern. Man steht alsdann gewöhnlich stille, Rochefoucauld glaubt daher, es habe noch nie ein Mensch alles das getan, was er habe tun können; ich halte dafür, daß dieses größtenteils wahr ist. Jede menschliche Seele hat eine Portion Indolenz, wodurch sie geneigt wird, das vorzüglich zu tun, was ihr leicht wird.

Einer der größten und zugleich gemeinsten Fehler der Menschen ist, daß sie glauben, andere Menschen kennten ihre Schwächen nicht, weil sie nicht davon plaudern hören oder nichts davon gedruckt lesen. Ich glaube aber, daß die meisten Menschen besser von andern gekannt werden, als sie sich selbst kennen. Ich weiß, daß berühmte Schriftsteller, die aber im Grunde seichte Köpfe waren (was sich in Deutschland leicht beisammen findet), bei allem ihrem Eigendünkel von den besten Köpfen, die ich befragen konnte, für seichte Köpfe gehalten worden sind.

Wenn man selbst anfängt alt zu werden, so hält man andere von gleichem Alter für jünger, als man in früheren Jahren Leute von eben dem Alter hielt. So halte ich zum Beispiel den Goldschmied K., den ich schon vor 30 Jahren gekannt habe, für einen jungen Mann, ob er gleich gewiß schon einige Jahre älter ist, als sein Vater war, da ich ihn zum ersten Mal sah, den ich damals gewiß für keinen jungen Mann mehr hielt. Mit andern Worten, wir halten uns selbst und andere noch in denen Jahren für jung, in welchen wir, als wir noch jünger waren, andere schon für alt hielten.

Es gibt Leute, die zu keinem Entschluß kommen können, sie müssen sich denn erst über die Sache beschlafen haben. Das ist ganz gut, nur kann es Fälle geben, wo man riskiert, mitsamt der Bettlade gefangen zu werden.

Wird man wohl vor Scham rot im Dunkeln? Daß man vor Schrecken im Dunkeln bleich wird, glaube ich, aber das erstere nicht. Denn bleich wird man seiner selbst, rot seiner selbst und anderer wegen. – Die Frage, ob Frauenzimmer im Dunkeln rot werden, ist eine sehr schwere Frage; wenigstens eine, die sich nicht bei Licht ausmachen läßt.

Es gibt nicht leicht eine größere Schwachheit, als die großen oder wenigstens glänzenden Taten mancher Menschen aus gewissen Engelsanlagen und einer Größe der Seele zu erklären. Es mag wohl einmal unter Tausenden wahr sein; wer aber den Menschen etwas studiert hat, wird die Ursachen solcher Taten gemeiniglich ganz in der Nähe finden. Es heißt schriftstellerisch vornehm tun, wenn man alles so tief sucht.

Ich glaube nicht, daß die sogenannten wahrhaft frommen Leute gut sind, weil sie fromm sind, sondern fromm, weil sie gut sind. Es gibt gewisse Charaktere, denen es Natur ist, sich in alle häuslichen und bürgerlichen Verhältnisse zu finden und sich das gefallen zu lassen, wovon sie teils den Nutzen, teils die Unmöglichkeit einsehen, es besser zu haben. Also das der Religion zuzuschreiben, könnte gar wohl eine Fallacia causae sein.

Ich habe durch mein ganzes Leben gefunden, daß sich der Charakter eines Menschen aus nichts so sicher erkennen läßt, wenn alle Mittel fehlen, als aus einem Scherz, den er übelnimmt.

Wer ist unter uns allen, der nicht einmal im Jahre närrisch ist, das ist, wenn er sich allein befindet, sich eine andere

Welt, andere Glücksumstände denkt als die wirklichen? Die Vernunft besteht nur darin, sich sogleich wiederzufinden, sobald die Szene vorüber ist, und aus der Komödie nach Hause zu gehen.

Die Menschen denken über die Vorfälle des Lebens nicht so verschieden, als sie darüber sprechen.

Man muß nie den Menschen nach dem beurteilen, was er geschrieben hat, sondern nach dem, was er in Gesellschaft von Männern, die ihm gewachsen sind, spricht.

Daß die Menschen so oft falsche Urteile fällen, rührt gewiß nicht allein aus einem Mangel an Einsicht und Ideen, sondern hauptsächlich davon her, daß sie nicht jeden Punkt im Satze unter das Mikroskop bringen und bedenken.

Leute, die viel auf der Straße lesen, lesen gemeiniglich nicht viel zu Hause.

Die Leute, die niemals Zeit haben, tun am wenigsten.

Man wird grämlich, wenn man alt wird oder wenn Liebe oder auch oft, wenn Freundschaft alt wird. Es können Dinge bei einem alt werden, obgleich man selbst jung bleibt. Manche Leute glauben, Sommer und Winter schieden sich immer mit einem Donnerwetter.

Wenn man manchen großen Taten und Gedanken bis zu ihrer Quelle nachspüren könnte, so würde man finden, daß sie öfters gar nicht in der Welt sein würden, wenn die Bouteille verkorkt geblieben wäre, aus der sie geholt wurden. Man glaubt nicht, wieviel aus jener Öffnung hervorkommt. Manche Köpfe tragen keine Früchte, wenn sie nicht wie Hyazinthenzwiebeln über Bouteillenhälsen stehen. Der Feige holt da seinen Mut, der Schüchterne Vertrauen auf eigne Kraft und der Elende Trost hervor.

Der Mensch kann sich alles geben, sogar Mut, wenn er es recht anfängt; aber es ist freilich besser, wenn man ihn schon mit auf die Welt bringt.

Die Könige glauben oft, das, was ihre Generale und Admirale tun, sei Patriotismus und Eifer für ihre eigne Ehre. Öfters ist die ganze Triebfeder großer Taten ein Mädchen, welches die Zeitung liest.

Ja, einmal recht gründlich zu untersuchen, warum das Blühen, ohne Früchte zu tragen, so sehr gemein ist, nicht bloß an den Obstbäumen. Bei unsern gelehrten Kindern ist es ebenso. Sie blühen vortrefflich und tragen keine Früchte.

Vielleicht ist noch nie ein Vater gewesen, der nicht irgend einmal sein Kind für etwas ganz Originelles gehalten hat. Doch glaube ich, sind die gelehrten Väter diesem zärtlichen Irrtum mehr ausgesetzt als irgendeine andere Klasse von Vätern.

Ich bin überzeugt, daß die vermeinte Gründlichkeit beim Vortrage der Anfangsgründe sehr schadet. Es ist gar nicht nötig, daß ein Lehrer dem Anfänger die Sache gründlich vorträgt; aber der Lehrer, der diesen Vortrag wählt, muß sie gründlich verstehen; alsdann ist gewiß für den Anfänger gesorgt.

Es ist ein schlechter Lohn, wenn ein Junge, auf den man etwas verwandt hat, am Ende ein Poet wird. Ein Viertelstündchen Nachtmusik für einen jahrelangen Dienst. Eltern, die bemerken, daß ihr Junge ein Poet von Profession werden will, sollten ihn so lange peitschen, bis er das Versemachen aufgibt oder bis er ein großer Dichter wird.

Bei der jetzigen Anarchie in Frankreich und der Uneinigkeit im Nationalkonvent sollte man immer fragen: Wieviel gehört wohl davon den Emigranten und wieviel dem Einfluß fremder Höfe? Gewiß wird nicht bloß mit Armeen von letzteren gefochten.

Es scheint fast, als wenn es mit der Erkenntnis gewisser Wahrheiten und ihrer Anwendung im Leben ginge wie mit Pflanzen; wenn sie einen gewissen Grad von Höhe erreicht haben, so werden sie abgeschnitten, um wieder von vorne anzufangen. Der höchste Grad von politischer Freiheit liegt unmittelbar am Despotismus an. Wie schön ist es nicht bei der englischen Konstitution, daß sie republikanische Freiheit mit der Monarchie schon vorläufig gemischt hat, um den völligen Umschlag aus einer Demokratie in reine Monarchie oder Despotismus zu verhindern?

Das Traurigste, was die Französische Revolution für uns bewirkt hat, ist unstreitig das, daß man jede vernünftige und von Gott und Rechts wegen zu verlangende Forderung als einen Keim von Empörung ansehen wird.

Es kommt nicht darauf an, ob die Sonne in eines Monarchen Staaten nicht untergeht, wie sich Spanien ehedem rühmte, sondern was sie während ihres Laufes in diesen Staaten zu sehen bekommt.

Man spricht viel von guten Königen, die doch im Grunde nichts weniger waren als gute Könige, aber gute Leute. Es ist dieses eine höchst ungereimte Verwirrung der Begriffe. Man kann ein sehr guter Mann und doch kein guter König sein, so gut als man ein ehrlicher Mann und dabei kein guter Bereiter sein kann. Dies ist wahrhaftig der Fall mit Ludwig XVI. Was halfen seine guten Gesinnungen? Dadurch konnte sein Volk unmöglich glücklich werden. Man sagt nicht, daß er nicht vergleichungsweise gut gewesen sei. Er war gewiß sehr viel besser als manche seiner Vorgänger.

Eine Gleichheit und Freiheit festsetzen, so wie sie sich jetzt viele Menschen gedenken, das hieße ein elftes Gebot geben, wodurch die übrigen zehn aufgehoben würden.

Sonst sucht man bei Bekehrungen die Meinung wegzuschaffen, ohne den Kopf anzutasten; in Frankreich verfährt man jetzt kürzer. Man nimmt die Meinung mitsamt dem Kopf weg.

Was die Großen jetzt zu bedenken haben, ist, daß sie ihre Untertanen gewiß nicht leicht ärger drücken können, als sie in Frankreich gedrückt wurden, und diese doch ihrem Könige den Kopf abgeschlagen haben.

Es sind jetzt Deutsche, Engländer, Franzosen, Piemonteser, Spanier, Portugiesen, Neapolitaner und Holländer, die das Heilige Grab der französischen Monarchie zu erobern trachten; ob es ihnen wohl gelingen wird?

Es ist eine große Frage, wodurch in der Welt mehr ist ausgerichtet worden, durch das gründlich Gesagte oder durch das bloß schön Gesagte. Etwas zugleich sehr gründlich und sehr schön zu sagen ist schwer; wenigstens wird in dem Augenblick, da die Schönheit empfunden wird, die Gründlichkeit nicht ganz erkannt. Man tadelt das seichte Geschwätz, das jetzt in Frankreich in politischen Dingen gedruckt wird. Ich glaube, dieser Tadel ist selbst etwas seicht und zeigt, daß bloß das System, aber nicht die Kenntnis menschlicher Natur die Feder geführt hat. Denn diese Bücher werden ja nicht für das Menschengeschlecht und die abstrakte Vernunft geschrieben, sondern für konkrete Menschen von einer gewissen Partei und erreichen gewiß ihren Zweck sicherer als alle Werke, die für den abstrakten Menschen berechnet sind, den es noch nicht gegeben hat und nie geben wird.

Ich sehe darin nichts so sehr Arges, daß man in Frankreich der christlichen Religion entsagt hat. Das sind ja alles nur kleine Winkelzüge. Wie wenn das Volk nun ohne allen äußern Zwang in ihren Schoß zurückkehrt, weil ohne sie kein Glück wäre? Welches Beispiel für die Nachwelt, und welches kostbare Experiment, das man wahrlich nicht alle Tage anstellt! Ja, vielleicht war es nötig, sie einmal ganz aufzuheben, um sie gereinigt wieder einzuführen.

Es ist, glaube ich, keine Frage, daß, bei aller Ungleichheit der Stände, die Menschen alle gleich glücklich sein können; man suche nur jeden so glücklich als möglich zu machen.

Ich möchte was darum geben, genau zu wissen, für wen eigentlich die Taten getan worden sind, von denen man öffentlich sagt, sie wären für das Vaterland getan worden.

Wenn die Gleichheit der Stände, über die man jetzt so viel schreibt und spricht, etwas Wünschenswertes ist, so muß sie notwendig etwas jener Gleichheit Analoges haben, die man nach Aufhebung des Rechts des Stärkern durch weise Gesetze eingeführt hat. Es ist daher ein gar sonderbares Argument, das man zur Verteidigung der Ungleichheit beibringt, wenn man sagt, die Menschen würden mit ungleichen Kräften geboren. Denn hierauf kann man antworten: Eben deswegen, weil die Menschen mit ungleichen Kräften geboren werden und der Stärkere den Schwächeren verschlingen würde, hat man sich in Gesellschaften vereinigt und durch Gesetze eine größere Gleichheit eingeführt. Ist das sogenannte Gleichgewicht von Europa etwas anderes? Überhaupt wäre es wohl besser, zu sagen: Gleichgewicht der Stände als Gleichheit.

Eine Republik zu bauen aus den Materialien einer niedergerissenen Monarchie ist freilich ein schweres Problem. Es geht nicht, ohne bis erst jeder Stein anders gehauen ist, und dazu gehört Zeit.

Was dem Ruhm und der Unsterblichkeit manches Schriftstellers ein größeres Hindernis in den Weg legt als der Neid und die Bosheit aller kritischen Journale und Zeitungen zusammengenommen, ist der fatale Umstand, daß sie ihre Werke auf einen Stoff müssen drucken lassen, der zugleich auch zu Gewürztüten gebraucht werden kann.

Eine seltsamere Ware als Bücher gibt es wohl schwerlich in der Welt. Von Leuten gedruckt, die sie nicht verstehen; von Leuten verkauft, die sie nicht verstehen; gebunden, rezensiert und gelesen von Leuten, die sie nicht verstehen, und nun gar geschrieben von Leuten, die sie nicht verstehen.

Viele Priester der Minerva haben, außer mancher Ähnlichkeit mit der Göttin selbst, auch die mit dem berühmten Vogel derselben, daß sie zwar im Dunkeln Mäuse fangen, aber am Tageslicht den Kirchturm nicht eher sehen, als bis sie sich die Köpfe daran entzweistoßen.

Wenn England eine vorzügliche Stärke in Rennpferden hat, so haben wir die unsrige in Rennfedern. Ich habe welche gekannt, die mit einem einzigen Satz über die höchsten Hekken und breitesten Gräben der Kritik und der gesunden Vernunft hinübersetzten, als wären es Strohhalme.

Ist es nicht sonderbar, daß man das Publikum, das uns lobt, immer für einen kompetenten Richter hält; aber sobald es uns tadelt, es für unfähig erklärt, über Werke des Geistes zu urteilen?

Es gibt kein größeres Hindernis des Fortgangs in den Wissenschaften als das Verlangen, den Erfolg davon zu früh verspüren zu wollen. Dieses ist munteren Charakteren sehr eigen; darum leisten sie auch selten viel; denn die lassen nach und werden niedergeschlagen, sobald sie merken, daß sie nicht fortrücken. Sie würden aber fortgerückt sein, wenn sie geringe Kraft mit vieler Zeit gebraucht hätten.

Unter allen Kapiteln, die uns der angenehme Schwätzer Montaigne hinterlassen hat, hat mir immer das vom Tode, der vielen vortrefflichen Gedanken ungeachtet, am wenigsten gefallen. Es ist das neunzehnte im ersten Buche. Man sieht durch alles hindurch, daß sich der wackere Philosoph sehr vor dem Tode gefürchtet und durch die gewaltsame Ängstlichkeit, womit er den Gedanken wendet und selbst zu Wortspielen dreht, ein sehr übles Beispiel gegeben hat. Wer sich vor dem Tode wirklich nicht fürchtet, wird schwerlich davon mit so vielen kleinlichen Trostgründen gegen ihn zu reden wissen, als hier Montaigne beibringt.

Es schadet bei manchen Untersuchungen nicht, sie erst bei einem Räuschchen durchzudenken und dabei aufzuschreiben, hernach aber alles bei kaltem Blute und ruhiger Überlegung zu vollenden. Eine kleine Erhebung durch Wein ist den Sprüngen der Erfindung und dem Ausdruck günstig, der Ordnung und Planmäßigkeit aber bloß die ruhige Vernunft.

Es müßte eine ganz entsetzlich elende Übersetzung sein, die ein gutes Buch für einen Mann von Geist, der ins Große liest und nicht über Ausdrücken und Sentenzen hängt, verderben könnte. Ein Buch, das nicht einen solchen Charakter hat, den selbst der schlechteste Übersetzer kaum für den Mann von Geist verderben kann, ist gewiß nicht für die Nachwelt geschrieben.

Es ist schade, daß man bei Schriftstellern die gelehrten Eingeweide nicht sehen kann, um zu erforschen, was sie gegessen haben.

Die Leichenpredigten auf Bücher unterscheiden sich gar sehr von denen auf Menschen. Die letzteren werden gewöhnlich über Verdienst gelobt und die ersteren ausgeschimpft.

Viele sogenannte berühmte Schriftsteller, in Deutschland wenigstens, sind sehr wenig bedeutende Menschen in Gesellschaft. Es sind bloß ihre Bücher, die Achtung verdienen, nicht sie selbst. Denn sie sind meistens sehr wenig wirklich. Sie müssen sich immer erst durch Nachschlagen zu etwas machen, und dann ist es immer wieder das Papier, das sie geschrieben haben. Sie sind elende Ratgeber und seichte Lehrer dem, der sie befragt.

Es war vor einiger Zeit Mode, und ist es vielleicht noch, auf die Titel der Romane zu setzen: ›Eine wahre Geschichte‹. Das ist nun eine kleine unschuldige Betrügerei, aber daß man auf manchen neueren Geschichtsbüchern die Worte ›Ein Roman‹ wegläßt, das ist keine so unschuldige.

Vielleicht leistet manches schlechte Buch, das jetzt verachtet wird, dereinst einem guten eben den Dienst, den die elenden Schauspiele den Shakespeareschen geleistet haben, mit dessen Werken sie gleichzeitig waren. So kommt auch schon dem schlechten Schriftsteller der Trost zustatten, daß die Nachwelt dereinst sein Verdienst erkennen wird.

B. besitzt großes Dichtertalent; aber es ist bei ihm in eine fremde Materie gefaßt, so wie bei den Bleistiften das Reißblei in Holz; wenn er sich zu spitzen vergißt, so glaubt er zuweilen, er schriebe, wenn er bloß mit dem Holze kritzelt.

Die Menschen versprechen sich jetzt so viel von Amerika und dessen politischen Zustand, daß man sagen könnte, die Wünsche, wenigstens die heimlichen, aller aufgeklärten Europäer hätten eine westliche Abweichung wie unsere Magnetnadeln.

Er kann die Tinte nicht halten, und wenn es ihm ankommt, jemand zu besudeln, so besudelt er sich gemeiniglich am meisten.

Es wäre freilich gut, wenn es keine Selbstmorde gäbe. Aber man richte nicht zu voreilig. Wie in aller Welt wollte man zum Beispiel in Trauerspielen die unnützen Personen wegschaffen? Sie durch andere ermorden lassen ist gefährlich. Alles ist weislich geordnet.

Er war nicht sowohl Eigentümer als Pächter der Wissenschaften, die er vortrug. Denn es gehörte ihm nicht ein Fleckchen davon.

Es gibt heutzutage so viele Genies, daß man recht froh sein soll, wenn einem einmal der Himmel ein Kind beschert, das keines ist.

Wäre es nicht gut, die Theologie etwa mit dem Jahre 1800 für geschlossen anzunehmen und den Theologen zu verbieten, fernere Entdeckungen zu machen?

Er handelte mit anderer Leute Meinungen. Er war Professor der Philosophie.

Er hatte mehrere Krankheiten, allein seine Hauptstärke besaß er im asthmatischen Fache.

Der gute Ton steht dort um eine Oktave niedriger.

Ein Mädchen, kaum 12 Moden alt.

Wir sind auf dem Wege zur Untersuchung der Natur in ein so tiefes Geleise hineingeraten, daß wir immer andern nachfahren. Wir müssen suchen herauszukommen.

Was man von dem Vorteil und Schaden der Aufklärung sagt, ließe sich gewiß gut in einer Fabel vom Feuer darstellen. Es ist die Seele der unorganischen Natur, sein mäßiger Gebrauch macht uns das Leben angenehm, es erwärmt unsere Winter und erleuchtet unsere Nächte. Aber das müssen Lichter und Fackeln sein; die Straßenerleuchtung durch angezündete Häuser ist eine sehr böse Erleuchtung. Auch muß man Kinder nicht damit spielen lassen.

In jeder Fakultät sollte wenigstens ein recht tüchtiger Mann sein. Wenn die Scharniere von gutem Metall sind, so kann das übrige von Holz sein.

Gewissen Menschen ist ein Mann von Kopf ein fataleres Geschöpf als der deklarierteste Schurke.

Wenn die Fische stumm sind, so sind dafür ihre Verkäuferinnen desto beredter.

Wir leben in einer Welt, worin ein Narr viele Narren, aber ein weiser Mann nur wenige Weise macht.

Pantheon der Deutschen.
Ich habe auch vor Newtons Grabmal in Westminsterabtei gestanden; ich habe Shakespeares Denkmal, vermischt mit denen von großen Helden, angesehen; allein ich muß bekennen, vielleicht zu meiner Schande, daß der Eindruck sehr gemischt und eigen war. Ich konnte mich unmöglich überzeugen, daß Newton und Shakespeare dadurch geehrt würden, sondern, wenn ich mich in der Erklärung meines Gesichts nicht irre, so war es mir, als ständen diese Denkmäler da, die übrigen zu ehren und dem Platz Ehre zu verschaffen. Es war mir unmöglich, mich von diesem Gefühl loszumachen. – Was könnte es helfen, jetzt Luthern in einem deutschen Pantheon aufzustellen? Soll das zur Ehre Luthers sein? Unmöglich, es ist zur Ehre des Pantheons. Wenn ja eine solche Anstalt nützen soll, so müssen Männer aufgestellt werden, deren Taten ohne Glanz groß waren; Männer, die sich bloß durch Handeln um Vaterland und Nebenmenschen verdient gemacht haben, kein Schriftsteller als solcher. Ein Schriftsteller, der zu seiner Verewigung eine Bildsäule nötig hat, ist auch dieser nicht wert.

So angenehm die Musik dem Ohre ist, wenn es sie hört, so unangenehm ist sie ihm oft, wenn man ihm davon vorspricht.

Die geschnitzten Heiligen haben in der Welt mehr ausgerichtet als die lebendigen.

Es ist sehr weise, daß die Fische stumm sind, denn da das Wasser den Schall so außerordentlich fortpflanzt, so würden sie ihr eigenes Wort nicht hören. Ich glaube, eines der größten Unglücke, das die Welt befallen könnte, wäre dieses, daß die Luft den Schall ungeschwächt zwanzig Meilen weit fortpflanzte.

Wer eine Wissenschaft noch nicht so innehat, daß er jeden Verstoß dagegen fühlt wie einen grammatikalischen Fehler in seiner Muttersprache, der hat noch viel zu lernen.

Die Neigung der Menschen, kleine Dinge für wichtig zu halten, hat sehr viel Großes hervorgebracht.

Soviel ist ausgemacht, die christliche Religion wird mehr von solchen Leuten verfochten, die ihr Brot von ihr haben, als solchen, die von ihrer Wahrheit überzeugt sind. Man muß hier nicht auf gedruckte Bücher sehen, das ist das wenigste, die bekommen Tausende nicht zu lesen, sondern auf die Personen, die täglich an ihrer Aufrechterhaltung schnitzeln und stümpern und auf Universitäten vom Freitische an dazu erzogen und verzogen werden.

1796–1799

Man wirft oft den Großen vor, daß die sehr viel Gutes hätten tun können, das sie nicht getan haben. Sie könnten antworten: Bedenkt einmal das Böse, das wir hätten tun können und nicht getan haben.

Ein Gesichtchen, nicht zum Küssen, sondern zum Hineinbeißen, schreibt der hitzige Lion.

Etwas dabei zu tun oder zu denken, was noch kein Mensch in der Welt je dabei getan oder gedacht hat.

Da gab's allerlei zu bewundern und zu verfluchen. Das ist oft der Fall bei den berühmtesten Männern.

Die Französische Revolution hat durch die allgemeine Sprache, zu der es mit ihr gekommen ist, nun ein gewisses Wissen unter die Leute gebracht, das nicht leicht wieder zerstört werden wird ...

A.: Sie sind ja so fett geworden.
B.: Fett?
A.: Sie sind noch einmal so dick als sonst.
B.: Das ist die Arbeit der ermüdeten Natur, die nicht mehr Kraft hat, etwas anders zu machen als Fett, das man allenfalls, ohne der Menschheit damit zu nahe zu treten, wegschneiden kann. Fett, Fett ist weder Geist noch Körper, sondern bloß, was die müde Natur liegenläßt, für mich so gut wie für das Gras auf dem Kirchhofe.

Die geheiligten Schnitzer der Konzilien.

Ob der Mond bewohnt ist, weiß der Astronom ungefähr mit der Zuverlässigkeit, mit der er weiß, wer sein Vater war, aber nicht mit der, womit er weiß, wer seine Mutter gewesen ist.

Heute (den 20. Oktober 96) lese ich das Buch ›Der politische Tierkreis oder die Zeichen der Zeit‹ von Huergelmer. Straßburg bei Georg König. Es ist gut geschrieben und enthält, teils eigen, teils aus andern exzerpiert, das Beste, was sich gegen die jetzigen Großen und die Monarchien sagen läßt. Einiges mag auch wohl unwiderleglich sein. Allein man lasse einmal die Volksregierungen überall eintreten: so werden vermutlich andere Umstände folgen, die die Vernunft ebensowenig billigen kann als die jetzigen. Denn daß das republikanische System ganz frei von allem Unheil sein sollte, ist ein Traum, eine bloße Idee. Was wird es werden, wenn es überhaupt ausgeführt würde? – Ich glaube, ohne deswegen richten zu wollen, man wird ewig und ewig durch Revolutionen von einem System in das andere stürzen, und die Dauer eines jeden darin wird von der temporellen Güte der Subjekte abhängen. Nach Amerika läßt sich noch nichts beurteilen, weil sie zu weit von den Ländern entfernt sind, die anders denken, und die auf jener Seite der Welt anders denken, nicht mehr Unterstützung genug haben. Die eingeschränkte Monarchie scheint am Ende die Asymptote zu sein. Aber auch da wird es immer und ewig auf die Güte der Subjekte ankommen et sic in infinitum.

Große Eroberer werden immer angestaunt werden, und die Universalhistorie wird ihre Perioden nach ihnen zuschneiden. Das ist traurig, es liegt aber in der menschlichen Natur. Gegen den großen und starken Körper selbst eines Dummkopfs wird immer der kleine des größten Geistes und sonach der große Geist selbst verächtlich erscheinen, wenigstens für den größten Teil der Welt, und das, solange Menschen Menschen sind. Den großen Geist im kleinen Körper vorzuziehen ist Überlegung, und zu der erheben sich die wenigsten Menschen. Bei einem Viehmarkt sind immer die Augen auf den größten und fettesten Ochsen gerichtet.

Das Sorgenschränkchen, das Allerheiligste der innersten Seelenökonomie, das nur des Nachts geöffnet wird. Jedermann hat das seinige ...

Man hat heutzutage mehr Magister der Rechtschaffenheit als rechtschaffene Menschen.

Eine Seelenschokolade, deren Gebrauch zum ewigen Leben führt.

In einem Lande N.N. müssen bei einem Kriege der Regent sowohl als seine Räte, solange der Krieg währt, über einer Pulvertonne schlafen, und zwar in besonderen Zimmern des Schlosses, so jedermann frei hinsehen kann, um zu beurteilen, ob das Nachtlicht auch jedesmal brennt. Die Tonne ist nicht allein mit dem Siegel der Volksdeputierten versiegelt, sondern auch mit Riemen an den Fußboden befestigt, die wieder gehörig versiegelt sind. Alle Abend und alle Morgen werden die Siegel untersucht. Man sagt, daß seit der Zeit die Kriege in jenen Gegenden ganz aufgehört hätten.

Eine sklavische Handlung ist nicht immer die Handlung eines Sklaven.

Eine Schicht utile und dann wieder eine Schicht dulce, Unterhaltung und Belehrung, sagt schon Swift.

Es wäre vielleicht gut gewesen für Wien, wenn die Franzosen im Herbst 1796 dahin gekommen wären. Ich rede nicht von den Barbaren, sondern von den einnehmenden geistvollen Offizieren. Vielleicht hätten sie die Rasse etwas verbessert. Denn wenn die österreichischen Schafe bessere Wolle geben sollen, so müssen sie französische Widder kommen lassen, sonst bleiben sie halt Dummköpfe.

Daß in den Kirchen gepredigt wird, macht deswegen die Blitzableiter auf ihnen nicht unnötig.

Der Mann, der nicht aus dem Stegreif zu räsonieren weiß über Materien seines Fachs, der erst in seine Excerpta steigen muß oder in seine Bibliothek, ist gewiß ein Artefakt. Man hat heutzutage eine Kunst, berühmt zu werden, die war den Alten unbekannt, die wurden's durch Genie. Pasten sind unsere meisten berühmten Gelehrten, keine Edelsteine. Allein sehr weit wird es auch mit ihrem Ruhm nicht gehen. Ihre Werke werden vergessen wie die Poesie des Cicero, die sogar seine der Ewigkeit entgegengehende Prose nicht einmal zu erhalten imstande war.

Der liebe Gott mit seinen Vasallen. Statt einer Monarchie Gottes haben wir nun Feudalsystem.

Er stieg langsam und stolz wie ein Hexameter voran, und seine Frau trippelte wie ein Pentameterchen hintendrein.

Die Griechen verdarben, möchte ich fast sagen, nicht die schönste Zeit ihrer Jugend mit Erlernung von toten Sprachen, und sie lernten die Sprachen, die sie nötig hatten, durch die Sachen und nicht wie wir umgekehrt in unzähligen Dingen die Sachen durch die Wörter. Plutarch war schon ziemlich bei Jahren, als er Latein lernte.

Die glücklichen Zeiten des Lebens, da man noch nicht denkt, wie alt man ist, noch kein Buch hält über die Haushaltung des Lebens.

Auf den Fenstern der Aufklärung ruht in Deutschland wenigstens eine schwere Taxe.

Da jetzt in den Zeitungen so viel von den Spitzen der Armeen und der Ehre der Kronen gesprochen wird, so wünscht ein wahrer Patriot und Menschenfreund zu erfahren: Erstens, wo eigentlich die Spitzen der Armeen liegen, vornen oder hinten oder auf den Seiten oder in der Mitte, oder ob die Armeen ihre Spitzen, wenn sie gegen den Feind marschieren, gar nicht einmal bei sich führen, sondern als ein Heiligtum unter einer guten Eskorte zurücklassen. Zweitens, worin eigentlich die wahre Ehre der Kronen besteht? Darin, daß ihre Untertanen bei einem mäßigen Auskommen und bei geraden Gliedern glücklich sind, oder darin, daß man Hunderttausende schlachten oder zu Krüppeln schießen läßt, um ein paar Krämer zu bereichern und von dem Abfall dieses Überflusses Edelsteine für die Krone zu kaufen?

Benvenuto Cellini macht die vortreffliche Bemerkung: Schaden mache nicht klug, weil der neue sich immer wieder unter einer verschiedenen Form ankündige. Dieses kenne ich recht aus eigner Erfahrung.

Wenn es doch in Sachen des Geschmacks oder der Kritik überhaupt ein Oberappellationsgericht gäbe!

Glaubt ihr denn, daß der liebe Gott katholisch ist?

Man adjungiert alten Leuten junge, ich glaube, es wäre in vielen Fällen besser, wenn man manchen jungen Leuten alte adjungierte.

Es geht hier wie mit dem Heiligen Christ und den Ostereiern, sobald man erfährt, wo sie herkommen, kriegt man keine mehr.

So ist zum Beispiel das Wort unvergleichlich im Deutschen ganz unvergleichlich erbärmlich.

Der Deutsche liebt die scharfen Distinktionen. Warum nicht Hoch-, Höher-, Höchstedelgeborener, Wohl-, Besser-, Bestgeborener Herr?

Ob das Elend in Deutschland zugenommen hat, weiß ich nicht, die Interjektionszeichen haben gewiß zugenommen. Wo man sonst bloß ! setzte, da steht jetzt !!!

Ich werde tagtäglich mehr überzeugt, daß mein Nervenübel von meiner Einsamkeit sehr unterhalten wird, wo nicht gar hervorgebracht worden ist. Ich finde fast gar keine Unterhaltung mehr als durch meinen eignen Kopf, der immer beschäftigt ist; da nun meine Nerven nie die stärksten gewesen sind, so muß notwendig dadurch eine Ermüdung entstehen. Ich merke dieses sehr wohl, daß mich Gesellschaft aufheitert. Ich vergesse mich, oder vielmehr mein Kopf empfängt, anstatt zu schaffen, und ruht daher. Daher ist auch das Lesen schon eine Erholung für mich, allein es ist doch nicht das, was die Gesellschaft ist, weil ich das Buch immer weglege und wieder für mich handle.

Der jetzige Krieg hat gewisse Begriffe allgemein in Gang gebracht. Man kann nicht sagen, daß dieses schon oft geschehen sei. Nein! Niemals so: nach Erfindung der Buchdruckerei, nach der Reformation, nach dem Etablissement so vieler Zeitungen und Journale, nach so vielen Leihbibliotheken und nach der entstandenen Lesesucht, die gewiß nie so allgemein war. Es kommt so vieles zusammen, was nie vorher beisammen war und nicht beisammen sein konnte, was unsere Zeiten zu den merkwürdigsten macht, die je gewesen sind.

Ein etwas vorschnippischer Philosoph, ich glaube Hamlet, Prinz von Dänemark, hat gesagt, es gebe eine Menge Dinge im Himmel und auf der Erde, wovon nichts in unseren Kompendiis steht. Hat der einfältige Mensch, der bekanntlich nicht recht bei Trost war, damit auf unsere Kompendia der Physik gestichelt, so kann man ihm getrost antworten: Gut, aber dafür stehn auch wieder eine Menge von Dingen in unseren Kompendiis, wovon weder im Himmel noch auf der Erde etwas vorkömmt.

Wispere (oder) flüstere unsterbliche Muse den Wahnwitz der Großen pp.

Es macht allemal einen sonderbaren Eindruck auf mich, wenn ich einen großen Gelehrten oder sonst einen wichtigen und gesetzten Mann sehe, dabei zu denken, daß doch einmal eine Zeit war, da er den Maikäfern ein Liedchen sang, um sie zum Auffliegen zu ermuntern.

Eine verfängliche Frage, fast wie die, ob Zwillinge Stiefgeschwister sein können.

Wenn unsere Theologie so fortfährt, sich nach und nach in Theonomie zu verwandeln, so wie sich Astrologie in Astronomie verwandelt hat, so wäre doch die Frage, ob es nicht besser wäre, das Neue Testament das Mittlere zu nennen.

Als er am Kirchhofe vorbeiging, sagte er: Die da können nun sicher sein, daß sie nicht mehr gehenkt werden, das können wir nicht.

Vor einigen Tagen las ich wieder, daß ein Prediger im Lüttichischen, wo ich nicht irre, der 125 Jahre alt gestorben ist, von dem Bischofe sei gefragt worden, wie er es angefangen habe, so alt zu werden. »Ich habe mich«, sagte er, »des Weins, der Weiber und des Zorns enthalten.« Hier ist, wie mich dünkt, nur die große Frage: Wurde der Mann so alt, weil er sich jener Gifte enthielt, oder weil er ein Temperament besaß, das es ihm möglich machte, sich jener Gifte zu enthalten? Ich glaube, es ist unmöglich nicht, für das letzte zu stimmen. Daß sich mit jenen Giften jemand das Leben verkürzen kann, und zwar sehr stark, ist kein Beweis, daß man sich das Leben dadurch verlängert, daß man sich ihrem Gebrauch entzieht. Wer das Temperament nicht hat, würde, wenn er sich des andern Geschlechts enthielte, gewiß sein Leben damit nicht verlängern. Ebenso ist es mit der Sage, daß die wahren Christen immer rechtschaffene Leute sind. Es hat lange rechtschaffene Menschen gegeben, ehe Christen waren, und gibt, gottlob! auch da noch welche, wo keine Christen sind. Es wäre also gar wohl möglich, daß die

Leute gute Christen sind, weil das wahre Christentum das heißt, was sie auch ohne dasselbe würden geworden sein. Sokrates wäre gewiß ein sehr guter Christ geworden.

Wir haben nunmehr vier Prinzipien der Moral:
1. Ein philosophisches: Tue das Gute um sein selbst willen, aus Achtung fürs Gesetz.
2. Ein religiöses: Tue es darum, weil es Gottes Wille ist, aus Liebe zu Gott.
3. Ein menschliches: Tue es, weil es deine Glückseligkeit befördert, aus Selbstliebe.
4. Ein politisches: Tue es, weil es die Wohlfahrt der großen Gesellschaft befördert, von der du ein Teil bist, aus Liebe zur Gesellschaft, mit Rücksicht auf dich …
Sollte dieses nicht alles dasselbe Prinzip sein, nur von andern Seiten angesehen? …

Wer willens ist, seine Kinder zu Huren und Spitzbuben zu erziehen, und so etwas kann zuweilen nützlich sein (besser), der muß hauptsächlich Sorge tragen, sie mit den Anfangsgründen bekannt zu machen, ehe die Kinder erfahren, daß es Laster sind.

Am 24. Juli 1797, gegen halb drei Uhr des Nachmittags, wurde mir mein siebentes Kind, ein Knabe, sehr glücklich geboren. Ich war sehr bewegt. An demselben Tage erhielt ich einen Brief von meinem Bruder, datiert Gotha, den 20. Juli, worin er mir von dem kleinen Knaben, den er von dem Tischler Paul adoptiert hat, obgleich der Vater noch lebt, sagt, daß es eines der schönsten Kinder sei, die er je gesehen habe, und er fände es, wie manche Römer, angenehmer, anderer Leute Kinder zu erziehen, als sich die Mühe zu nehmen, selbst welche zu machen. – Hier will ich ihn beim Wort halten. Ich will ihm Kinder genug zu erziehn geben, die er nicht gemacht hat und gegen die er mehr Verbindlichkeiten hat als gegen die von dem Tischler Paul, meine eigenen, die ich, sein Bruder, selbst gemacht habe …

Ist es nicht sonderbar, daß man zu den höchsten Ehrenstellen in der Welt (König) ohne Examen gelangt, das man von jedem Stadtphysikus fordert?

Gott anzureden: Baron aller Barone, ist nicht lächerlich, es ist übertrieben, affektiert. Aber Graf aller Grafen ist in hohem Grade lächerlich. Hieraus mögen die Herrn Grafen in Deutschland lernen, auf was für einer Staffel sie bei dem Publikum stehn. Auf einem gefährlichen Aut, Aut.

Er war ein unerschöpflicher Erzähler und höchst unterhaltender Mann. Das Licht seines Witzes leuchtete über Tafeln von fünfzig Kouverten. Es mußte aber jemand da sein, der das Licht zuweilen putzte, sonst fing es an, dunkel zu brennen, und verlosch wohl gar. Es mit der Lichtschere auszutun war unmöglich.

Ich glaube doch nun auch wirklich, daß die Frage, ob die Gegenstände außer uns objektive Realität haben, keinen vernünftigen Sinn hat. Wir sind unserer Natur nach genötigt, von gewissen Gegenständen unsrer Empfindung zu sagen, sie befänden sich außer uns, wir können nicht anders … Die Frage ist fast so töricht als die, ob die blaue Farbe wirklich blau sei. Wir können unmöglich über die Frage hinausgehen. Die Dinge, von denen ich sage, sie seien außer mir, weil ich sie so ansehen muß – es mag übrigens mit jenem Außer-mir-Sein eine Beschaffenheit haben, was es für eine will –, darüber können wir nicht richten …

Keine Erfindung ist wohl dem Menschen leichter geworden als die eines Himmels.

Ihre körperliche Reize befanden sich gerade in dem sonderbaren Zeitpunkt, wo sie anfangen, ihre anziehende Kraft mit der abstoßenden zu vertauschen.

Was die wahre Freundschaft und noch mehr das glückliche Band der Ehe so entzückend macht, ist die Erweiterung seines Ichs, und zwar über ein Feld hinaus, das sich im einzelnen Menschen durch keine Kunst in der Welt schaffen läßt. Zwei Seelen, die sich vereinigen, vereinigen sich dennoch nie ganz so, daß nicht immer noch der beiden so vorteilhafte Unterschied bliebe, der die Mitteilung so angenehm macht. Wer sich sein eigenes Leiden klagt, klagt es sicherlich vergeblich, wer es der Frau klagt, klagt es einem Selbst, das helfen kann und schon durch die Teilnahme hilft. Ebenso, wer gern sein Verdienst gerühmt hört, findet ebenfalls in ihr ein Publikum, gegen welches er sich rühmen kann, ohne Gefahr, sich lächerlich zu machen.

Wenn er philosophiert, so wirft er gewöhnlich ein angenehmes Mondlicht über die Gegenstände, das im ganzen gefällt, aber nicht einen einzigen Gegenstand deutlich zeigt.

Experimentalpolitik, die Französische Revolution.

Selbst die sanftesten, bescheidensten und besten Mädchen sind immer sanfter, bescheidener und besser, wenn sie sich vor dem Spiegel schöner gefunden haben.

Es ist ein Glück, daß die Gedankenleerheit keine solche Folge hat wie die Luftleerheit, sonst würden manche Köpfe, die sich an die Lesung von Werken wagen, die sie nicht verstehen, zusammengedrückt werden.

Wenn der Mensch sagt, Gott hört und sieht alles, warum sollte man ihn nicht mit Augen und Ohren malen, mit Pinsel oder Phantasie, das ist gleichviel. Aber ob es recht ist, ihn bloß mit zwei Augen zu malen, glaube ich kaum, denn so könnte er unmöglich sehn, was hinter ihm vorgeht. Es ist also eine Frage, wer hier am vernünftigsten malt, der, der ihn wie einen Menschen darstellt, oder der, der ihn ganz mit Augen besetzt.

Ich fürchte, unsere allzu sorgfältige Erziehung liefert uns Zwergobst.

Die Religion, eine Sonntagsaffäre.

Wie herrlich würde es nicht um die Welt stehen, wenn die großen Herrn den Frieden wie eine Mätresse liebten; sie haben für ihre Person zuwenig vom Kriege zu fürchten.

Er trieb einen kleinen Finsternis-Handel.

Sein Gewissen wurde in den Grafenstand erhoben.

Dieses ist einer von den sogenannten geflügelten Sprüchen, die sich aber leider, anstatt umherzufliegen, über die Wolken erhoben haben. So geht es mit fliegenden Dingen. Man sollte sie anzubinden wissen oder lernen.

Was die wahre Freiheit und den wahren Gebrauch derselben am deutlichsten charakterisiert, ist der Mißbrauch derselben.

Er vernünftelte mich ganz aus meiner Vernunft heraus.

Man hat auch bei Schließung der Ehen, wo allein die Leiber diktieren sollen, das Interesse zugelassen.

Die Vernunft sieht jetzt über das Reich der dunkeln, aber warmen Gefühle so hervor wie die Alpenspitzen über die Wolken. Sie sehen die Sonne reiner und deutlicher, aber sie sind kalt und unfruchtbar. Brüstet sich mit ihrer Höhe.

Das nicht sehr musikalisch klingende Wörtchen Hure.

Die kleinen Mädchen haben ein Spiel, da sie sich schnell umdrehn und ihre Röckchen fliegen machen, alsdann schnell niederkauern und mit allen diesen Umständen ein bißchen Luft unter dem Röckchen fangen, das sich sehr bald verliert. Sich brüsten, um nichts zu fangen, ist oft ihr Geschäft auch in reiferen Jahren, und gerade mit demselben Fangapparat.

Er diente, in Shakespeares ›Midsummer night's dream‹ den Mondschein vorzustellen.

Ein nebelartiges Schleichen.

Es ist eine ganz bekannte Sache, daß die Viertelstündchen größer sind als die Viertelstunden.

Wir wollen nun sehen, was aus der Französischen Republik wird, wenn die Gesetze ausgeschlafen haben.

Das Einmaleins zum Schutzheiligen wählen.

Kein Wort im Evangelio ist mehr in unsern Tagen befolgt worden als das: ›Werdet wie die Kindlein‹.

Mit dem Glücksrad des Lotto lebendig gerädert, kam er endlich hieher, kurz vor dem Gnadenstoß.

Deutschland hat sich gegen das unchristliche Frankreich recht christlich bewiesen. Nachdem es von demselben einen Streich auf den einen Backen bekommen hatte, so hielt es ihm den andern auch dar.

Wenn man so widerlegt wird, so weiß ich doch auch fürwahr nicht, was man mit Ehren noch tun kann, als allenfalls dem Gegner die Fenster einschmeißen …

Schon lange vor der Französischen Revolution hatte er die dreifarbige Nase aufgesteckt.

Die Linien der Humanität und Urbanität fallen nicht zusammen.

Der physische Drang für Nachkommenschaft wurde immer schwächer, so wie der für Nahrungssorgen zunahm.

Die Vorreden zu manchen Büchern sind deswegen öfters so seltsam geschrieben, weil sie gewöhnlich noch im gelehrten Kindbettfieber geschrieben sind.

Er trug den Kopf auf einer Seite wie Alexander, wie dem Cervantes stund ihm immer der Hosenlatz offen, und wie Montaigne konnte er nicht rechnen, weder mit Ziffern noch mit Zahlpfennigen.

Man spricht viel von Aufklärung und wünscht mehr Licht. Mein Gott, was hilft aber alles Licht, wenn die Leute entweder keine Augen haben oder die, die sie haben, vorsätzlich verschließen?

Eine Ehe ohne Würze kleiner Mißhelligkeiten wäre fast so was wie ein Gedicht ohne R.

Er hatte seinen beiden Pantoffeln Namen gegeben.

Man sieht jetzt häufig Verordnungen, daß kein Kandidat zum Predigtamt gelassen werden soll, der nicht die (orientalischen) Grundsprachen studiert habe. Du gerechter Gott, und doch läßt man täglich Leute auf Thronen steigen und in das Ministerium, die nicht einmal die Muttersprache ihres Fachs kennen!

Im ganzen Zirkel von Liebe zur Veränderung, die das weibliche Geschlecht besitzt, ist wohl die zur Veränderung des Namens die vorzüglichste.

Es ist möglich, jemandem die Backen so zu streicheln, daß es einem Dritten läßt, als hätte man ihm eine Ohrfeige gegeben.

Wieviel in der Welt auf Vortrag ankömmt, kann man schon daraus sehen, daß Kaffee, aus Weingläsern getrunken, ein sehr elendes Getränke ist oder Fleisch, bei Tische mit der

Schere geschnitten, oder gar, wie ich einmal gesehen habe, Butterbrot mit einem alten, wiewohl sehr reinen Schermesser geschmiert.

Die Polizeianstalten in einer gewissen Stadt lassen sich füglich mit den Klappermühlen auf den Kirschenbäumen vergleichen. Sie stehen stille, wenn das Klappern am nötigsten wäre, und machen einen fürchterlichen Lärm, wenn wegen des heftigen Windes gar kein Sperling kömmt.

Was ein bedächtliches, gesetztes Verfahren in allen Vorfällen des Lebens nützlich ist, kann ich mir auch dadurch erläutern: Ich kann mir keinen schrecklichern Zufall denken, als wenn mir jemand eines meiner Kinder aus Unvorsichtigkeit erschösse, und doch kenne ich mehrere Menschen, denen ich ohne Mühe vergeben würde, andere, die ich nie wieder würde vor Augen sehen können, und noch andere, die ich auf der Stelle erschießen könnte und würde, wenn ich ein Gewehr zur Hand hätte.

Bei dieser Gelegenheit wurden einige Quartbände in den Foliantenstand erhoben, und es wurde ihnen erlaubt, Titulblätter in Folio zu führen, die aber eingeschlagen getragen werden mußten.

Wenn die Erinnerung an die Jugend nicht wäre, so würde man das Alter nicht verspüren, nur daß man das nicht mehr zu tun vermag, was man ehmals vermochte, macht die Krankheit aus. Denn der Alte ist gewiß ein ebenso vollkommenes Geschöpf in seiner Art als der Jüngling.

Es ist gut, wenn junge Leute in gewissen Jahren vom poetischen Übel befallen werden, nur inokulieren muß man es ihnen ums Himmels willen nicht lassen.

Galgen mit einem Blitzableiter.

Er klagte damals sehr über Hühneraugen auf den Ellbogen.

Er schliff immer an sich und wurde am Ende stumpf, ehe er scharf war.

Ich wollte einen Teil meines Lebens hingeben, wenn ich wüßte, was der mittlere Barometerstand im Paradiese gewesen ist.

Die großen Feldherrn wollten wir gerne entbehren, wenn wir nur dafür desto mehr große Stadt- und Landesherren bekämen.

Es ist in vielen Dingen eine schlimme Sache um die Gewohnheit. Sie macht, daß man Unrecht für Recht und Irrtum für Wahrheit hält.

Ein von der Natur nicht sehr umwundenes Spitzbubengesicht.

Es gibt Leute, die so wenig Herz haben, etwas zu behaupten, daß sie sich nicht getrauen zu sagen, es wehe ein kalter Wind, sosehr sie ihn auch fühlen möchten, wenn sie nicht vorher gehört haben, daß es andere Leute gesagt haben.

Jean Paul ist doch zuweilen unerträglich und wird noch unerträglicher werden, wenn er nicht bald dahin gelangt, wo er ruhen muß. Er würzt alles mit cayennischem Pfeffer, und es wird ihm begegnen, was ich einst Sprengeln weissagte, er wird, um sich kalten Braten schmackhaft zu machen, geschmolzenes Blei oder glühende Kohlen dazu essen müssen. Wenn er wieder von vornen anfängt, wird er groß werden.

Ich weiß von guter Hand ..., daß seit der Revolution der religiöse Skeptizismus gar nicht mehr unter den Menschen von Rang und Familie stattfinden soll, worin er ehmals herrschte. Man hat beten gelernt; viele Damen, die sonst nichts davon wissen wollten, sind nun ganz pour la religion de nos pères. (Manche Leute beten nicht eher, als bis es donnert.) Man glaubt aber doch auch, daß sie etwas mehr dabei gedacht und auch das Gouvernement de nos pères mit gemeint hätten.

Er hustete so hohl, daß man in jedem Laut den doppelten Resonanzboden Brust und Sarg mitzuhören glaubte.

Er schien eher Tischlerarbeit zu sein als ein wirklich menschliches Geschöpf.

Vor allen Dingen etwas gegen die jetzige Art, die Astronomie zu behandeln. Es geht in der Tat zu weit. Ich frage Sie, ob soviel daran liegt, einen Ort eine Viertelmeile falsch zu legen? Du gerechter Gott! Um wie viele Grade mögen unsere Staatsverwaltungen falsch liegen? Und wie vieles mag noch nicht in den Städten berichtigt sein, deren geographische Lage man berichtigt hat?...

Jean Paul sucht den Beifall seiner Leser mehr durch einen Coup de main als durch planmäßige Attacke zu erobern.

Es ist fast nicht möglich, etwas Gutes zu schreiben, ohne daß man sich dabei jemanden oder auch eine gewisse Auswahl von Menschen denkt, die man anredet. Es erleichtert wenigstens den Vortrag sehr in tausend Fällen gegen einen.

Der menschliche Geist wird immer gleichförmiger, je mehr er sich über das Körperliche erhebt. Je näher er aber diesem wieder kömmt, desto häufiger werden die Abweichungen, geradeso, wie ich bei den Planeten gesagt habe.

Nur um Himmels willen keine Satiren, die von Rezepten hergeholt sind. Rezept zu einem Roman usw. Am schlimmsten, wenn sie sich mit probatum est schließen.

Ich nähere mich der Zeit des Laudator temporis acti se juvene. Also dem Rat der Alten. Die Frage ist immer, ob nicht am Ende der Geist des Widerspruchs im ganzen mehr Nutzen stiftet als die Vereinigung.

Das Beschneiden der Bäume zu nützen. Taxus usw., Buchsbaum, so werden Gelehrte am Hofe und im Staate behandelt.

Über den moralischen Charakter der Mediceischen Venus.

Ich habe wohl hundertmal bemerkt und zweifle gar nicht, daß viele meiner Leser hundertundein- oder -zweimal bemerkt haben mögen, daß Bücher mit einem sehr einnehmenden, gut erfundenen Titel selten etwas taugen. Vermutlich ist er vor dem Buche selbst erfunden, vielleicht oft von einem andern.

Er (Lion) gestand mir, daß er nun in seinem Alter einige mutwillige Einfälle, die er hatte drucken lassen, betrachtete wie die kleinen Kleckschen, die ein geliebtes Rotkehlchen, das bei ihm herumflog, auf seine Bücher, Papiere und Möbel gedruckt hatte, jetzt, nachdem ihm eine Katze das Tierchen geholt habe, dem er sie verzieh.

Von mirakulöser Schönheit.

Da, wo die Tugenden wild wachsen.

Man will wissen, daß im ganzen Lande seit 500 Jahren niemand vor Freuden gestorben wäre.

Sollte wohl die Vernunft, oder vielleicht besser der Verstand, wenn er auf Endursachen gerät, besser daran sein, als wenn er auf ein Diktat des Herzens gerät? Es ist ja noch eine große Frage, wodurch wir am stärksten mit der uns umgebenden Welt verbunden sind, von Seiten des Herzens oder der Vernunft.

Sollte nicht manches von dem, was Herr Kant lehrt, zumal in Rücksicht auf das Sittengesetz, Folge des Alters sein, wo Leidenschaft und Neigungen ihre Kraft verloren haben und Vernunft allein übrigbleibt?...

Herrn Kant gebührt gewiß das nicht geringe Verdienst, in der Physiologie unsres Gemütes aufgeräumt zu haben, aber diese nähere Kenntnis der Muskeln und Nerven wird uns weder bessere Klavierspieler noch bessere Tänzer geben. Mir kömmt es auch zuweilen vor, als wenn der Beifall, den sein Werk ›Kritik der reinen Vernunft‹ erhalten hat, ihn nachher zu weit geführt hätte.

Ist denn wohl unser Begriff von Gott etwas weiter als personifizierte Unbegreiflichkeit?

Ich glaube, der Mensch ist am Ende ein so freies Wesen, daß ihm das Recht, zu sein, was er glaubt zu sein, nicht streitig gemacht werden kann.

So wie der Mensch unabläßlich vor Alter stirbt, so werden andere Sachen unabläßlich durch Alter gut. Es geht mit unserer Weisheit nicht besser.

ESSAYS

ÜBER DEN DEUTSCHEN ROMAN

Unsere Lebensart ist nun so simpel geworden und alle unsere Gebräuche so wenig mystisch, unsere Städte sind meistens so klein, das Land so offen, alles ist sich so einfältig treu, daß ein Mann, der einen deutschen Roman schreiben will, fast nicht weiß, wie er Leute zusammenbringen oder Knoten schürzen soll. Denn da die Eltern jetzt in Deutschland durchaus ihre Kinder selbst säugen, so fallen die Kindervertauschungen weg, und ein Quell von Erfindung ist verstopft, der nicht mit Geld zu bezahlen war. Wollte ich ein Mädchen in Mannskleidern herumgehen lassen, das käme gleich heraus, und die Bedienten verrieten es, noch ehe sie aus dem Hause wäre; außerdem werden unsere Frauenzimmer so weibisch erzogen, daß sie gar nicht das Herz haben, so etwas zu tun. Nein, fein bei der Mama zu sitzen, zu kochen und zu nähen und selbst eine Koch- und Nähmama zu werden, das ist ihre Sache. Es ist freilich bequem für sie, aber eine Schande fürs Vaterland und ein unüberwindliches Hindernis für den Romanenschreiber.

In England glaubt man, daß, wenn zwei Personen von einerlei Geschlecht in demselben Zimmer schlafen, ein Kerkerfieber unvermeidlich sei; deswegen sind die Personen in einem Hause des Nachts am meisten getrennt, und ein Schriftsteller darf nur sorgen, wie er die Haustüre offen kriegt, so kann er in das Haus lassen, wen er will, und darf nicht sorgen, daß jemand eher aufwacht, als er es haben will.

Ferner, da in England die Schornsteine nicht bloß Rauchkanäle, sondern hauptsächlich die Luftröhren der Schlafkammern sind, so geben sie zugleich einen vortrefflichen Weg ab, unmittelbar und ganz ungehört in jede beliebige Stube des Hauses zu kommen, und der ist so bequem, daß ich mir habe sagen lassen, daß, wer einmal einen Schornstein auf- und abgestiegen sei, ihn selbst einer Treppe vorzöge. In Deutschland käme ein Liebhaber schön an, wenn er einen Schornstein hinabklettern wollte. Ja, wenn er Lust hätte, auf einen Feuerherd oder in einen Waschkessel mit Lauge oder in die Antichambre von zwei bis drei Öfen zu fallen, die man wohl gar von innen nicht einmal aufmachen kann. Und gesetzt, man wollte die Liebhaber so in die Küche springen lassen, so ist die Frage, wie bringt man sie aufs Dach? Die Kater in Deutschland können diesen Weg wohl zu ihren Geliebten nehmen, aber die Menschen nicht.

Hingegen in England formieren die Dächer eine Art von Straße, die zuweilen besser ist als die auf der Erde; und wenn man auf einem ist, so kostet es nicht mehr Mühe, auf das andere zu kommen, als über eine Dorfgosse im Winter zu springen. Man will zwar sagen, man habe diese Einrichtung wegen Feuersgefahr getroffen; da aber diese sich kaum alle hundertfünfzig Jahre in einem Hause ereignet, so stelle ich mir vor, daß man es vielmehr zum Trost bedrängter Verliebter und Spitzbuben für nützlich befunden hat, die sehr oft diesen Weg nehmen, wenn sie gleich noch andere wählen könnten, und gewiß allemal, wenn die Retirade in der Eil geschehen muß, geradeso wie etwa die Hexen und der Teufel in Deutschland zu tun pflegen.

Endlich ein rechtes Hindernis von Intrigen ist der sonst feine und lobenswürdige Einfall der Postdirektoren in Deutschland, durch den eine unzählige Menge von Tugenden des Jahrs erhalten werden, daß sie statt der englischen Postkutschen und Maschinen, in denen sich eine schwangere Prinzessin weder fürchten noch schämen dürfte zu reisen, die so beliebten offenen Rumpelwagen eingeführt haben. Denn was die bequemen Kutschen in England und die dortigen vortrefflichen Wege für Schaden tun, ist mit Worten nicht auszudrücken.

Fürs erste, wenn ein Mädchen mit ihrem Liebhaber aus London des Abends durchgeht, so kann sie in Frankreich sein, ehe der Vater aufwacht, oder in Schottland, ehe er mit seinen Verwandten zum Schluß kommt; daher ein Schriftsteller weder Feen noch Zauberer, noch Talismane nötig hat, um die Verliebten in Sicherheit zu bringen, denn wenn er sie nur bis nach Charingcross oder Hydepark Corner bringen kann, so sind sie so sicher, als wenn sie in des Weber Meleks Kasten wären. Hingegen in Deutschland, wenn auch der Vater den Verlust seiner Tochter erst den dritten Tag gewahr würde, wenn er nur weiß, daß sie mit der Post gegangen ist, so kann er sie zu Pferde immer noch auf der dritten Station wiederkriegen.

Ein anderer übler Umstand sind die leider nur allzu guten Gesellschaften in den bequemen Postkutschen in England, die immer voll schöner, wohlgekleideter Frauenzimmer stecken und wo, welches das Parlament nicht leiden sollte, die Passagiere so sitzen, daß sie einander ansehen müssen, wodurch nicht allein eine höchst gefährliche Verwirrung der Augen, sondern zuweilen eine höchst schändliche, zum Lächeln von beiden Seiten reizende Verwirrung der Beine und daraus endlich eine oft nicht mehr aufzulösende Verwirrung der Seelen und Gedanken entstanden ist, so daß mancher ehrliche junge Mensch, der von London nach Oxford reisen wollte, statt dessen zum Teufel gereist ist. So etwas ist nun, dem Himmel sei Dank, auf unsern Postwagen nicht möglich. Denn erstlich können artige Frauenzimmer sich unmöglich auf einen solchen Wagen setzen, wenn sie sich nicht in der Jugend etwas im Zaunbeklettern, Elsternesterstechen, Äpfelabnehmen und Nüsseprügeln umgesehen haben, denn der Schwung über die Seitenleiter erfordert eine besondere Gewandtheit, und wenige Frauenzimmer können ihn tun, ohne den untenstehenden Wagenmeister und die Stallknechte zum Lachen zu bringen. Für das zweite, so sitzt man, wenn man endlich sitzt, so, daß man sich nicht in das Gesicht sieht, und in dieser Stellung können, was man auch sonst dagegen sagen mag, wenigstens Intrigen nicht gut angefangen werden. Die Erzählung verliert ihre ganze Würze, und man kann höchstens nur verstehen, was man sagt, aber nicht, was man sagen will. Endlich hat man auf den deutschen Postwagen ganz andere Sachen zu tun, als zu plaudern; man muß sich festhalten, wenn die Löcher kommen, oder in den schlimmeren Fällen sich gehörig zum Sprung spannen; muß auf die Äste achtgeben und sich zur gehörigen Zeit ducken, damit der Hut oder Kopf sitzenbleibt; die Windseite merken, und immer die Kleidung an der Seite verstärken, von wo der Angriff geschieht; und regnet es gar, so hat bekanntlich der Mensch die Eigenschaft mit andern Tieren gemein, die nicht in oder auf dem Wasser leben, daß er stille wird, wenn er naß wird; da stockt also die Unterredung ganz. Kommt man endlich in ein Wirtshaus, so geht die Zeit mit andern Dingen hin: der eine trocknet sich, der andere schüttelt sich, der eine kaut seine Brustkuchen und der andere bläht sich den Backen und was dergleichen Kindereien mehr sind.

Hierbei kommt noch ein Umstand in Betrachtung, der auch alle freundschaftliche Mischung der Gesellschaft in den Wirtshäusern unmöglich macht. Nämlich weil die Postwagenreisen mit so vielen Trübsalen verbunden sind, so hat man dafür gesorgt, daß die Wirtshäuser um so viel schlechter sind, als nötig ist, um den Postwagen wieder angenehm zu machen. Ja, man kann sich nicht vorstellen, was das für eine Wirkung tut. Ich habe Leute, die zerstoßen und zerschlagen waren und nach Ruhe seufzten, als sie das Wirtshaus sahen, wo sie sich erquicken sollten, sich mit einem Heldenmut entschließen sehen, weiterzureisen, der wirklich etwas Ähnliches mit jenem Mut des Regulus hatte, der nach Karthago zurückzugehen trieb, ob er gleich wußte, daß man ihn dort in eine Art deutschen Postwagen setzen und so den Berg herunterrollen lassen würde.

Also fallen die Postkutschenintrigen mit den Postkutschen selbst, den rechten Treibhäusern für Episoden und Entdekkungen, schlechterdings weg. Aber im Hannöverischen, wird man sagen, ist ja nun eine Postkutsche. Gut, ich weiß es, und zwar eine, die immer so gut ist als eine englische. Aber soll man alle Romane auf dem Wege zwischen Harburg und Münden anfangen lassen, daß man kaum Zeit hat, recht bekannt zu werden? Alles, was die Fremden tun, ist, daß sie in das Lob des Königs ausbrechen, der dieses so geordnet hat, oder schlafen. Denn sie sind gemeiniglich, ehe sie in die Kutsche kommen, so abgemattet, daß sie nun glauben, sie wären zu Hause oder lägen im Bette. Das sind aber in der Tat die rechten Gegenstände für einen Roman, fünf schlafende Kaufleute schnarchend einzuführen oder ein Kapitel mit dem Lobe des Königs anzufüllen. Das erstere ist schlechterdings gar kein Gegenstand für ein Buch, und das letztere für keinen Roman. Aber ich bin durch diesen unnützen Einwurf nun von meiner Sache abgekommen. Ja, wenn noch zuweilen ein Kloster wäre, wo man ein verliebtes Paar unterbringen könnte, so wüßte ich mir keinen eigentlich deutschen Roman bis auf die dritte Seite zu spielen; und wenn es einmal keine Klöster mehr gibt, so ist das Stündchen der deutschen Romane gekommen.

BRIEFE AUS ENGLAND

An Heinrich Christian Boie

Erster Brief

London, den 1. Oktober 1775

Ihr Verlangen, mein lieber B., Ihnen etwas von Herrn Garrick zu schreiben, kann ich nun hoffentlich besser befriedigen als damals, da Sie es zum erstenmal gegen mich äußerten. Ich hatte diesen außerordentlichen Mann zu der Zeit gerade zweimal gesehen, und das war zuwenig, um ihn ruhig zu beobachten, und nicht lange genug her, um an einen Freund ruhig darüber zu schreiben. Hier kommen nun einige meiner Bemerkungen, nicht alle; Sie sollen künftig die übrigen haben, wenn Sie wollen, Beobachtung und Räsonnement durcheinander und wahrscheinlicherweise mehr Ausschweifung als beide zusammen, alles, womöglich, geradeweg, ich meine in der Ordnung und mit den Ausdrücken, die mir die Laune der Minute darbietet, in welcher ich schreibe. Ich weiß, Sie verzeihen mir dieses; ich mache mich gar nicht gerne an Briefe, wo ich das nicht tun darf, oder vielmehr, ich schreibe sie immer lieber morgen und dann – in Ewigkeit nicht. Noch eins, ob ich gleich, nächst deklariertem Nonsens, nichts im Stil mehr hasse als den boswellischen, festlichen, weissagenden Ton, womit manche Schriftsteller gleich jeden großen Mann, den sie beschreiben, zum Engel und sich zum Propheten erheben und eine gewisse Feiertagsprose zu stammeln anfangen, die der Wahrheit so trefflich zustatten kommt, so könnte es doch sein (ich hoffe es nicht), daß mir mein Gegenstand einen kleinen Streich spielte. Merken Sie so etwas, mein Freund, so berechnen Sie den Rabatt gleich selbst und danken mir indessen, daß ich Ihnen gleich anfangs geschrieben habe.

Ich habe Herrn Garrick nunmehr gerade achtmal spielen sehen und darunter in einigen seiner vorzüglichsten Rollen. Einmal als Abel Drugger in Ben Jonsons sehr verändertem

›Alchimisten‹; einmal als Archer in Farquhars ›Stratagem‹; einmal als Sir John Brute in Vanbrughs ›Provoked wife‹; zweimal als Hamlet; einmal als Lusignan in der von Hill veränderten ›Zaïre‹; einmal als Benedikt in Shakespeares ›Much ado about nothing‹ und endlich als Don Leon in Beaumonts und Fletchers ›Rule a wife and have a wife‹. Außerdem habe ich ihn selbst gesprochen und habe nunmehr freien Zutritt in seine Loge.

Unter den erwähnten Charakteren soll es ihm Weston im Abel Drugger gleichtun so wie Quin ehemals im Sir John Brute; allein noch hat kein Mann seinen Fuß auf ein britisches Theater gesetzt, der es ihm in den übrigen gleichgetan hätte, auch ist jetzt keiner da, der zu einem solchen Manne nur im einzelnen die mindeste Hoffnung gäbe und am allerwenigsten zu einem, der alles zugleich werden könnte. Vermutlich leidet auch jene Vergleichung mit Quin und Weston noch eine Einschränkung. Quin im Sir John Brute habe ich zwar nicht sehen können und den Weston in Abel Drugger nicht gesehen; allein ähnliche Urteile über Garricken, und zwar in Rollen, wo ich die Vergleichung anstellen konnte, haben mich sehr mißtrauisch gemacht. Ich bin nunmehr ziemlich überzeugt, daß ihn in Rollen, die er einmal übernimmt, schlechterdings niemand übertrifft, der nicht Garrick ist, ich meine, in dessen Seele und Körper sich kein solches System von Schauspielertalenten findet als bei ihm; und einen solchen Mann hat England außer ihm noch nicht gesehen, wenigstens auf seinen Schaubühnen nicht. Was es mit dem Urteil jener Personen über Weston für eine Bewandtnis hat und über Quin gehabt haben mag, muß ich erklären; es wird sich hierbei manches von Herrn Garrick beibringen lassen, das ich sonst vergessen möchte, und außerdem wollte ich auch nicht, da ich einmal soviel gesagt habe, daß Sie lange glaubten, es gefiele mir Weston nicht, ein Mann, der jetzt der Liebling des Volkes ist und der mich mehr lachen gemacht hat als alle übrigen englischen Schauspieler zusammengenommen. Ich sage Ihnen künftig einmal mehr von ihm, jetzt mag zu meiner Absicht folgendes genug sein.

Weston ist eines der drolligsten Geschöpfe, die mir je vor die Augen gekommen sind. Figur, Stimme, Anstand und alles erweckt Lachen, ob er es gleich nie zu wollen scheint und nie selbst lacht. Kaum erscheint er auf dem Theater, so vergißt ein großer Teil der Versammlung wohl gar ihm zu Gefallen das Stück und sieht ihn isoliert seine Künste machen. Sie sehen, vor solchen Richtern kann ein solcher Mann nicht schlecht spielen. Die Leute wollen nur ihn sehen. Mit Garrick ist es ganz anders, man will immer in ihm den wirksamen Teil des Ganzen und den täuschenden Nachahmer der Natur finden; er könnte also selbst vor seinem England seine Rolle schlecht spielen, wenn er wollte, aber das könnte Weston schwerlich. Nun hat Ben Jonson nur wenig Punkte von Abel Druggers Charakter gegeben; wenn ein Schauspieler durch diese seine Linie ziehen kann, so kann er ziemlich à son aise fortgehen, ohne zu fürchten, daß er übertreten werde. Eine vortreffliche Gelegenheit für Weston, seine eigene Person gut loszuwerden, zumal in den langen Zwischenräumen, wo Abel Drugger stumm ist, in einer Stube, wo außer einem Paar Sternseher und Teufelsbanner Skelette von Menschen, Krokodile, Straußeier und leere Rezipienten stehen, worin wohl gar der Teufel selbst sitzen könnte. Mich dünkt, ich sähe ihn, wie er bei jeder heftigen Bewegung der Astrologen oder dem geringsten Getöse, das sich nicht gleich selbst erklärt, erstarrt und mit parallelen Füßen dasteht wie eine Mumie und dann, wenn es vorüber ist, erst mit den Augen zu leben und zu untersuchen anfängt und dann den Kopf langsam dreht usw. Der größte Teil der Versammlung klatscht und lacht, selbst der Kenner lächelt mit über den närrischen Teufel; aber bei Garricks Abel Drugger – da fängt der Kenner mit dem Beifall an. Das ist ein ganz anderes Geschöpf, aus der Absicht des Dichters abstrahiert, durch die ausgebreitetste Kenntnis individualisierender Umstände verbessert und von der obersten Galerie herab leserlich ausgedrückt. Die Gebärdensprache fällt ihm nicht, wenn ich so reden darf, in eine bequeme, alles verschlingende Erstarrung, die am Ende doch unnatürlich läßt, sondern in jeder Minute äußert der arme Abel seinen Charakter, Aberglauben und Einfalt mit neuen Zeichen. Ich erwähne nur eines Zugs, den Herr Weston nicht einmal nachmachen, geschweige erfunden haben könnte und an den der Dichter vermutlich auch nicht gedacht hat. Wenn die Astrologen den nunmehr großen Namen Abel Drugger aus den Sternen heraus buchstabieren, so sagt der betrogene arme Tropf mit inniger Freude: »Das ist mein Name.« Garrick macht daraus eine heimliche Freude, denn sich so geradeheraus zu freuen wäre wider den Respekt. Garrick dreht sich also von ihnen ab und freut sich ein paar Augenblicke so in sich selbst hinein, daß er wirklich die roten Ringe um die Augen kriegt, die allemal eine große, wenigstens zum Teil gewaltsam unterdrückte Freude begleiten, und so sagt er: »Das ist mein Name« zu sich selbst. Dieses weise Heimlichtun tat eine unbeschreibliche Wirkung, denn man sah nicht bloß den einfältigen, hintergangenen, passiven Pinsel, sondern einen noch weit lächerlichern, der mit einer Art von innerm Triumph sich noch wohl gar für einen durchtriebenen Gast hält. So etwas muß man von Weston nicht erwarten. Wo aber eine besondere Simplizität und Figur dem Stück zustatten kommt, da tut er Wunder: So erscheint er in Footes ›Devil upon two sticks‹ als Dr. Last, als Mawworm im ›Scheinheiligen‹ und als Scrub im ›Stratagem‹. Ich habe ihn in allen dreien gesehen, im letztern mit Garricken zugleich in einigen Szenen. Das sind Szenen, mein lieber B., ich glaube, selbst ...'s abgefrömmelte, dem Zeitlichen längst nicht mehr reizbare Wange faltete sich hier wohl einmal wieder zu einem irdischen Lächeln! –

Eine ähnliche Beschaffenheit hatte es vermutlich mit Quins Sir John Brute. Die Leute, die ihn hierin Garrick gleichsetzen und gar hier und da vorzogen, fügten hinzu, Quin wäre selbst eine Art von Sir John gewesen, und das machte, bei mir wenigstens, ihr Urteil sehr verdächtig. Es gehört Kraft dazu, einen Schwachen auf der Bühne gut vorzustellen, und Kenntnis der feinen Welt und des Wertes der guten Sitten, um den versoffenen, liederlichen Sir John, wenigstens für Leute von

Welt und Geschmack, zu machen. Es gibt leider Sir Johne in allen Ständen, und da stelle ich mir vor, machte Quin den weidmännischen Taugenichts für die Fuchsjäger, Landjunker und Renommisten, Garrick hingegen den Taugenichts von Geburt und Stand für den Hof und Leute von Geschmack. Daß dieses ein Schauspieler oft tun könne, ohne dem Dichter zu nahe zu treten, ist gewiß nicht zu leugnen. Wie sehr ist zum Exempel nicht das langsame, schleppende »Hol mich der...«, das beim herabhangenden schweren Pfeifenkopf im Walde gesprochen wird, von dem schnellen, fast partikelmäßigen unterschieden, das zwischen einem Paar artigen Lippen auf dem Billard oder der Parade hervorfliegt. Überdies hat man aber auch starke Veränderungen mit dem Stück selbst gemacht. Noch muß ich anführen, daß so wie Garricks Feinde von der einen Seite ihm den Quin an die Seite setzen, weil der wirklich ein Sir John gewesen wäre, so habe ich sie auf der andern nachteilig auf Garricks Charakter schließen hören, weil er den Sir John Brute so gut spielte. Das letztere habe ich sogar in einem öffentlichen Blatte gelesen. Sie sehen also, daß Garrick noch täglich seine Rebhuhne findet. Aus dem, was ich hier angeführt habe, werden Sie leicht, ohne daß ich nötig hätte, eine Summe zu ziehen, abnehmen, was das sagen will: Weston und Quin tun es Garricken gleich. Die eine Partei schätzt den Wert des komischen Schauspielers nach der Größe des Kitzels, den er ihnen verursacht, ohne zu untersuchen, ob er es als Schauspieler durch eine vorzügliche Auszeichnung seiner Rolle oder als isolierter Hanswurst tut, und die andere verlangt aus Mangel an Geschmack oder Weltkenntnis allzu starke Züge und findet bei dem sogenannten allzu Natürlichen ihre Rechnung oder gar im Affektierten. Solche Leute würden oft Garricken schlechtweg tadeln, wenn sie es sicher tun könnten, allein sie würden zuviel für ihren Kredit wagen, daher äußert sich ihr schlechter Geschmack und ihre Unerfahrenheit nur zuweilen darin, daß sie ihm einen schlechtern Schauspieler gleichsetzen. Das gebe ich gerne zu (und wer wird es nicht zugeben?), daß Tausende nicht alles sehen, was Garrick zu sehen gibt, darin geht es ihm nicht um ein Haar besser als seinen beiden nahen Geistesverwandten Shakespeare und Hogarth. Um bei ihnen alles zu sehen, muß man zu der gewöhnlichen Erleuchtung noch sein eigenes Lichtchen mitbringen.

Was gibt denn aber nun diesem Manne die große Überlegenheit? Der Ursachen, mein Freund, sind sehr viele, und ein sehr großer Teil derselben liegt in der höchst glücklichen Bildung des Mannes. Allein ob ich gleich ihre Wirkung in der Summe bis zum Hinreißenden mächtig gefühlt habe, so wage ich es doch nicht, sie in einem jeden gegebenen Fall zu analysieren. Es gehört mehr Kenntnis der Welt und mehr Übung in dieser Analyse dazu, als ich habe, und eine öftere Vergleichung, als ich anstellen konnte. Indessen, da einem manches im Umgange mit Menschen von allerlei Stand, Form und Anstand unvermutet klar werden kann (manches ist mir jetzt schon deutlicher, als es anfangs war) und ich den Mann in den Hauptsituationen mit Figur und Gesicht immer wie lebendig vor mir sehen kann, so könnte es sein, daß ich künftig einmal, wenn ich wieder bei Ihnen bin, etwas Zusammenhängendes über ihn sagen könnte. Jetzt müssen Sie es selbst hier und da aus meinen Briefen heraussuchen. Man hat mich einmal versichern wollen, daß hier ein Mann an einem Werke für die Schauspieler arbeite, das Regeln enthalten soll, von Garricken abstrahiert, aber durch Philosophie auf Grundsätze zurückgebracht, verbunden und geläutert. Ich habe nachher nichts wieder davon gehört. Wenn es an dem ist, so gebe der Himmel, daß der Mann ein Lessing ist, aber die sind leider hier so selten als in Deutschland. Er sollte noch jung sein, und das macht mir bange, denn auch hier wimmelt es so gut als in Deutschland von jungen geniesüchtigen Originalköpfen, wie sie sich nennen, die ihr halb Ausgedachtes halb gesagt bei jeder Gelegenheit darbieten, ihren jungen schwärmerischen Anbetern zum Wonnegefühl, allein dem eigentlichen Denker, dem ihr Schwall von Götterprose nicht ein Körnchen Nahrung zuführt, zum Abscheu. Nun näher zur Sache!

Herr Garrick hat in seiner ganzen Figur, Bewegung und Anstand etwas, das ich unter den wenigen Franzosen, die ich gesehen habe, ein paarmal wenigstens zum Teil, und unter den vielen Engländern, die mir vorgekommen sind, gar nie wieder angetroffen habe. Ich meine hier Franzosen, die wenigstens über die Mitte des Lebens hinaus sind, aus der guten Gesellschaft, das versteht sich wohl. Wenn er sich zum Exempel mit einer Verbeugung gegen jemanden wendet, so sind nicht der Kopf allein, nicht die Schultern, nicht die Füße und Arme allein beschäftigt, sondern jedes gibt dazu einen gemäßigten Anteil in dem gefälligsten und den Umständen angemessensten Verhältnis her. Wenn er auch ohne Furcht, Hoffnung, Mißtrauen oder irgendeinen Affekt hinter den Szenen hervortritt, so möchte man gleich nur ihn allein ansehen; er geht und bewegt sich unter den übrigen Schauspielern wie der Mensch unter Marionetten. Hieraus wird nun freilich niemand Herrn Garricks Anstand kennenlernen, den nicht schon etwa vorher das Betragen eines solchen wohlerzogenen Franzosen aufmerksam gemacht hat, in dem Fall wäre dieser Wink die beste Beschreibung. Folgendes wird die Sache vielleicht klarer machen. Seine Statur ist eher zu den kleinen als den mittleren zu rechnen und sein Körper untersetzt. Seine Gliedmaßen haben das gefälligste Ebenmaß, und der ganze Mann ist auf die niedlichste Weise beisammen. Es ist an ihm kein dem geübtesten Auge sichtbares Gebrechen, weder in den Teilen noch in der Zusammensetzung, noch in der Bewegung. In der letztern bemerkt man mit Entzücken immer den reichen Vorrat an Kraft, der, wenn er gut gezeigt wird, wie Sie wissen, mehr gefällt als Aufwand. Es schleudert und schleift und schleppt nichts an ihm, und da, wo andere Schauspieler in der Bewegung der Arme und Beine sich noch einen Spielraum von sechs und mehr Zollen zu beiden Seiten des Schönen erlauben, da trifft er es mit bewundernswürdiger Sicherheit und Festigkeit auf ein Haar. Seine Art zu gehen, die Achseln zu zucken, die Arme einzustecken, den Hut zu setzen, bald in die Augen zu drücken, bald seitwärts aus der Stirne zu stoßen, alles mit der leichten Bewegung der Glieder, als wäre jedes seine rechte Hand, ist daher eine Erquickung anzusehen. Man fühlt sich selbst leicht und wohl, wenn man die Stärke und Sicherheit in seinen Bewegungen sieht, und wie allgegenwärtig er in den Muskeln seines Körpers scheint. Wenn ich mich selbst recht verstehe, so trägt sein untersetzter Körper nicht wenig dazu bei. Von dem starken Schenkel herab verdünnt sich das richtig geformte Bein immer mehr und schließt sich endlich in dem nettesten Fuß, den Sie sich denken können, und ebenso verdünnt sich der starke Arm nach der kleinen Hand zu. Was das für eine Wirkung tun muß, können Sie sich leicht vorstellen. Allein diese Stärke ist nicht bloß scheinbar. Er ist wirklich stark und äußerst geübt und flink. In der Szene im ›Alchimisten‹, wo er sich boxt, läuft er und hüpft er von einem dieser netten Beine auf das andere mit bewundernswürdiger Leichtigkeit, daß man glaubt, er schwebe; auch in dem Tanz in ›Much ado about nothing‹ unterscheidet er sich vor andern durch die Leichtigkeit seiner Sprünge; als ich ihn in diesem Tanz sah, war das Volk so zufrieden damit, daß es die Unverschämtheit hatte, seinem Roscius »encore« zuzurufen. In seinem Gesichte sieht jedermann ohne viel physiognomisches Raffinement den glücklichen schönen Geist auf der heitern Stirne und den wachsamen Beobachter und witzigen Kopf in dem schnellen, funkelnden und oft schalkhaften Auge. Seine Mienen sind bis zur Mitteilung deutlich und lebhaft. Man sieht ernsthaft mit ihm aus, man runzelt die Stirne mit ihm und lächelt mit ihm; in seiner heimlichen Freude und in der Freundlichkeit, wenn er in einem Beiseite den Zuhörer zu seinem Vertrauten zu machen scheint, ist etwas so Zutunliches, daß man dem entzückenden Manne mit ganzer Seele entgegenfliegt.

Von seiner Gabe, das Gesicht zu verändern, haben Sie vermutlich so wie ich in Deutschland schon gehört. Der Enthusiasmus seiner Landsleute und der Reisenden hat wohl etwas hier zugesetzt, aber ich glaube doch, daß mehr als die Hälfte wahr ist, und das heiß ich für den Enthusiasmus gut observiert. Herr Garrick hat es allerdings hierin zum Erstaunen weit gebracht. Ich werde unter der Hand hiervon Beispiele geben, wenn ich ihn in besonderen Rollen beschreibe; hier erwähne ich nur, daß mich zum Exempel im Sir John Brute, wo ich ihn ganz in der Nähe beobachtete, sein Mund aufmerksam machte, sobald er auf die Bühne trat. Er hatte nämlich die beiden Winkel desselben etwas herabgezogen, wodurch er sich ein äußerst liederliches und versoffenes Ansehen gab. Diese Figur des Mundes behielt er bis ans Ende bei, nur mit dem Unterschiede, daß sich der Mund etwas mehr öffnete, sowie sein Rausch anwuchs; diese Figur muß sich also in dem Manne so mit der Idee eines Sir John Brute assoziiert haben, daß sie sich ohne Vorsatz gibt, sonst, sollte man denken, müßte er sie einmal in dem Lärm vergessen, dessen er fürwahr in diesem Stück nicht wenig macht.

Nun bedenken Sie weiter: Seitdem dieser vortrefflich gebildete und dabei mit allen Geistesgaben eines großen Schauspielers von der Natur ausgerüstete Mann in seinem vierundzwanzigsten Jahre als Exkandidatus Juris auf einmal auf dem Theater in Goodmansfields erschien und gleich bei seiner ersten Erscheinung alle Schauspieler seiner Zeit zurückließ, ward er der Abgott der Nation, die Würze der guten Gesellschaft und der Liebling der Großen. Fast alle die neuern englischen Schriftsteller, die man bei uns so sehr liest, nachahmt und nachäfft, waren seine Freunde. Er half sie bilden, so wie sie ihn wiederum bilden halfen. Der Mensch lag seinem beobachtenden Geiste offen, von dem ausgebildeten und ausgekünstelten in den Sälen von St. James an bis zu den wilden in den Garküchen von St. Giles. Er besuchte die Schule, in welche Shakespeare ging, wo er ebenfalls wie jener nicht auf Offenbarungen paßte, sondern studierte (denn in England tut das Genie nicht alles wie in Deutschland), London meine ich, wo ein Mann mit solchem Talent zur Beobachtung seinen Erfahrungssätzen in einem Jahr leicht eine Richtigkeit geben kann, wozu kaum in einem Städtchen, wo alles einerlei hofft und fürchtet, einerlei bewundert und einerlei erzählt und wo sich alles reimt, ein ganzes Leben hinreichend wäre. Ich wundere mich daher gar nicht, wenn sich dort zuweilen ein Mann bildet, dessen Werke hernach Leute an andern Orten und von minderer Erfahrung zum Maßstab ihres Wachstums in der Kenntnis des Menschen gebrauchen können, ich meine, in denen man immer mehr findet, je mehr man selbst zur Lesung mitzubringen hat, sondern ich wundere mich, daß London nicht mehrere bildet, ich meine nicht mehrere Garricke oder Hogarthe oder Fieldinge, sondern Leute, die zwar etwas anderes wären, aber es so würden wie jene. Kenntnis der Welt gibt dem Schriftsteller in jeder Klasse Überlegenheit. Sie gibt, wo nicht in allen Fällen seinem ›Was‹, doch immer seinem ›Wie‹ eine Stärke, gegen die der große nachahmende Zauberer nicht aufkommt, sosehr auch er oder sein Klub oder sein Städtchen das Gegenteil glauben mag und unter den Umständen glauben muß. Wenn man daher die Welt selbst etwas kennt, so wird man leicht gewahr, daß Garrick auf der Bühne von Kenntnissen Gebrauch macht, die man, dort gezeigt, fast weggeworfen nennen möchte, vermutlich aber nur so lange, als man ihrer selbst noch nicht viele wegzuwerfen hat. Denn es mag damals, als ich nach Garricken hinsah, noch manches Paar Augen nach ihm gesehen haben, das mehr in ihm erblickte als ich oder wohl gar nicht einmal alles fand, was es suchte. Stellte Garrick zum Exempel den wollüstigen Fresser vor und wollte mit den Fingern untersuchen, ob sein Kapaun oder sein Fasan zur völligen Reife am Spieß gediehen sei, so wollte ich wohl wetten, er sondierte ihn auch mit dem vierten Finger der linken Hand. In allen übrigen wäre dazu zuviel Stärke und zuwenig Gefühl. Man muß aber dergleichen Dinge selbst finden; wenn man sie andern beschreiben will, so läuft man oft gerade alsdann, wenn man sich am weisesten dünkt, Gefahr, lächerlich zu werden.

Außer den einem guten Schauspieler mehr wesentlichen Eigenschaften besitzt der Mann noch eine Menge anderer, womit man in allen Ständen des Lebens sein Glück macht und die Menschen hinführen kann, wo man sie hin haben will. Dahin rechne ich seine Gabe, einzelnen Menschen sowohl als dem Publikum seine Schwachheiten sehr geschwind abzumerken. Dieses setzt ihn in den Stand, in einem Notfall dem natürlichen Schönen noch den Zusatz von Konventionellem zu geben, ohne welches es in dem Jahr, ja ich möchte fast sagen an dem Tage, den Eindruck nicht gemacht haben würde, den es macht. Ich habe selbst bemerkt, daß, wenn ihm zum Exempel bei einem neuen Versuche der laute Beifall oder die gewohnte Todesstille der Versammlung ausbleibt, so weiß er es sicherlich noch vor dem Schlusse der Handlung so zu wenden, daß sie erfolgen müssen.

Nun, mein lieber B., wenn Sie sich anders aus dem, was ich gesagt habe, schon einen Garrick haben bilden können, so folgen Sie mir jetzt mit ihm in einige Szenen. Ich will heute, weil ich eben dazu aufgelegt bin, die aus dem ›Hamlet‹ nehmen, wo ihm der Geist erscheint. Sie kennen ihn schon in diesen Szenen aus Meister Rebhuhns vortrefflicher Beschreibung im ›Findling‹. Die meinige soll jene nicht entbehrlich machen, sondern nur erklären:

Hamlet erscheint in einem schwarzen Kleide, dem einzigen, das leider noch am ganzen Hofe für seinen armen Vater, der kaum ein paar Monate tot ist, getragen wird. Horatio und Marcellus sind bei ihm und haben Uniform; sie erwarten den Geist; die Arme hat Hamlet hoch untergesteckt und den Hut in die Augen gedrückt; es ist eine kalte Nacht und eben zwölfe; das Theater ist verdunkelt, und die ganze Versammlung von einigen Tausenden wird so stille und alle Gesichter so unbeweglich, als wären sie an die Wände des Schauplatzes gemalt; man könnte am entferntesten Ende des Theaters eine Nadel fallen hören. Auf einmal, da Hamlet eben ziemlich tief im Theater etwas zur Linken geht und den Rücken nach der Versammlung kehrt, fährt Horatio zusammen. »Sehen Sie, Mylord, dort kommt's«, sagt er und deutet nach der Rechten, wo der Geist schon unbeweglich hingepflanzt steht, ehe man ihn einmal gewahr wird. Garrick, auf diese Worte, wirft sich plötzlich herum und stürzt in demselben Augenblicke zwei bis drei Schritte mit zusammenbrechenden Knien zurück, sein Hut fällt auf die Erde, die beiden Arme, hauptsächlich der linke, sind fast ausgestreckt, die Hand so hoch als der Kopf, der rechte Arm ist mehr gebogen und die Hand niedriger, die Finger stehen auseinander und der Mund offen, so bleibt er in einem großen, aber anständigen Schritt wie erstarrt stehen, unterstützt von seinen Freunden, die mit der Erscheinung bekannter sind und fürchteten, er würde niederfallen; in seiner Miene ist das Entsetzen so ausgedrückt, daß mich, noch ehe er zu sprechen anfing, ein wiederholtes Grausen anwandelte. Die fast fürchterliche Stille der Versammlung, die vor diesem Auftritt vorherging und machte, daß man sich kaum sicher glaubte, trug vermutlich nicht wenig dazu bei. So spricht er endlich, nicht mit dem Anfange, sondern mit dem Ende eines Atemzugs und bebender Stimme: »Angels and ministers of grace defend us!« Worte, die alles vollenden, was dieser Szene noch fehlen könnte, sie zu einer der größten und schrecklichsten zu machen, deren vielleicht der Schauplatz fähig ist. Der Geist winkt ihm, da sollten Sie ihn sich von seinen Freunden, die ihn warnen, nicht zu folgen, und festhalten, losarbeiten sehen, immer mit den Augen auf den Geist, ob er gleich mit seinen Gefährten spricht. Aber endlich, da sie es ihm zu lange machen, wendet er auch sein Gesicht nach ihnen, reißt sich mit großer Heftigkeit los und zieht mit einer Geschwindigkeit, die einen schaudern macht, den Degen gegen sie; – »By heaven, I'll make a ghost of him, that lets me«, sagte er. Das ist genug für sie; alsdann legt er den Degen gegen das Gespenst aus: »Go on, I'll follow thee.« So geht der Geist ab. Hamlet steht noch immer still, mit vorgehaltenem Degen, um mehr Entfernung zu gewinnen, endlich, da der Zuschauer den Geist nicht mehr sieht, fängt er an, ihm langsam zu folgen, steht zuweilen still und geht dann weiter, immer mit ausgelegtem Degen, die Augen starr nach dem Geist, mit verwirrtem Haar und noch außer Atem, bis er sich ebenfalls hinter den Szenen verliert.

Mit was für einem lauten Beifall dieser Abzug begleitet wird, können Sie sich leicht denken. Er fängt an, sobald der Geist fort ist, und dauert, bis Hamlet ebenfalls verschwindet. Was das für ein Triumph ist! Man sollte denken, ein solcher Beifall auf einem der ersten Schauplätze der Welt und vielleicht von dem gefühlvollsten Publikum der Welt müßte jeden Funken von Schauspielergenie in einem Zuschauer zu Flammen fachen. Allein da sieht man's, so handeln wie Garrick und so schreiben wie Shakespeare sind Wirkungen von Ursachen, die sehr tief liegen. Sie werden freilich nachgeahmt, nicht sie, sollte man sagen, sondern das Phantom, das sich der Nachahmer nach Maßgabe seiner eigenen Kräfte von ihnen schafft. Dieses erreicht er oft, übertrifft es wohl gar und bleibt dessen ungeachtet weit unter dem wahren Original. Der Weißbinder hält sein Werk für so vollkommen als der Maler das seinige oder wohl gar für vollkommener. Nicht jeder Schauspieler, der die flachen Hände von ein paar hundert Menschen allezeit zu kommandieren weiß, ist deswegen ein Garrick, und nicht jeder Schriftsteller, der ein paar sogenannte Heimlichkeiten der menschlichen Natur in einer altväterischen Prose und mit Prunkschnitzern gegen Sprache und gute Sitten auszuplaudern gelernt hat, ist deswegen ein Shakespeare.

Der Geist wurde von Herrn Bransby vorgestellt. Er erschien allemal sehr gut, ganz über und über in einem Harnisch, den man durch einen Anzug von stahlblauem Atlas ausdrückt; selbst von dem Gesicht sieht man nichts als die bleiche Nase und etwas weniges zu beiden Seiten derselben.

Dieses mag für heute von Herrn Garrick genug sein, aber schließen kann ich unmöglich, ohne einmal nach den Schauspielern meines Vaterlandes zurückzusehen. Einige meiner Freunde in Deutschland haben befürchtet, ich möchte mich durch mein häufiges Besuchen der englischen Schauplätze so verwöhnen, daß ich an den deutschen künftig keinen Geschmack mehr finden könnte. Dem Himmel sei Dank, einen solchen Baderstolz hat mir mein bißchen Reisen noch nicht beigebracht, und der müßte es sein oder noch etwas Schlechteres, wenn ich bei meiner jetzigen Überzeugung die Verdienste unserer Schauspieler verkennen wollte. Gerade umgekehrt, ich werde künftig die braven Leute noch weit mehr bewundern als ehemals, da sie es in den Umständen, in welchen sie sich gemeiniglich bei uns befinden, so sehr weit gebracht haben, wie ich jetzo besser als ehemals einsehe. Unter denen, die ich in Göttingen, Hannover und Hamburg gesehen habe (die andern Schauplätze kenne ich nicht), könnten nicht allein viele in Drurylane mitspielen, sondern einige würden sogar Aufsehen machen. Ein so allgemeiner Schauspieler als zum Exempel Herr Ekhof ist, wenn ich Herrn Garrick ausnehme, auf dem englischen Theater jetzt schlechterdings nicht, ob es gleich noch viele gibt, die es in besondern Rollen sehr weit, wo nicht zur Vollkommenheit gebracht haben. Zum Exempel in Drurylane: King, Smith, Dodd, Parsons, Palmer und hauptsächlich der drollige Weston; alsdann in Coventgarden: Barry, Lewis (der zu einem guten allgemeinen Schauspieler Hoffnung gibt), Lee, Macklin, Shuter und Woodward. Allein gleich Herr Smith in Drurylane, ein ziemlich beliebter Schauspieler und schöner Mann, der auch zu Anfang des Winters, ehe Garrick sich sehen läßt, und gegen das Ende, wenn er wieder verschwindet, dessen Rollen, Hamlet, Richard III. usw., mit vielem Beifall spielt, ist weit unter Herrn Ekhof. Die Ursache ist, er hat seine Kunst auch nicht an der Quelle geholt, er ist der Kenner des Menschen nicht, der Herr Ekhof sein muß. Dieses wird aus folgender Anekdote erhellen, die mir ein glaubwürdiger Mann erzählt hat. Vor mehreren Jahren, da freilich Herr Smith der Mann noch nicht war, der er jetzo ist, erschrak er zwar als Hamlet in der oben beschriebenen Szene, zog aber zugleich aus Respekt gegen den Geist seines gnädigsten Herrn Vaters den Hut mit einer tiefen Verbeugung ab. Sehen Sie, so geht's den Leuten zuweilen unversehens, die glauben, sie könnten mit Nachahmen auskommen. So etwas hätte Herr Ekhof in seinem zwölften Jahre nicht getan und nicht tun können. Aber dafür kriegte auch Herr Smith damals den Namen ›Monsieur Hamlet‹ ab, den man ihm nun wieder vergessen hat.

Den Tod der jüngern Mamsell Ackermann habe ich in einem englischen Blatte vor einigen Monaten nicht ohne die größte Bewegung gelesen. Ist das nicht traurig, mein lieber B.? Ich mag es nicht über mich nehmen, zu untersuchen, welcher englischen Schauspielerin sie hätte gleich werden können: jetzt wäre es ein trauriges Geschäft, und allemal würde es ein schweres gewesen sein. Von ihrem Alter ist keine da, die das wäre, was sie war, und die zwei oder drei der älteren, die sie jetzt übertreffen, hätte sie unter gleichen Umständen vielleicht in ihrem achtundzwanzigsten Jahre alle übertroffen. Sie hat uns indessen gezeigt, was wir in Deutschland mit unsern Treibhäuschen ausrichten können. Wie wenn nun unsere Pflanzen erst gar die Sonne hätten, die sie in England haben, wo sie noch außerdem vor dem Strahl sicher sind, für den bis jetzt in Deutschland noch kein Franklin einen Ableiter gefunden hat, obgleich manche Stadt und manches Städtchen seinen Richmann zählt, der für den Vorwitz, mit ihm spielen zu wollen, mit seinem Verderben hat büßen müssen.

Zweiter Brief

London, den 10. Oktober 1775

Ohne ein Antwort von Ihnen, mein wertester B., auf meinen letzten Brief und den Leitfaden von Fragen abzuwarten, durch den ich den Weg zu Ihrer Befriedigung geschwinder finden könnte, schreibe ich Ihnen schon wieder. Ich habe jetzt gerade Zeit und Mut, danach herumzusuchen, und beide möchten mir fehlen, wenn Sie mir den Leitfaden zuwerfen. Lassen Sie also sehen, ob ich sie nicht ohne ihn finden kann. –

Ich habe zuweilen, wenn ich Herrn Garrick mit so vieler Kraft dastehen sah, wenn ich so reden darf, gedacht, ob nicht mancher Schauspieler, der nicht so gut von der Natur ausgebildet ist als er, dieses durch Kunst einigermaßen ersetzen könnte. Ich möchte wohl wissen, ob man sich auf den Theatern ausstopft, um sich zu verschönern, meine ich, so wie man sich bemalt. Tut man es, woran ich kaum zweifeln sollte, so ist wohl soviel gewiß, man versteht sich nicht überall darauf. Das Knochengebäude manches deutschen Schauspielers ist nicht so schlecht als der Überzug der Muskeln und des Fettes, an denen Zeit und Krankheit und in den parisischen Provinzen unsers Vaterlandes auch noch Hunger und Kummer unaufhörlich nagen. Die erquickende Sicherheit und Festigkeit in der Bewegung, den Vorrat von Kraft kann ja die Versammlung nicht fühlen, hören will sie sie nicht, also muß sie sie sehen; und die sehe man einmal in einem Paar spitzen Schultern, zylindrischen Schenkeln oder leeren Ärmeln oder lattenförmigen Beinen. Ich bin überzeugt, daß es oft eine Kleinigkeit in der Form des Arms ist, was einem Portebras ein lahmes Ansehen gibt. Eine Säule, deren Würfel nur um ein Sechstel höher wäre als breit, sieht einem geübten Auge gleich aus, als könnte sie das Gebäude nicht mehr tragen. Und was ist die Schönheit einer Säule gegen die vom menschlichen Körper, wovon das Auge der geborene und durch hundertfaches Interesse wachsam erhaltene Richter ist?

Bei den Portebras fällt mir Mrs. Yates ein, die erste Schauspielerin im hohen Tragischen aus Garricks Schauplatz. Diese Frau ist nicht mehr jung, überdies von der Art der hagern, und hat vermutlich nicht die besten Arme. Auch habe ich ihre Arme nie entblößt gesehen, ja nicht einmal im bloßen Handschuh. Jedesmal, auch in solchen Charaktern, wo sich ein schöner Arm schwerlich versteckt hätte, lief der völlige, aber nicht leer scheinende Ärmel, sich von der Schulter an allmählich vorengend, bis an die Hand herab, an die er nah und enge anschloß. Die Einförmigkeit, die ein solcher Anzug dem Arme hätte geben können, zu vermeiden, hatte sie etlichemal eine von der Farbe des Kleides stark abstechende Frisur darum gewunden. Die angenehme konische

Form des Ärmels, die jedem Zuschauer nicht bloß Freiheit ließ, sondern Anlaß gab, sich den schönsten Arm darunter zu denken, gab ihm auch sichtbare Stärke. Auch wußte sie den Arm so mächtig zu führen, daß man von dieser Frau allein eine Chironomie abstrahieren könnte. Die Schauspieler sollten hierin nicht nachlässig sein und sich diesen Anschein von Geschicklichkeit nicht versagen, solang die wirkliche fehlt; denn obgleich die Zuschauer sich nicht alle deutlich sagen können, wo der Fehler liegt, so fühlen sie doch, daß er irgendwo liegen muß, an dem geschwächten Eindruck, den die Handlung auf sie macht, desto gewisser, je weniger sie noch zur Zeit hierüber aus Büchern zu plaudern gelernt haben.

Die unbeschreiblich gefällige Leichtigkeit, Stärke und Sicherheit in der Bewegung (dieses sind noch immer die besten Wörter, die ich dafür finden kann), wodurch sich Herr Garrick so sehr auszeichnet, möchten wohl nicht so leicht zu erhalten sein, ob ich gleich nicht leugnen will, daß die richtige Form seiner Glieder etwas dazu beiträgt. Ich fürchte, es ist vieljährige, Zeit und Schweiß kostende Übung des Leibes, die sich endlich zu dieser Ungezwungenheit aufgeklärt hat und die, durch beständige Beobachtung schöner, von Personen beiderlei Geschlechts bewunderter und beneideter Männer verherrlicht, jetzt bei ihm aussieht, als hätte er sie umsonst. So wie etwa die Leichtigkeit mit Kraft im Stil der Oligographen des Altertums nicht sowohl die Frucht eines Schlaraffenklimas als vielmehr die Folge durch tiefes Studium erworbener deutlicher Begriffe und der Geist aus ganzen Bänden von Exercitiis sein mag, die sie verbrannt haben.

Hierzu kommt nunmehr bei diesem Manne das seelenstärkende Gefühl seiner Überlegenheit. Er hat nichts zu fürchten. Das ganze Publikum sieht aufwärts nach ihm, und die wenigen, die über ihn sein mögen, sind gewiß von der Klasse derer, die stilleschweigen. Was Wunder, wenn diese Begeisterung zuweilen ein Licht um ihn verbreitet, das alle übrigen Schauspieler verdunkelt? In allem, was er tut oder sagt, ist daher nicht die flüchtigste Spur eines ängstlichen Bestrebens, zu gefallen, wodurch so mancher Schauspieler mißfällt. Weiter, wenn er den Hofmann macht, so tritt in ihm kein armer Teufel auf, sondern es ist der Mann von Welt selbst, den man sieht, der Mann, der diesen Abend an dem papiernen Hof in Drurylane und morgen vormittag an dem goldnen in St. James glänzt. Wieviel Hofleute, und was sage ich Hofleute, wieviel Hamlete mögen denn überhaupt wohl in der Welt sein, die das sind, was der Mann zwischen seinen vier Wänden ist? Dieses waren wieder ein paar Pinselstriche an seinem Porträt als Garrick. Nun noch ein paar an Hamlet!

In dem vortrefflichen Monolog ›O that this too, too solid flesh would melt'‹ etc. bringt er, um mich astronomischer Kunstwörter zu bedienen, wieder eine Menge von den kleinen Gleichungen an, womit er die Handlung eines mittleren Menschen zur Wahrheit und Bestimmtheit des Individuums verbessert. Die Tränen des gerechtesten Schmerzes für einen tugendhaften Vater, um den eine leichtsinnige Mutter nicht allein keine Trauer, sondern kein Leid mehr trägt, zu einer Zeit, da die Schmarotzer noch Schwarz tragen sollten, die unaufhaltsamsten unter allen Tränen vielleicht, da sie bei einem solchen Kampf von Pflicht mit Pflicht die einzige Erleichterung sind, die sich ein rechtschaffenes Herz verschaffen kann, überwältigen Garricken völlig. Von den Worten ›So excellent a king‹ geht das letzte ganz verloren; man sieht es nur an der Bewegung des Mundes, der sich gleich darauf fest und zitternd schließt, um den allzu deutlichen Ausdruck des Schmerzes durch die Lippen, der sich ins Unmännliche ziehen könnte, zu hemmen. Diese Art, Tränen fallen zu lassen, die mit der ganzen Last des innern Schmerzes auch zugleich die männliche Seele zeigt, die unter ihr leidet, teilt sich unaufhaltsam mit. Ist man aber erst einmal mit Shakespearn in der Reihe, so wird jedes Wort ein Schlag, wenn es Garrick spricht. Am Ende des Monologs mischt sich gerechter Unwille mit seinem Schmerz, und einmal, da sein Arm heftig wie mit einem Streich herunterfällt, um einem Wort im Unwillen Nachdruck zu geben, bleibt dieses Wort, unerwartet für die Zuhörer, von Tränen aufgehalten, aus und kommt erst nach einigen Augenblicken mit den Tränen zugleich nach. Ich und mein Nachbar, mit dem ich noch kein Wort gesprochen hatte, sahen uns hier einander an und sagten etwas. Es war unwiderstehlich.

Der berühmte Monolog ›To be or not to be‹ etc. macht natürlich den großen Eindruck auf den Zuhörer nicht und kann ihn nicht machen. Er tut aber doch ungleich mehr, als man von einem Räsonnement über Selbstmord und Tod in einem Trauerspiel erwarten sollte, deswegen, weil ihn nicht allein ein großer Teil der Versammlung wie ein Vaterunser auswendig weiß, sondern auch, möchte ich sagen, jedermann wie ein Vaterunser sprechen hört, zwar freilich nicht mit den großen begleitenden Ideen unsers geheiligten Gebets, aber doch mit einem Gefühl von Feierlichkeit und Würde, wovon sich jemandem, der England nicht kennt, kein Begriff geben läßt. Shakespeare ist auf dieser Insel nicht berühmt, sondern heilig; man hört seine Sittensprüche überall; ich selbst habe sie am 7. Februar, an einem wichtigen Tage, im Parlament gehört. So verwächst sein Name mit den ehrwürdigen Ideen: Man singt aus ihm und von ihm, und daher lernt ihn ein großer Teil der englischen Jugend eher kennen als das Abc und den Pontius Pilatus. Hamlet, der, wie ich schon erinnert habe, in Trauer ist, erscheint hier, weil er schon angefangen hat, den Verrückten zu spielen, mit dickem, losem Haar, davon ein Teil über die eine Schulter hervorhängt; einer von den schwarzen Strümpfen ist heruntergefallen und läßt den weißen Unterstrumpf sehen, auch eine Schlinge des roten Kniebandes hängt über die Mitte der Wade herab. So tritt er langsam und in tiefer Betrachtung hinter den Szenen hervor; das Kinn unterstützt er mit der rechten Hand und den Ellbogen des rechten Arms mit der linken und sieht mit großer Würde seitwärts auf die Erde nieder. Hierauf, indem er den rechten Arm von dem Kinn wegbringt, aber, wo ich mich recht erinnere, ihn noch durch den linken unterstützt hält, spricht er die Worte ›To be or not to be‹ etc. leise, aber wegen der großen Stille (und nicht aus einer besondern Gabe des Mannes, wie sogar in einigen Schriften steht) überall vernehmlich.

Eine kleine Sprachanmerkung muß ich hier machen. In der vierten Zeile dieses Monologs schlagen doch einige vor, ›against assailing troubles‹ anstatt ›against a sea of troubles‹ zu lesen, weil man gegen ein Meer die Waffen nicht ergreifen könne. Herr Garrick sagt dessen ungeachtet ›against a sea of troubles‹. Ich gebe Ihnen hier bloß Garricks Stimme; was er für Autoritäten für sich hat, untersuche ich nicht. Mir würde es hier schwer werden, und Sie können das auf der göttingischen Bibliothek in einem Wink ausmachen.

Ebenso mit Anständigkeit verwirrt ist auch zuletzt, da die Vernunft von ihr gewichen ist, der Anzug der Ophelia. Sie ward von Mrs. Smith, einer jungen Frau, die sich für diese Rolle vortrefflich schickt (ob sie gleich für viele andere, die sie spielt, nicht Leben genug hat), einer guten Sängerin, vorgestellt. Ihr langes flächsenes Haar hing zum Teil den Rükken herab und zum Teil über die Schulter hervor; in der Linken hielt sie einen Büschel unverworrenes Stroh, und ihr ganzes Tun in ihrem Wahnsinn war sanft, so wie die Leidenschaft, die die Ursache davon war. Die Lieder, die sie vortrefflich sang, hatten etwas so Klagendes, Sanftes und Melancholisches, daß ich sie noch lange nachher in der Nacht, wenn ich allein war, zu hören glaubte. Überhaupt ist diese ganze Szene bis zum Schmerz rührend und läßt eine Wunde in der Seele zurück, die Shakespeare so ganz fortschmerzen läßt, daß man wünschen möchte, man hätte die arme, unglückliche Ophelia nicht gesehen. Wäre doch Voltaire hier gewesen und hätte Mr. Smith über den Shakespeare kommentieren hören! Ich traue es fast dem ungewöhnlichen Manne zu, daß er bereut haben würde, was er wider diese Szene gesagt hat. Das weiß ich, hätte ich je so was geschrieben, mit voltairischem Witz und Einfluß auf die Schwachen versteht sich, und hätte nachher gesehen, was ich gesehen habe, fürwahr, ich hätte Shakespeares Geist in den Zeitungen um Vergebung gebeten. Aber einen Sieg hat doch Voltaire in Drurylane erhalten. Die Totengräberszene bleibt weg. In Coventgarden behält man sie noch bei. Das hätte Garrick nicht tun müssen. Ein so altes, herrliches Stück mit aller seiner charakteristischen, rohen Stärke aufgeführt, hätte doch in dieser süßen Zeit, wo auch hier die Sprache der Natur konventionell schönem Gewäsch zu weichen anfängt, den Fall zuweilen wieder einmal gebrochen, wenn es ihn auch nicht hätte aufhalten können.

Einige der schönsten Szenen muß ich übergehen, unter andern die, wo er die Schauspieler unterrichtet, und dann die, in welcher er seiner Mutter die Vergleichung zwischen seinem Onkel und seinem Vater ins Herz donnert und der Geist darüber erscheint; ein Schlag auf den andern, ehe man sich noch erholt hat. – Er führt ins Unendliche. Ich beschließe also hier das Trauerspiel und gebe Ihnen nur noch eine kurze Farce.

Sir John Brute ist nicht bloß ein liederlicher Hund, sondern Garrick macht auch einen alten Gecken aus ihm. Das letztere ist gleich im Anzug sichtbar. Auf einer Perücke, die noch so ziemlich zu seinen Jahren paßt, hat er ein kleines bordiertes Modehütchen so leichtfertig hingeworfen, daß es schlechterdings nichts von der Stirne bedeckt, was nicht schon von der Perücke bedeckt wäre. In seiner Hand hält er einen von den eichenen Hakenstöcken, mit denen sich die jungen Poltrons im Park des Morgens (so heißt hier die Zeit von zehn bis drei) das Ansehen von verteufelten Kerlen geben. Es ist eigentlich ein Prügel, an dem nur dünne Spuren von Kunst und Kultur zu sehen sind, geradeso wie gemeiniglich auch an dem menschlichen Bengel, der ihn trägt. Diesen Stock braucht Sir John, seine Worte mit Gepolter zu unterstützen, zumal wenn nur Frauenzimmer gegenwärtig sind, oder auch einmal in der Hitze hinzuschlagen, wo niemand steht, der es übel auslegen könnte. –

Auf allen Schauplätzen gibt es fast immer irgendeinen oder den andern Schauspieler, der den Betrunkenen mehr als erträglich macht. Die Ursache ist leicht zu finden. Es fehlt nirgends an Gelegenheit zur Beobachtung, und, was wohl der Hauptgrund sein mag, dergleichen Rollen haben ihrer Natur nach weder enge noch sehr scharf abgeschnittene Grenzen. Dessenungeachtet spielt Herr Garrick den betrunkenen Sir John so, daß ich gewiß den außerordentlichen Mann in ihm erkannt haben würde, auch wenn ich nie etwas von ihm gehört und ihn selbst in diesem Stück nur in einer Szene gesehen hätte. Vom Anfange sitzt die Perücke noch gerade, und man sieht das Gesicht voll und rund. Nun kommt er äußerst betrunken nach Haus, da sieht er aus wie der Mond ein paar Tage vor dem letzten Viertel; fast die Hälfte ist von der Perücke bedeckt; der Teil, den man noch sieht, ist zwar etwas blutig und glänzt von Schweiß, ist aber dafür äußerst freundlich, so daß er den Verlust des andern wieder ersetzt. Die Weste ist von oben bis unten offen, die Strümpfe voller Falten, und die beiden Strumpfbänder hängen herab, und zwar – sehr mystisch – zweierlei Strumpfbänder; es ist nur ein Wunder, daß er nicht gar Schuhe von beiderlei Geschlecht erwischt hat. In diesem betrübten Zustand kommt er zur Frau in die Stube, und auf ihr ängstliches Befragen, was ihm fehle (und sie hat Ursache, so zu fragen), antwortet er mit gesammelten Kräften: »Frau, gesund wie ein Fisch im Wasser«, und doch regt er sich nicht vom Türpfosten weg, an dem er festsitzt, als wenn er sich den Rücken reiben wollte. Dann wird er wieder grob und tut auf einmal wieder so weinklug und so freundlich, daß die ganze Versammlung in einen Aufruhr von Beifall ausbricht. In der Szene, wo er einschläft, hat er mich in Erstaunen gesetzt. Die Art, wie er bei geschlossenen Augen, schwimmendem Kopf und blaß mit der Frau zankt und, mit r und l in einen Mittellaut zusammengeschmolzen, bald schimpft und bald eine Sittenlehre zu lallen scheint, wovon er das scheußlichste Widerspiel ist, wie er die Lippen bewegt, daß man nicht weiß, ob er kaut oder schmeckt oder spricht, das alles war so weit über meine Erwartung als irgend etwas, was ich von diesem Manne gesehen habe. Sie sollten ihn nur das Wort ›prerogative‹ aussprechen hören; er kommt ohne zwei, drei Versuche niemals auf die dritte Silbe. Vanbrugh hat dieses herrlich gebraucht. Es ist das rechte Losungswort zu Schlägen in den politischen Biergesellschaften von England, wo man sich um den Begriff nichts bekümmert, und kann sehr gefährlich werden, wenn die Mitglieder so weit sind, daß sie es nicht mehr aussprechen können. So schön aber auch dieses Stück gespielt wird, denn Lady Brute wird von Miß Young und Lady Fancyful von der berühmten Mrs. Abington vorgestellt, so wäre es, dünkt mich, doch besser, es nie auf das Theater zu bringen. Man hat zwar die schändliche Szene, wo sich Sir John Brute in einen Geistlichen verkleidet und so mit der Scharwache balgt, dahin abgeändert, daß er diese großen Taten nur im Reifrock, Saloppe und Kopfzeug verrichtet, wogegen man nichts mehr einzuwenden hat, allein dessenungeachtet sind hier und da noch abscheuliche Sachen, beleidigend für Ohren und Augen. Ich habe schon neulich gesagt, daß Garrick die Gabe, alles zu individualisieren, in einem so sehr hohen Grade besitzt, daß dieses nicht wenig zu seiner Überlegenheit beiträgt, und doch, sollte ich denken, müßte sich das mit etwas Aufmerksamkeit, nicht auf Schauspieler, sondern auf Menschen in Gesellschaft, zum Teil wenigstens, leicht erhalten lassen. Wenn nur die Schauspieler erst wüßten, worauf sie achthaben sollten. Der Theatermensch kann trotz seiner Aussteuer vom Dichter noch immer frieren, wenn ihn der Schauspieler nicht warm anzieht, zumal wenn der erstere nur französische Zeuge gibt. Garrick greift, wenn es nötig ist, mit der linken Hand lieber in die rechte Tasche, ehe er eine Prise Schnupftabak wechselt, die er zwischen den Fingern der Rechten hat. Er kann, in einen unerfahrenen, unbeholfenen Menschen verkleidet, sein erstes spanisches Rohr so tragen, daß man glaubt, er trüge es für seinen Herrn zum Silberschmied oder feil oder hätte ein Barometer darin. Eine Gleichungstafel, die solche Züge enthielte, wäre kein geringes Geschenk für die Schauspieler und, unter uns, für unsere dramatischen Dichter und Romanenschreiber. Alle (man darf wohl so allgemein sprechen, wo nur zwei oder drei ausgenommen werden können, deren Wert bekannt genug ist) schreiben, als fehlte es ihnen an Stoff zur Beobachtung oder an Geist dazu, und die meisten, als fehlte es ihnen an beiden. Wenn ein Jurist aufgeführt wird, so kann man sicher darauf rechnen, daß leges und nur der Justinian vorkommen; der Advokat erscheint allemal mit seinen weitläufigen Zeilen und langen Prozessen; der Fähnrich flucht oder spricht von Prügeln, und ihre Menschenfreunde haben, wo sie gehen und stehen, eine Träne in den Augen und einen harten Gulden in der Hand. Das ist nun alles ganz gut und mag für die Primaner genug sein und für neun unter zehn von den καλοῖς κ'ἀγαθοῖς, die ihre Meinungen über Bücher gedruckt sagen. Aber ist das Shakespeares Kunst? Fürwahr sowenig als Kreuzmachen Christentum. Ich sollte denken, der Advokat, der Gastwirt, der Kaufmann, der Krämer, der Barbier, der Ladendiener, der Konsul im Städtchen, alle hätten ihre eigene Staatsklugheit, ihre eigenen Grundsätze des guten Geschmacks, ihre eigene Physiognomik, ja ihre eigene Astronomie. Wer sich das Vergnügen machen will, darauf zu achten, wird es bald finden. Am deutlichsten zeigen sie sich, wenn diese Leute in Gegenwart ihrer Untergebenen sich mit einem Mann vom Fach das Ansehen einer Kollegialschaft geben wollen. Ich zeigte einmal einer Gesellschaft, die wenig oder nichts von Astronomie wußte, den zunehmenden Mond durch ein Fernrohr, das stark vergrößerte. Verschiedene darunter fragten, ob nicht Tropfen auf dem Glase hingen. Die Flecken im Monde haben in den Vierteln wirklich einige Ähnlichkeit mit Regentropfen an einer Fensterscheibe, in denen sich etwa die gegenüberstehenden Häuser dunkel und der Himmel hell darstellt. Dieses war alles gut, es waren Frauenzimmer, die keinen Anspruch auf Gelehrsamkeit machten und ihrer Empfindung getreu fragten. Allein auf einmal wendete sich ein Mann gegen mich und drückte die Unwissenden sanft zurück: »Sagen Sie mir einmal«, fragte er, »sind die Tropfen nicht eigentlich, was man influxum lunae physicum nennt?« Wiederum in einer sehr gemischten Gesellschaft in einem Gasthofe fragte mich ein anderer: »Nicht wahr, Herr ..., die Polhöhe ist, wenn man des Abends hinausgeht und sieht in die Höhe?« Dabei sah er wirklich unter einem Winkel in die Höhe, der vermuten ließ, daß ihm einmal jemand den Polarstern gezeigt haben mußte. Ein Muster von einer konfusen Idee, konfus ausgedrückt. Können Sie wohl raten, wer diese Leute waren? Lavaters Engel, der aus einem gegebenen Zahn den Mann restituiert, dem er zugehörte, müßte dieses augenblicklich wissen. Ihnen will ich es sagen, wenn Sie das Rätsel allenfalls jemanden aufgeben wollen. Der letztere war ein eingebildeter reicher Krämer, der sich bei einigen der Gegenwärtigen ein Ansehen von Gelehrsamkeit geben wollte, wenn es auch mit einigem Verlust bei den übrigen verbunden sein sollte, und der erstere ein nicht mehr ganz nüchterner katholischer Kanonikus. Für heute mag das genug sein. Künftig sage ich Ihnen etwas über Garricks Bildnisse, etwas von Weston vielleicht und den Frauenzimmern, vermutlich auch von Gabrielli, die Sie aus Brydones ›Reise‹ kennen werden. Sie ist hier und wird ehestens als Dido erscheinen. Leben Sie wohl!

Dritter Brief

London, den 30. November 1775

Ein unangenehmer Vorfall, die Unpäßlichkeit eines meiner Reisegefährten, gibt mir jetzt ganz unvermutet Zeit zur Erfüllung meines Versprechens, Ihnen, liebster B., noch einmal vor meiner Abreise zu schreiben, welches mir sonst unmöglich gewesen wäre. Ich wende nun einen Teil dieser Frist mit desto größerer Bereitwilligkeit auf diese Beschäftigung, als sie mir außer dem Vergnügen, das mir jede Unterhaltung mit Ihnen gewährt, auch noch den Mangel an freundschaftlichem Umgang ersetzt, den ich als ein nach bereits genommenem Abschied pro absente Erklärter gewissermaßen hier leide.

Ohne das mindeste von dem zu vergessen, was ich Ihnen von Weston und einigen Schauspielerinnen auf den englischen Bühnen versprochen habe, fange ich wieder mit Garrick an. Mich dünkt, ich habe Ihnen schon einmal gesagt, daß er den Hamlet im französischen Kleide spielt. Es scheint allerdings sonderbar. Ich habe ihn deswegen öfters tadeln hören, aber doch niemals zwischen den Akten oder beim Nachhausefahren oder hinterdrein beim Abendessen, sondern immer nach verloschenem Eindruck und bei wiedererwachtem Kopf, im kalten Gespräch, wo, wie Sie wissen, sehr oft gelehrt für gut und auffallend für scharfsinnig angenommen und gegeben wird. Ich muß gestehen, dieser Tadel hat mir nie so recht eingewollt. Und bedenken Sie nur, ob es so sehr schwer war, so behutsam zu sein.

Einmal wußte ich: Garrick ist ein äußerst scharfsinniger Mann, der das genaueste Register über den Geschmack seiner Nation führt, sicherlich nichts ohne Ursache auf der Bühne unternimmt und überdies das ganze Haus voller alter Trachten hängen hat; ferner ein Mann, bei dem jedes Tags Erfahrung nicht zu monströser Erweiterung des Maulwerks, sondern zur Beförderung harmonischen Wachstums von einem gesunden Kopf den gehörigen Stellen zugeführt wird. Und der Mann sollte nicht sehen können, was jeder londonsche Makkaroni mit Händen greifen zu können glaubt? Er, der schon vor dreißig Jahren war, was seine meisten Tadler ziemlich erbettelt jetzt sind? Anstatt also einzustimmen, fing ich an, bei mir zu überlegen, was ihn wohl bewogen haben könnte, so etwas zu tun. Ich dachte lang umher, wenigstens zu meiner eigenen Beruhigung etwas zu finden, als ich bei der zweiten Vorstellung des Hamlet, die ich sah, in dem Augenblick, da er den Degen gegen den Horatio zieht, vermutlich mit Garricks Empfindung zusammentraf. Nach meinem System ist er nun entschuldigt; er würde sogar bei mir verlieren, wenn er anders erschiene. Ich lasse jedermann sein Freiheit, damus petimusque. Ich weiß es sehr wohl, daß man bei solchen Dingen durch eine gewisse vermeintliche Anspannung nur allzuoft durch den Weg des Superfeinen endlich zu demselben Irrtum geleitet wird, den der andere auf dem weit bequemeren der Übereilung geschwinder findet. Aber dem sei, wie ihm wolle, verschweigen kann ich Ihnen meine Gründe nicht, die, wenn sie auch gleich nicht Garricks sein sollten, doch denkende Schauspieler hier und da auf etwas Besseres leiten könnten.

Mir kommt es vor, als wenn alte Trachten auf der Bühne für uns, wenn wir nicht gar zu gelehrt sind, immer eine Art von Maskeradehabit wären, der zwar, wenn er schön ist, gefällt, allein das geringe Vergnügen, das er gewährt, kann selten ganz zu der Summe des übrigen geschlagen werden, das den Eindruck des Stücks vermehrt. Es geht mir hierin wie mit den deutschen Büchern mit lateinischen Lettern. Für mich sind sie immer eine Art von Übersetzung. Der Augenblick, den ich anwenden muß, mir diese Zeichen in mein altes darmstädtisches Abc zu übersetzen, ist dem Eindruck nachteilig. Ein Sinngedicht würde bei mir die ganze Kraft des Erstenmals verlieren, wenn ich es zum Beispiel bei umgekehrtem Buch herausbuchstabieren müßte. Von den subtilen Fäden, an denen unser Vergnügen hienieden hängt, ist es Sünde, auch nur einen ohne Not durchzuschneiden. Da also, sollte ich denken, wo unsre jetzige Kleidung in einem Schauspiel nicht die empfindliche Majestät unserer Schulgelehrsamkeit beleidigt, sollen wir sie auf alle Weise beibehalten. Unsere französischen Röcke sind längst zur Würde einer Haut und ihre Falten zur Bedeutung von Mienen gediehen, und alles Ringen, Krümmen, Fechten und Fallen in einer fremden Tracht verstehen wir zwar, aber wir fühlen es nicht. Den Fall eines Hutes während eines Kampfes fühle ich völlig, den von einem Helm weit weniger, er könnte sich auf die Ungeschicklichkeit des Akteurs schieben lassen und lächerlich aussehen. Ich weiß nicht, wie fest ein Helm sitzen muß und kann. Als Garrick in oben erwähnter Stellung den Rücken zum Teil gegen die Versammlung kehrte und ich bei seiner Anstrengung die bekannte Diagonalfalte von der Schulter nach der entgegengesetzten Hüfte erblickte, fürwahr, ich hätte selbst sein Gesicht ein paarmal dafür hingegeben. In dem dintigen Mantel, von dem Hamlet einmal spricht, hätte ich bei weitem das nicht gesehen. Ein gut gebauter Schauspieler (und das sollten wenigstens alle die sein, die sich mit dem Trauerspiel abgeben) verliert allemal in einer Tracht, die sich zu sehr von der entfernt, die irgend einmal im Leben, bei einem früher, beim andern später, keiner der geringsten Gegenstände unserer Wünsche und die süßeste Befriedigung jugendlicher Eitelkeit war und in der unser Auge das Zuviel und Zuwenig bis zu Strohhalmbreiten anzugeben weiß. Wohl verstanden, daß ich hiermit nicht sage, Cäsar und Englands Heinriche und Richarde sollten in Gardeuniform mit Schärpe und Ringkragen einhertreten. Diese und ähnliche Abweichungen von einem allgemeinen Gebrauch zu empfinden und zu ahnden, hat jedermann Kenntnisse und antiquarischen Stolz in der Schule und von Kupferstichen, Münzen und Ofenplatten gesammelt. Ich meine nur, wo der Antiquar in den Köpfen eines Publikums über einen gewissen Artikel noch schlummert, da soll der Schauspieler nicht der erste sein, der ihn wecken will. Das kleine episodische Vergnügen, wenn ich so reden darf, das mir der schnöde Prunk eines Maskeradenhabits macht, ersetzt mir den Eintrag nicht, der dadurch dem Stück von jener andern Seite geschiehet. Alle Zuschauer leiden den Verlust, sie glauben nur nicht alle, daß das die Ursache sei. Doch ist hierin der Geschmack eines einsichtsvollen Schauspielers, der die Stärke und Schwäche der Augen kennt, vor die er treten soll, über alle Regeln. In dem Fall, den ich voraussetze, findet sich London in Absicht auf den dänischen Hamlet, und hat da Garrick nötig, es zum Schaden beider Parteien klüger zu machen? Garrick entbehrt gern von der einen Seite ein bißchen Lob seiner Gelehrsamkeit, wenn ihm von der andern die Herzen zu Tausenden zufallen. Nun kommen Sie, mein Freund, wegen dieses ästhetischen Schattenspiels, aus dem vielleicht etwas für den Genius Quinquennii zu machen gewesen wäre, wenn einer unserer philosophischen Savoyarden sein erhabenes Babel dazu hätte anstimmen wollen, sollen Sie nun, wo nicht schadlos gehalten, doch wenigstens durch Abwechslung erquickt werden. Ich will Ihnen den drolligen Weston, von welchem ich Ihnen, als ich seinen Charakter in meinem ersten Briefe flüchtig entwarf, etwas Mehreres versprach, ein paar Szenen zeigen. Dieses sonderbare Geschöpf kam aus der Küche von St. James, wo sein Vater Koch vom zweiten Range war, auf einmal aufs Theater, mit einer Figur, die, im Vorbeigehen auf der Straße gesehen, sowenig für dasselbe gemacht zu sein scheint, daß in der Tat ein Garrick und ein Foote nötig war, es zu finden. Denn die fanden's. Er ist von kleiner hölzerner Statur, und seine Staatspositur ist daher die mit den beiden Händen in den Rocktaschen. Seine Gesichtsbildung ist äußerst roh, die Lippen etwas dick und die Nase von der Familie der schuhleistförmigen. Allein aus den Augen, die daher kaum in dieses Gesicht zu gehören scheinen, blickt der beobachtende Schalk und Garricks glücklicher Nebenbuhler, in dem Fache nämlich. Seine Stimme ist gedrückt und pelzig und seine Rede langsam. Ich habe solche Figuren fast in allen Städten, wo ich gewesen bin, des Sonntags gesehen, ich weiß nicht, ob es Seilwinder oder Gemüsegärtner waren, nicht ganz so glatt und auch nicht so geschmeidig als die Bäcker. Ich muß mich näher erklären. In einem Stück, worin ich mir ihn eben jetzt gedenke, trug er einen Rock von himmelblauem Tuch, das sich ins Neblige zog, eine rote Weste, schwarze Beinkleider und blaue Strümpfe; die Schuhschnallen saßen, dünkt mich, etwas am äußeren Abhang des Fußes, und das ungebundene Haar hing ihm in Gruppen wie gelbe Wurzeln um den Kopf. Wenn er daher aufs Theater tritt, so glaubt man, es hätte sich jemand, ohne bemerkt zu werden, von der Straße dahin verlaufen, so natürlich kleidet er sich, und so ungezwungen erscheint er. Das verrät nichts Gemeines.

Sie sehen aus allem, zum Chamäleon ist er verdorben, er tut alles, was er tut, durch den Fuchs. Die Natur, die ihn von der einen Seite bestimmt zu haben scheint, Lachen zu erregen, scheint ihn von der andern der Fähigkeit beraubt zu haben, selbst zu lachen. Er ist immer ernsthaft oder lächelt nur, und dieses selten; auch währt es lang, bis es im ganzen Gesicht herumkommt. Ich habe es einmal gesehen, da ihm in einem Stück ein niedliches Kammermädchen, um ihn ins Interesse ihrer Dame zu ziehen, die Backen tätschelt. Das Gesicht klärte sich zwar langsam, endlich aber auch zu einem solchen Grade auf, daß wenigstens zwei Dutzend Zähne herauskamen, worunter mancher nicht klein war. Da war schwerlich ein Mund im Schauspielhause, der nicht, ein jeder nach seiner Art, mit gelacht oder gelächelt hätte. Weil er bei allem diesem so sehr halsstarrig original und keinem Charakter einen Schritt zu Gefallen geht, so haben die Dichter die Charaktere zu ihm hingebracht. So soll Jerry Sneak in Footes ›Mayor of Garret‹, welchen er so unnachahmlich spielt, nach Weston geformt sein, und da ist's freilich kein Wunder. Auch der Bediente in einem Stück, das jetzt viel Lärm macht, ›The maid of the oaks‹, wird nicht bloß von Weston vorgestellt, sondern der Dichter hat Weston zum Bedienten im Stück gemacht. Ich habe, glaub ich, in meinem ersten Briefe einer Szene im Farquhars ›Stratagem‹ erwähnt, worin ich Garrick und Weston beisammen gesehen habe. Ich will sie Ihnen gern nach Vermögen beschreiben, wiewohl ich noch sehr zweifle, ob ich nur einen erträglichen Schattenriß davon werde machen können. Der Schauspieler sowohl als der Zuschauer sind beide immer mehr im Lustspiel zu Haus als im Trauerspiel, und was der erstere auch selbst durch die feinste Kunst im Trauerspiel hervorbringt, läßt sich immer, dünkt mich, leichter in Worte fassen, als was die unerschöpfliche Natur im ersten sowohl tut als bemerkt. Ich kann eine solche Szene, worin die beiden Lieblinge eines erleuchteten Volks sich bemühen, zu ihrem längst gegründeten Ruhm, ohne Übertreibung in dem Zaum der geübtesten Vernunft, etwas hinzuzutun, nicht beschreiben. Alles, was ich tun kann, ist, einer Einbildungskraft, deren Wirkungskreis mir unbekannt ist, auf Geratewohl einige Winke zu geben, sich selbst etwas Ähnliches zu schaffen.

Garrick macht den Archer, einen Herrn vom Stande, der

sich aus leicht zu erratenden Ursachen in einen Bedienten verkleidet hat, und der arme Weston den Scrub, einen Aufwärter in einem armseligen Wirtshause, worin jener einkehrt und wo man alle Bedürfnisse des Magens und Ergötzlichkeiten des Gaumens immer gestern hatte und morgen wieder haben wird, aber niemals jetzt hat. Garrick hat himmelblaue Livree, mit funkelndem Silber reich besetzt, einen blendenden Bortenhut mit einer roten Feder, spielt ein Paar weiße, glänzende seidene Waden und ein Paar Schnallen, die nicht besser sein können, und ist ein entzückender Kerl. Und Weston, den die schwere Last einer schmierigen Aufwartung unter zehn verschiedenen Rubriken drückt, der arme Teufel, erscheint ihm gegenüber in einer traurigen abgeregneten Perücke und einem grauen Kamisol, das vor etwa dreißig Jahren für einen glücklichern Bauch geschnitten sein mochte, mit roten wollenen Strümpfen und einer grünen Schürze. Er gerät in eine Art von andächtigem Erstaunen, da dieser ›Herr Bediente‹ (wie das göttingische Mädchen sagte) auftritt. Garrick, frisch, schalkhaft und schön wie ein Engel, den niedlichen Hut mit fast gefälliger Leichtfertigkeit seitwärts aus dem hellen Gesicht gestoßen, tritt munter und voll Vertrauens auf seine Waden und neuen Anzug fest und stramm daher und fühlt sich um ein Drittel größer neben dem trübseligen Scrub. Und Scrub, der ohnehin wenig ist, scheint auch noch das zu verlieren und zittert mit den Knien vor lauter Gefühl des dreifachen Kontrasts zwischen Aufwärter – und Bedienten und folgt bei gefallenem Unterkinn in einer Art von Anbetung Garricken bei allen Bewegungen mit den Augen nach. Archer, der den Scrub zu seinen Absichten braucht, wird bald gnädig. Sie setzen sich nebeneinander nieder. Dieser Teil der Szene ist in Kupfer gestochen, und Sayer hat eine Kopie davon unter seine bekannten Bildchen aufgenommen. Allein weder Weston noch Garrick gleichen sich da sonderlich, zumal ist der letztere, der sich sonst in eben dieser Bildchensammlung als Abel Drugger und Sir John Brute so herrlich gleicht, daß fast nichts drüber geht, abscheulich mißhandelt. Wer die unwiderstehliche Macht des Kontrastes auf dem Theater kennenlernen will, wenn er vom Dichter und dem Schauspieler gut und nach beiden Seiten gleich stark durchgesetzt wird, damit nicht die Struktur, deren ganze Schönheit im richtigen Gleichgewicht bestehet, nach einer Seite umgeschmissen wird, wie gemeiniglich geschiehet, der muß diese Szene sehen. Garrick wirft sich mit der ihm eigenen Leichtigkeit auf den Stuhl, schlägt den rechten Arm über Westons Lehne und biegt sich zum vertraulichen Gespräch nach ihm hin; die herrliche Livree liegt rückwärts geschlagen, und eine Schönheitslinie schließt sich in Rock und Mann an die andere. Weston sitzt auf der Mitte des Stuhls, wie es sich gebührt, nur etwas zu weit nach vorn und auf jedem Knie eine Hand, stark versteinert da, mit den Schalksaugen auf Garricken gewendet. Wenn etwas auf seinem Gesicht ausgedrückt ist, so ist es Affektation von Würde mit lähmendem Gefühl des schrecklichen Kontrasts. Hierbei bemerkte ich etwas an Weston, das sich herrlich ausnahm. Während als Garrick mit einer gefälligen Nachlässigkeit in sich selbst ruhte, suchte ihm Weston mit steifem Rücken allmählich die Höhe abzugewinnen, teils des Anstandes wegen und teils auch zuweilen, wenn Garrick ihm nicht ins Gesicht sieht, mit mehr Sicherheit eine neue Vergleichung zwischen sich und ihm zu stehlen. Wenn Archer endlich mit großer Leichtigkeit die Beine übereinanderschlägt, so versucht Scrub ein gleiches und bringt es auch endlich, jedoch nicht ohne einige Hilfe der Hände, glücklich zustande, alles entweder bei starrenden oder heimlich vergleichenden Augen. Endlich da Archer die herrlichen seidenen Waden zu streicheln anfängt, so will auch Weston mit seinen armseligen roten wollenen ein Gleiches tun, retiriert sich aber wieder und zieht mit Mitleid erregender Demütigung die grüne Schürze langsam über das Ganze. In dieser Szene tat die natürlich dumme Miene des Weston, sein treuherziges Wesen, das bei ihm aus allem hervorleuchtet und durch den unaffektierten Pelz seiner Stimme nicht wenig gewinnt, fast Garricken Abtrag. Das ist viel gesagt. Er hatte die Götter und die Teufel auf seiner Seite. Als Bedienter in ›The maid of the oaks‹ ist er in glücklichern Umständen und geputzt, aber doch auch so, daß man sieht, es kommt nicht allein selten an ihn, sondern es ist auch sogar seine Sache nicht einmal. Seine Haare hat er in einen wegstehenden Crapaud elend eingepackt, oben und an den Seiten sind sie zum Teil gepudert, wie mirs vorkam, nur mit den Fingern oder Papierschnitzeln; dabei hat er einen grauen Rock, wieder rote Strümpfe an und ein herrliches Bouquet vor. In diesem Stück unterscheidet er sich vorzüglich durch hölzerne Behendigkeit und eine Art von unnötiger Geschäftigkeit, die trotz des Schweißes, den sie ihm auspreßt, den Gang der Sache, den sie befördern soll, nicht wenig aufhält. Er will immer, kann aber vor lauter Wollen selten und hält sich dessenungeachtet, wenn sonst die Herrschaft nicht dabei ist, nicht undeutlich für eine der wichtigsten Personen dieses Tags. Ihm, Mrs. Abington, Hrn. Dodd und den ungemein prächtigen Dekorationen, die sich zuweilen dem Operelysischen nähern, hat es dieses Stück auch zu danken, daß es zu Anfang dieses Jahrs dreiundzwanzigmal aufgeführt worden ist. Wie gern beschriebe ich Ihnen den Mann, wie er als Schuhflicker im ›Hinkenden Teufel‹ (›Devil upon two sticks‹) ein Paar Schuh, die er unter dem Rock stecken hat, in die Ecke hinlegt, um mit desto mehr Anstand auf einen Schemel zu steigen, auf welchem ihn Foote zum Doktor kreiert. Aber wenn ich das durchlaufe, was ich gesagt habe, so vergeht mir alle Neigung, mehr von ihm zu sagen. Es ist zwar ein Vergnügen, den Totaleindruck, den der Anblick eines solchen Wundergeschöpfes auf einen macht, in seine Bestandteile zu zerlegen und Empfindungen zu Buche zu bringen (ich habe mir solche Beschreibungen zum Vergnügen eine Menge gemacht), aber die Absicht, einem andern ein ähnliches Vergnügen zu verschaffen, wird meist verfehlt, weil die unvermeidliche Unvollständigkeit der Zahl dieser entwickelten Gefühle dem Leser bei ihrer Herabstimmung zur Klarheit Raum genug übrigläßt, neben dem Endzweck des Verfassers vorbeizuschleichen, oder noch schlimmer, ihm

den Vorwurf zu machen, er habe zuviel gesehen. Zwei Anekdoten von ihm, die mich mehr unmittelbar in des Mannes Seele sehen lassen, muß ich Ihnen noch erzählen:
Vor einigen Jahren wählte sich dieses hölzerne Gestell zu seinem Benefizstück – Sie raten sicherlich nicht, was – –, ›Richard den Dritten‹. Daß das Haus voll werden mußte zum Bersten, das konnte wohl Weston so gut vorher wissen, als Sie es mir jetzt glauben. Und dieses ist wohl das einzige Mal gewesen, daß Shakespeare auf dem Schauplatz von Drurylane vorsätzlich ist geschändet worden; in Coventgarden hat es Shuter mehrmals getan. Mir fiel, als ich es hörte, der Affenlaokoon ein, wo sich die Schlange um drei Affen, Vater und Söhne, schlingt, die alle drei erbärmlich zusammen schreien. Es mag toll hergegangen sein. – Als er am Ende starb, so bestand das Volk darauf, er sollte wieder aufstehen und noch einmal sterben, und das vermutlich mit einem Getöse, das wohl einen Toten hätte erwecken können. Der hätte in dem bekannten Monolog sagen müssen; »An ass, an ass, a kingdom for an ass!« Die andere macht ihm mehr Ehre, auch war ich selbst Zeuge. In den ›Rival Candidates‹, demselben Stück, worin er von dem Mädchen getätschelt wird, sprach er diesem Jahr den Epilog in Gesellschaft eines großen Hundes, den er am Ring des Halsbandes hält und der ihm fast bis an die Hüfte reicht. Es ist ein allerliebstes Tier und glotzt seinem drolligen Führer, während er spricht, zuweilen so menschlich herauf ins Gesicht, und dieser streichelt ihn wieder mit so vieler Herablassung, daß niemand zwischen beiden die Seelenvereinigung verkennen kann. Diesen Epilog zu sprechen, wurde Weston zum erstenmal überdrüssig, als ich das Stück zum zweitenmal sah, und wollte nicht erscheinen; das Volk nahm dieses sehr übel, und »Epilogue! Epilogue!« erschallte aus allen den Kehlen, die Richard den Dritten von den Toten erwecken wollten; Weston erschien immer noch nicht. Viele Leute aus der Loge gingen weg, allein ich war entschlossen, den Ausgang abzuwarten. Auf einmal regnete es erst Birnen, dann Orangen, hierauf Quartierbouteillen auf das Theater, und einmal flog eine, die

wohl drei Quartier halten mochte, an einen der Kristalleuchter hin, und alles sah einem Aufruhr ähnlich, als Weston so gelassen, als würde er allemal so gerufen, mit Dragon (so hieß der Hund) hervortrat. Es wurde ein wenig hier und da gezischt, aber das legte sich bald. Nun ist in dem Epilog eine Stelle, worin er den Hund anredet, indem er, wie ich glaube, von Kritiken spricht: »Und was hängst du denn den Schwanz, Dragon? Sie werden dir nichts tun«; diese Stelle veränderte Weston aus dem Stegreif, ohne weder dem Reim noch dem Vers zu nahe zu treten, in diese: »Und warum hängst du denn den Schwanz, Hans Narre? Dir werden sie keine Bouteillen an den Kopf werfen.« Diese in der Tat in einer solchen kritischen Lage und einer gereimten Rede angebrachte höchst sinnreiche Veränderung machte alles gut. Man hörte nicht auf, zu klatschen und zu rufen. Alles das machte auf Westons Gesicht nicht soviel Veränderung als auf einer Ofenplatte. Da war keine Freude, keine Miene innerer Satisfaktion, gar nichts, sowenig als auf dem Gesicht seines vierbeinigen Freundes. Soviel dieses Mal von Weston, von dem ich ungern schweige, weil es mir vorkommt, als hätte ich ihm Unrecht getan, weil ich mir selbst nicht Genüge getan habe. Ehe ich nun zu dem Frauenzimmer komme, will ich Ihnen noch eine Frage beantworten, die Sie in einem Ihrer Briefe getan haben: ob denn Garrick so ganz durch und durch untadelhaft spiele und ob ich nicht zuweilen wenigstens etwas bemerkt, das ich weggewünscht hätte? Ihnen Fehler von Garrick anzuzeigen, liebster B., davor werde ich mich wohl hüten, allein wenn Sie wissen wollen, was mir, dessen Empfindungen ich allein hier entwikkele, ohne sie mit ästhetischen Fundamentalgesetzen zusammenzuhalten, zuweilen nicht an ihm gefallen hat, da lasse ich mich eher ein, wiewohl auch dieses nur sehr unbeträchtlich sein wird. Denn einmal müssen Sie bedenken: Er spielt jetzt nur Stücke, die er sich völlig eigen gemacht und über die er nun ein Vierteljahrhundert durch in seiner ausgesuchten Gesellschaft das Urteil der größten Kenner des Menschen empfangen hat. Selbst den Strumpf, der ihm so herabhängt, kann man denken, hat ihm vielleicht Fielding herabgezogen und den Hut, der da so schön seitwärts sitzt, Sterne oder Goldsmith zurückgestoßen. Bei so bewandten Umständen, mein Freund, gibt's viel zu lernen und wenig zu tadeln. Ferner leugne ich nicht, sein Ruhm blendet bald mehr, bald weniger; es ist schon kein geringes Vergnügen, ich will nicht sagen Glück, ehe der Vorhang aufgezogen wird, dem Schauplatz gegenüberzusitzen, auf dem in einigen Minuten ein Mann auftreten soll, der nach einem ziemlich einstimmigen Urteil der erste Schauspieler der neuen Zeit ist, außerdem der Freund, Lehrer und Zögling einiger der größten Schriftsteller dieses Jahrhunderts. Ist das nichts? Ich bin, um Garricken spielen zu sehen, einmal von morgens halb zehn an einen Weg von sechs deutschen Meilen gereiset, habe nicht zu Mittag gegessen und erst nach elf Uhr zu Abend. Ich habe mit einer Art von wollüstiger Bangigkeit die Musik anfangen hören, die vor dem Stück herging, in welchem ich ihn zum erstenmal sah. Und was Wunder? Hätte Garrick unter einem wärmern Himmel, von einem engern und höhern Gerüste mit gleicher Kraft gesprochen und Herzen erschüttert, so würden einst seine Lumpen etwas Ähnliches tun. Es ist sehr menschlich und wird so gehen bis an das Ende der Welt. Ich erinnere mich daher jetzt nur eines einzigen Mals, und zwar im ›Hamlet‹, daß Garrick etwas auf eine Art sagte, die eine üble Wirkung auf mich tat und einen Mißklang mit meiner damaligen Empfindung machte, die vielleicht falsch gestimmt war. Ich will Ihnen sagen, was es gewesen ist. Vor Anfang des Monologs, der auf die Szene folgt, in welcher sich der Geist dem Hamlet über den Mord eröffnet, steht Garrick, als wäre er Hamlet selbst, bis zur Untätigkeit und fast zur Zerrüttung gerührt da, und wenn endlich die Betäubung, in welche eröffnete Gräber, Greuel ohnegleichen und schreiendes Vaterblut die vortreffliche Seele gestürzt hatten, nach und nach weicht und das dunkle, schmerzhafte Gefühl sich zu Betrachtung und Worten aufklärt und zum heimlichen Entschluß sammelt, so hat Shakespeare dafür gesorgt, daß diese Betrachtung und

Worte von der Tiefe und dem Tumult zeugen, aus dem sie hervorbrechen, und Garrick sorgte, wie Sie leicht denken können, von seiner Seite auch dafür, daß jeder Gestus auch einem tauben Zuschauer wiederum von dem Ernst und Gewicht der Worte gezeugt hätte, deren Begleiter sie waren. Eine einzige Zeile ausgenommen, die nach meinem Gefühl, so wie sie damals Garrick sprach, weder dem tauben Zuschauer noch dem blinden Zuhörer hätte gefallen können. Er sprach die physiognomische Bemerkung, die er auch in seine Schreibtafel trägt: »That one may smile and smile, and be a villain«, mit der Miene und dem Ton der kleinlichen Nachspötterei, fast als wollte er den Mann damit auszeichnen, der immer lächelte und lächelte und doch dabei ein Schurke war. Ich kann nicht leugnen, dieses fiel mir in meiner damaligen Verfassung so auf, daß ich den Augenblick erwachte.

Wehe meinem Briefe über Garrick, wenn Sie und Ihre Freunde anders stimmen sollten. Ich fürchte es nicht; denn bei der zweiten Vorstellung des ›Hamlet‹, der ich beiwohnte, hatte ich das für mich schmeichelhafte Vergnügen, ihn dieselben Worte meiner Empfindung durchaus gemäß aussprechen zu hören, nämlich mit dem Ton der wohlbedachten Anzeichnung zu nahem Gebrauch. Das Lächeln des Schurken, den Hamlet meint, war für ihn von der einen Seite zu wichtig und zu scheußlich von der andern, sich dagegen bei einem Selbstgespräch mit mimischem Spott zu kühlen. Die Lippen, die so gelächelt hätten, mußte der Tod aus Hamlets Händen (und nichts anders) Ernsthaftigkeit lehren, und das je eher, je besser. Was Garricken bewogen haben mag, jene Worte damals so zu sprechen, will ich nicht ausmachen. Ich dachte, die schönen und sanften Wörter ›smile and smile‹ möchten vielleicht schwer ohne Mienen, die wenigstens zur Familie der lächelnden gehörten, auszusprechen gewesen sein, allein ich glaube doch nun, daß es eher ein Versuch als ein unvermuteter Streich seiner Zunge und ihrer Nachbarschaft war. Sehen Sie, ist das nicht herrlich? Ich merke soeben erst, daß ich des Mannes Kunst auf

Kosten seines Verstandes verteidige. Also kein Wort mehr davon.
Unter den hiesigen Schauspielerinnen ist nach meinem Geschmack Mrs. Barry noch immer die größte oder doch die allgemeinste und die einzige, die in diesem Punkt eine Vergleichung mit Garrick aushält. Sie kann, zu einem eiteln Kammerpüppchen zusammengeschnürt, sich mit süßer Selbstgefälligkeit tänzeln und zieren und trippeln, daß den kleinen Mamsellen und den großen Bedienten das Herz im ganzen Hause aufgeht, und dann wieder, mit einem Strom von rauschender und rieselnder Seide hinter sich her, mit hohlem Rücken und stolz zurückgewandtem Angesicht einhertreten wie die Eitelkeit, wenn sie sich am Zug ihrer Schleppe weidet. Sie ist eine große Schönheit und, wie mir gesagt worden, auch selbst ohne Schminke beim Sonnenlicht auffallend schön, eine geborne Schauspielerin. Ihr Geburtsort ist das schöne, romantische Bath, wo ihr Vater Apotheker war. In ihrem zehnten Jahre (wie mir eine Dame erzählt hat, die sie damals kannte) warf sie ihr Strickzeug weg, schlich sich mit dem Shakespeare auf den Boden des Hauses und sprach mit den Schornsteinen. Ihre Schönheit gehört zur Klasse der Heiligen, und der herrschende Ausdruck in ihren Mienen und dem Klang ihrer über alles reizenden Stimme ist sanfte Unschuld und entgegenkommende Güte. Ein Weib, so wie sie der Himmel haben wollte! Sanft, nachgebend und sowenig satirisch als heroisch. O sie erschrickt vor einem ›God damn‹, als wenn eine Bombe spränge. Ich habe sie als Cordelia im ›König Lear‹ gesehen, wie sie von Tränen die glänzenden großen Augen nach dem Himmel hob, dann, sprachlos die Hände hochringend, mit dem Anstand und, wie mich dünkte, dem Glanz einer Verklärten, ihrem alten verlassenen Vater entgegeneilte und ihn umarmte. Es ist das Größte, was ich in der Art von einer Schauspielerin gesehen habe, noch jetzt das Fest meiner Phantasie, und ich werde das Andenken an diese Szene nur mit meinem Leben verlieren. Als ich vor fünf Jahren hier war, sah ich sie schon als Desdemona in

›Othello‹. Ich habe Ihnen gewiß in Göttingen davon erzählt. Auch erinnere ich mich kaum, jemals so stark Partei in einem Stück genommen zu haben als damals. Reddish, der den teuflischen Jago vorstellte, ist mir noch jetzt unausstehlich. Wehe allen Lippen und Nasen, die der seinigen gleichen, wenn ich einmal eine Physiognomik schreibe!
Damals war Mrs. Barry noch in Drurylane; jetzt spielt sie in Coventgarden. Herr Barry, ihr Mann, ehemals ein angebeteter und noch jetzt immer beliebter Schauspieler, ist alt und steif. Herr Garrick ließ also diese vortreffliche Frau, vielleicht ihres Mannes wegen, gehen, den er teuer bezahlen mußte und nicht sonderlich mehr brauchen könnte, und zog dafür Herrn Yates und seine Frau aus Coventgarden an sich, wovon jener kein übler drolliger Schauspieler, und das vermutlich für wenig Geld, ist, diese aber im hohen Tragischen nächst Mrs. Barry sicherlich die größte Schauspielerin, die England hat. Mrs. Barry bekommt, wie mir ein Mann gesagt hat, der es wissen kann, jährlich 1800 Pfund; nehme ich nun an, daß ihr Mann nur die Hälfte hat, und setze außerdem die Revenue an ihren Benefizabenden auf 500 Pfund (Miß Catley, eine mutwillige, beliebte Sängerin, bekam an ihrem Benefizabend, wie ich genau weiß, 309 Pfund), so genießt dieses Ehepaar für die wenigen Winterabende, an welchen es spielt, ein jährliches Einkommen von fast 20 000 Talern. Da läßt sich freilich gut für spielen, wenn wie bei diesen Personen Trieb und Natur einen schon ohne Besoldung zum Schauspieler macht. Den Sommer bringen sie auf einem herrlichen Landgute in Surrey zu, das ich einmal in der Ferne habe liegen sehen. Ich stand auf eine halbe Stunde stille, und doch konnte ich mich an dem mannigfaltigen Zauberlichte nicht satt sehen, welches meine Phantasie auf das Haus und die Gegend warf, in welcher es steht.
Nun komme ich auf eine Schauspielerin, die ich schon einigemal genannt habe, Mrs. Abington, eine in mehr als einer Rücksicht so merkwürdige Frau, daß ich Ihnen leicht ein kleines Werk über sie schreiben könnte. Und hätte ich Ihnen durch eine solche Schrift die Talente dieser ungewöhn-

lichen Seele genau entwickelt, so würde ich, glauben Sie mir, stolzer darauf sein als auf irgendein approbiertes Werk in diesem Fach. In einem Brief so etwas auch nur zu versuchen, habe ich jetzt weder Zeit noch Geduld, und es gehörig durchzusetzen, wenn ich aus den Urteilen der Leute schließen darf, von welchen ich sie habe bewundern hören, auch sicherlich weder hinlängliche Kenntnisse noch Erfahrung. Das wenige, das ich von ihr sagen werde, setze ich nur deswegen her, weil es nach einer solchen Entschuldigung nach dem Plan meiner Briefe, die Ihnen eine kleine Nachricht von allen guten Schauspielern in London geben sollen, ebenso unverzeihlich sein würde, ganz von ihr zu schweigen, als das erwähnte Werk, dem ich nicht gewachsen bin, wirklich zu unternehmen.

Mrs. Abington ist von Mrs. Yates und Mrs. Barry so unterschieden wie die komische Muse von der tragischen. An Majestät und Ausdruck sanfter Empfindung steht sie ihnen, zumal der letztern, nach und übertrifft sie an Talent, die bittere Wahrheit mit allen den kleinen begleitenden Zügen, den Zeichen der eigenen Bemerkung, tief ins Herz zu reden, daß jeder glauben muß, sie meinte ihn; und dann auch an leider allzu früh geübter Kunst; bei allem diesen, den herrlichsten Wuchs mit einem gefälligen Strich von Absicht zu zeigen, der dieser großen Schauspielerin noch aus der gefährlichen Schule anklebt, in welcher ihre Reize ausgebildet und ..., noch ehe sie die Bühne betrat, ihren Lohn empfangen haben. An Geist ist sie sicherlich allen englischen Schauspielerinnen sehr weit überlegen. Man merkt es ihr an, die papierne Welt in Drurylane ist ihr zu enge, auch ist es jetzt, da ich dieses schreibe, bereits mehr als Mutmaßung, daß sie dereinst ihre Rolle in dem großen Original selbst spielen wird. Ihr Gesicht ist nichts weniger als schön; sie ist blaß und dabei zu stolz, sich zu schminken, ihre Nase etwas aufgestülpt und der Mund keiner von den feinsten. Allein ihre Blicke schneiden unter den schönen Augenbraunen, oft mit einem gewissen unbeschreiblichen Lächeln über entdeckte Torheit begleitet, so mächtig hervor, daß dem bange werden muß, den sie treffen. Der Schnitt ihrer Kleidung und ihr Kopfputz ist, wie mich Damen versichert haben, deren Urteil ich zur Ergänzung sowohl als Beglaubigung der meinigen anführe, jederzeit im allergrößten Geschmack; sie tritt daher selten auf das Theater, daß nicht die Mode der feinen Welt hinter ihr herträte. In den stummen Rollen, oder wenn sie etwas gesagt hatte, dem sie mit stummem Aufundabgehen Kraft geben wollte, ging sie wider die Gewohnheit der Schauspieler oft gerade vom Zuschauer ab nach der Tiefe des Theaters. Da hätten Sie sie sehen sollen, mit welchem Anstand sie sich in den Hüften wog und mit jedem Tritt die Blicke des kopierenden Neides und der kopierenden Bewunderung, die ihr aus tausend Augen folgten, noch mutwillig schärfen zu wollen schien. Sowenig sie für das Trauerspiel geschaffen ist, sowenig ist sie es für das Niedrigkomische. Ihre Rede ist langsam, und wenn sie Torheiten kopieren soll, so müssen es nur solche sein, die sich mit affektierter und unaffektierter Grazie im Anstand vertragen. Während als sich daher die Gemahlin des Harlekins mit den Albernheiten des armen und reichen Pöbels herumzauset, so schlägt sie sich nach den bestimmten Gesetzen eines anständigen Duells mit den Torheiten der Großen. Hierin ist, wenn meine Empfindung nicht trügt, ihre hauptsächlichste Stärke und zeugt von einer gewissen Würde der Seele, die alle niedrige Mittel, den Beifall der Menge zu haschen, verachtet. Auch die niedrigen Rollen weiß sie von dem Staub der Werkstätte und Spinnstube zu reinigen; wenn dieses nicht allemal zu billigen sein sollte, so hat doch einer solchen Künstlerin gegenüber die Kritik selten Unbarmherzigkeit oder kaltes Blut genug, das am Ganzen hängend fehlerhaft zu finden, was isoliert gewiß vortrefflich wäre. Ich habe sie sehr oft spielen sehen, auch einigemal mit Garrick zugleich. Am meisten gefiel sie mir in ›The provoked wife‹, ›The beau's stratagem‹, in ›Rule a wife and have a wife‹, in ›The bon ton‹, in ›Much ado about nothing‹ und ›The maid of the oaks‹, einem Stück, welches sich auf eine wahre Geschichte gründet und vom General Burgoyne seiner Nichte

Lady Derby zu Ehren ist geschrieben worden. Wenig Stücke in der Welt werden wohl mit so viel geschmackvoller Pracht und so vollkommen gut aufgeführt als dieses, denn es ist mehr als wahrscheinlich, daß der Verfasser sich die Schauspieler gewählt und bei Zeichnung der Charaktere ihren besondern Charakter in Betracht gezogen hat. Die Dekorationen hat Lutherberg gemalt, und kosten sie gegen 10 000 Taler. Sie hat, wie man sagt, hauptsächlich durch ihren Geist, einen Mann gefesselt, der an Glücksgütern, Stand und Ruhm nur wenige seinesgleichen in England hat, keinen Neuling. Er ist ein Witwer und hat ihr Verbindungen antragen lassen, denen zur Vollkommenheit nichts fehlte als die priesterliche Einweihung. Da sie mit dieser Art von Verbindung sehr bekannt ist (denn auch Herr Abington, dessen Namen und Vermögen sie besitzt, war ihr gesetzmäßiger Mann nicht), so ging sie dieselben, wie man sagt, unter folgenden Bedingungen ein: sie müsse Besuche annehmen dürfen vor wie nach und welche sie wolle; der Lord müsse sie nie in ihrem Hause besuchen; er müsse ihr außer Pferden und Karosse wöchentlich 50 Pfund aussetzen und endlich niemals von ihr verlangen, das Theater zu verlassen. Es wurde alles eingestanden. Ein Sieg, weswegen sie nicht allein von allen ihres Gewerbes, sondern auch von einem großen Teil der züchtigern Schönheiten Englands beneidet wird und der desto merkwürdiger ist, als er sich weder auf Jugend noch glühende Wangen, noch überhaupt Schönheit des Gesichts gründet. Diese Anekdote, für deren Wahrheit in allen Stükken ich eben nicht haften will, steht, dünkt mich, hier nicht am unrechten Ort, da sie einiges zu belegen dient, was ich von dieser Schauspielerin gesagt habe. Wenn Sie sie einmal im Spiegel sehen wollen, so kaufen Sie sich ein gewisses Porträt von ihr, das nach Reynolds von Elisabeth Judkins in schwarzer Kunst vortrefflich gearbeitet worden ist. Ein wahrhaftes Muster einer leichten Stellung und natürlichen Ordnung der Hände, vermutlich von dieser leichten Hexe selbst angegeben. Es sollte billig von manchen deutschen Porträtmalern studiert werden, deren Favoritstellung der

Hände noch immer von der Lage der Flügel an einem gebratenen Huhn geborgt zu sein scheint. Ich besitze es, und es wird vermutlich auch in meiner kleinen Porträtsammlung haften, die sonst, wie Sie wissen, ebenso, nur in flüchtigern Generationen, kommt und geht wie die schnöden Sterblichen, deren Abbildungen sie enthält. Doch ich breche, meinem Versprechen gemäß, hier ab, werde aber dieser merkwürdigen Dame doch noch einmal an einer Stelle meines Briefes Erwähnung tun, wo Sie es schwerlich vermuten.

In Coventgarden ist noch Mrs. Hartley merkwürdig. Ihr großer Ruhm gründet sich minder auf ihre Kunst als ihre an hohes Ideal grenzende Form. Die londonschen Makkaroni haben ihr den Namen ›Mediceische Venus‹ gegeben. Sehr armselig, wie mich dünkt; sie ist nichts weniger als ein niedliches winziges Venusfigürchen, sondern, wenn sie eine Tochter Jupiters ist, so ist gewiß Juno ihre Mutter. In Masons ›Elfrida‹ hat sie eine Rolle, worin sie kniet, und da läuft London zusammen, Mrs. Hartley knien zu sehen. Ich habe sie ein einziges Mal gesehen, aber nicht auf den Knien, sondern als Lady Macbeth. Die Szene, wo sie im weißen, dünnen Gewand nachtwandelnd einhertritt und das Königsblut, von dem sie träumt, von ihren Händen wischt, schwebt mir noch immer vor, ob sie gleich gar nicht in Shakespeares Geist spielte und bei so viel Güte in den Mienen und der Stimme kaum konnte. Ich glaubte, eine Heilige zu sehen, die sich die schwere Buße auflegt, ein paar Minuten die Gebärden eines Teufels nachzumachen.

Nun, mein Freund, will ich einmal mit Ihnen auf ein paar Augenblicke zur Abwechslung die Welt in einer Nuß, Drurylane und Coventgarden, verlassen und zu der Nuß im Flittergold einer Welt, der italienischen Oper im Haymarket, herab – nicht wahr, herabsteigen. Ich habe die vergötterte Gabrielli gesehen und gehört und hätte sie sprechen können, wenn ich gewollt hätte; es ist mir einigemal angetragen und sogar verdacht worden, daß ich es nicht getan habe. Sie kennen sie gewiß aus Brydones ›Reisen‹, aus denen ich sie schon in Göttingen kennengelernt hatte. Ich hatte nach jener Beschreibung ein fast größeres Verlangen, sie zu hören als Garricken. Sie war lange mit mir in demselben London, ehe sie erschien. Das machte die Sache sehr viel schlimmer, wie Sie wissen. Auf einmal wurde angekündigt:

Opera Dido
Dido, Signora Gabrielli

Ich ging eine Stunde vorher nach der Oper und wurde abgewiesen: Signora wäre krank. Einige Tage darauf wurde wieder avertiert:

Dido, Signora Gabrielli

Ich ließ mich in der Sänfte hintragen und wurde wieder abgewiesen: Signora hätte die Influenza, so nannte man in jenen italienischen Tagen in London den Schnupfen. Zum drittenmal fuhr ich hin. Ich war eben vorher bei Dr. Forster zu Tisch und verließ Gabriellis wegen eine höchst angenehme Gesellschaft von Gelehrten, die fürwahr von Otaheite und Neuseeland sprachen wie unsereiner von Einbeck. Ich mußte wieder abziehen: Dido wäre noch nicht wohl. Endlich, acht Tage nachher, es war der 11. November dieses Jahres, schien die Sache Ernst zu werden. Signora hatte die Influenza verloren, und eine bis zur Raserei gestiegene Influenza, Signora sehen, hatte London befallen. Nun ging ich wieder zu Fuß, aber dafür auch zwei geschlagene Stunden vorher. Mein Geld wurde genommen, und ich lief die Treppe hinauf, voll von Vergnügen, Ihnen dereinst von Gabrielli schreiben zu können, die ich selbst noch nicht gesehen hatte. Als ich an die Tür der Galerie kam, für welches Glück man drittehalb Gulden bezahlt, sahe ich bei dem Licht einer düstern Laterne eine Dame stehen, die sich sorgfältig in die eine Ecke der Tür gepreßt hatte. Sie hatte sich fest in eine Saloppe gewickelt, die Kappe übergeschlagen und hauchte tief in einen Federmuff, so daß ich von ihrem ganzen Gesicht nichts sehen konnte als etwas von der Stirne und die Augen, allein das war auch für mich mehr als hinreichend, den Augenblick Mrs. Abington zu erkennen. Also Mrs. Abington und ich hatten unter achthunderttausend

Seelen, die London enthält, wo nicht die größte Neugierde, Signora Gabrielli zu sehen, doch gewiß unter allen die größte Vorsicht gebraucht, sie für drittehalb Gulden zu befriedigen. Ich suchte, so geschwind ich konnte, mein bestes Englisch zusammen: es würde vermutlich diesen Abend sehr voll werden, sagte ich; das glaube sie auch, sagte sie, und weil in demselben Augenblick unsere Prophezeiung mit Macht anfing, in Erfüllung zu gehen, und ich für ratsam hielt, mich in die andere Ecke der ziemlich breiten Tür zu stellen, um wenigstens, wenn die Schleuse geöffnet würde, bei der zu vermutenden Geschwindigkeit des einbrechenden Stroms den traurigen Schutz der Friktion zu genießen, so wurde unsere Unterredung, die, nicht wahr, so herrlich angefangen hatte, unterbrochen, und ich habe nie wieder die Ehre gehabt. Denn in der erschrecklichen Katarakte nach Eröffnung der Tür, wovon Mrs. Abington und ich die ersten Tropfen waren, verlor ich sie aus dem Gesicht. Als ich aber saß und mich erholt hatte, fand ich, daß zwischen ihr und mir nur zwei Personen, Mann und Frau vermutlich, saßen und ich unter fünfen nach dieser Seite der einzige war, der ein Opernbüchlein hatte. Da nun Mrs. Abington doch immer gern wissen wollte, wann Gabrielli wieder erscheinen würde, so ging mein Buch bis an sie hin. Als daher Dido zum letztenmal abtrat, so erhielt ich aus alter Bekanntschaft an der Türe mein Buch mit einer Verbeugung wieder zurück, für die Lord …, der sie besser hätte deuten können als ich, den Wochengehalt vielleicht verdoppelt hätte. Was man nicht für Bekanntschaften macht, wenn man reiset!

Nun geschwind, Gabrielli. Der Vorhang fuhr unter einem Donner von zwanzig Pauken und Trompeten auf, der meinen Atem aufhielt, und Dido Gabrielli in Gold und weißer Seide flog vor einer silbernen karthaginensischen Garde unter dem Beifall Londons daher. Es ist keine Kleinigkeit, so was zu sehen und zu hören. Stellen Sie sich vor, unter den Karthaginensern, ganz hinten, entdeckte ich unsern alten sonderbaren George H** mit Uniform, Schärpe und Ringkragen der englischen Garde. Er hatte die Wache beim

Opernhause diesen Abend und kannte Dido vermutlich. Er kaute dieses Mal nicht an seinem Zopf wie ehemals auf der Weender Straße und nahm sich bei dieser Musik nicht übel aus. Allein dieser Auftritt war auch fast das Beste, was ich diesen Abend hatte. Stellen Sie sich unter Gabrielli eine Frau vor mit rundlichem Gesicht, viel eher klein als groß, und der bereits die Tag- und Nachtgleichen des Lebens aus den Augen leuchteten; die schlechterdings keine Aktion hat und im Vertrauen auf ihre Stimme ihre Arien, drei Viertel des Gesichts gegen die Zuschauer gewandt, abgurgelt, oft bei schiefgedrehtem Hals, mit den Augen auf eine individuelle Loge gerichtet, so haben Sie sie ganz. Einige Arien, als unter andern – gleich im ersten Akt:

> Son regina; e sono amante
> E l'imperio io sola voglio,
> Del mio soglio, e del mio cor.
> Darmi legge in van pretende
> Chi l'arbitrio a me contende
> Della gloria, e dell'amor.

sang sie vortrefflich, allein mich dünkt, ich habe es in meinen Träumen besser gehört. Mit einem Wort, ich wollte eine Viertelstunde in Drurylane an einem schönen Abend sowenig für diese Dido geben als ein bequemes, warmes Landhaus in Buckinghamshire oder der Bergstraße für ihr papiernes Karthago. Damit Sie aber doch diesem Urteil, das übrigens mit dem besten Teil von London einstimmt, nicht zu viel trauen, so muß ich Ihnen sagen, daß ich nicht so ganz unparteiisch bin. In einem Kopf, an welchem ein solches Paar ungeübter oder vielleicht unverwöhnter Ohren sitzt, wie der meinige, kann der feine Kitzel einer komplizierten Musik unmöglich die schmerzhaften Stiche auch nur lindern, die ihm die unüberschwenglichen Absurditäten der italienischen Oper alle Augenblick geben muß. Statt des virgilischen Äneas und des wackern Montezuma, der zweihundert schwangere Gemahlinnen auf einmal hatte, sehe ich hier einen gemästeten Hämling mit Waden bis an die Fersen, die Hand an ein schlappes Herz gelegt, hoch von Liebe trillern, daß sich die Steine erbarmen möchten. Ich kann und mag nicht mehr sagen. Sind Sie zufrieden damit? Doch ehe ich die Oper verlasse, muß ich Ihnen noch etwas von einem Mädchen sagen, das alle Aufmerksamkeit verdient und auch vermutlich schon hat, einer Tänzerin, der kühnen Nebenbuhlerin unserer vergötterten Heinel, die ich in der Oper habe tanzen sehen.

Baccelli, eine junge (so schien sie mir wenigstens), aber große Meisterin im höhern Tanz, ein allerliebstes Geschöpf. Wenn Baccelli ein italienisches Ohr an Kuß erinnern könnte, so sollte ich denken, hätte sie sich ›Bacelli‹ genannt, wie sich der maltesische Nachahmer der Nachtigall ›Rossignol‹. Sie ist keins von den winddürren, mit Fleischfarbe überstrichenen Gerippen, deren Tanz im Mondschein bei gemeinem Anzuge einem Gespensterpicknick auf einem Kirchhof ähnlich sehen müßte. Sie ist eher stark als mager, und ihr Körper hat jene glückliche Länge, die bei aller Niedlichkeit sich im Notfall auch mit Majestät verträgt. Auch in ihren Sprüngen behält sie eine unbeschreibliche Grazie immer bei, und im mehr sanften Tanz weiß das Auge kaum, was es hauptsächlich fassen soll, die Arme oder die Füße oder irgendeinen andern Zug des wallenden Umrisses. Was das für ein Vergnügen ist, zu sehen, wie auf das Signal einer bezaubernden Musik sich das Gewühl figurierender Luftspringer wie eine See bricht, um diese junge Venus zu einem Solo hervorschweben zu lassen, wenn man das Solo nennen kann, wo tausend Herzen mithüpfen …

Nun, dem Himmel sei Dank, mit einem Vergnügen wie Milton aus der Hölle kehr ich nach Coventgarden und Drurylane zurück und hole noch einiges nach. Sie verzeihen mir diese Sprünge, mein Freund, und ich wage sie desto getroster, als ich Ihnen unter meinen vielen Versprechungen, das weiß ich, sicherlich keine Ordnung in meinen Briefen versprochen habe. Den wegen seiner großen Verdienste, seines Prozesses und seiner Physiognomie berühmten Macklin habe ich den Shylock in Shakespeares ›Kaufmann von Venedig‹ spielen sehen. Sie wissen, Macklin als Shylock klingt auf dem Zettel so schön wie Garrick als Hamlet. Es war gerade der Abend, an dem er zum erstenmal nach geendigtem Prozeß wieder erschien. Als er heraustrat, wurde er mit einem dreimaligen allgemeinen Klatschen, wovon jedes wohl eine Viertelminute dauerte, empfangen. Es ist nicht zu leugnen, diesen Juden zu sehen ist mehr als hinreichend, in dem gesetztesten Mann auf einmal alle Vorurteile der Kindheit gegen dieses Volk wieder aufzuwecken. Shylock ist keiner von den kleinlichen, beredten Betrügern, die über die Tugenden einer goldenen Uhrkette aus Tombak eine Stunde plaudern können; er ist langsam, in unergründlicher Schlauigkeit stille und, wo er das Gesetz für sich hat, bis zur Bosheit gerecht. Stellen Sie sich einen etwas starken Mann vor mit einem gelben, rohen Gesicht und einer Nase, die an keiner der drei Dimensionen sonderlichen Mangel leidet, einem langen Unterkinn und einem Mund, bei dessen Schlitzung der Natur das Messer ausgefahren zu sein schien bis an die Ohren, auf einer Seite wenigstens, wie mich dünkte. Sein Kleid ist schwarz und lang, seine Beinkleider ebenfalls lang und weit und sein Hut dreikantig und rot, nach Art der italienischen Juden vermutlich. Die ersten Worte, die er sagt, wenn er auftritt, sind langsam und bedeutend: »Three thousand ducats.« Das doppelte th und das zweimalige s, zumal das letzte nach dem t, das Macklin so leckerhaft lispelt, als schmeckte er die Dukaten und alles, was man dafür kaufen kann, auf einmal, geben dem Mann gleich beim Eintritt einen Kredit, der nicht mehr zu verderben ist. Drei solcher Worte, so und an der Stelle gesprochen, zeichnen einen ganzen Charakter. In der Szene, wo er seine Tochter zum erstenmal vermißt, erscheint er ohne Hut, mit aufgesträubtem Haar, wovon einiges fingerlang vom Wirbel senkrecht in die Höhe steht, bei dieser Miene wie von einem Galgenlüftchen gehoben. Die beiden Hände sind geballt und seine Bewegungen kurz und konvulsivisch. Einen sonst ruhigen, entschlossenen Betrüger in solchen Bewegungen zu sehen ist fürchterlich. Hinterdrein wurde ein Nachspiel

›Love à la mode‹ aufgeführt, wovon Macklin der Verfasser ist und worin er selbst die Rolle des Sir Harry Mac Sarcason unnachahmlich spielt und fast (vermutlich als Autor) nicht vom Theater wegkommt. Es ist sehr unterhaltend und strotzt von Witz. Ich habe denselben Schauspieler auch als Macbeth gesehen, in derselben Rolle, die ihm ehemals den Aufruhr verursachte, der die Ursache des Prozesses war. Ich kann nicht sagen, daß er mir sehr gefallen hat, ob er gleich mit großem Verstand spielte, allein der Mann hat nicht allein die Jahre, sondern auch die Steifigkeit des Alters. Es tut mir immer weh, wenn ich einen alten Schauspieler auf dem Theater niederstürzen sehe, weil ich weiß, es muß ihm auch weh tun.

Ich glaube (ich fürchte, sollte ich jetzt sagen), ich werde Ihnen noch einmal schreiben. Mein Reisegefährte hat sich in den drei Tagen verschlimmert. Leben Sie wohl.

London,
den 2. Dezember 1775

ÜBER DIE MACHT DER LIEBE

Mittwoch, morgens 8 Uhr, den 19. Februar 1777

...Die Frage: Ist die Macht der Liebe unwiderstehlich, oder kann der Reiz einer Person so stark auf uns wirken, daß wir dadurch unvermeidlich in einen elenden Zustand geraten müssen, aus welchem uns nichts als der ausschließende Besitz dieser Person zu ziehen imstande ist? habe ich in meinem Leben unzähligemal bejahen hören von alt und jung und oft mit aufgeschlagenen Augen und über das Herz gefalteten Händen, den Zeichen der innersten Überzeugung und der sich auf Diskretion ergebenden Natur. Ich könnte sie auch bejahen, nichts ist wohlfeiler und leichter; ich werde sie auch künftig aus Gefälligkeit wieder bejahen oder auch, wenn künftige Erfahrungen das Kabinett bereichern, aus dem ich jetzt herausphilosophiere, im Ernst, woran ich aber deswegen sehr zweifle, weil ein paar Beispiele, die gehörig ins Licht gesetzt für mich streiten, hinlänglich sind, den ganzen Satz auf ewig zu leugnen. Ich habe, sage ich, den Satz unzähligemal bejahen hören und bejaht gelesen in Prosa und in Versen. Aber wieviel Menschen waren darunter, die die Frage ernstlich untersucht hatten? Bewußt wenigstens ist es mir von keinem, daß er sie untersucht hätte, und vielleicht hatte sie auch wirklich keiner untersucht; denn wer wird eine Sache untersuchen, von deren Wahrheit der Kuckuck und die Nachtigall, die Turteltaube und der Vogel Greif einstimmig zeugen, wenigstens, wenn man den süßen und bittern Barden aller Zeiten glauben darf, über deren Philosophie aber zum Glück der Philosoph so sehr lacht als das vernünftige Mädchen über ihre Liebe. Ich glaube, ich habe die Frage hinlänglich untersucht, lange vor Herrn Professor Meiners, dessen Übereinstimmung mit meiner Meinung nicht wenig dazu beigetragen hat, daß ich den Mann jetzt liebe, dessen Kopf ich längst verehrt habe. Nach dieser Untersuchung behaupte ich mit völliger Überzeugung: Die unwiderstehliche Gewalt der Liebe, uns durch einen Gegenstand entweder höchst glücklich oder höchst unglücklich zu machen, ist poetische Faselei junger Leute, bei denen der Kopf noch im Wachsen begriffen ist, die im Rat der Menschen über Wahrheit noch keine Stimme haben und meistens so beschaffen sind, daß sie keine bekommen können. Ich erkläre hier noch einmal, ob es sich gleichwohl von selbst versteht, daß ich den Zeugungstrieb nicht meine; der, glaube ich, kann unwiderstehlich werden, allein sicherlich hat ihn die Natur uns nicht eingeprägt, uns höchst unglücklich oder höchst glücklich zu machen. Das erste zu glauben macht Gott zu einem Tyrannen und das letztere den Menschen zum Vieh. Und doch rührt die ganze Verwirrung in diesem Streit aus nicht genugsamer Unterscheidung eben dieses Triebes, der sich unter sehr verschiedener Gestalt zeigt, und der schwärmenden Liebe her. Man verteidigt Liebe und verwirft Liebe, und eine Partei versteht dieses und die andere etwas anderes. So weit diesen Morgen.

Donnerstag, 9 Uhr

Die guten Mädchen haben die Ausdrücke ›Himmel auf der Welt‹, ›Seligkeit‹, womit manche Dichter die glücklichste Liebe belegten, als ewige unwandelbare Wahrheit angesehen, und mädchenmäßige Jünglinge haben es ihnen nachgeglaubt, da es doch nur weichliches Geschwätz junger Schwärmer ist, die weder wußten, was Himmel noch was Welt war. Die Benennungen sind nur insofern wahr, insofern es wahr ist, daß Mädchen Göttinnen sind. Die Griechen, nicht allein das weiseste und tapferste, sondern auch das wollüstigste Volk auf der Welt, hielten wahrlich die Mädchen nicht für Göttinnen oder den Umgang mit ihnen für Paradies oder ihre Liebe für unwiderstehlich. Sie erzeigten ihnen nicht einmal die Achtung, die man wenigstens von einem freien Volk, ich will nicht sagen von einem gefühlvollen, gegen ein schwaches Geschlecht hätte erwarten sollen. Sie brauchten sie, die organisierten Fleischmassen zu zeugen, aus denen sie selbst nachher Helden, Weise und Dichter formten, und ließen sie übrigens gehen. Sie wohnten im Innersten des Hauses, kamen nicht in Männergesellschaften, wodurch ihnen denn freilich aller Weg abgeschnitten ward, sich für so kluge Köpfe gehörig auszubilden, daher sie immer schlechter und verächtlicher werden mußten. Daß ihnen wahrhaftig große Männer courten, diese Achtung mußten sie sich erst durch besondere auszeichnende Geistesgaben erwerben, und diese Besuche waren nicht von der verliebten Art. Das Vermögen, das ihnen die Natur gegeben hat, ein dringendes Verlangen auf eine angenehme und nützliche Art zu befriedigen, rechneten sie ihnen für kein Verdienst an, und, wie mich dünkt, mit großem Recht; denn es ist ein Handel, wobei beide Parteien gewinnen. Die Ausdrücke ›Herz verschenken‹, ›Gunst verschenken‹ sind wieder poetische Blümchen. Kein Mädchen schenkt ihr Herz weg, sie verkauft es entweder für Geld oder Ehre oder vertauscht es gegen ein anderes, wobei sie Vorteil hat oder doch zu haben glaubt.

Aber was führe ich Ihnen die Griechen an? Gibt es nicht heutzutag ein sehr vernünftiges Volk, das von der beides lächerlichen und gefährlichen und dabei müßiggängerischen Schwärmerei der Liebe frei ist, ein Volk, dem wir allein den Fortgang in nützlichen Wissenschaften, Besserung des Menschen und alle großen Taten zu danken haben. Wissen Sie, was ich für ein Volk meine? Gewiß, Sie kennen es. Es ist die Gemeinde der aktiven, vernünftigen, starken Seelen, die man über die ganze Erde ausgebreitet findet, obgleich manches Städtchen leer ausgehen möchte; der gesunde, nützliche, glückliche Landmann, den unsere albernen Dichter (wie überhaupt die Natur) besingen und bewundern, ohne ihn zu kennen, sich sein Glück wünschen, ohne doch den Weg dazu wählen zu wollen. Mir läuft die Galle über, wenn ich unsere Barden das Glück des Landmanns beneiden höre. Du willst, möchte ich immer sagen, glücklich sein wie er und dabei ein Geck sein wie du, das geht freilich nicht. Arbeite wie er, und wo deine Glieder zu zart sind zum

Pflug, so arbeite in den Tiefen der Wissenschaft, liest Euler oder Haller statt G... und den stärkenden Plutarch statt des entnervenden ›Siegwarts‹, und endlich lerne dein braunes Mädchen genießen wie dein braunes Brot – von Hunger verklärt und gewürzt, wie dein Landmann tut, so wirst du glücklich sein wie er. Nicht Adel der Seele, nicht Empfindsamkeit, sondern Müßiggang oder doch Arbeit, bei der der Geist müßig bleibt, und Unbekanntschaft mit den großen Reizen der Wissenschaft, worin schlechterdings nichts von Lieb und Wein vorkommt, ist die Quelle jener gefährlichen Leidenschaft, die (ich getraue, es allgemein zu behaupten) sich noch niemals einer wahrhaftig männlichen, starken Seele bemächtigt hat. Wenn jemand aus Liebe Einöden sucht, mit dem Mond im Ernst plaudert, so steckt gewiß das Häschen irgendwo im Kopf, denn eine Schwachheit steht selten allein.

Ich habe sehr hohe Begriffe von der Größe und Würde des Menschen. Einem Triebe folgen, ohne den die Welt nicht bestehen könnte, die Person lieben, die mich zum einzigen Gesellschafter ausersehen hat, zumal da nach unsern Sitten diese Person sich durch tausend andere Dinge an unser Herz festhängt und unter den mannigfaltigen Relationen von Ratgeber, Freund, Handlungskompagnon, Bettkamerade, Spielsache, lustiger Bruder (Schwester klingt nicht) auf uns wirkt, das halte ich sicherlich für keine Schwachheit, sondern für klare, reine Schuldigkeit, und ich glaube auch, es steht nicht bei uns, ein solches Geschöpf nicht zu lieben. Beklagen wir ja den Tod eines Haushundes. Allein ein Mädchen sollte imstande sein, mit ihren Reizen einem Manne seine Ruhe zu rauben, daß kein anderes Vergnügen mehr Geschmack für ihn hätte, und es stehe nicht in seiner Gewalt, sich diesem Zug zu widersetzen, dem Manne, der Armut, Hunger, Verachtung seines Verdienstes ertragen, ja seiner Ehre wegen in den Tod gehen kann? Das glaube ich ewig nicht. Dem Gecken wohl, dem weichlichen Schwachen, der nie in irgend etwas Widerstand versucht hat, oder dem Wollüstling, der höhere Vergnügen des Geistes nicht kennt als das Bewußtsein, daß ihn ein hübsches Mädchen liebt (denn vom Genuß abstrahiere ich, um dem Werther allen möglichen Vorteil zu geben), aber gewiß keiner eigentlichen Seele; wenn eine solche je so was gesagt hat, so war es ein Kompliment gegen die Damen, und zwar ein sehr unartiges, weil es ein Pasquill auf alle vernünftigen Männer ist; und doch ist es eine Frage, ob es ein Kompliment für die Damen ist. Viele Männer halten das weibliche Geschlecht für so schwach, eitel, leichtgläubig und eingebildet, daß sie alles glauben, was man ihnen sagt, sobald es die Macht ihrer Reize angeht. Diese Männer, wenn man sie anders so nennen kann, irren sich aber gar sehr. Nicht wahr, Madam?

Wenn man aber einer Vorstellung, die sich auf einen solchen Trieb stützt, mutwillig nachhängt, nicht allein nicht widerstehen will, sondern sich gar eine Ehre daraus macht, nicht zu widerstehen, und sich für einen Eingeweihten in die Mysterien der alles beglückenden Natur hält, sobald man sich solche Liebesschlösser in die Luft bauen kann, ja mein Gott, was ist da nicht unwiderstehlich in der Welt! Wäre doch wohl gar die kranke Frau im Gellert gestorben, wenn der Schneider nicht gekommen wäre, oder hat doch einer schon seine Frau für ein Glas Branntewein andern überlassen. Da ist es freilich kein Wunder, wenn Glück und Ruhe dahingehen, als hätten sie nie bei einem gewohnt, und ist es noch gut, wenn nur Glück und Ruhe fliehn. Eine solche Liebe führt ihre Lieblinge oft in Ketten nach Celle, und mich dünkt von Rechts wegen.

Die Liebe, die ich dem vernünftigen Manne für anständig halte, verhält sich zu der, gegen welche ich schreibe, so wie die gerechte Zähre des rechtschaffenen Mannes bei dem Tod einer Mutter gegen das ungezogene Geheul und Haarausreißen des schwachen Pöbels. Und ich weiß wohl, wenn ich auch bis an den Jüngsten Tag predigte, so würde doch die Anzahl derer, die jenen Folgen der Liebe standhaft widerstehen, immer die kleinere Zahl sein. Aber was ist das seltsamer, als daß die Leute, die ihr Unglück mit Mut, Gelassenheit ertragen, ebenfalls sehr wenige sind? Aus dem, was

der Mensch jetzt in Europa ist, müssen wir nicht schließen, was er sein könnte. In andren Weltteilen ist er ja schon anders, sehr viel anders.
Nun könnte ich, wenn es nötig wäre und ich Zeit hätte, eine Menge Beispiele von Leuten beibringen, die das Gesagte bestätigen, allein es ist bei Ihnen unnötig, und ich werde wirklich müde und breche daher ab.

ÜBER PHYSIOGNOMIK

Gewiß hat die Zollfreiheit unserer Gedanken und der geheimsten Regungen unseres Herzens bei uns nie auf schwächern Füßen gestanden als jetzt, wenn man aus der Emsigkeit der Menge und dem Mut der Helden und Heldinnen, die sich wider sie auflehnen, auf ihren baldigen Umsturz schließen darf. Man dringt von allen Seiten auf die zukommlichsten Werke ihrer Befestigung, und wo man sonst geheimen Vorrat vermutet, mit einer Hitze ein, die mehr einem gotisch-vandalischen Sturm als einer überdachten Belagerung ähnlich sieht, und viele behaupten, eine förmliche Übergabe könne schlechterdings nicht mehr weit sein. Es gibt aber auch eine Menge sanguinischer Menschen, die dafür halten, die Seele liege über ihrem geheimsten Schatz noch jetzt unzukommlich sicher als vor Jahrtausenden und lächle über die anwachsenden babylonischen Werke ihrer stolzen Stürmer, überzeugt, daß sich lange vor ihrer Vollendung die Sprache der Arbeiter verwirren und Meister und Gesellen auseinandergehen werden.

Die Sache, wovon hier die Rede ist, ist die Physiognomik, und die erwähnten Parteien kein geringer Teil der guten Gesellschaft unseres Vaterlandes. Nach beider Grundsätzen lassen sich zerstreute Anmerkungen darüber in einem Taschenkalender rechtfertigen. Nach ersteren ist es das epochemachende Weltumschaffende und nach letzteren Brauchbarkeit für das Jahr 1778 bei der Toilette.

Der Verfasser ist nicht von der Partei jener Belagerer, und man wird also in nachstehendem Aufsatz keinen förmlichen Unterricht in der Physiognomik erwarten. Es ist auch in der Tat zu dieser Zeit Unterricht nicht mehr so nötig, als es die Ermahnung ist, ihn an den bekannten Orten mit Behutsamkeit und selbst mit Mißtrauen zu suchen; und diese allein enthält der Aufsatz. Denn ob Physiognomik überhaupt, auch in ihrer größten Vollkommenheit, je Menschenliebe befördern werde, ist wenigstens ungewiß; daß aber mächtige, beliebte und dabei tätige Stümper in ihr der Gesellschaft gefährlich werden können, ist gewiß. Indessen alle Aufsuchung physiognomischer Grundregeln hemmen zu wollen, hat der Verfasser sowenig die Absicht als das Vermögen, und ferne sei von ihm, sich Bemühungen zu widersetzen, die vielleicht, wie die ihnen ähnlichen, den Stein der Weisen zu finden, auf nützlichere Dinge leiten können, als ihr Zweck, ich meine: in diesen traurigen Tagen der falschen Empfindsamkeit Beobachtungsgeist aufwecken, zu Selbsterkenntnis führen und den Künsten vorarbeiten.

Um allem Mißverständnis auszuweichen und neuem vorzubeugen, wollen wir hier einmal für allemal erinnern, daß wir das Wort Physiognomik in einem eingeschränkteren Sinn nehmen und darunter die Fertigkeit verstehen, aus der Form und Beschaffenheit der äußern Teile des menschlichen Körpers, hauptsächlich des Gesichts, ausschließlich aller vorübergehenden Zeichen der Gemütsbewegung, die Beschaffenheit des Geistes und Herzens zu finden; hingegen soll die ganze Semiotik der Affekten oder die Kenntnis der natürlichen Zeichen der Gemütsbewegungen nach allen ihren Gradationen und Mischungen Pathognomik heißen. Das letztere Wort ist schon zu diesem Gebrauch vorgeschlagen worden. Es wird hier nicht nötig sein, ein neues Wort zu machen, das beide unter sich faßt oder welches besser wäre, statt des erstern ein anderes zu suchen und dann Physiognomik zum allgemeinen Ausdruck anzunehmen, wie jetzt gewöhnlich ist und wie es auch deswegen in der Aufschrift zu diesem Aufsatz genommen worden.

Niemand wird leugnen, daß in einer Welt, in welcher sich alles durch Ursache und Wirkung verwandt ist und wo nichts durch Wunderwerke geschieht, jeder Teil ein Spiegel des Ganzen ist. Wenn eine Erbse in die mittelländische See geschossen wird, so könnte ein schärferes Auge als das unsrige, aber noch unendlich stumpfer als das Auge dessen, der alles sieht, die Wirkung davon auf der chinesischen Küste verspüren. Und was ist ein Lichtteilchen, das auf die Netzhaut des Auges stößt, verglichen mit der Masse des Gehirns und seiner Äste anders? Dieses setzt uns oft in den Stand,

Der Grobian

aus dem Nahen auf das Ferne zu schließen, aus dem Sichtbaren auf das Unsichtbare, aus dem Gegenwärtigen auf das Vergangene und Künftige. So erzählen die Schnitte auf dem Boden eines zinnernen Tellers die Geschichte aller Mahlzeiten, denen er beigewohnt hat, und ebenso enthält die Form jedes Landstrichs, die Gestalt seiner Sandhügel und Felsen, mit natürlicher Schrift die Geschichte der Erde, ja, jeder abgerundete Kiesel, den das Weltmeer auswirft, würde sie einer Seele erzählen, die so an ihn angekettet würde, wie die unsrige an unser Gehirn. Auch lag vermutlich das Schicksal Roms in dem Eingeweide des geschlachteten Tieres, aber der Betrüger, der es darin zu lesen vorgab, sah es nicht darin. Also wird ja wohl der innere Mensch auf dem äußern abgedruckt sein? Auf dem Gesicht, von dem wir hier hauptsächlich reden wollen, werden Zeichen und Spuren unserer Gedanken, Neigungen und Fähigkeiten anzutreffen sein. Wie deutlich sind nicht die Zeichen, die Klima und Hantierung dem Körper eindrucken? Und was ist Klima und Hantierung gegen eine immer wirkende Seele, die in jeder Fiber lebt und schafft? An dieser absoluten Lesbarkeit von allem in allem zweifelt niemand. Auch ist es nicht nötig, zum Beweis, daß es eine Physiognomik gebe, Exempel in Menge beizubringen, wo man aus dem Äußern eines Dinges auf das Innere zu schließen pflegt, wie einige Schriftsteller getan haben. Der Beweis wird sehr kurz, wenn man sagt: Unsere Sinne zeigen uns nur Oberflächen, und alles andere sind Schlüsse daraus. Besonderes Tröstliches folgt hieraus für Physiognomik, ohne nähere Bestimmung, nichts, da eben dieses Lesen auf der Oberfläche die Quelle unserer Irrtümer und in manchen Dingen unserer gänzlichen Unwissenheit ist. Wenn das Innere auf dem Äußern abgedruckt ist, steht es deswegen für unsere Augen da? Und können nicht Spuren von Wirkungen, die wir nicht suchen, die bedecken und verwirren, die wir suchen? So wird nicht verstandene Ordnung endlich Unordnung, Wirkung nicht zu erkennender Ursachen Zufall, und wo zuviel zu sehen ist, sehen wir nichts. Das Gegenwärtige, sagt ein großer Weltweiser, von dem Vergangenen geschwängert, gebiert das Künftige. Sehr schön. Aber was für eiteles, elendes Stückwerk ist nicht gleich unsere Wetterweisheit? Und nun gar unsere prophetische Kunst! Trotz den Bänden meteorologischer Beobachtungen ganzer Akademien ist es noch immer so schwer vorherzusagen, ob übermorgen die Sonne scheinen wird, als es vor einigen Jahrhunderten gewesen sein muß, den Glanz des Hohenzollerischen Hauses vorauszusehen. Und doch ist der Gegenstand der Meteorologie, soviel ich weiß, eine bloße Maschine, deren Triebwerk wir mit der Zeit näherkommen können. Es steckt kein freies Wesen hinter unsern Wetterveränderungen, kein eigensinniges, eifersüchtiges, verliebtes Geschöpf, das um einer Geliebten willen einmal im Winter die Sonne wieder in den Krebs führt. Entwickeln sich unsere Körper in der reinsten Himmelsluft, bloß durch die Bewegung ihrer Seelen modifiziert und durch keine äußere Kraft gestört, und bequemte sich die Seele wiederum rückwärts mit analogischer Biegsamkeit nach den Gesetzen, denen der Körper unterworfen ist: so würde die herrschende Leidenschaft und das vorzügliche Talent, ich leugne es nicht, bei verschiedenen Graden und Mischungen verschiedene Gesichtsformen hervorbringen, so wie verschiedene Salze in verschiedene Formen anschießen, wenn sie nicht gestört werden. Allein gehört denn unser Körper der Seele allein zu, oder ist er nicht ein gemeinschaftliches Glied sich in ihm durchkreuzender Reihen, deren jeder Gesetz er befolgen und deren jeder er Genüge leisten muß? So hat jede einfache Steinart im reinsten Zustand ihre eigne Form, allein die Anomalien, die die Verbindung mit andern hervorbringt, und die Zufälle, denen sie ausgesetzt sind, macht, daß sich auch oft der Geübteste irrt, der sie nach dem Gesicht unterscheiden will. So steht unser Körper zwischen Seele und der übrigen Welt in der Mitte, Spiegel der Wirkungen von beiden; erzählt nicht allein unsere Neigungen und Fähigkeiten, sondern auch die Peitschenschläge des Schicksals, Klima, Krankheit, Nahrung und tausend Ungemach, dem uns nicht immer unser eigener böser Entschluß, sondern oft Zufall und oft Pflicht aussetzen. Sind die Fehler, die ich in einem Wachsbilde bemerke, alle Fehler des Künstlers oder nicht auch Wirkungen ungeschickter Betaster, der Sonnenhitze oder einer warmen Stube? Äußerste Biegsamkeit des Körpers, Perfektibilität und Korruptibilität desselben, deren Grenze man nicht kennt, kommt hierin dem Zufall zustatten. Die Falte, die sich bei dem einen erst nach tausendfacher Wiederholung derselben Bewegung bricht, zeigt sich bei dem andern noch weniger; was bei dem einen eine Verzerrung und Auswuchs verursachte, den selbst die Hunde bemerken, geht dem andern unbezeichnet oder doch menschlichen Augen unmerkbar hin. Dieses zeigt, wie biegsam alles ist und wie ein kleiner Funke das Ganze in dem auffliegen macht, der in dem andern kaum einen versengten Punkt zurückläßt. Bezieht sich denn alles im Gesicht auf Kopf und Herz? Warum deutet ihr nicht den Monat der Geburt, kalten Winter, faule Windeln, leichtfertige Wärterinnen, feuchte Schlafkammern, Krankheit der Kindheit aus den Nasen? Was bei dem Mann Farbe wirkt, wirkt bei dem Kind Form, grünes Holz wirft sich bei dem Feuer, an dem ein trocknes bloß braun wird. Daher vermutlich die regelmäßigern Gesichtszüge der Vornehmen und Großen, die sicherlich weder an Geist noch Herz Vorzüge besitzen, die wir nicht auch erreichen könnten. Oder ist Versehen der Seele und der Amme einerlei, und wird die erstere nach der Verdrehung ihres Körpers ebenfalls verdreht, daß sie nun gerade einen solchen Körper bauen würde, wenn sie wieder einen zu bauen kriegte? Wie? Oder füllt die Seele den Körper etwa wie ein elastisches Flüssige, das allezeit die Form des Gefäßes annimmt, so daß, wenn eine platte Nase Schadenfreude bedeutet, der schadenfroh wird, dem man die Nase platt drückt? Ein rohes Beispiel, aber mit Fleiß gewählt. In unserm Körper selbst und den Säften desselben liegen hundert Quellen von gleich merklichen, aber minder gewaltsamen Veränderungen. Ferner, ihr leugnet nicht, daß lange nach Formierung der festen Teile des Körpers der Mensch einer

Verbesserung und Verschlimmerung fähig ist. Aber überzieht sich die blanke Stirne mit Fleisch oder stürzt die konvexe ein, wenn das Gedächtnis schwindet? Mancher kluge Kerl fiel auf seinen Kopf und wurde ein Narr, und ich erinnere mich, in den Memoiren der Pariser Akademie gelesen zu haben, daß dort einmal ein Narr auf den Kopf stürzte und klug wurde. In beiden Fällen wünschte ich, das Schattenbild des Antezessors neben dem Schattenbild seines Sukzessors zu sehen und die Lippen und Augenknochen beider zu vergleichen. Die Beispiele sind freilich gesucht. Allein, wollt ihr denn bestimmen, wo Gewalttätigkeit anfängt und Krankheit aufhört? Die Brücke, die zwei Ideenreihen verbindet, kann so gut einstürzen, wenn ich mich erkälte, als wenn ich auf den Kopf falle, und am Ende wäre wohl gar Mensch sein soviel als krank sein. Ich habe in meinem Leben etwa acht Sektionen vom menschlichen Gehirn beigewohnt, und aus wenigstens fünfen wurden die falschen Schlüsse wie rote Fäden herausgezogen und die Lapsus memoriae wie Sandkörner. Also schon hieraus (unten wird mehreres vorkommen) sieht man, wie unvorsichtig es ist, aus Ähnlichkeit der Gesichter auf Ähnlichkeit der Charaktere zu schließen, auch wenn diese Ähnlichkeit vollkommen wäre; allein wer ist denn der Richter über sie? Ein hinfälliger Sinn, dessen Eindruck durch vorgreifende Schlüsse und assoziierte Vorstellungen so leicht geschwächt und verdreht wird, daß es noch in weit einfacheren Fällen als dieser, wo keine Leidenschaften mitwirken, und selbst nach erwiesenem Irrtum, fast unmöglich ist, Urteil von Empfindung zu trennen.

Wäre man einmal so weit, daß man mit Zuverlässigkeit sagen könnte, unter zehn Bösewichtern sah immer einer so aus, so könnte man Charaktere so berechnen wie Mortalität. Allein hier zeigen sich gleich unübersteigliche Schwierigkeiten, völlig von dem Schlag derer, denen die Prophetik ihre Zuverlässigkeit zu danken hat. Denn obgleich im gemeinen Leben, unter dem geschriebenen Gesetz und vor dem menschlichen Richter, die Entscheidung über den Charakter leicht sein mag, so ist es doch, wo nicht eine einzige Tat gerichtet, sondern auf einen ganzen Charakter geschlossen werden soll, sehr schwer und vielleicht unmöglich, in einem besondern Fall zu sagen, was ein Bösewicht sei; und an Wahnsinn grenzende Vermessenheit, zu sagen, derjenige, der aussieht wie der Kerl, den dieses oder jenes Städtchen für einen Bösewicht hält, ist auch einer. Es ist eine kurrente Wahrheit, daß es wenig böse Taten gibt, die nicht aus Leidenschaft verübt worden wären, die, bei einem andern System von Umständen, der Grund großer und lobenswürdiger hätten werden können. So abgeschmackt freilich eine solche Entschuldigung nach vollbrachter Übeltat wäre, so sehr verdient sie, bei dem noch unbescholtenen oder wenigstens unbekannten Mann erwogen zu werden, der eine Voraussetzung von meiner Vernunft von Gott und Rechts wegen fordern kann, die jener meiner Menschenliebe abbettelte. Was wollt ihr also aus Ähnlichkeit der Gesichter, zumal seiner festen Teile, schließen, wenn derselbe Kerl, der gehenkt worden ist, mit allen seinen Anlagen unter andern Umständen statt des Stricks den Lorbeer hätte empfangen können? Gelegenheit macht nicht Diebe allein, sie macht auch große Männer. Hier hilft sich der Physiognome leicht, er sucht ein Prädikat, das vom großen Mann und vom Spitzbuben zugleich gilt: Sie hatten beide große Anlagen. Eine herrliche Ausflucht! Wer mir noch hundert solcher delphischer Wörter gibt, dem will ich den Ausgang des amerikanischen Krieges voraussagen. Um aller Welt willen, was ist für uns in praxi eine verdorbene gute Anlage? Nichts weiter als eine gerade Linie, die man krumm gebogen hat; eine krumme. Niemand kennt seine guten und bösen Fähigkeiten alle. Es wäre eine Art von psychologischem Schachspiel und ein unerschöpfliches Feld von lehrreicher Beschäftigung für die dramatischen Dichter und Romanenschreiber, zu gewissen gegebenen Graden von Fähigkeiten und Leidenschaften Umstände und Vorfälle zu erfinden, um den Knaben, der sie besitzt, nach jedem gegebenen Auftritt, durch wahrscheinliche Schritte hinzuleiten. Ich glaube, wenn wir den Menschen genau kennten, so würden wir finden, daß die Auflösung selten unmöglich werden würde und daß, wenn wir diejenigen meiden wollten, die unter einem gewissen System von Umständen gefährlich werden können, wir neunundneunzig in hundert meiden müßten. Und diese Perfektibilität oder Korruptibilität, die weiter nichts ist als erstere, in entgegengesetzter Richtung wirkend, ist es eben, was den Menschen macht und was ihn von dem Sprengel der Physiognomik auf ewig ausschließen wird. Er steht allein auf dieser Kugel wie Gott, der ihn nach seinem Bilde geschaffen hat, allein in der Natur. Gesetzt, der Physiognome haschte den Menschen einmal, so käme es nur auf einen braven Entschluß an, sich wieder auf Jahrhunderte unbegreiflich zu machen. Das Vertrauen der Physiognomik mußte also allerdings in einem Lande zunehmen wie Deutschland, in welchem, aus den Schriften abzunehmen, worin sie sich zeigen könnte, die Selbstbeobachtung und Kenntnis des Menschen in einem fast schimpflichen Verfall liegt und in einer Entnervung schmachtet, aus welcher sie allein nur, sollte man denken, der stärkende Winterschlaf einer neuen Barbarei zu ziehen imstande ist. Es ist hier der Ort nicht, es zu beweisen. Ich bin aber überzeugt, daß die besten Köpfe meines Vaterlandes mit mir stimmen werden, und es wird sich hoffentlich bald die lang gewünschte Gelegenheit finden, es auch den Schwächeren durch Beispiele aus den Schriften ihrer Götzen begreiflich zu machen.

Eine nicht genugsame Beherzigung einiger dieser Wahrheiten, verbunden mit ungewöhnlicher Unbekanntschaft mit der Welt und dem Menschen und einem eben daher entspringenden, unheilstiftenden Bestreben, Heil zu stiften, dem ein Teil unseres Publikums frommschwärmend da glaubt, wo es höchstens verzeihen sollte, haben, als wäre alles andere schon außer Streit, nun gar den äußerst unüberlegten und niederschlagenden Gedanken erzeugt, die schönste Seele bewohne den schönsten Körper und die häßlichste den häßlichsten. Also mit einer bloßen Veränderung der Metapher vielleicht auch die größte Seele den größten und die gesundeste den gesundesten? Gütiger Himmel! Was hat Schönheit des Leibes, deren ganzes Maß ursprünglich vielleicht verfeinerte und unter Nebenideen ihre Grobheit versteckende sinnliche Lust ist und deren Zweck hier erreicht wird, mit Schönheit der Seele zu tun, die mit dieser Lust so sehr streitet und sich in die Ewigkeit erstreckt? Soll das Fleisch Richter sein vom Geist? Der Verfasser glaubt und wird am Ende alles dahin zusammenziehen, daß Tugend, und zumal die himmlische Aufrichtigkeit und Bewußtsein der Unschuld, einem Gesicht in den Augen ihres Kenners große und unaussprechliche Reize mitteilen. Allein es ist Unerfahrenheit und antiquarische Pedanterie, zu glauben, diese Schönheit sei das, was Winckelmann Schönheit nennt. Der Verfasser hat einiges erworbene Gefühl auch für die letztere, muß aber aufrichtig bekennen, daß er in Gesichtern redlicher Personen beiderlei Geschlechts, die von Leuten, die ihre Tugend nicht kannten, für häßlich gehalten wurden, Ausdrücke gesehen hat, die er gegen alle die uns eingepredigten Reize und oft mehr aus Gefälligkeit als aus Gefühl gerühmten Gesichter des Landes, wo die Banditen schön sind, nicht vermißt haben wollte. Der obige Gedanke, der hier keine förmliche Widerlegung erhalten kann und überhaupt kaum einer ernstlichen würdig ist, hat noch einen andern erzeugt, nämlich durch Verschönerung der Seele endlich den Körper zu Idealen griechischer Künstler hinaufzuformen. Tugend und Aufrichtigkeit möchten hierbei wenigstens allein nicht hinlänglich sein, sonst könnten wir leicht den Weg verfehlen und für alle unsere Mühe mit den Affengesichtern der Einwohner von Mallicolo belohnt werden, die der Hauptmann Cook auf seiner letzten Reise besucht hat und deren Redlichkeit und Häßlichkeit gleich merkwürdig und fast unerhört war. Hingegen möchte der kürzeste Weg, unsere deutschen Gesichter jenen griechischen zu nähern, wobei aber unsere Tugend nicht viel gewinnen würde, wohl der sein, auf welchem die Engländer ihre Schafe und Pferde spanischen und arabischen Idealen genähert haben. Wie ein solcher Satz, der nicht erwiesen, sondern bloß exklamiert worden ist, der nie erwiesen werden wird und nie erwiesen werden kann, noch hier und da hat Eingang finden können, ist kaum, und nur in dem jetzigen Deutschland, begreiflich. Denn sind nicht die Geschichtsbücher und alle großen Städte voll von schönen Lasterhaften? Freilich, wer schöne Spitzbuben, glatte Betrüger und reizende Waisenschinder sehen will, muß sie nicht gerade immer hinter den Hecken und in Dorfkerkern suchen. Er muß hingehen, wo sie aus Silber speisen, wo sie Gesichterkenntnis und Macht über ihre Muskeln haben, wo sie mit einem Achselzucken Familien unglücklich machen und ehrliche Namen und Kredit über den Haufen wispern oder mit affektierter Unschlüssigkeit wegstottern. Die Anlage war da, antwortet alsdann der Physiognome, aber der korruptible Mensch hat sich selbst verdorben. Die Anlage? Wozu? Zu dem, was erfolgte, oder dem, was nicht erfolgte? Lehrst du weiter nichts, möchte ich antworten, so ist dein Buch des Aufmachens nicht wert. Was der Mensch könnte geworden sein, will ich nicht wissen. Was hätte nicht jeder werden können? Sondern ich will wissen, was er ist. Und doch auch von der Seite wieder genommen, wenn (um ein abgenutztes Beispiel noch einmal zu nutzen) Zopyrus dem Sokrates seine bösen Anlagen im Gesicht sah, warum sah er denn die stärkere Kraft nicht, jene zu verbessern und sein eigener Schöpfer zu werden? Denn wenn die erstere in einem Faunskopf stecken mußte, so verdiente die letztere fürwahr ein Familiengesicht des Jupiter. So geht jetzt, da ich dieses schreibe, der Verbrecher ohnegleichen (und das ist er gewiß), der Nachtmahlvergifter, selbst in Zürich unerkannt herum, also doch wohl mit einem Gesicht, das seinesgleichen hat. Der Schauspieler Macklin in London, von dessen Gesicht Quin den bekannten Ausspruch tat: ›Wenn dieser nicht ein Schelm ist, so schreibt Gott keine leserlich Hand‹, erhielt im Jahre 1775 von Lord Mansfield vor einer großen Versammlung in Kings Bench öffentliches Lob wegen seines höchst edlen und großmütigen Verfahrens gegen seine nichtswürdigen und zum Teil reizend gebildeten Feinde.

Der Feuerkopf

Diese hatten gesucht, ihn seiner Verdienste wegen um Brot und Kredit zu bringen, und er erließ ihnen eine schwere Genugtuung, zu der sie verdammt worden waren, mit einer Art, die selbst diese Schelme rührte. Dieser Zug aus dem Leben dieses ehrlichen und berühmten Mannes verdiente wenigstens ebenso bekannt zu werden als jener Ausspruch des liederlichen Quin. Macklin lebt jetzt ruhig, von seinen Feinden selbst verehrt, da D. Dodd, dem seine seichten Deklamationen nicht den Zulauf würden verschafft haben, wenn er nicht der einnehmende Mann gewesen wäre, am Galgen gestorben ist. Ich kenne einen denkenden Kopf, der sich den Teufel als die schönste Person denkt, als einen Engel ohne Flügel. Ich weiß keine Ursache anzugeben, als daß er ein fleißiger Leser des Milton ist und aus dem Lande ist, in welchem die meisten, die an den Bettelstab oder den Galgen kommen, durch Engel ohne Flügel dahin gebracht werden. Freilich müssen wir das schöne Gesicht nicht oft bei seinen Teufelstaten antreffen, sonst wird es sich bald in unsern Augen verteufeln; und wir werden bald einen vorher unbemerkten Zug abscheulich finden. So verhäßlicht uns das Gesicht eines Feindes tausend andere Gesichter, so wie hingegen die Miene einer Geliebten wiederum Reiz über Tausende verbreitet. So fanden Cartesius und Swift und vermutlich unzählige Unbekannte das Schielen reizend; und so hat eine lispelnde Zunge, die in einem Juden, der uns um unsere Louisdors bringt, abscheulich ist, vermutlich manchen meiner Leser um sein Herz gebracht. Ideenassoziationen erklärt eine Menge von Erscheinungen in der Physiognomie, ohne daß man nötig hätte, zu Schmälerung der Rechte der Vernunft, neue Sinne anzunehmen, mit denen falsche, bequeme Philosophie und Neuerungsgeist seit jeher sehr freigebig gewesen sind.

Allein, ruft der Physiognome, was? Newtons Seele sollte in dem Kopf eines Negers sitzen können? Eine Engelsseele in einem scheußlichen Körper? Der Schöpfer sollte die Tugend und das Verdienst so zeichnen? Das ist unmöglich. Diesen seichten Strom jugendlicher Deklamation kann man mit einem einzigen ›Und warum nicht?‹ auf immer hemmen. Bist du, Elender, denn der Richter von Gottes Werken? Sage mir erst, warum der Tugendhafte so oft sein ganzes Leben in einem siechen Körper jammert, oder ist immerwährendes Kränkeln vielleicht erträglicher als gesunde Häßlichkeit? Willst du entscheiden, ob nicht ein verzerrter Körper so gut als ein kränklicher (und was ist Kränklichkeit anders als eine innere Verzerrung?) mit unter die Leiden gehört, denen der Gerechte hier, der bloßen Vernunft unerklärlich, ausgesetzt ist? Sage mir, warum Tausende mit Gebrechen geboren werden, einige Jahre durchwinseln und dann wegsterben? Warum das hoffnungsvolle Kind, die Freude seiner Eltern, dahinstirbt, wenn sie anfangen, seiner Hilfe zu bedürfen? Warum andere gleich nach ihrem Eintritt in die Welt wieder hinaus müssen und nur geboren werden, um zu sterben? Löse du mir diese Aufgaben auf, so will ich dir die deinigen auflösen. Wenn du einmal eine Welt schaffst oder malst, so schaffe und male das Laster häßlich und alle giftigen Tiere scheußlich, so kannst du es besser übersehen, aber beurteile Gottes Welt nicht nach der deinigen. Beschneide du deinen Buchsbaum, wie du willst, und pflanze deine Blumen nach dir verständlichen Schattierungen, aber beurteile nicht den Garten der Natur nach deinem Blumengärtchen. Hieraus lassen sich die Beweise widerlegen, die man für die Physiognomik aus Christusköpfen hat herleiten wollen. Und doch auch, dem Physiognomen nicht mit bloßem Räsonnement zu begegnen, ließe sich, wenn hier der Ort dazu wäre, leicht zeigen, wie wenig Trost er aus den Physiognomien der Wilden für sein System zu hoffen hat. Ich will nur etwas Weniges für den Neger sagen, dessen Profil man recht zum Ideal von Dummheit und Hartnäckigkeit und gleichsam zur Asymptote der europäischen Dummheits- und Bosheitslinie ausgestochen hat. Was Wunder, da man Sklaven, Matrosen und Pauker, die Sklaven waren, einem Candidat en belles lettres gegenüberstellt. Wenn sie jung in gute Hände kommen, wo sie geachtet werden wie Menschen, so werden sie auch Menschen; ich habe sie bei Buchhändlern in London über Büchertitel sogar mit Zusammenhang plaudern hören, und mehr fürwahr verlangt man ja kaum in Deutschland von einem Belesprit. Sie sind äußerst listig, dabei entschlossen und zu manchen Künsten außerordentlich aufgelegt und sollten daher, da der Versuche mit ihnen noch so wenige sind, gar nicht von Leuten verachtet werden, die immer von Anlage ohne Bestimmung und Kraft und Richtung plaudern. Gegen ihre westindischen Schinder sind sie nicht treulos, denn sie haben ihren Schindern keine Treue versprochen. Der weiße dünnlippige Zuckerkrämer ist der Nichtswürdige im Handel. Jeder brave Deutsche, mit dem sein Nebenmensch gleichen Viehhandel treiben wollte, würde gleiche Unbiegsamkeit beweisen. Vergeht sich irgendeiner einmal auch gegen einen guten Herrn, so bedenke man, was bei uns, im Lichte der wahren Religion, Vorurteil, Auferziehung und Aufhetzung nicht vermocht hat; bloß die Wörtchen es ›ist‹ und es ›bedeutet‹; dort gilt's die Wörter ›Freiheit‹ und ›geschunden werden‹. Wo aber der Funke aus dem Lichtmeer der Gottheit, Vernunft, einmal glimmt, da kann auch eine Flamme entstehen, wenn man sie anzufachen weiß, und gewiß ist die Hälfte von dem, was uns Krämer und unphilosophische Reisebeschreiber, die immer nur bestätigen und zusetzen, von ihnen sagen, nicht wahr. Das ruhige Durchschauen durch verjährte Vorurteile; die Scharfsichtigkeit, durch das verwilderte Gebüsch den geraden Stamm zu erkennen; die philosophische Selbstverleugnung, zu gestehen, man habe nichts Wunderbares gesehen, wo alles von Wundern wimmeln soll, und die von Durst nach lauter Wahrheit und von Menschenliebe begleitete Unparteilichkeit ohne Menschenfurcht ist ein kostbarer Apparatus, der selten mit an Bord genommen wird, wenn man nach entfernten Ländern segelt, im Reich der Körper so gut als der Gedanken. Doch, alles dieses weggeschmissen, wäre es nicht Unsinn zu sagen, weil der Mohr dumm und tückisch ist, so ist es der Deutsche ebenfalls, dessen Nase und Lippe sich der Lippe und Nase des Schwarzen nähern, oder ähnlicht ihm mit dem Verhältnis im Charakter, nach welchem sich Nase und Lippe ähnlich sind, da der eine eines sanften Himmels genoß, während der andere von dem seinigen bis in den Sitz der Seele geröstet und gekocht wird? Anderer Umstände zu geschweigen. Was ist Unsinn, wenn dieses keiner ist?

Die Seele baut aber doch ihren Körper, und kann man nicht aus dem Gebäude auf den Baumeister schließen? Dieses unnütze Lieblingssätzchen der Physiognomen kann man ohne Anstand zugeben, wenn man sich vorläufig über den Begriff von ›bauen‹ vereinigt und die kleine Einschränkung macht, daß man, um dieses Urteil richtig zu fällen, auch die ganze Absicht des Gebäudes kennen müsse. Offenbar bauen wir unsere Körper nicht so, wie wir Backöfen bauen, und ohne die Einschränkung könnte ein Grönländer, der etwa ein Gradierhaus sähe, auch schließen: Der diese Wohnung baute, war sicherlich ein Tor, erst läßt er den Wind durch die Wände streichen, und dann sorgt er obendrein dafür, daß es auch bei heiterem Himmel nicht an Regenwetter fehlt. Diesem guten Tropf würde ich antworten: Lerne erst das Land kennen, in welchem dieses Gebäude steht, so wirst du, wenn du je so weit kommst, die Weisheit bewundern müssen, womit es aufgeführt ist.

Wenn man sich ein wenig umsieht, so wird man finden, es fehlt dem Physiognomen in dieser Art zu schließen nicht an Gesellschaft, die ihm auf alle Art Ehre macht. Der, der zuerst dem unendlich guten Wesen ein unendlich böses zugesellte, und die klugen Köpfe, die noch jetzt den Teufel anbeten, haben vermutlich, durch Schmerz, Erdbeben, Pestilenz und Krieg verleitet, ihre ähnlichen Schlüsse gezogen. Ein trauriges Beispiel, wohin Vernunft ohne Offenbarung führen kann, und desto trauriger, je verzeihlicher. Der Schluß aus den Werken der Natur auf einen allmächtigen, allgütigen und allweisen Schöpfer ist mehr ein Sprung der instruierten Andacht als ein Schritt der Vernunft. Die Natur zeigt ihrem eingeschränkten Beobachter nichts als einen Urheber, der ihn weit übertrifft. Wie weit? Das sagt sie ihm nicht. Die Offenbarung versichert, es sei unendlich weit,

und nach dem jetzigen Anschein zu urteilen, werden auch Tausende von Jahrhunderten dem unendlichen Beobachter keinen Grund an die Hand geben, an jener Versicherung mit Vernunft zu zweifeln. Ja, es macht dem menschlichen Geist nicht wenig Ehre, daß er bereits tief genug in jene Weisheit hineinschaut, zu vermuten, das, was er übersieht, sei gegen das Ganze ein Nichts. Also du, der du glaubst, die Seele schaffe ihren Körper, horche auch du auf das, was sie dir auf einem andern Wege als dem ihres Geschöpfes offenbart: Halte den für weise, der weise handelt, und den für rechtschaffen, der Rechtschaffenheit übt, und laß dich nicht durch Unregelmäßigkeit an der Oberfläche irren, die in einen Plan gehört, den du nicht übersiehst, in den Plan desjenigen, nach dessen Vorschrift die Seele wenigstens ihren Körper bauen mußte, wenn sie ihn gebaut hat. ›Rede‹, sagte Sokrates zu Charmides, ›damit ich dich sehe!‹, und ›An ihren Früchten sollt ihr sie erkennen‹ steht in einem Buch, das wenig mehr gelesen wird, und, merkwürdig, in einer Rede zweimal hintereinander, von welcher gleichwohl jedes Wort vor Gott gewogen ist.

Allein auf diese Art könnte man die ganze Physik verdächtig machen, antwortet man; wir wissen zwar nicht, wie Dummheit und dicke Lippen zusammenkommen, und brauchen es auch nicht zu wissen, genug, wir sehen sie beisammen, und das ist hinreichend. Die Antwort hierauf ist schon längst in allen Logiken gegeben: Das ist es eben, worüber wir streiten. Wir geben dem Physiognomen gerne zu, sich unter die Naturlehrer zu zählen, nur muß er keinen größeren Rang unter ihnen behaupten wollen als der Prophet unter den Staatsklugen. Den eigentlichen Physiker und den Physiognomen kann man schlechterdings nicht zusammenstellen. Der erstere irrt oft menschlich, der andere irrt seit jeher eminent. Der erstere geht mit seinen Schlüssen nie aus der Maschine, deren Gang er kennenlernen will und deren Räder einförmig und treibende Kräfte scharf bestimmt und unveränderlich sind, heraus; er beobachtet nicht bloß den natürlichen Gang des Uhrwerks, sondern versucht auch und zwingt Erscheinungen, welche, bloß leidend abzuwarten, ein tausendjähriges Leben voll Aufmerksamkeit erfordert hätten, in einen Tag zusammen; und was hundert Jahre von Versuchen wiederum nicht hätten lehren können, lehr in einer Stunde Rechnung, und monatelange Rechnung wird vielleicht am Ende in ein Blättern von fünf Minuten verwandelt. Jeder Körper, möcht ich sagen, den der Physiker mit der Hand umfaßt, ist ihm ein Modell der Schöpfung, mit dem er machen kann, was er will. So ist es freilich kein Wunder, wenn, durch solche Maschinen gehoben, der Mensch eine Höhe erreicht, die ihn schwindeln macht.

Nun betrachte man einmal den Physiognomen, wie hilflos und doch wie verwegen er dasteht. Er schließt nicht etwa von langem Unterkinn auf Form der Schienbeine oder aus schönen Armen auf schöne Waden oder wie der Arzt aus Puls, Gesichts- und Zungenfarbe auf Krankheit, sondern er springt und stolpert von gleichen Nasen auf gleiche Anlage des Geistes und, welches unverzeihliche Vermessenheit ist, aus gewissen Abweichungen der äußern Form von der Regel auf analogische Veränderung der Seele. Ein Sprung, der meines Erachtens nicht kleiner ist als der von Kometenschwänzen auf Krieg. Wenn ich in einer kurzen Sentenz die Bedeutung jedes Wortes nur um einen Zoll verschiebe, so kann sich der Sinn um Meilen ändern. Wohin haben nicht unbestimmte Wörter geführt? Was in der Haushaltung wenig schadet, leitet in Wissenschaften gerade in entgegengesetzten Richtungen. Ferner ist es dem Physiognomen schon unendlich schwer, den ersten festen Punkt zu finden, die erste unleugbare Erfahrung. Ein dummes Fältchen hinter dem Mundwinkel oder ein Zahn, den man erst beim seltenen Lachen entdeckte, könnte Newtons Nase zur Lügnerin machen, und so von zwei bis ins Unendliche. Die innere Verzerrung nicht einmal gerechnet, die, so unmerklich sie auch dem Auge sein könnte, Folgen haben kann, die dem Geist nur allzu merklich sind. Können doch unmerkliche Veränderungen im Gehirn den Tod verursachen, wieviel leichter Sinnesänderung? Wie sind Sinnesunterricht und Geisteserleuchtung abgewogen? Ein Zusatz von eins im Sinn könnte eine Erleuchtung von tausend bewirken. Die Veränderung des Gehirns immer in dem Verhältnis zu sehen, in welchem sich die Veränderung im Geist zeigt, dazu haben wir keinen Sinn. Wir sehen nur Farbe und Figur, und diese kann vom begleitenden Gedanken für einen fremden Sinn so gut um eins abweichen als um tausend. Das ist einerlei. Eine große Veränderung im Gehirn für unser Auge könnte eine sehr kleine für die Seele sein, von der es bewohnt wird, und umgekehrt. Und ihr wollt gar aus dem Gewölbe über dieses Gehirn schließen? Doch ich will Worte sparen und werde unverständlich. Was ist nun die Folge aus obigen Betrachtungen? Diese: Die Physiognomik wird in ihrem eigenen Fett ersticken. In einem zentnerschweren physiognomischen Atlas entwickelt, läge der Mensch nicht um ein Haar deutlicher als jetzt in seinem Leibe. Ein weitläufiges Werk, und zwar eines, welchem Weitläufigkeit wesentlich ist, zusammenzudenken ist fürchterlich, da den Menschen aus der ersten Hand zu studieren uns tausendfaches Interesse des Leibes und der Seele anlockt und antreibt. Endlich ist auch der Physiognome noch von dem Weg, durch Versuche zur Wahrheit zu gelangen, fast gänzlich abgeschnitten: Alles dieses zusammen macht seine Sache desperat. Der Semiotiker wird doch noch bald gewahr, ob ihn seine Zeichendeutung trügt. Also von der einen Seite unendlich mehr Schwierigkeiten als in der Naturlehre und von der andern sehr viel weniger Hilfe. Was kann daraus werden? Die Achsel zucken und stilleschweigen wäre freilich alles, was der gesunde Mensch tun könnte; dem verblendeten Stolz fehlt es nie an Worten. Aber es ist doch gut, zu versuchen, was man auch hierin vermag? Antwort: Nicht ganz, weil das Leiden einer einzigen unschuldigen Seele während des Versuchs mehr Rücksicht verdient, als die arme leere Schwärmerei wert ist. Und ist es nicht schon seit jeher vergeblich versucht, ohne sich ernstlich zu fragen: Warum? Gut könnte es am Ende allemal sein, aber mich dünkt, Eichen pflanzen ist besser.

Ist denn aber Physiognomik ganz unsicher? Wir schließen ja täglich aus den Gesichtern, jedermann tut es, selbst die, die wider Physiognomik streiten, tun es in der nächsten Minute und strafen ihre eigenen Grundsätze Lügen. Diese Einwürfe wollen wir nun näher beleuchten.

Unstreitig gibt es eine unwillkürliche Gebärdensprache, die von den Leidenschaften in allen ihren Gradationen über die ganze Erde geredet wird. Verstehen lernt sie der Mensch gemeiniglich vor seinem fünfundzwanzigsten Jahre in großer Vollkommenheit. Sprechen lehrt sie ihn die Natur, und zwar mit solchem Nachdruck, daß Fehler darin zu machen zur Kunst ist erhoben worden. Sie ist so reich, daß bloß die süßen und sauren Gesichter ein Buch füllen würden, und so deutlich, daß die Elefanten und die Hunde den Menschen verstehen lernen. Dieses hat noch niemand geleugnet, und ihre Kenntnis ist, was wir oben Pathognomik genannt haben. Was wäre Pantomime und alle Schauspielkunst ohne sie? Die Sprachen aller Zeiten und aller Völker sind voll von pathognomischen Bemerkungen und zum Teil unzertrennlich mit ihnen verwebt. Man hat sich die Mühe nicht genommen, sie herauszusuchen und für die Haushaltung besonders vorzutragen, weil man um die Zeit, da man diese Bücher verstehen würde, die Sache schon gemeiniglich besser versteht, als sie gelehrt werden kann. Sie ist so unnötig als eine Kunst zu lieben. Sie nach Regeln auszuüben, die die eigene Beobachtung nicht schon gelehrt hätte, würde, in einer wie in der andern, in Irrtum verleiten und lächerlich machen. Hingegen sind unsere Sprachen höchst arm an eigentlich physiognomischen Beobachtungen. Wäre etwas Wahres darin, die Völker hätten es gewiß ebenfalls in diese Archive ihrer Weisheit gelegt. Wo man Spuren antrifft, so sind sie immer verdächtig und scheinen aus einer einzigen Beobachtung gemacht zu sein, wie Spitzkopf im Deutschen, so können selbst nomina propria endlich in Volksschimpfwörter übergehen. Laster im Deutschen heißt ursprünglich Verstümmelung und nicht Gebrechen, gehört also zu poltron. Auch stammt häßlich nicht von hassen. Die Nase

Der schweizerische Lavater.

kommt in hundert Sprichwörtern und Redensarten vor, aber immer pathognomisch als Zeichen vorübergehender Handlung und niemals physiognomisch oder als Zeichen stehenden Charakters oder Anlage. Es fehlt ihm über der Nase, sagt man im gemeinen Leben von einem, der nicht viel Verstand hat; nach der neuern Physiognomik müßte man sagen, es fehlt ihm an der Nase. Es gibt allerdings Sprichwörter, die der Physiognomik das Wort reden, aber was läßt sich mit Sprichwörtern erweisen? Hüte dich vor den Gezeichneten, ist ein Schimpfwort, dem die Gezeichneten von einer gewissen Klasse der Nichtgezeichneten in der Welt seit jeher ausgesetzt gewesen sind. Mit größerem Recht könnten also die Gezeichneten sagen: Hüte dich vor den Nichtgezeichneten. In einem schönen Leibe wohnt eine schöne Seele, gehört auch hierher. Auch fronti nulla fides. Die Sprichwörter leben in ewigem Krieg, wie alle Regeln, die nicht der Untersuchungsgeist, sondern die Laune gibt. Phädrus antwortet den eben angeführten in der simplen Sprache der gesunden Vernunft:

> Ridicule magis hoc dictum, quam vere aestimo,
> quando et formosos saepe inveni pessimos,
> et turpi facie multos cognovi optimos.

Shakespeare, der die entferntesten Begriffe, und die sich vielleicht nie in einem Menschenkopf begegnet sind, zu seiner Absicht zu verbinden weiß, der imstande war, die Welt ein O und endlich gar die Schaubühne ein hölzernes O zu nennen, der überdas mehr Bemerkungsgeist und Gabe besitzt, von klaren Dingen mit Deutlichkeit zu reden, als vielleicht noch ein Schriftsteller besessen hat, dieser Shakespeare ist sehr arm an eigentlich physiognomischen Bemerkungen. Es könnte sein, daß hier und da etwas in ihm steckte; der Verfasser hat ihn nie in der Absicht ganz durchgelesen, aber in acht seiner Stücke, die er deswegen durchgegangen hat, hat er nichts gefunden, was Aufmerksamkeit verdient. Hingegen ist er voll der herrlichsten pathognomischen Beobachtungen, auf die glücklichste Weise ausgedrückt. Unter diesen finden sich sogar manche, die noch nicht so kurrent sind, als sie zu sein verdienen, zum Beispiel seine immer lächelnden, musikscheuen Bösewichter und seine Lügner von polierter Lebensart, wenn man solche Bemerkungen hierher rechnen darf. Seine Schimpfwörter, die nur die Oberfläche treffen und deren ganzer Zweck ist, Mangel an Schönheit auszudrücken, gehören nicht hierher. Seinem durchschauenden Auge wäre die dicklippige Dummheit, der horizontale und dünnlippige Verstand mit seinen eckigen Augenknochen sicherlich nicht entgangen. Aber in dem großen steinernen O, worin er lebte und schrieb, konnte er sich sehr bald von dem Satz überzeugen: Es gibt keine Physiognomik von einem Volk zum andern, von einem Stamm zum andern und von einem Jahrhundert zum andern.

Shakespeares Pathognomik verdiente eine eigene Behandlung von einem Manne, der einen stehenden Fonds von Philosophie hätte, damit er nicht nach verübter Tat unvermerkt das Gesetz gäbe, nach welchem er sich richtet, oder es mit der Vernunft so hielte, daß er es nicht mit der Unvernunft verdürbe. Er müßte mit einem Herzen voll Menschenliebe arbeiten, aber ja um Himmels willen voll Menschenliebe, die ein heller Kopf leitet. Tätige Menschenliebe ohne Verstand verfehlt so gut ihren Zweck als Menschenhaß ohne Macht: So wie dieser oft mehr Gutes stiftet als Böses, so stiftet jener nur allzuoft mehr Böses als Gutes. Nur mit dem traurigen Unterschiede, daß ich den, der in der Absicht, mir zu schaden, mein Glück befördert, am Ende mit Lächeln bestrafen, hingegen den, der mich aus Menschenliebe unglücklich macht, auch nicht einmal mit gutem Gewissen verklagen kann. Ferner müßte der Mann tiefe Kenntnis der englischen Sprache, hauptsächlich der Nation, des Menschen und seiner selbst besitzen. Ohne einen hohen Grad von allen vieren läßt sich zwar Shakespeare noch immer mit Vergnügen lesen, aber man wird gerade das verlieren, was ihn zu einem so ungewöhnlichen Mann macht. Dieses erklärt die Verschiedenheit der Urteile über diesen Schriftsteller, wovon wir in diesen Tagen wieder merkwürdige Beispiele gehabt haben. Mich wundert es nicht. Die

Menschen sind geneigt zu glauben, daß sie jedes Buch, worin nichts von krummen Linien und algebraischen Formeln vorkommt, lesen könnten, sobald sie die Sprache verstünden, worin sie geschrieben sind. Es ist aber grundfalsch. Es könnte jemand so wenig von den obigen Erfordernissen zur Lesung des Shakespeare mitbringen und so wenig Begierde haben, in sich selbst zu erwachen, daß er am Ende wohl nichts verstünde als seine Zoten, seine Flüche und einige seiner ausschweifendsten Metaphern. So wird es aber bis an jenen Tag allen großen Geistern ergehen, die mit tiefer Einsicht über den Menschen schreiben. Solche Werke sind Spiegel; wenn ein Affe hineinguckt, kann kein Apostel heraussehen. Ich lenke nun von dieser kleinen Ausschweifung wieder ein. Ich sagte oben, Shakespeare sei sehr arm an eigentlich physiognomischen Bemerkungen, wenigstens in den Stücken, die ich in der Absicht, sie zu suchen, durchgelesen habe. Unparteiische Leser werden sehen, daß dieses nicht sagen will, er enthalte ganz und gar keine. Shakespeare schildert Menschen, und die Menschen haben wohl seit jeher physiognomisiert und geirrt, auch irren sich Shakespeares Physiognomen. Ich verstand vielmehr darunter solche Bemerkungen, die, unter andere Erklärungen gleichbedeutend hingeworfen, zugleich die Sache bezeichneten und den Ernst sehen ließen, womit er es meinte. Zum Exempel, wenn er Leuten, deren Geist und Herz er aus der Geschichte kannte, ohne ihre Figur zu kennen, eine Bildung beigelegt hätte, die ihm nach seiner Empfindung sprechend gedünkt hätte. Sein broadfronted Cäsar wäre eine solche Bemerkung, aber zum Unglück lesen andere Ausgaben baldfronted. Die foolish hanging netherlip, die in einem dieser Stücke vorkommt, beweiset noch weniger. Der Physiognome, der sich den Shakespeare durch Wörterbücher aufklärt, muß ja nicht, durch Systemsgeist verleitet, glauben, daß er hier eine Entdeckung gemacht habe. Der Engländer nennt alles foolish, was er nicht leiden kann. Auch muß man bei einem Schriftsteller, der den Menschen mit solcher Anschauung schildert, genau erwägen, wem er die Bemerkung

in den Mund legt. »Sage mir, was hat Oktavia für ein Gesicht«, fragt beim Shakespeare die eifersüchtige Kleopatra den Kurier, »ist's länglich oder rund?« – »Bis zum Fehler rund«, ist die Antwort. »Das sind gemeiniglich Närrinnen, die so aussehen«, sagt Kleopatra. Wer sieht hier nicht, daß dieses ein tiefer Blick ins Herz der Kleopatra ist, der uns über die innere Beschaffenheit des Kopfes der Oktavia völlig beim alten läßt?
Nun weiter. Die pathognomischen Zeichen, oft wiederholt, verschwinden nicht allemal völlig wieder und lassen physiognomische Eindrücke zurück. Daher entsteht zuweilen das Torheitsfältchen durch alles bewundern und nichts verstehen; das scheinheilige Betrügerfältchen, die Grübchen in den Wangen, das Eigensinnfältchen und der Himmel weiß was für Fältchen mehr. Pathognomische Verzerrung, die die Ausübung des Lasters begleitet, wird noch überdas oft durch Krankheiten, die jenem folgen, deutlicher und scheußlicher, und so kann pathognomischer Ausdruck von Freundlichkeit, Zärtlichkeit, Aufrichtigkeit, Andacht und überhaupt moralischer Schönheit in physische für den Kenner und Verehrer der moralischen übergehen. Dieses ist der Grund der Gellertschen Physiognomik (wenn sich dieses Wort noch von einer Sammlung von Bemerkungen, die einen Grund zu wahrscheinlichen Schlüssen vom Charakter auf die Gesichtsbildung, aber nicht umgekehrt, enthalten, gebrauchen läßt), der einzigen wahren, wenn es eine wahre gibt, die für die Tugend allemal von unendlichem Nutzen ist und die sich in wenig Worte fassen läßt: Tugend macht schöner, Laster häßlicher. Allein diese Züge beurteile man mit der größten Behutsamkeit, sie lügen zum Erstaunen oft, und zwar aus folgenden Ursachen. Es ist schon oben erinnert worden, daß der eine gleich gezeichnet wird für etwas, das dem andern tausendmal unbezeichnet hingeht. Dem einen fällt nach einer durchgeschwärmten Nacht die Wange in die Zahnlücke, da den andern die aufgehende Sonne so jugendlich hinter der Bouteille und beim Mädchen sieht, als ihn die untergehende gesehen hat. Die Bedeutung jedes Zu-

Der Pedant.

ges ist also in einem zusammengesetzten Verhältnis aus der Brüchigkeit der Fibern und der Zahl der Wiederholungen. Ferner (und dieses kann sich der voreilige Physiognome nicht genug merken) ist denn der, der bei ruhendem Gesicht aussieht wie mein Freund oder ich, wenn ich spotte, deswegen ein Spötter, oder der bei hellem Wachen aussieht wie ich, wenn ich schläfrig bin, deswegen ein Schläfriger? Keine Urteile sind gemeiner als diese, und keine können falscher sein. Denn einmal können jene Züge auch durch andere Ursachen dahingekommen sein als durch Spottübung und Schläfrigkeit oder Schuld, und auch noch selbst durch Schuld, aber nicht durch Spottübung und Schläfrigkeit. Und darin ist freilich der Mensch vor allen bekannten erschaffenen Wesen unterschieden. Ich meine: Nachäffung und Bestreben, seine Oberfläche der Oberfläche berühmter, bewunderter und beliebter Menschen ähnlich zu machen, ihre Fehler und lächerlichen, ja bösen Angewohnheiten nachzuahmen, bringt erstaunliche Revolutionen auf dem Gesicht hervor, die sich gar nicht bis in das Herz oder den Kopf erstrecken. So werden Kopfhängen, hochweises Stirnrunzeln, Lispeln, Stammeln, Gang, Stimme, die horchende Kopfhaltung, das kurzsichtige gelehrte Blinzeln, vornehmes Trübsehen, empfindsame Melancholie, leichtfertige Lebhaftigkeit, das bedeutende Augenwinken und die satirische Miene andern nachgetan so gut als das Gähnen; von einigen vorsätzlich und vorm Spiegel studiert, von andern, ohne daß sie es wissen. Es gibt Leute, denen die Satire selbst aus den Augen zu winken und zu spötteln scheint und die dabei so unschuldig sind wie die Lämmer und ebenso stumpf. Der Verfasser hat einen jungen, vortrefflichen Menschen gekannt, der sich in Gesellschaft eines berühmten Mannes ein dezesives Aufwerfen des Kopfes und verachtendes Herabziehen der Mundwinkel bei allem, was er sagte, angewöhnt hatte, das ihm gar nicht vom Herzen ging und das er sich auch wieder abgewöhnte. Er würde sich gewiß damit an seinem Glück geschadet haben. Es gehört viel Weltkenntnis und Tugend dazu, die Rede, von einem solchen Gesicht begleitet, zu entschuldigen und nicht das Gesicht in die Rede überzutragen. Doch bleiben pathognomische Ausdrücke in einem Gesicht allemal eine Sprache für die Augen; mit schlechten Worten unharmonisch verbunden, läßt sich so gut etwas Vernünftiges sagen, als mit den ausgesuchtesten und aller Macht des Numerus etwas Unvernünftiges. Das erstere im Gleichnis haben einige unserer älteren Schriftsteller durch ihr Beispiel gezeigt, und von dem letztern haben unsere Tage größere Proben aufzuweisen als Rom und Griechenland zusammengenommen.

Fast lächerlich ist der Beweis für die Zuverlässigkeit der Physiognomik, den man aus der täglichen, fast stündlichen Ausübung derselben herleiten will. Sobald wir einen Menschen erblicken, so ist es allerdings dem Gesetz unsers Denkens und Empfindens gemäß, daß uns die nächstähnliche Figur, die wir gekannt haben, sogleich in den Sinn kommt und gemeiniglich auch unser Urteil bestimmt. Wir urteilen stündlich aus dem Gesicht und irren stündlich. So weissagt der Mensch von Zeitläuften, Erbprinzen und Witterung; der Bauer hat seine Tage, die die Witterung des ganzen Jahres bestimmen, gemeiniglich Festtage, weil er da müßig genug ist, zu physiognomisieren. Jeder Mensch ist des Tages einmal ein Prophet. Ja, die angehenden Physiognomen schließen sogar aus dem Namen, und Balthasare scheinen ihnen den Friedrichen nachzustehen. Ich glaube, es sind wenig Menschen, die nicht irgendeinmal etwas diesem Ähnliches getan und gedacht haben, so lächerlich es auch klingen mag. Die angenommenen Namen satirischer Schriftsteller werden nach solchen Regeln zusammengesetzt. Wollten wir die Leute, von denen wir nach dem ersten Anblick urteilen, alle durch jahrelangen, genauen Umgang prüfen, ich glaube, es würde der Physiognomik ärger ergehen als der Astrologie. Einbildungskraft und Witz kommen hierbei gefährlich zustatten, daher sind die tiefsten Denker gemeiniglich die schlechtesten Physiognomen. Sie sind mit der flüchtigen Ähnlichkeit nicht so leicht befriedigt, da der flüchtige Physiognome in jedem Tintenfleck ein Gesicht und in jedem

Gesicht eine Bedeutung findet. Alles dieses ist aus Ideenassoziation begreiflich. Vergnügen gewähren diese Hypothesen allemal. Wer des Nachts auf einer Postkutsche gereiset ist und im Dunkeln Bekanntschaft mit Leuten gemacht hat, die er nie gesehen hat, wird die Nacht über sich ein Bild von ihnen formiert haben und sich am Morgen so betrogen finden, als sich der Physiognome an jenem großen, feierlichen Morgen betrogen finden wird, an dem sich unsere Seelen zum erstenmal von Angesicht schauen werden. Der Verfasser hat lange, ehe Physiognomik Mode geworden ist, auf eine Art in Physiognomik ausgeschweift, die er nun, da ihn Erfahrung zurückgebracht hat, dem Leser nicht vorenthalten kann: Er hat einen Nachtwächter, der ihn einige Jahre durch aus dem Schlaf hornte und brüllte, um ihm zu sagen, wieviel Uhr es sei, nach der Stimme zu zeichnen versucht. Man höre den Erfolg. Seine Stimme erweckte in ihm das Bild eines langen, hagern, übrigens aber gesunden Mannes mit länglichem Gesicht, in die Länge heruntergezogener Nase, starkem ungebundenem Haar und langsamem, säendem, gravitätischem Tritt. Er ward nach dieser Vorstellung begierig, den Mann am Tage zu sehen, wozu er bald Gelegenheit bekam. Die Abweichung der Zeichnung vom Original war unerhört groß, schlechterdings nichts war getroffen. Der Mann war der Statur nach unter den Mittelmäßigen, munter und geschwind, selbst sein Haar hatte er in ein wegstehendes Zöpfchen zusammengedreht, worin mehr Bindfaden als Haar war. Es ist hierbei eine angenehme Beschäftigung, die dem Psychologen wichtig werden kann, jene Ideen wieder zu dissoziieren. Der Verfasser hat seinem Nachtwächter oft nachgespürt und endlich gefunden, daß er die lange Figur der durchdringenden Baßstimme zu danken hatte, die er in seiner Kindheit einige Male beisammen gesehen; hingegen war das Bedächtige, Hagere, Schleichende nach genauer Untersuchung von weit edlerer Abkunft, denn es verlor sich in dichterischen Ideen von der Göttin der Nacht und einiger Gespenster männlichen Geschlechts, mit denen der Verfasser in seiner Jugend bekannt geworden war. Auf der Schule in D. befand sich mit mir zugleich ein Mensch von sehr lebhaftem Witz und nicht gemeinen Talenten, aus dem etwas hätte werden können, wenn er dieses wilde Feuer durch ernste Wissenschaft zu zweckmäßiger Erwärmung zusammenzuhalten früh genug wäre gezwungen worden. Dieser rühmte sich im Ernst, daß er den Leuten ansehen könnte, wenn sie Kaspar hießen. Er irrte sich nicht wenig, wie man mir gerne glauben wird, allein er blieb, kleine Abänderungen nicht gerechnet (recht physiognomisch), im ganzen bei seiner Meinung, und Kaspar war ein Name, womit er einen sehr zusammengesetzten Charakter bezeichnete. Da ich einige von den Leuten, die er mit diesem Namen belegte, gekannt habe, so würde ich sie dem Leser gerne nach Vermögen hinzeichnen, wenn ich nicht fürchtete, mich verdrießlichen Deutungen auszusetzen. Ein anderer, weit älter und auf einer höheren Schule, fand es seltsam und hätte bei dickerem Blut in seinem Glauben dadurch irregemacht werden können, daß von drei großen christlichen Gelehrten, die er fast zur Anbetung verehrte, der eine Abraham, der andere Isaak und der dritte Jakob hieß. Dabei war er doch ein großer Bewunderer von Gellert; als er mir daher einmal seine Bemerkung klagte, so antwortete ich ihm, Gellert hätte Fürchtegott geheißen, und daran sollte er sich halten. Allein es gibt noch weit schmeichelhaftere und subtilere Feinde der Physiognomik, die man erst nach Bearbeitung eines noch sehr verwilderten Feldes, der Philosophie, ganz kennenlernen wird. Ein Wort kann in uns zu einem Gesicht werden und ein Gesicht zu einem Wort durch Assoziation. Wir sehen die Helden der Romane, die wir lesen, alle wie vor uns, auch die Pläne der Städte. Lange vorher, ehe ich das Porträt des Generals der amerikanischen Rebellen, Lee, gesehen hatte, habe ich mir ein Bild von ihm gemacht, das aus Deserteur und doppeltem e so wunderbar zusammengesetzt ist, daß ich nie ohne Vergnügen daran denke. Wer über den Ursprung der Wörter nachgedacht hat, wird diese Bemerkung nicht unwichtig finden und sie leicht an andere anzuketten wissen, die schon mehr ins reine gebracht sind. Diese subtilen Feinde der Wahrheit, deren eine unzählige Menge in uns liegt, entfliehen bei helltagender Vernunft, einzeln bei den meisten, aller Beobachtung. Kaum hat sich aber auch jener Tag in den Zwischenräumen eines unruhigen Schlafes, in einer Fieberhitze oder schwärmerischen Aussicht auf Restauratorehre zur Dämmerung geneigt, so steigen sie oft zu einem hohen Grad von Klarheit vergrößert hervor, ich habe davon einige mit großem Vergnügen gehascht und zu künftigem psychologischem Gebrauch in meinem Kabinett aufbewahrt. Jene Frau, die glaubte, der Papst müsse ein Drache oder ein Berg oder eine Kanone sein, verdient mehr Aufmerksamkeit als Spott. Es geht uns allen so, wenn wir träumen, und wer will die Grenze zwischen Wachen und Träumen angeben; so wie nicht jeder träumt, der schläft, so schläft auch nicht jeder, der träumt.

Jedermann macht sich nach seiner Lage in der Welt und seinen Ideen im Kopf, nach seinem Interesse, Laune und Witz, weil er das ganze Gesicht nicht fassen kann, einen Auszug daraus, der nach seinem System das Merkwürdigste enthält, und den richtet er, daher sieht jeder in vier Punkte, etwa so geordnet ⁚·, ein Gesicht, und nicht alle einerlei; eben daher auch das Disputieren über die Ähnlichkeit der Porträts und Ähnlichkeit zweier Leute. Zwei schließen aus dem Anblick eines Brustbildes auf die Länge des Mannes, der eine, er sei groß, der andere, er sei klein, und keiner kann sagen, warum. Beim Pferd und Ochsen ging's an, wenn der Maßstab dabei wäre, aber beim Menschen auch wieder nicht, und doch will man aus Stirne, Nasen und Mund Schlüsse ziehen, deren Verwegenheit, gegen jene gerechnet, unendlich ist. Allein Felix Heß und Lambert hatten einerlei Nasen, das ist doch sonderbar. Allerdings sonderbar, daß zwei Leute einerlei Nasen haben, die himmelweit voneinander unterschieden sind und wovon keiner der andere hätte werden können, auch wenn er gewollt hätte. Aber beide waren tiefsinnige Männer. Fürwahr mir gehen die Augen über, wenn ich das Meisterstück der Schöpfung, das bereits einzusehen gelernt hat, daß es von den Absichten, warum es da ist, nur die wenigsten kennt, so behandelt sehe. ›Es regnet allemal, wenn wir Jahrmarkt haben‹, sagt der Krämer, und ›auch allemal, wenn ich Wäsche trocknen will‹, sagt die Hausfrau. Gesetzt auch, gleiche Nasen würden von gleichen Ursachen geformt, so ist erst noch auszumachen, ob sich Lambert und Felix Heß nicht noch in andern Stücken geglichen haben, die der eigentlichen Nasenwurzel näher als den Instrumenten des Tiefsinns lagen. Und können nicht sehr verschiedene Ursachen denselben scheinbaren Effekt hervorbringen? Ist dieses nicht; können dieselben Nasen und Stirnen nicht durch verschiedene Ursachen entstehen; und kann nicht, nachdem Nase und Stirne einmal stehen, inneres Fortwachsen biegsamer Teile noch immer Formen schaffen, die den Physiognomen auf ewig zum besten haben werden: So möchte ich wohl wissen, wer das bewiesen hat oder beweisen will. So gut einer bei schön geformtem äußern Ohr nicht bloß taub werden, sondern sogar taub geboren sein kann, so gut kann einer bei der schönsten Nase schlecht riechen und ein Narr sein und noch leichter etwas, das nicht so ausgezeichnet als der Narr ist, eines der unzähligen Geschöpfe über und unter den mittelmäßigen. Dem Himmel sei auch Dank, daß er so gewiß tiefsinnige Köpfe ohne lambertische Nasen gibt, als, solange die Welt steht, die lambertischen Nasen gemeiner sein werden als die Lamberte.

Die festen und unbeweglichen Teile, zumal die Form der Knochen, trügen, weil sie bei jeder Art von Verbesserung des verbesserlichen Geschöpfs, die noch lange nachher Platz hat, nachdem diese ihre völlige Festigkeit erreicht haben, noch stattfindet; und zweitens, weil, da ihre Form sowenig von unserm Willen abhängt, auch der Einfluß äußerer Ursachen unvermeidlicher ist und ein einziger Druck oder Stoß allmählich Veränderungen wirken kann, deren Fortgang keine Kunst aufzuhalten imstande ist. Auch, wenn sich etwas daraus herleiten ließe, so wären die festen Teile doch immer nur eine beständige Größe, ein einziges, in un-

Der Hochmuth.

zähligen Fällen unbeträchtliches Glied der unendlichen Reihe, durch die der Charakter des Menschen gegeben ist.
Herr Lavater hält die Nase für das bedeutendste Glied, weil keine Verstellung auf sie wirkt. Sehr gut, wenn Übergang von Wahrheit zu Verstellung und von Verstellung zu Wahrheit die einzige Veränderung im Menschen wäre. Allein bei einem Wesen, das nicht allein durch moralische, sondern physische Ursachen wirklich verändert werden kann, ohne daß die Nase deswegen folgt, sollte ich denken, wäre ein so unveränderliches Glied nicht allein für die Wahrheit unbedeutend, sondern wider dieselbe verführerisch. Je feiner und folgsamer der Ton, desto richtiger und wahrer der Ausdruck. Die beweglichen Teile des Gesichts, die nicht allein die pathognomischen, unwillkürlichen Bewegungen, sondern auch die willkürlichen der Verstellung angeben und aufzählen, sind daher meines Erachtens weit vorzuziehen. Selbst Zurückgang im Charakter kann hier analogischen Zurückgang im Weiser verursachen. Der Weiser kann trügen. Freilich leider! Aber was die Form der festen Teile bedeutendes hat, ward ihnen durch ähnliche Ursachen unter ähnlichen Bedingungen eingedruckt. Ich gestehe gerne, auch das ruhende Gesicht mit allen seinen pathognomischen Eindrücken bestimmt den Menschen noch lange nicht. Es ist hauptsächlich die Reihe von Veränderungen in demselben, die kein Porträt und viel weniger der abstrakte Schattenriß darstellen kann, die den Charakter ausdrücken, ob man gleich oft glaubt, was uns die letzteren gelehrt haben, habe man von den ersteren gelernt. Die pathognomischen Abänderungen in einem Gesicht sind eine Sprache für das Auge, in welcher man, wie der größte Physiologe sagt, nicht lügen kann. Und zehn Wörter aus der Sprache eines Volks sind mir mehr wert als hundert ihrer Sprachorgane in Weingeist. So wie wir hier besser hören, als wir sehen, so sehen wir dort mehr, als wir zeichnen. Die beweglichen Teile und die verschiedenen Folgen in den Bewegungen sind nicht Corollaria aus einem durch die festen gegebenen Satz. Es sind notwen-

dige Bedingungen, ohne die die Auflösung immer unbestimmt bleibt.

Ja, die letzteren sind sogar wichtiger als jene, je näher sie wirklichen Handlungen liegen. Drei Köpfe, die sich, wie aus einer einzigen Form gegossen, glichen, könnten, wenn sie zu lächeln oder zu sprechen anfingen, alle Ähnlichkeit verlieren. Wer kann dieses leugnen als der, der es nicht versteht.

Diesem Räsonnement muß man nicht die angeblichen Erfahrungen der Physiognomen entgegensetzen wollen. Sie irren sich, wenn sie aus Schattenrissen oder Porträts von Personen urteilen, die sie gar nicht kennen, so entsetzlich, daß, wenn man die Treffer mit den Fehlern verglichen sähe, das Glückspiel gleich in die Augen fallen würde. Sie machen es aber wie die Lottospieler, publizieren Blättchen von glücklichen Nummern und behalten die Qartanten, die man mit unglücklichen anfüllen könnte, für sich. Auch die getroffenen sind es oft nur in Orakelwörtern, mit Spielraum für den Sinn; und oft sieht der Physiognome Forschungsgeist in den Augenknochen oder poetisches Genie in den Lippen des Mannes, weil er sie in dessen Schriften, aus Mangel an Kenntnissen und Geschmack oder durch Journale verführt, zu finden glaubt. Dem Denker, der jene Schriften leer findet, wird dadurch die ganze Kunst verdächtig.

Wache, nüchterne Vernunft sieht wohl, woher dieses Irren entspringt, und gibt sich nicht mit Untersuchungen ab, die nicht für sie sind; wagt sie sich je ohne Plan in solche Felder, welches freilich zuweilen sehr großen Leuten begegnen kann, so geschieht es gemeiniglich nur in den Stunden, wo sie in der Gesellschaft des muntern Witzes und der verführerischen Einbildungskraft einen kleinen Hieb hat. Man untersuche daher einmal die Physiognomen, und man wird finden, es sind gemeiniglich Personen, deren lebhafte Einbildungskraft ihnen beim Anblick der meisten Gesichter die verwandten Züge anderer und mit ihnen ganze Lebensläufe und Privatgeschichten vorstellt und die dieses bei jeder Gelegenheit der Gesellschaft darlegen. Gemeiniglich mit vielem Witz, weil so sehen und so sprechen einerlei Ursprungs sind. Auch richtet die Gesellschaft solche Bemerkungen nicht als bare Philosophie, sondern als Witz, dessen Reiz wohl gar durch den Strich von verwegener Leichtfertigkeit noch gewinnt, der die erstere geschändet hätte. Oft sind sie unschuldiger und sehen den Leuten nur das an, was sie schon von ihnen wissen. Die Prüfung der Bemerkung ist in den meisten Fällen so flüchtig als die Bemerkung selbst. Man esse einmal den Scheffel Salz, welchen schon Aristoteles verlangt, mit dem Mann, über dessen Herz und Kopf man so flüchtig urteilte, und man wird finden, was alsdann werden wird. Aber Irren ist menschlich; nicht immer, es ist zuweilen – weit weniger.

Das hohe Alter der Physiognomik zeugt von ihrem verführerischen Reiz und ihr schlechter Fortgang (Zurückgang könnte man sagen), bei immer zunehmenden Hilfsmitteln, von ihrer Nichtigkeit.

Was aber unserm Urteil aus Gesichtern noch so oft einige Richtung gibt, sind die weder physiognomischen noch pathognomischen, untrüglichen Spuren ehemaliger Handlungen, ohne die kein Mensch auf der Straße oder in Gesellschaft erscheinen kann. Die Liederlichkeit, der Geiz, die Bettelei usw. haben ihre eigene Livree, woran sie so kenntlich sind als der Soldat an seiner Uniform oder der Kaminfeger an der seinigen. Eine einzige Partikel verrät eine schlechte Erziehung, und die Form unseres Hutes und Art, ihn zu setzen, unsern ganzen Umgang und Grad von Geckerei. Selbst die Rasenden würden öfters unkenntlich sein, wenn sie nicht handelten. Es wird mehr aus Kleidung, Anstand, Kompliment beim ersten Besuch und Aufführung in der ersten Viertelstunde in ein Gesicht hinein erklärt als die ganze übrige Zeit aus demselben wieder heraus. Reine Wäsche und ein simpler Anzug bedecken auch die Züge des Gesichts.

Doch wir müssen abbrechen und wollen statt neuer Erläuterungen, die sich ins Unendliche vervielfältigen ließen, lieber die Hauptsätze kurz zusammennehmen, damit man ein so weitläufiges Werk nicht wieder falsch verstehe und dem Leser überlasse, sich nach seiner Lage in der Welt entweder den bequemsten Beweis oder die bequemste Widerlegung dazu selbst aufzusuchen. Ausgemacht scheint uns folgendes:

1. Obgleich objektive Lesbarkeit von allem in allem stattfinden mag, so ist sie es deswegen nicht für uns, die wir so wenig vom Ganzen übersehen, daß wir selbst die Absicht unsers Körpers nur zum Teil kennen. Daher so viel scheinbare Widersprüche für uns überall.

2. Von der äußern Form des Kopfes, in welchem ein freies Wesen wohnt, muß man nicht reden wollen wie von einem Kürbis, sowenig, als Begebenheiten, die von ihm abhängen, berechnen wie Sonnenfinsternisse. Man sagt mit eben dem Grad von Bestimmtheit, der Charakter des Menschen liege in seinem Gesicht, indem man sich auf die Lesbarkeit von allem in allem beruft, als man, sich auf den Satz des zureichenden Grundes stützend, behauptet, er handle maschinenmäßig.

3. Die Form der festen Teile sowohl als der beweglichen hängt auch von äußern Ursachen ab, die gemeiniglich geschwinder und kräftiger wirken als die innern; und doch gibt der Mensch jedem sichtbaren Eindruck, selbst der Verzerrung durch die Pocken, Zahnlücken usw., physiognomischen Sinn. Das menschliche Gesicht ist nämlich eine Tafel, wo jedem Strich transzendente Bedeutung beigelegt wird; wo geringer Krampf aussehen kann wie Spötterei und eine Schmarre wie Falschheit. Ebenso hindert Widerstand von außen, Zähigkeit der Teile allen pathognomischen Eindruck.

4. Jeder Bewegung der Seele korrespondiert in verschiedenen Graden von Sichtbarkeit Bewegung der Gesichtsmuskeln, daher sind wir geneigt, auch ruhenden Gesichtern, die jenen bewegten ähnlich sind, die Bedeutung der letztern beizulegen, und dehnen daher die Regel zu weit aus.

5. Selbst den dauernden Spuren ehemaligen pathognomischen Ausdrucks auf dem Gesicht, von dem noch das we-

Die Gedankenvolle.

nige Sichere abhängt, das die Physiognomik hat, ist nur in den äußersten Fällen zu trauen, wo sie so stark sind, daß man die Leute gezeichnet nennen möchte, und auch alsdann nur, wenn sie in Gesellschaft mit andern Kennzeichen stehen, die schon eben das weisen; da bestärken sie freilich. Umgekehrt kann man gar nicht schließen: wo diese Züge nicht sind, ist keine Bosheit. Bei den Gesichtern der gefährlichsten Menschen konnte man sich oft nichts denken, alles steckte hinter einem Flor von Melancholie, durch den sich nichts deuten ließ. Die Muskeln hängen solchen Leuten oft wie eine Gallert am Kopf, in welcher man so vergeblich Bedeutung sucht als organischen Bau in einem Glas Wasser. Wer das noch nicht bemerkt hat, kennt den Menschen nicht. Die Bösewichter werden immer unkenntlicher, je mehr sie Erziehung gehabt haben, je mehr Ehrgeiz sie besitzen und je wichtiger die Gesellschaft war, mit der sie umgingen. Stärkere pathognomische Züge sind nicht ein Zeichen von stärkerem Laster, sondern größerer Brüchigkeit der Muskeln, größerer Ungezogenheit und roherer Sitte. Da ferner diese Verzerrungen oft nur scheinbar pathognomisch sind und durch andere Ursachen entstanden sein können, so sieht man, wie vorsichtig man in Schlüssen aus pathognomischen Zügen auf moralische Häßlichkeit sein müsse; moralische Schönheit im Gesicht zu lesen ist nicht schwer. Auch sind Zaghaftigkeit und Leichtsinn, bei herrschender Neigung zu Wollust und Müßiggang, gar dem Unheil nicht gemäß gezeichnet, das sie in der Welt anrichten: Hingegen sieht Entschlossenheit seine Rechte gegen jeden, er sei, wer er wolle, zu verteidigen, und Gefühl des entschiedenen Wertes seiner selbst, auch der Paucorum hominum homo, zumal bei nicht lächelndem Mund, oft trotzig und daher manchen sehr gefährlich aus.

6. Daß der Maler und der Dichter ihre Tugendhaften schön und ihre Lasterhaften häßlich vorstellen, kommt nicht von einer durch Intuition erkannten notwendigen Verbindung dieser Eigenschaften her, sondern weil sie alsdann Liebe und Haß mit doppelter Kraft erwecken, wovon die eine den

Menschen am Geist, die andere am Fleisch anfaßt. Malten oder schrieben sie für ein einziges Volk oder gar für einen einzigen Menschen, so würde die Volksschönheit oder das Gesicht der Geliebten, des Herzensfreundes und des verehrten Vaters noch sicherer die Tugend empfehlen. So entstanden italienische Christusgesichter; Sokrates, wenn wir ihn nicht näher kennten, würde ein ähnliches in der römischen Schule erhalten haben. Es ist landesübliche Schönheit jener Gegend, ohne Spur widriger und nur bei schwachen Zeichen angenehmer, die sanfteste Gemütsstille nur wenig aufhebender Affekt. Von der andern Seite hat selbst Schwanz, Schwärze und Klaue dienen müssen, das Laster und die Bosheit für eine gewisse Klasse von Menschen zu zeichnen. Bei andern wählte der Maler feinere Farben und Zeichen nach Maßgabe seiner Erfahrung. Holbein macht einen schmierigen, häßlichen Betteljuden aus seinem Judas, das er doch wohl schwerlich war. Die schleichenden Betrüger, zumal die, die, wo nicht mit einem Kuß verraten, doch küssende Verräter sind (ich habe ihre mehre gekannt und fühle es leider noch, daß ich sie gekannt habe); ferner die, die wie eine gewisse Art unbrauchbare Hunde jedermann schwänzeln, jedermann apportieren und über jedermanns Stock springen, immer unglaublich treu tun und selten da sind, wenn man sie haben will, und endlich die, die alles tun, was derjenige will, der ihnen den Geldbeutel oder die Ketten der Finsternis oder die Peitsche über dem Kopf schüttelt, sehen freundlicher aus. Ich hätte den Judas schöner und gewiß mit einem frömmelnden Lächeln, auch die Haare um den Kopf geleckter gemalt. Vielleicht wäre ich von den wenigsten verstanden worden, aber die, die es gefunden hätten, hätten es mir desto herzlicher gedankt.

7. Tugend macht schön, aber die größte Schönheit, die sie unter einem gewissen Himmelsstriche hervorbringt, ist so sehr von jener Winckelmannschen unterschieden, daß vielmehr bis ans Ende der Welt jeder ehrliche deutsche Bauer darin von jedem neapolitanischen Dieb übertroffen werden wird, und ihr Reiz besteht sowenig in dem, was die Wollust

so nennt, als das Glück, das die Tugend gewährt, in einer eisernen Gesundheit und einer Revenue von zwanzigtausend Talern. Laster macht allezeit häßlicher, jedoch bei übrigens gleichem Grad von Stärke mit sehr verschiedenem Grad von Sichtbarkeit. Zuweilen ist es nur ein kleiner Zug, der sich erst beim genauen Umgang zeigt.

8. Talent und überhaupt die Gaben des Geistes haben keine Zeichen in den festen Teilen des Kopfes. Dieses zu beweisen, muß man den ausgesuchten Silhouetten von denkenden Köpfen auch ausgesuchte von nicht denkenden und Narren beifügen und Nichtgelehrten von sorgfältiger Erziehung einem Dorfnarren gegenüberstellen. Bedlam wird von Leuten bewohnt, die, wenn sie nicht wie versteinert vor sich hinstarrten oder mit den Sternen lächelten oder auf den Gesang der Engel horchten oder den Sirius ausblasen wollten oder mit untergesteckten Armen schaudernd zusammenführen, Respekt einflößen würden. Noch weniger wird sich aus der Form der Knochen allein schließen lassen. Um einen Kopf von jedem Skelett, der nicht monströs wäre, würde ein geschickter Künstler, ohne aus dem Wahrscheinlichen herauszugehen, eine Hülle von Muskeln und Haut aus Wachs schlagen und ihr Eindrücke geben können, jede beliebige Absicht dadurch zu erreichen.

9. Physiognomik ist also äußerst trüglich. Die wirkenden Leidenschaften haben zwar ihre Zeichen und lassen oft merkliche Spuren zurück, das ist unleugbar, und daher rührt das, was die Physiognomik Wahres hat. Es ist aber auch dieses bei dem größten Teil des menschlichen Geschlechts so unsicher und schwankend, daß wir, wenn wir die Köpfe ohne Hut und Perücke, ohne Pflaster, Schminke, Schmarren, Kupfer, Finnen und Bewegung sähen, den Charakter mit ebenso vieler Sicherheit herauswürfeln als aus den Zügen erraten würden. In den Bewegungen der Gesichtsmuskeln und der Augen liegt das meiste, jeder Mensch, der in der Welt lebt, lernt es finden; es lehren heißt den Sand zählen wollen.

Nützlicher wäre ein anderer Weg, den Charakter der Menschen zu erforschen, und der sich vielleicht wissenschaftlich behandeln ließe, nämlich aus bekannten Handlungen eines Menschen, und die zu verbergen er keine Ursache zu haben glaubt, andere nicht eingestandene zu finden. Eine Wissenschaft, welche Leute von Welt in einem höheren Grad besitzen, als die armen Tröpfe glauben können, die ihr Opfer täglich werden. So schließt man von Ordnung in der Wohnstube auf Ordnung im Kopf, von scharfem Augenmaß auf richtigen Verstand, von Farben und Schnitt der Kleider in gewissen Jahren auf den ganzen Charakter mit größerer Gewißheit als aus hundert Silhouetten von hundert Seiten von ebendemselben Kopf. Wer sagt: »Ich bin ein hitziger Kopf, wenn ich anfange«, ist ein gutes Lamm; und der fromme Schwärmer, der jeden Augenblick ausruft: »Ich bin ein schwaches Werkzeug«, würde sich unversöhnlich beleidigt glauben, wenn man ihm antwortete: »Das haben wir längst gedacht.« Verschwiegenheit hat unzertrennlich verschwisterte Tugenden. Aus der Mätresse schließt man auf den Mann, wenigstens auf viele seiner Verhältnisse gegen uns. Wer gegen seine Gesinde gut ist, ist meistens im Grunde gut: Man verstellt sich nicht leicht gegen Leute, die man für ihre Dienste bezahlt und die von einem abhängen, die man der Ehre der Verstellung gegen sie nicht würdig achtet und die man nicht fürchtet. Die guten Romanen- und Schauspieldichter, Lesage und Shakespeare, enthalten solche Züge wie weggeworfen. Der letztere in Menge, aber ohne alle prahlhafte Hinweisung, daher man sie oft übersieht. Aber was hilft das alles bei der schlauesten und gefährlichsten Klasse von Menschen? Nichts. Jede neue Attacke erzeugt eine neue Befestigungskunst, die dem perfektibelsten und korruptibelsten Geschöpf immer einschlägt.

Allein was auch sophistische Sinnlichkeit eine Zeitlang dagegen einwenden mag, so ist wohl der Satz gewiß, es ist kein dauernder Reiz ohne unverfälschte Tugend möglich, und die auffallendste Häßlichkeit, solange sie nur nicht ekelhaft ist, vermag sich dadurch Reize zu geben, die irgend jemand unwiderstehlich sind. Die Beispiele dieser Art unter

Personen beiderlei Geschlechts sind freilich selten, allein nicht seltener als die Tugenden, die jenen Reiz hervorbringen. Ich meine hier vorzüglich die himmlische Aufrichtigkeit, das bescheidene Nachgeben ohne Wegwerfen seiner selbst, das allgemeine Wohlwollen ohne dankverdienerische Geschäftigkeit, die sorgfältige Schonung der Delikatesse anderer Personen auch in Kleinigkeiten, Bestreben, jedem in Gesellschaft unvermerkt Gelegenheit zu geben, sich zu zeigen, ferner Ordnungsliebe ohne kleinliches Putzen und Reinlichkeit ohne Geckerei im Anzug. Dem Verfasser sind Beispiele hiervon von Frauenzimmern bekannt, die, wenn er sie hersetzen könnte, auch die Häßlichsten mit Mut erfüllen würden. Was diese Tugenden wirken, wenn sie sich zur Schönheit gesellen, wird jeder Leser leichter finden, wenn er in die Geschichte seines eigenen Herzens sehen will, als ich es hier beschreiben könnte. Ebenso kann das Laster, wo es biegsamen Stoff findet, in einem hohen Grade verzerren, zumal wenn dazu, bei roher Erziehung und gänzlichem Mangel an Kenntnis sittsamer Falten oder gar an Willen, sie anzunehmen, es nicht ein einziges Mal des Tages in irgendeiner Stunde der bezahlten Pflicht Zeit findet, die Risse auszuflicken. Diese Betrachtungen haben den Verfasser längst begierig gemacht, von einem gebornen Beobachter des Menschen, der dabei ein großer Zeichner wäre und in einer großen Stadt gelebt hätte, denselben Knaben und dasselbe Mädchen auf zwei verschiedenen Pfaden des Lebens vorgestellt zu sehen; und zwar sollte ihre Geschichte mehr durch Züge des Gesichts als Handlung gezeigt werden. Er glaubte damals schon, und der Beifall einiger Gelehrten, die lange vor ihm über diese Materie gedacht haben, hat ihn in diesem Glauben bestärkt, daß die Ausführung dieses Gedankens des größten Künstlers nicht unwürdig wäre. Alles, was der Künstler je über Schönheit und Häßlichkeit bemerkt, und alle übrigen Beobachtungen, die er über den Menschen angestellt hätte, könnte er hier zeigen, und mit wie vielem Vorteil für die Tugend! Was Hogarth hierin geleistet hat, ist bekannt. Er war in den Verschönerungen nicht so glücklich als in den Verschlimmerungen. Unter allen lebenden Künstlern, die mir bekannt geworden sind, wäre Herr Chodowiecki in Berlin der einzige, der diesen Gegenstand auch für den geübtesten Beobachter des Menschen genugtuend auszuführen imstande wäre. Seine kleinen Köpfe, vorzüglich einige im ›Nothanker‹, werden durch den Geist, über dem man fast vergißt, daß es Striche sind, nicht bloß Unterhaltung, sondern Gesellschaft, für mich wenigstens. Er lebt überdas in einer Stadt, wo ein Künstler, wenn er durch den Wink eines Fremden auf ein nicht ganz bekanntes Feld geleitet wird, durch eigene Beobachtungen leicht alles Nötige bald nachholen kann, zumal wo der große Fonds von Beobachtungen und die glückliche Anlage, die neuern instinktmäßig zu haschen, schon da ist, wie bei diesem Mann. Was er in diesem Feld, selbst für einen Taschenkalender auf meinen Vorschlag, getan hat, ist von allen, die den Gedanken verstanden haben, mit dem größten Beifall aufgenommen worden. Schade nur, daß durch das häufige, nicht allemal ganz geschickte Abdrucken die Kupferstiche endlich Veränderung erlitten haben, die gerade Herrn Chodowieckis und meiner Absicht entgegen waren. Die Undeutlichkeit der Züge, durch die die Tugend verliert, ist dem Laster vorteilhaft; wäre also noch länger fortgedruckt worden, so hätten beide Reihen, die aus einem Punkt entsprangen, bald darauf sich stark trennten, sich endlich wieder in einem Punkt vereinigt; und dieses wäre, wenn man den letzten Punkt nicht etwa vor der Verwesung verstanden hätte, ein Satz mit Kupferstichen erläutert gewesen, die gerade das Gegenteil lehren. Hier sind ähnliche Kupferstiche weggeblieben, dort wurden sie als eine Erläuterung eines einzigen Satzes zur Zierde des Almanachs gebraucht: Hier hätten sie nicht erscheinen können, ohne auch andern Sätzen, die es mehr bedurften, ähnliche Erläuterungen beizufügen, wozu jetzt die Zeit viel zu kurz und überhaupt der Aufsatz noch zu unvollkommen war.

FRAGMENT VON SCHWÄNZEN

Vorbericht

Herrn Lavaters große Physiognomik veranlaßte zwischen zwei Freunden Spott. Der eine mokierte sich über die Silhouette des hoffnungsvollen Jünglings, den Herr Lavater zum Genie vom ersten Range erhob, und da ihm eben ein junges Schwein begegnete, so fiel ihm ein, daß sich über die hoffnungsvollen Schweinsjünglinge wohl was Physiognomisches sagen ließe. Dieser hinzugeworfene Gedanke fachte den Witz des Verfassers sogleich an, diese Aufsätze zu machen. Beide Freunde lebten auf der Königin der Akademien, und so kam die Idee über das Haar zu tragen hinzu.

Fragment von Schwänzen

I. Heroische, kraftvolle

A. Ein Sauschwanz

B. Englischer Doggenschwanz

A

Wenn du in diesem Schwanz nicht siehest, lieber Leser, den Teufel in Sauheit (obgleich hoher Schweinsdrang bei a), nicht deutlich erkennest den Schrecken Israels in c, nicht mit den Augen riechst, als hättest du die Nase drin, den niedern Schlamm, in dem er aufwuchs, bei d, und nicht zu treten scheinst in den Anstoß der Natur und den Abscheu aller Zeiten und Völker, der sein Element war – so mache mein Buch zu; so bist du für Physiognomik verloren.
Dieses Schwein, sonst geborenes Urgenie, ludert tagelang im Schlamm hin; vergiftete ganze Straßen mit unaussprechlichem Mistgeruch, brach in eine Synagoge bei der Nacht und entweihete sie scheußlich; fraß, als sie Mutter ward, mit unerhörter Grausamkeit drei ihrer Jungen lebendig, und als sie endlich ihre kannibalische Wut an einem armen Kinde auslas-

sen wollte, fiel sie in das Schwert der Rache, sie ward von den Bettelbuben erschlagen und von Henkersknechten halbgar gefressen.

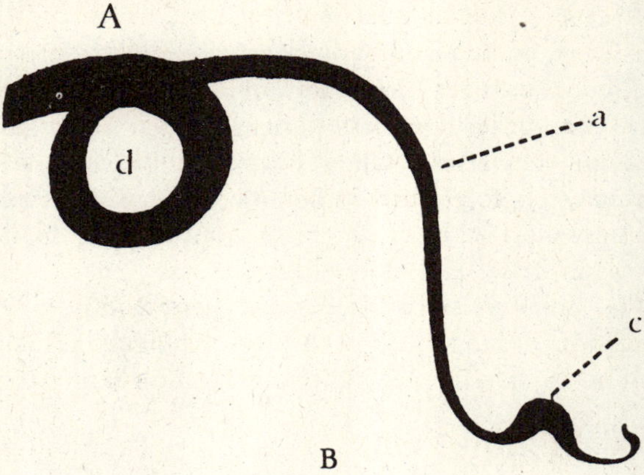

Der du mit menschlichem warmen Herzen die ganze Natur umfängst, mit andächtigem Staunen dich in jedes ihrer Werke hineinfühlst, lieber Leser, teurer Seelenfreund, betrachte diesen Hundeschwanz und bekenne, ob Alexander, wenn er einen Schwanz hätte tragen wollen, sich eines solchen hätte schämen dürfen. Durchaus nichts weichlich, ›Hundselndes, nichts Damenschößiges, Zuckernes‹, mausknapperndes, winzigtes Wesen. Überall Mannheit, Drangdruck, hoher, erhabener Bug und ruhiges, bedächtliches, kraftherbergendes Hinstarren, gleichweit entfernt von untertänigem Verkriechen zwischen den Beinen und hühnerhündischer, wildwitternder, ängstlicher, unschlüssiger Horizontalität. Stürbe der Mensch aus, wahrlich der Zepter der Erde fiele an diese Schwänze. Wer fühlt nicht hohe, an menschliche Idiotität angrenzende Hundheit in der Krümmung bei a. An Lage wie nach der Erde, an Bedeutung wie nach dem Himmel. Liebe, Herzenswonne, Natur, wenn du dereinst dein Meisterstück mit einem Schwanze zieren willst, so erhöre die Bitte deines bis zur Schwärmerei warmen Dieners und verleihe ihm einen wie B.

Dieser Schwanz gehörte Heinrichs VIII. Leibhunde zu. Er hieß ›Caesar‹ und war Cäsar. Auf seinem Halsbande stand das Motto ›Aut Caesar, aut nihil‹ mit goldenen Buchstaben und in seinen Augen ebendasselbe, weit leserlicher und weit feuriger. Seinen Tod verursachte ein Kampf mit einem Löwen, doch starb der Löwe fünf Minuten früher als Caesar. Als man ihm zurief: »Marx der Löwe ist tot«, so wedelte er dreimal mit diesem verewigten Schwanze und starb als ein gebrochener Held. Molliter ossa quiescant.

B

C

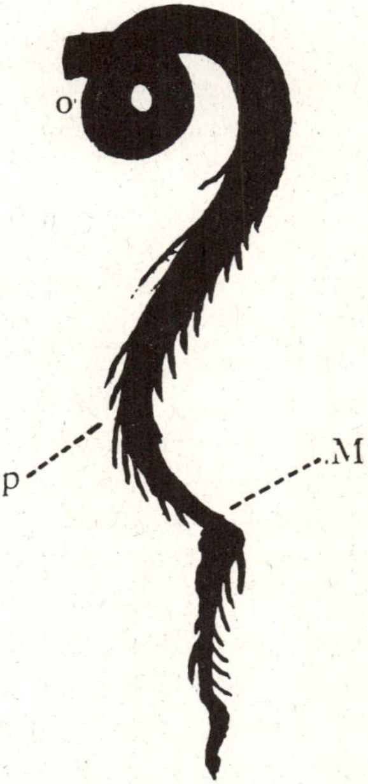

C

Silhouette vom Schwanze eines leider zur Mettwurst bereits bestimmten Schweinsjünglings in G… von der größten Hoffnung, den ich allen warmen, elastischen, beschnittenen und unbeschnittenen, Genie ausbrütenden Stutzern, von

Mensch- und Sauheit bittewimmelnd empfehle. Fühlt's, hört's, und Donner werde dem Fleischer, der dich anpackt! Noch zur Zeit nicht ganz entferkelt; mutterschweinische Weichmut im schlappen Hang und läppische Milchheit in der Fahnenspitze. Aber doch bei p schon keimendes Korn von Keilertalent; ja, wäre bei M nicht sichtbarlich städtische Schwäche und mehr Spickespeck als Haugeist und wäre unter dem Schwanz bei o minder Rauchkammer – als Ruhmstempel und minder Mettwurst als Triumph, so sagte ich: »Dein Ahnherr überwand den Adonis, und der Ebergeist des Herkulesbekämpfers ruht auf diesem Schwanz.«

Einige Silhouetten von unbekannten, meist tatlosen Schweinen

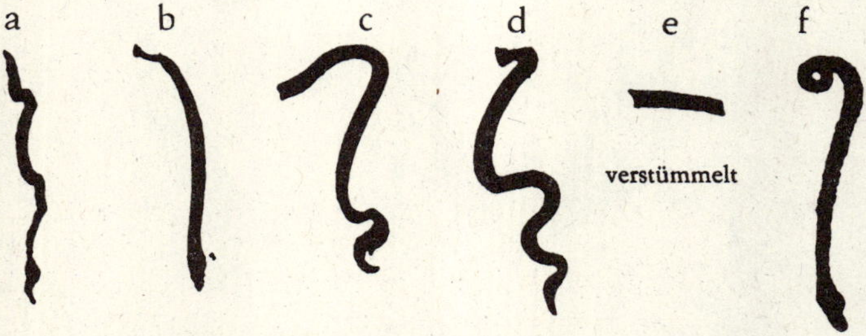

a schwach arbeitende Tatkraft; b physischer und moralischer Speck; c unverständlich, entweder monströs oder Himmelsfunken lodernder Keim, vom Wanderer zertreten; d vermutlich verzeichnet, sonst blendender, auffahrender Eberblitz; f Kraft mit Speck vertatloset.

Acht Silhouetten von Purschenschwänzen zur Übung

D

Erklärungen

1. Ist fast Schwanzideal. Germanischer eiserner Elater im Schaft; Adel in der Fahne; offensiv liebende Zärtlichkeit in der Rose; aus der Richtung fletscht Philistertod und unbezahltes Konto. Durchaus mehr Kraft als Besonnenheit.

2. Hier überall mehr Besonnenheit als Kraft. Ängstlich gerade, nichts Hohes, Aufbrausendes, weder Newton noch Rüttgerot, süßes Stutzerpeitschchen, nicht zur Zucht, sondern zur Zierde, und zartes Marzipanherz ohne Feuerpuls. Ein Liedchen sein höchster Flug, ein Küßchen sein ganzer Wunsch.

1 2 3 4

3. Eingezwängter Fülldrang. Eine Pulvertonne, unter einem Feuerbecken vergessen, wenn's auffliegt, füllt's die Welt. Edler, vortrefflicher Schwanz, englisch in beiderlei Verstand. Schade, daß du von sterblichem Nacken herabstarrst. Flögst du durch die Himmel, die Kometen würden sprechen: »Welcher unter uns will es mit ihm aufnehmen?« Studiert Medizin.

4. Satyrmäßig verdrehte Meerrettichform. Der Kahlköpfigkeit letzter Tribut, an Schwanzheit bezahlt. Alte Feldmarschallskraft, zu Fähnrichs Natur aufpomadet, aufgekämmt und aufaffektiert. Kampf zwischen Natur und Kunst, wo beide auf dem Platz bleiben. Strecke du das Gewehr, armer Teufel, und laß die Perücke einmarschieren.

5. An Schneidergesellheit und Lade grenzende schöne Literatur. In dem scharfen Winkel, wo das Haar den Bindfaden verläßt, wo nicht Goethe, doch gewiß Bethge, hoher Feder-

zug mit Nadelstich. Polemik in der horizontalen Richtung, Freitisch in der Quaste. In der fast zu dünne gezeichneten Wurzel Winzigkeit mit Hände reibender Pusillanimität. Informiert auf dem Klavier.

6. Sicherlich entweder junger Kater oder junger Tiger, mit einem Haarübergewicht zum letzteren.

7. Abscheulich. Ein wahrhaftes Pfui! Wie kannst du an einem Kopf gesessen haben, den Musen geheiligt! Im trunkenen Streit mußt du vielleicht einmal irgendeinem Badergesellen oder Stadtmusikanten entrissen und aus Triumph am Purschenhaar geknüpft sein. Elendes Werk, nicht der Natur, sondern des Seilwinders. Hanf bist du, und als Hanf hättest du dich besser geschickt, den Hals deines geschmacklosen Besitzers an irgendeinem Galgen zu schnüren.

5 6 7 8

8. Heil dir und ewiger Sonnenschein, glückseliges Haupt, das dich trägt! Stünde Lohn bei Verdienst, so müßtest du Kopf sein, vortrefflicher Zopf, und du Zopf, beglückter Kopf. Welche Güte in dem seidenen, zarten Abhang, wirkend ohne Hanf herbergendes, maskierendes Band und doch Wonne lächelnd wie geflochtene Sonnenstrahlen.

Soweit über selbst gekrönte Haarbeutel als Heiligenglorie über Nachtmütze.

Sechs solcher Schwänze in einer Stadt, und ich wollte barfuß deine Tore suchen, du Gesegnete, die Schwelle deines

Rathauses küssen und mich glücklich preisen, mit meinem eigenen Blut unter die Zahl deiner letzten Beisassen eingezeichnet zu werden.

Fragen zur weitern Übung

Welcher ist der kraftvollste?
Welcher hat am meisten Tatstarrendes?
Welcher Schwanz wird schwänzen?
Welcher ist der Jurist? Der Mediziner? Der Theologe? Der Weltweise? der Taugenichts? Der Taugewas?
Welcher ist der verliebteste?
Welcher alterniert mit dem Haarbeutel?
Welcher hat den Freitisch?
Welchen könnte Goethe getragen haben?
Welchen würde Homer wählen, wenn er wiederkäme?

AMINTORS MORGENANDACHT

Wie, wenn einmal die Sonne nicht wiederkäme, dachte Amintor oft, wenn er in einer dunklen Nacht erwachte, und freute sich, wenn er endlich den Tag wieder anbrechen sah. Die tiefe Stille des frühen Morgens, die Freundin der Überlegung, verbunden mit dem Gefühl gestärkter Kräfte und wieder erneuerter Gesundheit, erweckte in ihm alsdann ein so mächtiges Vertrauen auf die Ordnung der Natur und den Geist, der sie lenkt, daß er sich in dem Tumult des Lebens so sicher glaubte, als stände sein Verhängnis in seiner eigenen Hand. Diese Empfindung, dachte er alsdann, die du dir nicht erzwingst und nicht vorheuchelst und die dir dieses unbeschreibliche Wohlbehagen gewährt, ist gewiß das Werk eben jenes Geistes und sagt dir laut, daß du jetzt wenigstens richtig denkst. Auch war dieses innere Anerkennen von Ordnung nichts anders als wieder eben diese Ordnung selbst, nur auf ihn, der sie bemerkte, fortgesetzt, und daher immer für ihn der höchste Genuß seines Geistes. O ich weiß, rief er alsdann aus, dieses mein stilles Dankgebet, daß Dir alle Kreatur darbringt, jedes mit seinem Gefühl und in seiner Sprache, nach seiner Art, zu Tausenden wie ich in der meinigen, wird gewiß von Dir gehört, der Du den Himmel lenkst; gewiß wird es Dir von allen Kreaturen zu Tausenden dargebracht, aber mit doppeltem Genuß von mir, dem Du Kraft verliehest zu erkennen, daß ich durch dieses Dankgefühl und in diesem Dankgefühl bin, was ich sein soll. O störe nicht, sprach er dann zu sich selbst, diesen himmlischen Frieden in dir heute durch Schuld! Wie würde dir der morgende Tag anbrechen, wenn ihn diese reine Spiegelhelle deines Wesens nicht mehr in dein Innerstes zurückwürfe? Es wäre besser, er erschiene nie wieder oder wenigstens für dich Unglücklichen nicht mehr. – Diese Art, in seinem Gott zu leben, wie er es nannte, die ihm von Betbrüdern, die lieber glaubten als dachten, weil sie es so bequemer fanden, für Spinozismus ausgelegt wurde, hatte er sich so sehr eigen gemacht, daß sie für ihn unzerstörbare Beruhigung über die Zukunft und ein nicht zu überwältigender Trost in Todesgefahr wurde.

Eines Tages, als er sich nach einer seiner Morgenandachten selbst befragte, woher ihm dieses freudige Ergeben in die Führung der Welt und dieses große Sicherheitsgefühl bei jedem Gedanken an die Zukunft komme (denn es war ihm zu fest, um bloß dichterisches Aufwallen zu sein), so war es ihm entzückende Freude, zu finden, daß er es allein dem Grad von Erkenntnis der Natur zu danken habe, den er sich erworben hatte, einem Grade, von dem er behauptete, daß er jedem Menschen von den gewöhnlichsten Anlagen erreichbar wäre. Nur müsse, wie er sagt, das Studium anhaltend, ohne Zank und Neuerungssucht und ohne alle Spekulation des Inventurienten getrieben werden. Man wird ihm leicht glauben, daß es eine entzückende Betrachtung sein muß, sich sagen zu können: Meine Ruhe ist das Werk meiner eigenen Vernunft; es hat sie mir keine Exegese gegeben, und keine Exegese wird sie mir rauben. – Oh, nichts, nichts wird sie mir rauben können, als was mir meine Vernunft raubt. Daß die Betrachtung der Natur diesen Trost gewähren kann, davon ist er gewiß, denn er lebt in ihm; ob er es für alle sei, ließ er wenigstens unentschieden, und hierbei hinge, wie er sagte, vieles von der Art ab, wie die Wissenschaft getrieben und angewandt würde, eine Sache, die, wie vielleicht auch Spinozismus, wenn er unschädlich sein soll, nicht gelehrt, sondern selbst gefunden sein wolle; es sei nichts weniger als jene physikotheologische Betrachtung von Sonnen, deren uns deutlich sichtbares Heer nach einer Art von Zählung auf fünfundsiebzig Millionen geschätzt würde. Er nannte diese erhabenen Betrachtungen bloße Musik der Sphären, die anfangs den Geist wie mit einem Sturm von Entzücken fast zur Betäubung hinreiße, er werde ihrer aber endlich gewohnt; allein das, was davon immer bliebe, unstreitig das Beste, fände sich überall und vorzüglich in dem mit in die Reihe gehörigen Geist, der dieser Betrachtungen fähig sei. Es sei vielmehr eine zu anhaltendem Studium der Natur sich unvermerkt gesellende Freude über eigenes Dasein, verbunden mit nicht ängstlicher, sondern froher Neugierde (wenn dieses das rechte Wort ist), die so weit über sogenannte curiosité erhaben sei als hohes Gefühl für Ehre über Bauernstolz, zu erfahren, was nun dieses alles sei und werden wolle. Er fürchte zwar sehr, daß seine Freunde immer nur die Worte der Lehre und nicht die Lehre hören würden, hoffe aber alles, wenn er dereinst darüber sprechen würde, von eigenem Versuch. Er denke nun seit der Zeit, daß das Vergnügen, das die Betrachtung der Natur dem Kinde und dem Wilden sowie dem Manne von aller Art von Bildung gewährt, auch den großen Zweck mit zur Absicht habe und in jedem Leben und in jeder Welt haben müsse: völlige Beruhigung in Absicht der Zukunft und frohes Ergeben in die Leitung der Welt; man gebe nun dieser einen Namen, welchen man wolle. Er zähle es unter die wichtigste Begebenheit seines Lebens, wenigstens für sich gefunden zu haben, daß, so wie wir natürlich leiden, wir auch natürliche, von aller Tradition unabhängige Mittel haben, diese Leiden mit einer Art von Freude zu erdulden. Diese Philosophie hebe freilich den vorübergehenden Unmut nicht auf, sowenig als den Schmerz, weil eine solche Philosophie, wenn sie möglich wäre, auch alles Vergnügen aufheben würde. Er pflegte dieses öfters seine Versöhnung mit Gott zu nennen, gegen den die Vernunft, selbst mit Hoffnung auf Vergebung, vielleicht murren könnte, wenn nicht im Gange der Dinge auch der Faden eingewebt wäre, der zu jener Beruhigung ohne weitere Hilfe leiten könnte. Überhaupt kamen bei seinem Vortrage viele Ausdrücke vor, deren sich die Bibel bedient; er sagte dabei: es sei nicht wohl möglich, dieselbe Geschichte des menschlichen Geistes zu erzählen, ohne zuweilen auf dieselben Ausdrücke zu geraten, und glaubte, man werde die Bibel noch besser verstehen, als man sie versteht, wenn man sich selbst mehr studiere; und um mit ihren erhabenen Lehren immer zusammenzutreffen, sei der kürzeste Weg, die Erreichung ihres Zwecks einmal auf einem andern, von ihr unabhängigen zu versuchen und Zeit und Umstände dabei in Rechnung zu bringen; Spinoza selbst, glaube er, habe es nicht so übel gemeint als die vielen Menschen, die jetzt statt seiner meinen. Es sei für Millionen Menschen bequemer und verständiger, vom Himmel herab zu hören: Du sollst nicht stehlen und kein falsch Zeugnis reden, als im Himmel selbst die Stelle zu suchen, wo diese Worte wirklich mit Flammenschrift geschrieben stehen, wo sie von vielen gelesen worden sei. Übrigens glaube er, sei es für dieFerngläser und die Brillen unbedeutend, ob das Licht wirklich von der Sonne herabströme oder ob die Sonne nur ein Medium zittern mache und es bloß ließe, als strömte es herab; aber die Ferngläser und zumal die Brillen seien deswegen nicht weniger als unbedeutend, und bei der Brille pflege ihm öfter einzufallen, daß der Mensch zwar nicht die Macht hätte, die Welt zu modeln, wie er wolle, aber dafür die Macht, Brillen zu schleifen, wodurch er sie schier erscheinen machen könne, wie er wolle; und solcher Betrachtungen mehr, wodurch er seine Freunde nicht sowohl auf seinen Weg hinleiten als ihnen vielmehr Winke geben wollte, den selbst zu finden, der ihnen der sicherste und bequemste wäre. Wie es denn wirklich an dem ist, daß Philosophie, wenn sie für den Menschen etwas mehr sein soll als eine Sammlung von Materien zum Disputieren, nur indirekte gelehrt werden kann.

WARUM HAT DEUTSCHLAND NOCH KEIN GROSSES, ÖFFENTLICHES SEEBAD?

Diese Frage ist, dünkt mich, vor mehreren Jahren schon einmal im ›Hannöverschen Magazin‹ aufgeworfen worden. Ob sie jemand beantwortet hat, weiß ich nicht zuverlässig, ich glaube es aber kaum. Noch weniger glaube ich, daß eine öffentliche Wiederholung derselben jetzt nicht mehr stattfindet. Denn wo gibt es in Deutschland ein Seebad? Hier und da vielleicht eine kleine Gelegenheit, sich an einem einsamen Ort, ohne Gefahr und mit Bequemlichkeit in der See zu baden, die sich allenfalls jeder, ohne jemanden zu fragen, selbst verschaffen kann, mag wohl alles sein. Allein wo sind die Orte, die, wie etwa Brighthelmstone, Margate und andere in England, in den Sommermonaten an Frequenz selbst unsere berühmtesten inländischen Bäder und Brunnenplätze übertreffen? Ich weiß von keinem. Ist dieses nicht sonderbar? Fast in jedem Dezennium entsteht ein neuer Bad- und Brunnenort und hebt sich, wenigstens eine Zeitlang. Neue Bäder heilen gut. Warum findet sich bei dieser Bereitwilligkeit unserer Landsleute, sich nicht bloß neue Bäder empfehlen, sondern sich auch wirklich dadurch heilen zu lassen, kein spekulierender Kopf, der auf die Einrichtung eines Seebades denkt? Vielleicht kommt durch diese neue Erinnerung die Sache einmal ernstlich zur Sprache, wo nicht in einem medizinischen Journal, doch in einem des Luxus und der Moden oder, weil die Sache auf beide Bezug hat, in beiden zugleich. Bis dahin mögen einige flüchtige Bemerkungen eines Laien in der Heilkunde, der seinem Aufenthalte zu Margate die gesundesten Tage seines Lebens verdankt, hier stehen. An empfehlenden Zeugnissen einiger der ersten Eingeweihten in der Wissenschaft fehlt es ihm indessen nicht; er hält sie aber bei einer so ausgemachten Sache wenigstens hier für entbehrlich. Denn weder der Médecin Penseur noch der Médecin Seigneur werden jetzt den Nutzen des Seebades leugnen. Von dem erstern wenigstens ist nichts zu befürchten, und der andere würde schweigen, sobald man ihm sagte, daß in England nicht allein eine sehr hohe Noblesse, sondern die königliche Familie selbst, vermutlich durch Penseurs und den glücklichsten, unverkennbaren Erfolg geleitet, sich dieser Bäder jetzt vorzüglich bedient. Was aber außer der Heilkraft jenen Bädern einen so großen Vorzug vor den inländischen gibt, ist der unbeschreibliche Reiz, den ein Aufenthalt am Gestade des Weltmeeres in den Sommermonaten zumal für den Mittelländer hat. Der Anblick der Meereswogen, ihr Leuchten und das Rollen ihres Donners, der sich auch in den Sommermonaten zuweilen hören läßt, gegen welchen der hochgepriesene Rheinfall wohl bloßer Waschbeckentumult ist; die großen Phänomene der Ebbe und Flut, deren Beobachtung immer beschäftigt, ohne zu ermüden; die Betrachtung, daß die Welle, die jetzt hier meinen Fuß benetzt, ununterbrochen mit der zusammenhängt, die Otaheiti und China bespült und die große Heerstraße um die Welt ausmachen hilft; und der Gedanke, dieses sind die Gewässer, denen unsere bewohnte Erdkruste ihre Form zu danken hat, nunmehr von der Vorsehung in diese Grenzen zurückgerufen –, alles dieses, sage ich, wirkt auf den gefühlvollen Menschen mit einer Macht, mit der sich nichts in der Natur vergleichen läßt als etwa der Anblick des gestirnten Himmels in einer heitern Winternacht. Man muß kommen und sehen und hören. Ein Spaziergang am Ufer des Meeres an einem heitern Sommermorgen, wo die reinste Luft, die uns selbst das Eudiometer noch auf der Oberfläche unseres Wohnorts kennen gelehrt hat, Eßlust und Stärkung zuträgt, macht daher einen sehr großen Kontrast mit einem in den dumpfigen Alleen der inländischen Kurplätze. Doch das ist bei weitem noch nicht alles. Das übrige wird sich erst alsdann beibringen lassen, wenn wir erst über die Gegend eins geworden sind, wo nun in Deutschland ein solches Bad angelegt werden könnte.

Die ganze Küste der Ostsee ist mir unbekannt, und ich für mein Teil würde sie dazu nicht wählen, solange nur noch ein Fleckchen an der Nordsee übrig wäre, das dazu taugte, weil

dort das unbeschreiblich große Schauspiel der Ebbe und Flut, wo nicht fehlt, doch nicht in der Majestät beobachtet werden kann, in welcher es sich an der Nordsee zeigt. Es gibt da zu tausend Unterhaltungen Anlaß; und ich würde kaum glauben, daß ich mich an der See befände, wo der Größe dieser Naturszene etwas abginge. Wenn ich, jedoch ohne das übrige nötige Lokale genau zu kennen, wählen dürfte, so würde ich dazu Ritzebüttel oder eigentlich Cuxhaven oder das Neue Werk oder sonst einen Fleck jener Gegend vorschlagen. Freilich nicht jeder Seeort taugt zu einem öffentlichen Seebad, das auf große Aufnahme hoffen kann. Es kommt sehr viel auf die Beschaffenheit des Bodens der See an. Zu Margate ist es der feinste und dabei festeste Sand, der auch den zartesten Fuß nicht verletzt, ihm vielmehr bei der Berührung behaglich ist, und gerade einen solchen Boden habe ich bei dem Neuen Werk gefunden. Der Beschaffenheit des Bodens zu Cuxhaven erinnere ich mich nicht mehr genau. Allein wo auch der Boden nicht günstig ist, läßt sich leicht eine Einrichtung treffen, die alle Unbequemlichkeiten hebt und die ich zu Deal gesehen habe.
Dieses zu verstehen, muß ich unsere Leser vor allen Dingen mit der Art bekannt machen, wie man sich an diesen Orten in der See badet. Man besteigt ein zweirädriges Fuhrwerk, einen Karren, der ein von Brettern zusammengeschlagenes Häuschen trägt, das zu beiden Seiten mit Bänken versehen ist. Dieses Häuschen, das einem sehr geräumigen Schäferkarren nicht unähnlich sieht, hat zwei Türen, eine gegen das Pferd und den davor sitzenden Fuhrmann zu, die andere nach hinten. Ein solches Häuschen faßt vier bis sechs Personen, die sich kennen, recht bequem und selbst mit Spielraum, wo er nötig ist. An die hintere Seite ist eine Art von Zelt befestigt, das wie ein Reifrock aufgezogen und herabgelassen werden kann. Wenn dieses Fuhrwerk, das an den Badeorten eine Maschine heißt, auf dem Trocknen in Ruhe steht, so ist der Reifrock etwas aufgezogen vermittelst eines Seils, das unter dem Dach des Kastens weg nach dem Fuhrmann hingeht. An der hinteren Tür findet sich eine schwe-

bende, aber sehr feste Treppe, die den Boden nicht ganz berührt. Über dieser Treppe ist ein frei hängendes Seil befestigt, das bis an die Erde reicht und den Personen zur Unterstützung dient, die, ohne schwimmen zu können, untertauchen wollen, oder sich sonst fürchten. In dieses Häuschen steigt man nun, und während der Fuhrmann nach der See fährt, kleidet man sich aus. An Ort und Stelle, die der Fuhrmann sehr richtig zu treffen weiß, indem er das Maß für die gehörige Tiefe am Pferde nimmt und es bei Ebbe und Flut, wenn man lange verweilt, durch Fortfahren oder Hufen immer hält, läßt er das Zelt nieder. Wenn also der ausgekleidete Badegast alsdann die hintere Tür öffnet, so findet er ein sehr schönes dichtes leinenes Zelt, dessen Boden die See ist, in welche die Treppe führt. Man faßt mit beiden Händen das Seil und steigt hinab. Wer untertauchen will, hält den Strick fest und fällt auf ein Knie wie die Soldaten beim Feuern im ersten Gliede, steigt alsdann wieder herauf, kleidet sich bei der Rückreise wieder an usw. Es gehört für den Arzt, zu bestimmen, wie lange man diesem Vergnügen (denn dieses ist es in sehr hohem Grade) nachhängen darf. Nach meinem Gefühl war es vollkommen hinreichend, drei- bis viermal kurz hintereinander im ersten Gliede zu feuern und dann auf die Rückreise zu denken. Beim erstenmal wollte ich, um seinen eigenen Körper erst kennenzulernen, raten, nur einmal unterzutauchen und dann sich anzukleiden und nie die Zeit zu überschreiten, da die angenehme Glut, die man beim Aussteigen empfinden muß, in Schauder übergeht. Da das schöne Geschlecht von Anfang, wie ich gehört habe, auch hier gegen das Unversuchte einige Schüchternheit äußern soll, so finden sich an diesen Orten vortreffliche Kupplerinnen zwischen der Thetis und ihnen, die sie sehr bald dahin bringen, selbst wieder Kupplerinnen zu werden. Dieses sind in Margate junge Bürgerweiber, die sich damit abgeben, die Damen aus- und ankleiden zu helfen, auch eine Art von losem Anzug zu vermieten, der, ob er gleich schwimmt, doch beim Baden das Sicherheitsgefühl der Bekleidung unterhält, das der Unschuld selbst im Weltmeere so wie in der dicksten Finsternis immer heilig ist. Unter diesen Weibern gibt es natürlich, so wie bei den fern verwandten Hebammen, immer einige, die durch Sittsamkeit, Reinlichkeit, Anstand und Gefälligkeit vor den übrigen Eindruck machen und Beifall erhalten. Ich habe eine darunter gekannt, die damals Mode war. Diese besorgte öfters zwei bis drei Fahrzeuge zugleich. Und da war es lustig, vom Fenster anzusehen, wie diese Sirene, wenn sie mit einer Gesellschaft fertig war, von einem Karren nach dem andern oft 20 bis 30 Schritte weit wanderte. Es war bloß der mit Kopfzeug und Bändern gezierte Kopf, was man sah, der wie ein Karussellkopf aus Pappdeckel auf der Oberfläche des Meeres zu schwimmen schien.

Ist nun der Boden der See wie der zu Deal, der aus Geschieben von Feuersteinen usw. besteht, nicht günstig, so endigt sich die Freitreppe in einem geräumigen viereckigen Korb, in dem man also steht, ohne je den Boden zu berühren. Doch ich glaube nicht, daß diese Einrichtung, die mir im ganzen nicht recht gefällt, in Cuxhaven nötig sein wird. Geschiebe von Feuersteinen sind da gewiß nicht, ob nicht Schlamm oder glitschiges Seekraut so etwas nötig machen könnte, getraue ich mir nicht schlechtweg zu entscheiden, glaube es aber kaum. Überdies aber kommt noch bei jenen Gegenden der sehr wenig inklinierte Boden in Betracht. Das Meer tritt da auf den sogenannten Watten bei der Ebbe sehr weit zurück, ein zwar großes und herrliches Schauspiel, das aber für die Hauptabsicht Unbequemlichkeiten haben könnte. Denn die eigentliche Badezeit ist von Sonnenaufgang an bis etwa um neun Uhr, da es anfängt heiß zu werden. Die größte Frequenz war zu Margate immer zwischen sechs Uhr und halb neun im Juli und August. Nun könnte es kommen oder muß vielmehr kommen, daß zuweilen gerade um diese Zeit zu Cuxhaven das Meer sehr weit von dem Wohnorte zurückgetreten wäre; dieses würde oft eine kleine Reise im Schäferkarren nach dem Wasser und, selbst bei der Ankunft bei dem Wasser, noch eine kleine Seereise auf der Achse nötig machen, um die gehörige Tiefe zu gewinnen. So etwas ist zwar, wie ich aus Erfahrung weiß, den gesunden Patienten nichts weniger als unangenehm, zumal wenn ihrer mehrere, die mit derselben Krankheit behaftet sind, zugleich fahren, allein den Patienten im eigentlichen Verstande könnte doch so etwas lästig sein. – Aber auch hier ließe sich vielleicht Rat schaffen. Wie, das gehört nicht hierher? Ich hoffe, mein Freund, Herr Woltmann zu Cuxhaven, der bekanntlich mit sehr tiefen Kenntnissen die größte Tätigkeit verbindet, soll nun hier den Faden anfassen, wo ich ihn fahrenlasse, wenn er es der Mühe wert hält. Sein Gutachten wird hier in einer wichtigen Angelegenheit entscheidend sein. –

Nun aber vorausgesetzt, daß dort alle Bequemlichkeit zum Baden erhalten werden könnte, woran ich nicht zweifle, so hat jene Gegend Vorzüge, deren sich vielleicht wenige Seeplätze in Europa rühmen können: die glückliche Lage zwischen zwei großen Strömen, der Elbe und der Weser, auf denen alle nur ersinnlichen Bedürfnisse für Gesunde und Kranke, auch mineralische Wasser, leicht zugeführt werden können; die Phänomene der Ebbe und Flut, die dort auffallender erscheinen als an wenigen Orten, vielleicht keinem in Europa. Zwischen Ritzebüttel und dem Neuen Werk könnte noch heute einem verfolgenden Heere begegnen, was Pharao mit dem seinigen begegnete.

Man macht da die Hinreise auf der Achse und einige Stunden darauf über demselben Gleise die Rückreise in einem bemasteten Schiff. Mit Entzücken erinnere ich mich der Spaziergänge auf dem soeben von dem Meere verlassenen Boden, ja ich möchte sagen, selbst auf dem noch nicht ganz verlassenen, wo noch der Schuh, ohne Gefahr von Erkältung, überströmt ward; der Tausende von Seegeschöpfen, die in den kleinen Vertiefungen zurückbleiben, deren einige man selbst für die Tafel sammeln kann und die den Gleichgültigsten zum Naturaliensammler machen können, wenn er es nicht schon ist; des Heeres von See- und anderen Vögeln (auch darunter Naturalien für die Tafel), die sich dann einfinden und die angenehmste Jagd zu Fuß an der Stelle gewähren, über die man noch vor einigen Stunden wegsegelte und nach wenigen wieder wegsegeln kann. Hierzu kommt nun das ununterbrochene Aus- und Einsegeln oft majestätischer Schiffe mehrerer Nationen, die Cuxhaven gegenüber vor Anker gehen und die man besteigen oder wenigstens in kleinen Fahrzeugen besuchen und umfahren kann, immer unter dem Anwehen der reinsten Luft und der Eßlust. Freilich werden diese kleinen, gar nicht gefährlichen Reisen öfters kleine Vomitivreisen und dafür nur desto gesunder. Ich habe von einem der römischen Kaiser gelesen, wo ich nicht irre, so war es Augustus selbst, der in der reinen Seeluft jährlich solche Vomitivreisen unternahm. –

Der gesunden Patienten wegen merke ich noch an, daß man hier alle Arten von Seefischen und Schaltieren immer aus der ersten Hand hat und gerade um diese Zeit den Hering, noch ehe er das Mittelland erreicht. Die wohlschmeckendste Auster, frisch riechend bei der heißen Sonne, und den königlichen Steinbutt! Eine mächtige Unterstützung für das Geschäft im Schäferkarren.

Und nun Helgoland! Kleine geschlossene Gesellschaften unternehmen, statt Ball und Pharao, eine Reise nach dieser außerordentlichen Insel. Die Vomitivchen unterwegs verschwinden in dem Genuß dieses großen Anblicks. Wer so etwas noch nicht gesehen hat, datiert ein neues Leben von einem solchen Anblick und liest alle Beschreibungen von Seereisen mit einem neuen Sinn. Ich glaube, jeder Mann von Gefühl, der das Vermögen hat, sich diesen großen Genuß zu verschaffen, und es nicht tut, ist sich Verantwortung schuldig. Nie habe ich mit so vieler, fast schmerzhafter Teilnehmung an meine hinterlassenen Freunde in den dumpfigen Städten zurückgedacht als auf Helgoland. Ich weiß nichts hinzuzusetzen als: man komme und sehe und höre. –

Sollte eine solche Anstalt in jenem glücklichen Winkel nicht möglich sein? Ich glaube es. Von Hamburg läßt sich alles erwarten. Diese vortreffliche Stadt mit ihren Gesellschaften könnte, verbunden mit Bremen, Stade, Glückstadt usw., schon allein einem solchen Bade Aufnahme verschaffen, der Fremde bedürfte weiter nichts. Sollte unter den vielen spekulierenden Köpfen dort nicht einer sein, der ein solches Unternehmen beförderte, auf dessen Ausführung keine geringe Anzahl von Teilnehmern wartet, wenn ich aus meiner Bekanntschaft auf die übrigen schließen darf? Große Anstalten wären zum ersten Versuch nicht nötig, nur Bequemlichkeit für die Gäste. Fürs erste keine Komödienhäuser, keine Tanzsäle (das würde sich am Ende alles von selbst finden) und keine Pharaobänke. Pharao mit seinem Heer gehört zwischen Ritzebüttel und das Neue Werk zur Zeit der Flut. – Nun noch eine kurze Antwort zur Hebung von ein paar Bedenklichkeiten, die ich habe äußern hören: erstens, der Ort sei zu weit abgelegen, und zweitens verdiene bei einem Seebade das Schicksal des Propheten Jonas immer eine kleine Beherzigung, und der häßliche Rachen eines Haifisches sei im Grunde am Ende nicht viel besser als eine Pharaobank.

Was die erste Bedenklichkeit betrifft, so ist sie freilich so ganz unbegründet nicht. Allein nicht zu gedenken, daß alle Seebäder den natürlichen Fehler haben, daß sie an der Grenze der Länder liegen, wo sie sich befinden, so könnte man fragen: Was ist ein abgelegener Ort im allgemeinen Verstand, so wie das Wort hier genommen wird, ohne etwa Wien oder Prag oder sonst einen Ort zu nennen, der weit von Ritzebüttel abliegt? Mit ein wenig Überlegung wird es sich bald finden, daß Ritzebüttel diese Benennung nicht verdient, weil nicht allein ein reiches, sondern auch ein bevölkertes Land in der Nachbarschaft liegt. Hat es freilich auf einer Seite wie alle Seebäder kein festes Land, so hat es dafür eine Fläche, die einem großen Teil des festen Landes die Passage dahin sehr erleichtert, zumal hier vermittelst der Elbe und der Weser. Dies ist so wahr, daß ich hiervon einen Beweis nicht zurückhalten will, ob ich gleich merke, daß er für eine Empfehlung fast etwas zu viel beweist. Das schöngelegene Margate wird von Vornehmen nicht so häufig besucht als andere Seebäder, die die schöne Nachbarschaft nicht haben, eben weil die Themse die Passage dahin, zumal von London aus, zu sehr erleichtert. Daher geschieht es denn, daß sich eine Menge von allerlei Gesindel einfindet, das sich seiner oft guten Kleider wegen nicht ganz von den Gesellschaften zurückhalten läßt, und welches dennoch unerträglich zu finden, ein gesitteter Mann eben keine Ahnen nötig hat. Zum Glück sind Hamburg und Bremen, ihres übrigen Reichtums ungeachtet, noch immer arm an dieser Menschenklasse.

Vor dem Schicksal des Jonas wird nicht leicht jemandem im Ernst bange sein, der das Lokale dieser Orte kennt. Die Fische, die einen Propheten fressen könnten, sind da so selten als die Propheten. Eher könnte man die dortigen Fische vor den Badegästen warnen. Seit jeher sind zwar die Fische dort, zumal von Fremden, mit großer Prädilektion gespeiset worden, es ist mir aber nicht bekannt, daß je einer von ihnen das Kompliment erwidert hätte.

EIN TRAUM

Mir war, als schwebte ich weit über der Erde einem verklärten Alten gegenüber, dessen Ansehen mich mit etwas viel Höherem als bloßem Respekt erfüllte. Sooft ich meine Augen gegen ihn aufschlug, durchdrang mich ein unwiderstehliches Gefühl von Andacht und Vertrauen, und ich war eben im Begriff, mich vor ihm niederzuwerfen, als er mich mit einer Stimme von unbeschreiblicher Sanftheit anredete. »Du liebst die Untersuchung der Natur«, sagte er, »hier sollst du etwas sehen, das dir nützlich sein kann.« Indem er dieses sagte, überreichte er mir eine bläulichgrüne und hier und da ins Graue spielende Kugel, die er zwischen dem Zeigefinger und Daumen hielt. Sie schien mir etwa einen Zoll im Durchmesser zu haben. »Nimm dieses Mineral«, fuhr er fort, »prüfe es und sage mir, was du gefunden hast. Du findest da hinter dir alles, was zu solchen Untersuchungen nötig ist, in höchster Vollkommenheit, ich will mich nun entfernen, bin aber zu rechter Zeit wieder bei dir.« Als ich mich umsah, erblickte ich einen schönen Saal mit Werkzeugen aller Art, der mir im Traum nicht so fremd schien als nachher beim Erwachen. Es war mir, als wäre ich öfter da gewesen, und ich fand, was ich nötig hatte, so leicht, als hätte ich alles selbst vorher hingelegt. Ich besah, befühlte und beroch nunmehr die Kugel, ich schüttelte und behorchte sie wie einen Adlerstein; ich brachte sie an die Zunge; ich wischte den Staub und eine Art von kaum merklichem Beschlag mit einem reinen Tuche ab, erwärmte sie und rieb sie auf Elektrizität am Rockärmel; ich probierte sie gegen Stahl, das Glas und den Magneten und bestimmte ihr spezifisches Gewicht, das ich, wo ich mich recht erinnere, zwischen vier und fünf fand. Alle diese Proben fielen so aus, daß ich wohl sah, daß das Mineral nicht sonderlich viel wert war; auch erinnerte ich mich, daß ich in meiner Kindheit von dergleichen Kugeln, oder doch nicht sehr verschiedenen, drei für einen Kreuzer auf der Frankfurter Messe gekauft hatte. Indes schritt ich doch nun zu der chemischen

Prüfung und bestimmte die Bestandteile in Hundertteilen des Ganzen. Auch hier ergab sich nichts Sonderliches. Ich fand etwas Tonerde, ungefähr ebensoviel Kalkerde, aber ungleich mehr Kieselerde, endlich zeigte sich noch Eisen und etwas Kochsalz und ein unbekannter Stoff, wenigstens einer, der zwar manche Eigenschaften der bekannten hatte, dafür aber wieder eigene. Es tat mir leid, daß ich den Namen meines Alten nicht wußte, ich hätte ihn sonst gern dieser Erde beigelegt, um ihm auf meinem Zettelchen ein Kompliment zu machen. Übrigens muß ich sehr genau bei meinen Untersuchungen verfahren sein, denn als ich alles zusammenaddierte, was ich gefunden hatte, so machte es genau hundert. Soeben hatte ich den letzten Strich in meiner Rechnung gemacht, als der Alte vor mich hintrat. Er nahm das Papier und las es mit einem sanften Lächeln, das kaum zu bemerken war. Hierauf wandte er sich mit einem Blick voll himmlischer Güte, mit Ernst gemischt, gegen mich und fragte: »Weißt du wohl, Sterblicher, was das war, was du da geprüft hast?« Der ganze Ton und Anstand, womit er dieses sprach, verkündigte nunmehr deutlich den Überirdischen. »Nein! Unsterblicher«, rief ich, indem ich mich vor ihm niederwarf, »ich weiß es nicht.« Denn auf mein Zettelchen wollte ich mich nun nicht mehr berufen.

Der Geist: »So wisse, es war, nach einem verjüngten Maßstabe, nichts Geringeres als – die ganze Erde.«

Ich: »Die Erde? – Ewiger, großer Gott! Und das Weltmeer mit allen seinen Bewohnern, wo sind denn die?«

Er: »Dort hängen sie in deiner Serviette, die hast du weggewischt.«

Ich: »Ach, und das Luftmeer und alle die Herrlichkeit des festen Landes!«

Er: »Das Luftmeer? Das wird dort in der Tasse mit destilliertem Wasser sitzengeblieben sein. Und mit deiner Herrlichkeit des festen Landes? Wie kannst du so fragen? Das ist unfühlbarer Staub; da an deinem Rockärmel hängt welcher.«

Ich: »Aber ich fand ja nicht eine Spur von Silber und Gold, das den Erdkreis lenkt!«

Er: »Schlimm genug. Ich sehe, ich muß dir helfen. Wisse: mit deinem Feuerstahl hast du die ganze Schweiz und Savoyen und den schönsten Teil von Sizilien heruntergehauen und von Afrika einen ganzen Strich von mehr als tausend Quadratmeilen, vom Mittelländischen Meer bis an den Tafelberg, völlig ruiniert und umgewendet. Und dort auf jener Glasscheibe – oh, soeben sind sie heruntergeflogen – lagen die Kordilleren; und was dir vorhin beim Glasschneiden ins Auge sprang, war der Chimborasso.«

Ich verstand und schwieg. Aber neun Zehnteile meines noch übrigen Lebens hätte ich darum gegeben, wenn ich meine chemisch zerstörte Erde wiedergehabt hätte. Allein, um eine andere bitten, einer solchen Stirne gegenüber, das konnte ich nicht. Je weiser und gütiger der Geber war, desto schwerer wird es dem Armen von Gefühl, ihn zum zweitenmal um eine Gabe anzusprechen, sobald sich der Gedanke in ihm regt, er habe von der ersten vielleicht nicht den besten Gebrauch gemacht. Aber eine neue Bitte, dachte ich, vergibt dir wohl dieses verklärte Vatergesicht: »Oh«, rief ich aus, »großes, unsterbliches Wesen, was du auch bist, ich weiß, du kannst es, vergrößere mir ein Senfkorn bis zur Dicke der ganzen Erde und erlaube mir, die Berge und Flöze darauf zu untersuchen, bis zur Entwicklung des Keims, bloß der Revolutionen wegen!« – »Was würde dir das helfen?« war die Antwort. »An deinem Planeten hast du ja schon ein Körnchen für dich zur Dicke der Erde vergrößert. Da prüfe. Vor deiner Umwandlung kommst du nicht auf die andere Seite des Vorhangs, die du suchst, weder auf diesem noch einem anderen Körnchen der Schöpfung. Hier nimm diesen Beutel, prüfe, was darin ist, und sage mir, was du gefunden hast.« Beim Weggehen setzte er fast scherzend hinzu: »Verstehe mich recht, chemisch prüfe es, mein Sohn: ich bleibe dieses Mal länger aus.« –

Wie froh war ich, als ich wieder was zu untersuchen hatte; denn nun, dachte ich, will ich mich besser in acht nehmen. Gib acht, sprach ich zu mir selbst, es wird glänzen, und wenn es glänzt, so ist es gewiß die Sonne oder sonst ein Fixstern. Als ich den Beutel aufzog, fand ich, ganz wider meine Erwartung, ein Buch in einem nicht glänzenden, einfachen Bande. Die Sprache und Schrift desselben waren keine der bekannten, und obgleich die Züge mancher Zeilen, flüchtig angesehen, ziemlich so ließen, so waren sie es, näher betrachtet, doch ebensowenig als die verwickeltsten. Alles, was ich lesen konnte, waren die Worte auf dem Titelblatt: ›Dieses prüfe, mein Sohn, aber chemisch, und sage mir, was du gefunden hast.‹ Ich kann nicht leugnen, ich fand mich etwas betroffen in meinem weitläufigen Laboratorium. Wie, sprach ich zu mir selbst, ich soll den Inhalt eines Buches chemisch untersuchen? Der Inhalt eines Buches ist ja sein Sinn, und chemische Analyse wäre hier Analyse von Lumpen und Druckerschwärze. Als ich einen Augenblick nachdachte, wurde es auf einmal helle in meinem Kopf, und mit dem Licht stieg unüberwindliche Schamröte auf. Oh, rief ich lauter und lauter, ich verstehe, ich verstehe! Unsterbliches Wesen, o vergib, vergib mir; ich fasse deinen gütigen Verweis! Dank dem Ewigen, daß ich ihn fassen kann! – Ich war unbeschreiblich bewegt, und darüber erwachte ich.

GNÄDIGSTES SENDSCHREIBEN DER ERDE AN DEN MOND

Unsern freundlichen Gruß zuvor, sonst lieber, getreuer et cetera.

Es wird Euch hoffentlich nicht befremden, daß wir dieses Mal unserer Gewohnheit, in unserer uns angestammten lieben Muttersprache, nämlich dem Hebräischen, mit Euch zu konferieren, entsagen und deutsch schreiben. Wir haben dieses für dienlich erachtet, teils weil die Sache, die wir Euch zu kommunizieren haben, nicht sowohl kosmisch und universal als vielmehr literarisch und partikular ist; teils auch, weil sie besonders unsere vielgeliebten Deutschen angeht, über deren Angelegenheiten, seit ihrer Verfeinerung, es sich sowenig hebräisch denken und schreiben läßt als über unsere und Eure Marschroute um die Sonne in der Sprache meiner unerzogenen Yameos, die nicht auf drei zählen können.

Es kann oder sollte wenigstens Euch als unserm Nachbarn und Vasallen nicht unvergessen sein, wasmaßen wir seit unserer Thronbesteigung und glorreichen Regierung Euch beständig mit Gnadenbezeugungen überhäuft haben, wogegen Eure uns zwar pünktlich geleistete, aber immer an sich unbeträchtlichen Dienste keineswegs gerechnet werden mögen. Kraft des Euch zugeflossenen Dekrets sub dato den ersten Jenner anno 1 a. Chr. n. haben wir Euch zu unserm Reichsgroßlaternenträger und ersten Leibtrabanten allergnädigst bestellt, und Ihr habt, was das letztere anbetrifft, Euch so verhalten, daß wir gnädigst eingestehen, wir würden uns höchsten Orts einer gnädigen Lüge schuldig machen, wenn wir sagten, Ihr seid darin untreu verfahren, maßen uns Ihr auch nicht ein einziges Mal den Rücken gewandt. In betreff aber des Reichsgroßlaternenträgers sei es Euch huldreichst unverhohlen, daß Ihr dasselbe gleich anfangs in meinen besten Staaten ziemlich ökonomisch (um uns jetzt aller minder huldreichen Ausdrückungen zu entheben) verwaltet und Euer Licht oft verlöschen lassen, wenn es am nötigsten war, und dadurch nicht selten Anlaß zu allerlei Konfusionen und allemal ein böses Exempel gegeben habt. In Eurem Archiv wird sich noch ein deshalb an Euch in dem ersten Jahre unserer Regierung ergangenes gnädigstes Monitorium befinden, worin wir Euch ein solches in gnädigst derben Ausdrücken verwiesen. Als Ihr aber augenscheinlich den Starrkopf und gewissermaßen den Mann nach der Uhr zu machen anfingt, so haben wir huldreichst, nach reiflicher Überlegung und in Rücksicht auf Euren anderweitigen Diensteifer, nachgegeben und in unsern Hauptstädten Gassenlaternen anzulegen geruhet. Allein hiermit ist dem Übel, der großen Kosten ungeachtet, noch gar nicht gesteuert. Denn leider folgen eben diese Gassenlaternen jetzt nur zu oft Eurem leidigen Beispiele und haben Neulicht, wenn sie entweder volles haben oder doch im letzten Viertel sein sollten. Und was Wunder? Wenn das große Reichsnachtlicht es so macht, was soll man von den Reichsnachtlichterchen sagen? Sollen wir sie etwa beständig jahraus, jahrein brennen lassen? Da kostete uns die Finsternis mehr als das Licht. Oder soll ich studierte Lampenwärter halten, die dieselben nach den Epakten und photometrischen Grundsätzen anstecken? Oder den Astronomen, die nunmehr um die profitable Astrologie gekommen sind, etwa dafür den profitabelen Gassenlaternenpacht übertragen? Was? – –

Weiter. Wir suchten Euch durch Güte zu gewinnen und übertrugen Euch die Aufsicht über unsern großen Salzwasservorrat und dessen täglich etlichemal nötige Rüttel- und Schüttelung und über das noch in unserm höchsten Wind- und Wettercollegio Sitz und Stimme. Ja, Ihr erhieltet bereits vor ziemlicher Zeit eine Ehre, worüber Euch selbst alle Sonnenheere beneiden könnten, nämlich mit Zuziehung der Sonne, die Zeit des Osterfestes zu bestimmen. Ob wir nun gleich fürs erste Euch in dem Besitze derselben zu lassen gedenken, so können wir doch gnädigst nicht ganz in Abrede sein, daß uns jener Schritt wegen der sonderbaren Art, womit Ihr Euch dabei betragen habt, in etwas nachgerade zu gereuen anfängt. Sagt, wart Ihr, Starrkopf, nicht Ursache, daß meine gescheutesten Kinder, ich meine die Christen, einander fast auf eine recht unchristliche Weise sich darüber in die Haare geraten wären? Und hätten meine lieben Protestanten, die noch dazu recht hatten, nicht nachgegeben, so hätten in den gemischten Städten die doppelten Ostern und Pfingsten natürlich auch doppelte dritte Feiertagsandachten auf den Wirtshäusern und Krügen nach sich gezogen. Hieraus wären natürlich doppelte gelehrte Dispute zwischen Fleischer-, Schuh-, Müller- und andern Knechten entstanden, woraus denn notwendig ein reziprokes Satyrisieren, Prügeln und Mores lehren gefolgt sein würde, erst mit dem Stuhlbeine und der Faust, dann mit der Flinte und dem Zeigefinger. Ja man hätte, wie es gewöhnlich geht, die Sache endlich wohl gar aufs große Spiel gesetzt und, um zu sehen, wer recht hätte, mit Vierundzwanzigpfündern nach Regimentern gekegelt, und so hätten leicht Hunderttausend meiner Kinder in die Grube fahren können, um was auszumachen? ... die Zeit, wann ihr Erlöser aus derselben auferstanden ist. Seht, solche Sachen macht Ihr. Allein dem Himmel sei tausendfältiger Dank, dieses hat nun nichts mehr zu bedeuten. Aber glaubt ja nicht, daß damit Euer Osterunfug ganz gehoben ist; Ihr reguliert die Messen der Kaufleute, und weil die Gelehrten unter den Kaufleuten stehen, so zerfallen daher die Semestria academica öfters in zwei so unbrüderliche Hälften, daß man glauben sollte, ein Kaufmann hätte sie zwischen sich und einem Gelehrten geteilt. Sie verhalten sich nämlich fast wie fünf zu sieben und sind also wirklich in dem Falle der beiden algebraischen Schäferinnen, deren eine noch ein Schaf von der andern verlangte, um noch einmal soviel zu haben als sie, da es doch vernünftiger gewesen wäre, sie hätte jener eins gegeben, so hätten sie beide gleich viel gehabt. Durch diese ungerechte Teilung geschieht es dann, daß zum Exempel die Pandekten, die ohnehin schon doppelte Zeit fressen, endlich, wenn es mit ihnen zu Ende geht, gleichsam als fräße der Tod aus ihnen, dreifache, ja vierfache Portionen verlangen und den gutherzigen Mathematicis

und Philosophicis, quasi πᾶν δεκόμεναι, alles vor dem Munde wegnehmen. Daher es dann kommt, daß selbst das Studium des Rechts (von der Ausübung wollen wir gar nicht einmal reden) schon mit Unrecht tun anhebt; diese Digesta in allen andern Dingen Indigestionen nach sich ziehen, ihr subtiles Babel über das ganze Leben verbreiten; das Sprichwort daher wohl recht hat: Summum ius summa iniuria.
Dessenungeachtet ließen wir mit unsern Gnadenbezeugungen nicht nach und erhoben Euch von einer Ehrenstelle zur andern. Erst neuerlich haben wir Euch, wie Ihr wißt, zum Wegweiser für die Schiffe bestellt und, da Ihr Euch in der neuen Charge ziemlich gut betruget, Euer fürwahr nicht sehr reizendes Warzengesicht von unserm nunmehro verstorbenen Ersten Hofmaler, Tobias Mayer, malen und nachher in Kupfer stechen lassen, welches Bild Euch gleicht wie ein Tropfen Wasser dem andern. Ja lange vor dem Quinquennio physiognomico haben wir, sooft Ihr Euren Schatten auf uns warft, Eure Silhouette auffangen und zeichnen lassen, welches in der Tat viel ist, da wir nicht glauben, daß Ihr der unsrigen, ob wir Euch gleich öfter dazu sitzen, eine solche Ehre habt angedeihen lassen.
Ferner haben wir Euch einige Ehrenbezeugungen, worüber in uns, wenn wir wären wie andere, ein höchster Neid hätte entstehen mögen, gern gegönnt, nämlich daß Euch einige unserer unerzogenen Kinder göttliche Ehre erweisen und Euch anbeten wie die Sonne, während als wir, ihrer aller Mutter, unsern gnädigen Rücken zum Knieschemel hergeben. Wir tun dieses den guten Kleinen zuliebe und hoffen, sie werden es ohnehin lassen, wenn sie älter werden und an Verstand zunehmen. Man hat sogar nach Eurer Gassenlaterne Jahre geordnet, welches wir Euch um so weniger mißgönnen, als es von Leuten geschieht, die Euch heutzutage wenig Ehre mehr bringen. Auch hat man Euer Wappen zum Zeichen des zweitedelsten Metalls, wir meinen des Silbers, genommen, während man das unsrige zur Bezeichnung des unedlen Antimonii gebraucht.
So klein aber auch diese Umstände an sich scheinen mögen

und müssen, so haben sie doch vermutlich nicht wenig dazu beigetragen, Euren stolzen Sinn noch mehr zu heben und Euch glauben zu machen, Ihr seid selbst eine Sonne, in allen Stücken ihren beständigen Affen zu spielen und Euch Dinge in den Kopf zu setzen, die für Euch viel zu hoch sind und die wir daher, ohne uns vor allen Planeten lächerlich zu machen, unmöglich ungeahndet lassen können.

Dahin rechnen wir einmal, daß Ihr Euch mit unerhörter Verwegenheit, ja frevelhafter Frechheit habt beigehen lassen, Euch in unsere und namentlich die deutsche Literatur zu mischen und, gleichsam als ein zweiter Phöbus, Dichter zu begeistern, Oden zu singen, Trauerspiele fertigen zu lassen, Romane zu inspirieren und damit der Sonne nicht wenige der edelsten Seelen abwendig zu machen. Für das zweite werdet Ihr nicht leugnen können, daß Ihr, um hierin sicherer zu gehen, bei meinen guten Deutschen recht hinterlistigerweise Euch einen Mannsnamen erschlichen und Euch, gegen den Gebrauch aller Völker, nunmehr öffentlich ›der‹ von ihnen titulieren laßt, ja es sogar dahin gebracht habt, die Leute glauben zu machen, unter Euch beiden sei die Sonne die Frau, da es doch jedermänniglich bekannt, daß Ihr nichts seid als ein bloßes Weib. Schrieben wir in einer andern Sprache an Euch, so wollten wir Euch dieses deutlich zeigen, da wir aber einmal deutsch schreiben, so wollten wir fürwahr lieber Herr Jäsus und gebena, stehena schreiben als die Monde und der Sonn.

Drittens sagt, habt Ihr nicht, bloß weil sich die Sonne in Frankreich einen Stil eingeführt, den man dort nach ihr Phébus nennt, aus Nachäffung auch einen in Deutschland zu erschleichen gesucht, den man Laune nennt. Ihr getraut zwar nicht, wie die Sonne, denselben schlechtweg nach Euerm Namen Lune oder Luna zu nennen, aber daß das Ganze Euer Werk ist, sieht man gleich aus dem Lunatischen (so müßt Ihr sprechen, guter Freund), das darinnen herrscht. Aber glaubt mir nur, Phébus ist Schwulst und Lune ist Dörrsucht. Da wir Euch einen Einfluß auf die Lunigten, die sogenannten Mondsüchtigen, allerdings verstattet haben, dürft Ihr deswegen gleich Dichter und Philosophen aus ihnen machen? In unserm Kontrakte steht kein Wort von einer gelehrten Bank im Tollhause.

Rechnet Ihr etwa darauf, daß Euch einige neuere deutsche Dichter von der verliebten Bank bei nächtlicher Weile anbeten? Mein lieber Mond, laßt Euch durch dieses affektierte Gewinsel dieser warmen Seelen nicht blenden, sie tun es nicht aus Empfindung, sondern bloß, weil es die wärmern Ausländer vor ihnen getan haben. Ihre Ausdrücke sind, wie die der meisten ihrer Brüder, von außerhalb eingeführt und kein einheimisches Produkt; sobald ihnen dieses genommen wird, so können sie sowenig Gedanken und Ausdrücke liefern als ihre Äcker Pomeranzen oder Gewürz. Was unsere Deutschen von Herzen sprechen, gleicht ihrem Rheinwein und Pumpernickel, gesund und derb, aber nicht süß. Wären ihnen solche Prosopopöien natürlich, sie würden sie mehr abändern. Die wahre Empfindung findet immer ihren eigenen Weg, und trifft sie je eine bereits gebahnte, so geschieht es selten ohne eine neue Bezeichnung. Und daß sich irgend jemand bei Euch an seine entfernte Geliebte erinnert, ist denn das so was Außerordentliches? Wir können Euch gnädigst versichern, daß man uns gesagt hat, jede alte Kirchspitze, wobei das Mädchen lebt oder von welcher man nur eine andere sehen kann, bei der es lebt, reflektiert ihr entferntes Bild weit herzlicher in die Seele als Euer kahles, kaltes Allerweltsgesicht. Auch sind die Verliebten, die Euch auf diese Weise anbeten, gar nicht sonderlich beim eigentlichen Frauenzimmer geachtet; sie lesen das affektierte Gewinsel wohl, aber im Herzen unterscheiden sie sehr richtig, um uns eines bergmännischen Ausdrucks zu bedienen, zwischen dem Amanten von der Feder und dem Amanten vom Leder. Ihr sucht wie Diogenes mit Eurer Laterne Weise und denkt sie gefunden zu haben. Aber glaubt uns auf unser Wort, was Euch so stillehält, sind bloß ein paar Lerchen und ein paar Hasen, die Ihr zum Gebrauch derjenigen blendet, die dieselben zu speisen belieben.

Ferner verrät es in Euch einen, wir wollen nicht sagen verdrießlichen Grad von Ignoranz, aber doch von unbändigem Hochmute, daß Ihr Euch habt beigehen lassen, zu glauben, weil Ihr etwa Anlaß zu den zwölf himmlischen Zeichen gegeben und hier und da die zwölf Stücke einer Monatsschrift, ein paar Kopfsteuern und französische Stunden dirigiert, Ihr seid schlechtweg der Erfinder und Schutzpatron alles, was nach Dutzenden, kleinen Brüchen von Dutzenden oder multiplis derselben geht. Sagt mir ums Himmels willen, was habt Ihr mit den zwölf Stämmen Israels zu tun, mit den zwölf Leuchtern in der Offenbarung Johannis, mit den zwölf Kaisern im ersten Saeculo, mit den zwölf Aposteln, mit den zwölf kleinen Propheten, mit den zwölf Arbeiten Herkulis, mit den zwölf Zollen im Fuß und mit dem beliebten Duodez und unsern zwölf Piecen im Taler und zwölf Pfennigen im guten Groschen? Was? Habt Ihr auf diese auch ein Recht? Fürwahr, niemand als eine solche eingebildete abhängige Duodezsonne wie Ihr kann sich solche Torheiten einfallen lassen. Und doch gründet sich, wie wir von guter Hand wissen, auf diese Eure schnöde Einbildung der bittere Haß, den Ihr gegen das ›Göttingische Magazin‹ traget; weil sich dasselbe gar nicht nach Eurem lächerlichen Dutzendsysteme richtet und bald herauskommt, wann Ihr wacht, und bald, wann Ihr schlaft. Gesteht uns nur frei heraus, seid Ihr es nicht, der einigen Leuten eingegeben, zu sagen, es sei nicht so unterhaltend als andere Monatsschriften (warum nicht lieber schlechtweg Mondsschriften); es sei keine Abwechselung darin und überhaupt viel zu gelehrt, und außerdem schrieben die Herausgeber die göttingischen Kommentarien aus und ließen, was das ärgste wäre, auf diese Weise nicht bloß den Leser, sondern den Verleger doppelt bezahlen.

Seht, lieber Mond, wärt Ihr nicht unser alter treuer Vasall und Freund vom Hause, so würden wir in irdisch angestammter Huld nicht ermangeln, Euch zu erkennen zu geben, wasmaßen uns höchsten Orts allmählich bange zu werden anfange, daß Euch, über der langen Aufsicht über die Unklugen, allmählich selbst der Kopf etwas zu schweben und Euer kleiner Ideenvorrat auf eine seltsame Weise aus- und durcheinanderzugehen anfangen möge. Wir wollen aber indessen gnädigst hoffen und wünschen, daß so etwas nicht statthabe und Euer Urteil bloß deswegen seltsam aussehe, weil es das Urteil eines Laternenträgers ist, der in der Literatur leuchten will, welches Ihr sodann Eurer eigenen Ehre wegen künftig unterlassen werdet.

Wir bekümmern uns zwar höchsten Orts überhaupt wenig um Magazine und Monatsschriften und legen nur dann und wann einen Aufsatz aus denselben zum Gebrauch unserer künftigen getreuen Untertanen in unserm Reichsarchiv bei, aber daß ungünstige Urteile den Unschuldigen und günstige den Schuldigen treffen, können wir unmöglich ganz ungeahndet hingehen lassen.

Was erstlich die geringere Unterhaltung betrifft, die Ihr und Eure Schutzgenossen in besagtem Magazine gefunden haben wollen, so hättet Ihr bedenken müssen, daß dieses nicht sowohl dem Herausgeber als vielmehr Euch selbst beizumessen sei. Hättet Ihr mehr gelernt, so würdet Ihr mehr Unterhaltung in Büchern überhaupt finden. Denn daß Euch Märchen, poetische Prose, Hexameter mit exstimulierten Nationalstolz und Verachtung der Ausländer mehr aus Nachahmung als Überzeugung so sehr behagen, rührt daher, weil Ihr sie versteht und man sie zu verstehen und zu schreiben, wie unser lieber Liscow sagt, nicht nötig hat, als seinen Kopf geradezu zwischen die Beine zu stecken und sich seiner eigenen Schwere zu überlassen.

Angehend die Abwechselung, so könnt Ihr nicht leugnen, daß Abwechselung sattsam in demselben stattfinde, solange Ihr Mannigfaltigkeit der Aufsätze darunter versteht. Versteht Ihr aber eine Eurem ersten, zweiten und dritten Vierteil ähnliche darunter, das heißt erst ein volles Stück und dann hinterdrein dasselbe wieder in neunundzwanzig Stücken, immer schwächer und immer kleiner, so bewahre der gütige Himmel das Magazin vor allem Wechsel. Allein schämen solltet Ihr Euch, die Jahre der magern Kühe in der deutschen Literatur noch völlig zu verderben und als ein alter

Graukopf mit Eurem Einfluß dem Geschmack von Knaben Gewicht zu geben und Possen zu empfehlen, die man allein bei der Dose von schöngeisterischer Ignoranz, die sie gemeiniglich besitzen, erträglich finden kann. Glaubt uns aber nur, Euer Anhang mag zwar Vergnügen an Werken der Ausländer finden, solange er will; aber daß diese Ausländer Vergnügen an den ihrigen finden, wird nicht eher geschehen, bis demselben auch Schriften Unterhaltung gewähren, die jedem reimenden, empfindsamen Tropf schlechterdings unverständlich sind. Sie müssen nicht das Werk, sondern dem Meister nachzuahmen suchen, wenn sie selbst nachgeahmt sein wollen, versteht Ihr wohl? Horazische Oden sind uns ein Greuel, wenn sie nicht aus einem Kopfe und einem Herzen stammen, aus denen horazische Briefe hätten stammen können.

Betreffend aber das Ausschreiben der göttingischen Kommentarien, so können wir gnädigst nicht bergen, daß wir gern wissen möchten: Erstlich, wodurch Ihr zu diesem sonderbaren Gedanken verleitet worden seid, und dann zweitens, wenn Ihr selbst daraufgekommen, zu welcher Stunde des Tages solches geschehen, maßen wir überzeugt sind, daß eine kurze Nachricht hierüber zugleich die kräftigste Widerlegung Eures Gedankens und die Ursachen enthalten müßte, warum wir jetzo ein Mehreres davon nicht sagen mögen.

Schließlich wollen wir Euch aber hiermit ernstlich, wiewohl freundlichst ermahnt haben, fernerhin bei Eurem Leisten zu bleiben und Euch aller dankverdienerischer Geschäftigkeit in Geniesachen gänzlich zu enthalten und den Originalköpfen unter Eurem Kommando nicht allein den Gebrauch der Messer, wie bisher, sondern auch der Federn künftig schlechtweg zu versagen.

Wir seind Euch in Gnaden wohl gewogen.

Gegeben im Krebs, den 24. Dezember 1780

Die Erde

VON DEN KRIEGS- UND FASTSCHULEN DER CHINESEN

Solange ich über Völker zu denken imstande gewesen bin, habe ich immer gemutmaßet, daß die Chinesen das weiseste, gerechteste, sinnreichste und glücklichste Volk auf Gottes Erdboden seien. Durch dieses häufige Mutmaßen habe ich es nun endlich so weit gebracht, daß ich wirklich und mit völliger Überzeugung, als wäre ich selbst dabeigewesen, glaube, daß diese Auserwählten des Himmels alle unsere sogenannten leidigen neuen Erfindungen schon vor zehntausend Jahren gekannt haben und folglich wohl noch in dem Besitz von tausend andern sein mögen, die wir, der Himmel weiß wann, noch alle werden machen müssen, ehe wir wie sie zur Ruhe kommen. Gesetzt auch, es fände sich hier und da etwas, das sich mit der ersten Behauptung nicht recht zu vertragen scheint, zum Beispiel, daß sie bis zu dieser Stunde noch keine Taschenuhr reparieren können, daß sie nicht die ersten Anfangsgründe der Perspektive verstehen etc., so sind das wahre Kindereien. Und außerdem, wer viel weiß, vergißt viel. Dieses ist ja so wahr, daß wir im Deutschen sogar, und mit Recht, den höchsten Grad von langer, verjährter und vertrauter Bekanntschaft mit einer Sache dadurch ausdrücken, daß wir sagen, das hätten wir längst vergessen. O wer weiß, ob wir uns nicht auch noch auf das Rückwärtserfinden (so sollte man das Vergessen bei einem sinnreichen und erfinderischen Volk nennen) werden legen müssen, wenn es in der Welt diesseits des Rheins so fortgehen sollte, wie es jenseits angefangen hat. Ich sage, solche Vorwürfe sind wahre Kleinigkeiten. – Dagegen aber bedenke man ihre himmlische Verfassung im Staate sowie im Hause; in der Kirche wie in der Küche! Fürwahr nächst dem Strumpfwirkerstuhl und der englischen Spinnmaschine das feinste Kunstwerk, das die Welt je gesehen hat, und doch will man noch von Taschenuhren sprechen! Millionen greifen da, wie ihr Flügelmann greift. Diese Flügelmänner exerzieren wieder höheren Flügelmännern nach und so immer weiter, bis zum Flügelmann aller Flügelmänner und folglich aller Millionen hinauf. Tut dieser Pulver auf die Pfanne, so liegt in einem Nu Pulver auf allen Pfannen der ganzen Welt (so heißt China im Chinesischen). Wo hundert Bediente für eine Tafel aufwarten, gesetzt auch, der Saal faßte ihrer nur achtzig zu gleicher Zeit, so ist da kein Gedränge und kein Geräusch; keine Bouteille läuft gegen die andere und kein Braten wider den andern, und die flüssigsten Saucen schweben zwischen den seidenen Kleidern durch, als wären sie gefroren. – Alles glitscht da übereinander weg, ohne sich zu reiben, die Werke der Kunst sowie die, die ihnen der Storch bringt. Wie ihre Köpfe von außen, so sind sie auch von innen. Schädel und Meinungen wie gedrechselt, alles à l'œuf d'autruche überall. Über Sätze, an denen wir mit unsern Haken- und Habichtsnasen hundertmal hängenbleiben, glitschen sie mit ihren stumpfen Talgtröpfchen im Gesicht hin wie geschmiert. Wenn daher von oben kommandiert würde, zwei mal fünf ist dreizehn, so wäre auch zwei mal fünf dreizehn von der Großen Mauer bis Quantong.

Diese weisen Einrichtungen, wodurch sich die Staatswirtschaft sowohl als das Wirtschaften überhaupt gleichsam an das Kopernikanische System anschließt und zur Fortsetzung desselben wird, haben uns, wir können es nicht leugnen, längst begierig gemacht, über manches in diesem unermeßlichen Reiche nähere Aufschlüsse zu erhalten. Denn daß uns das Beste dieser großen Spinnmaschine noch unbekannt ist, wird sehr wahrscheinlich, wenn man bedenkt, daß selbst in Europa, wo doch die Postkutschen und Paketboote tagtäglich die Nationen vor- und rückwärts durcheinandermischen, dennoch nicht selten gerade das Größte und Merkwürdigste in einem Lande dem nächsten Nachbar unbekannt bleiben kann. So fragte zum Beispiel noch vor kurzem ein sehr gelehrter und berühmter Engländer, dessen Schriften wir sogar in Übersetzungen lesen, einen reisenden Deutschen, ob es wahr sei, daß es deutsche Hexameter gebe.

Einigermaßen ist nunmehr unser Wunsch durch nachstehenden Bericht erfüllt, indem wir wenigstens hier eine Probe sehen, aus welcher sich auf das übrige schließen läßt.

Die Nachricht rührt von einem gewissen Herrn Sharp her, der als Butler (Kellermeister und Mundschenk) die letzte Gesandtschaftsreise nach China mitgemacht hat. Man lächle nicht darüber, daß wir das Zeugnis eines englischen Butlers anführen. Dieses sind keine verächtlichen Menschen, es hängt vieles von der Geisteszirkulation im Staat von ihnen ab, auch tragen sie daher keine Livree, die Nase ausgenommen, die bei gewissen Jahren zuweilen den Purpur des Standes anzieht. Herr Sharp hatte überdies, wie wir hören, die Schule zu Harrow auf der Höhe (Harrow on the Hill) besucht und nachher in Cambridge englische Theologie, Philosophie und Naturkunde studiert, eine Mischung, die gewöhnlich nicht gut durch das Filtrum der Neununddreißig Artikel durchgeht. Er vertauschte daher die Kirche mit dem Keller, behielt aber im letzten Departement das Beste aus dem ersten bei, Treue, Dienstfertigkeit und ein gewisses Interesse an allem, was die Bildung und Leitung des Menschen in allen Ständen angeht.

Dieser glaubwürdige, redliche Mann hat einem unserer Freunde, der ihn zu Cambridge gekannt hat, folgende Nachrichten mitgeteilt, die wir in einer wörtlichen Übersetzung hier einrücken:

Wir fanden auf dem platten Lande von China eine besondere Art weitläuftiger Gebäude, die ein klostermäßiges Ansehen hatten und wie aus einer Form gegossen schienen, welches in diesem Lande überhaupt bei Dingen einer Art sehr gewöhnlich ist. Wer eine Spezies von Gebäuden kennt, der kennt gleich alle, die zu demselben Genus gehören. So sehen zum Beispiel die Knabenschulen der Form nach aus wie die Mädchenschulen, nur sind die letzteren bunter, und unter den Fenstern sind Perlenschnüre angemalt, an den Dächern hängen Schellen, und die Stunden ruft ein Kuckuck, da bei den Knabenschulen ein großes Becken angeschlagen wird. Ebenso sehen die Häuser, worin hohe Hasardspiele gespielt werden, von außen völlig aus wie die Tollhäuser, nur daß in den letzteren eiserne Gitter vor den Fenstern und die Wände anders bemalt sind. So fand ich an einem Tollhause einen Mann abgebildet, der Bindfaden von einem runden Haspel ab auf einen viereckigen haspelte, welches, wie ich glaube, auf die Quadratur des Zirkels ging. Bei den Spielhäusern ist die gewöhnliche Zierde oben ein sogenannter Trappenfuß, welches die Spadille der Chinesen ist, und über der Haustür sah ich einmal einen Mann gemalt, der Geld neben einer Pulvertonne zählte und dabei sein Pfeifchen rauchte und obendrein ein Stümpfchen Wachslicht ohne Leuchter auf die Tonne geklebt hatte. Doch ich komme auf mein Klostergebäude zurück. Wir sahen ihrer auf einer Tour von siebenundfünfzig Meilen (fünfzehn deutsche) wenigstens sechs bis sieben. Auf mein Befragen, was dieses für Gebäude seien, sagte mir der Mandarin, der mir mitgegeben war, sie hießen Tsing-Long, welches unser Dolmetscher, der kleine Wang-o-Tang, den wir so oft beim Kapitän Blake in Parlement Street gesehen haben und der mir und uns allen von unendlichem Nutzen war,* durch Kriegs- und Hungerakademien oder Kriegshungerschulen übersetzte. Ich konnte mich des Lächelns nicht enthalten, wie sich der arme Wang-o-Tang quälte, mir dieses auf englisch, wo man auf den Kriegsschulen nichts weniger als hungert, deutlich machen wollte. Sie wissen, er kann das R nicht aussprechen, und kein Chinese kann es, da kam immer das militaly academies to lealn the alt of stalving (military academies to learn the art of starving) hervor. Was ist das, fragte ich den Mandarin? Das will ich Euch erklären, sagte er. Doch ehe ich Ihnen erzähle, was er sagte, so muß ich Ihnen den Mann beschreiben. Er schien mir zwischen vierzig und fünfzig Jahren zu sein, von mittlerer Größe und nicht sowohl fett als dickbäuchig. Sein Gesicht erinnerte mich an den

* Der Herausgeber hat diesen vortrefflichen jungen Menschen selbst gekannt und gesprochen und besitzt noch einige Schriftzüge von ihm, die er ganz auf chinesische Weise in seiner Gegenwart geschrieben hat.

Pfeifenkopf, den, wie Sie wissen, Smith im Caius-Collegio* aus dem Haag mitbrachte. Völlig so. Das Gesicht war wie aus Meerschaum geschnitten und fast von der Farbe, nur etwas grünlicher, die Nase erkannte man nur, wenn er von der Seite saß, dabei saß er immer mit tief im Schoße gefalteten Händen und wirbelte die Daumen, vermutlich bloß für uns oder für seinen inneren Sinn, denn sehen konnte er das Wirbeln nicht, es lag sehr viel dazwischen. Dabei sah er uns nur selten mit seinen zartgeschlitzten Sauaugen an, aber wenn er einen ansah, so war es auch darnach. Sie können sich keinen fatalern Spionenblick denken. Bei jedem glaubte ich, er zöge mir das Hemd über die Ohren. Der Anblick ging über alle Beschreibung. Es mußte auch wirklich etwas Rares sein, denn selbst Wang-o-Tang trat mir zuweilen auf den Fuß und lächelte, wenn es der Mann nicht sehen konnte. Kurz, wir waren noch keine halbe Stunde gefahren, so merkte ich wohl, daß man uns in diesem Pudding zur Zehrung zugleich den Hof, die ganze Geistlichkeit und die Rentkammer nach einem verjüngten Maßstabe, quasi in nuce mit eingebacken hatte. Dem Himmel sei nur Dank, daß ich es früh genug merkte, so war alles gut. Unsere Tsing-Long, sagte er, sind Kriegsschulen. Ich weiß, Ihr habt auch welche. Ich kenne sie. Sie sind für den Aktivkrieg, zum Unterricht des eigentlichen Soldaten. Dergleichen haben wir auch, nur, setzte er bescheiden hinzu, sind die unsrigen unendlich viel besser. Wir sind Chinesen und denken weiter. Die Schulen, die Ihr hier seht, sind das nicht, was die Eurigen sind. Hier lehrt man den Passivkrieg; nicht die Kunst, den Krieg geschickt zu führen, sondern ihn mit Standhaftigkeit zu ertragen. Der Gedanke frappierte mich, ich kann es nicht leugnen, und ich fing an die Daumen zu wirbeln. Er stutzte einen Augenblick und hörte mit den seinigen auf. Nach einer Pause fuhr er fort: Wie ist es möglich, daß ein kluges Volk wie Ihr nur darauf denkt, Menschen ab-

* Im Englischen steht clever Smith of Cajus College. Vermutlich der Name eines Studenten von Cambridge aus diesem Collegio, der den Beinamen clever, wacker, geschickt, erhalten hatte.

zurichten, den Krieg geschickt zu führen, und an die übrigen, die ihn eigentlich leiden, gar nicht denkt. Auch diesen lehren wir ihr Exerzitium, auch diese müssen geübt werden, so wie die andern, so wird der Krieg eine Kleinigkeit. Es kommt in der Welt alles auf Übung an. Wo der Feind einfällt, findet er bei uns jetzt ein Volk, das sich so gut auf das Erdulden versteht als er sich auf das Kränken. Ich versichere Euch, wir haben auf diesen Akademien Leute gezogen, die, wenn sie von dem Feinde geplündert, gepeitscht und geschunden wurden, anstatt zu heulen und zu wehklagen, sich bloß dabei an die Universitätsjahre erinnerten. Ihr habt bei Euch Menschen, aber Ihr wißt nicht, was Ihr aus Ihnen machen sollt. Wenn Ihr ein Schiff bauet, so haut Ihr der Eiche die Äste ab, sägt und zimmert und hobelt an ihr, biegt die Bohlen mit Kraft, bekrampt und benagelt sie von allen Seiten. Nicht wahr? Und Ihr wollt eine Staatsverfassung bauen, das künstlichste Schiff von der Welt, und wollt es im Sturm steuern, während ihr den Bäumen, woraus es besteht, ihr Laub und ihre Äste laßt? Wie? Geht mir weg mit Eurer politischen Baukunst. Das versteht Ihr nicht. – Dieses war für einen Briten zuviel, das Blut stieg mir zu Kopfe, d... Your Polit...* hatte ich schon gesagt, als Wang-o-Tang mich bei den Händen anfaßte und rief: Hier Hofkutsche, hier Hofkutsche, hier nicht Unterhaus, nicht Unterhaus! Die Ängstlichkeit des Menschen, seine Gutmütigkeit und vorzüglich seine naive Voraussetzung, daß meine gebrauchte Phrase parlamentarischer Natur wäre, wirkte sehr glücklich auf mich. Ich mußte lachen und drückte dem treuen Dolmetscher zwischen meiner Vernunft und meiner Hitze die Hände recht herzlich. Wenn man doch immer einen solchen Dolmetscher hätte. Indessen etwas verdorben hatte ich denn doch die Sache. Der Pudding fragte den Wang-o-Tang, was d... Your hieße? Wang-o-Tang sagte ihm, wie er mir nach der Hand erzählte, es wäre dieses ein gewöhnlicher

* Diese Redensart, die mit ähnlichen einigemal vorkommt, hat Herr Sharp doch wohl nicht aus der Kirche mit in den Keller genommen. Es scheint eine neue Akquisition zu sein. Vielleicht unterweges gemacht.

englischer Gruß, man bediene sich dessen aber auch beim Disputieren, um seine Zweifel gegen ein wichtiges Argument einzuleiten. Hierauf erwiderte der Mandarin: nichts als Zweifel? Hm! – Soviel glaube ich gewiß: Hätte ich nicht mit zur Gesandtschaft gehört, ich wäre nach einem Tsing-Long gebracht worden, um meine noch übrige Lebenszeit den Passivkrieg zu studieren. Nach einigem Stillschweigen sagte ich, daß ich sehr begierig wäre, die innere Einrichtung einer solchen Akademie kennenzulernen. Es dauerte aber wenigstens fünf Minuten, ehe er ein Wort sagte. Diese Pausen heißen hierzulande Tsi, das ist soviel als Brandmauer. Wang-o-Tang versicherte mich, daß dieses eine seltene Herablassung des Mannes wäre, daß er ein so dünnes Tsi zwischen sich und meinen großen respektwidrigen Eifer gesetzt hätte, es müßte wirklich ein guter Mann sein. Es gebe Brandmauern von Stunden und halben Tagen. Ja es habe einmal ein gemeiner Bürger einen angesehenen Mann im Staate aus Mangel an Überlegung gefragt, wie lange er noch auf sein Geld warten sollte, das er ihm vorgeschossen hätte? Die Folge war ein Tsi von anderthalb Jahren, worauf er die Antwort erhielt: Solange als es mir gefällt! Meine Antwort war indessen günstiger. Das sollt Ihr; Ihr sollt sie kennenlernen, sagte er, wenn Ihr Euch etwas wollet gefallen lassen. – O ja! Alles lasse ich mir gefallen. Nun wohlan, hier zog er ein Büchschen aus der Tasche und nahm vier Kugeln heraus; wenigstens von der Dicke einer großen Haselnuß. Was wollen Sie damit? fragte ich. Diese Kugeln sind von Federharz, versetzte er, davon drücke ich Euch ein Paar in jedes Ohr, so tief als sie hinunterwollen. Ihr habt nichts zu befürchten, die Kugeln verquellen nicht, es ist Harz. – Warum aber die Ohren verstopfen?

Er (etwas hohnlächelnd): Weil Ihr nichts hören sollt.

Ich: Nun gut, warum aber nicht hören?

Er: Weil die Jugend da sehr laut spricht.

Ich: Ich verstehe aber ja kein Chinesisch.

Er: Es wird nur wenig Chinesisch da gesprochen.

Ich: Was denn? Englisch? (Hier eine dünne Brandmauer.)

Wang-o-Tang: Mein Gott, verstehen Sie ihn denn nicht, er meint, in den unteren Klassen werde viel geheult, gewinselt, gewehklagt, das man durch Mauern durchhören könne, das meint er mit laut sprechen und nicht chinesisch sprechen.

Er: Wollt Ihr?

Ich: Wie krieg ich aber die Blitzdinger wieder heraus? (Diese Worte übersetzte Wang-o-Tang durch: Wie bringe ich aber die kleinen Korallen wieder heraus?)

Er: Das tut der Hofchirurgus.

Ich: Wo?

Er: Zu Peking.

Ich: Aber da kommen wir ja unter acht Tagen nicht wieder hin, wie lange soll ich denn taub bleiben?

Er: Könnt Ihr nicht rechnen? Acht Tage.

Ich: Nein! Ich will nicht, ich will Eure verdammten Menschenschindereien nicht sehen. (Übersetzung: Ich will Eure Kriegsphilanthropine nicht sehen.)

Er: Wie Ihr befehlt. Ich habe Ordre, mich ganz nach Euch zu richten.

Ich: Der Henker hole Eure Ordre (hang your order). (Übersetzung: Sie sind sehr gütig.)

Ich: Aber kann ich denn die Einrichtung nicht wenigstens von einem glaubwürdigen Manne erfahren?

Wang-o-Tang: Glaubwürdig? Dafür haben wir im Chinesischen kein Wort.

Ich: Das habe ich wohl gemerkt, und die Leute, die es sind, auch nicht? Nicht wahr?

Nein! sagte der redliche Wang-o-Tang mit einem verschämten Lächeln, wodurch seine Versicherung über die Hälfte wieder gestrichen wurde, weil kein Chinese lügt. O lieber guter Freund, sagte ich, indem ich ihm auf die Schulter klopfte, es tut mir dann sehr leid, soeben gefunden zu haben, daß du diese noble Kunst in Europa gelernt hast! Er verstand mich ganz so, wie ich es meinte, und wurde so rot, als es ein gelber Chinese werden kann. Mache nur, fuhr ich fort, daß ich etwas von Euern Hungerakademien zu hören kriege. Mein Appetit darnach ist sehr gestiegen, und ich fürchte, der Pudding da läßt mich verhungern! Sorgen Sie nicht, sagte Wang-o-Tang und wendete sich zu dem Mandarin: Herr Schalp (Sharp), der völlig überzeugt ist, daß Sie alle Einrichtungen der ganzen Welt (China) kennen, bittet untertänig um eine Nachricht von einem kleinen Teil derselben, von unsern Tsing-Longs! Dieses war die eigentliche Sprache für dieses Paar Ohren, und nun hob er mit einer Freundlichkeit, die ich auf der ganzen Reise noch nicht an ihm bemerkt hatte, gegen mich mit einer kleinen Verbeugung an: Eure Ignoranz in der Staatsverfassung des ersten Volks der Erde macht Euch keine Schande, weil Ihr sie demütig eingesteht und Verlangen bezeigt, klüger zu werden. So wißt denn, daß die Chinesen nur bloß in Dingen unterrichtet werden, wovon sie in der Welt dereinst Gebrauch machen können, und daß sie darin zu einem solchen Grade von Vollkommenheit unterrichtet werden, daß sie auch notwendig davon Gebrauch machen müssen, wenn sie fortkommen wollen. Ihr werdet daher gesehen haben, alles, was der Chinese tut, tut er, als hätte ihn die Natur ausdrücklich für das Geschäft gemacht, das er treibt. So ersparen wir unsern Leuten alles Denken, so wie es die große Weltursache der Biene, dem Biber und der Kreuzspinne erspart. Die Vernunft dazu liegt freilich irgendwo, aber es ist europäischer Wahnwitz, sie noch in dem Instinktmenschen ferner fortzuhegen, nachdem sie nicht weiter nötig ist. Ich wette hundert gegen eins, wenn Eure Taschenuhren Eure Vernunft hätten, es würde keine mit der andern gleichgehen. Ihr excoliert, wie ich höre, die Vernunft. Nun fürwahr, wenn das nicht ein europäischer Einfall ist, so gibt es keinen, dabei lachte er zum erstenmal ganz laut. Ihr Hohlköpfe Ihr,* habt Ihr denn nicht gemerkt, daß die Vernunft eine Gabe des Menschen ist, die er bloß zum Gebrauch bekommen hat, andere Dinge zu bessern, nicht sie selbst, das kann er nicht, und was Eure Schwätzer so nennen, das war alles schon da, und

* Wir lassen hier die kleinen Einschiebsel weg, die Herr Sharp hier und da in diesen Vortrag hineingemurmelt haben will, sie sind nicht immer die gesittetsten. Hier zum Beispiel sagt er: You impertinent puppy you.

Ihr habt von diesen sogenannten Verbesserungen oft selbst schon Gebrauch gemacht, ehe Ihr sie erfandet! Hieraus sah ich in der Tat, daß dieser Mensch etwas von unserer Philosophie erfahren hatte. Ich sagte dies aber bloß Tsing-Long, damit er sich nicht verlöre. Recht gut, sagte er, ich komme gleich Eurem Verlangen entgegen; ich muß nur notwendig anmerken, daß also der einzige Gebrauch, den wir von der Vernunft machen, der ist, sie selbst nach und nach mit dem Körper unter der Form von Instinkt und Kunsttrieb gleichsam wie zu verschmelzen und aus dem Menschen höhere Tierarten zu schaffen, mit Instinktkünsten, die noch ganz das Ansehen von höchster Vernunft haben, aber eigentlich es nicht mehr sind. Vernunft hat sie geschaffen, hat sich aber nach vollendetem Bau nach und nach weggeschlichen oder ist durch Verteilung unmerklich geworden. Ebenso ist es mit unserer Philosophie. Diese war bereits vor fünfzigtausend Jahren völlig fertig. Jetzt philosophiert man, wie man lackiert, nach Rezepten. Oder so wie wir Musikanten haben und keine Musiker mehr, so haben wir auch nur bloß Philosophanten und Physikanten und keine Philosophen und keine Physiker mehr. Aus diesen bestand bloß die konstituierende Versammlung vor fünfzigtausend Jahren. Findet sich jetzt einer, der unsern Kunsttieren wieder Vernunft einhauchen will, so schneidet man ihm ein Ohr ab, brennt ihn auf die Stirn und gibt ihm in eignen Häusern zu leben. Wird er auch da noch zu laut, so gibt man ihm den Genickfang. Nun haben unsere Weisen gezeigt, daß die Summe der Übel in der Welt immer dieselbe bleibt, so wie die Summe der Luft und des Wassers, nur sind sie dem Laufe der Natur nach über das Ganze verteilt, so wie es ungesundes Wasser und ungesunde Luft hier und da gibt. Wäre es aber nicht besser, wenn alles schlechte Wasser und alle schlechte Luft an einem Orte in der Welt beisammen wäre, so würde sich alles dahin ziehen, was nur darin leben und wachsen kann, und wir hätten alles rein. Ja die Natur hat wirklich schon den Anfang mit dem Wasser gemacht. Hat nicht das Salzwasser seine angewiesenen Grenzen, wo sich nun unzählige Tiere hingezogen haben? So haben wir nun den Gedanken gehabt, das unvermeidliche Übel in der Welt, und zumal das des Passivkrieges, ganz auf eine einzige Menschenklasse zu wälzen, so können die übrigen in Ruhe und im Überflusse leben. Weil es aber hart sein würde, dieses den Leuten ohne Unterricht zuzumuten, so werden sie sorgfältig dazu erzogen, und dieses geschieht in unsern Tsing-Longs. Das Studium ist allerdings schwer, daher hat man den jungen Studenten es durch einen großen Ehrentitel zu erleichtern gesucht, den niemand als sie und der Kaiser führen darf, sie heißen Li-Tsu, das ist die Himmlischen. Das Hauptstudium ist Fasten und schlechtes Essen. Sie bekommen zuweilen in fünf Tagen kein Essen zu sehen. Wenn sie ohnmächtig werden, so macht man ihnen Rauch mit Gänsefedern; will es gar nicht mehr gehen, so erhalten sie mäßige Portionen Pferdefleisch oder sonst etwas von weggeworfenen Tieren, kurz, sie leben immer in einem Belagerungszustande, und sie sind dabei vergnügt, weil sie glauben, es wäre in der ganzen Welt so. Ja ich versichere Euch, wir haben auf diese Weise nun über eine halbe Million Menschen in Wesen umgeschmolzen, die das Feld vortrefflich bauen und schlechterdings nichts essen wollen und essen können, als was wir wegwerfen und schlechterdings nicht essen wollen und nicht essen können. Ihr seht daraus, was eine weise Regierung aus dem Menschen machen kann, wenn sie die Kunst versteht, die Vernunft zu Kunsttrieben zu verschmelzen. Der Mensch ist das Tier, das für sich selbst eigentlich nichts ist, aber alles werden kann, und von diesen göttlichen Anlagen macht Ihr keinen Gebrauch. Ich sehe, Ihr werdet müde. Ich gebe Euch also nur ein Beispiel von dem Nutzen unserer Himmlischen auch außer dem Kriege, eins unter Tausenden. Vor etwa sechstausend Jahren entstand in einem Teile der Welt ein solcher Mißwachs, daß unsere Rechenmaschinen zeigten, es würden gegen achtzigtausend Menschen Hungers sterben müssen, und das in einer Zeit von vierzehn Monaten und fünfundzwanzig Tagen vom nächsten Jahre an gerechnet. Sogleich zog man alle Einwohner aus jenem zurück und füllte den gefährlichen Fleck mit hunderttausend unserer Himmlischen an. Die Einwohner wurden nun in die Gegend der Tsing-Longs verteilt, wo sie nun die Zeit über herrlich von dem schmausten, was für die Himmlischen ungenießbar war. Für diese hingegen war der Mißwachs gerade, was sie suchten, und nachdem alles wieder so gut gebaut war, daß sie wenig mehr zu leben fanden, so wurden die Plätze wieder gewechselt, und alles war wieder im Gange. Hättet Ihr Euch dazu verstanden, Euch die Kugeln in die Ohren drücken zu lassen, so hättet Ihr etwas sehen sollen, das Euch Freude würde gemacht haben, ich habe die Vollmacht dazu in meiner Tasche! Was ist denn das? fragte ich. Ich hätte brennende Pechkränze in das Gebäude werfen lassen, wo die Akademisten schlafen. – Und warum das? – Euch die Freude zu machen, zu sehen, wie sich diese Salamander beiderlei Geschlechts im Feuer zu finden wissen. So was ist ihnen nicht mehr als uns ein plötzlicher Regen bei einem Spaziergange. – Wird Euch nicht wohl?

Ich: Nein! Nicht sonderlich.

Er: Womit kann ich aufwarten?

Ich: Haben Sie keine Kohlen und Gänsefedern?

Er: Nein, hier nicht, aber ich habe …

Ich: Laßt, laßt, Mister Pudding. (Wahrlich, ich bekümmerte mich nun wenig darum, was Wang-o-Tang verdolmetschen wollte oder nicht. Ich war auf alles gefaßt und fand mich daher sehr leicht wieder, griff mit wahrem Gefühl von Überlegenheit über dieses infame politische Lumpengesindel nach meinem Flaschenkeller, schenkte ihm und mir einen Bumper ein, den er auch annahm, und sagte): Here is ›God save the King‹ for you. D … your Tsing-Longs to all etern … Ich glaube fast, ich habe gesagt you and your Tsing-Longs, doch weiß ich es nicht.

Er: Was heißt das ›God save de King‹, Wang-o-Tang?

Wang-o-Tang: Er wünscht seinem Könige Wohlergehen und Gesundheit; und das ist der Wunsch aller seiner braven Untertanen, solange sie selbst gesund sind. Das weiß ich,

ich habe es tausendmal gehört und immer von den besten Menschen.

Er: Das ist nicht übel. Aber er nannte ja die Tsing-Longs?

Wang-o-Tang: Er meinte, die wären auch nicht übel.

Er: Sehr brav. Ihr seid ein gescheiter Europäer.

Ich: Und doch bin ich bloß Mundschenk.

Er: Kommt (indem er anstieß): God save de King.

DIE HEIRAT NACH DER MODE

(Marriage à la Mode)

Foecunda culpae saecula nuptias
Primum inquinavere, et genus et domos
Hoc fonte derivata clades
in patriam populumque fluxit.

Horaz, Carm. Lib. III. Ode VI. v. 17.

(Erstes Blatt)

Man hatte unserem großen Künstler öfters den Vorwurf gemacht, er könne bloß Winkelszenen des menschlichen Lebens darstellen; sein Genie, wenn er welches besitze, lebe immer nur in dem Troß der Gesellschaft und finde sich nur à son aise in dem Schmutz der Gesindelwelt. Dieses erweckte endlich seinen Stolz. Mit Mut stieg er in die sogenannten höheren Regionen hinauf, zeichnete alsdann, was er im Himmel gesehen hatte, und gab es uns in folgenden sechs Blättern. Diese Voyage pittoresque erhielt ganz ungeteilten Beifall; ja die höhere Welt selbst soll sich, wie man sagt, vielleicht aus Patriotismus, nicht ganz ungerne zwischen das Aut, Aut eingeklemmt gesehen haben: entweder zugeben zu müssen, Hogarth verstehe sich auf ihr Dortoben, oder das gerühmte Dortoben sei weiter nichts als ein ausgeputztes Dortunten und im ganzen selbst eine Art von Gesindelwelt. Daß man dieses Dilemma beim vordersten Horn faßte, versteht sich von selbst. Durch diese Wahl also wurde Hogarths Genie gerechtfertigt; durch die Verlegenheit dabei wurde es gerochen.
Er nannte seine Schilderung ›Marriage à la Mode‹. Das erste dieser Wörter ist in England naturalisiert und also englisch, das letzte noch zur Zeit (die Szene liegt im Jahre 1745) französisch; also die Aufschrift halb englisch und halb französisch, geradeso wie die Sitten der Provinz jener höheren Welt, die er hier zeichnet. Der gemeine Mann verheiratet sich dort nach dem Gebrauche seiner Väter, speist sein

Rindfleisch darnach und betet sein Vaterunser darnach; der Vornehmere hingegen hat nicht selten seine Marriage à la mode so wie auch sein Bœuf à la mode und seine Religion à la mode. – Die moralische Tendenz dieser Blätter ist vortrefflich und die Justiz die strengste, die sich denken läßt. Die Missetäter sterben alle eines unnatürlichen Todes. – Jammerschade, daß diese Justiz eine bloß poetische ist! – Will denn aber auch die Natur gar niemals anfangen, erkenntlich gegen die Dichter zu werden? Schon über sechsthalbtausend Jahre ahmen sie nun, wie Batteux vortrefflich gezeigt hat, die schöne Natur nach. Ich dächte doch fürwahr, es wäre billig, die Natur besänne sich endlich und ahmte nun auch einmal die schöne Poesie nach.

Wie richtig Hogarth übrigens gesehen und wie wahr er gezeichnet hat, sieht man schon allein daraus, daß, als diese Blätter erschienen, die christliche Liebe sich nicht wenig verlegen fand, auf wen sie sie deuten sollte. Sie paßten, nach geringen Einschränkungen, auf den Lord X so gut als auf die Lords Y und Z, schon als Geschichte, und als Prophezeiung beinahe auf ein halbes Alphabet. Hogarth, der, wie die Sage geht, einen gewissen Lord W … hauptsächlich gemeint haben soll, befand sich also wirklich in dem Fall von jenem Eiferer, der in der Hitze des Vortrages die Postille nach einem Ehebrecher seiner Gemeinde werfen wollte und mit Erstaunen sah, daß sich bei seinem Ausholen ein halbes Alphabet Köpfe verkroch.

Auf dem ersten Blatte sieht man in einem reich- und schwermöblierten Zimmer an einem mit Silberblech überzogenen Tische zwei ansehnliche Männer einander gegenübersitzend; der eine etwas alt und etwas gichtbrüchig, der andere noch rüstig, wenigstens gesund. Jenes sind Se. Hochgräflichen Gnaden, der Herr Graf von Squanderfield,* ein Mann von öffentlich attestiertem Blut und schwer besiegelter Ehre; der andere ein bloß wohledler Kaufmann von Geld und Kredit, Alderman und, aus seiner goldenen Kette zu

* Zusammengesetzt aus to squander: vertun, verprassen und field: Feld, liegende Güter.

schließen, zeitiger Sheriff der Altstadt London (the City), also insofern Wohlgeboren pro nunc. Sie sind beide beschäftigt, entweder einen Kontrakt zu schließen oder einen geschlossenen zu vollziehen, wozu die Veranlassung und wechselseitigen Bedingungen ungefähr folgende sind: Se. Hochgräflichen Gnaden sind, was man Denselben kaum ansehen sollte, ebenso bankbrüchig, als Sie gichtbrüchig sind, und Dero pekuniäres Vermögen fast noch geringer als Dero physisches. Hingegen ist der wohlgeborene Herr ebenso rangsüchtig, als er reich ist, und doch sieht es in den Venen und Arterien seiner Familie ebenso erbärmlich bürgerlich aus als in seiner Kasse fürstlich. Jener sucht daher bürgerliches Geld für leere, altadelige Beutel, und dieser altadeliges Blut für bürgerliche Adern. Da nun das Bedürfnis von beiden Seiten dringend ist, so kommt die Sache bald zustande, und zwar auf folgendem Wege: Der Herr Graf überlassen der Krämerfamilie einen Teil kostbaren Blutes in der Person Ihres Erstgeborenen, des zugleich Hochgeborenen Lord Viscounts Squanderfield; dafür öffnet diese Familie dem Herrn Grafen ihre Kasse und übergibt ihm die Tochter und einzige Erbin des ungeheuren Vermögens unter der Bedingung, daß besagter Lord Viscount Squanderfield die Adels-Inokulation auf eine gesetzmäßige Weise mit besagtem Bürgermädchen vornehmen, vollstrecken und vollziehen soll. Alles dieses wird hier gegeben und besiegelt. Zur Besiegelung brennt das Licht auf dem Tische. Einige wollen einen sogenannten Dieb an demselben bemerkt haben, das wäre ein übles Zeichen für diese Ehepakten. Soviel ist aber auf alle Fälle gewiß, daß das Licht läuft, und alles Läufige taugt hierbei auch nicht viel.

Die Gruppe am silbernen Tischchen ist wohl einer näheren Beleuchtung wert. Der Alderman, wie er da sitzt, durchaus gespannt, aufmerksam und geschäftig. Seine Füße scheinen es gar nicht einmal zu merken, daß er sitzt. Die Schienbeine etwas über senkrecht, wie auf dem Sprung, die Füße parallel, die Schuhe firm, mit einem Paar derben Börsensohlen, stehen fest wie sein Kredit. Die Füße des Lords stehen auch

fest, leider, leider, so wie sein Kredit. Der rechte, zwar noch nicht ganz im Grabe, doch tief gebeugt im Sack und in der Asche, und der linke, erbärmlich durch das Gitter seines Lazaretts blickend. Was diesem noch etwas Ansehen gibt, ist bloß der Kontrast mit dem leidenden Bruder.
Der Alderman liest die Aufschrift des Ehekontrakts mit einer Aufmerksamkeit, deren der Lord wohl kaum den Inhalt gewürdigt hat. Diese Art von gespanntem Lesen lernt sich nicht an Büchern und nicht aus Büchern, sondern bloß bei dem Genuß großer Gedanken – in Wechselbriefen. Vielleicht liegt aber auch in dieser Gespanntheit noch etwas mehr als bloße Sorgfalt. Es wäre wenigstens möglich. Man denke einmal an die herrliche Frakturschrift der englischen Schönschreiber, und mit dieser herrlichen Schrift geschrieben die goldenen Worte: The Right Hon. Lord Viscount, und in diesem Viscount den künftigen Schwiegersohn und im Schwiegersohn den künftigen Grafen und im Grafen den unausbleiblichen Lord des Oberhauses mit allen seinen Rechten und Herrlichkeiten bis ans Ende der Welt. Wahrlich wenn ein solcher Genuß den Blick eines hoffärtigen Aldermans nicht spannen kann, was in aller Welt will ihn spannen können? Gedacht hat er freilich alles das wohl oft genug, aber mit solcher diplomatischer Pracht und solcher moralisch unauslöschlichen Schrift geschrieben, sieht er es hier zum ersten Mal.
Neben ihm steht, mit dem Hut unter dem Arm, sein alter, treuer, im 60jährigen Kontordienst gedörrter Buchhalter. Er bringt die Traktate in Erfüllung und übergibt im Namen seines Herrn dem alten Grafen das, was man eigentlich in diesem Hause die Tochter des Aldermans nennt. Er verrichtet die Trauung. Es gehört fürwahr viel Philosophie dazu, ganz ohne geheime Regung auf den Tisch zu sehen, worauf diese Trauung vorgeht. Banknoten, mit bedeutungsvollen Nullenreihen wie mit Perlenschnüren verbrämt, liegen da auf Guineenhaufen, und ähnliche Stickereien folgen ihnen noch nach. Und dennoch sind dieses, so wie überhaupt die sichtbaren Reize bei solchen Gelegenheiten, nur Nebensachen.

Nahe vor sich hat der Alte noch Beutel stehen, die schon deswegen mehr Achtung verdienen, weil man nicht wissen kann, wieviel darin ist. Allein das geheimste und daher vermutlich auch das wichtigste Stück bei dieser ganzen Ablieferung ist wohl die Urkunde mit der Aufschrift Mortgage. Ich schließe dieses daraus, daß selbst der Buchhalter mit gutmütiger Neugierde den Eindruck beobachten zu wollen scheint, den ein solcher verborgener Segen auf den Grafen machen wird. Denn wahrscheinlich ist es die von dem Alderman selbst zurückgegebene oder doch eingelöste Schuldverschreibung, wodurch ein Teil der Besitztümer des Hochgräflichen Hauses bisher in Gefangenschaft gehalten worden war. »Hier, Mylord, erhalten Sie Dero Güter zurück«, sagt der Alte. – Die Gabe ist stark und in der Manier, sie darzubringen, etwas, das gar nicht kaufmännisch aussieht. Man fühlt dieses auch adeligerseits sehr tief und greift daher ohne Zeitverlust augenblicklich nach der eigenen Mitgift, um durch die Pracht derselben das Bürgerpack sogleich wieder in seine natürlichen Grenzen zurückzuweisen. »Wohlan«, sagt der Graf, »das bringt Uns Euer Bürgermädchen ins Haus, und das, was hierunter pocht«, indem er auf den fünften Westenknopf weist, »mein Blut, und hier«, auf den Stammbaum deutend, »diese Zeder vom Libanon, meinen siebenhundertjährigen Adel, bringt euch Bürgerleuten mein erstgeborener Sohn ins Haus.« Um die ungeheure Überwucht dieser Worte über jene Tat ganz zu fühlen, muß man noch den orientalischen Pomp bedenken, unter welchem sie hier gesprochen worden sind; wovon wir jetzt nur soviel anführen wollen, als unmittelbar für diese Gruppe gehört. Der alte Graf erscheint sitzend, nahe unter einem Staats- und Audienzhimmel mit der gräflichen Wappenkrone (an Earl's Coronet), zwar nicht unmittelbar auf der Staatsperücke, aber doch oben auf dem Staatshimmel; angetan mit hoher, goldener Wappenpracht und gleichsam selbst eine Art von Prachtwappen mit seinen Schildhaltern, den beiden Krücken. Jede Krücke ist mit der Krone gestempelt. Jetzt gebraucht er sie nicht. Die Sorge für seine Unterstützung hat an einem andern Ende einer der feinsten Kabinettsthronen übernommen, den je die Gicht an einem Galatage bestiegen hat. Den kranken Kreditfuß trägt ein Schemel, dessen selbst die zarteste Kränklichkeit sich nicht schämen würde, als Stütze für ihre Schläfe oder Stirne anzunehmen, und dieser Schemel trägt für seinen Dienst ebenfalls die goldene Krone. Neben ihm liegt Wilhelm der Eroberer mit Panzer, Schild und Schwert und bewundert die noblen Früchte seines siebenhundertjährigen Baumes, an deren jeder die goldene Zierde einer Krone hängt. – Armer Alderman, was ist nun alles dein zeitliches Börsengeklimper gegen diese Pracht und den Posaunenton eines fast tausendjährigen Vorruhms? Sehr tröstlich ist dieser Stammbaum auch wirklich nicht für den Alderman. Mit seiner Brille wenigstens muß er ihm nicht nahe kommen. Denn wenn ich recht sehe, so hat der stolze Norman mit seinem Schwert einen Zweig heruntergehauen, weil dieser Zweig ein Krönchen trug, das sich mit einem Non-Krönchen verehelicht hatte. Sitzenbleiben konnte das Ästchen mit seinem Mildtau nicht an dem Baume adeligen Erkenntnisses, der seine Wurzel hinunter bis in den Bauch Wilhelms des Eroberers schlug. Daß die schwarze Nulle, die wir da fallen sehen, ein unadeliges Nichts bedeutet, ist wohl gewiß, ob aber eine Krämerstochter oder einen Läufer oder Kammerdiener, kann hier nicht ausgemacht werden.

Hinter dem Alderman sitzen nun in einem ganz zierlichen Nestchen die beiden Verliebten und Verlobten selbst – in natura. Es ist nicht ganz leicht zu sagen, wie sie da sitzen. Daß sie ihre Herzen nicht gegeneinander wenden, ist wohl gewiß, oder die Herzen müßten bei ihnen anders liegen als bei andern Menschen. Es durch ein Gleichnis auszudrücken ist auch nicht leicht, wenigstens durch irgendein käufliches der Hochzeitssänger nicht. An Turteltäubchen und Schnäbeln zum Beispiel ist gar nicht zu denken, denn wer in aller Welt schnäbelt sich so? Das Gleichnis, das hier vielleicht noch am weitesten reicht, wäre, zu sagen: Der Bräutigam sitze neben der Braut wie ein kranker Seidenhase neben einem raschen Igelweibchen. Er, mit bereits ausgelöschtem Lichte und Feuer seiner Augen und mit einem sehr bedeutungsvollen Bon-ton-Pflaster unter dem Ohre, nimmt mit superfeiner Grazie eine Prise. Sein kaum merkliches Lächeln ist das Lächeln der gedankenlosesten Selbstapprobation bei der äußersten Erschlaffung des Leibes und der Seele. – Was ihn noch hält, ist vielleicht ein halb eifersüchtiges Lauschen auf ein kleines Geflüster, das wir sogleich selbst ein wenig behorchen wollen. – Er sitzt – freilich wohl –, aber er sitze, womit oder worauf er wolle, so ist wenigstens soviel gewiß, er sitzt miserabel. Auch bei ihm sprechen die Füße wie bei seinem Vater über Kredit. Sie heben sich sogar im Sitzen auf die Zehen, vermutlich, um irgendwo in einer höhern Gegend die Berührungspunkte zwischen Sitz und Sitzfleisch soviel als möglich zu vermindern. Sein Gesicht wendet er gegen den Spiegel, aber bloß, weil der Spiegel an der Seite hängt, wo die Braut – nicht sitzt. Mit dem Spiegel selbst hat er nichts zu schaffen. Alles, was er da sehen könnte, wäre höchstens ein bißchen Silberblick von seinem Prachtärmel. Denn daß er sich selbst im Spiegel sehen könnte oder gar die Braut in demselben belauschen, wie Herr Ireland glaubt, ist eine katoptrische Unmöglichkeit. – Es erweckt eine ganz seltsame Empfindung, wenn man diese zerbrechliche Marzipanpuppe mit dem eisernen Normanne dort vergleicht, von dem sie abzustammen wähnt. Wäre auch der tapfere, feurige, ehrgeizige und nichts weniger als sonderlich weichherzige Wilhelm mit seinem Hieber in Person hier, so möchte wohl das sicherste Plätzchen im Zimmer für Ihro Hochgeborenen, wenn sie bessere Springfüße hätten, dort beim Fenster sein. Nun, die Braut! Gütiger Hymenäus, was hast du da vor, und wie war es möglich, nur so was zu denken! Sieh nur hin! Wenn man die Kleinigkeit abrechnet (das einzige, worin die beiden Leutchen noch ein wenig harmonieren), nämlich, daß sie sich beide, wie man sieht, einander hassen wie den Teufel, so sind sie denn doch fürwahr in allen übrigen Stücken gerade das Gegenteil. Es ist zu arg. Was bei dieser Handelsspekulation dort beim silbernen Tischchen mit Beuteln und Stammbäumen abgetan wird, läßt sich noch hören, aber – aber die Lieferung an Naturalien da auf dem Kanapee taugt nicht den Henker. Man bedenke nur. Er, mit dem geringen, aber edeln Rest von Körper, den er noch aus dem Feuer gerettet hat, in die schönste Wellenlinie Hogarths hingebogen; sie, noch ganz, aber in der völligen attitude à dos d'âne* und in eine Sägebocksform gebrochen, die selbst das stoffene Kleid nicht verhüllen kann. Seine Arme, wie sanft gestützt, und die Hände, wie leicht gehalten! Antinous und Adonis, wenn sie je hätten schnupfen wollen, hätten nicht reizender können schnupfen wollen. – Die ihrigen in parallele Winkel geknickt, hängen da wie die lahmen Haken an einem alten Futteral, wenn sie ihre Ösen verloren haben. Er spielt mit dem Döschen und dem Schnupftabak, und damit sind wenigstens drei Viertel der ganzen Bestimmung dieser Spielsachen wirklich erfüllt; sie hingegen spielt mit dem Trauring, durch den sie ihr weiches und feines Schnupftuch gezogen hat, woran sie ihn wirbelt und schleudert und vermutlich verschleudern wird. Der Trauring ist für sie eine Prise, die sie diesen Morgen ehrenhalber genommen hat und, weil sie nicht nach ihrem Geschmack ist, bei der ersten Gelegenheit heimlich verzettelt. Manche Menschen wollen in den Spielsachen dieser Liebenden tiefere Bedeutungen finden. Das mag sein, mag aber auch so bleiben. Ich wenigstens mag aus tiefen Bedeutungen keine Spielsachen machen. Seine Miene, wie holdselig! Etwas matt freilich, aber doch sanft; zwar mit Spuren der Debauche, aber doch auch der Bildung. Aber die ihrige! – – Behüte und bewahre alle Menschen vor solchem Schnitzwerk am eigenen Köpfchen oder an dem der künftigen Hausehre! Es ginge nicht einmal durch als Schnitzbild am Hausschlitten. Unweiblicher kann wohl kein weibliches Geschöpf gezeichnet werden als dieses; häßlicher vielleicht,

* Da man sich bei Beschreibungen von Damen-Kleidern durchaus der französischen Sprache bedient, so ist es ja wohl verstattet, bei Beschreibungen von Damen selbst ein gleiches zu tun, zumal da der Unterschied zwischen beiden in unzähligen Fällen auf eine bloße Kleinigkeit hinausläuft.

aber mit so wenigen Strichen schwerlich boshafter, eigensinniger, halsstarriger und dabei duckmäuserischer als dieses. Gezeichnet sage ich; so gezogen, kann man seine Töchter in manchen Kostschulen (boarding schools) in London gegen ein paar hundert Pfund Sterling haben, ohne alle Mühe, so gut als in den galantesten Familien von Deutschland. In der Tat, der Kontrast bei diesem Paare geht sehr weit; nicht bloß auf Kopf und Herz erstreckt er sich, er findet sich sogar in Teilen, die, zumal wenn der Mensch (wozu es nun bald wieder kommen wird) auf allen vieren geht, so weit als möglich vom Kopf und Herzen abliegen. Ich meine, die Leutchen sitzen oder setzen sich nicht einmal eines wie das andere. Der Bräutigam, schwebt er nicht über dem Sitz, leicht wie der Frühlingsgott über der Silberwolle eines Tauwölkchens? Die Braut hingegen, sitzt sie nicht völlig da in der Stellung eines Hausknechts, der den Deckel eines allzu vollen Koffers noch durch einige derbe Finalstöße mit dem Sitzende zum Schlusse bringen will? Jener sitzt oder scheint zu sitzen, als fürchtete er Nadeln in der Unterlage, diese, gerade umgekehrt, als merke sie darin eine Leere zum Ausfüllen, und solche Sitze gibt es in der Welt.

Zur Rechten also sitzt ihr der Mann, dem sie auf die rechte Hand angetraut werden soll, und zur Linken steht ihr ein anderer, ein junger, muskulöser Matrimonialrat, der wirklich im Begriff ist, ein Gleiches mit ihr für seine eigene Person auf die Linke vorzunehmen. Der Fuchs merkte, daß dem Fräulein Braut alles auf der Rechten ein wenig links vorkam, und eröffnet daher auf der Linken sogleich die Traktate; nicht die, wozu *er* die Feder, aber die, wozu *sie* die Ohren spitzt. Der junge Mann ist kein Geistlicher, wie mancher Deutsche vielleicht aus dem schwarzen Oberkleide und dem Krägelchen schließen sollte, sondern ein Rechtshändler, eine Art von Advokat und Prokurator. In England tragen nämlich die beiden obern Fakultäten beständig Trauer, wenn sie im Dienst sind, die Justiz wie die Theologie. Hingegen kleidet sich die Medizin, welcher diese Farbe vielleicht noch am besten zu Gesicht stehen würde, mit allen Farben des Regenbogens wie bei uns. Aus dem Titul einer Rede von ihm, die man hat drucken lassen und von der wir unten reden werden, erfährt man, daß er Silvertongue,* Silbermund, hieß. Und in der Tat, er muß da etwas sehr Silbernes hinflüstern, daß er diese Eule damit so tief in eine Aufmerksamkeit hineinzaubert, wovon man die Spannung durch die ganze Länge ihres Halses und Rückens bemerkt, und das alles so beim Federschneiden. Daß sie zu dieser Aufmerksamkeit, die ganz aus dem Innersten des verzogenen Geschöpfes stammt, dennoch die roheste Miene pöbelhaften Unwillens macht, ist, wie mich dünkt, ein herrlicher Zug von Hogarth; denn er charakterisiert nun nicht weiter die Dame und noch weniger das Geschöpf der bloßen Natur, sondern – das eigentliche Mensch, die Schuld falle nun, auf wen sie will. Sollte der Vater sich vielleicht durch Fischhandel gehoben haben? Bei dem Justizkrägelchen des Herrn Prokurators merke ich noch an, daß er diese Zierde nicht durch das ganze Stück trägt, sondern kurz vor Ausgang der Geschichte von der Justiz mit einem andern unter großen Feierlichkeiten beschenkt wird.

Diese kleine Kanapeeszene enthält nun den Keim, aus dem der Künstler mit vieler Feinheit das Ganze entwickelt; hier glimmt der Funke, der nun nach und nach zur Glut wird und endlich zu Flammen auflodert, durch welche das Ganze zusammenstürzt. Hogarth macht daher vorzüglich aufmerksam darauf und erklärt, was noch undeutlich darin scheinen könnte, mit einem paar vortrefflicher Züge aus dem unerschöpflichen Schatze, an seiner Zeichensprache. Unmittelbar vor dem jungen Lord, an der Erde, spiegelt sich diese Kanapeeszene in der Geschichte zweier Leibeigenen ab, die beim Jagdwesen der Familie angesetzt sind. Es ist ein Hund und eine Hündin. Der Hund, durch eine Krone auf der Seite ein wenig nobilitiert, ist schon etwas ältlich, etwas abgejagt und etwas matt. Die Hündin, bloß bürgerlich, aber rasch und munter, hat keine Neigung zu schlafen, am aller-

* Aus silver (Silber) und tongue (Zunge) zusammengesetzt. Die Übersetzung ist nach Chrysostomus, Goldmund, formiert.

wenigsten wann der schläft, mit dem sie durch eine derbe Kette von Hals zu Hals* verlobt ist. Die kleine Bestie sieht sich ziemlich gierig nach etwas um, vermutlich nach einem – Prokurator. Der schwarze Fleck am Ohre des Hundes ist kein Bon-ton-Pflaster. Über dem Kanapee an der Wand hat Hogarth einen Leuchter aufgehängt. Die beiden Arme desselben, die die Kerzen tragen, sind ineinander geschlungen (auch ein Verlöbnis), aber die beiden Kerzen selbst brennen geradeso wie die beiden Herzen unten darunter. Oder deuten etwa die Kerzen mehr auf den linken Flügel, wo der Prokurator kommandiert? Mir ist dieses wahrscheinlicher als jenes, weil beide noch frisch und unangebrannt sind und weil wirklich der eine Leuchterarm ganz von der Seite kommt und sich aller Symmetrie zuwider um den Hauptarm schlingt. Hätte Hogarth auf den rechten Flügel hinweisen wollen, so wäre vermutlich ein abgebranntes Stümpfchen mit dabeigewesen. Noch brennen sie nicht, sind aber dazu fix und fertig; es fehlt zum Anzünden nur noch die Nacht, und die – wird kommen.

Vor dem aufgeschobenen Fenster steht noch ein anderer Leidtragender aus der zweiten Fakultät. Er scheint etwas mehr zu sein als der dort auf dem linken Flügel, einesteils, weil er weniger tut, und dann, weil er wirklich bereits das Goldene Vlies der englischen Themis um sein Haupt geschlagen trägt. Denn niemand trägt dieses Fell, der nicht schon Fett und Fleisch sicher in der Speisekammer hat. In seiner Linken hält er den Plan zu dem neuen Palast des alten Grafen und vergleicht den Entwurf mit der Ausführung. Dabei gerät er in ein solches bewunderndes Erstaunen, daß darüber Unterkinn und Nase, die sonst in seinem Gesichte nahe Nachbarn sind, und die fünf Finger der rechten Hand auseinandergehen. Wenn diese Bewunderung nicht gar eine geheuchelte ist, so ist wenigstens soviel gewiß, kunstkenne-

* Aus der Kette von Hals zu Hals in dieser Spiegelszene sollte man fast schließen, daß der junge Lord und seine Dame auch schon an der Kette lägen. Wäre dieses, so würde freilich der Unwille im Gesichte der letzteren und die Verlegenheit in den Mienen des ersteren eine leichtere Erklärung finden.

risch ist sie nicht, sondern bloß juristisch, denn das Gebäude ist abscheulich. Die obern Säulen treffen nicht auf die untern, die Säulenstühle sind runde kannelierte Blöcke, die Fenster zu den Souterrains dreieckig; neben der Hauptfassade liegt die finstere Kutschenremise, die ihr bißchen Licht durch ein rundes Loch und einen Zirkelabschnitt erhält, der so tief liegt, daß es ohne Abschnitt vom Kutscher oder der Kutsche beim Einfahren kaum abgehen kann, und so geht es durchaus. Allein die Geschmacklosigkeit, Stupidität und tolle Verschwendung des alten Herrn zu zeigen ist nicht die einzige Ursache, warum der Künstler das Fenster aufgeschoben hat. Es ist kein Geld da, will er uns sagen, ein Gerüste und keine Arbeiter, der Bau steht stille, ja es scheint fast, als hätte die Zeit schon hier und da angefangen, selbst am Gerüste wieder abzubrechen. Was da im Hofe herumwimmelt, sind keine Bauleute, sondern entweder Tagediebe aus dem Hause selbst (überflüssige Dienerschaft) oder Bediente, deren Herrschaften das Gebäude besehen und belachen, und das alles dem Nachkömmlinge Wilhelms des Eroberers zu Ehren. –

Soeben, da der Erklärer dieser Blätter sich zu der Gemäldesammlung in diesem Zimmer wenden will, bemerkt er, daß es ihm mit der Guinee, die da im Bilde halb schon unter dem Kehricht, der Sportelkasse der Bedienten, liegt, beinahe ergangen wäre wie den drei Kupplern am Tischchen mit dem klingenden Originale selbst. Er hätte sie fast über den andern Schätzen dieses Blattes, die noch aufzudecken sind, vergessen. Das Versehen war diesmal vorteilhaft; es selbst enthält die beste Erklärung, so wie diese wiederum, für den gütigen Leser wenigstens, die beste Entschuldigung. An den Wänden umher hängen Gemälde, die, der übrigen Mannigfaltigkeit unbeschadet, alle auf grauenvolle Schilderungen zeitlichen Unheils hinauslaufen. Krieg, Mord, Marter, Überschwemmung, Pestilenz und teure Zeit, Kanonen und Kometen überall, und das alles in einem Verlobungszimmer. Wahrlich, hätte Heinrich IV. vor seiner Verlobung den Kaffeesatz befragen und die Zigeunerin ihn eine solche

Bildergalerie darin sehen lassen, die bekannte Mariage de St. Barthélemy wäre sicherlich nicht zustande gekommen. Hier hat man kein Arges daraus, daher geht auch diese Bluthochzeit ihren Gang ungestört fort. Man sehe nur einmal hin.
Gerade über dem Haupte des Bräutigams wird der heilige Laurentius auf sein Brautbett, den Bratrost, geschleppt. Oh, könntest du das bedenken, armer Lorenzo, mit deiner Dose da unten! Gegenüber warnen Kain und Abel Herrn Silbermund vor Brudermord. Über dem heiligen Laurentius deutet die Geschichte des Bethlehemitischen Septemberbriseurs Herodes auf Kindermord und diesem gegenüber die des Feuerdiebes Prometheus, an dessen Leber der Geier nagt, auf Gewissensangst. An der andern Wand liegt ein ungeheurer Goliath mit dem Rumpf an der östlichen und dem rechten Bein an der westlichen Seite eines Hügels, an dessen Abhang nun sogleich der Felsenblock seines Kopfes herabrollen wird. Unter diesem rollt soeben auch ein Kopf, der Kopf Holofernis, in den Arbeitsbeutel seiner getreuen Judith, und neben diesem empfängt der arme St. Sebastian die Pfeile in die Brust. Also hier ist Blutes genug. Das Blut wird sich auch finden; auch Ähnlichkeiten mit den Geschichten selbst würden sich mit etwas Deutungsfertigkeit noch finden lassen, alles, nur – die Heiligen nicht. –
Nun müssen wir den Leser um ein klein wenig Platz für den Mann ansprechen, dessen Bild da an der Wand den Raum von vier Mordgeschichten einnimmt. Es ist ein Held aus der Familie. Wer Sausen, Sturm und Donner sehen will, ohne sie hören zu wollen, der trete vor dieses Bild. Der Held in der Art von Perücke, die man, trotz der vielen neueren Fortschritte in der Meteorologie, noch immer und mit Recht unter die Donnerwolken zählt, befindet sich im Gewühle der Schlacht. Daß er an der Spitze seines Heeres steht, ist gewiß; wo aber diese Spitze selbst eigentlich liegt, vornen oder hinten oder auf der Seite, hat der Maler nach Zeitungsschreiberart nicht deutlich angezeigt. Mit selbstgefälliger Miene übersieht er die reiche Ernte des Sieges und wirft

soeben einen Blick nach der Seite, wo die besten Schnitter stehen. Den Blitz hat die rechte Hand gnädig und schonend der linken übergeben, wo er friedlich mit den Brüsseler Spitzen der Manschetten spielt. Die Rechte ruht waffenlos auf der eisernen Hüfte. Vierzig bis fünfzig Ellen Gewand flattern um ihn her und dem Sturmwind, der aus drei Paar vollen Cherubsbacken darauf zubläst, gerade entgegen. Der Held hat also eigenen Wind. Indessen ergreift ein Teil des äußern Sturmes den Hauptschweif der Perücke des Helden und hebt ihn fürchterlich auf. Er steht schrecklich da und könnte selbst dem von einem Kometen, der über ihm schwebt, Trotz zu bieten scheinen, wenn man nicht wüßte, wie nahe solche Zeichen der Zeit einander verwandt sind. Unten geht eine Kanone selbst unter dem Mantel des Helden los, fast als käme der Schuß aus seiner Hosentasche. Seine Taschenpuffer sind Kartaunen wie seine Zöpfe Kometenschwänze. Wie groß! Die Kugel scheint von dem Künstler in einem günstigen Augenblicke ad vivum kopiert. Daß sie etwas klein geraten ist, ist ihm wegen der Eile, worin solche Gegenstände gewöhnlich aufgefaßt werden müssen, zu verzeihen. Um das ganze Porträt geht ein Prachtrahmen von vergoldetem Zimmerwerk, der oben mit einem Fratzengesicht, einem Mitteldinge zwischen Tiger und Affen, ausgeziert ist. Also etwas zwischen Tiger und Affen sogar auch am Rahmen um das Bild.*

Das Deckengemälde ist ein Seestück! Pharao mit seinem Heer, in dem Augenblicke gezeichnet, da seine Karriole da oben über dem Herrn Prokurator flott wird. Zum Gegenstück hätte sich hier das ptolemäische Weltsystem auf dem Fußteppich recht gut gefügt; auch wegen der verkehrten Haushaltung. Eigentlich also geht die ganze Verlobungsszene auf dem Boden des Roten Meeres vor, und so etwas hätte wohl hier werden können, wenn das an der Wand ge-

* Bekanntlich hat Voltaire, der so etwas wohl wissen konnte, gesagt: der Franzose habe im Charakter etwas vom Tiger und etwas vom Affen. – Alle Ausleger des Hogarth sind darin eins, daß die Satire in diesem Bilde nicht sowohl auf Ludwig XIV. selbst als auf die öfters mit den übertriebensten Attributen verzierten Porträts von demselben ginge

malte Blut hier wirklich geflossen wäre oder gar das hierher zu strömen angefangen hätte, auf welches der Kometenschweif hindeutet.

Zum Beschluß noch eine kleine Rechnung: Das gräfliche Wappen ist hier neunmal gewiß und wahrscheinlich elfmal angebracht; einmal über dem Prachthimmel, zweimal an den Krücken, einmal am Fußschemel, einmal am Stuhle des Alderman, einmal über der Familienmeduse am Wandleuchter, einmal über dem Spiegel, einmal unter dem Spiegeltischchen und einmal an dem schläfrigen Jagdhunde. Die beiden wahrscheinlichen sind die, wovon das eine durch die Perücke des alten Grafen und das andere durch den Haarbeutel des jungen Viscounts an ihren Sitzlehnen verdeckt wird. Um das Dutzend durch ein drittes wahrscheinliches, an der Jagdhündin, vollzumachen, erlaubt unsere Kommentatorehre nicht, da wir uns einmal vorgenommen haben zu glauben, dieses muntere Tier sei bloß bürgerlich. Am Stammbaume findet sich das Wappen leicht noch vierzehnmal. So etwas läßt doch fast wie Allgegenwart.

Für die Besitzer der Originalkupferstiche merken wir noch an, daß in unserer Kopie durch die mit Fleiß unterlassene Umzeichnung alles nun wieder so steht wie auf dem eigentlichen Originalgemälde. Der Prokurator schneidet seine Feder wieder mit der rechten Hand; der Held trägt sein Schwert wieder an der linken Seite, und der alte Graf legt wieder die Hand auf das Herz. Ich glaube, diese unsere Rückübersetzung des englischen Kupferstichs in die primitive Wohlanständigkeit des Gemäldes ist hier nicht ganz ohne Verdienst. Welcher Mann von Geburt legt bei einer Versicherung die linke Hand auf das Herz? – Meint er es nicht redlich, so kann er freilich nicht verlangen, daß die Welt am Ende sagen soll, er habe es redlich gemeint; aber das, dünkt mich, kann ein Mann von Stand verlangen, daß, wenn er betrügt, die Welt wenigstens sagt, er habe mit Würde betrogen.

BRIEFE

An Christian Gottlob Heyne

London, den 17. April 1770

Wohlgeborener Herr, hochzuehrender Herr Hofrat

Heute vor acht Tagen bin ich endlich nach einer sehr beschwerlichen Reise von 15 Tagen, gesunder, als ich vermutete, hier in dieser ungeheuren Stadt angelangt. Es ist unglaublich, was die Menge von neuen Gegenständen, die ich nicht sogleich immer in meinem Kopf unterzubringen wußte, für eine Wirkung auf mich gehabt hat. Ich vergaß immer über das Letzte das Erste völlig und lebe noch jetzo wirklich in einer solchen Verwirrung, daß ich mich, da ich sonst mit kleinen Stadtneuigkeiten Bogen anfüllen könnte, in großer Verlegenheit befinde, aus London und aus dem Wust von Dingen, die ich sagen könnte, so viel klar zu bekommen, als zu einem kleinen Brief nötig ist. Ich habe die See, etliche Kriegsschiffe von 74 Kanonen, den König von England in seiner ganzen Herrlichkeit mit der Krone auf dem Haupt im Parlamentshaus Westminsters Abtei mit den berühmten Gräbern, die Paulskirche, den Lord-Mayor in einem großen Aufzug und unter dem Gedränge von vielen Tausenden, die alle »Huzza!«, »God bless him!«, »Wilkes and liberty!« schrien, gesehen, und zwar alles in einer Woche. Euer Wohlgeboren werden mir gerne glauben, daß dieses alles auf einmal für eine so eingezogene Seele wie die meinige eben das sein muß, was für meinen Körper eine Woche von Doktorschmäusen und Hochzeitsfesten ohne Ruhe und ohne Schlaf sein würden. Außerdem lebe ich hier in einem Hause, wo ich keine Zeit und Ruhe habe, mich zu sammeln, und wie an einem Hofe, ich muß mich des Tags zweimal ankleiden, speise um halb fünf zu Mittag und oft um halb zwölf zu Nacht, gewöhnlich in großen Gesellschaften. Geht man aus, so ist die Zerstreuung auf der Straße noch größer, das ungeheure Getöse überall und die Menge von neuen Dingen, wohin man nur sieht; das Gedränge von Chaisen und von Menschen sind Ursache, daß man gemeiniglich spät oder wohl gar nicht dahin kommt, wo man hin will. Mir ist es neulich so gegangen, ich ging aus mit dem festen Entschluß, nach Herrn Dieterichs Korrespondenten auf dem Strand zu gehen, allein ich blieb, ehe ich hinkommen konnte, an Silberboutiquen, Boutiquen von indianischen Waren, Instrumenten und dergleichen hängen, daß ich kaum Zeit hatte, noch zur rechten Zeit zum Ankleiden nach Haus zu kommen, und Herrn Elmsleys Haus wurde bei dieser Expedition nicht erreicht. Die Plätze, die ich besehen habe, habe ich in der Chaise des Lord Boston und in seiner Gesellschaft besucht, sonst läge ich vielleicht noch jetzo in einer Herberge zwischen hier und St. Pauls. Weil ich vermutlich mit den jungen Adams und eher, als ich glaubte, wieder zurück nach Göttingen kommen werde, so verspare ich alle Beschreibungen von dem, was ich gesehen habe, bis dahin. Ich wünschte gerne hier zu bleiben, es müßte aber notwendig in andern Umständen sein als jetzo. Man hat mich hier so aufgenommen und begegnet mir mit einer Achtung, die ich auf keine Art erwarten konnte, aber ich muß mich dafür zu einer Lebensart gewöhnen, die ich im künftigen nie brauchen kann und wozu es überhaupt mit mir zu spät ist und die ich äußerst hasse. Sollte ich gar anfangen, ein Vergnügen daran zu finden, so wäre ich völlig verloren. Desto angenehmer sollte es mir aber sein, wenn ich mehr für mich und niedriger leben könnte, wenn ich gleich dieses Glück mit Verrichtungen erkaufen sollte, denen ich mich zu Hause nicht unterziehen würde. Ich habe schon einige sehr vornehme Freunde hier, worunter ich auch den Lord Marchmont zählen kann, der neulich öffentlich im Parlamentshaus mit mir sprach und des Tags darauf mich auf

meiner Stube ganz allein besuchte, aber ich getraue mir keinen solchen Vorschlag zu tun, weil ich gewiß dadurch den alten ehrlichen Lord Boston äußerst beleidigen würde.
Ich habe mich mit Lord Marchmont über allerlei Gegenstände unterredet. Man hält ihn hier für einen der größten Staatsmänner und Köpfe in England, er ist dabei ein großer Liebhaber der Mathematik und Physik und hält außerordentlich viel auf Göttingen und die Deutschen. Mit der hiesigen Königlichen Sozietät ist er gar nicht zufrieden und sagt, daß gemeiniglich die unbeträchtlichsten Sachen abgelesen würden, er wollte nicht einmal, daß ich hineingehen sollte. Als ich ihn nach der Ursache dieses Verfalls fragte, so antwortete er mir mit einem Achselzucken.
Göttingen steht hier in einer allgemeinen Achtung, ich werde überall nach der Einrichtung gefragt, und jedermann wundert sich, daß man keine englische oder französische Beschreibung davon habe. Ich dächte, man könnte mit leichter Mühe diesem Verlangen willfahren. Es brauchte ja keine völlige Übersetzung der Pütterischen Beschreibung zu sein, denn ich zweifle, ob diese ihr Glück hier bei dem Frauenzimmer machen würde, das sich doch vorzüglich darum bekümmert. Wenn Göttingen daran gelegen ist, daß es von Engländern besucht wird, so ist dieses unumgänglich nötig, denn sonst werden nur immer junge Offiziere dahin geschickt, größtenteils der deutschen Sprache wegen, die sie doch zugleich mit Deutschland in ihrem allem Studieren gerade entgegenlaufenden Dienst und Lebensart wieder vergessen, da, wenn diese Universität von andern besucht würde, die Aufnahme der ganzen deutschen Literatur in England befördert werden könnte. Es dürften nur noch einige Lords Marchmonts sein, und doch versteht dieser nicht einmal Deutsch, sondern kennt nur die lateinischen Deutschen und die übrigen aus den Beschreibungen seines Sohnes. Ich kenne hier einige vornehme Frauenzimmer, die eine Beschreibung von Göttingen beim Tee so begierig lesen würden als den ›Public Advertiser‹.
Es kommt seit einiger Zeit hier ein Blatt heraus: ›The Whis-

perer‹, das wieder voller Schmähungen gegen die Regierung und den König ist, man macht sich aber hier nicht viel daraus, und wie man mir die Sachen erklärt hat, ist alles nicht so gefährlich, als man es in der Ferne halten muß. Morgen wird Wilkes losgelassen, jedermann ist voller Erwartung, was es geben wird, einige glauben, die ganze Stadt werde müssen illuminiert werden, die meisten versprechen sich eine größere Stille als bei andern Gelegenheiten. Nun weiß ich, was englischer Pöbel ist. Wir kamen am zweiten Feiertag bei Ludgade Hill just mitten unter den Trupp, der sich durch viele Straßen durch erstreckte, sie wollten den Lord-Mayor, den großen Freund von Wilkes, der mit großem Pomp nach der Kirche fuhr, empfangen. Wir saßen in Lord Bostons Chaise, das sicherste war für eine Chaise mit Wappen, stillezuhalten und zu tun, als wäre man aus gleicher Absicht mit dem Trupp hierher gekommen. Dieses gefiel dem Trupp, der sich freute, gleichsam eine Hofkutsche auf seiner Seite zu sehen, ich hatte das Glas heruntergelassen und sah mit einem sehr neugierigen Gesicht heraus; alle, die vorbeigingen, beguckten die Wappen an der Kutsche, sahen mir freundlich ins Gesicht, und etliche schrien, indem sie auf die prächtige Livree und die Chaise wiesen: »There is Wilkes for you, damn me! Wilkes and liberty, huzza!« und gingen, ohne uns nur das mindeste zuleide zu tun, weiter. Was für Gesichter ich da gesehn habe, läßt sich unmöglich beschreiben, halbnackende Männer und Weiber, Kinder, Kaminfeger, Kesselflicker, Mohren und Gelehrte, Fischweiber und Frauenzimmer in großem Staat, alles war in sich selbst vergnügt und jedes mit seiner eigenen Grille berauscht und schrie und lachte, ohne jemanden zu kränken. Ich denke, ein Trupp mutwilliger Studenten ist viel gefährlicher als 10 000 solcher Leute, gegen jenen kann oft keine Art von List schützen, da ein englischer Anzug und ein bißchen Verstellung hier jedermann sicherstellt. Ich werde ehestens mehr schreiben und erwarte Ew. Wohlgeboren Befehle. Ich werde, wenn mich der Brief noch antrifft, alles mit der größten Genauigkeit besorgen. Herr von Irby sowohl als Herr von Swanton empfehlen sich Ihnen, und ich verharre zeitlebens

Ew. Wohlgeboren ergebenster Diener
G. C. Lichtenberg

An Johann Christian Dieterich

London, den 19. April 1770

Liebster Herr Gevatter

Für Ihr Gutsagen bin ich Ihnen unendlich verbunden als einem Freunde in der Not, deren ich noch sehr wenige gehabt habe. Ich hoffe bald wieder zurück zu sein, weil ich meine Rechnung nicht so finde, wie ich glaubte, ohnerachtet ich so recht lebe, was ein darmstädtischer Oberförster glückselig nennen würde, und ich wünsche jeden fetten ehrlichen Mann, der auf Essen und Trinken reiset, an meine Stelle. Mit einem Wort, ich lebe (wider meinen Willen, das ist das schlimmste) recht kurfürstlich und bin überzeugt, wenn ich einen Sommer so fortlebte, so könnte mein Geschmack vielleicht überstimmt werden und in eine ewige Dissonanz mit meinem Beutel geraten. Der Engländer speist simpel, sagt man, das ist wahr, man findet wenige zusammengesetzte Gerichte, aber der einfachen Dinge sind bei ihnen eine solche Menge, daß es Torheit sein würde zusammenzusetzen. In ihren Weinen sind sie unerschöpflich. Man ißt erstlich zu Mittag, und dann wird zu Mittag getrunken, zwei ganz verschiedene Dinge, bei dem letzteren sind keine Frauenzimmer mehr, dieses aus allerlei Ursachen; erstlich, damit sie die Staatsgeheimnisse der Männer nicht entwenden, und zweitens, damit ihnen keine Geheimnisse entwendet werden; beim Tee kommt man wieder zusammen, dieses dauert nicht lang, und jede Partei hält ihre Geheimnisse diese kurze Zeit über so gut, als sie kann. Des Abends oder deutsch des Nachts geht es nicht besser, mit Essen und Trinken meine ich, denn mit den Geheimnissen geht es ganz ausgemacht schlimmer. Oh, das ist erbärmlich, da ist an kein Teetrinken zu gedenken. In London ist alles feil, was man in andern Ländern gar nicht ums Geld bekommen kann und was man ganz umsonst hat, alles durcheinander zu allen Stunden des Tags in allen Straßen auf allerlei Art zubereitet, gekleidet, gebunden, gefaßt, gepackt, ungebunden, geschminkt, eingemacht, roh, parfümiert, in Seiden und in Wolle, mit oder ohne Zucker, kurz, was der Mensch hier nicht haben kann, wenn er Geld hat, das suche er beim Urgroßvater seliger in dieser greifbaren Welt nicht, wahrlich nicht. Ich schreibe sonst nicht gerne vom Frauenzimmer, und fast niemals tue ich es, es müßte denn das Frauenzimmer, von dem oder der Mann, an den ich schreibe, etwas Außerordentliches sein. Nun befinde ich mich in einem Fall, wo beides eintrifft, und deswegen will ich mich einmal recht müde vom Frauenzimmer schreiben. Sobald man den Fuß in England setzt (ich setze aber voraus, daß man noch etwas mehr hat als Füße), so fällt dem sogleich in die Augen die außerordentliche Schönheit der Frauenzimmer und die Menge dieser Schönheiten; dieses nimmt immer je mehr und mehr zu, je näher man London kommt. Wer sich von dieser Seite nicht recht sicher weiß, für den weiß ich nur ein einziges Mittel: Er gehe sogleich mit dem nächsten Paketboot nach Holland zurück, da ist er sicher. Ich habe in meinem Leben sehr viel schöne Frauenzimmer gesehen, aber seitdem ich in England bin, habe ich mehrere gesehen als in meinem ganzen übrigen Leben zusammengenommen, und doch bin ich nur zehn Tage in England. Ihr außerordentlich netter Anzug, der einer göttingischen Obstfrau einiges Gewicht geben könnte, erhebt sie noch mehr. Die Aufwärterin, die mir täglich Feuer in das Kamin macht und mein Bett wärmt (mit der Bettpfanne versteht sich, Gevatter), kommt zuweilen mit einem schwarzen, zuweilen mit einem weißen seidenen Hut und mit einer Art von Schlender in die Stube, trägt ihre Bettpfanne mit so viel Grace als manche deutsche Damen den Parasol, kniet vor dem Bette in diesem Anzug mit einer Nonchalence nieder, daß man glauben sollte, sie hätte 40 solche Schlender, und spricht dabei ein Englisch, so wie es in Euren besten englischen Büchern kaum steht, Gevatter. Wenn Euer Herz etwas aushalten kann, so kommt herüber, ich stehe Euch dafür, Ihr sollt das Englische weghaben, ehe Euch das Bette vierzigmal ist gewärmt worden. Von diesen Kreaturen wimmeln alle Straßen, die schönsten sind die Putzkrämerinnen, ›milliners‹, wie sie die Engländer nennen, und eine solche war es, die den Lord Baltimore 120 000 Taler gekostet hat, und noch eine andere Gattung, von denen ich nichts zu sagen weiß, als daß man kein Exempel hat, daß sie den Leuten Kosten von 120 000 Talern gemacht hätten. Mit einem Wort, das Poenitere, das dem Demosthenes einmal so erschrecklich hoch angeschlagen wurde, daß er es nicht kaufen konnte, steht hier niedriger als in der ganzen Welt. Wenn Sie diese sehr gelehrte Stelle nicht verstehen, so lassen Sie sie sich erklären. Es war mir hier unmöglich, modest und plan zugleich zu sein. Vom vornehmen Frauenzimmer habe ich über 200 in einem einzigen Saal, im Hause des Lords, gesehen, stellen Sie sich vor, 200, wovon eine jede dem Lord Baltimore wenigstens 150 000 Taler wert gewesen wäre, dieses macht 200 mal 150 000, das ist schon 30 Millionen Taler, die bloßen Frauenzimmer, wie sie Gott erschaffen hat, ohne ein Körnchen von Diamanten und Spitzen und Perlen u. dgl. in Anschlag zu bringen. Das ist ein Kapital! Nun bin ich doch auch wirklich müde, von den Engländerinnen zu schreiben, und ich denke überhaupt, wenn man nicht lange hierbleiben kann wie ich, so ist besser, zu gucken als zu schreiben. Unterdessen verbitte ich, diese Nachricht vom englischen Frauenzimmer in den ›Gothaischen Kalender‹ einzurücken, nicht meinetwegen, sondern des deutschen Frauenzimmers wegen. Die Damen von Lima kann man ihnen loben, solange man will, allein das englische Frauenzimmer ist ihnen etwas zu nah. Man liest in der Geschichte, daß die Niedersachsen schon einmal nach England haufenweise marschiert sind, man gibt sehr tiefsinnige politische Ursachen als den Grund davon an, man hat aber dieses gar nicht nötig, die guten Sachsen liefen von ihren Weibern weg. Also kein Wort muß von meiner Beschreibung in den Kalender ...

Verzeihen Sie mir die vielen Possen, die ich in diesen Brief zusammengeschrieben habe. Wenn ich die Ehre haben werde, Sie wiederzusehen, so sollen Sie genug hören, denn, wie gesagt, es ist schwer, modest und plan, und ebenso schwer, vollständig und kurz zu sein. In einer Stunde gehe ich nach dem Tower. Vorgestern des Nachts waren viele Straßen wegen der Befreiung des Wilkes erleuchtet, aber ohne sonderlichen Tumult, Wilkes ist auf das Land gegangen, er nimmt als ausgemacht an, daß er Mitglied vom Parlament ist, und wird ehestens seinen Sitz nehmen wollen; tut er dieses, so wird es große Unruhe setzen, denn man hat sich schon gefaßt gemacht, ihn alsdann sogleich nach Newgate, das ist das gemeine Stockhaus, zu bringen. Vermelden Sie meine Empfehlung an die werteste Frau Gevatterin von mir und den beiden Herren. Herr von Swanton zieht bis Donnerstag auf die Wache. Zeigen Sie diesen Brief nicht jedermann. Ich bin

Deroselben
ergebenster Freund und Diener
G. C. Lichtenberg

Soeben, da ich meinen Brief schließe, schickt der König seinen Kammerdiener an mich und läßt mir zu wissen tun, daß er seinen Astronomen besondere Ordre erteilt habe, mir alles genau zu zeigen, und daß ich mich nächsten Sonntag nach Richmond begeben soll.

An Johann Christian Dieterich und Frau

Hannover, den 5. März 1772

Ihr guten Leute, Frau und Mann.

Unter handgreiflichem Schutz des Himmels, der mich mit Sonnenschein und Lerchengesang von Ayrers Garten an bis an das Calenberger Tor begleitet hat, bin ich vorgestern bei guter Gesundheit hier eingetroffen. Ich logiere am Ende der Marktstraße, da wo sie anfängt, die breite Straße zu heißen, nahe bei der Ägidienkirche. Mein Wirt ist ein Glaser namens Metmershausen, ein solcher Philister, als jemals einer pereieret worden ist; die Frau Glaserin, die ich künftig immer ›Frau von Metmershausen‹ nennen werde, scheint mir eine gute Frau zu sein, sie kleidet sich hoch und geht nicht viel niedriger, scheint aber zu fühlen, daß ein Göttingischer Professor beinah soviel ist als ein Hannöverischer Glaser, deswegen, glaube ich, wollen wir ganz friedlich zusammen leben. Meine Aufwärterin ist für eine Hannöverische ziemlich schön, hat aber auch den Fehler, daß sie besser von hinten aussieht als von vornen, wovon das erste seinen Grund in der niedlichen Kleidung und das letztere im Gesicht hat, ich sehe sie deswegen auch gemeiniglich erst an, wenn sie hinausgeht.

Mein Stübchen ist ganz nett, nur mein Bett gefällt mir nicht, es ist so schmal, daß vorige Nacht mein linkes Bein außerhalb desselben schlafen mußte, ich ziehe aber in acht Tagen eine Etage herunter, wo ich überhaupt ein feineres Zimmer bekommen werde. Übrigens lebe ich völlig wieder wie ein Bursche hier, aber wie ein Bursche, der keinen Traugott und keinen Pedell zu fürchten hat, in einer sehr volkreichen Stadt, deren Tugend und Laster ich durch meinen Beitrag nicht um eines Senfkörnchens Wert leichter oder wichtiger machen kann.

Euer aufrichtiger Freund Lichtenberg

An Johann Christian Dieterich und Frau

Hannover, Mittwoch, den 11. März 1772
bei einem entsetzlichen Wetter

Liebes Gevatterpaar

So wert mir auch sonst Dieterichs Briefe sind (denn wirklich schmachte ich jetzt recht nach ihnen), so habe ich doch bei

dem letzten über der Verbrämung beinah vergessen, den Stoff selbst anzusehen. Über der Verbrämung, denn so nenne ich mit Recht die wenigen Zeilen, die seine Frau an den Rand geschrieben hat, ich habe sie mit einer kleinen englischen Schere von den Relationen von Kriegsgeschrei, Sermon und Feuerwerkerei, wo sie nicht hingehören, sorgfältig abgeschnitten und in das kleine Büchschen gesteckt, in welchem ich allerlei kleine Raritäten und Siegeszeichen aufbewahre, Dinge, die zusammen noch kein halbes Lot wiegen, nach Gumprechts Gewicht, allein auf Yoricks Waage gewogen, du lieber Gott, den Gumprecht und seine ganze Herrlichkeit so sicher aufwiegen als Spickermann mich. Ich hatte just die vorige Nacht von dem Kanapee geträumt und repetierte soeben meinen Traum hinter dem Fenster (denn ich repetiere meine Träume und präpariere mich auf sie), als mir der verbrämte Brief in die Hand gegeben ward, ob zur glücklichen oder unglücklichen Stunde, weiß ich nicht, genug, heute wird wohl schwerlich an etwas anderes als an das Kanapee gedacht werden können, wenn ich nicht Gewalt brauche und von andern Dingen zu schreiben anfange, wozu ich denn jetzt gleich Anstalt machen will. – Frau von Metmershausen ist sehr höflich und akkordiert mir alle Tage etwas mehr. Von Anfang versagte sie mir sogar Lichtscheren, Gläser und dergleichen, jetzt bin ich schon an ihr Weißzeug gekommen; da sie sieht, daß ich wirklich ein Mensch bin, der zu leben weiß, der wieder dient, wo er kann, und der, wenn ihm auch alle Tugenden fehlen, gewiß nicht geizig und nicht undankbar ist; so ist sie wieder gefällig, ich wollte sie um einen Finger wickeln, allein das ist meine Sache nicht, Weiber um Finger zu wickeln.
So ganz wohl kann ich nicht sagen, daß ich gewesen bin. Mein rechtes Auge ist mir seit gestern förmlich entzündet, ein Umstand, den ich nie gehabt habe, ich weiß nicht, woher es kommt, versündigt habe ich mich mit meinen Augen seit meines Hierseins noch nicht, hingegen habe ich gestern jemanden im Dunkeln die Hand gedrückt, und doch ist meine Hand so gesund, zwar für unerkannte Augensünden

stehe ich auch nicht, wenn ich aber einmal weiß, daß Augen eher bestraft werden als Hände, so kann ich ja wohl dem Schicksal die kleine Gefälligkeit erzeigen und allemal das Licht auslöschen.

Nun, ehe ich es vergesse, wenn ich rote Tinte hätte, so wollte ich folgende Zeilen damit schreiben: Zeige meine Briefe nur sehr wenigen Personen, so bekommst Du immer offenherzigere, sündigst Du aber darwider (und wenn Du sündigst, so erfahre ich es gleich), so bekommst Du, so wahr ich jetzt Dein Freund bin (die heiligste Versicherung, die ich kenne), keine Zeile mehr oder wenigstens solche Zeilen, die so gut sind als keine. – Die Magd im Hause und ich sind etwas weniger fremd gegeneinander, sie ist ein ganz sonderbares Geschöpf; sie kommt selten auf meine Stube, ausgenommen wenn sie das Bett macht; wenn sie zur Tür hinausgeht, so dreht sie sich herum und sagt mit einem Knicks: »Ich empfehle mich Ihnen«, und zuweilen, wenn es die Zeit trifft, wünscht sie mir gesegneten Kaffee, alles in vollem Ernst, jedoch nicht ohne das Gewürz von Freundlichkeit, das Mädchen ihres Standes an alle Komplimente werfen, die sie Standespersonen vorsetzen. Wenn sie mein Nachtgeschirr hinausträgt, so wird sie gemeiniglich rot, und dann sieht sie ganz artig aus. Eine seltsame Verbindung von Ideen, denke ich, muß jetzt unter jener Haube gemacht werden, um bei einem Nachttopf zu erröten. Hier habe ich schon zwei gesehen, die ich in Göttingen gekannt habe, und habe sie alle beide gegrüßt, doch hiervon mehr ein andermal.

Heißt das nicht geschrieben? Vier Seiten in Folio, und doch habe ich schon einen Brief an Kästner und einen an Herrn Baumann geschrieben, und einen bekommt Herr Boie noch. Nun will ich mich aber auch wahrlich empfehlen. Frau Gevatterin, wegen des Rotlaufs küsse ich Ihnen die Hände und Dich, Gevatter, recht fest auf die Lippen und bin mit einer angestammten Aufrichtigkeit Ihr ganz ergebenster Freund und Diener

G. C. Lichtenberg

An Johann Christian Dieterich

Hannover, den 21. März 1772,
sonnabends morgens um 8 Uhr

Guten Morgen zum erstenmal auf meiner neuen Stube, die noch einmal so groß und noch einmal so schön ist als meine andere. Gleich bei meinem Aufstehen diesen Morgen, als ich zum erstenmal an das Fenster in dieser Stube trat und das gläserne Schild betrachtete, das mein Wirt ausgehängt hat (des bessern Applausus wegen vermutlich), machte ich sogleich eine Entdeckung, die ich notwendig angeben muß, weil sonst im künftigen viel kritisches Blut verschwitzt oder gar verspritzt werden könnte, um mich mit mir selbst zu vereinigen, da es doch in diesem Stück unmöglich ist. Du und ich haben uns nämlich beide in dem Namen meines Wirts geirrt, er heißt nicht Mettmershausen mit zwei t, auch nicht Metmershausen mit einem t, noch viel weniger Meckmershausen mit einem ck, wie Dieterich und sein Anhang bloß gemutmaßet haben, sondern Mechmershausen mit einem ch, ich habe dieses von dem Originalschild diesen Morgen abgeschrieben und nach der Hand noch einmal verglichen, um allen Einwürfen vorzubeugen, die etwa von meinen jetzigen bösen Augen könnten hergeholt werden. Ich schätze mich in der Tat recht glücklich, daß ich noch bei meinen Lebzeiten den Samen zu unendlichen Streitigkeiten gleichsam in der Geburt erstickt und dadurch dem immer mehr einreißenden gedruckten Packpapier nach Vermögen steure. Glaube nicht, Gevatter, daß dieses leeres Geschwätz sei, die Hälfte der Bücher, die Du hast, handeln von solchen Materien, wie Dir die Herren Boie und Falck erweisen können, und unnütze Quartanten würden weggefallen sein, wenn sich mancher Mann hätte die kleine Mühe nehmen wollen, einen Riegel von einem Quartblättchen, wie ich hier getan habe, vor das rechte Loch zu schieben. Nachdem ich nun einer der heiligsten Pflichten, ich meine der Pflicht gegen unsere Ururenkel, ein Genüge getan, so gehe

ich mit desto größerer Leichtigkeit mit Herz und Feder an die Beantwortung Deines Briefs.
Er wurde mir gestern abend in einer starken und vergnügten Gesellschaft bei Herrn Kriegssekretär Ramberg, zugleich mit einem Glas Punsch, in die Hand gesteckt; weil mir die Wahl zwischen einem Glas Punsch und einem Brief von Dir nie schwerfällt, so hatte ich wirklich Deinen Brief schon ganz offen in der Hand, ehe ich einmal dachte, daß der Kerl auch noch Punsch hätte. Er ist von Dieterich, sagte ich zu Schernhagen, der neben mir saß. Nun, der gute Dieterich schreibt doch auch recht fleißig an Sie, sagte der Mann mit seinem ehrlichen Ton; eine vortreffliche Gelegenheit, dachte ich bei mir selbst, Dieterichs Gesundheit zu trinken, und nun nahm ich den Punsch, schloß Christelchen mit ein, und das hieß ich mir Punsch. Das Rezept kann ich Euch geben: Ihr nehmt etwas Arrak und etwas Wasser und Zitronen und Zucker, dann (schade nur, daß es kein Gewürzkrämer verkauft) schließt ein empfindliches Herz ganz der Erinnerung an Eure Freunde auf, und wenn Euch die Hoffnung, sie wiederzusehen, Freudentränen in Euer Auge treibt, so trinkt geschwind auf ihre Gesundheit, das ist der wahre Punsch und der wahre Komment.
Mein Gott, was für ein Bauernmädchen habe ich soeben gesehen! Sie hatte eine feine Serviette über den Kopf geschlagen und unter dem Kinn zugesteckt, ich kann noch nicht begreifen, woher ich weiß, daß sie eine Serviette um den Kopf hatte, denn meines Wissens habe ich ihr nur immer grade auf die Augen und auf den Mund gesehen. Zum Unglück hatte sie nichts zu verkaufen, was ich brauchte, und umgekehrt, was ich brauchte, verkaufte sie nicht. Gütiger Gott, dachte ich bei mir selbst, was sind doch alle irdischen Apothekeraugen Salben, gegen die deinigen gerechnet, und mit diesem Gedanken kehrte ich meine Augen weg, damit so wenig als möglich von der Salbe auf das Herz fiele. Ich wollte Deinen Brief beantworten, und da kam das Bauernmädchen dazwischen, also nun, da es weg ist, so wollen wir an unsere Arbeit.

Du schreibst mir, Du hättest schöne Regensburger Mädte bekommen, weil man nun bei mir der Meth sagt, so verfiel ich in einen lächerlichen Fehler und dachte, Du hättest Regensburger Mädchen gemeint (ganz ohne Scherz). Nun dachte ich: Noch mehr schöne Mädchen, wo will das hinaus. Ich las weiter: ›die wie ungarischer Wein schmecken‹. Was Henker, Regensburger Mädchen schmecken wie ungarischer Wein, das ist doch sonderbar, aber das muß ich sehen, wenn ich nach Göttingen komme, nun weiter: ›und haben wir Deine Gesundheit darin schon etliche Mal getrunken‹. Dieses verstand ich nicht, und nun fing ich an zu glauben, das ganze sei eine Allegorie oder ein Mißverständnis von meiner Seite, und es war das letztere wirklich; mußte auch wohl eines sein …

An Johann Christian Dieterich

Hannover, 8. April 1772

…Mit meiner ›Meßkunst für Eheleute‹, an der ich zuweilen schrieb, wenn ich einmal ganz für mich lachen wollte, hat es neulich ein seltsames Ende genommen. Ich wollte mir ein Buch nähen.

»Heinrich«, sagte ich, »gebe Er mir eine Nadel, Zwirn habe ich.« Der Kerl ist ein Schneider und hat Nadeln und Zwirn immer bei sich.

»Was für eine, Herr Professor?«

»Eine für meinen Zwirn, Heinrich.«

»Hier ist eine, Herr Professor.«

»Aber Wetter, in diese Nadel bringe ich den Zwirn nicht, das Öhr ist viel zu klein.«

»Sie müssen ihn einmal mit den Fingern spitzdrehen, so geht es, Herr Professor.«

»Nicht doch, die Nadel gefällt mir, aber gebe Er mir bessern Zwirn, der geht nicht.«

»Können Sie diesen brauchen, der ist feiner.«

»Heinrich, der ist zu fein, der taugt zum Büchernähen nicht, eine größere Nadel, geschwind, und den alten Zwirn, ich kann da nicht stundenlang einfädeln.«

»Ja aber, Herr Professor, wenn Sie es so machen wollen, so werden Sie in Ewigkeit nicht welche treffen, die so sind, wie Sie sie haben wollen, es kommt auf den Vorteil an, so kann man sie alle brauchen.«

»Heinrich«, sagte ich, »nehme Er einmal das Büchelchen dort, ich habe es geschrieben, und stecke Er es in den Ofen.«

»Warum das?«

»Nichts, es steht etwas drinnen, das ich noch gestern für neu hielte, aber ich sehe, es ist nichts Neues unter der Sonne, man weiß alles schon.« Und damit flog die ›Meßkunst für Eheleute‹ in den Ofen.

Von dem Hut, den ich nicht aufsetzen konnte, habe mich vorige Woche scheiden lassen, und ich trage nun einen hannöverischen ...

Vor allen Dingen grüße mir die beiden Jungferköchinnen Marie und Regine, ich esse zuweilen gern etwas Gutes, deswegen lasse ich keine Köchin unge---grüßt. Vergesse es ja nicht, ich habe meinem Spion sub Nr. 3 schon Befehl gegeben, sich zu erkundigen, ob es ausgerichtet worden ist. Wenn Du es nicht tust, so tut es Herr Falck für mich, der ja wohl Marie und Regine sieht. Regine muß zugleich wissen, daß sie mir mein Bette in der Kammer, die in den Hof geht, parat hält, denn ich besteige es sehr bald, aber doch Dein Kanapee noch eher.

Ich muß alle Nacht geladenes Gewehr in der Stube haben, weil in Hannover so wie in Göttingen die Leute nicht alle gleich ehrlich sind und es etliche gibt, die den Weg nach dem Galgen durch die Gartenhäuser nehmen.

den 9. April

Heute regnet es den ganzen Tag entsetzlich. Unter meinem Fenster blüht ein Aprikosenbaum. Ich habe eine Schwalbe gesehen. Ich habe etwas Kopfschmerzen. Dieser Absatz klingt fast, als wenn man Phrases in einer Grammaire liest, also geschwind nach der Grammaire:

Je suis le Vôtre.
G. C. Lichtenberg

Christelchen soll ehestens einen Brief haben, wo nicht, so sage ich ihr die Ursache auf dem Kanapee selbst mündlich.

An Christiane Dieterich

Hannover, den 26. Juni 1772

Sie können nicht glauben, was für ein Abend es gewesen ist. Die Luft, die den ganzen Tag über beinah in einem kochenden Zustand gewesen war, fing nun an, in dem entzükkendsten Gleichgewicht zwischen Wärme und Kühlung, welches allein schon in allem Fleisch die schönsten Empfindungen hervorbringen kann, stillezustehen. Von dem angenehmen Wasser bei meinem Garten wurde ein so feiner Himmel zurückgeworfen, als man nur immer zu Darmstadt sieht. Einige Schwäne, die einen feinen Abend ebensogut zu schmecken wissen als das Geschöpf, dessen Busen zu malen die Dichter oft die Farbe des Schwanes borgen, plätscherten in dem Widerschein des Himmels, nicht weit von einem natürlichen Kanapee, in welches ich mich geworfen hatte. Da lag ich, anfangs fuhr noch dann und wann ein kleines Wünschgen durch meinen Kopf, das mich etwas beunruhigte, bis es endlich ebenfalls in mir zu einem Gleichgewicht kam, zu welchem mich die Natur einzuladen schien und welches ich für einen so reizenden Zustand, vielleicht für den zweiten Rang in dieser Welt erkenne, daß ich ihn zur Bezeugung meiner Menschenliebe allen rechtschaffen zum guten Morgen wünsche …

An Johann Christian Dieterich

Hannover, 26. August 1772

Lieber Gevatter!

Künftigen Montag gehe ich durch einen kleinen Umweg, den ich aus Neugierde mache, nach Osnabrück ab, und die Historie hat hier ein Ende.

Ich weiß nicht, ob ich Dir viel schreiben werde, aber gern werde ich von Dir lesen, laß Dich durch mein Stillschweigen nicht abhalten. Bei den Briefen ist das Kriegen angenehmer als das Machen. Jetzo ist es wenigstens bei mir so, wie lange es währen wird, weiß ich nicht. Ich schreibe sehr ungern jetzt, seitdem ich in Göttingen gewesen bin, glaube ich. Ich bin so kalt, so kalt gegen alles, ein Bettelmädchen von 16 Jahren ausgenommen, die ich im Junius kennenlernte und die jetzt eins von meinen Hemden trägt, daß ich immer bete, Gott erhalte mir meine guten Freunde, bis ich wieder warm bin. Grüße, wer sich meiner erinnert. Und nun kein Wort weiter aus Hannover, als daß ich bin

Dein
G. C. Lichtenberg

An Johann Christian Dieterich

Im Lande der Schinken und des Pumpernickels
Osnabrück, den 7. September 1772

Nach einer Reise von fünf Tagen bin ich endlich von Hannover hier angelangt. Ich habe noch wenig Reisen getan, wo Zeitvertreib mit Langerweile so sehr abwechselten als auf dieser. Wenn wir (ich und Herr Rektor Sextrow aus Hannover) einen halben Tag in einer angenehmen Gesellschaft zugebracht hatten, gerieten wir wieder einmal in einen Torfmoor, woraus uns erst ein Bote und eine gute Vorspann ziehen konnte. Übrigens hatte mich der Himmel mit einer guten Dosi von guter Laune versehen, die mir die verdrießlichen Stunden der Reise sehr versüßte. Von den angenehmen will ich Dir jetzt eine kurze Nachricht geben, von den unangenehmen, wenn ich es nicht vergesse, sollst Du künftig einmal hören.

Bei Hagenburg, drei Meilen von Hannover, ließ ich mich über das berühmte Steinhuder Meer nach der von dem Grafen von Bückeburg daselbst angelegten Festung Wilhelmsstein bringen. Auf der Hinreise war ich eine ganze Stunde zu Wasser, zurück aber nur eine halbe, eine sehr angenehme Tour. Des Nachmittags reiste ich nach Rehburg zu dem berühmten Brunnen, an diesem Ort lernte ich den Herrn Stiftsamtmann von Drontheim, Oeder, kennen, und habe mich lange mit ihm unterhalten; Dir wird er als der Herausgeber der ›Flora Danica‹ bekannt sein. In Rehburg faßte ich den Entschluß, dem Herrn Westfeld und Herrn Herder in Bückeburg einen Besuch abzustatten und von da nach Preußisch Minden zu gehen, um das Schlachtfeld zu sehen. Du weißt, wie schwer es mir wird nachzulassen, wenn ich einmal eine solche Favoritidee im Kopf habe, also mein etwas geiziger Begleiter wurde überredet, dem Fuhrmann eine Zulage versprochen und nun frisch auf Bückeburg zugefahren, die Nacht blieben wir in Stadthagen, der Vaterstadt des Büsching, wo über dem Begräbnis der Grafen von Bückeburg ein Monument steht, das selbst der Abtei von Westminster zur Zierde gereichen könnte. In Stadthagen im Wirtshaus stieg meine Laune aufs höchste; weil niemand da war, dem ich Salzgurken in die Hosen stecken konnte, so nagelte ich alle die Porträts in der Stube verkehrt an, mit den Köpfen unten, dem Mädchen im Hause hielte ich einmal eine glühendheiße Tabakspfeife an den Arm, meinst Du, daß sie gezuckt hätte?

Des andern Morgens wurde nach Bückeburg angespannt, wo wir um zwölf Uhr wirklich eintrafen. Wir gedachten nur eine halbe Stunde dazubleiben, um etwas zu essen und dann noch ein Stündchen für Herrn Westfeld und Herrn

Herder zuzuschneiden. Aber mein Gott, kaum hatten wir uns bei Herrn Westfeld ansagen lassen, als er schon gerennt kam und es für uns schlechtweg unmöglich machte wegzugehen; wir mußten nach seinem Hause, wo wir auf eine Art aufgenommen wurden, die ganz wider meine Erwartung war. Du kannst nicht glauben, wie vortrefflich er eingerichtet ist. Herr Herder wurde gerufen, seine Schwester, der es an Geist und Leib nicht fehlt, schenkte ein, und so saßen wir bis nachts um zwölf, nicht zu vergessen, daß uns seine Frau ein niedliches Souper bereitet hatte. Ich schlief die Nacht in seinem Brautbette, besah des folgenden Tags die Merkwürdigkeiten des Schlosses, wo aber die größte, nämlich der Graf, fehlte, der kurz vor unserer Ankunft nach Steinhude abgereist war, wo man schon, als wir noch da waren, Anstalten zu seinem Empfang gemacht hatte. Es wurde noch einmal zu Mittag gegessen, alsdann ritten Herr Herder und Herr Westfeld nach Minden vor. Wir durchkreuzten das Schlachtfeld miteinander und nahmen endlich von diesen vortrefflichen Leuten in dem Wirtshaus Abschied, worin der Herzog Ferdinand war, als die Schlacht anging, in einem Dorf, das Todtenhausen heißt. Sobald sie uns verlassen hatten, so fing das Glück an, aus der bittern Flasche einzugießen, wir fuhren irr, unser Bote führte uns aus diesem Irrtum in einen andern, endlich mußten wir in einer Hütte einkehren, wo wir unter einem Geschrei von Kindern, die wir unruhig gemacht hatten, einschliefen und beim Aufgang der Sonne von jungen Hühnern, die uns über die Köpfe weg liefen, wieder geweckt wurden, alsdann fuhren wir noch einen Tag und langten endlich hier an …

In Hannover habe ich neulich, eines wenigen Umgangs ungeachtet, in 30 Häusern Abschied zu nehmen gehabt, das war eine Zucht, du lieber Gott. Grüße mir Christelchen und alle, die sich meiner Haut erinnern. Adieu.

An Johann Christian Dieterich

Osnabrück [September oder Oktober 1772]

... Mit dem Schinkenkauf ist es jetzt ganz außer der Zeit; die Leute haben fast meistens nur noch einen oder zwei (ich schwöre drauf, daß dieses ein ernsthafter Gedanke ist), die sie nicht gerne oder doch nur wohl bezahlt hergeben. Pumpernickel hingegen kann man allemal haben, denn die Westfälinger (gottlob, daß die Seite herunter ist) beten täglich: Unsern täglichen Pumpernickel gib uns heut. Also den bekommst Du gewiß nebst ein paar westfälischen Tanzschuhen, die ich schon gekauft habe, worin Du mir bei meiner Ankunft etwas vortanzen sollst. Wenn ich selbst komme, bringe ich auch wohl Schinken mit. Denn Pumpernickel wirst Du kaum und Christelchen gar nicht essen können, es ist beinah, als wenn man das liebe Korn roh äße. Ich habe es oft versucht und ließ mir ein Stück geben, das etwa 20 Bauernbissen enthalten mochte. Ich biß etwas mit einer ernsthaften Miene ab. Solltest du das Brot, so wie es Gott erschaffen hat, nicht essen können, das Brot, das den hiesigen Bauernmädchen die schöne Haut, die Munterkeit und das feste Fleisch gibt? sagte ich und fing an es mit meinen Zähnen zu mahlen, denn das fehlt ihm. Ich kaute fort, es war entsetzlich, zuweilen geriet ich über dem Kauen in ein Lachen und gab die 19½ übrige Bissen den Pferden, zuweilen machte ich andächtige Betrachtungen: Was muß das für ein Gott sein, der Mädchenfleisch aus diesen Sägspänen macht; zuweilen wurde der Einfall mutwilliger. Wir wollen warten, bis sich die Sägspäne verwandelt haben, da sollen sie wohl besser gehen, allemal aber konnten doch die Pferde auf die 19½ Bauernbissen Rechnung machen. Weiter habe ich es noch nicht bringen können, der Pumpernickel vor der Verwandlung in – – ist etwas abscheuliches, nach der Verwandlung aber – etwas, desgleichen kein sterblicher Bäcker je gebacken hat noch backen wird. – Soviel vom Pumpernickel und dessen Verwandlung ...

An Joel Paul Kaltenhofer

Osnabrück, den 12. Oktober 1772

Wertester Freund!

... Mein Observatorium ist fertig, und ich observiere schon sechs Tage, auch die Mondfinsternis habe ich astronomisch gesehen.

Ehe ich mich nach den Sternen wendete, so sah ich erst, wo ich stand, das ist, ich beobachtete die Menschen, mit denen ich zu tun hatte. Sie können nicht glauben, was die gemeinen Leute (denn die vornehmen taugen überall nicht viel in der Welt) für gute Häute und Seelen sind. Was für gute Bildungen, gesunde Farben und treuherzige Gemüter habe ich hier nicht gesehen! Die Bauernmädchen sind fast alle schön, sie gucken alle so grad und unverfälscht aus den Augen, daß sie bei Tage wenigstens jeden mutwilligen Gedanken wieder niederschlagen, wenn er auf will, bei Leuten versteht sich, die wie ich die Mienen etwas buchstabieren gelernt haben. Ihre Sprache ist sehr reich und naiv. Sie sollen 44 Redensarten haben, zu sagen: Der Kerl hat die Flucht ergriffen. Für den Schlitz in einem Mädchenrock haben sie drei Wörter, worunter mir eines vorzüglich gefällt, das mich meine Aufwärterin gelehrt hat, doch mit so vieler Unschuld als ein Schulrektor von sechzig Jahren seine Schüler das Wort Penis. ›Lurklock‹ sagen sie, auch ›Lurckholl‹ (hole heißt noch im Englischen ein Loch) und ›Schröerholl‹, das letzte kann ich nicht analysieren, das erste hat mich deswegen sehr gefreut, weil im Englischen ›lurk‹ soviel heißt als lauern, und würde man also ›Lurklock‹ durch ›Lauerloch‹ übersetzen müssen. Denn das göttingische ›Lorck‹ ist es wohl nicht. Wicht heißt ein Mädchen, wenn es ganz allein steht, in der Zusammensetzung auch überhaupt eine junge Person, unser Bösewicht kommt wohl daher. En Grummel heißt ein Donnerwetter. ›Et is en Grummel in der Lucht‹, heißt, ›es ist ein Gewitter in der Luft.‹ Das ft verwandelt

sich öfter in ch, ›achter‹ heißt hinter und ist das englische ›after‹, die Holländer sagen ebenso.
Am Sonntag vor acht Tagen haben wir das Jubiläum gefeiert. Es wurden, stellen Sie sich vor, fünf Kanonen auf den Markt nur etwa dreißig Schritte vor meinem Fenster hingepflanzt, die des Morgens um acht, des Nachmittags um drei und des Abends um sieben gelöset wurden, zu gleicher Zeit wurden alle Kanonen um den Wall gelöset, wozu meine fünf das Signal waren. Die Katholiken hingegen hatten vor der großen Kirche zwölf hingepflanzt, aus denen sie beinah den ganzen Tag feuerten, so daß ich an diesem Tage (es war just der Tag, da Sie den Brief an mich auf Ihrer Sommerstube schrieben) recht gesättigt worden bin. Auf dem Markt wurde den Leuten und darunter auch mir angedeutet, die Fenster zu öffnen, zu meiner großen Freude, wie Sie sich vorstellen können. Kurz vor acht Uhr legte ich mich mit einer Pfeife ans Fenster in der größten Erwartung, auf einmal, just da ich nach der andern Seite hinsah, ging die erste los. Sie können mir auf mein Wort glauben, die erste Empfindung, die ich davon hatte, äußerte sich gar nicht wie ein Knall, sondern just wie eine Ohrfeige. Ich glaube, ich habe mich in meinem Leben noch nicht so geschwind umgeguckt. Jetzo guckte ich hübsch immer auf die Zündlöcher, und dieses minderte den Schrecken etwas. Am Abend war es außerordentlich schön, als diejenige gelöset wurde, die zunächst an der Marktkirche stand, so kam ein Teil eines Kirchenfensters herausgeflogen, welches mit einem allgemeinen Jubelgeschrei aufgenommen wurde. An diesem Tage war ich etwas ausgelassen, welches ich fast immer bei Kanonaden bin, am Abend trank ich in unsrer Gartengesellschaft in Göttingen Gesundheit während des Grummels von den Kanonen, welches unbeschreiblich angenehm war, ich hätte mir eine von meinen Locken drum abgeschnitten, wenn Sie und Herr Professor Meister hätten bei mir sein können. Sooft eine Kanone auf dem Wall gelöset wurde, wurde allemal der Turm der Marktkirche gegen mir über wie vom Blitz erleuchtet, und dann kam der Schlag. Ich

glaube, ich habe Ihnen schon gesagt, daß man das Fest feierte, weil vor 1000 Jahren Karl der Große die christliche Religion eingeführt hat, des Abends ging es in manchen Straßen her, als wenn man sie ihm zu Ehren wieder abstellen wollte...

An Joel Paul Kaltenhofer

Osnabrück, den 12. November schon! 1772

... Ich wohne ganz am Ende der Stadt (und zwar an dem Ende nach der Speckstraße zu) in einem königlichen Gebäude von einer Etage, also an der Erde. Ich habe zwei Fenster in meiner Stube, wovon das eine so ziemlich gegen Mittag und das andere ebenso ziemlich gegen Morgen liegt. Diese von mir bewohnte Ecke steht in einen Bleichplatz hinein, der dem hiesigen Domkapitel gehört, das hier sein geist- und weltliches Linnen, ich meine Altar- und Tafeltücher, bleicht und trocknet. Alle Nacht halten sich in einer dreißig Schritte vor meiner Stube gelegenen Hütte, aus der meine beiden Fenster bestrichen werden können, alte Waschweiber auf, die alle im Fegfeuer unsrer Kirche, zwischen Himmel und Erde, ich meine zwischen sechzig und fünfundsiebzig, sind, unsern göttingischen Tabaksraucherinnen so ähnlich als ein Ei pp., nicht doch, als eine Elster der andern. Diese Geschöpfe haben neulich öffentlich und mit hundert Umständen ausgesagt, es wäre in der Nacht vom 3. auf den 4. November um ein Uhr ein Mädchen zu meinem mittäglichen Fenster hineingestiegen und gegen zwei Uhr wieder heraus. Sie waren so bescheiden, es unentschieden zu lassen, ob es in Herzensangelegenheiten oder in Geldangelegenheiten oder in Geld- und Herzensangelegenheiten zugleich geschehen wäre, und zeigten es meinem Bedienten, der die nordöstliche Ecke bewohnt, am folgenden Morgen an. Weil nun dieses Einsteigen durchs Fenster, wenn es auch die Muse Urania selbst gewesen wäre, nicht mit zur Bestimmung der Polhöhe gehört und ich unter den Augen eines geizigen Ministerii nichts tun darf, was nicht einige Beziehung auf latitudinem et longitudinem geographicam dieser Stadt hat, so frappierte es mich nicht wenig, zu sehen, daß die alten Weiber ein Lauffeuer angefangen hatten, in welches gewiß noch vor Abend die Minister, Subalterne und Damen ihre Büchsen, Pistolen und Buffertchen mischen würden. Geh Er hin, sagte ich also zu meinem Bedienten, und sage Er dem Gesindel, sie sollten nicht träumen, wo sie wachen sollten, sonst würde ich auf Mittel sinnen, sie wach zu halten. Mein Heinrich, der sich für die Ehre seines Herrn beschneiden ließe, wenn es darauf ankäme, brachte ihnen diese Pille mit einem bitteren Zusatz aus seinem eignen Kram, so daß es zu einem förmlichen Gackern kam, das dem Lauffeuer noch mehr Geschwindigkeit erteilte, und nun ist es ausgemacht, daß in der Nacht vom 3. auf den 4. November ein Wicht zu dem lüttchen Professor gestiegen sei. Weil ich seit Menschengedenken, glaube ich, der erste Fremde bin, der sich acht Wochen hier aufgehalten hat, und lange, wegen meiner unbegreiflichen Geschäfte allhier, das einzige Gespräch beim L'hombre-Tische und beim Spinnrade gewesen bin, auch viele Osnabrücker in Göttingen studieren, denen ihre Eltern solche Instanzen unserer verdorbenen Natur lieber zuschicken mögen als Geld, so fürchte ich, daß das Märchen schon die Weser passiert hat und seinen öffentlichen Einzug auf dem Masche zu Göttingen ehestens halten wird. Ich habe also für nötig erachtet, ihm diesen Steckbrief nachzuschicken, damit Sie, wenn es Ihnen begegnen sollte, es gleich erkennen und anhalten können. In Göttingen wäre so etwas gleich vergessen, allein hier, wo die Pfaffen und Domherrn allein das Recht haben, Huren zu halten, weil sie das Gelübde der Keuschheit ablegen, wird so etwas schon höher angesehen. Das betrübteste ist, daß ich bei Personen, die ich gerne eines Besseren belehrte, meine Unschuld nicht verteidigen darf (denn ich kann doch mit dem Könige nicht von Hosenlätzen sprechen) und hingegen diejenigen, wo ich es ungescheut tun könnte, mir ohnehin verzeihen würden, wenn auch die Geschichte wahr wäre. Das sind die infamsten Splitter im Fleisch, die man nicht steckenlassen mag und auch nicht herausziehen kann. Verzeihen Sie mir, wertester Freund, daß ich Sie mit solchen Histörchen unterhalte, wenn Sie nur ein einziges Mal dabei gelächelt haben, so bin ich zufrieden. Meine Unschuld verteidige ich gegen Sie nur allein mit der Betrachtung, daß ich zuverlässig das Maul gehalten haben würde, wenn es wahr gewesen wäre. Das Gerücht hat mir die Person noch nicht genannt, die es gewesen sein soll, und ich muß also durch diesen Paß ohne alle Bedeckung marschieren...

An Johann Christian Dieterich

Osnabrück, den 18. November 1772

Lieber Johann Christian.

Hinter einem jungen artigen Frauenzimmer eine sehr helle, steile Treppe hinaufzugehen, das könnte wohl manchen vom Beten abhalten; mich hat es heute abgehalten, noch zu rechter Zeit einen Brief an Dich zu schreiben. Sobald also jener Pflicht ein Genüge getan war, dachte ich an die Erfüllung der andern und beantwortete Deinen Brief. Den Musenkalender und den, welchen Du ohne Vorwissen der Muse herausgibst, habe ich erhalten; für beide danke ich Dir. Ich will Dir auch dafür ein neues Jahr wünschen, ein glückliches, versteht sich. Bei dem Wiegenlied ist mir ein osnabrückisches eingefallen, womit die festen, frischen Westfälinnen ihre Kinder zu Schlafe singen. So geradeweg gelesen ist's nichts als plattdeutsch, wenn es aber H... singt, der Teufel! Könnte Boie das Gedicht mit allen meinen Nebenideen zugleich in das Musenalmanach bringen, er rückte es wahrlich ein.

Hosse, Bosse, upt Jahr twee,
T'ander Jahr
Auck en Paar,
Geiht die Weege immerdar.

Verstehst Du es auch? Gut. – Ich bin,

lieber Dierck,
Dein Diener und Freund
G. C. Lichtenberg

An Johann Christian Dieterich

[Osnabrück, Februar 1773]

Gevatter,

Deinen guten Willen sowohl als die Tat habe richtig erhalten. Ich huste noch immer. Ich glaube doch nun im Ernst fast, daß es bergab geht. Ich habe auch keinen Schlaf. Neulich bin ich einmal mit dem Schlag dreiviertel auf fünf eingeschlafen. Der Mut ist mir noch nicht gelähmt, ich verstehe mich aufs Husten und Lachen zu gleicher Zeit so gut als ein junges Mädchen aufs Weinen und Lachen auch zu gleicher Zeit. Vom Teufel spüre ich wenig oder nichts. Meine linke Hand trägt meinen Kopf und die rechte traktiert ihn des Tages zweimal mit Stern-Anistee und Suppe, die übrige Zeit schreibt sie feuerfangende Sachen in Sybillchen, schreibt Briefe und kratzt das Ohr.

Ich weiß nicht, ob Du den großen gelben Hosenknopf gekannt hast, den ich voriges Jahr zuoberst an meinen Hosen trug. Es war der einzige metallene an meinem ganzen Leibe. Er hat mich nie verlassen, seit 1769 versah er diese Stelle mit einer für einen Hosenknopf bewundernswürdigen Treue und Ernst. Da ich hier merkte, daß ihm der Dienst sauer wurde, so adjungierte ich ihm einen neuen Modeknopf, der ehemals auf Swantons Uniform gesessen hatte, das Regiment liegt jetzt in Minorka. Dieses nahm er übel. Im Dezember fing er an, zu klagen und den Kopf zu hängen, und gestern nachmittag zwischen drei und vier zerriß das Band, das uns über drei Jahre aneinandergeknüpft hatte, ich meine die Saite im Holz, und er lag vor mir auf der Erde. Ich nahm den armen Teufel auf und sah ihn eine Zeitlang an mit einem Mitleid, als wenn er mein Nebengeschöpf gewesen wäre. »Habe Dank«, sagte ich ihm, »erster unter den Knöpfen, für deine Dienste. Wer weiß, ob ich nun nicht ewig die Hosen heben muß. Ruhe sanft, ein Philosoph erkennt deinen Wert«, und damit flog er in einen Bach, der unter meinem Fenster wegfließt, so dichterisch, als je einer in einem Liedchen gemurmelt oder gerieselt hat.

Wanderer, sieh diesen Hosenknopf, den treuesten seines Geschlechts, an, statt über dieses Lob zu lachen, so fühle erst, ob Dir der Deinige noch festsitzt, und gehe weiter.

Dieses hat die rechte Hand auch geschrieben, nun muß sie hinter dem Ohr kratzen und wäre der Feder gern los, also Dieterich, vermutlich zum letztenmal

aus Osnabrück
bin ich Dein Freund und Diener
G. C. L.

An Marie Tietermann

Hochedelgeborene, besonders hochzuehrende Mamsell.

Ich nehme mir die Freiheit, Ihnen ein paar Kleinigkeiten zum Andenken und als ein Zeichen zu übersenden, daß ich wenigstens den Willen habe, für Ihre vielen Freundschaftsbezeugungen erkenntlich zu sein. Ich habe schon auf das Paket geschrieben: ›Sorgfältig vor Nässe zu verwahren‹; aber dieses sollte und könnte mich wahrlich nicht abhalten, den ganzen Plunder in das Feuer zu werfen, wenn ich im geringsten vermuten könnte, daß Sie glauben würden, ich hielte so etwas für eine Vergeltung. Allein zum Andenken läßt es sich so gut gebrauchen als – nun was denn, ich wollte sagen als ein Stückchen Zitronenschale.

Beim Anziehen muß das Halstuch so zusammengeschlagen werden (Sie denken nun gewiß, ich würde sagen wollen, daß man bequem einen dahinterwerfen kann; aber so mutwillig sind die Leute nicht, die den Tod in der Lunge tragen), so, sage ich, muß es zusammengelegt werden, daß die beiden Bouquets in den Ecken zugleich sichtbar sind. Man hat auch Schürzen davon, die nebst diesen Tüchern jetzt unter den vornehmen Wichtern hier stark Mode sind. Die Blumen sind gemalt und daher so vergänglich als die Originale, die sie vorstellen sollen, und als die Schönheiten, die sie tragen. Sie halten mir diese Betrachtungen zugut, es sind die ersten moralischen, die ich in der Welt bei einem Frauenzimmerhalstuch gemacht habe, und gibt mir der Himmel meine Kräfte wieder, so sollen es auch die letzten sein. – Seien Sie versichert, daß ich mit der vollkommensten Hochachtung verharre

Hannover,
In Blauels Schenke (trifft man mich),
den 20. Februar 1773

Dero
gehorsamer Diener und Freund
Georg Christoph Lichtenberg

An Marie Tietermann

Hannover, den 12. Mai 1773

Hochedelgeborene, hochzuehrende Mamsell

Am Morgen vor meiner Abreise, kaum zwei Stunden vorher, wo mir bald ein neuer Gedanke durch den Kopf und bald ein Herr mitsamt einer Kommission in die Stube fliegt, unternehme ich es, an Sie zu schreiben. Ich habe mich aber

lieber dem Vorwurf eines elenden als eines nachlässigen Briefschreibers aussetzen wollen. Ob ich nicht gestern, vorgestern und vorvorgestern Zeit gehabt habe? O Mamsell, nicht so viel, wenigstens nicht so viel brauchbare Zeit, als man braucht, ein Glas Punsch mit Nachdenken zu trinken. Ich hatte einige freie Augenblicke, aber da war ich so grämlich, daß ich nicht einmal an jemanden würde geschrieben haben, dem ich Verweise zu geben gehabt hätte, geschweige denn an eine Freundin, der ich so viel Verbindlichkeit schuldig bin. O wären Sie diese Zeit über hier gewesen, um unser vortreffliches Theater zu sehen. Gestern abend bin ich noch in ›Romeo und Julia‹ gewesen. Romeo hätte etwas feuriger vorgestellt werden können, aber gewiß nicht Julia und ihre Mutter. Ich glaube nicht, daß jemand im Hause gewesen ist, bei dem nicht Tränen mit Schauder abwechselten.
Doch ich habe keine Zeit mehr. Leben Sie wohl und grüßen Sie das Slingemannische Haus in meinem Namen, auch Hanna und die Buchholzische, wenn Sie wollen. Der Himmel gebe mir in Stade Personen, die sich meiner mit so vieler Freundschaft annehmen als in Osnabrück.
Herr Kulenkamp hat mir Ihren Gruß überbracht, er hat schon einen Dank von mir dafür bekommen, und jetzt danke ich Ihnen selbst noch einmal für das geneigte Andenken.
Ich bin mit vollkommenster Hochachtung

Dero
ganz gehorsamster Diener
G. C. Lichtenberg

An Joel Paul Kaltenhofer

Stade, den 14. Juni 1773

... Was ich Ihnen schon längst gerne gesagt hätte, ist dieses, daß ich nach der Insel Helgoland, die zehn Meilen in die See hineinliegt, gehen werde. Es ist eine dänische Insel oder

vielmehr ein aus der See hervorstehender Felsen, der seine armen Bewohner kümmerlich ernährt. Sie ist 28 deutsche Meilen von hier, ich werde auf dieser Tour Glückstadt, Cuxhaven und Ritzebüttel besehen. Da will ich das Seewasser nicht vergessen, bei diesem wollen wir uns bei einer Pfeife Tabak einmal etwas zugute tun. Sprechen, meine ich, wollen wir davon, aber Doppelbier trinken.
Hamburg, wo ich mich viereinhalb Tage aufgehalten, ist ein höchst angenehmer Ort, sehr geschickt, sich eine ziemlich vollständige Idee von den Häfen von Amsterdam und London zu machen. Ich logierte in einem Wirtshaus, wo einem in den andern gerechnet alle Sekunde ein Mensch vorbeiging, also alle Stunde 3660 Menschen mit allerlei Gesichtern, Figuren und Absichten. Von Hamburg bis hierher sind, wie man um und bei Göttingen unterschiedlich glaubt, sieben Meilen, in Hannover wird es für sechs gehalten, es sind aber eigentlich nur fünf, wenn man den nächsten Weg (zu Wasser) rechnet. Diesen habe ich in fünf Stunden bei sehr günstigem Wind und Hilfe der Ebbe auf einem zweimastigen Schiff zurückgelegt. Ich habe in diesen fünf Stunden, glaube ich, sechs Pfeifen Tabak geraucht und dabei englisches Bier getrunken, wozu ich meinen Schiffer einlud, der darüber so treuherzig wurde, daß er drei Kanonenschüsse tat, wir wurden von der Stader Schanze bei wehender Flagge wieder mit einem Schuß begrüßt, den wir auch mit einem Erkenntlichkeitsschuß erwiderten. Was das für ein Vergnügen war, auf einem eine Meile breiten Strom, auf dem Schiffe hier und da von allerlei Nationen lagen, die mit der vorhergehenden Flut Hamburg nicht hatten erreichen können, ist nicht zu beschreiben. Wenn ich doch ein einziges Mal eine solche Reise mit Ihnen tun könnte, Sie müßten mir aber nicht seekrank werden, denn das kann man, wenn man anders nicht über Wörter streiten will, auf der Elbe schon sehr gut werden. Stade hat mir bisher noch nicht recht gefallen, der Wall ist ein außerordentlich angenehmer Spaziergang hier, wogegen der göttingische gar nicht kann in Vergleichung kommen, mein gewöhnlicher Spaziergang

geht nach der Elbe. Sie wäre ganz nah, wenn man grad hinkommen könnte. Ein Lichtstrahl, der von dem Ufer der Elbe nach dem Stader Tore geht, ist nicht länger als etwa einer, der von der Maschmühle nach dem Weender Tor fährt, allein man kann dem Lichtstrahl leider nicht nachgehen, sondern ehe man an den obbenannten leuchtenden Punkt über dem Elbeufer kommt, durchkreuzt man Strahlen dieses Punkts, die wenigstens eine halbe Viertelmeile an Stade vorbeifahren. Ich meine eigentlich, man kann nur durch Umwege hinkommen, so daß ich es fast für weiter halte als von Göttingen nach der Papiermühle. Unten steht ein Wirtshaus, wo ich mich am vorigen Donnerstag von morgens acht bis abends halb neun aufgehalten habe, ich hatte meine Tubos und ein Buch bei mir und habe einmal mit bloßen Augen 16 Schiffe zählen können, die alle mit vollen Segeln vorbeifuhren. Ich habe wohl hundertmal an Sie gedacht. Ebbe und Flut habe ich unter meinem Fenster. Wenn Aristoteles, der sich doch, weil er dieses Phänomen nicht erklären konnte, ersäuft haben soll, da gewohnt hätte, wo ich jetzt sitze und schreibe, so hätte er seine Absicht, das Ersäufen meine ich, grade aus dem Fenster erreichen können. Jetzt eben ist es beinah Ebbe, und Hunde, Kühe und Betteljungens gehen jetzt trocknes Fußes wie die Kinder Israels durchs Rote Meer durch diese Bucht der Schwinge (so heißt der hiesige Strom), woran ich wohne, da wo in etwa sechs Stunden ein Reuter mit seinem Pferde ersaufen könnte. Es ist ohnstreitig ein reizender Anblick für einen Mittelländer, wie Sie und ich sind. Vor 14 Tagen habe ich ein dreimastiges Schiff von einer niedlichen Struktur allhier unter Kanonen, Pauken und Trompetenschall und unter dem Freudengeschrei von mehr als 2000 Menschen vom Stapel laufen sehen. Auch ein Anblick, den ich in diesem Jammertal der Zeitlichkeit noch nicht gehabt habe …

An Christiane Dieterich

Stade, den 28. Juni 1773

Liebste Frau Gevatterin,

Und so wie ich in den Speisesaal hineintrat, war ein schicklicher Platz zum Observieren das erste, worauf ich dachte. Nach einer Wahl von etlichen Augenblicken kam es zum Schluß, ich stand, und die Beobachtungen nahmen ihren Anfang. Ich hatte mich, wie ich erst nach der Hand gehörig einsah, herrlich postiert. Zur Rechten etwas von mir, doch so, daß wir einander mit den Rockfalten berührten, stand ein Mädchen, welcher ich mit meinen Augen fast an die Nase reichte, und ich konnte frei über ihre linke Achsel weg die Tafel mit meinen Augen bestreichen; wollte ich frei stehen, so schob ich nur meinen rechten Arm an ihrem linken Arm (ohne die Rockfalte zu berühren, welchen mutwilligen Gedanken ich mir ernstlich hiermit verbitte) vorbei, so stand ich voran; grad umgekehrt verfuhr ich, wenn ich wieder bedeckt sein wollte. Zur Linken stand mir ein Tölpel von sechs Fußen, dem ich mit meinem Scheitel, ich meine den, welchen mir der Perückenmacher in Hannover aufgesetzt hatte, an den dritten Westenknopf, von oben gerechnet, reichte. Hinter diesen, dachte ich, willst du dich zurückziehen, wenn du ganz versteckt sein willst, und überhaupt hinter diesem Kerl bist du wie zu Haus. Dort die dicke Dame grade gegen uns über in dem blauen Kleide ist die Königin, sagte der Hausknecht, indem sein Zeigefinger seinen Weg nach der Königin durch meine rechte Locke nahm, daß ich fast böse geworden wäre. »Halt Er das Maul, ich sehe sie schon lange«, antwortete ich bloß mit einem kurzen Schütteln des Kopfes, das sich in Nicken endigte. Der Kerl, ob er gleich nichts als ein bloßer Hausknecht war, verstand diese Sprache und überließ mich von der Stunde an meiner eignen Führung.

Die Tafel, woran gespeist wurde, war ein längliches Viereck. Die Königin saß an einer langen Seite, in der Mitte zwischen zwei Damen, gegen ihr über eine Dame zwischen zwei Chapeaux und an jeder schmalen Seite noch zwei Damen. Die speisende Gesellschaft bestand also aus einer Königin, sieben Damen und zwei Kavalieren. Die Reihe war nicht bunt an der Tafel und konnte es nicht sein, hingegen bei uns (den Zuschauern) war sie es desto mehr, man hätte allemal einen Kavalier auf eine Dame rechnen können oder, eigentlicher zu reden, auf jedes Dienstmädchen einen Handwerksburschen oder Hausknecht. Die Königin war ziemlich hoch und mit Geschmack frisiert und hatte um den Hals, der übrigens konventionsmäßig bloß war, einen sehr simpeln Schmuck und war, wie Sie schon von dem Hausknecht gehört haben, in blaue Seide leicht gekleidet. Um ihre Arme, die von sündlicher Schönheit sind, hatte sie ebenfalls etwas gebunden. An dem Halsschmuck muß an dem Tage etwas versehen worden sein, denn die eine Hand war öfters bemüht, in jener Gegend etwas zu redressieren, schien aber nichts ausrichten zu können. Sobald sie bei dem Essen eine Hand entbehren konnte, so lehnte sie sich mit vielem Anstand mit dem einen Arm auf den Tisch und aß mit der Rechten allein. Sie war, ohne selbst viel zu reden, sehr aufmerksam auf alles, was geredet wurde, und hielt den Kopf allemal in einer horchenden Stellung gegen die sprechende Person. Sie lächelte öfters und lachte einmal ganz laut, wobei sie die ganze Tischgesellschaft und auch uns ansah. Wir, Knechte und Mägde lachten auch mit, ich, indem ich mich hinter den Tölpel zurückzog; denn weil ich mich etwas dabei schämte, so war mir das Mädchen zum Schutz nicht groß genug. Ich hatte von dem Spaß kein Wort verstanden, ob ich gleich sonst Späße und Französisch verstehe. Soviel habe ich aber noch kurz vor der Retirade hinter dem Kerl bemerkt, daß der Einfall, über den gelacht worden war, von einer von den Damen an der schmalen Seite hergerührt hatte. Die Chapeaux schienen ihn sehr zu approbieren. Übrigens war die Dame von den Jahren, wo der Einfall schon sehr gut sein muß, wenn ein Kavalier darüber lachen soll, nämlich bei acht Wachslichtern geschätzt 56, also vermutlich 60 Jahr.

Die Königin ist wahrscheinlicherweise, denn stehen habe sie nicht gesehen, nicht sehr groß, allein stark von Person. Ihre Gesichtsfarbe ist gesund, meliert, aber doch mehr weiß als rot. Ihre Augen zwar nicht lebhaft, aber durchdringend und verraten Nachdruck, Feuer und Geist. Der Heroismus, den sie bei ihrer Arretierung bewies (denn sie kriegte den Offizier, der ihr den Arrest ankündigte, beim Schopf zu fassen), ist in ihrem Gesicht, wiewohl mit sehr viel weiblicher Sanftmut verwaschen, ausgedrückt. Auf dem Wall hat sie zwei Zelte aufschlagen lassen, unter welchen sie frühstückt und des Abends Tee trinkt. Bei schönem Wetter geht sie durch die Straßen der Stadt spazieren, gibt den Kindern die Hand, läßt sich dieselbe von ihnen küssen und spricht mit den Leuten. Sie ist da sehr geliebt, und es ist wohl kein Paar Fäuste in Celle, das nicht willig nach dem spanischen Rohr oder nach dem Dreschflegel griffe, wenn einmal einer von den Schuften, ich meine ihren Feinden, seinen Weg durch die dasigen Gegenden nehmen sollte.

Von Celle nach Hamburg hat sich mit mir nicht viel Sonderliches zugetragen, es war abscheuliches Wetter, und ich saß in einem Fußsack bis unter die Arme. Diese angenehme Lage bei einem kalten, nassen Wetter brachte bei mir ein paar Gedanken auf die Flügel, die bisher sich immer eingehalten hatten. O wenn Sie die wüßten, wenn Sie wüßten, was ich in Hamburg gesehen, gehört, gegessen, gelacht und getan habe, da würden Sie sagen: Der kleine Professor ist doch ein loser Schalk; und dann einmal: O die ehrliche Seele; am Maul bricht er sich's ab, der arme Teufel; ach, der gute Mann; der Spitzbube, wart, ich will ihm machen. Aber was denn? Machen Sie, was Sie wollen. Ich bin doch Ihr ergebenster Diener und Freund

G. C. Lichtenberg

An Johann Andreas Schernhagen

Stade, den 26. Juli 1773

...Nun wieder etwas aus der Helgoländer Reise. An dem Morgen, da es so heftig wehte, fuhren wir auch an der berüchtigten Stelle vorbei, wo so mancher ehrliche Matrose sein Leben gelassen hat. Wir ließen sie etwa so weit, als der Bult von Ew. Wohlgeboren Wohnung entfernt ist, auf der Seite liegen. Man nennt sie den Kälbertanz, und eine Stelle in der Elbe, nicht weit von Glückstadt, wo das Wasser in einer beständigen Bewegung sein soll, wo es aber gerade zu der Zeit stillstand, als wir vorbeisegelten, hat davon den Namen erhalten.

Man kann sich nichts fürchterlicher vorstellen. Die Wellen, die an die verborgenen Klippen und Sände anstoßen, steigen in allerlei Richtungen als ein weißer Schaum in die Höhe, welches in einiger Entfernung aussieht, als wenn eine Herde weißer Kühe sehr mutwillig durcheinandersprängen. Es ist mir gesagt worden, daß ein Schiff, wenn es dorthin zu sitzen käme, gleich auseinanderginge. Es sind vor nicht gar langer Zeit wieder zwei Schiffe darauf geraten, wovon nicht eine Seele hat gerettet werden können, auch die ›Seiko‹ mit 26 Lotsen aus Helgoland, die, wie sich Ew. Wohlgeboren vielleicht noch aus der Zeitung erinnern werden, verlorenging, ist in jener Gegend umgekommen.

Zu Cuxhaven setzte ich mich bei ziemlich hohen Wellen in ein kleines Boot mit einem Segel, und zwar bloß deswegen, weil ich vom Strande gesehen hatte, daß ein ähnliches mit ein paar Passagieren so geworfen wurde, daß man es einmal auf der Spitze einer Welle erblickte und dann wieder auf einmal nichts als die Segel davon sah. Die Leute mochten wohl das Ding hundertmal probiert haben und waren ganz gleichgültig dabei. Ei, dachte ich, so will ich es einmal versuchen; das wäre ja sonderbar, wenn ein solches Ding untergehen sollte, bloß weil einer darauf sitzt, der sich heimlich doch ein bißchen fürchtet, dadurch wird ja das Boot weder leichter noch schwerer. Ich stieg also glücklich hinunter und bekam auch Nachfolger. Wir wurden allerdings von diesem Springer nicht wenig geworfen, und unsere am Bord des großen Schiffs gebliebenen Kompagnons konnten uns zuweilen gar nicht sehen, so wie ich die obigen Passagiere, allein ich stieg auch hier wieder mit der gemachten Erfahrung heraus: Es sieht gefährlicher und schwerer aus, als es ist. Die Gesichtsfarbe eines unter uns fing zwar an, etwas in das Zitronengelbe zu spielen, es ging aber doch noch gut ab. Ich muß gestehen, die heftigen kurzen Schwankungen eines kleinen Bootes sind mir nicht so verdrießlich als die langsamen und majestätischen eines großen Schiffs, bei den ersteren gerät man leicht in ein Lachen, aber bei den letzteren sehen sich die Passagiere, gleichsam wie begeistert, einander an und wissen nicht, wie ihnen geschieht, und wenn man einmal so weit ist, so tut man am besten, daß man zu Bette geht …

An Abraham Gotthelf Kästner

Stade, den 7. September 1773

Wohlgeborener Herr,
besonders hochzuehrender Herr Hofrat

Es ist mir eine außerordentliche Freude gewesen, wieder eine Versicherung von Ew. Wohlgeboren geneigtem Andenken an mich zu erhalten. Da ich weiß, wie sehr Dieselben beständig beschäftigt sind, so würde ich auch, ohne eine Antwort abzuwarten, fortgefahren haben, Denselben Nachrichten von meinen kleinen Vorfällen zu geben, wenn ich es nicht für besser gehalten hätte, lieber diejenigen, die es verdienen, auf eine mündliche Unterredung zu versparen. Mit meinen Beobachtungen für die Länge bin ich, der guten Witterung ohngeachtet, nicht sehr glücklich gewesen …

Eine gewisse Zeit meiner Abreise habe ich noch nicht bestimmt, ich gedenke aber, wenn sonst nichts vorfällt, um die Mitte des Oktober in Göttingen zu sein. Ich wollte also Ew. Wohlgeboren gehorsamst bitten, es doch zu veranstalten, daß dieses in dem Lescatalogus bekanntgemacht wird, auch daß ich meine Vorlesung demnächst bekanntmachen würde.
Die göttingischen Zeitungen kommen doch hierher, welches ich neulich noch nicht gewußt habe. Ich lese sie nun auch, wiewohl sehr spät. Neulich bezeigte ich meine Verwunderung darüber, daß man sie nicht hielte, und jetzt, da ich die Stadt etwas genauer kenne, möchte ich mich fast wundern, daß man sie noch hält. Wielands ›Merkur‹ kommt doch zweimal hierher. Das beständige Sprechen aus Rezensionen, vom Empfindsamen und von schönen Künsten hört also freilich hier auf, wenn es nur durch etwas anderes als Kartenspiele ersetzt würde, so wäre ich nicht übel damit zufrieden. Doch habe ich auch einige Personen hier angetroffen, die ihr einziges Vergnügen im Studieren finden, es sind aber nur sehr wenige, und sie werden durchgängig für Leute ohne Lebensart gehalten.
Mit dem Artikel in der Zeitung von unserm Schiffbruch ist es so zugegangen: Als wir nach Cuxhaven auf der Hinreise kamen, so drehte sich der Wind fast grade gegen uns, und jedermann riet uns, liegenzubleiben und bessern Wind abzuwarten, weil wir in der See damit nicht auskämen. Ich hatte keine Zeit zu verlieren, und weil es mir vorkam, als wenn die Leute nur so sagten, um uns dazubehalten, so bestand ich unter der ganzen Gesellschaft allein darauf, in die See zu gehen, denn der Wind war nicht heftig, und alles, was uns Widriges hätte begegnen können, wäre etwa gewesen, daß wir wieder hätten umkehren müssen. Mein Vorschlag fand auch Beifall, wir lichteten die Anker des Nachmittags um drei Uhr und versprachen unseren Bekannten, wenn es nicht gehen wollte, so wollten wir ihnen den Abend wieder zusprechen. Es wurde also auf sechs Stunden in Zeit dem Wind entgegengearbeitet, und wir waren schon auf drei Meilen von Cuxhaven weg, als es schien, als wollte

es anfangen, heftig zu wehen; einigen wurde etwas bange, weil ohnehin die Nacht anbrach, es wurde also beschlossen umzukehren, allein wir gingen nicht nach Cuxhaven zurück, sondern ankerten in einer sicheren Bucht, zwei Meilen näher bei Helgoland als Cuxhaven, so viel wurde doch durch meinen Anschlag gewonnen, und weil wir nachher an dieser Stelle sehr viel Vergnügen hatten, indem wir um unser Schiff bald spazierenfuhren und bald halbe Meilen weit an denselben Stellen spazierengingen und Krabben mit den Händen fingen, so dankte man es mir, daß wir nicht in Cuxhaven liegengeblieben waren. In dieser Bucht warteten wir nun auf besseren Wind, dieses war das einzige, was uns fehlte, denn die Witterung war nicht besser zu wünschen. Nachdem wir beinah 24 Stunden da gelegen hatten, so sagte ich einmal: Wenn doch die Leute nun in Cuxhaven gar glaubten, wir wären verloren, da wir nicht zurückkommen, und auch, wie sie gewiß von den Fischern hören werden, nicht in Helgoland angelangt sind. Was würde dieses für ein Wehklagen unter den Schönen in Stade setzen, sagte ich, um den sieben unverheirateten Offizieren, die an Bord waren, ein Kompliment zu machen und die wohl leicht zusammen einundzwanzig Schönen in Stade durch ihren Tod das Herz hätten brechen können. Dieses gab zwei jungen Herrn darunter vermutlich Anlaß, den Streich zu spielen, denn sie setzten sich noch an demselben Abend in die Schaluppe und fuhren nach dem neuen Werk, wo ein hamburgischer Leuchtturm steht und täglich Gelegenheit nach Hamburg ist. Andere aber glauben, daß es ein hiesiger Obrist, der nicht mit von der Gesellschaft gewesen ist, getan habe. Wer es aber auch getan haben mag, so ist es vermutlich in der oben erwähnten Absicht geschehen, die aber nicht verrichtet worden ist, denn wir kamen einen Tag vor der Zeitung an. Hier konnte auch niemand leicht als etwa ein unerfahrenes Mädchen damit hintergangen werden, denn die ersten Nachrichten von solchen Unglücksfällen ist man hier so wenig gewohnt, von Hamburg aus zu erhalten, als in Göttingen die ersten Nachrichten von dem Tod der Professoren aus den gelehrten Zeitungen. Unsere Reise, deren umständliche Beschreibung ich mir bis auf meine Ankunft in Göttingen vorbehalte, ist sehr glücklich und angenehm gewesen. Bei unserer Retour blies es des Morgens zwischen drei Uhr und sieben so heftig, daß wir in viereinhalb Stunden zehn Meilen zurücklegten. Außer den Matrosen, dem Steuermann und Lotsen konnte sich keiner damals auf dem Verdeck halten als ein Leutnant von unserer Gesellschaft und ich. Die anderen lagen alle in den Betten, zum Teil waren sie wirklich seekrank und zum Teil graute ihnen. Heinrich selbst, der sonst überall Neugierde mit Vorwitz verbunden gezeigt hat, hielt sich sehr stille, überhaupt, aus seinem Betragen zu schließen, ist er übler dran gewesen, als er noch zur Zeit eingestehen will. Als wir zu Cuxhaven ankerten, sprang er zuerst auf das feste Land, tanzte und wälzte sich auf dem Grase.

Vorgestern früh bin ich von einer kurzen Reise nach Hamburg wieder zurückgekommen. Auf einem Kaffeehause äußerte ich gegen einige Bekannte, die ich antraf, daß ich Herrn Klopstock besuchen wollte, dieses erfuhr er und kam zu mir. Er hat mir sehr viel Höflichkeit erwiesen und mich zuletzt noch bis an das Schiff begleitet, wo er mich noch auf die Leiter hob. Er empfiehlt sich Ew. Wohlgeboren ...

An Johann Christian Dieterich

Stade [Ende September oder Anfang Oktober 1773]

... Neulich ging ich einmal in Hamburg bei der Börse spazieren in der Absicht, etwas zu sehen oder zu denken zu bekommen, das ich in mein Tagebuch tragen könnte, denn fast der ganze Morgen war schon an dergleichen Einnahme leer ausgegangen, als auf einmal ein Kerl vor mich trat und mir den eingeschlossenen Aufsatz überreichte und sich dabei für einen armen Poeten ausgab. Was mir hierbei am seltsamsten vorkam, war, daß er den Akzent auf das Wort ›armen‹ legte, so daß ein fremderer als ich notwendig auf die Gedanken gebracht werden mußte, in Hamburg seien die Poeten alle reich. Unterdessen hatte er diesem Akzent zu danken, daß ich stehenblieb und nach einem Dreigroschenstück suchte. Als ich es ihm in die Hand gab, sagte er: »Mein Herr, bei mir gilt dieses Geld nicht.« (Es war hannöverisch.) Ich wäre in der äußersten Verlegenheit gewesen, wenn ich nicht, während ich das Geld suchte, ein paar Zeilen in dem Aufsatz gelesen hätte. Ich sagte also: »Und bei mir gelten dergleichen Aufsätze nicht.« Weil ich ihm nicht sagte, wo ich her war, so enthielt das Urteil weder Aufmunterung noch Tadel für den armen Teufel. Er steckte also das Geld ein, noch ehe ich zu einer Erklärung kommen konnte, und ging weg. Beim Weggehen sah ich, daß seine Strümpfe in den Schuhen ganz zerrissen waren, und dieses ist es, was ich zu Entschuldigung seines Aufsatzes anführen kann. Ich danke es dem Himmel täglich, daß er mir bei allem Mutwillen doch ein Herz gegeben hat, das durch ein Paar zerrissene Strümpfe den sanftesten Empfindungen der Menschlichkeit eröffnet werden kann. Ich wurde wirklich traurig. Der Major fragte mich noch den Nachmittag, was mir fehle. Ich bin nicht recht aufgeräumt, sagte ich ihm und schickte nach einem Kerl mit einer englischen Orgel. ›Ohne Lieb und ohne Wein‹, das er spielte, machte die Sache noch schlimmer. Ich fragte ihn, kann er den ›Dessauer‹ spielen? O ja, war die Antwort. Und mit dem ›Dessauer‹ brachte mich der Kerl wieder zurück. Grüße Christelchen und die Kinder.

An Marie Tietermann

Göttingen, den 25. November 1773

Hochedelgeborene,
besonders hochzuehrende Mamsell,
wertgeschätzte Freundin

Was Sie bisher von mir müssen gedacht haben, weiß ich nicht, aber das weiß ich, daß ich das Schlimmste verdient hätte, wenn es so zugegangen wäre, wie Sie notwendig glauben mußten. Sie sind so gütig und beehren mich mit Ihrem mir unschätzbaren Vertrauen in einer Sache, die Ihr Glück betrifft und wovon die Nachricht mir nicht anders als höchst erfreulich sein mußte, und ich – – ich antworte nicht auf diesen vortrefflichen Brief, der auch bei den dringendsten Geschäften eine augenblickliche Antwort erfordert, auch von jedem Menschen, der nur noch das geringste Gefühl von Freundschaft hätte, wirklich erhalten haben würde! Aber, teures Miecken, so steht auch die Sache nicht. Dieterich, der mich schon seit einigen Wochen erwartete und nicht mehr wußte, wo ich war, in Stade, Hannover oder Hamburg, behielt die Briefe bei sich; gestern abend komme ich hier an, lese mit Erstaunen das Datum Ihres Briefes, und heute beantworte ich ihn.

Nun bin ich doch wieder Ihr alter Freund? – Gut also. Zu Ihrer vorseienden Verbindung wünsche ich Ihnen alles das Glück, welches ein Herz und eine Tugend wie die Ihrige verdient. Je öfter ich an Ihren angenehmen Umgang zurückdenke, desto mehr bin ich überzeugt, daß ich mit diesen Worten Ihnen alles das Glück und die Freude gewünscht habe, die die Welt gewähren kann. Ich würde gerne noch mehr schreiben, wenn ich nicht fürchten müßte, den Posttag zu verlieren, da alle Augenblicke jemand bei mir anklopft. Empfehlen Sie mich unbekannterweise Ihrem künftigen Herrn Gemahl und seien Sie versichert, daß ich zeitlebens verbleiben werde

Ihr aufrichtiger Freund und gehorsamer Diener
G. C. Lichtenberg

An Johann Christian Dieterich

Kew, den 30. Oktober 1774

Mein lieber Dieterich,

Du siehst aus der Überschrift, daß ich mich an dem Ort aufhalte, wo die königliche Familie residiert. Ich wohne aber nicht allein in dem Ort, sondern in einem königlichen Hause neben dem Prinzen Ernst, speise an einem königlichen Tisch mit der Frau von Hagedorn, der jetzigen Vertrauten der Königin, und dem Grafen von Laßberg allein. Bin alle Tage einige Stunden bei dem König und der Königin und habe Erlaubnis, mich so lange hier aufzuhalten, als es mir gefällt, nach der Stadt oder auf das Land zu gehen und wieder hierherzukommen, Gebrauch von dem Observatorio zu machen, kurz, ich bin vielleicht in vielen Stücken einer der glücklichsten Untertanen des Königs. Die Mayerschen Werke habe ich ihm vor vier Tagen überreicht, er ist ganz davon eingenommen, und nun will ich Dir sagen, was er von Deinem Druck gesagt hat, es sind die Worte des Königs: »Das ist ein vortrefflicher Druck, so wie es die Schriften des Mannes gewiß verdienen«, sagte er, gleich als er es aufmachte, »so gut als Baskerville.« Hier strich ich, wie Du leicht erachten kannst, Dein Lob heraus und erzählte ihm von Deinen Versuchen und sagte, ich wünschte, daß ich erfahren könnte, wie Baskerville sein Papier glättet; hier sagte er, nachdem er sich besonnen: »Vielleicht kann ich dem Manne dazu verhelfen.« Ich glaube, Dieterich, daß Dich der König nun so kennt und so zu Deinem Vorteil, daß Du diese Gelegenheit nicht vorbeilassen mußt. Schicke ja den Pindar so bald als möglich, der König will ihn sehen und Deinen französischen Musenalmanach, die Belohnung wird am Ende nicht ausbleiben. Wenn Du doch selbst hier wärest! Soeben bin ich wieder aus dem königlichen Wohnhaus nach Hause gekommen. Ich habe anderthalb Stunden in einem Zimmer zugebracht, wo niemand gegenwärtig war als der König, die Königin, Prinz Ernst von Mecklenburg, Lady

Effingham und zuweilen ein Frauenzimmer mit dem Prinzen Adolf auf dem Arm. Was ich hier gesehen habe und was mir für Gnade widerfahren ist, verspare ich auf eine mündliche Unterredung, denn ich habe wenig Zeit, Beschreibungen zu machen...

An Ernst Gottfried Baldinger

Kew, den 10. Januar 1775

Mein wertester Freund,

Sie haben mich durch Ihr freundschaftliches Schreiben aus einer rechten Last von Gedanken, die ich mir Ihres Stillschweigens wegen machte, ausgespannt, und innigst froh, daß ich einen so werten Mann gleichsam wiedergefunden habe, setze ich mich nieder und beantworte unter der Menge von Briefen, die mir der Ostwind am vorigen Sonnabend herübergeweht hat, den Ihrigen zuerst.

Ich sitze noch immer in dem nebligen Kew, bewohne ein königliches Haus allein, schlafe zwischen königlichen Bettüchern, trinke königlichen Rheinwein und kaue, wenigstens zweimal die Woche, mein königliches Roastbeef. Ich bewohne ein Eckzimmer des Hauses, ein Fenster desselben geht gegen Osten und zwei gegen Süden. Aus dem ersten sehe ich auf einen großen grünen und teils mit königlichen, teils anderen Gebäuden fast ganz umgebenen Platz, der Kewgreen genannt wird. Im Sommer spazieren hier eine Menge Personen beiderlei Geschlechts und genießen der frischen Luft, jetzt ist da nichts zu sehen als einige Pferde und Knaben, die darauf herumtollen, und zuweilen eine englische -- Hundehochzeit. An der Seite, wo der Platz mehr offen ist, etwas nördlich, sehe ich die Themse, die hier schon starke Ebben und Fluten hat, und das wegen seiner Middlesex Election, wegen seines Pastor Horne, und des daselbst über Wilkes und Liberty im Jahr 1768 entstandenen

Auflaufs und verübten Mordtaten berüchtigte Brentford. Die Aussicht gegen Osten begrenzt die Rauchwolke, die beständig über dem unermeßlichen London ruht, das etwas über eine deutsche Meile entfernt ist, und hinter dieser Rauchwolke, aber – aber über 100 Meilen weiter hinaus (denke ich oft, wenn ich an dem Fenster stehe), da liegt Göttingen mit einigen wenigen, sehr wenigen Freunden von mir, die ich aber nicht um alle die dazwischenliegenden Reichtümer entbehren wollte. Die beiden anderen Fenster gehen in den weltberühmten Garten, und zwar grade auf einen Tempel der Sonne, den Sir William Chambers im Jahr 1761 gebaut hat. Er steht auf einem mit Lorbeer und Taxus wild und verloren besetzten Platz. Die Säulen sind korinthisch, und das Gebälk ist nach einem von den Tempeln von Balbec angeordnet.

Wenn das Wetter schön ist, so habe ich herrliche Tage. Ich gehe alsdann nach dem Observatorio bei Richmond, oder wenn es nicht ganz heiter ist, so spaziere ich in den Gärten. Der Winter hat hier wenig zu bedeuten, und die Gärten von Kew und Richmond sind so mit Lorbeer und anderen immergrünen Stauden und Bäumen besetzt, unter denen so viel Vögel singen und flattern, daß ich kaum innen werde, daß das die Zeit ist, da man in Göttingen (fast in derselben Breite) in Schlitten fährt. Noch vorgestern habe ich an einem solchen Tag die ganze Tour durch den hiesigen Garten gemacht. Die Glashäuser waren zum Teil aufgezogen, die Vögel sangen vollstimmig, die Gold- und Silberfische spielten in ihren Bassins, bei jedem Schritte fast sah ich bald nah, bald fern den Goldfasan oder einen anderen Vogel über den Weg schlüpfen, der nun nach einem Wasser zu führen schien, dann sich auf einmal wendete und mir eine reizende Gegend oder einen niedlichen Tempel in der Ferne zeigte. Die zwei Stunden, die ich in diesen romantischen Spaziergängen in der süßesten Melancholie zugebracht habe, sind mir wie wenige Minuten hingegangen.

So lebe ich, wenn das Wetter schön ist, was tue ich aber, wenn es häßlich ist? Wenn es nebelt, gütiger Himmel, was für ein Ort ist Kew da? Die Nebel sind nicht allein häufiger als bei uns und am Rhein, sondern auch dicker. Neulich ritt bei einem solchen Nebel um neun Uhr des Morgens ein Bedienter in voller Karriere gegen den Schaft einer Postchaise, daß der Schaft dem Pferd auf einen Fuß tief in den Leib drang. Der Engländer zieht den Kragen seines Überrocks über die Nase und schleicht in seinen Grillen fort, einige weissagen, andere bekehren sich und andere erschießen sich, und was tue ich? Ich sehe zuweilen stundenlang in mein Kaminfeuer, suche Gesichter in den Kohlen und ihre Gestalten und denke an Göttingen, und zwar, weil ich weder Barde noch Schäfer bin, ganz schlechtweg an meine Freunde und Freundinnen. Wohl dem, der bei einem so schweren Himmel ein gutes Gewissen hat und nicht verliebt ist, wenigstens nicht mit bösen Prospekten, sonst schneidet er sich den Hals ab wie Lord Clive, erschießt sich wie mein Nachbar neulich oder erhängt sich, wie am vorigen Sonnabend ein junges schönes Mädchen von 16 Jahren getan hat. Sehr oft aber stehe ich alsdann auf, sehe nach meinem Geldbeutel, und wenn es da auf gut Wetter steht, so nehme ich eine Kutsche und fliege für 18 Pence nach London; dieses habe ich während meines hiesigen Aufenthaltes auf vierzehnmal getan. Da vergesse ich mich denn sehr leicht, und um Ihnen einigermaßen zu zeigen, daß es kaum anders möglich ist, will ich Ihnen ein flüchtiges Gemälde von einem Abend in London auf der Straße machen, das ich mündlich nicht bloß ausmalen, sondern auch noch mit einigen Gruppen vermehren will, die man nicht gern mit so dauerhafter Farbe als Tinte malt. Ich will dazu Cheapside und Fleetstreet nehmen, so wie ich sie in voriger Woche, da ich des Abends etwas vor acht Uhr aus Herrn Boydells Haus nach meinem Logis ging, gefunden habe. Stellen Sie sich eine Straße vor, etwa so breit als die Weender, aber, wenn ich alles zusammen nehme, wohl auf sechsmal so lang. Auf beiden Seiten hohe Häuser mit Fenstern von Spiegelglas. Die unteren Etagen bestehen aus Boutiquen und scheinen ganz von Glas zu sein; viele Tausende von Lichtern erleuchten da Silberläden, Kupferstichläden, Bücherläden, Uhren, Glas, Zinn, Gemälde, Frauenzimmerputz und -unputz, Gold, Edelsteine, Stahlarbeit, Kaffeezimmer und Lottery Offices ohne Ende. Die Straße läßt, wie zu einem Jubelfeste illuminiert, die Apotheker und Materialisten stellen Gläser, worin sich Dieterichs Kammerhusar baden könnte, mit bunten Spiritibus aus und überziehen ganze Quadratruten mit pupurrotem, gelbem, grünspangrünem und himmelblauem Licht. Die Zuckerbäcker blenden mit ihren Kronleuchtern die Augen und kitzeln mit ihren Aufsätzen die Nasen für weiter keine Mühe und Kosten, als daß man beide nach ihren Häusern kehrt; da hängen Festons von spanischen Trauben, mit Ananas abwechselnd, um Pyramiden von Äpfeln und Orangen, dazwischen schlupfen bewachende und, was den Teufel gar los macht, oft nicht bewachte weißarmige Nymphen mit seidenen Hütchen und seidenen Schlenderchen. Sie werden von ihren Herrn den Pasteten und Torten weißlich zugesellt, um auch den gesättigten Magen lüstern zu machen und dem armen Geldbeutel seinen zweitletzten Schilling zu rauben, denn Hungrige und Reiche zu reizen, wären die Pasteten mit ihrer Atmosphäre allein hinreichend. Dem ungewöhnten Auge scheint dieses alles ein Zauber; desto mehr Vorsicht ist nötig, alles gehörig zu betrachten; denn kaum stehen sie still, bums! läuft ein Packträger wider sie an und ruft: »By your leave!«, wenn sie schon auf der Erde liegen. In der Mitte der Straße rollt Chaise hinter Chaise, Wagen hinter Wagen und Karren hinter Karren. Durch dieses Getöse und das Sumsen und Geräusch von Tausenden von Zungen und Füßen hören Sie das Geläute von Kirchtürmen, die Glocken der Postbedienten, die Orgeln, Geigen, Leiern und Tambourinen englischer Savoyarden und das Heulen derer, die an den Ecken der Gasse unter freiem Himmel Kaltes und Warmes feilhaben. Dann sehen Sie ein Lustfeuer von Hobelspänen etagenhoch auflodern in einem Kreis von jubilierenden Betteljungen, Matrosen und Spitzbuben. Auf einmal ruft einer, dem man sein Schnupftuch genommen: »Stop thief!« Und alles rennt und drückt und drängt sich, viele, nicht um den Dieb zu haschen, sondern selbst vielleicht eine Uhr oder einen Geldbeutel zu erwischen. Ehe Sie es sich versehen, nimmt Sie ein schönes, niedlich angekleidetes Mädchen bei der Hand: »Come, Mylord, come along, let us drink a glass together, or I'll go with you if you please.« Dann passiert ein Unglück vierzig Schritte vor Ihnen. »God bless me«, rufen einige, »poor creature«, ein anderer; da stockt's, und alle Taschen müssen gewahrt werden, alles scheint Anteil an dem Unglück des Elenden zu nehmen, auf einmal lachen alle wieder, weil einer sich aus Versehen in die Gosse gelegt hat. »Look there, damn me«, sagt ein Dritter, und dann geht der Zug weiter. Zwischendurch hören Sie vielleicht einmal ein Geschrei von Hunderten auf einmal, als wenn ein Feuer auskäme oder ein Haus einfiele oder ein Patriot zum Fenster herausguckte. In Göttingen geht man hin und sieht wenigstens von vierzig Schritten heran, was es gibt; hier ist man (hauptsächlich des Nachts und in diesem Teil der Stadt – the City –) froh, wenn man mit heiler Haut in einem Nebengäßchen den Sturm auswarten kann. Wo es breiter wird, da läuft alles, niemand sieht aus, als wenn er spazierenginge oder abservierte, sondern alles scheint zu einem Sterbenden gerufen. Das ist Cheapside und Fleetstreet an einem Dezemberabend.

Bis hierher habe ich fast, wie man sagt, in einem Odem weggeschrieben, mit meinen Gedanken mehr auf jenen Gassen als hier. Sie werden mich also entschuldigen, wenn es sich zuweilen hart und schwer liest, es ist die Ordnung von Cheapside. Ich habe nichts übertrieben, gegenteils vieles weggelassen, was das Gemälde gehoben haben würde, unter anderen habe ich nichts von den umzirkelten Balladensängern gesagt, die in allen Winkeln einen Teil des Stroms von Volk stagnieren machen, zum Horchen und zum Stehlen. Ferner habe ich die liederlichen Mädchen nur ein einziges Mal auftreten lassen, dieses hätte zwischen jede Szene und in jeder Szene wenigstens einmal geschehen müssen. Man wird alle zehn Schritte angefallen, zuweilen von Kindern von zwölf

Jahren, die einem gleich durch ihre Anrede die Frage ersparen, ob sie auch wüßten, was sie wollten. Sie hängen sich an einen an, und es ist oft unmöglich, von ihnen loszukommen, ohne ihnen wenigstens etwas zu schenken. Sie packen einen zuweilen auf eine Art an, die ich Ihnen dadurch deutlich genug bezeichne, daß ich sie Ihnen nicht sage. Dabei sehen sich die Vorbeigehenden nicht einmal um, da ist ›Liberty‹ und ›Property‹. Solange einem dieses neu ist, so lacht man wohl darüber, zumal da die meisten wie Christtagspuppen gekleidet und, wenn sie wollen und Gehör finden, hundertmal mehr belebt sind als manche unserer lebendigen, vornehmen Christtagspuppen, hingegen ist man es einmal gewohnt und ist mehr auf seine Geschäfte als auf dieses Hexenwesen bedacht, so ist es höchst unangenehm, und kann ich nicht begreifen, warum man diesem Unheil kein Einhalt zu tun sucht. Ich habe von einigen, die wie Fräuleins aussahen, Fragen an mich tun hören, bei welchen ein junger Student durch ein sohlendickes Fell rot geworden wäre. Eben als ich diese Zeile geschrieben habe, will ich, unterdessen sie trocken wird, eine Mischung von Branntwein und warmem Wasser in den Mund nehmen, weil ich mir gestern einen Zahn habe ausziehen lassen, und siehe, ich stoße mit dem Ellenbogen an und bespritze die eine Seite dieses Blattes erbärmlich. Weil ich sie jetzt nicht umschreiben kann, so bitte ich um Entschuldigung.
Ich habe nunmehr das Volk so ziemlich kennenlernen und versäume keine Gelegenheit, meine Kenntnis darin zu erweitern. Ich habe zuweilen zu meiner größten Satisfaktion Engländer sagen hören, daß sie nicht gewagt hätten, was ich gewagt habe. Wenn ich den Eifer in mir verspüre, so sind mir Rippenstöße und Schimpfwörter grade was Stoppeln dem Behemoth; ich folge allzeit dabei dem ersten Eindruck, den der Anblick eines Mob oder einer Gesellschaft auf mich macht, dieser belehrt mich bald, ob ich ohne Gefahr untertauchen kann oder nicht, und ich betrüge mich alsdann selten, unterdessen habe ich ein Schnupftuch und ein silbernes Petschaft eingebüßt, denn es ist bei einer einzigen Seele

nicht möglich oft, zugleich über die Haut und die Taschen zu wachen und Beobachtungen anzustellen.
Englische Schauspiele habe ich genug gesehen und darunter Herrn Garrick fünfmal. Meine Beobachtungen über diesen Mann sollen Sie zu einer andern Zeit lesen. Im ganzen kommt ihm in beiden Häusern nicht ein einziger nur nah. In einzelnen Rollen hat er einige sehr glückliche Nachahmer gefunden, und in dem drolligten, so wie es sich in unerfahrenen, treuherzigen Leuten äußert, ist ein gewisser Weston, der ebenfalls zu Garricks Theater gehört, über ihn. Sie können also denken, was es für ein Vergnügen sein muß, diese beiden außerordentlichen Männer in derselben Szene zusammen zu sehen, dieses Vergnügen habe ich gehabt, nämlich in ›The Stratagem‹, einem berühmten Stück des Farquhar, machte Garrick den Archer, einen Herrn von Stande, der sich für einen Bedienten ausgibt, und Weston den Scrub, einen wirklichen Aufwärter in einem armseligen Wirtshaus, worin jener logiert. Garrick erscheint mit allen Insignien einer Lakaienmajestät, mit besetztem Kleid und einer roten Feder, weißen seidenen Strümpfen und ein Paar Waden und Schnallen, wie sie sein müssen. Weston hingegen, der arme Teufel, in einer abgeregneten, traurigen Hanfperücke, mit einem grauen Kamisol, das er wohl ausfüllen könnte, wenn er mehr zu essen kriegte, und einer grünen Schürze und roten Strümpfen. Er gerät in eine Art von andächtigem Erstaunen, wenn er den Herrn Bedienten (wie das Mädchen zu Kerschlingröder Feld einmal sagte) erblickt: den er doch zu derselben Klasse von Geschöpfen rechnet ... Archer, der ihn zu seinen Absichten braucht, ist besonders gnädig, und Scrub fängt sich wirklich an zu fühlen, er schlägt sogar so gut seine Beine im Sitzen nachlässig übereinander als Archer, allein wenn dieser im Sprechen seine seidenen Waden auslegt, so sucht jener arme Teufel seine roten Wollenen soviel als möglich mit der grünen Schürze zu bedecken. Diese Szene und einige andere, wo Scrub und Archer beisammen sind, werden so gespielt, daß vielleicht nichts in dieser Art Vollkommneres ist. Denn be-

denken Sie, Garrick an der einen Seite, der größte Schauspieler vielleicht in den neueren Zeiten, und an der anderen Weston, der einzige Mann, der es in solchen Rollen Garrikken, nach einem allgemeinen Geständnis, zuvortut, und sagen Sie, ob ich unrecht haben kann. Weston ist ein ganz eignes Geschöpf, die Natur scheint ihn bloß bestimmt zu haben, andere Leute lachen zu machen, ohne ihm Fähigkeit gegeben zu haben, selbst zu lachen. Ich habe ihn auf dem Theater nie lachen sehen, ja man sieht nicht das geringste Zeichen von einer Mühe, die ihn die Unterdrückung desselben kostete; aber er soll auch außer dem Theater sehr selten lachen; indessen ist sein Körper und ganze Seele des Ernsthaften völlig unfähig, und er würde eine jede eigentlich ernsthafte Rolle schlechterdings verderben. Einige neuere Schauspieldichter haben nun gar Charaktere nach dem seinigen gebildet, und da ist er freilich unnachahmlich, so habe ich ihn in einem neuen Stück ›The Maid of the Oaks‹ gesehen, wo er wieder ein Aufwärter ist, wiewohl in besseren Umständen als Scrub. Er stellt da einen treuen, guten Kerl vor, der zwar unerfahren ist, aber sich bisher ganz gut in seinem Dienst zu finden gewußt hat, allein an dem Tage, da ein Hochzeitsfest gefeiert werden soll mit aller der Pracht, die sich der Dichter in seiner Begeisterung nur denken und die englischen Feuerwerker, directeurs des plaisirs und Zuckerbäcker nur ausführen können, da weiß er nicht, was er machen soll; als Bedienter vom Haus muß er einen gewissen Rang vor allen übrigen Bedienten behaupten. Er läuft daher beständig in einer völlig unnötigen und unzweckmäßigen Geschäftigkeit herum, will immer und kann vor lauter Wollen nicht, gibt Ordre bloß, um Contre-Ordre geben zu können, und das mit einem Ansehen von Treuherzigkeit und Redlichkeit, daß man dem ehrlichen Tropf von Herzen gut wird, zugleich aber mit einem Ansehen von Wichtigkeit gegen die Weißbinder, Lampenanstecker, Gartenleute und Tafeldecker, daß man sich des herzlichsten Lachens unmöglich enthalten kann. Er und eine gewisse Mrs. Abington, von der ich nachher etwas sagen will, machen allein das

Stück sehenswürdig und haben allein es zur dreiundzwanzigsten Vorstellung in diesem Winter gebracht, und ohne sie würde es, der herrlichen Dekorationen ungeachtet, die den Garrick 9000 Taler gekostet haben, vielleicht die erste Vorstellung nicht ganz überlebt haben ...
Daß ich Herrn Wilkes einige Stunden hintereinander ganz in der Nähe angeguckt und sogar zu zeichnen versucht habe, wissen Sie vermutlich schon von Herrn Sprengeln, dem ich es, wo ich nicht irre, geschrieben habe. Vor einigen Wochen habe ich sogar (das sich nur wenige Personen rühmen können) mit dem Könige von diesem politischen Monster gesprochen. Doch alles dieses würde mich zu weit führen, also nur noch einiges.
Meine Gesundheit ist in diesem Jahr (es ist heute der 24. Januar) schlechter als jemals. Ich habe es bisher bald im Hals, bald in den Augen und bald in den Zähnen gehabt, gestern bin ich expreß nach London gegangen, um mir einen ausziehen zu lassen, welches mir wenigstens von dieser Seite Ruhe geschafft hat. Ich habe seit einiger Zeit so schlecht geschlafen und so wenig Solides essen können, daß ich ganz verfallen bin, ich glaube, Ew. Wohlgeboren würden mein Gesicht nicht mehr kennen, wenn Sie es sähen. Noch gestern fragte mich die Königin, was mir fehlte, weil ich so blaß aussähe. Es ist bloß allein der Mangel an Schlaf und, wie ich sage, in diesen letzten Tagen an solider Nahrung, denn ich mußte fast wie ein Kind bloß von Milch und Brei, und diese sparsam genommen, leben. Wenn uns die Sonne etwas näher kommt und ich dieses feuchte Nest verlassen kann, so soll es, will's Gott, besser werden.
Ich werde mit diesem Kurier an Herrn und Madame Dieterich schreiben, aber nichts von dem, was ich Ihnen geschrieben habe, daher ich Sie bitte, diesen Freunden alles aus diesem Brief vorzulesen, was Sie für dienlich erachten. Ich werde ihnen auch sagen, ein gleiches mit ihren Briefen zu tun. Herr Dumont, Sprengel, Meckel, Zimmermann und andere Freunde von mir, denen ich mich gehorsamst zu empfehlen bitte, sind hierin eingeschlossen. Sie werden alle

meine Art zu schreiben, die Unds und die Abers entschuldigen, nicht als einem, der auf dieser Insel seine Muttersprache vergessen, sondern als einem, der so viel zu schreiben hat, daß es ihm unmöglich ist, Konzepte zu machen und Perioden zu drechseln.

Nun Ihre Frau Liebste. Empfehlen Sie mich ihrem geneigten Andenken tausendmal. Dieser Brief – ich getraue es kaum zu sagen – ist zugleich mit an sie. Doch über diejenigen Stellen, die mehr für den Hausvater als die Hausmutter sind, wird sie, mit der ihr eigenen und leider! in Göttingen so seltenen Diskretion den Mantel christlicher Verzeihung schlagen. Ich schreibe so dahin, oft mutwillig, oft unbesonnen und übereilt, aber wahrhaftig immer wohlmeinend und immer mit einem Herzen voll Freundschaft, vorzüglich für Sie und Ihr ganzes Haus.

G. C. Lichtenberg

N. S.

London, den 29. Januar 1775

Was denken Sie von dem Musenalmanach? Meines Erachtens ist das meiste förmlich abscheulich, zumal das Klopstockische und das darnach Geschnittene der andern. Haben Sie wohl ein einziges neues Bild darin gefunden? Das ist das ewige Rauschen im Hain, das Silbergewölk und die Eiche, die wir schon hunderttausendmal gehabt haben, und dieses glauben sie neu zu machen, wenn sie es mit dicker Gurgel wie vom Dreifuß geheimnisvoll herunterlallten. In dem Fach lobe ich mir allemal den Jacob Böhme. Der Teufel hol's, der konnte Quartbände wegschreiben, die keine lebendige Seele verstand als die initiierten Narren, und zwanzig Musenalmanache wiegen noch keinen Quartband. Einige Gedichte von dem Jahr gefallen mir, zumal unter den kleinen und die Höltyschen. Wer wohl der Md. sein mag auf der 214. Seite; das ist recht, so wie man sie in Sekunda macht, wenn's nur mit den Worten geht, für den Sinn sorgt der Rektor. Haben Sie in Ihrem Leben gehört, daß etwas, das strahlt und hoch steht, nur gesehen werden kann, wenn man sich auf einen Schemel stellt? Das Männchen hat an die Sonne gedacht, wie ich aus dem letzten Strahl verstehe; allein wenn man hoch stehen muß, um ihre letzten Strahlen zu sehen, so steht sie tiefer als der Beobachter und ist entweder schon wieder unter- oder noch nicht aufgegangen. Und das wird ihm der vernünftigste Teil von Deutschland gerne einräumen, daß Klopstock entweder noch nicht auf- oder schon wieder untergegangen ist. Vermutlich wird nun der Musenalmanach besser. Ich wollte unmaßgeblich raten, daß keine Oden hineinkommen als wie von Leuten, die sich legitimiert haben, daß sie auch etwas Vernünftiges nüchtern und im Ernste schreiben können; solchen Leuten hört man gerne zu, und wenn sie wirklich rasten. Ein Einfaltspinsel, der närrisch wird, ist gewiß im Tollhaus der letzte Einfaltspinsel, aber Simson und Lee, wenn sie närrisch werden, sind immer hörenswert, so gut wie Hamlet, wenn er sich rasend stellt. Aber wer sind denn unsere Odendichter? Meistens Leute, welche die Welt so wenig kennen als die Welt sie. Und wie ist es anders möglich, als daß Leute, die mehr Kenntnis der Welt als diese Säuglinge besitzen, alles, was sie sagen, höchst albern finden müssen, ob sie selbst gleich glauben, sie berührten mit erhabenem Nacken die Sterne, wie Pastor Lange den Horaz sagen läßt.

An Christiane Dieterich

Kew, den 24. Januar 1775

... Gestern morgen habe ich, ehe der König kam, auf anderthalb Stunden mich mit der Königin allein besprochen. Sie sitzt vor dem Kaminfeuer, und ich stehe dabei, ich muß ihr alsdann von allem, was Göttingen und mich angeht, Nachricht geben. Ich spreche nicht als Untertan, sondern bloß als Passagier und Weltbürger, wenn ich sage: Mehr

Menschenfreundlichkeit und Gefälligkeit, mehr Richtigkeit im Ausdruck und Verstand und Anmut in allem, was sie sagt, nicht allein ohne Stolz, sondern auch selbst ohne den mindesten Anschein, als wenn sie sich vielleicht mit Fleiß herabließe, und dieses mit einem so liebreichen Wesen in den Mienen und dem ganzen Betragen, habe ich noch nie, ich will nicht sagen in einer Fürstin, sondern überhaupt noch nicht so beisammen gesehen als in unserer Königin. Sie werden mir desto leichter glauben, was ich sage, wenn ich Ihnen, ob Sie es gleich schon wissen, hier beifüge, daß sie bloß durch diese Eigenschaften einen jungen, gesunden und feurigen Monarchen, dem Tausende der größten Schönheiten zu Gebot stünden, so gefesselt hat, daß sich bis jetzt die frechste Verleumdung noch nicht einmal getraut hat, nur bloß von einer entfernten Mutmaßung oder Argwohn von Untreue in ihm zu reden. Sie werden mit mir bekennen müssen, daß dieses alles ist, was weibliche Tugend und Vollkommenheit in dieser Welt Großes und Verehrungswürdiges bewirken kann. Sie haben die englische Geschichte gelesen, aber erinnern Sie sich eines solchen Beispiels? Dieses erstreckt sich so weit, daß der König nicht gerne sieht, wenn jemand von seinen Bedienten, sie seien von welchem Rang sie wollen, unverheiratet ist, daher sie denn sobald als möglich zum Werk schreiten. Einige Fragen, die er deswegen an mich getan hat, sind äußerst angenehm (und ich werde sie wegen der besondern gnädigen Herablassung, mit der sie verbunden waren, in meinem Leben nicht vergessen), aber jetzt schreibe ich sie deswegen nicht, weil ich nicht Zeit habe, sie so ein- und auszuleiten, wie es nötig ist …

An Johann Christian Dieterich

Kew, den 28. Januar 1775

... Ich lebe nun der angenehmen Hoffnung, daß der Musenalmanach besser werden wird, wenn das rasende Odengeschnaube herausbleibt. Ich gebe zu, daß es Menschen geben kann, die in einer solchen Zeile die Tritte des Allmächtigen und das Rauschen von Libanons Zedern zu hören glauben, aber ich bitte Gott, daß er alle guten Leute in Gnaden vor solchen Narren bewahren wolle. Nichts ist lustiger, als wenn sich die Nonsenssänger über die Wollustsänger hermachen, die Gimpel über die Nachtigallen. Sie werfen Wielanden vor, daß er die junge Unschuld am Altar der Wollust schlachtet, bloß weil der Mann unter so vielen verdienstlichen Werken, die die junge Unschuld nicht einmal versteht, auch ein paar allzu freie Gedichte gemacht hat, die noch überdas mehr wahres Dichtergenie verraten als alle die Oden von falschem Patriotismus für ein Vaterland, dessen bester Teil alles das Zeug zum Henker wünscht. Die Unschuld der Mädchen ist in den letzten zehn Jahren, da die komischen Erzählungen heraus sind, nicht um ein Haar leichter zu schlachten gewesen als vorher, hingegen sieht man täglich, wie der gesunde Menschenverstand unter Odenklang am Altar des mystischen Nonsenses stirbt. Herr Hölty ist meines Erachtens ein wahres Dichtergenie und gewiß ein Verlust für den Musenalmanach, Claudius in seiner Art, wenn er weniger Original scheinen wollte. Mich dünkt, so wie Hölty zuweilen zu dichten, dazu gehört natürliche Anlage, allein wie die meisten übrigen weiter nichts, als daß man ein Vierteljahr ähnliche Werkchen liest ...

An Johann Christian Dieterich

London, den 15. Februar 1775

... Nun bin ich endlich in dem lieben London, wonach ich gewünscht und geangelt und alle vier ausgestreckt habe. Vorgestern abend war ich über eine Stunde bei dem König und der Königin ganz allein in einem kleinen, vortrefflichen Kabinett, die Königin ganz mit Juwelen behangen und der König in einem gestickten Kleid mit dem Orden über den Rock in unbeschreiblicher Majestät, und diesen Morgen nach neun Uhr habe ich der Königin schon wieder aufwarten müssen, sie war in einer Dormeuse und schwarzen Salopp ganz en famille. Sie schickte mich zu Lady Charlotte Finch, der Oberhofmeisterin von der Prinzessin, da saß ich eine halbe Stunde allein mit einer der bestbelobten Damen in England. Dieses war in St. James, alsdann ging ich zurück durch den Park nach der Königin Palast, wo ich mit einem herrlichen Frühstück bewirtet wurde, hierauf wurden mir alle Gemälde und alle Zimmer gezeigt und endlich auch die Elefanten.

Im Nachhausegehen sah ich etwas, das mir noch immer vor Augen schwebt, es war weiß, schwarz und rot und sprach mit mir, ich glaube, es war der Teufel. Bruder, wenn Du den Teufel gesehen hast, sage mir doch, ob er in paille geht mit einer schwarzen frisierten Schürze und aussieht, als wenn er 16 Jahr alt wäre und mit den Augen allerlei zu sagen scheint, wozu es im Englischen keine Worte gibt. Damit Du mich besser verstehst, Klauen hatte dieser Teufel nicht oder wenigstens sehr kleine, und diese hatte er in ein Paar blaue atlassene Schuhe gesteckt, von einem Schwanz konnte ich gar nichts sehen, Hörner auch nicht, allein ich glaube, er trug ein Paar in der Tasche, um sie der ersten besten vorbeigehenden Ehefrau unter die Dormeuse zu schieben ...

In meinem Leben bin ich noch nicht so mit Schmerzen geplagt gewesen als diesen Winter, meine Apotheker haben mich schon über 30 Taler gekostet. Ich habe mich öfters tot gewünscht, aber ganz unter der Decke, daß es weder Tod noch Mensch hören könnte, dieses unter uns. London ist ganz mein Ort. Es gefällt mir nicht sowohl der vielen Vergnügen wegen, denn das sind Kleinigkeiten, sondern wegen der Artigkeit und Achtung, womit man traktiert wird, sobald man nur etwas reinlich einherwandelt und bezahlt, was man ißt und trinkt. Meine alten Bekannten bekümmern sich (drei oder vier ausgenommen) so wenig um mich als ich mich um sie. Sie erwarten meinen Besuch und könnten warten, bis ich wieder in Holland oder Frankreich ans Land steige; ich werde sie nicht besuchen.

Vorgestern morgen boxten sich zwei Kerle am untern Ende der Straße, worin ich wohne; gleich beim Anfang schlug der eine den anderen so mit der Faust, daß er gleich tot darniederfiel. Den Toten habe ich wegtragen, aber das Stiergefecht selbst nicht mit angesehen.

Neulich habe ich an einem der wichtigsten Tage dem Parlament beigewohnt, habe von zwei bis halb acht auf einen Fleck gestanden, Mittagessen und Kaffee darüber versäumt und bloß durch Augen und Ohren gezehrt. Ich bin vorige Woche zweimal beim König gewesen hier in London. Gestern habe ich Yoricks Grab besucht. Ich sehe und höre so viel, daß ich zehn Jahre daran zu verdauen haben werde. Neulich habe ich in einem Dorfe Hammersmith unter Matrosen, Fuhrleuten und Spitzbuben über die Amerikaner disputiert ...

An Christian Gottlob Heyne

London, den 6. März 1775

...Dieterich hat mit seinem Druck hier außerordentliche Ehre eingelegt, das war es grade, was der König wünschte. Er war beständig überzeugt, daß die Deutschen alles so gut tun können als die Engländer, und es war ihm nur leid, daß die Proben davon in England so rar waren. Dieterich hat

eine Probe gegeben, daß die deutschen Künstler Geschmack haben, den ihnen die Engländer ganz streitig machten. Selbst die Damen und die Buchdrucker sagen, daß sein Druck außerordentlich sei. Ich wünsche, daß der arme Teufel ebenso reich dadurch werden möge, als mancher hiesige Buchdrucker ist, den er übertroffen hat. Allein die Proben von seinem Eifer für die Ehre der Universität sind durch mich allein den nächsten Weg zum König gegangen, der sie sehr gnädig und mit besonderem Wohlgefallen aufgenommen hat. Könnten doch die Gnadenbezeugungen durch eben diesen Kanal zurück zu dem armen Teufel gehen, aber dieses wird der Weg nicht sein, von dem Strom, so reich und rein er auch ausfließen mag, darf er schwerlich auf mehr als ein paar trübe Tropfen hoffen.
Am 7. des vorigen Monats habe ich einer der wichtigsten Debatten im Parlament, deren man sich erinnert, mit beigewohnt. Es wurde nämlich an dem Tage dem Oberhaus die Adresse an den König von dem Unterhaus übergeben, worin sie ihn bitten, kräftige Mittel gegen die Amerikaner zu gebrauchen, und ihm zugleich Beistand mit Gut und Blut versprechen. Die Lords und Bischöfe sollten nämlich die leergelassenen Stellen (blanks) in der Adresse mit den Worten Lords spiritual and temporal gehörig ausfüllen. Kaum war die Adresse gelesen, als der Herzog von Richmond, ein hitziger Anhänger der Opposition, aufstand und sagte: »Eher will ich Beutel und Kopf hingeben, ehe ich so etwas tue« (I'll sooner part with my head and my purse pp.). Er sprach sehr lang mit einem Eifer, der sehr oft zu weit ging, er stemmte einmal beide Arme in seine Seite und tat ein paar Schritte vorwärts gegen seinen Gegner, den Grafen Gower, zu, der mit vieler Bescheidenheit Lord North' ehemaligen Plan verteidigt hatte und sagte: Es ist »Tollheit, so zu sprechen (it is madness to speak so). Ich habe nicht geglaubt, daß solche Ausdrücke in einer solchen Versammlung erlaubt wären.« Nach ihm sprachen mehrere Lords gut und schlecht durcheinander, als auf einmal Verdienst gegen Verdienst, ich meine Lord Camden gegen Lord Mansfield,

auftrat, der erste für die Opposition, der andere für das Ministerium, zwei der größten Redner und hellsten Köpfe, die England jetzo hat. Ich habe vieles von dem, was sie gesagt haben, aufgezeichnet, es würde mich aber zu weit führen, wenn ich auch nur weniges davon gehörig erzählen wollte. Sie folgten einander Punkt für Punkt, zitierten aus dem Kopf Parlamentsakten, Namen und Seitenzahlen, brauchten alle Macht, die ihnen außer den bestgewählten Gründen, Stimme und Anstand, Ründe der Perioden und Witz, selbst den bittersten nicht ausgenommen, gewähren konnte, so daß einen solchen Disput über einen erdichteten Fall in einem Hörsaal und zwischen Professoren anzuhören, schon kein geringes Vergnügen gewesen sein würde. Hier aber standen zwei Männer, davon der eine, ob er gleich nicht reich ist (Lord Camden), das Amt eines Kanzlers von England aufgegeben und der andere ausgeschlagen hat, in einer der ehrwürdigsten Versammlungen in Europa und stritten über eine Sache, wobei es auf Gut und Blut von ein paar Millionen Menschen ankommt, Block und Kopf nicht zu erwähnen, an die sie sich beide öfters einander erinnerten. Es war höchst ehrwürdig und rührend, jedermann, dem ich es sage, daß ich an diesem Tage im Parlament gewesen wäre, schätzt mich glücklich ...

An Johann Christian Dieterich

London, den 1. Mai 1775

...Für die ›Leiden und Freuden und Tollheiten des jungen Werther‹ danke ich Dir vielmals. Ist es wahr, daß sich ein junger Herr von Lüttichow über das Buch erschossen hat? Das mag mir ein rechter Herr von Lüttichow gewesen sein. Ich glaube, der Geruch eines Pfannkuchens ist ein stärkerer Bewegungsgrund, in der Welt zu bleiben, als alle die mächtig gemeinten Schlüsse des jungen Werthers sind, aus derselben zu gehen. Die Holzschnittchen in dem ›Prometheus‹ ließen sich also noch mit folgenden vermehren. Ein Verliebter (wie der gemalt wird, wissen die Empfindsamen am besten), und zwar ein Unglücklicher, steht da mit einer Pistole in der einen und einem Brotmesser in der andern; vor ihm steht ein Tisch, worauf das besagte Buch und ein Pfannkuchen zu sehen ist, oben drüber stehen die Worte Numero eins nebst dem Vers aus Addisons ›Cato‹:

My bane, my antidote are both befor me.

Das andere Bild stellt denselben Mann vor; die Pistole liegt auf der Erde, das Brotmesser steckt in dem Pfannkuchen und der Pfannkuchen halb im Maul mit Cäsars Worten:

Jacta est alea.

Die englischen und lateinischen Worte laß Dir in Göttingen aufkörnen, ich habe keine Zeit dazu …

An Johann Christian Dieterich

Kew, den 28. September 1775

Mein lieber Dieterich!

Deine beiden Briefe oder die Klagelieder Dieterichs habe ich alle richtig erhalten. Mein Gott, wie kannst Du glauben, daß ich etwas auf Dich haben könnte. Frage einmal meinen Bruder in Darmstadt, wann ich ihm zum letztenmal geschrieben, und er wird Dir sagen: im Februar. Bedenke! Sobald mich einmal der Himmel an einen Ort versetzt, wo ich zum Zeitvertreib wieder in mich selbst sehen und das Wetter in meinem Kopf beobachten muß, da sollst Du wieder Briefe mit Handzeichnungen bekommen. Hier ist es unmöglich, zumal da wir noch immer Südostwind haben und die Luft klar ist …

Vorgestern des Morgens boxten sich zwei Kerle unter meinem Fenster. Ich habe diese Zeremonie sehr oft mit angesehen, aber nie blutiger als dieses Mal. Dem einen Kerl floß das Blut aus Nase und Mund über den nackten Leib, kam ihm endlich an die Arme und an den andern Kerl, so daß es in der Tat scheußlich aussah; als sie so fochten, kam der König und die Königin in einem Phaëton gefahren und so dicht an ihnen vorbei, daß sogar ein Teil der Zuschauer auf die andere Seite des Phaëtons treten mußten. Sie ließen sich dadurch so wenig stören, als wenn ich vorbeigegangen wäre. Der eine Kerl wurde auf sechs- bis siebenmal von dem andern niedergeschlagen, nicht umgeworfen, sondern er schlug ihn so an den Kopf, daß er seine Sinne verlor und so wie ein Ohnmächtiger in die Knie brach und zusammenstürzte. Sobald er wieder zu sich kam, wozu ihn die Umstehenden verhalfen, wagte er einen neuen Gang, bis endlich die Umstehenden es nicht mehr zuließen, weil zu fürchten war, daß er bleiben würde. Alsdann gaben sie sich die Hände, zogen ihr Hemde an und gingen jeder seiner Wege. Der eine Kerl sah sich gar nicht mehr gleich, er war blau und gelb im Gesicht, und die Augen waren ihm verschwollen …

Ich bin
Dein
Lichtenberg

An Johann Christian Dieterich

St. Pauls Kaffeehaus, London,
den 13. Oktober 1775

… Ich bin, größtenteils Dir zu gefallen, nach Birmingham gereist, welches über 24 deutsche Meilen von hier ist, um Herrn Baskerville zu sprechen, der, wie ich erst dort erfuhr, schon vor einem halben Jahr und drüber begraben worden ist. Ich machte meine Aufwartung seiner Witwe, einer vortrefflichen Frau, die die Schriftgießerei fortsetzt, allein die

Druckerei fast völlig aufgegeben hat. Sie wohnt in einem vortrefflichen Hause vor der Stadt, wobei sie zugleich ihre Fabriken, Küchengärten und Lustgärten mit den herrlichsten Spaziergängen zwischen Bäumen und Lorbeerhecken hat. Die Zimmer sind mit dem größten Geschmack möbliert, und in allem sieht man Reichtum mit der vernünftigen Mäßigung gezeigt, womit ihn Leute von Geschmack zeigen, die ihn nicht geerbt, sondern durch eigenen Fleiß erworben haben. Sie hat mir sechs Exemplare von ihren Schriftproben gegeben und mir die Preise vom Pfund dazu gesagt. Als sie fand, daß ich ein so großer Bewunderer ihres Mannes war, so schenkte sie mir das Gebetbuch, von dem ich Dir neulich schrieb, das jetzt in London nicht mehr gut zu haben ist, von ihrem Tisch weg. Sie sagte, sie hätte noch mehr Gebetbücher und selbst von ihres Mannes Ausgabe noch einige ungebundene. Wenn ich oder sonst jemand in Deutschland Schriften kaufen will, so will sie sie allemal, soviel es auch wäre, postfrei nach London schicken, welches in diesem teuren Land keine Kleinigkeit ist, sobald ich ihr Nachricht gebe. Ob sie gleich sehr nett und in schwarze Seide gekleidet war, so hat sie mich dennoch selbst in die schmutzigsten Winkel der Schriftgießerei begleitet. Ich habe die Punzen und Matrizen zu allen den schönen Buchstaben gesehen, die wir so oft bewundert haben. Allein aus der Art, wie sie das Papier glättet, macht sie ein Geheimnis, ich bin aber nun der Sache doch viel näher gekommen durch Fragen, die ich von der Seite getan habe. Sie glättet Papier selbst für die londonschen Buchhändler, und die schreiben ihr den Grad der Glätte vor, wofür sie eigne Namen haben. Ich habe Papier gesehen, das sich nur eben von gemeinem unterschied, und anderes, das so glatt war als ein Spiegel, von dem letzteren hat sie mir einige Bogen gegeben. Ein Stückchen davon liegt bei. Zu der Maschine ist nur eine Magd und ein kleines Mädchen nötig, und dieses Paar glättet an einem Tage sechs Buch Papier. Ich bin fast völlig überzeugt, daß es nicht durch Walzen geschieht, sondern auf eine ganz gemeine Art, nämlich daß ein glatter, schwererer Körper, dessen Art, Größe und Gewicht ich nicht bestimmen will, darauf hin- und hergezogen wird, ungefähr so, wie man in Göttingen das weiße Zeug plättet. Ein Gelehrter hat mich versichert, daß die Araber ihr Papier mit Glasplatten glätteten auf eine ähnliche Art. Walzen wie die Deinige sind Instrumente zum Zusammenpressen, und sie glätten nur durch die Heftigkeit des Drucks, der eigentlich ihre Hauptwirkung ist. Ich sehe nicht, warum man zusammenpressen und glätten zugleich tun soll, da man das letztere allein oder doch wenigstens nicht mit dem entsetzlichen Aufwand von Druck haben kann. Ein anderes Geheimnis, worauf sie ebenso stolz ist als auf das Glätten, ist das Rezept zu ihres Mannes Druckerschwärze, die allen englischen Buchdruckern unbekannt ist. Sie unterscheidet sich nicht sowohl durch die Schönheit der Farbe als dadurch, daß sie ungewöhnlich geschwind trocknet und das Glätten besser und eher verträgt als die gemeine ...

An Johann Andreas Schernhagen

Kew, den 16. Oktober 1775

Am vergangenen Freitag bin ich von einer Reise von mehr als 72 deutschen Meilen in die Runde glücklich wieder zurückgekommen. Ich habe Oxford, Birmingham und Bath besehen. Wer die letzten beiden Orte nicht gesehen hat, darf kaum sagen, daß er in England gewesen ist. Diese Reise habe ich ohne Bedienten, ohne Koffer und selbst ohne Portemanteau getan, sondern ich ging nach London, legte da in einem Winkel meinen Glanz ab und bestieg wie ein Webergeselle mit ein paar reinen Hemden und Halsbinden in einem Schnupftuch den Postwagen und kam, ohne aufgegessen worden zu sein, wieder hierher. Was ich auf dieser Tour gesehen habe, zu beschreiben, ist kaum für einen Brief. Ich führe nur an, daß ich Herrn Boltons berühmte Manufaktur oder ganzes System von Manufakturen zu Soho in Staffordshire bei Birmingham gesehen habe, wo täglich 700 Menschen Knöpfe, Uhrketten, Stahlschnallen, Degengefäße, Etuis, alle Arten von Silberarbeiten, Uhren, alle nur ersinnlichen Zieraten aus Silber, Tombak und anderen Kompositionen, Dosen pp. machen. Jeder Arbeiter hat da nur ein ganz kleines Feld vor sich, daß er also gar nicht nötig hat, Stellung und Werkzeuge zu verändern, wodurch eine unglaubliche Menge Zeit gewonnen wird. Jeder Knopf, der z. E. aus Buchsbaum oder Elfenbein oder sonst etwas aufgekittet ist, geht durch wenigstens zehn Hände. Ich habe da eine Feuer- oder Dampfmaschine von einer neuen Konstruktion gesehen, die hebt mit 112 Pfund Steinkohlen 20 000 Kubikfuß Wasser 24 Fuß hoch in einer so kurzen Zeit, daß das Wasser durch seinen Fall ein Rad in Bewegung setzt, das so groß ist als eins an der Herrnhäuser Kunst. Herr Bolton macht noch ein Geheimnis daraus; ich habe aber so viel gesehen, daß der Stiefel oben zu ist und daß die Stange des Embolus so genau in die Öffnung eingeschmiert ist, daß die Luft nicht auf den Embolus wirken kann, die ihn bei allen londonschen allein hinuntertreibt; Herr Bolton, der also das Gewicht der Atmosphäre, das bei anderen Maschinen so nötig ist, ausschließt, drückt also vermutlich den Embolus auch durch Dämpfe wieder nieder; dieses ist vermutlich das Geheimnis. Da die Kraft, die eingeschlossene Dämpfe ausüben, fast gar keine bekannte Grenzen hat, so kann er so viel Wasser auf einen Zug heben, als die Festigkeit der Maschine zuläßt. Ich muß nicht vergessen zu erinnern, daß die 112 Pfund Kohlen den Herrn Bolton auf der Stelle etwa 14 Pfennige hannoverschen Geldes kosten. Ich habe da eine seltsame Pumpe gesehen, die das Wasser nicht durch den Druck der Luft, auch nicht durch Dämpfe hebt, reichlich, aber nicht sehr hoch. Aus allem diesen erhellt, warum man die sogenannten Birminghamer Waren in Berlin und Straßburg wohlfeiler kauft als in London selbst. Herr Bolton und seine Kaufleute in London, für die er allein in England arbeitet, haben sich über einen gewissen Profit verglichen und machen den Preis in England, der mit einem solchen Profit verbunden ist, daß die Ausländer, die ihre Sachen zu Soho nehmen, nach der großen Fracht, sie doch noch wohlfeiler verkaufen können als der londonsche Kaufmann ...

Nun etwas von Freund Forster, und zwar erst von seinem Charakter.

Er ist ein Mann in seinen besten Jahren, voller Feuer und Mut. Er würde, glaube ich, den Jupiter umsegeln; sein Gedächtnis ist außerordentlich und ebenso soll seine Stärke in der Naturhistorie sein. Gegen seine Freunde ist er dienstfertig und bescheiden, aber unversöhnlich, wenn man ihn beleidigt, seine Feinde behandelt er mit einer eigenen Art von Witz, der am besten durchdringt, nämlich er schlägt sie hinter die Ohren. Man hat mir gesagt, daß er auf der Reise zweimal hat müssen in Arrest gesetzt werden. Einmal, da ein Deutscher, den er gar nicht kannte, etwas laut in der Komödie deutsch sprach und sich ein Engländer darüber in Ausdrücken aufhielt, die gegen die Deutschen überhaupt gingen, so stand Forster, der nicht einmal nahe saß, auf und redete den Engländer gleich mit den freundschaftlichen Worten: You infamous scoundrel oder du infamer Spitzbube an, forderte ihn auf der Stelle heraus und in einem solchen Ton, daß der Engländer für heilsam befand, nach der Komödie nicht zu erscheinen, sondern sich wegzuschleichen. Diese Geschichte hat mir Herr Forster nachher selbst erzählt. Seine Liebe zur Wissenschaft und sein Eifer für die Wahrheit sind ebenso außerordentlich, und um alles ins Kurze zu ziehen, muß ich sagen, daß der außerordentlichste Mann, den ich fast in England gesehen habe, ein Deutscher, und zwar Herr Forster ist. Hätte er das Schiff selbst kommandieren können und bei seinen großen Talenten Kapitän Cooks Erfahrung besessen, so würden wir jetzt dreimal mehr wissen, obgleich die Reise, wie sie ist, schwerlich vergessen werden wird ...

London, den 17. Oktober

Meinem Versprechen gemäß, fahre ich in meinem Briefe fort und genieße dabei mein Frühstück in einem Kaffeehause, wo ich die vergangene Nacht geschlafen habe.
Gestern abend habe ich im Drurylane der Vorstellung von Shakespeares ›As you like it‹ beigewohnt; ich wurde durch den Favoritpagen des Königs dahin geführt und vorher (das wollte ich eigentlich erzählen) dem Herrn Garrick vorgestellt. Ich habe also nunmehr diesen merkwürdigen Mann nicht allein in seinen größten Rollen gesehen, sondern auch gesprochen.
Herr Garrick bringt mich auf Lavaters große Physiognomik. Die Königin hat mir das Buch geliehen, ob sie es gleich selbst nur geborgt hat. Das Papier, Format, Druck und die größtenteils guten Kupferstiche machen einen Eindruck auf einen, ehe man noch liest, der den Bemerkungen selbst zum Vorteil gereicht. Sonst sieht man wieder wie in allen Schriften dieses Schwärmers den entsetzlichen Aufwand von Worten, Beschreibungen und Empfindungen, die sich nicht beschreiben lassen, und die gewiß oft guten Beobachtungen in eine in Deutschland unter den sogenannten webenden Genies in den Wolken Mode werdende Adeptensprache gehüllt, daß jedem, der Sachen sucht und keine Redensart, die Geduld hundertmal abläuft. Warum doch der Mann ein solches Vergnügen daran findet, uns seinen Merseburger in lauter Schaum zu präsentieren? …

An Johann Christian Dieterich

London, den 18. Oktober 1775

Da der Himmel in allen seinen Absichten weise und gerecht ist, so freue ich mich immer, wenn ich diese Weisheit und Gerechtigkeit in solchen von seinen Ratschlüssen entdecke, denen man sich gemeiniglich mit Unwillen unterwirft. Der Tod Deines kleinen Töchterchens hat mir diese Art von philosophischer Freude gemacht und allerlei Betrachtungen in mir veranlaßt, mit denen ich Dich zu einer andern Zeit unterhalten will. Ich beklage weder Dich noch sie. Sie hat geschlafen, Brei gegessen, ist vermutlich oft genug geküßt worden, hat ihren Eltern Freude ohne Verdruß gemacht und hat also Vergnügen gehabt und welches gegeben. So konnte sie wieder eingeschmolzen werden. Diejenigen Pflichten eines tugendhaften Mädchens, die sie nicht erfüllen konnte, werden Deine andern statt ihrer über sich nehmen, die hoffentlich der Himmel nicht eher einschmelzen wird, bis ihr Bild abgegossen ist. Sei also zufrieden, mein lieber Dieterich, und gehe an Deine Arbeit, und ich will desgleichen tun, sobald ich noch ein paar Zeilen geschrieben habe...

Vorgestern abend bin ich von einem Pagen des Königs Herrn Garrick vorgestellt worden. Ich wurde nachher in seine Loge geführt und sah in Gesellschaft seiner Frau ein Stück des Shakespeare aufführen. Er machte mir ein großes Kompliment, das ich wohl anführen darf, weil ich es bloß für eines halte. Er sagte, er hätte noch nie einen Ausländer so englisch sprechen hören wie mich und sollte mich kaum für einen halten. Neulich reiste ich durch Stratford am Avon in Warwickshire, dem Ort, wo Shakespeare geboren ist. Ich sah sein Haus und habe auf seinem Stuhl gesessen, von dem man anfängt, Stücke abzuschneiden. Ich habe mir auch etwas davon für einen Schilling abgeschnitten...

An Johann Christian Dieterich

London, den 31. Oktober 1775

Mein lieber Dieterich,

Nun, Dein Memorial ist dem König von mir selbst gestern morgen so gut übergeben worden, als Du es nur immer wünschen kannst. Ich muß es Dir etwas umständlich erzählen, weil es mir ein ebenso großes Vergnügen ist, davon zu schreiben, als Dir und Deinen wahren Freunden, es zu lesen. Gleich zur Einleitung muß ich Dir etwas gestehen, was ich Dir nie würde gestanden haben, wenn sich die gestrige Gelegenheit nicht ereignet hätte. Ich hatte nämlich in der langen Unterredung mit dem König vor 14 Tagen eine Gelegenheit verloren, von Dir zu reden (wiewohl ganz ohne mein Verschulden), dergleichen ich kaum wieder erwarten konnte, die sich aber demungeachtet gestern wieder ereignet hat und von mir so genützt worden ist, als in meinem Vermögen stunde. In jener Unterredung nämlich erzählte ich dem König von meiner Reise und kam also endlich auf Madam Baskerville, als ich dieses erwähnt hatte, sagte der König, vielleicht können Sie Ihrem Freund Dieterich mit manchem dienen, das Sie da gesehen haben. Kaum hatte ich ein paar Worte weiter gesprochen, so kam ein Page in das Zimmer mit einem verschlossenen Kästchen, welches der König öffnete, einige Papiere herausnahm und darauf anfing zu schreiben. Ob ich gleich nicht dimittiert wurde, sondern fast noch eine Stunde mit der Königin an einem anderen Ende des Zimmers sprach, auch zuweilen wieder mit dem König, der beständig vor dem Schreibtisch saß, so wurde doch jene Unterredung abgebrochen, und es hätte Mangel an Lebensart, wo nicht etwas Schlimmeres verraten, wenn ich die Unterredung wieder gewendet hätte, und dem König eine Bittschrift zu überreichen, während als er schreibt; so etwas läßt sich gar nicht denken. Sowenig ich auch Schuld hatte, sosehr schmerzte es mich dennoch, und ich schrieb gleichsam einer Nachlässigkeit von meiner Seite zu, was schlechterdings nicht zu ändern stunde. Nun weiter. Am vergangenen Freitag bekam ich hier in London Ordre durch einen Pagen, den nächsten Montag um neun Uhr des Morgens zum König zu kommen. Ich steckte Dein Memorial in die Tasche und fuhr hinaus. Der König war nicht allein. Es waren eine Menge Personen in dem Saal, die aber alle sehr weitab stunden. Bei dem König stand Herr Salgas, der erste Hofmeister des Prinzen von Wallis, und ich. Nach einer Menge von Fragen, die er an mich tat, fragte er endlich, ob ich nicht wüßte, womit sich Herr Hofrat Heyne jetzt beschäftigte. Ich sagte nein. Ich hoffe, fuhr der König fort, daß Dietrich künftig alle seine Sachen drucken wird, und setzte die Worte hinzu (deren er sich schon einmal von Dir bedient): »Das ist ein ganzer Mann, der Dieterich.« – Nun, dachte ich bei mir selbst, soll mir kein Sterblicher diese Gelegenheit wieder rauben, und wenn das ganze Parlament im Saal wäre. Ich fing alsogleich an, daß die Herren Minister Deine Anstalten mit ihrem Beifall beehrt, daß man gewöhnlich Deine Druckerei so besuche, wie man die anderen großen Merkwürdigkeiten von Göttingen besuche, wie sehr diese Anstalten erweitert und unterstützt zu werden verdienten, der König hörte mir sehr aufmerksam zu, dann kam ich auf Deine Bitte und trug sie ganz mündlich vor, mit Anmerkungen, und alsdann sagte ich, ich hätte sie schriftlich bei mir, sogleich streckte der König die Hand danach aus. Weil der Pack etwas dick war, so sagte ich ihm, daß Dein eigentliches Ansuchen in wenigen Zeilen enthalten wäre, das übrige enthalte die nötigen Erläuterungen, der König sagte: »Sehr wohl, sehr wohl.« Und anstatt sie dem aufwartenden Pagen zu geben, steckte er den ganzen Pack in die Tasche. So ist nun Deine Sache angehängt bei einem König, der viel auf Dich hält und ganz für Deine Anstalten eingenommen ist. Du wirst es also nun ferner lenken, daß man dem König nicht von einer anderen Seite widerrät. Ich versichere Dich, daß mir nun ungewöhnlich leicht um das Herz ist, da ich Deinen Auftrag so ausgerichtet habe, daß mir keine bessere Art zu wünschen möglich gewesen wäre.

Einige Zeit, etwa eine halbe Stunde, nach diesem hatte ich wieder eine Unterredung ganz allein, aber der Inhalt derselben, so unvergeßlich er mir auch ewig sein wird, gehört nicht hierher. Ich wollte Abschied nehmen. Nein, sagte der König, wir sehen einander noch einmal, und stellte mir sogar frei, ob es der Donnerstag oder Freitag früh sein sollte (weil er wußte, daß ich jetzt meistens engagiert bin). Ich wählte den Freitag, da der König in der Stadt ist. Nun, meiner lieber Dieterich, mache ja einen weisen Gebrauch von dem, was ich Dir hier gesagt habe. Es bringt Dir gewiß keinen Nutzen, daß es viele wissen; sage es also nur denen, die es wissen müssen, und das können nur wenige sein. Meinen Brief zeige gar niemandem, und sei mißtrauisch gegen die Tischfreunde, denen es gleichgültig ist, ob es Dir wohl oder gut geht. Sei soviel als möglich pünktlich in allem, aber vornehmlich in den Dingen, die die Universität angehen. Der König ist, wie ich sicher überzeugt bin, ebensowohl einer der rechtschaffensten Männer, die ich je gesehen habe, so wie er einer der ordentlichsten ist. Du hast wahrhaftig seine Gnade jetzt, und wenn Du ihm pünktlich und mit Eifer dienst, so kann es gar nicht fehlen, Du wirst den größten Vorteil davon spüren. Du verzeihst mir als einem Jüngeren, daß ich Dir solche Lehren gebe, weil Du mein Freund bist...

den 2. November

Heute morgen um zehn Uhr ist der König in meinem Hause bei mir gewesen. Heinrich, der ihn auf die Haustür zugehen sah, lief in der größten Bestürzung nach derselben und öffnete sie. Der König fragte ihn auf deutsch: Ist der Professor zu Haus? – Ich warf in der anderen Stube meinen Rock an, allein die Schuhe steckte ich bei hängenden Strümpfen nur bloß wie Pantoffel an die Füße und steckte die Riemen unter, so kam ich heraus und hatte eine Unterredung mit ihm, die über eine Viertelstunde dauerte. Hast Du je so etwas gehört?

An Christiane Dieterich und Töchter

Urteil

Da die hiesige Einwohnerin, unsere ehemals liebe getreue Elisabeth Christiana Dieterich, nebst deren beiden sonst gar nicht verwerflichen Töchtern Luise und Friderike Dieterich, wegen nächtlichen Mühlenbesuchens und Schwärmens und daselbst öffentlich verübten Hüpfens und Springens solenniter und edictaliter vor uns vorgeladen, nicht allein nicht erschienen, sondern auch noch gleichsam mit uns und dem in unsern Händen habenden Schwert der Gerechtigkeit ihr ruchloses Gespött treibend, an demselben Tag einen Gastschwarm gehalten und Tags darauf in Gesellschaft einer noch zur Zeit unbekannten Frau, die aber der Rache nicht entrinnen wird, über den Heinberg am hellen Tage gezogen und sich in den geheimen Schlupfwinkeln des Waldes dem schändlichen Kaffeetrunk unter einem bacchanalischen Juchzen und Schreien ungestört ergeben haben, so ergeht hiermit ohne weiteres Verhör nunmehr unser endliches Urteil dahin: Daß ihnen zwar für dieses Mal, und zwar auf inständiges Vorbitten unsers lieben getreuen Professors Lichtenberg, als welcher, ob sie ihn gleich mehrmals von der Bahn der Zucht und Sittsamkeit in ihre schändlichen Spazierlüste zu ziehen gesucht haben, dennoch für dieselben eine unverdiente Freundschaft trägt und beweist, die Strafe für dieses Mal erlassen sein soll, jedoch nicht anders, als bis sie, und nicht eher, als nachdem sie ihre uns noch nicht bekannt gewordene, mutwillige Spießgesellin, die sich bei dem Wald- und Heckenunfug hinter dem Heinberg durch ein zuchtloses und leider den inneren heißen Mutwillen kühlen sollendes Geschrei, wovon die Erdbeerenmädchen und -jungen nicht genug erzählen können, hervorgetan, sogleich mit Namen und Wohnung anzeigen, damit auch sie zu gehöriger Verantwortung und verdienter Strafe gezogen werden könne. Zugleich aber wird dieser Christiane, Luise und Friderike Dieterich hierdurch ernstlich und unwiderruflich angedeutet, daß, wenn sie sich wieder des Nachts nach zwölf Uhr auf der Straße oder auf Mühlen, ferner auf Bier- und Kaffeebänken, Schützenhöfen, Kirmessen in sogenannter ›Waldlust‹ und andern Zusammenkünften, als wo sie mit ihren halb durchsichtigen Gesichtern und Hälsen und vom Teufel selbst nicht ärger zu erdenkendem nettem Anzug doch nur lauter Unheil anfangen, betreten lassen, so soll ihnen ein häßlicher Bart von gebranntem Kork unter dem Näschen weg von Ohr zu Ohr gezogen werden, damit anzudeuten, daß bei ihnen die Milch- und Blutfarbe der Zucht und Unschuld sich in die Brandbart- und Leibfarbe des Teufels verwandelt habe, auch sollen sie gehalten sein, ihre Haare mit einem rot färbenden Kamm drei Tage unaufhörlich zu kämmen und alsdann mit besagtem Haar und Bart etwas vor ein Uhr des Nachmittags am Fenster zu stehen, bis wenigstens zweihundert Burschen sich versammelt haben, da ihnen dann und nicht eher erlaubt sein soll, wegzugehen und sich den Bart zu waschen.

Da es uns aber ferner als einer gerechten Obrigkeit nicht bloß zukommt, die Verbrecher hart zu bestrafen, sondern auch dem begangen werden wollenden Verbrechen selbst stark vorzubeugen, als ergeht weiter unser Wille, daß mehrmals benannte Christiane, Luise und Friderike Dieterich besagtem unserm lieben getreuen Professor Lichtenberg gleich nach Einhändigung dieses unsers Urteils einen Schlüssel zu ihren respektiven Schlafkämmerchen fertigen und einhändigen lassen sollen, damit derselbe zu jeder Stunde der Nacht, wenn es ihm gefällt, sehen könne, ob die Nachtschwärmerinnen in ihren Betten seien und sonst alles richtig stehe und uns davon getreulichen Bericht abstatten könne. Wir haben unsern lieben getreuen Professor teils deswegen zu diesem wichtigen Dienst ausersehen, weil er mit besagten Vagabundinnen unter einem Dach wohnt, wenn sie zu Hause sind; teils aber auch, weil derselbe durch seine teils hier, teils in England sich erworbene eulenmäßige Einsicht

ins Nachtschwärmen am besten zu sagen weiß, wie dem Nachtstreichen anderer Personen am zweckmäßigsten vorzubeugen sei.
Gegeben, den 30. Juni 1776

An unsere ehemals liebe, getreue Madam Dieterich und DemoiselLen Töchter.

An Friedrich Nicolai

Göttingen, den 2. September 1776

Hochedelgeborener, hochzuehrender Herr,

Für Ihr vortreffliches Geschenk, den dritten Teil Ihres ›Nothanker‹, bin ich Ihnen in mehr als einer Absicht verbunden. Die Ehre, die Sie mir dadurch antun, konnte mir kaum angenehmer sein als die Freude, ein Buch nunmehr vollendet zu sehen, auf welches unser Vaterland stolz sein kann und das jedem, der unserer Literatur wohlwünscht, eine höchst aufmunternde Erscheinung in diesen betrübten Zeiten sein muß. Über die kalte Anzeige desselben in unseren hiesigen Blättern werden Sie sich nicht wundern, da Ihnen die Einrichtung dieser kleinen Republik und die Gesinnungen von Bürgermeister und Rat hinlänglich bekannt sind. Das Buch hat den größten Beifall unten denen hier erhalten, an deren Beifall Ihnen etwas gelegen sein kann und die den Menschen auch etwas mehr kennen als par renommée wie der Rezensent.
Mit der Rezension des ›Timorus‹ in Ihrer ›Bibliothek‹ bin ich völlig zufrieden, ja ich würde zufrieden gewesen sein, auch wenn sie lange das aufmunternde Lob nicht enthielte, das sie enthält. Die Bemerkung am Schluß derselben hat mir vorzüglich gefallen und diente einem Verfasser, der manches, was er in dem Buche gesagt, bitter bereut hat, zu keiner geringen Beruhigung.

Meine Schrift, von welcher Ihnen Dieterich gesagt hat, ist eigentlich ein Versuch, einen Vorschlag auszuführen, den Sie mir einmal vor ein paar Jahren taten, meine Satire gegen die verderbliche Geniesucht unserer Zeit zu wenden. Sie liegt schon lange in einzelnen Blättern fertig, es muß aber manches besser verbunden und mehr zusammengedrängt werden. Zeit hätte ich wohl zuweilen dazu, auch bin ich öfters aufgelegt, allein daß ich Zeit haben sollte, wann ich aufgelegt bin, diese glückliche Konjunktion ereignet sich selten bei mir. Auch ist dieses die Ursache, warum ich bis jetzt noch keines von den mir aufgetragenen Büchern habe rezensieren können. Ein paar will ich indessen gegen die Messe fertig machen. Ich kann nicht sagen, daß ich ein Freund vom Rezensieren bin, und habe überhaupt in meinem Leben nur zwei Rezensionen gemacht und die noch als Studiosus.
Herr Dieterich hat Ihnen durch den jungen Böhmer den Empfang des ›Nothanker‹ gemeldet, unter diesem Schutz schob ich meine Antwort so sehr lange auf. Ich bitte wegen dieser Nachlässigkeit herzlich um Verzeihung, der ich beständig sein werde

Dero
ganz ergebenster Diener
G. C. Lichtenberg

An Johann Christian Dieterich

Göttingen, etwa 20. April 1778

Herrn Amtmann Bürgers Ballade ›Frau Schnips‹ ist eine der besten, die ich in meinem Leben gelesen habe. Allein mit dem Bekanntmachen, das ist nun so eine Sache, und mit dem Nichtbekanntmachen auch. Die Mäntel der Liebe unserer Geistlichen werden alle Tage enger. Ich glaube nicht, daß sie dieses Gedicht darunterbringen können. Und doch, hol's der Henker! darf man so etwas nicht ungedruckt lassen, das uns allen Ehre machen kann. Ich dächte, er wagte es. Nimmt ja doch der Herr Jesus die Frau Schnips an; wieviel mehr sollte der Doktor Leß die Ballade annehmen, die unter der Maske des Leichtsinns eine sehr vortreffliche Moral lehrt. Nur das mußt Du dem Herrn Amtmann sagen, in meinem Namen, daß, wenn er sie bekanntmacht, er wahrlich lieber die Zeiten ändern soll als eine Zeile darin!

An Christiane Dieterich

Hamburg, den 9. Juni 1778

Werteste Freundin,

Wir machen noch immer den edelsten Gebrauch von unserer Zeit, so wie es allen Reisenden zukommt, denen die Besserung ihres Herzens und Verstandes wichtig ist, ich meine, wir essen Seefische, trinken englisches Smallbier, sehen nach den Mädchen und schlafen. Wenn wir ausgehen, so sagen wir zwar einander und anderen Leuten, es geschehe, um etwas Neues zu sehen, die Sitten der Einwohner zu erforschen und Bemerkungen zu machen, die wir bei unserer Anheimkunft und zwischen unseren vier Wänden nützen können, eigentlich geschieht es aber bloß, damit uns die Seefische besser schmecken, das Bier leichter hinunterfließe und um ein paar artige Figuren mehr zu sehen. Dieterich ist ganz ausgelassen, so daß mir nie eine Hofmeisterschaft so schwer geworden ist. Ich bin willens, morgen mit ihm die warme Wasser- und Habermehlkur anzufangen und ihn am Knie zur Ader zu lassen. Er springt in seinen feinen Westen herum, die ihm schon zu eng sind, und lacht und spricht zum Fenster hinaus, wenn er drin ist, und herein, wenn er draußen ist, macht alle Töne nach, die er hört, Wachteln, Frösche, Fisch-, Milch- und Rettichmädchen, daß gar kein Auskommen mehr ist. Wenn er ein schönes Mädchen sieht, so heißt er sie gleich ›meine Tochter‹, als wenn alle schönen

Mädchen seine Töchter wären. Das ist ein Satan zu einem Mann, wenn er Seefische gegessen hat …

Am Ende kam ein Donnerwetter über uns und ein solcher Sturm, daß die Mädchen von vorne aussahen, als hätten sie Hosen an, so entsetzlich drückte der Wind, und die er von hinten traf, sahen noch lustiger aus. Der Wetterschlag unter den Kopfzeugern war entsetzlich …

Kurz, obgleich die ganze Bataille nur eine Viertelstunde dauerte, so behielt doch das Donnerwetter einen kompletten Sieg, und beim Nachhausefahren hörten wir noch in der Luft ein so majestätisches Viktoriaschießen, daß sogar der göttingische Buchhändler vergaß, daß sein Regenschirm und er naß geworden waren.

Nun, Madame, ist unsere Seereise beschlossen, damit Sie für uns beten können, so will ich Ihnen genau sagen, wenn es losgeht, wir werden künftigen Sonnabend früh präzis halb fünf aus dem Hafen laufen, es mag Wetter sein, wie es will, und ist der Wind gut, so stechen wir noch vor Nacht in die See. Unser Schiff ist vortrefflich, neu, groß und schön …

An Friedrich Andreas Stroth

Göttingen, den 6. Juli 1778

Wohlgeborener, besonders hochzuehrender Herr,

…Recht sehr viel Vergnügen macht mir der Beifall, den Sie der kleinen ›Antiphysiognomik‹ schenken. Ich dachte nichts in der Welt weniger, als ich sie vorigen Sommer für den Kalender schrieb, daß sie die Aufmerksamkeit auf sich ziehen würde, die sie wirklich auf sich gezogen hat, zumal von den physiognomischen Mäklern durch Deutschland, die mit so vieler Hitze darwider schreiben, als wenn sie im Herzen überzeugt wären, sie hätten unrecht.

Ich besitze nun auch den vierten Teil der Lavaterschen ›Fragmente‹. Er widmet mir, die kleinen isolierten Ausfälle hier und da abgerechnet, gleich am Anfang des Werkes 38 Seiten und eine ziemliche Anzahl Kupferstiche. Übrigens enthält dieser Band mehr Gutes als, dünkt mich, die übrigen Bände zusammengenommen. Allein seine eifrigsten Verteidiger und Anhänger, die Frauenzimmer, kommen zur Belohnung ihres Glaubens übel weg, Herr Lavater sagt, daß selbst die vernünftigsten unter ihnen wenig dächten. Sollte dieses nicht mit eine Ursache sein, warum sein Buch einen so ungewöhnlichen Eindruck auf die Damen gemacht hat? …

An Johann Andreas Schernhagen

Göttingen, den 27. August 1778

Gestern war ich mit dem Drachen auf der Masch; der Wind war heftig und der Drache über 1000, wo nicht 1100 Fuß hoch; er schien sich in den Wolken zu verlieren. Der Wind feucht, und daher die Elektrizität schwach. Allein der Tag ist merkwürdig wegen einer seltsamen Wendung, die die ganze Affäre nahm. Beim ersten Anziehen, da der Drache mit Gewalt nach einem Pfosten hingeschleppt wurde, wickelt ein Bursche den Draht um die Hand, und das vielleicht etwas ungeschickt, so daß, als der Drachen etwa eine halbe Stunde oben war, der Draht durch einen Windstoß abbrach, ganz nahe bei uns. Der Drachen also flog fort unter den seltsamsten Wendungen, und zwar nach der Stadt zu, und fiel in der Stadt nieder. Dieses konnten wir deutlich sehen. Ein großer Teil des Drahts wurde auf der Masch gefunden und lag über den Stadtgraben und die Bäume auf dem Wall in die Stadt herein. Ich war in nicht geringer Verlegenheit wegen des Schadens und Schreckens, den der Drachen selbst möchte verursacht haben, wenn er gerade auf ein Fen-

ster geflogen wäre. In einer halben Stunde hatte ich Nachricht, und zwar, daß er sich auf des reichen Gumprechts Hause niedergelassen hätte; er lag da neben dem Schornsteine, und unten standen über 200 Jungens und Burschen, und alles rief: Des Professor Lichtenbergs Drachen. Höchst sonderbar war allerdings hierbei, daß, wenn er noch einen Schwung von 15 Schritten genommen hätte, welches für einen Drachen von solcher Größe so viel ist als für mich ein Pas frisé, so wäre er gerade in meine Fenster geflogen. Weil nun Gumprecht an der Seite des Dachs gar keine Dachfenster hat, so mußte ein Schornsteinfeger zum Schornstein herausklettern, ihn zu holen, und als ihn dieser in die Straße werfen wollte, greift ihn der Wind wieder und hätte ihn fast noch alsdann in meine Fenster geführt, die grade in der Richtung des Windes lagen. Hier fiel er nieder unter einem entsetzlichen Freudengeschrei. Lustig soll es gewesen sein, den Witz anzuhören, der dabei fiel; einige sagten: Er weiß doch sein Haus zu finden, und das war nicht übel. Andere schrien: Der Drachen bringt Gumprecht Geld. – Und dieses soll sogar Büttner dem Gumprecht zugerufen haben. Andere, die am gröbern Witz, der etwas kratzt, Vergnügen finden, schrien: Gumprecht, der Messias kommt usw. Ich hörte und sah davon nichts, sondern saß indessen auf dem Schützenhofe und regalierte mich in der Gesellschaft des Dr. Habernickel und einiger meiner besten Zuhörer bei einer Pfeife Tabak und einem Glas Bier.
Heute hat ihn der Chirurgus und richtet ihm die Glieder ein, ergänzt ihm den Schwanz und verbindet die Löcher. Gegen 400 Fuß Draht werden vermißt, und das ist mein Schaden und der einzige, der dabei passiert ist. Die Höhe, worin er war, hätten Ew. Wohlgeboren sehen sollen …

An Heinrich Christian Boie

Göttingen, den 31. August 1778

...Vorgestern habe ich ein Manuskript von Lessing gelesen: ›Ernst und Falk, Gespräche für Freimäurer‹. Eine der besten Schriften, die ich seit langer Zeit gelesen habe. Wenn die Freimäurer das sind, so ist es eine Sünde wider die menschliche Natur, keiner zu sein. Vorausgesetzt, daß man es mit Überzeugung wissen könnte. Herr Lessing hat mir sogar Hoffnung gemacht, mir das dritte und vierte Gespräch im Manuskript zuzuschicken. Diese drei ersten druckt Dieterich sehr nett, und ich will den Druck korrigieren. Sein Name kommt nicht darauf, allein er schreibt Dieterichen ausdrücklich, er brauche kein Geheimnis daraus zu machen.

An Johann Andreas Schernhagen

Göttingen, den 5. Oktober 1778

...Heute sind die Kanonen, die man schon lange hier erwartete, eingetroffen. Es ist mir immer ein betrübter Anblick, zu sehen, daß die Menschen ohne dieses Kupfergeschirr nicht ruhig leben können.

Am vergangenen Donnerstag hat man hier auf einem Kruge vor der Stadt einen Fuhrmann gegriffen, der zwischen hier und Brügge einen Unteraufseher über die Wege totgeschlagen hat. Da es indessen ein Rencontre gewesen sein soll und der Mann auch noch einige Zeit lebte, so wird ihm wohl nicht viel geschehen.

Neulich abends speiste ich bei Herrn Dieterich in Gesellschaft der ganzen Heyneschen Familie; es kam mir dabei vor, als wenn die Heynesche Familie zahlreicher wäre, als der größte Teil der Gesellschaft glaubte. Ich entdeckte meine Mutmaßung der Madam Dieterich, einer großen Kennerin und Schätzerin von Leibessegen, weil der ihrige über alle Maßen gesegnet gewesen ist, und sie sagte mir im Vertrauen, sie habe das selbst gedacht und glaube, Madam Heyne sei gesegnet …

An Johann Andreas Schernhagen

Göttingen, den 1. November 1779

Wenn Herr Kriegssekretär nur an mich denken will, wenn seine Geschäfte vorbei sind, so bin ich sehr zufrieden. Es hat mich sehr gefreut, zu vernehmen, daß der Himmel dort die Schwerter zu Sicheln und die Kriegssekretäre zu Sekretären des Friedens macht und die Köpfe bei Demolierung von Festungswerken gebraucht, die leicht unüberwindliche erfinden könnten. Der Himmel wollte nur, daß alle großen Herren auch Luftpumpen, Quadranten und Kaffeekannen aus den Kanonen und antispasmodisches Pulver aus dem Schießpulver machen möchten …

An Fräulein Koch

Göttingen, den 15. Juni 1780

Hochedle, hochzuehrende Jungfer Kochin,

Unter allen Personen, aus deren Nachbarschaft ich mit Gottes Hilfe den Blitz verbannt habe, sind Sie die erste, die mich dafür belohnt hat, und zwar mit den herrlichsten Früchten des Sommers. Die andern, zumal die, die in den kleinen Häusern wohnen, haben mir statt Rosen Flüche zugesandt. Ich werde die Geschenke beider Art nicht vergessen und hoffe auch, daß der Himmel, da ich es so wenig imstande bin, selbst zu tun, beide vergelten wird.

Ich verharre hochachtungsvoll
Ew. Hochedeln
ergebenster Diener
G. C. Lichtenberg

An Ernst Gottfried Baldinger

Göttingen, den 29. November 1780

Als mir Ihr Billett gebracht wurde, so ging's
›Trapp, trapp, trapp als wie auf Bürgers Hufen‹
die Treppe heraus und siehe, es war der Sänger der ›Lenore‹ selbst, der einige Stunden bei mir saß, deswegen antworte ich erst jetzt.

Millers Romane sind im ganzen genommen für mich, was die bitteren Mandeln dem Hundegeschlecht sind. Sie mögen tausendmal Mandeln sein und tausendmal unter die guten gemischt werden, für mich ist's infames Zeug und die Pestilenz. Ich habe also den ›Burgheim‹ nicht gelesen und wollte lieber an der Chaussee arbeiten als ihn lesen. Dieses schrieb bei völligem Verstand und Gebrauch seiner Sinnen vor der Mahlzeit treu und ohne Gefährte

G. C. Lichtenberg

An Wilhelm Gottlieb Becker

Göttingen, den 26. März 1781

...Über die Verfügung in hiesigen Landen, dem Kindermord vorzubeugen, ist mir wenig oder nichts bekannt und ebenso von der in England. Kirchenbußen gibt es hier nicht und noch weniger in England. Auch ist der Kindermord hier in unserer Gegend und in Middlessex sehr selten. Ich bekomme schon seit Jahr und Tag die ›Trials at the old Baylay‹ zugeschickt, ich kann mich aber keines einzigen Kindermords erinnern. Freilich mögen sie in dem unermeßlichen London leichter verheimlicht werden können. Wie es in England in den kleineren Städten ist, wo das Dicier haec est mehr auf die Mädchen wirken muß, kann ich nicht sagen. Zu Hamburg hingegen, wo Pastor Goeze die Menschen an den Haaren nach dem Himmel schleppt, ist der Kindermord sehr gemein. Ich erkundigte mich sehr gern über die Verfassung in den hiesigen Landen, allein man würde gleich denken, ich arbeite an einer Preisschrift, welches ich in mannigfaltiger Rücksicht nicht von mir geglaubt haben wollte.

Recht sehr bitte ich Sie um Ihre Reisebeschreibung, sie soll prompt honoriert werden …

Heute vor acht Tagen war der Herzog von Weimar inkognito hier; er ritt, nachdem er einige Professoren und auch mich besucht hatte, zum Amtmann Bürger und blieb einige Zeit bei ihm, nötigte ihn mit nach Heiligenstadt und brachte da die Nacht mit ihm zu. Seit der Zeit will man sagen, Bürger ginge auch nach Weimar, um die Zahl der dortigen Heiligen zu vermehren. Ich glaube es aber nicht, wünschen wollt ich es indessen dem guten Manne, daß er in limbo eines schöngeisterischen Hofs zu seiner Ruhe käme, zum Amtmann ist er nicht geschaffen.

Unsere Klubgesellschaft empfiehlt sich Ihnen gehorsamst. Was sagen Sie zu Lessings Tod? Mich schmerzt nur, daß Goeze glauben wird, der Engel habe ihn geschlagen, der Sanheribs Herr schlug. Leisewitz hat mir etwas über seinen Tod versprochen …

Vermutlich an Frau Meister

[wahrscheinlich Juni 1781]

...Hier kommt Blumenbachs Abhandlung von der Liebe der Tiere. Was ich von Ihnen wissen wollte, ist, ob Sie diese Abhandlung einem jungen Mädchen, z. E. Ihrer ältesten Mamsell Tochter, in die Hände geben würden. Ich dächte doch. Entweder die bösen Geschöpfe wissen schon etwas, je nun, was schade, ob sie noch ein bißchen dazu wissen, und verstehn sie es gar nicht, so ist es wieder gut, verstehn sie es aber nur halb, so muß die Mama die andere Hälfte so erklären, daß die erste wieder darüber verlorengeht, oder noch besser, sie so erklären, daß sie, ohne sie deswegen besser zu verstehen, doch auch künftig nicht nötig haben, die ganze Erklärung neu zu bauen, welches, da unser Gehirn einmal von dieser Welt ist und sich die Eindrücke summieren lassen, sehr ökonomisch gedacht ist. Ich erinnere mich immer mit Vergnügen an jene französische Dame, deren der außerordentliche Rousseau in seinem ›Émile‹ als eines Musters Erwähnung tut. Diese wurde in einer großen Gesellschaft von ihrer kleinen Tochter gefragt: ›Mama, woher kommen die Kinder? Mein liebes Herz, antwortete die Mutter, ohne im geringsten betroffen zu sein, die Mama pißt sie.‹ Dieses befriedigte und demütigte das Kind ...

An Johann Christian Dieterich

Göttingen, Ende März 1782

Das ist ein betrübtes Trauerspiel. Ich meine nicht den ›Macbeth‹, sondern des Amtsmanns Brief. Ich habe das aber fürwahr vorausgesehen. Du großer Gott, was ist da zu tun. Wenn ich das Geld hätte, so gäbe ich es gleich hin, allein der Himmel weiß, daß ich das nicht kann, und ich weiß auch nicht, wo welches herzuborgen wäre. Wenn Du es ihm einigermaßen verschaffen kannst, so tue es. Du hast ihn ja doch an der Hand und mußt ihn zu Arbeiten anhalten. Der ›Macbeth‹ ist vortrefflich. Ich will ihn noch oben behalten, weil doch heute nicht daran gedruckt werden kann. Nur schade, daß es nur eine Broschüre ist, die nicht viel einbringt und bald nachgedruckt werden wird. Du mußt auf den ersten Hieb rechnen und es schön drucken. Vielleicht wäre es gut, es vorher bekanntzumachen, etwa in der ›Gothaischen Zeitung‹ hinten unter dem gelehrten Kaffeegeschwätz, zumal daß die Hexenlieder so in Shakespeares Geist dargestellt wären, als noch je etwas von diesem Manne in andern Sprachen dargestellt worden ist.

An Christian Gottlob Heyne

Göttingen, den 6. Mai 1782

...Haben Ew. Wohlgeboren wohl Vossens (Vossenii) Gedicht an Stolberg vor der ›Odüssee‹ gelesen? Es sind einige gute Verse darin, aber im ganzen abscheulich. Die Versetzung seines selbst neben den Homäros über die Sterne ist wirklich entsetzlich. Auch die Töne düftenden Kränze, ich habe meine Tage desgleichen nicht erlebt. Im Homer kann doch wohl nichts sein, was einen solchen unvernünftigen Metaphernbruch entschuldigen könnte. Ich wünschte dieses wohl zu wissen.

An Albrecht Ludwig Friedrich Meister

[undatiert]

Was ich bisher ausgestanden habe, liebster Herr Professor, kann ich Ihnen nicht mit Worten beschreiben. Das gute, arme Mädchen so entsetzlich leiden zu sehen. Sie gleicht sich gar nicht mehr, so daß, wenn ich sie verliere, ich gar nicht werde glauben können, daß die Verstorbene die sei, mit der ich umgegangen bin. Es ist ein erstaunlicher Jammer; gestern mittag, wenn ich ihr zurief, ob sie mich noch kenne, sah sie sich um und nannte mich mit zitternder Stimme, und durch die fürchterliche Maske schien die alte Freundlichkeit durch; gestern abend kannte sie mich nicht mehr, sie hörte mich nicht einmal mehr. Sie fingert auf der Decke und läßt alles ins Bette gehen. Jetzt, da ich dieses schreibe, faselt sie wieder laut immer von meinen Instrumenten im Saal, und ob mir die Mutter recht aufwarte. Man hat ihr Senfpflaster und Spanische Fliegen gelegt, heute morgen zweimal zur Ader gelassen, um den Brand zu verhindern, und um zwölf Uhr acht Schröpfköpfe auf den Rücken gelegt. Sie kennt auch ihre Eltern nicht wieder; ich selbst habe mich heute nicht gezeigt, weil ich es nicht mehr aushalten kann, sie in diesem jämmerlichen Zustand zu sehen. Denn ich bin wirklich durch mein Wachen (ich sitze nicht auf, weil Leute genug da sind, sondern ich kann nicht schlafen) ganz weichherzig geworden. Die Ärzte hoffen wieder. Mich dünkt aber, es ist alles vorbei, denn ich bekomme kein Geld für meine Hoffnung.

An Albrecht Ludwig Friedrich Meister

[Göttingen, Mitte August 1782]

Liebster Herr Professor,

Was sagen Sie zu unserm Hause? Als mein vortreffliches Mädchen zwei Stunden weggetragen war, starb die kleine Dieterich. Sie haben sich alle Stunden nacheinander erkundigt und ihre Ruhestätten sind hart nebeneinander. Die kleine Stechardin ist ein Opfer der Arzneiwissenschaft geworden, das ist wohl gewiß. Ich ließ alles geschehen, denn ich sah voraus, wie entsetzlich marternd es sein würde, wenn sie dennoch gestorben wäre, sich vorwerfen lassen zu müssen, sie lebe noch, wenn man den Ärzten gefolgt hätte. Dieser Kampf war mir das härteste. – Es ist alles vorbei, und ich bemühe mich gar nicht mehr, an das Vergangene zu denken, und nachgrade fange ich an, einige Fertigkeit darin zu erlangen. Ich bitte also Ew. Wohlgeboren, mir die Ehre Ihres gütigen Besuchs zu erzeigen, und zwar, wenn es ohne Ihre Beschwerde geschehen kann, nächsten Sonnabend und nächsten Sonntag zum Abendessen. Sie finden mich auf einer ganz anderen Etage, in einem meiner vorigen Zimmer, und Herrn Dieterich bei mir. Wir schlafen beisammen in derselben Stube, nicht weit von Hackfelds. Schlagen Sie mir doch diese Bitte nicht ab. Sie sollen keinen beschwerlichen Weiner oder Kläger finden, über alles das bin ich weg, und Freunden etwas vorwinseln ist nie meine Sache gewesen. Ich erwarte Sie also übermorgen um sieben Uhr des Abends gewiß, ich glaube, alle Ihre Freunde, bei denen Sie etwa engagiert sein könnten, würden mir gerne in einem solchen Fall nachstehen. Die kleine Dietrichen wäre nächsten 31. August einundzwanzig Jahre alt geworden. Hätte ich nur die meinige so lange behalten. Sie starb vier Jahre jünger.

An Franz Ferdinand Wolff

Göttingen, den 19. August 1782

Der Himmel hat meinen Unruhen ein Ende gemacht, aber auf eine Art, die, sosehr ich auch von der unendlichen Weisheit überzeugt bin, mit der sie ihm vor andern beliebt hat, mich dennoch bisher sehr gemartert hat. Die beiden Personen sind gestorben. Mamsell Dieterich in ihrem 21. Jahr und die, die mich am nächsten anging, ein Mädchen von ungewöhnlichem Geist und einer himmlischen Gutmütigkeit, die ich ganz nach meinem Sinn erzogen hatte, nach einem Alter von 17 Jahren und 39 Tagen. Mein Wachen und mein Kummer haben mir eine Krankheit zugezogen, an der ich seit vorigen Dienstag völlig gelegen habe, ohne aufstehen zu dürfen oder zu können, jetzt geht die Maschine wieder, wie lange, das weiß der, dem es gefallen hat, ihren Gang zu zerrütten ...

An Franz Ferdinand Wolff

Göttingen, den 28. August 1782

Für Ew. Wohlgeboren freundschaftliches Beileid statte ich Demselben den verbindlichsten Dank ab. Es war dieses allerdings einer der empfindlichsten Schläge, die mich in meinem Leben betroffen haben, und die Philosophie, in deren Diensten ich zu stehen die Ehre habe, hat sich selbst gefürchtet, mich zu trösten; ich habe mich ohne weitere Zerstreuung meinem Schmerz ganz überlassen, ganz gegen den Rat meiner Freunde, weil mir meine Philosophie so viel sagte, daß auf diese Weise die Empfindung bald stumpf wird, so wie es ein schmerzstillendes Mittel ist, den Finger ans Feuer zu halten, wenn man ihn verbrannt hat. Ich spüre die guten Folgen bereits recht gut. Die Zerstreuungen (um im

Gleichnis fortzufahren) helfen so viel als das kalte Wasser beim verbrannten Finger, wenn man ihn herauszieht, so kommt der Schmerz desto lebhafter wieder. Hingegen werde ich, während als ich dem Schmerz nachhänge, ruhig, so bin ich auch gewiß geheilt. Das Peinigende ist bereits vergangen, allein eine nicht ganz unangenehme melancholische Empfindung bei der Erinnerung an die vorigen Zeiten wird mich vielleicht nie verlassen …

An Friedrich Wilhelm Herschel

Göttingen, den 12. Januar 1783

…Nun muß ich eine Bitte wagen, und ich hoffe von Ihrer Gütigkeit, daß Sie mir dieselbe nicht abschlagen werden. Der jüngere Forster, der mit Captain Cook die Reise machte, und ich geben zusammen ein Journal heraus unter dem Titel: ›Göttingisches Magazin der Wissenschaften und Literatur‹, das in Deutschland von dem besseren Teil mit Beifall gelesen wird, und einige unserer größten Gelehrten haben mir dazu Beiträge geliefert. Da nun jetzt aller Augen auf Sie gerichtet sind, so würden Sie sich das ganze deutsche Publikum verbinden, wenn Sie uns die Hauptumstände Ihres Lebens, etwa in einem Schreiben an mich, bekanntmachen wollten. Ich bitte darum inständig, nicht allein in meinem Namen, sondern im Namen aller meiner hiesigen Freunde, denen Astronomie und Geschichte der Astronomen am Herzen liegt. So etwas muß doch endlich geschehen, und ich würde es als ein vorzügliches Zeichen Ihrer Freundschaft ansehen, wenn Sie mich mit der ersten Bekanntmachung beehren wollten. Denn ich fürchte, es kommen ehestens falsche und hier und da aufgeschnappte Nachrichten heraus.

Mein Gott! Wenn ich doch im Oktober 1775, da ich mich einige Tage in Bath aufhielt, gewußt hätte, daß ein solcher

Mann da lebte! Da ich kein Freund von tea-rooms und Kartenspiel und Bällen bin, so habe ich mich da sehr ennuyiert und habe zuletzt einen Teil meiner Zeit auf dem Turm mit meinem Perspektiv zugebracht. Ich erinnere mich noch immer mit Vergnügen an die Antwort eines Jungens, den ich bei mir auf dem Turm hatte, als ich ihn fragte, ob keine Leute in Bath wären, die sich auf Bücher verständen und die sich sonst auszeichneten und von denen er mehr als von andern gehört hätte. Ich tat es aus Scherz und wurde gehörig dafür belohnt: He knew of nobody but his schoolmaster ...

An Gottfried Hieronymus Amelung

[Göttingen, Anfang 1783]

Mein allerliebster Freund,

Das heiße ich fürwahr deutsche Freundschaft, liebster Mann. Haben Sie tausend Dank für Ihr Andenken an mich. Ich habe Ihnen nicht gleich geantwortet, und der Himmel weiß, wie es bei mir gestanden hat! Sie sind und müssen der erste sein, dem ich es gestehe. Ich habe vorigen Sommer, bald nach Ihrem letzten Brief, den größten Verlust erlitten, den ich in meinem Leben erlitten habe. Was ich Ihnen sage, muß kein Mensch erfahren. Ich lernte im Jahr 1777 (die Sieben taugen wahrlich nicht) ein Mädchen kennen, eine Bürgerstochter aus hiesiger Stadt, sie war damals etwas über 13 Jahr alt. Ein solches Muster von Schönheit und Sanftmut hatte ich in meinem Leben noch nicht gesehen, ob ich gleich viel gesehen habe. Das erste Mal, da ich sie sah, befand sie sich in einer Gesellschaft von fünf bis sechs andern, die, wie die Kinder hier tun, auf dem Wall den Vorbeigehenden Blumen verkaufen. Sie bot mir einen Strauß an, den ich kaufte. Ich hatte drei Engländer bei mir, die bei mir aßen und wohnten. »God almighty«, sagte der eine, »what a handsome girl this is!« Ich hatte das ebenfalls bemerkt, und da ich wußte, was für ein Sodom unser Nest ist, so dachte ich ernstlich, dieses vortreffliche Geschöpf von einem solchen Handel abzuziehen. Ich sprach sie endlich allein und bat sie, mich im Hause zu besuchen; sie ginge keinem Burschen auf die Stube, sagte sie. Wie sie aber hörte, daß ich ein Professor wäre, kam sie an einem Nachmittage mit ihrer Mutter zu mir. Mit einem Wort, sie gab den Blumenhandel auf und war den ganzen Tag bei mir. Hier fand ich, daß in dem vortrefflichen Leib eine Seele wohnte, geradeso wie ich sie längst gesucht, aber nie gefunden hatte. Ich unterrichtete sie im Schreiben und Rechnen und in anderen Kenntnissen, die, ohne eine empfindsame Geckin aus ihr zu machen, ihren Verstand immer mehr entwickelten. Mein physikalischer Apparat, der mich über 1500 Taler kostet, reizte sie anfangs durch seinen Glanz, und endlich wurde der Gebrauch davon ihre einzige Unterhaltung. Nun war unsere Bekanntschaft aufs höchste gestiegen. Sie ging spät weg und kam mit dem Tage wieder, und den ganzen Tag über war ihre Sorge, meine Sachen, von der Halsbinde an bis zur Luftpumpe, in Ordnung zu halten, und das mit einer so himmlischen Sanftmut, deren Möglichkeit ich mir vorher nicht gedacht hatte. Die Folge war, was Sie schon mutmaßen werden, sie blieb von Ostern 1780 an ganz bei mir. Ihre Neigung zu dieser Lebensart war so unbändig, daß sie nicht einmal die Treppe hinunterkam, als wenn sie in die Kirche oder zum Abendmahl ging. Sie war nicht wegzubringen. Wir waren beständig zusammen. Wenn sie in der Kirche war, so war es mir, als hätte ich meine Augen und alle meine Sinnen weggeschickt. – Mit einem Wort – sie war ohne priesterliche Einsegnung (verzeihen Sie mir, bester, liebster Mann, diesen Ausdruck) meine Frau. Indessen konnte ich diesen Engel, der eine solche Verbindung eingegangen war, nicht ohne die größte Rührung ansehen. Daß sie mir alles aufgeopfert hatte, ohne vielleicht ganz die Wichtigkeit davon zu fühlen, war mir unerträglich. Ich nahm sie also mit an Tisch, wenn Freunde bei mir speisten, und gab ihr durchaus die Kleidung, die ihre Lage erforderte, und liebte sie mit jedem

Tage mehr. Meine ernstliche Absicht war, mich mit ihr auch vor der Welt zu verbinden, woran sie nun nach und nach mich zuweilen zu erinnern anfing. O du großer Gott! und dieses himmlische Mädchen ist mir am 4. August 1782 abends mit Sonnenuntergang gestorben. Ich hatte die besten Ärzte, alles, alles in der Welt ist getan worden. Bedenken Sie, liebster Mann, und erlauben Sie mir, daß ich hier schließe. Es ist mir unmöglich fortzufahren.

G. C. Lichtenberg

Zerreißen Sie diesen Brief und behalten bloß das Andenken an ihn als ein Zeichen meiner Freundschaft gegen Sie, der sich unter allen meinen Schulbekannten allein meiner erinnert hat!

An Franz Ferdinand Wolff

Göttingen, den 21. Juli 1783,
um vier Uhr nachmittags

Mein lieber Freund,

Soeben erscheint der erste Sonnenblick wieder nach einem fürchterlich schönen Donnerwetter mit Hagel, das wir gehabt haben und von welchem die Ziegel noch tropfen. Mir war dieses Mal unserer Stadt wegen nicht wenig bange. Beim Anzuge wurde es fast finster, und jeder Blitz war ein Schlag. Ich bin eigentlich nicht empfindsamer Natur, wenigstens nicht für die Gesellschaft, ich genieße in der Stille und lasse andere davon plaudern. Aber wahrhaftig, ich bin noch so voll von diesem großen Schauspiel, daß das übrige, was ich Ihnen sagen wollte und was ich Ihnen diesen Morgen allein gesagt haben würde, gar nicht herauskann, ehe ich Ihnen etwas von meinen Empfindungen gesagt habe. Der Tag war erdrückend heiß und ich ganz ungewöhnlich empfindlich, außerdem ist dieses der Sterbetag meines Vaters, an dem ich mich gemeiniglich einschließe. Nichts in der Welt konnte mit meiner Empfindung mehr korrespondieren als ein solches Wetter. Als es einmal so tief donnerte, daß ich dachte, es wäre unter mir, so kann ich wohl sagen, habe ich niemals meine Nichtigkeit mehr gefühlt als in dem Augenblick. Wahrhaftig, es kamen mir Tränen in die Augen, bloß der Bewunderung und der innigsten Andacht. Es kann nichts Größeres und Majestätischeres sein. Ich weiß nicht, ich befinde mich jetzt ungewöhnlich leicht, es ist mir, als wenn ich eine große Schuld abgetragen hätte und als wenn sich der Geist meines Vaters freute, daß ich an seinem Sterbetage eine so ungeheuchelte Betstunde gehalten habe. Nun ist's heraus, und ich gehe nun wieder den gewöhnlichen Schritt.

Das Wetter ging zum Glück geschwind, der nächste Schlag war drei Sekunden, könnte also wohl hier eingeschlagen haben, ich höre aber nichts. Der Hagel war gering, es ist keine Fensterscheibe in meinem Gesichtskreis zerbrochen, er klapperte aber auf den Ziegeln nicht wenig, allein die Straße war eine Leine. Die Schweine sehen so rein aus wie Menschen und die Menschen wie Schweine...

An Gottfried August Bürger

Göttingen, am ... Mai 1784

Liebster Freund!

...Ihren Vorsatz, zu promovieren, billige ich in aller Rücksicht. Es wird manchem Herrn allhier ein Donnerschlag sein. Schon daß Sie anschlagen wollten, war vermutlich auch einer, und der Ableiter war wirklich gut angelegt. Nun aber geht es gerade in die Küche. Daß eine starke Opposition dagewesen sein muß, schließe ich daraus, daß Kästner, der Ihnen sehr wohlwill, weder als Dekan noch als Kästner mehr hat ausrichten können, als er ausgerichtet hat.

Hier lege ich die Spezifikation der Promotionskosten bei, so wie sie mir der neueste Magister mitgeteilt hat. Achten Sie ein solches Sümmchen nur gar nicht; denn wahrlich, ich wollte Ihnen wohl im ersten Jahre 800 bis 1000 Prozent dafür assekurieren. Den Schmaus will Dieterich geben, und daß er die Dissertation umsonst druckt, versteht sich ohnehin ...

Kommen Sie ja bald herein, lieber Freund. Ich habe allerlei zu reden.

In meinem Kollegio haben sich 112 aufgeschrieben, und am Mittwoch hat Klindworth 130 Hereinkommende gezählt, und gegen 80 Louisdor habe ich eingenommen. Ich sage dies, um Appetit zu machen. Mit Ihnen wird's wahrlich noch besser gehn, denn Sie sind ein gesunder Mann und können leicht drei Stunden des Tages lesen. Machen Sie nur, daß Sie bald herkommen. Sie machen gewiß Ihr Glück, sobald Sie nur diesen Zweck recht ins Auge fassen und nun mit unverwandtem Blicke immer gerade darauf zugehen, und sollten auch wie in der herrlichen Erzählung in ›Tausendundeine Nacht‹ tausend Stimmen hinter Ihnen drein belfern, und... nun Adieu!...

An Johann Daniel Ramberg

Göttingen, den 26. Juli 1784

Wohlgeborener Herr,
hochzuverehrender Herr Kriegssekretär,

...Heute wollte ich Ew. Wohlgeboren gehorsamst um guten Rat und allenfalls Beistand in einer Sache bitten, die einen armen Mann, den Vater meiner Haushälterin, angeht. Dieser Mann, der sich bisher sehr redlich als Weißbinder genährt hat, auch, soviel es sein herannahendes Alter verstattet, noch ernähret, war ehemals, wie sein beikommender Abschied ausweist, Jäger im Freytagschen Korps und hat in jenem Dienst zwei Blessuren bekommen, die er sehr gerne vorzeigt. Bei der Verabschiedung des Korps waren derer, die die Pension vor ihm verdienten, so viele, daß er ausgeschlossen wurde. Jetzt aber wünschte ich wohl zu wissen, ob es möglich wäre, sie ihm zu verschaffen, da er eine Frau mit fünf Kindern hat, worunter auch zwei vortreffliche Jäger heranwachsen. Glaubten Ew. Wohlgeboren, daß es ginge und daß es nicht zudringlich ließe, so wollte ich an den General Freytag selbst schreiben. Ich erwarte hierüber und über die allenfallsige Hoffnung Ew. Wohlgeboren gütige Nachricht. Diese Leute (die Weißbinder) sind doppelt übel daran, da ihr Lohn gering ist und sie gemeiniglich den Winter brachliegen...

An Georg Heinrich Hollenberg

Göttingen, den 16. August 1784

Gefangen, Gefangen! – O das ist schön, so geht's den Vögelchen, denen das Futter bei der Schlinge besser schmeckt als des lieben Gottes Hirsen und Mohnsamen in der weiten, weiten Welt. Da sitzt der junge Herr nun im Käfig des heiligen Ehestandes und muß sich vorpfeifen lassen. – Oh, ich wollte ihn malen, wie er vom Hochzeitstängelchen aufs Kinderstängelchen und dann aufs Heyo-Stängelchen hüpft und schwänzelt und den Schnabel putzt und sich ziert und zupft, als wäre die Welt sein, ob's gleich nur ein ganzer Kubikfuß davon ist. Sieh Er her, lieber Ehestandsmann, wir haben der Kubikfüße tausend; wir haben unser Futter, wo wir wollen, und Er, Er muß warten, was man ihm vorsetzt. »I can't get out; I can't get out«, sagte der Star beim Yorick. – We can get in and out, where we please, sagen wir Freiheitsvögel, hört Er's, Stärchen, Stärchen! You can't get out. – – Ay!

Doch das ist vielleicht schon der Murky zu viel, es ist Zeit zum Andante. Ich nehme an Ihrem Glück den herzlichsten Anteil, vielleicht nimmt niemand so viel daran als ich. Ich habe mich bis zu Tränen gefreut. Denn ich weiß, was es ist, sich auf die Nacht freuen und dabei versorgt sein. Der Himmel will Ihnen wohl, lieber Mann, wandeln Sie nur so fort. Ehestens mehr.

Leben Sie recht wohl und empfehlen Sie mich der lieben Beschließerin Ihres Käfigs.

An Samuel Thomas Sömmering

Göttingen, den 16. August 1784

Was Sie, liebster Freund, von mir denken müssen, weiß außer dem lieben Himmel ich auch gar wohl, nur schäme ich mich, es zu sagen. Gnade, Gnade, lieber Mann! Es soll künftig besser werden. Ich habe etwas viel zu tun, den Kalender zu schreiben, das Erxlebensche Kompendium zu edieren, die englischen Dichter zu besorgen, zuweilen eine Rezension zu machen, den Musenalmanach zu korrigieren, das Magazin; kurz, meine Stube und hauptsächlich die Stubentürschlösser stinken beständig von Druckerschwärze. Es ist abscheulich …

An Johann Gottwert Müller

Göttingen, den 20. Dezember 1784

Recht sehr viele Freude hat mir Ihr kleiner, aber vortrefflicher Brief gemacht. Mit Ihrem freundschaftlichen Anteil an meiner Freude über die Reise nach Italien habe ich indessen eine kleine, erlaubte Veränderung vorgenommen. Ich habe seinen ganzen Wert behalten, aber die Sorten umgesetzt.

Leider! Aus meiner Reise ist nichts geworden, nicht allein ganz ohne meine Schuld, sondern auch noch mit einem kleinen Schaden von 500 Talern. Ich hatte Geld, und zwar ein Beträchtliches mehr, als für Wagenschmiere und Hafer nötig war, ich hatte Erlaubnis, Gesundheit und Mut – allein mein Freund und Reisegefährte, der dänische Finanzrat Ljungberg in Kopenhagen, hatte mir die Sache mit seinem Urlaub zu leicht gemacht, er wurde hingehalten und bekam endlich, nachdem ich lange alle meine Kollegia aufgegeben, 60 blanke Louisdor zurückbezahlt und auf vierzig andere Verzicht getan hatte, keinen Urlaub. Als ich die Nachricht erhielt, ich glaubte, ich würde niedersinken. In der Tat, ob ich gleich nie närrisch gewesen bin, so weiß ich doch jetzt, wie es einem ist, wenn man es werden will, und das ist das einzige, was ich bei der Sache profitiert habe. Ich hatte mich über neun Wochen auf die Reise präpariert, ich fühlte schon die klassische Erde unter meinen Füßen, passierte mit dem Cäsar den Rubikon, mit dem Hannibal die Alpen und mit dem Konstantin die Brücke, wo das heilige Kreuz am Himmel stand. Ich stieg zum Capitol hinauf, betastete die Schiffsschnäbel, und mir schwindelte am Tarpejischen Felsen. – Im zweiten Akt erschien der Laokoon, der Apoll im Belvedere und die Mediceische Venus zu Florenz; alle Wände waren mit Raffaels und Coreggios behangen. – Im dritten bekletterte ich den Vesuv, ging auf den Pontinischen Sümpfen spazieren, die neulich abgebrannt sind, sah den Styx und die Hundshöhle und wandelte in Alleen von blühenden Aloe und Apfelsinenbäumen – und auf einmal, als wenn der Blitz einschlüge, war nichts da für den ganzen Winter als göttingischer Schnee, Schlittengeläute und magere Hyazinthenzwiebeln an meinem Fenster. Ich will wetten, wenn man so was auf dem Operntheater vorstellen wollte, es ginge alles in Granatenbissen. Gottlob aber, daß ich doch jetzt merke, daß nichts entzwei ist. Allein, mein Freund, die Reise ist auch nur aufgeschoben; künftigen September reise ich, wenn ich Gesellschaft bekomme, woran kein Zweifel ist, ganz gewiß. Es ist schon lange, nach reiflicher Überlegung, bei mir ein Grundsatz gewesen, kein Mensch, der es kann, soll Italien ungesehen lassen. Die Reise ist Leib- und Seelenstärke. Es war Ihnen für mich bange wegen des Winters. Nein, lieber Mann, Italien muß man im Winter sehen. Einmal schwänzt man einen ganzen Winter, welches für unsereinen wahrlich keine Kleinigkeit ist, man geht dann unter Blüten spazieren, während gewisse Leute zu Itzehoe, die ich nicht nennen will, die schönen Eiszapfen an ihrem Bart bewundern; und dann ist wirklich für uns Italien im Sommer zu heiß und, wenn man sich nicht in manchen uninteressanten Gegenden monatelang aufhalten will und kann, sehr ungesund. Zwischen Rom und Neapel stehen schon die Pomeranzen- und Apfelsinenbäume an den Heerstraßen, und da, dünkt mich, läßt sich das Lied: ›Ein Kind, geboren zu Bethlehem, Bethlehem‹ ohne Pelz und Feuerstübchen anstimmen. Könnten Sie mitgehen, liebster Freund, was wäre das für ein Glück! 800 Taler müßte man haben, jeder Mitreisende, meine ich, und dafür sähen wir Dresden, Prag, Wien, Triest, Venedig, Mailand, Turin, Pavia, Bologna, Florenz, Rom, Neapel, vielleicht Kalabrien und Messina; rückwärts Loretto, Lucca, Livorno, die Alpen, Genf, Lausanne, Bern, Zürich, Basel pp. Welche Ernte da für Sie, die gewiß auf dem Wege sind, unser Fielding und mehr zu werden! Was können da für psychologische Prospekte gesammelt werden! Einem Mann wie Sie muß der Buchhändler die Reise bezahlen ...

Nun, lieber Freund, ein paar Worte vom ›braunen Manne‹. Ich habe Ihren Roman zweimal und mit großer Aufmerksamkeit gelesen. Sie haben mein Urteil verlangt, und dies gebe ich sehr gerne; inwiefern sich daraus auf das Urteil des jetzigen Publikums oder der Nachwelt schließen läßt, darum bekümmere ich mich nicht. Auf diese Weise kann ich mich kurz fassen.

Ich halte ihn im ganzen für vortrefflich, und ich wüßte nach meiner Empfindung im Deutschen nichts von der Art, das ihm gleichkäme. Zumal hat mich der zweite Teil hingerissen, ich zählte gegen das Ende die Blätter, die noch übrig waren, und mich befiel ein wahrer Unwillen, als ich fand, daß ich nur noch 16 hatte. Verschiedene Bogen, zumal des zweiten Teils, flogen dahin, ohne daß mir auch nur einfiel, daß ein Herr Müller und ein Professor Lichtenberg in der Welt war, ich hatte mich ganz auf dem Waldheimischen Gute einlogiert. Der hat's getroffen, sagte ich endlich, wenn ich einmal nach meiner Dose griff, und da ist es mir unbeschreiblich, was ich in diesen Zwischenzeiten für Freude Ihretwegen empfand. Das ist Dein Freund, der dieses schreibt, und der Vater und Unterstützer einer so rechtschaffenen Familie, war ohngefähr, was ich dachte.

Nun will ich Ihnen auch mit eben der Offenherzigkeit sagen, was mir nicht gefallen hat. Ich spreche nicht von Fehlern, davor behüte mich der Himmel, sondern ich sage nur, wie die Dinge durch mein Glas aussehen. Es sind ohnehin nur Kleinigkeiten. Was mir nicht ganz gefallen hat, sind die Sterneschen Ausschweifungen, zumal die, wozu zuweilen nicht die Sache in sich, sondern bloß das Wort die Veranlassung ist ... Ich tadle die Stellen in sich selbst nicht, sie sind sehr witzig, nur scheinen sie mir zuweilen eine üble Wirkung in der Verbindung zu tun. Und das ist schade, denn wenn der Leser, der nun mitten in der Handlung ist, der sich und den Verfasser nicht mehr kennt, sondern bloß die Helden des Stückes, auf so etwas stößt, so ist er oft unbarmherzig genug, selbst das Schöne nicht zu erkennen, das diese Stellen enthalten. Man wirft Perlen vor die Schweine. Das Schwein ist unschuldig. Fielding scheint dieses gefühlt zu haben. Er fängt daher nur seine Bücher mit Betrachtungen an. Der Leser, wenn er die Aufschrift X. Buch sieht, ruht so wie der Verfasser und wohl gar der Setzer. Selbst die Aufschrift ist Intermezzo, und nun kann der Leser Betrachtungen vertragen, die nicht zur Sache gehören, so wie er eine Meilische Vignette ansieht. Ich setze nämlich voraus, daß die Abteilung in Bücher nicht bloß in Worten geschehe, sondern daß auch der braune Mann sowohl als Waldheim sein Pfeifchen ausklopft und mit dem Kinde oder der Geliebten spielt, wenn er welche hat. Sollte dieses aber nicht immer angehen, so ist ein Schlußleisten und ein weißes Blatt hinreichend. Der Mensch ist nun einmal so. Muntus fuld tezibi, sagt Mencken.

Für das zweite wollte ich für den armen Plümicke bitten. Ihr Tadel ist gerecht, bitter und witzig, folglich satirisch schön, allein ich denke, für ein solches Buch ist der Mann zu unbeträchtlich. Wollen Sie einmal einen Hasenfuß wie diesen verewigen, so findet sich ja wohl ein besonderer Bogen. Denn hier verliert die Satire auch ihren Zweck, denn es ist unmöglich, am Schluß eines solchen Romans sich noch der Namen zu erinnern, die darin verschwinden wie ein Regentropfen im Meere. Es ist ein boshafter Rat, den ich Ihnen geben will, aber er führt zum Zweck! Stellen Sie den albernen Menschen als handelnde Person im Stücke selbst auf; wenn Sie ihn Pfläumicken, Dumecken oder so was nennten, so wäre er kenntlich genug; so züchtigte Voltaire seinen Fréron unter dem Namen Frelon, der nun freilich noch eine herrliche Nebenidee mit sich führt.

Das ist alles, was ich zu sagen habe. Weitere Entschuldigung hinzufügen, hieße, Ihren Geist verkennen ...

An Samuel Thomas Sömmering

Göttingen, den 7. Januar 1785

Liebster Freund,

Also hat der Satan von einem Jungen, Amor, endlich die fatale Injektion in Ihr Herz gemacht. Ich dachte es wohl, mit dem Genuß rheinischer Speisen stellt sich gemeiniglich eine gewisse Hochachtung gegen die Damen ein, die sich der lose Bursche zunutze macht. Ich erinnere mich der Mainzer Muttergottesgesichter noch recht wohl,

›whom Jews might kiss and infidels adore‹.

Forster hat mir geschrieben und damit einen Stein von meinem Herzen weggewälzt. Er sagt, er habe mir auch von

Leipzig geschrieben, davon habe ich keine Zeile gesehen. Man sagt es jetzt ziemlich laut hier, daß er Theresen heiratet, und zwar soll die Nachricht von Mainz hierhergekommen sein, nicht von Ihnen unmittelbar, sondern von einer Dame, die es von dem lieben Sömmering daselbst haben will. Ich wünsche dem guten Forster viel Glück dazu, glaube aber nicht, daß er es finden wird. Forster ist für die Liebe im eigentlichen Verstand; Therese für die à la Grenadier, wie man mir sagt, denn ich kenne das Mädchen nicht ...

An Johann Arnold Ebert

Göttingen, den 21. Februar 1785

Wohlgeborener Herr,
hochzuverehrender Herr Professor,

...Meine Sammlung vermischter Schriften wird diese Ostern nicht erscheinen können, wegen der Kupferstiche und dann auch meiner häufigen Unpäßlichkeiten wegen, die mir wenig von der zum Ausbessern solcher Schriften nötigen Heiterkeit übrigließen. Ich habe also Ihrem Befehl gemäß Dero Namen noch in die Subskribentenliste eingetragen.

Die Aufsätze, die Sie aus der Sammlung wegwünschen, sind vermutlich die gegen Voß. Wenn ich mir auch vorgenommen hätte, sie aufzunehmen, so würde ich es doch jetzo gewiß nicht tun, da Sie es mir mit so vieler Freundschaft und Teilnehmung an beider Parteien Ehre widerraten. Ich hatte aber wirklich nie den Gedanken gehabt, diese Schriften wieder abdrucken zu lassen, und daher auch schon ausdrücklich in meinem Avertissement gesagt, daß alles, was beleidigen könnte, aus der Sammlung wegbleiben sollte. Ja, ich muß gestehen, daß diese Schriften mit Ursache waren, warum ich mich zu meiner Ankündigung entschloß, denn es wurde mir berichtet, daß ein Buchhändler zu Frank-

furt meine Schriften sammeln wollte, da denn sicherlich alles dieses und noch mehr würde abgedruckt worden sein. Da also wirklich mein Avertissement Gutes gestiftet hat und mehr vielleicht als die Schriften selbst stiften werden, so werde ich mich auch damit nicht übereilen.
Ew. Wohlgeboren ist wohl nicht bekannt, wer der Herausgeber des Dichteralmanachs für gegenwärtiges Jahr ist? Ich wünschte sehr, es zu wissen, dieser Mann hat mich unter dem Artikel Voß auf das gröbste beleidigt. Ich werde ihm nicht antworten, das versteht sich, aber wenn ich den Verfasser kennte, so würde ich ihm sehr nachdrücklich schreiben und ihm mit kaltem Blut zeigen, was für Sottisen sein Urteil enthält. Ich sehe gar wohl ein, daß durch die Bitterkeit, womit ich geschrieben habe, die Stärke der Argumente selbst wieder für manche sehr geschwächt worden ist. Der eben erwähnte Schriftsteller sagt: Kein rechtschaffener Mann könne auf meiner Seite sein oder so etwas ... Herr Garve schrieb mir unangefragt aus Breslau: Er glaube, ich hätte im ganzen recht, tadelt aber meine Bitterkeit sehr. Also wäre doch wenigstens ein großer und rechtschaffener Mann meiner Meinung. Was das übrige anbetrifft, so sehe ich auch nicht ein, warum ich das Urteil der rechtschaffenen wider mich haben sollte. Herr Voß hat seinen Lehrer und Wohltäter schändlich mißhandelt und ich einen verteidigt, Herr Voß beschuldigt mich, ich habe ihm meine Schrift mit einem Spruch aus dem Jesus Sirach und ohne Unterschrift zugeschickt, ich habe vermutlich meine Schrift selbst rezensiert; beides ist grundfalsch und mir nie in den Sinn gekommen, und endlich sagt er, ich habe über den Herrn Jesus gespottet, eine ebenso abgeschmackte als niederträchtige Beschuldigung; ich hingegen habe überall die Wahrheit geredet und mich bloß auf Tatsachen gegründet. Warum sollte ich also nicht noch mehr rechtschaffene Leute auf meiner Seite haben, so gerne ich auch zugebe, daß ich ihren Tadel wegen der Art verdient habe.

An Johann Gottwert Müller

Göttingen, in der Schneeblüte bis über die Ohren, den 31. März 1785

Keinen Stammbrief schreibe ich Ihnen heute, sondern ein bloßes Schmarotzerpflänzchen, das bestimmt ist, sich an Dieterichs majestätisches Libell anzuhängen, und so unvermerkt durch die Finger der Postsekretäre nach Itzehoe zu schlüpfen.
Ihr Roman gefällt mir fast mit jedem Bogen besser, und ich bin nun überzeugt, daß meine neuliche Weissagung eintreffen wird. Die geheimen Giftmischungen der Liebe und unschuldigen Ingredienzien habe ich fast nirgends schöner gelesen als hier zwischen Sophie und Wildmann. Seit dem Bogen J inklusive habe ich die Ehre, Ihr Korrektor zu sein. Ich bin zwar auch ein sehr elender Sterblicher in diesem Stück, allein supplizieren lasse ich doch nicht statt supplieren durchwischen wie auf einem der Bogen kurz vor dem J. Dieser Druckfehler machte, daß ich die Feder zog; ich hatte bald darauf auch wirklich das Vergnügen, ein herrliches ›frech wie die Göttin der Jugend‹ aus dem Bogen wieder in den Schriftkasten zu jagen und mit ›frisch‹ zu ›supplizieren‹. Auch habe ich einen kleinen Rechnungsfehler verbessert, welches Ihren Beifall erhalten wird. Sie sagten: Ihr Herz (genau erinnere ich mich der Worte nicht) stand nach Fahrenheits Thermometer wenigstens 10 Grad über dem Siedepunkt. Das sind über 220 Grad über dem Gefrierpunkt. Fahrenheits Gefrierpunkt steht aber nicht bei 0, sondern bei 32 (denn 0 ist sein Schnee und Sal amoniac). Ich habe also gesagt, über 190 und, auf daß es hoch klänge, gesagt: über einhundertundneunzig Grad über pp. Es geht mir mit dieser Korrektur oft lustig. Ich setze mich nieder, zu korrigieren, und wenn ich drei Blätter gelesen habe, so merke ich, daß ich gar an die Korrekturpflichten nicht gedacht, sondern bloß gelesen hatte. Solcher Contremärsche, mit Herrn Walther zu reden, tue ich bei jedem Marsch wenigstens

zwei. Wenn Sie einen Fehler finden, so sagen Sie ja nicht, daß Dieterich seinen Korrektor zum Hause hinausjagen sollte; das würde für mich eine verfluchte Winterkampagne setzen ... Was das für eine Witterung ist! Fast glaube ich selbst, was einmal eine Dame in meinem Vaterlande behauptete, daß die Welt näher nach Amerika gerückt ist! Da ich schlechterdings kein Holz mehr kaufen mag, so habe ich mir vorgenommen, Bücher zu brennen, und morgen werde ich mit den Dogmaticis den Anfang machen und sodann zu den Polemicis schreiten, und da hoffe ich doch einmal einen warmen Fuß zu kriegen ...

An Gottfried Hieronymus Amelung

Göttingen, den 15. Oktober 1785

Verzeihen Sie, bester Freund, daß ich Ihnen heute Ihre Frage so kurz als möglich beantworte. Ich müßte sonst die Antwort bis auf den Freitag verschieben, welches Ihren Wünschen wohl mehr zuwidergehandelt wäre als mit einer kurzen, aber hinlänglichen Antwort. Göttingen ist ein sehr teures Pflaster, liebster Freund. Sie wissen, ich hatte vom Landgrafen 400 Gulden darmstädtisches Geld und einen Freitisch, und es kostete mich Mühe, durchzukommen. Ich bezahlte freilich alle meine Kollegia, aber meine Mutter gab mir auch etwas unterweilen, und ich repetierte anfangs und gab endlich selbst mathematische Stunde und machte Verse auf die Prorektorwahlen, korrigierte für die Buchdrucker pp. Könnten Sie Ihren Herrn Sohn vielleicht einige Zeit auf einer anderen Akademie halten, so wäre es vermutlich besser, doch dieses wollen wir weiter überlegen ...

An Georg Heinrich Hollenberg

Göttingen, den 13. November 1785

Wohlgeborener Herr,
hochzuehrender Herr Landbauverwalter,
preiswürdiger, graduierter Papa!

Bravo, Bravo! lieber Freund. So muß es gehen. Heute Hochzeit und in einem Jahr Knall und Fall Kindtaufe. Was hilft einem sonst alle Mathesis und alles Kanäleziehen. Papa Hollenberg – – das klingt mir so herrlich, daß ich es heute wohl zehnmal und einmal zum Fenster hinausgesprochen habe, daß es alle Welt hätte hören können. – O schreiben Sie mir doch, wie Sie jetzt aussehen. Ist es denn wahr, daß man, wenn man Papa wird, sich eine große Perücke anschaffen, einen geblümten Schlafrock und Gürtel und gelbe Pantoffel tragen und zuweilen mit der langen Pfeife im Mund und dem Tabaksstopfer am kleinen Finger im Fenster stehen muß, auch ob des Sonntags ein anderer Schlafrock nötig ist, auch ob man langsamer über die Straße gehen muß als vorher und wieviel Zeit Sie etwa jetzt brauchen, vom Tor im ›Kaiser‹ nach der neuen Rathaustreppe zu gehen, auch ob man den Abendsegen in demselben Ton wie vorher lesen darf, ohne zu husten, wenn man anfängt, und ob man des Nachts notwendig an der Seite schlafen muß, wo die Wiege steht, oder ob man sich hinten an die Wand legen kann und ob es durchaus nötig ist, dem Gesinde im Hause, zumal den Dienstmädchen, mit ernsthaftem Gesicht und gutem Exempel vorzugehen. – Sehen Sie, lieber Mann, das sind Hauptfragen, die, wenn sie mir gehörig gelöst werden, mich wohl gar selbst noch einmal dahin bringen könnten, wo Sie jetzt sind.

Doch, mein lieber Hollenberg, allen Scherz beiseite, Sie haben mir mit Ihrem Brief eine Freude gemacht, die mich bis zu Tränen gerührt hat. Ich sehe, Sie sind glücklich, was Sie mich von Ihrer vortrefflichen Liebsten haben wissen lassen, beweist dieses unwidersprechlich, und ich nehme so vielen wahren Anteil an allem, was Sie angeht, daß Ihr Glück jederzeit keinen geringen Teil des meinigen ausmacht. Behalten Sie mir ferner Ihre Liebe wie bisher, und erwerben Sie mir die Freundschaft Ihrer, wie ich aus den wenigen Zeilen gesehen habe, edeldenkenden Frau, und wenn Sie wieder einmal mit einem kleinen Mädchen erfreut werden, das ein paar Lot schwerer ist (so nennen wir ruchlose, unverheiratete Sünder die kleinen Jungen), so dedizieren Sie diese puellam cum appendice

Ihrem
ewig treuen Freund
G. C. Lichtenberg

An Johann Daniel Ramberg

Göttingen, den 3. April 1786

... Sie können nicht glauben, was für Zeit hier unter der studierenden Jugend über der Fabrizierung von Preisschriften verlorengeht und wie selbst die Studien versäumt werden, die doch nur allein jemanden dahin führen können, eine solche Frage gehörig zu beantworten. Beschäftigten sich nun Leute damit, die ihren Kursus größtenteils geendigt haben, so ließe ich es gelten; allein das ist nicht. Es machen sich wahre Kinder in den Wissenschaften daran, und weil denn das Zeugungsglied noch nicht stehen will, so geht es ohne gewaltsame Reizungsmittel selten ab. Ich denke, das Geld hätte viel besser angewandt werden können, und hier muß ich Ew. Wohlgeboren einen Gedanken eröffnen, von dem Dieselben vielleicht einmal zu meinem Besten und vorzüglich zu dem der Universität dort Gebrauch machen können. Ew. Wohlgeboren brauche ich gewiß nicht zu erweisen, von welchem ungemeinen Nutzen eine gründliche Experimentalphysik für alle Stände ist, ich meine eine solche, die sich gleich weit von Kindereien und von den kostbaren

Spielereien entfernt, da man mit sehr zusammengesetzten Instrumenten Dinge dartun will, die sich viel besser an der Tafel durch Linien und leichte Rechnungen darstellen lassen, wenn man sich einmal von der Wahrheit der Fundamentalerscheinung durch Versuche überzeugt hat ... Ich kann mich rühmen, daß ich die Sache wirklich hier wieder etwas in Aufnahme gebracht habe, der Zulauf zu mir ist so groß, als ich ihn nur verlangen kann, da sich sonst bei mir vor Ostern kaum sieben oder acht aufgezeichnet hatten, so habe ich jetzt schon eine Nummer von 60 und darunter eine Menge, die gewiß keine Anfänger sind ...

An Josef Girtanner

Am Gründonnerstag, 13. April 1786

... Heil Ihnen, daß Sie in England sind! – Wahrhaftig, mein Herz blutet mir, wenn ich bedenke, daß England noch steht und ich nicht darin sein kann. – Ich habe, Gott verzeih mir meine schweren Sünden, schon manchmal im Sinne gehabt, aufzupacken und deutscher Sprachmeister zu werden. Wer weiß, was noch geschieht, denn Ihnen kann ich es gestehen, meine Entfernung von England wird mir zuweilen unerträglich. Ich möchte alsdann immer wissen, warum ich kein Geld habe, und tue diese Frage an den Himmel oft so laut, daß es meine Leute in der nächsten Stube hören. Der Mensch wird nirgends so gewürdigt als in diesem Land, und alles wird da mit Geist und Leib genossen, wovon man unter den Soldatenregierungen nur träumt. Nun fühle ich mich etwas leichter ...

An Friedrich Nicolai

Göttingen, den 20. April 1786

... Die drei neuesten Stücke Ihrer Bibliothek haben mir unbeschreibliches Vergnügen gemacht, vorzüglich die derben und so grade geführten Hiebe auf das Fell des katholischgeistlichen Hornviehs, da, wo es am dünnsten ist, und die Blitze auf das System der alleinseligmachenden Dummheit. Ich habe mit dieser Lektüre meine Ostern gefeiert und dadurch meinen Glauben wieder so aufgefrischt, daß er wie neu aussieht. Winkopps ›Deutscher Zuschauer‹ ist hier vermittelst eines zu Hannover gedruckten Befehls bei 10 Taler Strafe verboten worden, ich habe das Stück, das diesen Befehl bewirkt hat, noch nicht gesehen. Es ist mir in gewisser Absicht leid, daß das Buch aufhört. Herr Winkopp ist freilich ein bloßer aufgeklärter Bengel, allein er wußte wohl, daß bei seinen Patienten nur allein solche Pferdekuren anschlagen. Wenn nur nicht am Ende ein deutscher Fürstenverein entsteht, der eine geschärfte Zensur wieder einführt. Mir war es öfters deswegen bei Schlözers ›Staatsanzeigen‹ bange, und wer wüßte, was hier geschehen wäre, wenn Schlözers ›Anrede an die Schweizer‹ erschienen wäre, die wirklich schon abgedruckt war, die er aber, wiewohl gottlob dieses Mal noch nicht auf obrigkeitlichen Befehl, sondern auf Bitten seiner Freunde, nicht bekanntgemacht hat.

An Gottfried Hieronymus Amelung

Göttingen, den 21. April 1786

... In Holland habe ich wenige oder keine Bekanntschaft. Ich liebe die Leute da nicht; die Städte sind vortrefflich, und Sie werden da Einrichtungen sehen, so wie man sie sich träumt. Es ist keine beträchtliche Stadt in Holland, die ich nicht gesehen habe. Ich habe ihre Schiffahrt und ihre Häuser betrachtet, aber ihre Bewohner waren mir, einige Gelehrte ausgenommen, unerträglich. Sie verlieren gar zuviel gegen die Engländer. Wer aus England nach Holland kommt, glaubt aus einer Gesellschaft wohlgezogener Offiziere unter Tamboure und Profosse versetzt zu sein.

Wenn Sie die See in vollem Lustre sehen wollen, so versäumen Sie ja nicht, Scheveningen oder Schevelingen, eine Stunde vom Haag, am Ende eines angenehmen Waldes, fast des einzigen in Holland, zu besuchen. Der Prospekt ist da vortrefflich, weil keine Inseln gegenüberliegen, auch keine Tiefe des Hafens durch die Menge der Schiffe die Aussicht versteckt; Sie sehen die See da so wie die Tanne am neuen Tor zu Darmstadt. Aber, liebster Freund, versuchen Sie ja eine kleine Seefahrt, wäre es auch nur auf einem Fischerboot, wenigstens drei bis vier Meilen vom Lande. Sie werden da Dinge sehen, wovon sich ein Mittelländer keinen Begriff machen kann. Ich bin sechsmal zur See gewesen und einmal in Gefahr, allein im Jahr 1778, da ich nicht in Gefahr war, wiewohl der Wind heftig wehte, hatte ich einen Anblick, den ich nie vergessen werde. Das Meer schlug hohe Wellen, muschelförmige tiefe Ausschnitte, die leicht 30 bis 40 Fuß in die Länge haben mochten; darauf schwebte unser Schiffchen sicher, aber wie ein Strohhalm. Ich stand auf dem Verdeck und hatte mich mit einem Strick an dem Hauptmast festgemacht. Etwas Größeres habe ich nie gesehen. Das Unaufhaltsame im ganzen, die menschliche Verwegenheit und der Geist, der sich hierin zeigt, verbunden mit dem Donner der Wogen, denn es ist ein wahrer Donner, was man aus der Ferne hört, haben mir in Wahrheit Tränen, ich weiß nicht, wie ich sie nennen soll, der Andacht, des Entzückens oder der Demütigung vor dem großen Urheber ausgepreßt. In der Kajüte lagen Leute, die glaubten, es ginge zum Ende. Es ist kein größerer Anblick in der Natur …

An Friedrich Nicolai

Göttingen, den 21. April 1786

... Das Denkmal, welches Sie Moses Mendelssohn in Ihrer Bibliothek errichtet haben, ist vortrefflich und hat mich bis zu Tränen gerührt. Ich lese es täglich wieder. Die Häupter sterben hin, und Gott weiß, was die Erbprinzen machen werden. Der Laudator temporis acti regt sich täglich stärker in mir, ich fürchte fast, daß es Alter ist. Ich weiß nicht.

Allein Sie, wertgeschätzter Freund, Sie müssen Mendelssohns Biograph werden. Erlauben Sie mir einmal, daß ich frei rede, man ist bei offenem Herzen nirgends besser aufgehoben als bei Ihnen.

Es zeigt sich hier, wie mich dünkt, für Sie eine Gelegenheit, ein Zusammenfluß von Umständen, Ihren bereits gegründeten Ruhm mit einem Werk zu krönen, die, ich möchte fast sagen, seltener sind als das Genie, sie zweckmäßig zu nützen. Das Leben Mendelssohns müßte unter Ihren Händen ein Fundamentwerk für die Menschheit werden. Toleranz, wahre Gotteserkenntnis, wahrer Protestantismus, Überzeugung, daß man, ohne Kaiser oder König von Preußen zu sein, in dem einen bescheidenen Sprengel, ohne einen Groschen auszugeben, sehr viel Gutes tun kann, wäre es auch nur der Almosen der Verträglichkeit und der der Zeit angemessenen Anschmiegung an Lehrmeinungen, die sich noch nicht umschaffen lassen; Hoffnung, daß diese Almosen, in dem großen Schatz zur Besserung der Welt niedergelegt, dereinst sicher ihre Interessen tragen werden, Übung eigner Denkkraft der Mitglieder des Rats über Wahrheit und Irrtum, ohne Rücksicht auf Namen, zu allem diesen würde sich Gelegenheit finden, und zwar eine, die vielleicht in Jahrhunderten nicht wiederkommen möchte. Es wird so bald kein Mendelssohn wieder sterben, und geschieht es in hundert Jahren etwa einmal wieder, wird da auch ein Nicolai wieder da sein, der der Welt mit der Kenntnis und Überzeugungskraft für die Stärkeren und mit dem Kredit und

Autorität für die Schwächeren, also für alle auf einmal, mit der Macht des Stils, die Sie besitzen, sagen können wird: Das haben wir verloren, so sieht es um unser Vaterland aus, und das müssen wir tun. – Sie können das alles sonst tausendmal sagen, aber das Publikum wird so leicht nie wieder die Disposition haben, es so aufzunehmen. Man will jetzt etwas lernen und annehmen, und der Beifall fliegt Ihnen entgegen. – O hätte ich doch Mendelssohn gekannt wie Sie, hätte ich Ihre Erfahrung in der Welt und Ihre Tätigkeit! Ich schickte Ihnen wahrlich, statt dieses ganzen aus dem Herzen fließenden Zurufs, das Manuskript zum ersten Bogen. Mendelssohn wird auf diese Weise vollenden, was er angefangen hat. Sie werden sein Leben fortleben, wenn Sie sich der Arbeit unterziehen. Glauben Sie, Ihres verstorbenen Freundes Seele hat sich Ihnen nicht vergeblich mitgeteilt. Im Physischen lebt das Zerstörte noch immer in Nachkommen fort, warum nicht auch hier? – O nützen Sie diesen Zeitpunkt, mit der Welt ein Wort zu reden. Sie hat ihre eigene Weise und die Kraft der Lehre ihre Zeiten; geht diese vorüber, so wird ein Augenblick im Kampf mit Aberglauben, falscher Religion und falscher Philosophie pp. versäumt, den unsere Augen nie wieder haben werden …

An Johann Daniel Ramberg

Göttingen, den 3. Juli 1786

… Herr Lavater hat mich zweimal besucht und hat mir wirklich (offenherzig gesprochen) ungemein gefallen. Auget (kann man bei ihm sagen) praesentia famam. Ich hatte einen hitzigen, enthusiastischen Disputierer erwartet, er ist aber nichts weniger; jetzt wenigstens; ich halte ihn wirklich für einen vortrefflichen Kopf, den schwache Gesellschaft etwas verrückt hat. Hätte Lavater hier gelebt, wo man allenfalls kalkuliert, wo Schwärmer bloß schätzen, so würde er gewiß so vielen wahren Ruhm erhalten haben, als er jetzo Geschrei für sich hat. Ich wiederhole es noch einmal: Ich kann Ihnen nicht genug beschreiben, wie gut dieser Mann ist. Er meint alles ehrlich, und wenn er betrügt, so ist er ein betrogener Betrüger. Wie sehr er auf Gründe horcht, davon muß ich Ew. Wohlgeboren ein Beispiel erzählen, allein mit der gehorsamsten Bitte, nicht viel davon ins Publikum kommen zu lassen, weil, wie Ew. Wohlgeboren wissen, man oft den schändlichen Gebrauch davon macht.

Kaum hatte sich Herr Lavater niedergesetzt (Leß war mit dabei), so kamen wir von ungefähr auf Mendelssohn, Lessing, Jacobi und Spinozismus zu sprechen. Da ich nun (offenherzig) den Spinoza seit der Zeit, da ich ihn verstand, für einen ganz außerordentlichen Kopf hielt, so nahm ich mir zwischen diesen beiden Theologen vor, mich seiner anzunehmen. Ich sagte also, daß ich glaubte, tieferes Studium der Natur, noch Jahrtausende fortgesetzt, werde endlich auf Spinozismus führen, welches dieser große Mann vorausgesehen. So wie unsere Kenntnis der Körperwelt zunehme, so verengerten sich die Grenzen des Geisterreichs. Gespenster, Dryaden, Najaden, Jupiter mit dem Bart über den Wolken pp. seien nun fort. Das einzige Gespenst, was wir noch erkennten, sei das, was in unserem Körper spuke und Wirkungen verrichte, die wir eben durch ein Gespenst erklärten, so wie der Bauer das Poltern in seiner Kammer; weil der hier, so wie wir dort die Ursachen nicht erkennten. Träge Materie sei ein bloßes menschliches Geschöpf und etwa bloß ein abstrakter Begriff; wir eigneten nämlich den Kräften eine träge Basis zu und nennten sie Materie, da wir doch offenbar von Materie nichts kennen als eben diese Kräfte. Die träge Basis sei bloß Hirngespinst. Daher rühre das infame Zwei in der Welt. Leib und Seele, Gott und Welt. Das sei aber nicht nötig. Wer habe denn Gott erschaffen? Der feine Organismus im tierischen und Pflanzenkörper rechtfertige nur, hier Bewegung dependent von der Materie anzunehmen. Mit einem Wort, alles was sei, das sei eins, und weiter nichts! Ἑν καὶ παν, Unum et omne. Alles dieses sagte ich ihm. Wissen Sie wohl, was Lavater sagte, der mir unglaublich aufmerksam zugehört: Das glaube er auch. Nur machte er einige Einwürfe, auf die er selbst nicht viel rechnete und die alle aus dem christlichen System flüchtig hergeholt waren. Ich kann nicht leugnen, ich wurde über des Mannes wahre Philosophie und Unparteilichkeit so bewegt, daß ich ihm sagte: Ich wäre, bei allem meinem Widersprechen gegen seine Behauptungen, immer ein Bewunderer seiner großen Talente gewesen, allein einen solchen unparteiischen Denker, als ich jetzt in ihm fände, hätte ich, aufrichtig zu reden, nicht in ihm erwartet. Es war wirklich außerordentlich. Nachdem er weg war, fand ich einen größeren Zusammenhang zwischen diesen Umständen, als ich anfangs erwartet hätte: Er hielt bis jetzt Jesum Christum für wahren Gott, daraus fließt sein Wunderglaube; findet er den falsch, so ist das andere Extremum Spinozismus; und ich glaube, er ist auf dem Punkt, jenen falsch zu finden …

An Friedrich Wilhelm Strieder

Göttingen, den 1. Jenner 1787

Wohlgeborener Herr, hochzuverehrender Herr Rat,

Ew. Wohlgeboren muß ich gehorsamst um Vergebung bitten, daß ich mit meiner Antwort auf Dero geehrtestes Schreiben so spät erscheine; teils Übelbefinden, teils Passiv-Visiten (die aktiven rauben mir keine Zeit) sind Ursache gewesen. Es schmerzt mich dieses um so mehr, als Dieselben eine präzise Antwort als ein Zeichen ansehen wollten, ob mich Dero Zuschrift gefreut habe. Ob nun gleich dieses Signal weggefallen ist, so hoffe ich, werden Ew. Wohlgeboren noch jetzt diese schriftliche Versicherung dafür annehmen, daß ich es mir für die größte Ehre rechne, auf diese Art mit Denselben Bekanntschaft gemacht zu haben. Nun muß ich von der andern Seite bedauern, daß ich in unserer ganzen Familie derjenige bin, der von derselben am wenigsten weiß. Ich lebe nun vierundzwanzig Jahre außer aller Verbindung mit ihr und durch sehr seltene Briefe ausgenommen, deren Inhalt von ihrer Seite keine Familiennachrichten gibt und von der meinigen auch keine verlangt. Von meines darmstädtischen Bruders literarischen Existenz ist mir gerade nichts mehr und nichts weniger bekannt, als was im Meusel steht. Als mein Vater starb, war ich etwa sieben Jahre alt; was ich von meiner Mutter und Geschwistern nachher von ihm gehört habe, ist zwar mehr als hinreichend, mir diesen rechtschaffenen Vater ewig wert zu machen, ist aber für Ihr Buch uninteressant.

So viel weiß ich, daß er für die damalige Zeit für einen Geistlichen sehr gut mathematische und physikalische Kenntnisse hatte, und eben diese waren es, wodurch er die Aufmerksamkeit des Fürsten auf sich zog. Da er nun gewiß kein schlechterer Theologe war als irgendeiner im Land, so stieg er nach und nach, ohne weitere Konnexion, ohne Geld und ohne Bewerbung von einem Dorfprediger in einem abgelegenen, fast ein Viertel des Jahres verschneiten, elenden Nest im Odenwald zur ersten geistlichen Würde im Lande. Er pflegte seine Kinder sehr frühe mit der Einrichtung des Weltgebäudes bekannt zu machen und flößte ihnen eine Prädilektion der Physik ein, die, ob ich gleich die Einwirkung davon größtenteils aus der zweiten Hand verspürte, doch dieses Gute hatte, daß ich als Primaner gewiß mehr von Astronomie wußte, als jetzt leider von vielen von Universitäten zurückgebracht wird.

Ich führe dieses an, um Ihnen zu zeigen, daß mein Vater Naturlehre mit einer Art von Enthusiasmus liebte. Ja, er brachte einmal in einer Wochenpredigt Astronomie auf die Kanzel, soviel seinem Auditorio verständlich war, und er soll gesagt haben, er habe nie eine größere Stille bemerkt. Und die Bauern schickten sogar einmal Deputierte ab, ihn zu bitten, er möchte doch bald einmal wieder von den Sternen predigen. Freilich scheint es mir, daß er geistigen Wesen außer uns vielleicht mehr zugetraut haben mag, als die jetzige Vitiosior progenies glaubt und sehr oft mehr nach Leichtsinn als nach Gründen richtet. Die Geschichte mit dem Blatt ist mir bekannt und öfters erzählt worden. Ew. Wohlgeboren würden wohl tun, wenn Sie die ganze Sache unterdrückten. Ich bin geneigt, zu glauben, daß es eine ihm vielleicht unbewußte Anwandlung von Schlummer gewesen ist. Wären indessen alle Menschen so aufmerksam wie er, so würden wir vielleicht über die unzähligen Abstufungen von hellem Wachen zum anerkannten Traum deutliche Begriffe haben. Insofern ist die Sache merkwürdig; allein aus diesem Gesichtspunkt betrachtet, sinkt sie denn doch zu einem Grade von Undeutlichkeit herab, bei welchem man in einem biographischen Wörterbuche sich wohl nicht aufhalten kann ...

Ich habe die Ehre, mit vollkommenster Hochachtung zu sein Ew. Wohlgeboren

gehorsamster Diener
G. C. Lichtenberg

An Johann Georg Forster

Göttingen [Mitte September 1787]

Oh! Wenn Sie wüßten, was Sie mir für eine Freude mit Ihrem ›Cook dem Entdecker‹ gemacht haben! Ich habe lange nichts gelesen, was meiner Vernunft und Phantasie eine so reizende Beschäftigung gewährt hätte als dieser vortreffliche Aufsatz, und es war mir unmöglich, meinen Dank so lange zurückzuhalten, bis ich Sie wieder von Angesicht schaue.

Ich befinde mich in der Tat recht übel an Halsweh und Reißen in den Gliedern. Ich habe bisher noch immer den Professor Lichtenberg gebraucht, wenn es aber morgen nicht besser wird, so will ich ihm abdanken und den Stromayer annehmen. Sollten Sie morgen oder übermorgen abend einmal ein Stündchen zu verlieren haben, so schenken Sie es mir. Es ist mir sehr leid, daß ich einige Gönner und Bekannte, die hier teils waren, teils noch sind, nicht habe sprechen können. Ich weiß, Sie vergeben es mir, daß ich mich durch diese Einladung in ein Krankenzimmer dafür zu entschädigen suche. Empfehlen Sie mich Ihrer geliebten Therese gehorsamst.

An Gottfried August Bürger

Göttingen [1787]

Mit dem verbindlichsten Danke geht hier Meiners' ›Psychologie‹ zurück. Ich habe lange nichts so gelehrt Schlechtes gelesen als diese Vorrede. Sie werden gewiß auch bemerkt haben, daß sein ganzes Räsonnement gegen Kant darauf hinausläuft: ›Wenn Kant recht hätte, so hätten wir ja unrecht. Da nun aber dieses wohl nicht sein kann, indem unserer so viele gelehrte, tätige und rechtschaffene Männer sind, so ist sonnenklar, daß Kant unrecht hat. Q.E.D.‹ – Überhaupt, dünkt mich, ist der ganze Blick, womit Meiners die Sache ansieht, so äußerst unphilosophisch, daß ich mich gewundert habe, weil er die Betrachtung von Dingen, wovon man das Ende nicht gleich absieht, weggezogen haben will. Das ist doch gewiß philosophischer Despotismus. Wenn man aus des großen Eulers Werken alles wegnehmen wollte, was nicht unmittelbare Anwendung im Praktischen hat, so würden sie sehr zusammenschmelzen. Der große Mann hat sich sehr mit den abstraktesten Vergleichungen der Größe beschäftigt, welche die Nachwelt erst zu gebrauchen wissen wird.

An Johann Georg Forster

Göttingen, den 24. Dezember 1787

Liebster Freund,

...Sie werden sich wundern, daß ich Ihnen, da Sie kaum in Abrahams Schoß angelangt sind, zwar nicht aus der Tiefe, doch aus der mittleren Region, ein kleines Memorandum nachsende. Es betrifft nicht mich, sondern unsern gemeinschaftlichen Freund Bürger, doch tue ich es lediglich aus eigenem Antrieb, denn ich habe ihn seit dem angenehmen Abend, den Sie uns machten, nicht gesprochen, auch nicht mit ihm korrespondiert. Sie haben jetzt die herrlichste Gelegenheit, für diesen guten und fleißigen Mann zu sorgen. Es hat hier jemand, dessen Namen ich nicht behalten habe, den mir aber Herr von Arnswaldt als einen Mann von Kopf gerühmt hat und der mehrere Universitäten besucht hat, gesagt, er habe überhaupt noch niemanden gehört, dessen Vortrag auch außer der Gründlichkeit der Darstellung der Sachen so vielen ästhetischen Wert hätte als Bürgers. Er ist gewiß ein vortrefflicher Kopf, und was für Wirkung würde nicht ein Professortitel auf ihn tun. Es ist nicht nötig, daß Sie ihn in forma empfehlen, das ist ein verdrießliches Geschäft, sondern sagen Sie nur von ihm, was Sie von ihm selbst neulich gehört haben. Mich schmerzt es nur, daß man glaubt, er lege sich jetzt erst auf Philosophie. Nein, ein gewisser Grübelgeist, der sich nichts weismachen läßt, ruht schon auf ihm, solange ich ihn kenne, und er war seit jeher ein Feind der geschmelzten Wassersuppenphilosophie, die hier fast allgemein gespeist zu werden anfing. Ich habe einmal gelesen, daß die schiefen Hälse entweder daher kamen, daß ein Muskel ungewöhnlich stark zöge oder daß sein Antagonistes gelähmt würde. Und daß beide gesund bleiben müssen, wenn der Kopf gradestehen soll. Das vorsätzliche Schiefhalten wird ja dadurch niemanden benommen. Bürger hat wirklich schon diesen Winter manchen Burschenkopf gradegezogen, der ihn auf der Seite trug, bloß weil es Alexander tat. Haec sub rosa ...

An Johann Georg Forster

Göttingen, den 18. Februar 1788

... Ihre liebste Therese hat Ihrem Brief ein vortreffliches Postskript angehängt. Ich bemerkte es nicht gleich, weil ich vieles in Ihrem Brief dreimal las, ohne fortzufahren. Am Ende, da ich das herrliche Kompliment bemerkte, machte ich in der Verwirrung einen Gegenknicks und habe, fürchte ich, damit ein paar Tische umgeworfen. – Vor sechzehn Jahren, da ich mich einmal bei Herrn Dieterich befand, kam ein gesundes, artiges Mädchen (wenigstens natürlich artig) vom Lande in unsere Gesellschaft. Ich bedauerte sie schon beim Eintritt, weil ich gleich bemerkte, daß wir den Teufel alle besser kannten als sie. – Sie sagte, nachdem sie sich gesetzt hatte, wir möchten ihr vergeben, wenn sie etwas nicht recht machte, sie wäre nie in honetter Gesellschaft gewesen – und das mit soviel Naiveté und wahrem Ausdruck von Gotteswort vom Lande, daß gewiß keine Mannsperson gegenwärtig war, die nicht eine honette Zusammenkunft mit ihr gewünscht hätte.

Was das gute Mädchen sagte, aber nicht nötig hatte, das sage ich, wenn ich mit Damen rede, nicht, aber hätte es nötig. Es ist abscheulich, was ich für Zeug mache, wenn ich an ein Frauenzimmer schreiben soll, es ist, als wenn mir alle Knöpfe abgeschnitten wären. Ich habe mir auch fest vorgenommen, mir Coloms ›Modèles des lettres‹ anzuschaffen, und ich hoffe, der Himmel wird mir alsdann seinen Segen nicht versagen... Empfehlen Sie mich allen Personen, die sich meiner erinnern, hauptsächlich unserm vortrefflichen Nicolai, der nun weiter nichts mehr zu tun hat, als zu sterben, um für einen der ersten Köpfe unseres Jahrhunderts gehalten zu werden. Da wir beide aber und der beste Teil des Christenvolks das nicht glaubt, daß man seinen Schöpfer fressen kann, während ein Pfaffe die Milchstraße hinten draus trinkt, ihn schon jetzt dafür halten, so wollen wir für sein liebes Leben bitten, damit er noch hier und da vom 19. Jahrhundert zuweilen den Staub wieder von den Stellen wegblase, die er im 18. so trefflich poliert hat...

An Christian Gottlob Heyne

Göttingen, den 27. April 1788

...Bei dieser Gelegenheit kann ich Ew. Wohlgeboren einen kleinen mich betreffenden Umstand nicht verhehlen, nämlich daß bereits vorigen Sommer Herr Kant nach Jena geschrieben und sich mich zum Rezensenten seiner ›Metaphysischen Anfangsgründe der Naturwissenschaft‹ erbeten hat. Herr Professor Schütz schrieb deswegen an mich und rückte die ganze Stelle aus Kants Brief ein, die sehr schmeichelhaft war. Ich lehnte es aber ab, teils weil ich, wenn ich rezensieren will, schon weiß, zu welchem Blatt mich Pflicht und Gesinnung verbinden, teils aber auch, weil hierselbst in Rücksicht auf Kantische Philosophie einmal Partei genommen worden ist von Herrn Kollegen, denen ich nicht gerne widrig begegnen möchte. Kant mag sein, wie er will, so weiß er gewiß mehr als, glaube ich, alle unsere heutigen Metaphysiker zusammengenommen. Ich nehme das Wort ›wissen‹ hier so, wie es dem Glauben entgegengesetzt wird. Ich habe schon vor 23 Jahren einige seiner Schriften mit Vergnügen gelesen. – Was mich bei dem ganzen Lärmen freut, ist, daß einige selbst seiner hiesigen Widerleger beim Auskramen ihres Warenlagers zu erkennen geben, daß sie sich selbst nicht immer recht verstanden haben. Ich lese, was ich hierüber zu sehen bekomme, jetzt hauptsächlich aus diesem Gesichtspunkt. Der gute Feder hat doch gewiß einige sehr große Blößen gegeben, und was Meiners gesagt hat, ist fürwahr nicht der Rede wert. Mich freut der Tumult außerordentlich, weil die Scharwächter des metaphysischen Zion wenigstens einsehen lernen werden, daß ihre Werke so fest nicht sind, als sie sie zu sein glaubten. Dieses Reiben und Stoßen ist sehr gut. Ein Fortschritt im ganzen ist gewiß die Folge davon, und ich wette, er wird dieses Mal groß sein, ob in größeres Licht oder größere Dunkelheit, getraue ich mir nicht zu entscheiden...

An Friedrich August Lichtenberg

Göttingen, den 16. September 1788

Hier kommen wieder ein paar herrliche Briefträger, die Du die Güte haben wirst so aufzunehmen, als wäre es der Herr Hofrat Lichtenberg (denn dieses bin ich seit gestern morgen) selbst. Der eine ist Dr. Creighton (lies Kreiton), ein sehr gelehrter junger Schottländer, und der andere Herr von Humboldt aus Berlin. Von dem letzteren kann ich Dir sagen, daß er einer der besten Köpfe ist, die mir je vorgekommen sind. Du kannst nicht glauben, was hinter dem etwas blassen Gesicht für ein Geist steckt. Wenn es anders unter dieser Regierung so geht wie unter Friedrich II., daß nur allein Geistesvorzüge zu hohen Stellen führen, so wird er dereinst eine große Rolle spielen, zumal da bei ihm res nicht angusta, sondern augusta zugleich ist. Er war vergangenen Sommer mein Zuhörer und wird es künftigen Winter wiederum sein. Du kannst mit ihm sehr frei über die jetzige Berliner Regierung sprechen, denn er ist in allem nur von der Seite des gesunden Menschenverstandes. Nimm doch ja diese Freunde gut auf. Sollten Dir meine Rekommendationen dieser Art Unkosten machen, so melde es mir, ich werde alsdann gerne suchen, Dich auf irgendeine Weise zu entschädigen…

An Johann Georg Forster

Göttingen, den 30. September 1790

Liebster Freund,

…Also Sie haben die Freiheitsinfluenza in Ihrer Stadt auch gehabt? Wir auch, aber doch nicht so heftig. Herr Aycke kann Ihnen davon umständliche Nachricht geben, so wie ich demselben Auftrag gegeben habe, mir die Geschichte des dortigen Fiebers mündlich zu überbringen. Man sieht doch immer daraus, was der Mensch eigentlich ist, und lernt, seinen Hut immer tiefer vor dem Galgen abziehen; er bleibt doch immer eines der nobelsten Instrumente, selbst das Herschelsche Teleskop nicht ausgeschlossen, auf welches die Menschen je verfallen sind, und es ist dabei so simpel. Ich sehe nicht ab, warum man nicht einen goldnen unter die Reichsinsignien aufnimmt und ausdrücklich einen neuen Kurfürsten dafür wählt, ihn bei der Krönung zu tragen...

An Johann Georg Forster

Göttingen, den 1. Juli 1791

Wenn es mir vor zehn Jahren möglich gewesen wäre, Vergehungen gegen Sie, mein Teuerster, mit Vergehungen so zu häufen wie jetzt, so hätte ich Ihnen auch gewiß in meinem Leben nicht wieder geschrieben. Allein weil ich seit einiger Zeit fast nichts mehr tue, was ich tun soll (Gott weiß warum! Es ist ein kompliziertes Übel), so habe ich auch das herrlichste Fell dazu, dem Beleidigten unter die Augen zu treten, sobald ich nur gehen kann, welches mir nicht immer gelingt. Mein Zustand ist unbeschreiblich, könnte ich ihn so ganz schildern, wie er ist, ich glaube, meine Feinde selbst würden mir vergeben, was ich bisher non agendo verübt habe. Wenn ich ein paar Pfunde Blei trage, so habe ich nichts zu überwinden als das Gewicht davon, denn ein Element desselben trägt das andere mit unerforschter Kraft, ohne daß ich das mindeste dazu beitrage. Sollte ich auch die Kräfte hierzu hergeben, wer wüßte, ob meiner Zehntausende imstande wären, das Blei über meinen Schreibtisch zu heben. So geht es mir jetzt oft im Moralischen. Wenn ich etwas sein will, so muß ich mich erst dazu machen und erhalten – das ermüdet entsetzlich! Ich habe aber auch gesehen, daß der Mensch viel mehr vermag, als ich ihm sonst zutraute. Was müßte nicht aus dem Mann werden können, der sehr vieles ist, ohne es zu wissen, wenn er nun noch Kraft von der Art anwendete zu Selbsterschaffung und Erhaltung. Aber ich fürchte, man lernt jene Fähigkeit des menschlichen Geistes nicht kennen als in dem Zustande von kränklicher Empfindlichkeit und kränklich scharfer Bemerkungsgabe, die wieder von einer Seite die Ausführung erschwert. Liebster Freund, was ich zwischen meinen vier Wänden hierin getan habe, würde mich verewigen können, wenn ich entweder schreiben könnte wie Sie oder diese Kräfte auf Gegenstände anwenden, die mehr ins Auge fielen. Allein man setzt niemandem Ehrensäulen, der mit Heldenmut bloß verhindert, daß er nicht – zum alten Weibe wird. – Für Ihr vortreffliches Geschenk, ich meine für Ihre ›Ansichten‹ und Ihre ›Sakontala‹, danke ich Ihnen vielleicht mit größerer Herzlichkeit, als es sonst gewöhnlich ist, für Geschenke von Büchern zu danken. Ich sage Ihnen ebenso aufrichtig als geradeheraus, daß ich Ihre ›Ansichten‹ für eins der ersten Werke in unserer Sprache halte. Ich bin aber auch stolz genug, zu glauben, daß sie nicht von jedem Leser so verstanden und so innigst anerkannnt werden möchten als von mir. Ich habe einmal in einem Feenmärchen eine sehr angenehme Vorstellung gelesen: Der Held nämlich reist, und unter der Erde reist ihm beständig ein Schatz nach, wohin er auch geht. Bedarf er etwas, so pocht er nur leise an die Erde, so steht der Schatz still und öffnet sich ihm. Sie sind mir, bester Freund, auf Ihrer Tour hundertmal so vorgekommen wie jener Glückliche in der Feenwelt. Auch da, wo Ihr Stab den Boden nicht anschlug, sah ich immer den Schatz Ihnen folgen. Wer ihre Worte zu wägen weiß, kann es auch unmöglich übersehen. Die Gabe, jeder Bemerkung durch ein einziges Wort Individualität zu geben, wodurch man sogleich erinnert wird, daß Sie die Bemerkung nicht bloß sprechen, sondern machen, habe ich nicht leicht bei einem Schriftsteller in einem solchen Grade angetroffen. Dazu kommt noch bei mir, daß ich alles als das Werk meines

Freundes lese, dessen immer steigendem Ruhm ich mit einer Art von Wollustgefühl zusehe; jeder Ausdruck, jede Wendung, die mich frappiert, freut mich als mein eigen. Nun bedenken Sie, Freund, was Sie mir für ein Vergnügen gemacht haben. Oh, die innigste Teilnahme an allem, was den Verfasser angeht, verbreitet über das Werk ein unbeschreiblich angenehmes Licht! Manche Ihrer trefflichen Bemerkungen würden mir aus dem Munde des Mongolen Meiners gewiß als wenigstens unangenehme Wahrheit geklungen haben, dieses Menschen unbändiger Eigendünkel würde mir alles entstellen. Zum Glück gibt es bei ihm nicht zu entstellen. Ich soll Ihr Buch für die hiesige Zeitung rezensieren. Ich habe den Antrag auf gut Glück angenommen; allein was kann man in einem so engen Blättchen sagen! …

An Immanuel Kant

Göttingen, den 30. Oktober 1791

Vergeben Sie, verehrungswürdiger Herr, einem armen Nervenkranken, daß er die Zuschrift eines Mannes, den er schon so lange über alles schätzt, so spät beantwortet. Was mich bei dieser Schuld immer, vor mir selbst wenigstens, etwas rechtfertigt, wenn sie mich zu hart zu drücken anfing, war das Vertrauen auf die Freundschaft unseres vortrefflichen Herrn Dr. Jachmann, der Ihnen sowohl meine seltsamen Umstände erklärt als Sie auch von dem Enthusiasmus überzeugt haben wird, womit ich Sie, teuerster Mann, verehre. Herrn Dr. Jachmanns Schilderung von ersterem selbst etwas zuzusetzen, hindern mich eben diese Umstände selbst, etwa so wie beim Lessing, dem Heldensänger der Faulheit, die Heldin selbst bei der zweiten Zeile dem Sänger den Mund stopft, und statt alles, was ich über letzteren sagen könnte, empfangen Sie hier aus dem Innersten meines Herzens die Versicherung, daß es meine ganze Meinung von mir selbst nicht wenig erhöht hat, daß ich Ihre Schriften schon im Jahr 1767 mit einer Art von Prädilektion gelesen und daß ich bei der Erscheinung Ihrer ›Kritik‹, sobald ich nur davon soviel gefaßt hatte, um zu sehen, wo alles hinaus wollte, gegen einige meiner Freunde schriftlich und mündlich erklärt habe: Gebt acht, das Land, das uns das wahre System der Welt gegeben hat, gibt uns noch das befriedigendste System der Philosophie. Das waren meine Worte, obgleich ich noch nicht alles übersah, und mit diesen Gesinnungen schrieb ich auch jene im Taschenkalender, die Ihnen zu Gesicht gekommen sind. Ich rechnete auf diesen Umstand nicht, sondern schrieb sie, weil ich glaubte, sie Ihren großen Talenten nach meiner Überzeugung schuldig zu sein. Soviel für jetzt ...

An Margarete Lichtenberg

Göttingen, 16. April 1792

Liebster Schatz,

nun wie geht Dir's denn, Frau Strohwitwe? Was macht der kleine Junge? Ich wollte sagen der große, denn daß sich der halbjährige Bengel wohl befindet, daran zweifle ich keinen Augenblick. Er sah gestern vortrefflich aus, die Amme hat mir seine beiden Gesichter gewiesen. Das Nr. 1 war schön, rund und freundlich wie die Sonne, das andere Nr. 2 blank und still wie der volle Mond oder eigentlich wie das erste und letzte Viertel gegeneinander gestellt.

Wie mir's geht? I, so ziemlich, wenn ich mir nur vorstellen könnte, daß es Frühling wäre, aber das ist mir schlechterdings unmöglich. Schicke mir doch meinen Pelz und die Pelzhandschuhe, ich will sehen, ob es dann besser geht.

Aber höre mal, mit meinem Oberbette ist etwas vorgegangen. Ich glaube, die Hartmannin hat die Federn herausgenommen und Duckstein hineingestopft. Denn Vögel mit solchen Federn gibt es in ganz Europa nicht. Wenn ich des Morgens erst ein Bein heraus habe, so geht es ziemlich, ich halte mich am Ofen und ziehe dann das andere nach, aber das erste, das ist der Henker. Nein! liebes Fleisch von meinem Fleisch, das Bett mag für ein Paar Eheleute gut genug sein, aber für einen einzelnen Menschen wie ich ist es wahrlich zu schwer. Des Abends muß mich Georg zudecken, und dann drückt es mich so, daß meine Beine gemeiniglich eine halbe Stunde eher einschlafen als ich.

Weißt Du, daß es heute ein Jahr ist, daß wir im Holze waren? Womöglich wollen wir hinauf, sobald wir es ohne Feuerstübchen tun können. Lebe recht wohl, liebes Bein von meinem Bein, und empfehle mich dem ganzen Dieterichschen Hause, der Mamsell Braut und Mamsell Ranchat

von Deinem
G. C. Lichtenberg

An Johann Georg Forster

Göttingen, den 27. Mai 1792

Liebster Freund!

Tausendfältigen Dank für den zweiten Band Ihrer ›Ansichten‹. Ich erhielt ihn zwar schon heute vor acht Tagen, habe aber vorsätzlich die Lektüre auf die Pfingstferien verspart, die ich auf dem Garten zubringe, wo Laube, reiche Blumenbeete und reine Lebensluft sich besser an Didotschen Druck und Forstersche Empfindungen und Gedanken anschließen als hier die Atmosphäre von Philistaea und seine Wursttiere. Allein wahrhaftig nun im Ernst gesprochen, liebster Mann, es wundert mich höchlich, daß Ihnen, dem großen Herzen- und Nierenkenner und -prüfer, die Erfahrung, das das omnibus satisfacere, sibi autem nunquam satisfacere posse gerade das rechte Kriterium eines großen Schriftstellers ist, noch nicht so geläufig geworden ist wie andere unendlich feinere, die mir Ihre neueren Schriften zu einem wahren Geistesfest machen. Cicero, glaube ich, sagt es von sich, und dafür ist es auch Cicero. Lächeln mußte ich gestern, da ich eine Rezension dieses zweiten Bandes Ihres Buches im ›Hamburger Korrespondenten‹ las und mit Ihrem Brief verglich. Der Rezensent merkt nämlich an, daß ihm der zweite Band fast besser gefallen hätte als der erste, und so wird es mir gewiß aus sehr bekannten ästhetischen Gründen auch gehen, denn den zweiten liest man nur, den ersten hat man gelesen. Nein, lieber Freund, wer Ihnen den Ruhm eines unserer ersten Schriftsteller, ja in vieler Rücksicht den des ersten nicht zuerkennt, muß Ihre Schriften nicht mit Aufmerksamkeit gelesen haben oder weiß nicht, was er sagt. Sie müssen, dünkt mich, jetzt nicht mehr weiter spannen. Sie würden zwar selbst alsdann noch viele Leser behalten und mich immer darunter, die gerne lesen, was die Aufmerksamkeit nicht bloß unterhält, sondern sehr strenge fordert; allein ein eigentlich sogenannter beliebter Schriftsteller, selbst im guten Verstande, bleibt man alsdann nicht mehr. Doch hiervon künftig einmal mehr und vielleicht einmal ex professo. Daß das, was ich von Ihrem schriftstellerischen Verdienst gesagt habe, aus dem Herzen kommt, können Sie und werden Sie versichert sein, widrigenfalls muß ich es mit einem Geständnis belegen, das zwar wieder eine Versicherung ist, aber doch von der Art, daß es mehr als andere die Zeichen seines Ursprungs an der Stirn trägt, und das ist dieses: daß ich mich von keinem Schriftsteller so gern genannt lese als von Ihnen. Ist das wahr gesprochen oder nicht? Sagen Sie. Bei mir hat das Geständnis auch der kleinsten Eitelkeit als Beleg gesprochen. Eideskraft. Sehen Sie, das heiße ich Stolz und Wahrheit.

An Ihren Schicksalen, widrigen und guten, finden Sie immer in mir den herzlichsten Teilnehmer. Oh, ich habe Teilnehmen gelernt und lerne es immer mehr, mein Bester. Wegen Ihrer kränklichen Umstände werden Sie Ratgeber genug haben, und einer mehr oder weniger kann also nicht schaden. Vielleicht hat Ihnen aber noch niemand geraten, was ich Ihnen raten werde. Essen Sie einmal so wenig, daß Sie im eigentlichen Verstand aufhören, wenn andere erst recht anfangen, und des Abends etwa acht Löffel voll Heringsalat oder etwas Sardellen mit Äpfeln oder kalten gallertigen Braten, Jus mit bloßem Brot; sollte es Ihnen recht herzlich zu schmecken anfangen, so hören Sie ja auf: amputando, ich meine abgedeckt und hinausgetragen. Ich bin überzeugt, der größte Teil des menschlichen Geschlechts ißt zwei Drittel mehr, als er essen sollte, zumal die, die nicht im Schweiß ihres Angesichts, sondern in den ätherischen Verdampfungen ihres Nervensafts ihr Brot essen. Ferner lernen Sie ja die Kunst (denn sie kann erlernt werden), sich der Sorgen zu entschlagen. Man muß freilich als treuer Hausvater dem Quell derselben entgegenarbeiten, aber ohne an die Sache selbst zu denken, so wie Sie nach Frankfurt gehen können, ohne den ganzen Weg nur ein einziges Mal daran zu denken. Es ist freilich nicht ganz leicht, aber bei weitem nicht so schwer, als auf dem Seil zu tanzen; es geht am Ende gewiß. Warum will man solche Künste nicht lernen, die so nötig in der Welt sind und so nützlich? Von meiner Diät habe ich zuweilen so augenblickliche Hülfe gesehen, daß sich zuweilen Stammbaumerweiterungstriebe ziemlich heftig einstellen, wo ich bloß Kräfte zum leidigen – – verlangte …

An Friedrich August Lichtenberg

Göttingen, den 16. November 1792

Tagtäglich, mein lieber Vetter, bist Du, wie Du leicht erraten kannst, der Gegenstand meiner Rede und meiner Gedanken. Allein Du weißt auch, wie sauer mir das Schreiben wird. Daß Du gesund warst, wußte ich von meinem Bruder. Über Deine übrige Lage, getraute ich Dich wegen Deiner Verhältnisse nicht zu fragen, weil ich nicht weiß, inwiefern Du jetzt eine Schilderung davon einem Briefe anvertrauen könntest oder möchtest. Es war mir bekannt, daß Du Deinem Fürsten nicht bloß treu dienst, sondern ihn auch liebst, ich wagte es also nicht, dem Neveu Veranlassung zu geben, den Untertan und Diener zu kompromittieren. Am besten ist es in dieser Zeit, keine Neuigkeiten von Wichtigkeit zu schreiben, ich verlange sie von niemand und schreibe sie an niemand. Ich denke bei jedem Briefe, den ich an einen Freund schreibe, mein ärgster Feind stünde hinter mir und sähe mir zu. Indessen heucheln muß man nie. Die Lage Deines guten Landesfürsten geht mir und allen, die ich darüber gesprochen habe, nahe. Er hat aber gewiß das Weiseste getan. Ich hoffe, wenn die braven Hessen näher kommen, soll es besser werden, und ich habe heute mit Vergnügen in den Zeitungen gelesen, daß die Franzosen Nauheim und die Gegend verlassen. Wenn nur ihre Principia auch mit zurückzögen, aber die haben, wie ich höre, sehr festen Fuß selbst in Braunschweig gefaßt. Hier gottlob nicht …

An Johann Wolfgang von Goethe

Göttingen, den 7. Oktober 1793

Hochwohlgeborner Herr,
hochzuverehrender Herr Geheimer Rat,

Alles, was ich seit einigen Jahren unternehme, geht sehr langsam vonstatten und das, was das Betrübteste bei der Sache ist, obendrein meistens ohne den Vorteil, den ein altes Sprichwort sonst einem solchen Procedere zusichert, ich meine ohne den einer besseren Ausführung. Ich leide noch immer außerordentlich an Nerven, und es wird nun auch wohl nicht besser werden, bis ich die Nerven selbst ablege. Ich rechne daher sehr auf Ew. Hochwohlgeboren Exzellenz geneigte Gesinnungen gegen mich bei dieser Verzögerung meiner Antwort.

Ew. Exzellenz hätten mir nicht leicht ein größeres Vergnügen machen können, als durch die gütige Mitteilung Ihres vortrefflichen Aufsatzes. Sie haben mich dadurch auf einen Teil der Lehre vom Lichte aufmerksam gemacht, um den ich mich bisher wenig bekümmert hatte. Es waren mir zwar einige der gemeinsten Phänomene bei den farbigen Schatten bekannt, aber die Wahrheit zu gestehen, ich hatte nicht gedacht, daß dort noch so vieles läge, das einer weiteren Entwicklung so sehr bedürfte. Die Sache ist sehr angenehm und soll mich, wenn es meine Kräfte verstatten, nicht wenig beschäftigen. ...

Trotz der frappanten Versuche, womit Ew. Hochwohlgeboren Ihre Theorie unterstützen, und sosehr derselben auch die Beobachtungen des genannten Herrn T. zustatten zu kommen scheinen, so kann ich mich doch nach einigem, was ich beobachtet habe, noch nicht entschließen, sie für ganz ohne Einschränkung richtig zu erkennen. Ich rechne nämlich bei der ganzen Schattengeschichte sehr viel auf die Unbestimmtheit der Ausdrücke weiß, weißes Papier usw. Die Menschen wissen freilich, was das für eine Farbe ist, die sie weiß nennen, aber wie vielen mag wohl je die reine weiße Farbe zu Gesicht gekommen sein? Im gemeinen Leben nennen wir weiß, nicht was weiß aussieht, sondern was weiß aussehen würde, wenn es dem reinen Sonnenlichte ausgesetzt wird oder doch einem Lichte, das der Qualität nach nicht sehr von dem Sonnenlicht abweicht. – Es ist mehr die Disposition zum Weißwerden und Weiß-sein-Können in allen ihren Gradationen, was wir an den Körpern weiß nennen, als ihre reine weiße Farbe selbst. Ich halte diesen Bogen Papier z. B. für weiß in der tiefsten Dämmerung, selbst in der Nacht beim schwächsten Sternenlicht, bei Talg-, Wachs- und Lampenlicht, im höchsten Sonnenschein, in der Abendröte, bei Schnee und Regenwetter, im Walde und im tapezierten Zimmer pp., ich bin aber überzeugt, daß er, den höchsten Sonnenschein, etwa auf einer Alpenspitze, ausgenommen, wo man noch den Widerschein des blauen Himmels entfernt hätte, nichts weniger als weiß ist. Wir merken dieses freilich nicht, weil in allen unsern Urteilen, die sich auf Gesichtsempfindungen gründen, Urteil und Empfindung so zusammenwachsen, daß es uns in gewissen Jahren kaum möglich ist, sie wieder zu trennen; wir glauben jeden Augenblick etwas zu empfinden, was wir eigentlich bloß schließen. Daher rührt es, daß die schlechten Porträtmaler die Gesichter ganz über und über mit Fleischfarbe anstreichen; sie können sich gar nicht vorstellen, daß in einem Menschengesicht blaue, grüne, gelbe und braune Schatten sein können, und bei ihrem Manschettenwerk verfahren sie so sauberlich, daß man nur aus dem Ort und dem Umriß errät, daß der Kalkfleck, den sie hingekleckst haben, eine Manschette vorstellen soll. Meinem Fenster gegenüber steht ein weißer Schornstein, dessen beiden mir sichtbaren Seiten selten einerlei Grad von Erleuchtung haben. Zuweilen, wenn mir die eine Seite gelb oder bläulich zu sein scheint, frage ich Personen von übrigens sehr richtigem Verstand um die Farben des Schornsteins. Gewöhnlich ist die Antwort, er ist so weiß auf der einen Seite als auf der andern, auf die eine scheint aber die Sonne, das macht den Unterschied. In der Camera obscura fallen die Urteile schon richtiger aus; daher wird auch das Kolorit leichter nach den Werken großer Meister als nach der Natur studiert, weil man dort die Farbe schon vom Urteil geschieden auf der Leinwand hat und sie wie jeden andern gefärbten Lappen untersuchen kann gegen allerlei Licht und in allerlei Neigungswinkeln gegen dasselbe; hier aber erst Urteil von Empfindung geschieden werden muß, das nicht jedermanns Sache ist. Mit einem Wort: Weiße nennen wir die Disposition der Oberfläche eines Körpers, alle Arten gefärbten Lichtes gleich stark nach allen Richtungen zurückzuwerfen, und ein solcher Körper erscheint auch wirklich weiß, wenn jenes gefärbte Licht, der Menge sowohl als der Beschaffenheit und Intension nach, auf ihn fällt, in allen andern Fällen nicht. Es läßt sich also fast das Unendliche gegen eins verwetten, daß ein Körper, z. B. ein Bogen weißes Papier, der die Kapazität zur Weiße im höchsten Grade besitzt, nie eigentlich weiß erscheinen werde und nie auf einem Gemälde weiß dargestellt werden dürfe; z. B., ich schreibe jetzt einem Fenster gegenüber, das nach Mitternacht sieht, der Himmel ist ziemlich heiter und mehrere Dächer, die gegen Mittag und Abend gerichtet sind, werden von der Sonne etwas beschienen; mein Zimmer ist himmelblau tapeziert, die weiße Decke desselben wird beträchtlich durch die gegenüberstehenden Häuser erleuchtet, was für mannigfaltiges Licht fällt nicht auf dieses Blatt? Daß aber alle die Farben dieser Gegenstände auf dem Papier liegen, bedarf, dünkt mich, keines Beweises. Denn wenn ich das Zimmer ganz verfinstern und nun nach Belieben bald hier und da ein Loch in die Wand stechen könnte, so würde sich auf ihm allemal die Farbe eines Gegenstandes an der Stelle zeigen, die mit dem Gegenstand und dem Loche in einer geraden Linie läge. So wie ich also, nachdem ich das Loch bald hier, bald da bohrte, blaue, rote und gelbe pp. Flecke auf meinem Papier hervorbringen könnte, so entstehen auch die Schatten auf einem sogenannten weißen Papier, wenn Licht abgehalten wird, das nötig ist, die sogenannte Weiße (die es aber nicht ist) hervorzubringen. Daß der blaue Schatten nicht vom blauen Himmel herkomme, haben Ew. Hochwohlgeboren, glaube ich, unwiderleglich dargetan; allein ich glaube, daß auch beim trüben Himmel entweder das Blaue immer herrschend sei oder daß wenigstens das Graue in der Nachbarschaft von dem Gelben uns blau scheine. Dieses habe ich auf eine Weise erfahren, die mir keinen Zweifel übrigläßt. Ich besitze einen Planspiegel von fast orangegelbem Glase. Mit dem setzte ich mich an die vom Fenster am weitesten entfernte Wand. Es war ein sehr trüber Tag. Als ich in diesem Spiegel das Fenster mit seinen dunklen Stäben betrachtete, so sah ich manche darunter dreimal, einmal schwarz, einmal orangegelb und einmal himmelblau. Ich erklärte mir die Erscheinung so, und ich glaube nicht, daß ich mich irre: Der Spiegel machte zwei Bilder, eines von der Oberfläche wie jede andere Spiegelscheibe und eines von der Belegung; das Bild eines Stabes von der Belegung her war schwarz, wenn es zugleich mit dem Bilde eines Stabes von der Oberfläche her zusammentraf; orangefarb, wenn das Bild von der Oberfläche her den hellen Himmel von der Belegung her unter sich hatte; und himmelblau, wenn das Bild von der Belegung her den hellen Himmel von der Oberfläche her über sich hatte. Es sah vortrefflich aus. Sobald ich aber eine gelbe nicht belegte Spiegelscheibe darneben legte, so fand ich aus der Vergleichung, daß das, was ich in schmalen Streifen zwischen dem vielen und herrlichen Gelben für himmelblau hielt, weiter nichts war als das Graue des Himmels, das ich auch auf der Spiegelscheibe sah, und endlich fing ich sogar an, meine himmelblauen Streifen nicht mehr für blau zu halten.

Ob ich mir alsogleich einiges in Ew. Exzellenz Versuchen noch nicht erklären kann, so möchte doch dieses vielleicht geschehen, wenn wir das Lokale, auf welches hier außerordentlich viel ankömmt, ganz bekannt wäre. Auch dieses habe ich erfahren. Vor etwa zehn Tagen, da die Sonne auf meinen Gang um zwölf Uhr schien, hielt ich einen Schlüssel gegen eine weiße Wand, die durch bloße Reflexion erleuchtet war, und fand den Schatten blaßlila. Heute um zwölf Uhr, da die Umstände bis etwa die verschiedene Deklination der Sonne den vorigen sensibiliter gleich waren, hielt ich den Schlüssel an dieselbe Wand, und der Schatten war schmutzig gelblich. Haben Ew. Hochwohlgeboren wohl auch schon die herrlichen lila Schatten gesehen? Da ich seit dem Empfang Ihres Schreibens den bunten Schatten nachlaufe wie ehemals als Knabe den Schmetterlingen, so hatte ich neulich in einer meiner Kammern unvermutet einen herrlichen Anblick. Es herrschte in dieser Kammer, worin ich Bücher stehen habe, ein sonderbares, ungewisses, magisches Licht, dem man ansah, daß es das Produkt durcheinandergeworfener Bilder von gegenüber befindlichen und von der Sonne beschienenen Gegenständen war, denen ein halb herabgelassener weißer Vorhang den Eingang zum Teil erschwerte. Gleich stellte ich am entferntesten Ende vom Fenster einen Bogen Papier auf, als ich meine Hand dagegen hielt, war der Schatten lila und nah angehalten schwarz mit lila Einfassung, und zur Seite lagen zwei bis drei blaßgrüne Schatten. Ein dicker Bleistift, horizontal gehalten, zeigte nur einen lila Schatten; vertikal, lila und blaßgrüne nebeneinander.

Ohne mich weiter in meine Erklärung einlassen zu dürfen, werden Ew. Exzellenz schon sehen, wo ich hinauswill, ich lasse also die Anwendung weg. Doch will ich damit gar nicht sagen, daß nicht irgend hierin etwas noch zurück sei, das anders erklärt werden muß. Es ist z. B. gewiß, daß, wenn man lange durch ein rotes Glas sieht und zieht es plötzlich vor den Augen weg, so erscheinen die Gegenstände einen Augenblick grünlich; sieht man hingegen durch ein grünes Glas, so erscheinen sie alsdann anfangs rötlich. Dieses hängt mit Buffons couleurs accidentelles zusammen, die man in den Augen bemerkt ...

Ich bitte, mir mein flüchtiges Geschreibe gütigst zu vergeben, der ich mit der größten Hochachtung und innigsten Verehrung die Ehre habe zu verharren.

Ew. Exzellenz
untertäniger Diener
G. C. Lichtenberg

An Johann Joachim Eschenburg

Göttingen, den 12. April 1794

...Mit dem Hogarth geht es gut fort. Es sind nun drei Platten fertig, und die vierte erwarte ich alle Tage. Alsdann müssen noch zwei vor der Messe gemacht werden. Wenn's nur nicht zu spät wird und Riepenhausen und ich gesund bleiben. Ew. Wohlgeboren werden finden, daß in den Kopien nichts verlorengegangen ist ... Die Punschgesellschaft, die vortrefflich geraten ist, ist von Riepenhausen umgezeichnet worden: Da ist ein Degen, der sonst auf die Rechte gekommen wäre. Von meiner Erklärung, die sehr umständlich ausfallen wird, sind auch schon zwei Bogen abgedruckt. Ich werde, wenn das Heft fertig ist, nicht über drei oder vier Exemplare verschenken. Davon erhält eines Herr Kant, der zuerst angefangen hat, mir seine Schriften zuzuschicken, Herr Goethe, mit dem ich in einer physikalischen Korrespondenz bin, Herr Weiße wegen der ›Bibliothek der Schönen Wissenschaften‹, und Sie sollen das erste erhalten, das ich bekomme. Bin ich so glücklich, Ihren Beifall zu erhalten, so werde ich mich wenig darum kümmern, was das übrige Publikum sagt. Ich werde indessen jede, selbst öffentliche Rüge mit Dank erkennen und nützen, nur sollte es mir lieb sein, wenn die Anzeigen wenigstens nicht abschreckend für die Käufer wären, denn leider hängt der Lohn für meine Mühe kontraktmäßig von dem Abgang des Werks ab …

An Johann Joachim Eschenburg

Göttingen, den 29. Mai 1794

…Aber ganz ohne Scherz, mir gefällt das Ding gar nicht, es ist doch viel schaler Witz darin. Allein wenn Sie auch wissen sollten, wie ich es geschrieben habe! Die Materialien waren da, aber das ganze Leimwerk, der Mörtel, wurde im Garten in der Eile angemacht, und so ging es zettelweise nach der Druckerei. Wenn Sie es in der Literaturzeitung anzeigen wollen, so schonen Sie mich nicht, nur wünschte ich nicht, daß etwas gesagt würde, was dem Verleger schaden und folglich das Ganze ins Stocken bringen könnte. Ich habe wirklich bei diesem Unternehmen keine andere Absicht, als mir geschwind etwas zu verdienen. Schlägt mir dieses fehl, so höre ich gleich auf. Hingegen bitte ich um die strengste Kritik privatim; sagen Sie mir alles, was Sie denken und wie Sie es denken, ich nehme alles ein, was Sie mir zu meinem Heil einschenken, es sei so bitter, als es wolle;

die Pille ohne Vergoldung und das Tränkchen ohne Honigseim auf des Bechers Rand. Denn wahrlich, ich bin bei meiner so eigenen Lebensart ganz mit dem Geschmack der Zeiten unbekannt geworden, allein ich weiß, daß ich auch Biegsamkeit genug besitze, mich gleich zu wenden, wenn mir nur ein Wegweiser auf den Kreuzweg gesetzt wird, denn meine Gänge sind nur Botengänge oder Motionsgänge und keine Reisen nach einem entfernten, aber bestimmten Zweck...

An Christian Gottlob Heyne

Göttingen, den 14. Juni 1794

...Der gute Bürger ist mir in diesen Tagen wenig aus dem Sinn gekommen. Ich habe sein Begräbnis durch das Perspektiv mit angesehen. Als ich den Leichenwagen mit einer Art von Anlauf durch das Kirchhoftor rollen sah, so hätte nicht viel gefehlt, ich hätte laut ausgeweint. Das Abnehmen vom Wagen konnte ich unmöglich mit ansehen, und ich mußte mich entfernen. Es begleitete ihn niemand als Professor Althof mit farbigem Kleide, Dr. Jäger und des Verstorbenen armer Knabe. Ich hätte nicht gedacht, daß das, was mich in den drei oder vier letzten Jahren so oft an Bürgern geärgert hat, bei dem soeben beschriebenen Auftritt kein geringer Trost für mich werden könnte, nämlich daß er größtenteils an seinem Unglück selbst schuld war, vielleicht ganz allein. Es wird freilich mit den pictoribus atque poetis niemals viel anders gehen. Eine Anekdote muß ich Ihnen erzählen, als ein kleines Gegengewicht für die gegenüberstehende Seite meines Briefes. Am Tage vor seinem Tode erhielt er einen Brief von Volborth mit Gedichten zum Musenalmanach; von diesem berühmten Mann selbst gefertigt. Als er sie gelesen hatte, fing er förmlich an zu lachen, legte sie weg und sagte: Das ist wieder was für mein Schofelarchiv. Er soll darauf ganz lange sehr heiter und aufgeräumt gewesen sein. Nun sage man einmal, daß schlechte Verse zu nichts taugen. Ich glaube, dieser Zug könnte zwei Lebensbeschreibungen zieren, die des göttingischen Dichters und des von Gifhorn. – Seine letzte Frau soll, wie Dieterich ist versichert worden, jetzt eine ganz gemeine H... in Leipzig sein. Was für ein Früchtchen aber auch ihre Mutter gewesen sein muß und noch ist, hat der arme Mann noch aus einem Briefe gelernt, den sie an ihre Tochter nach erfolgter Trennung schrieb und den er aufgefangen hat. Anstatt ihrer Tochter Vorwürfe zu machen, wie es von einer auch nur halbrechtschaffenen Mutter erwartet werden konnte, schimpft sie sie bloß aus, daß sie ihre Streiche nicht mit mehr Klugheit gespielt habe ...

An Johann Wilhelm von Archenholz

Göttingen, den 16. Juni 1794

...Sie sind nicht der erste, verehrungswürdiger Mann, der mich aufgemuntert hat, unserem guten Georg Forster ein kleines Ehrendenkmal zu errichten. Allein ich kann es unmöglich, und ich habe es wirklich schon einmal förmlich abgelehnt. In der Tat habe ich den vortrefflichen Mann in den letzten Zeiten ganz aus dem Gesicht verloren. Selbst seine literarischen Bemühungen blieben mir unbekannt, und seinen politischen konnte ich meinen Beifall nicht geben. Forster war ein großer, obgleich noch sehr junger Mann. Daß er beides war, hat er leider! in den letzten Zeiten bewiesen. Anwendung freilich sehr durchgedachter Prinzipien war nicht seine Sache. Es ging ihm wie manchen großen Kalkulatoren, sie wissen die beste Form der Gewölbe nach Gesetzen der Schwere zu bestimmen, die in der Welt stattfinden, und selbst nach solchen, die in ihr stattfinden könnten, und sind nicht imstande, eine sichere Brücke über eine Gosse zu bauen. – Ich habe überdas das, wie ich glaube, in Deutschland seltene Glück, unter einer Regierung zu leben, der ich die größte Verehrung schuldig bin. Ich verlange schlechterdings in politischer Rücksicht nicht anders zu leben, als ich jetzt lebe, und es kümmert mich wenig, wieviel von dieser glücklichen Lage auf Rechnung der Regierung oder meine eigene zu stehen kommt. Denn man muß nicht immer verlangen, daß jene alles tun soll, ohne erst auch von seiner Seite alles getan zu haben. Aufopferungen sind von beiden Seiten nötig. Einseitiges Bestehen auf sogenannten Gerechtsamen befördert die gute Sache wahrlich nicht. – Sollte ich über Forstern schreiben, so würde ich gerade in diesem Hauptartikel Mißverständnisse von einer oder der anderen Seite befürchten, oder es wohl gar mit beiden verderben. Wo ich so etwas voraussehe, da schweige ich lieber und halte es eben dadurch mit beiden …

An Johann Gottwert Müller

Göttingen, den 16. Juli 1794

Verehrungswerter Herr und Freund,

Ich weiß nicht, ob Ihnen bekannt geworden ist, daß gerade um die Zeit, ja fast an demselben Tage, da die Revolution in Frankreich ausbrach, eine höchst merkwürdige in meinem Körper und in meinem Hauswesen ausgebrochen ist. Ich habe mich verheiratet, und das ist die schöne Seite der Umwälzung, und wurde von einem Asthmate convulsivo befallen, das mir über vier Wochen hintereinander fast täglich mit Ersticken drohte, das ist die häßliche. Von dem ersten Teil sage ich Ihnen, teuerster Freund, weiter nichts, als daß ich höchst glücklich und vergnügt lebe, vier Kinder um mich her laufen habe, die gottlob alle sehr gesund sind und mir mit meinem vortrefflichen Weibe mein Leben so sehr versüßen, daß ich auf den Teil desselben, da ich verheiratet hätte sein können und es nicht war, als auf einen halbwilden Zustand zurückblicke. Dieses geht so weit, daß ich, so wie Cato ehemals seine Reden immer mit ›Carthaginem esse delendam‹ schloß, ich meine Briefe an unverheiratete Freunde immer mit uxorem esse ducendam schließe. – Aber von dem zweiten Teil, mein Liebster, habe ich mehr zu sagen. Wäre es bei den benannten vier Wochen geblieben, so würde ich kaum einmal davon geredet und am allerwenigsten ihn eine Revolution genannt haben. Nach jenem Anfall wurde ich bettlägerig, lag im strengsten Verstand ein geschlagenes Kalenderhalbjahr von 365 halben Tagen, lebte in demselben größtenteils von Arzeneien, machte mich zwar wieder heraus, aber wie? Eheu, quantum mutatus ab illo! Wahrlich, unser verklärter Leib, am Tage der Auferstehung, kann von dem eingescharrten Madensack nicht so verschieden sein, als es der sich herausmachende Hofrat von dem vor 365 halben Tagen zu Bett gebrachten war, nur mit dem mächtigen Unterschied, daß der verklärte im Bett blieb und der Madensack aufstund. Meine Munterkeit, meine Furchtlosigkeit, meine Sorgenlosigkeit, meine Liebe zum Lesen und Schreiben, wenigstens für mich selbst, Tätigkeit überhaupt, alles das blieb im Bett und ist nun fort. Mein ganzes jetziges Leben kommt mir so unzusammenhängend mit sich selbst und mit dem vorigen Teil vor, daß Sie es kaum für den Index darüber halten würden, wenn Sie es mit meinen Augen sähen. Ich fing an, mich als eine ganz andere Person anzusehen, und glaubte förmlich, die Schulden, die der verklärte kontrahiert hätte, wäre der Madensack nicht schuldig zu bezahlen. So fing meine ganze Korrespondenz an stillezustehen. Wenn ich noch Briefe schrieb, so waren es immer Briefe, worin, wenigstens im Postskript, etwas vorkam, was das Feuer in der Küche zu unterhalten diente oder wo ich wegen Saumseligkeit gerichtlich hätte belangt werden können. Die Feder, aus der sonst mancher Scherz für meine Freunde floß, gebar jetzt fast nichts mehr als Valutas, Usos und Sichte, wenigstens weiß ich das, was sie schrieb, nicht kürzer auszudrücken als mit diesen Worten, die wohl nicht leicht unästhetischer sein können. Hier haben Sie, vortrefflicher Mann, die Data zu einer Einleitung zu dieser erneuerten Korrespondenz mit Ihnen, die ich nun nicht weiter verfolgen will. Ich setze nur dieses einzige hinzu, daß ich mich in diesem furchtbaren Gewitterjahr sehr, sehr viel leidlicher befinde und Hoffnung habe, noch einmal wieder zu werden.

Aus meinem Herzen sind Sie, guter Mann, warmer Freund und – deutscher Fielding, nie gekommen, sowenig nach meiner Auferstehung als vor meinem Hintritt. Ihren Brief, den mir Ihr vortrefflicher von Brincken überbracht hat, habe ich nicht ohne die größte Rührung gelesen. Wäre Dieterich damals hier gewesen, dessen Gegenwart zu einer vollständigen Antwort nötig war, so hätte ich sogleich wieder geantwortet, aber der blieb lange aus, weil er von Leipzig über Gotha zurückkehrte, wo die künftigen Schwiegereltern seines ältesten Sohnes wohnen und noch eine Menge Menschen, mit denen Dieterich vor 50 – schreibe fünfzig – Jahren gewirtschaftet hatte und nun in seinem 73. Jahre auf demselben Fuß zu wirtschaften anfing. Als er kam, stellte sich mit dem südheißen (es mag stehenbleiben; ich wollte schreiben: siedheißen) Wetter wieder meine fürchterliche Indolenz ein, und so unterblieb die Antwort bis heute, da sich Ihr vortrefflicher Freund erbietet, sie Ihnen zuzustellen. Dieterich ist wahrlich Ihr Freund vor wie nach. Etwas Nachlässigkeit, die ihm immer eigen war, und etwas Gedächtnisschwäche, wodurch allein sich sein Alter etwas offenbart, und allerlei häusliche Umstände von der traurigsten Art, worunter aber gottlob Abnahme an Handelswohlstand nicht gehört, haben mehrere solche Stillstände veranlaßt, wie der zwischen Ihnen und ihm. Er liebt Sie unaussprechlich und hält sich von Ihnen vergessen. Vergessen Sie ihn doch nicht und segnen Sie einmal seine Presse wieder. Ich weiß, er wird selbst die Brosamen begierig aufnehmen, die von Ihrem Tische fallen, denn es hat ihn nicht wenig geschmerzt, daß Sie Ihre Ananas nach Berlin und Stettin ge-

schickt haben. Wollen Sie ihn wieder zu Gnaden annehmen, so lassen Sie die Sache durch meine Hände gehen.
Über die Unerschöpflichkeit Ihres Genies, teuerster Freund, muß ich in Wahrheit erstaunen. Sie tragen in dem kleinen Itzehoe ein ganzes London in Ihrem Kopf. Sagen Sie mir doch, wie Sie das anfangen und was für eine herschelsche Erfindung Sie gemacht haben, daß Sie an Ihrem geringen Wohnort so tief und so richtig in die Welt hineinschauen, daß die Umfahrer und Umsegler derselben hinter Ihnen zurückbleiben. Vielleicht nehme ich ehestens Gelegenheit, Ihnen meinen Dank für das Vergnügen, das Sie mir gemacht haben, öffentlich zu bezeigen, wenn es auch bloß in einem paar hineingeworfenen Zeilen geschehen sollte; freilich wird es auch nicht bloß des Dankes wegen geschehen, sondern (dieses wird bloß gewispert) um dem Publikum zu sagen, daß ich diesen Mann kenne und daß er mein Freund ist …

An Johann Daniel Ramberg

Göttingen, den 25. August 1794

…Gestern wollte unser Hofrat Richter Nachricht haben, daß Friede wäre. Ich glaube es aber nicht. Man ist ganz verwöhnt und glaubt nur das Schreckliche. Als ich die Nachricht las, daß der Kaiser nach Ungarn geflüchtet sei, war gerade ein Ungar bei mir, der sagte, da wird er übel ankommen. Es ist weit gediehen in der Welt. Der Sturz von Robespierre macht doch die übrige Versammlung etwas honorabler, man könnte wohl diesen Wechsel einmal nützen, zu sondieren, ob ein Frieden zu erhalten stehe. Die alliierten Mächte und der Konvent sind doch nun wenigstens dadurch einander nähergebracht, daß sie beide denselben Dritten für den infamsten Schurken halten, den die Welt noch gesehen hat …

An Johann Wilhelm Ludwig Gleim

Göttingen, den 6. Oktober 1794

Wohlgeborner Herr,
hochzuverehrender Herr Kanonikus,

vorgestern, am 4. Oktober, erhielt ich von der Post eine Kiste mit dem geschmackvollsten Porzellan, das mir je unter die Augen gekommen ist, und ein Brief dabei sagt mir, es sei ein Geschenk von Ihnen für mich. Die Auswahl verriet sogleich den Dichter der Grazien, so wie ihn seit jeher alles verriet, was er dachte und schrieb und wählte. – Aber wie glauben Sie wohl, verehrungswürdigster Mann, daß ich Armer dem Geschenk gegenüberstund? Bis zu Tränen gerührt bei dem Gedanken: Du mußt denn doch nicht so ganz nichts sein, wie du glaubst, weil Gleim noch deiner gedenkt und dich ehrt. Die Wirkung dieses Gedankens auf mich, dem alles in der Welt, Genuß der Freundschaft und des Laudari a laudatis ausgenommen, ziemlich gleichgültig geworden ist, war unbeschreiblich. Nun bedenken Sie, teuerster Mann, wie abgemessen mir das herrliche Geschenk zukam: Der darauffolgende Tag, der 5. Oktober, war gerade der Jahrtag meiner glücklichen Verbindung mit einer liebenswürdigen Gattin, der ich mein Leben zu danken habe und deren Umgang auch jetzt das größte Glück desselben ausmacht. Die freudige, aber stille Feier dieses Tages wurde also im Beisein meiner vier Kinder von uns mit einem Frühstück aus diesem mir heiligen Geräte eröffnet. Wenn Könige besser erzogen würden, als sie es gewöhnlich werden, weswegen sie bloß zu beklagen sind, ich glaube, sie würden mich eines solchen Genusses wegen beneiden können.

Empfangen Sie, verehrungswürdigster Mann, hiermit meinen herzlichsten Dank für die erquickende Freude, die Sie einer mitten in Göttingen zwar fast einsamen, aber nichtsdestoweniger glücklichen Familie durch Ihr unvergeßliches Geschenk so gerade zur Stunde gemacht haben. Ich werde an die untere Seite des Bretts mit hellgrüner, dauerhafter

Farbe und, wie ich hoffen darf, mit Schriftzügen, die der Malerei des Porzellans nicht bloß an Farbe gleichen sollen, die Worte setzen lassen:

Dieses
schenkte mir
der Dichter der Grazien
Deutschlands Tyrtäus und Anakreon,
GLEIM,
am 4. Oktober 1794.
Eingeweiht am Tage darauf, dem
Jahrtage meiner glücklichen
Eheverbindung,
von mir, einer geliebten Gattin und
vier Kindern.

G. C. Lichtenberg

An Friedrich August Lichtenberg

Göttingen, den 20. Februar 1795

...Wir sind bisher auf unserer Reise durch dieses Jammertal in der Kutsche gefahren, jetzt stehen wir alle am Ufer des stürmischen Meeres und müssen hinüber. Es kann sein, daß da Wasser und Brot unser wartet oder daß wir versinken. Auch gut, denke ich zuweilen: Das ist der Fall von Tausenden. – Du tust sehr recht, Dein Vaterland nicht zu verlassen. Ich bin willens, die Schurken an meinem Schreibtisch zu erwarten, es gehe, wie es gehe. Ich habe den Tod sehr nahe gesehen, und seit der Zeit sind mir eine Menge von Dingen, die die Welt fürchtet, eine Kleinigkeit. Aber das Alter tut auch etwas dabei, freilich.

Noch zur Zeit fürchte ich im Ernst die Franzosen nicht, ich kann mich irren, aber je weiter sie vordringen, desto mehr vergrößert sich der Umfang. Denkt man sich die Ausbreitung sehr weit hinaus, so würden sie einzeln totgeschlagen werden, und so etwas könnte ihnen früher passieren. An Mut dazu fehlt es im Innern des Landes nicht, wie es auch sonst mit unserer Armee stehen mag. Die Schurken möchten ihr Ende finden, ehe sie die Elbe erreichen …

An Georg August Ebell

Göttingen, den 26. Februar 1795

Teuerster Freund,

Haben Sie wohl einen Artikel in dem ›Journal de Paris‹ gelesen, worin gesagt wird, daß, wenn eine Revolution in Deutschland ausbräche, es im Hannöverschen sein würde, und am Ende: Die Universität Göttingen habe ›des sentiments de liberté‹ geäußert, ›qui vous étonneraient‹? Ist das nicht abscheulich? Und dieses soll ein hannöverscher Feldarzt aus Lingen geschrieben haben? Der müßte doch ausgefunden werden können. Teuerster Freund, ich wünschte, Sie kennten das jetzige Göttingen. Unter Professoren ist wahrlich keiner, der Revolutionsprinzipien hegte. Man wägt und vergleicht freilich, aber wo es auf Taten ankommt, da ist kein einziger, der nicht sein Leben für die Regierung ließe. Wie ich von guter Hand weiß, spricht man in Hannover sehr viel freier als hier, aber ebenso wohlmeinend. – Ich glaube, daß ich noch einmal gegen die infamen Verleumder Göttingens auftrete, es koste auch, was es wolle. Denn ich kenne auch die Privatstreiche von einigen. Was mich dabei an der Seele kränkt und zuweilen förmlich aufbringt, ist, daß unser vortrefflicher König so etwas glauben muß, wenn er es überallher hört. Hier muß etwas getan werden …

An Samuel Thomas Sömmering

Göttingen, den 5. Juni 1795

...Sosehr ich Sie, mein Teuerster, in Ihrer gegenwärtigen Lage bedauern muß, so würde ich doch einen Teil meines noch übrigen Lebens gerne hingeben, wenn unser vortrefflicher Forster jetzt auch in dieser Lage wäre. Ich kann wahrlich nicht ohne Wehmut an den Mann zurückdenken, sooft dieses auch geschieht, zumal da ich fast wöchentlich etwas erfahre, was mir immer mehr Licht über den Hauptquell alles Unheils gibt, das ihn befallen hat! O wie gerne, wie gerne hätte ich ihm ein paar Bogen gewidmet, wäre ich noch das kinderlose und wegen der Zukunft unbekümmerte, frei denkende und frei schreibende Wesen, das ich ehmals war. Jetzt muß es beim Frei-Denken sein Bewenden haben. Sapienti sat. Wenn Sie einmal ein freies Stündchen haben, so geben Sie mir doch einmal eine etwas detaillierte Nachricht von ihm, vielleicht nütze ich es doch noch einmal gelegentlich, und dann fügen Sie auch etwas von sich selbst bei. Mein Gott, wenn ich Sie doch jetzt einmal sehen und sprechen könnte! Wie machen wir so was möglich? Lieber, lieber Mann, überlegen Sie dieses. Könnten Sie nicht hier warten, bis sich das Ungewitter verzogen hat? Es ist doch hier wohlfeiler als jetzt zu Frankfurt ...

An Ludwig Christian Lichtenberg

Göttingen, den 15. Juni 1795

Der Himmel hat am vergangenen Sonnabend unsere kleine Herde wieder mit einem Mutterschäfchen vermehrt. Ich schreibe dieses mit Empfindungen, die mir kaum noch die Fähigkeit dazu lassen. Sprechen würde ich nicht können, wenn ich Dir dieses in der Wochenstube vor dem Bette sagen sollte. Die Güte, die Geduld und das Vertrauen auf den Himmel bei dieser vortrefflichen Frau und unsere wechselseitige Liebe, die Freundschaft, die täglich wächst, sind nicht für Worte. Sie sowohl als das Kind sind so gesund, als es nur möglich ist. Als ich ihr den liebevollen Schluß Deines Briefes vorlas, drückte sie mir die Hand und wendete ihr Gesicht ab, um ihre Freudentränen zu verbergen. Ich bin überzeugt, der Himmel wird sorgen. Sparen und arbeiten muß freilich die Ordre du jour sein, und in der Welt gibt es dazu für Menschen von Gefühl kein größeres Reizungsmittel als Kinder und eine solche Ehe, von der noch gestern gesagt wurde, sie habe wohl nicht viele ihresgleichen in der Welt, und der Anteil, den alle guten Menschen an unserm Schicksale deswegen nehmen, ist unbeschreiblich. Friede und häusliches Vergnügen den ganzen Tag. Liebe für unsere Kinder und unserer Kinder für uns, keinen Pfennig Schulden usw. – wer das sehen will, der komme zu uns. Sind wir unglücklich, so haben wir den Trost, es weniger verdient zu haben als irgendeine Familie in der Welt. Um die Fortsetzung Deiner brüderlichen Liebe dürfen wir wohl nicht bitten, denn einen größeren Trost in der Welt haben wir nicht und schwerlich Du ein Dir mehr ergebenes Herz als unser für sich und Dich vereintes. Wir wollen aber doch, geliebt's Gott, sorgen, daß die Herde nicht größer wird! ...

An Johann Wolfgang von Goethe

Göttingen, den 12. Oktober 1795

Hochwohlgeborener Herr,
hochzuverehrender Herr Geheimer Rat.

Für die mir übersandten Schriften statte ich Ew. Hochwohlgeboren untertänigen Dank ab und nehme mir zugleich die Freiheit, Ihnen das zweite Heft von meinen skandalösen

Exkursionen über den Hogarth vorzulegen. Obgleich zwischen meinem Dank und meiner Anmeldung eines kleinen Geschenks die Kopula und steht, so muß ich doch sehr bitten, mir zuliebe dieses Mal lieber alles in der Welt bei diesem Und zu denken als eine Copulam zwischen beiden, ich meine so was wie Ersatz für das Gedankenfest, das mir Ihre unnachahmlichen Schriften gewährt haben. Wahrlich, ich darf mir bei den jetzigen trüben und langen Abenden gar die Möglichkeit einer solchen Vergleichung nicht einmal gedenken, ohne mich herzlich zu schämen. Ich hoffe aber auch oder bin vielmehr sicher überzeugt, daß Sie alles zum besten kehren werden.

Vielleicht habe ich die Ehre, Ihnen noch diesen Herbst eine kleine physikalische Schrift von mir vorzulegen. Meine Absicht war auch wirklich, gegenwärtige noch bis dahin zurückzuhalten. Da aber Herr Professor Hufeland sich zu einer Bestellung nach Weimar erbietet, so mag diese allein vorangehen.

Mit der größten Hochachtung und innigsten Verehrung habe ich die Ehre, zu sein

Ew. Hochwohlgeboren
gehorsamster Diener
G. C. Lichtenberg

An Johann Wolfgang von Goethe

Göttingen, den 15. Januar 1796

Meinen herzlichsten Dank für die wahrhaft große Unterhaltung, die Sie mir mit der Fortsetzung Ihres Romanes gewährt haben. Sollte es wohl ganz ein Roman sein? Ich habe sie mit dem Gefühl von Gegendruck gelesen, ohne welches ich in keinem Buch fortfahren kann. Ich kann nicht recht deutlich sagen, was ich unter diesem Ausdruck verstehe, ich glaube aber der Sache nahezukommen, wenn ich es durch

oft wiederkehrendes Gefühl von der Superiorität des Schriftstellers über mein wertes Selbst nenne; diese bestehe nun in der Anordnung, dem Ausdrucke, den Gedanken oder den Empfindungen. Mit einem Wort, ich lese gar keine Bücher, wo ich noch beim dritten oder vierten Bogen sagen kann: Das kann ich auch.
Hier kommt der ›Cellini‹. Ew. Hochwohlgeboren Brief war unter Kollegpapiere geraten, und erst vor ein paar Tagen, da ich eben willens war, noch einmal nach dem Namen zu fragen, fand ich ihn zu meiner großen Freude von ungefähr. Sie können ihn bis gegen Ostern behalten. Nach Ostern müssen aber nach einem neuen, aber gewiß sehr guten Gesetz alle Bücher in natura vorgezeigt werden. Denn man hat gefunden, daß bei dem bisherigen Verfahren Bücher verlorengingen und für die Bibliothek in bloßen Assignaten existierten.

An Johann Wolfgang von Goethe

Göttingen, den 17. September 1796

...Mit Ihrem ›Benvenuto Cellini‹ haben Sie mir und allen, die ich kenne, ein sehr großes Geschenk gemacht. Schade, daß die Erzählung so oft abgebrochen worden ist oder daß die guten Monatsschriften nicht so in die Zeichen des Tierkreises treten können wie die Sonne und daß man so lange warten muß. Ich habe das Ende der herrlichen Geschichte noch nicht gesehen. Sie erscheint doch wohl bald besonders mit einem guten Porträt? ...

An Friedrich August Lichtenberg

Göttingen, den 24. November 1797

...Ich bitte also inständigst, schreibe mir, sooft es Deine Zeit erlaubt, geradezu, unfrankiert alles, was dort öffentlich bekannt wird und mich interessiert, bloß damit ich früh erfahre, was ich ohnehin ohne Dich erfahren würde. Allein alles nicht Politische, aber sonst Interessante wünschte ich besonders sehr von Dir zu erfahren. Exempli gratia eine genaue Schilderung des Äußern von dem großen Buonaparte, Leibeslänge, Physiognomie, Augen und gut avenierte Anekdoten von ihm sowie auch von Berthier, von dessen Kopf ich sehr viel Gutes gehört habe. Ferner, sollte unter den bekannten Kupferstichen von Buonaparte ihm einer vorzüglich gleichen oder ihm sehr gleichende Miniaturgemälde oder Handzeichnungen dort zu haben sein, so bitte ich inständigst, sie für mich zu kaufen. Ich würde zwei bis drei Louisdor nicht ansehen und die Auslage dafür mit umgehender Post Dir oder Deiner Frau Liebsten sogleich erstatten. Kurz, ich erwarte von Dir alles, was ein Mann in Deiner Lage und von Deinem Ehrgefühl schreiben kann und darf, und das alles ohne Einleitung, geradeweg; heute drei Zeilen und morgen drei. Hörst Du, mein Lieber, was ich sage? Ich werde alles an meinen Bruder schicken, so daß Du gar nicht nötig hast, an ihn zu schreiben ...

An Johann Friedrich Benzenburg

Göttingen [Juli 1798]

...Um den ersten Teil der neuen Auflage des ›Hesperus‹ bitte ich recht sehr, bloß des Porträts wegen, das ich über alles gern zu sehen wünschte. Ein Schriftsteller wie Jean Paul ist mir noch nicht vorgekommen, unter allem, was ich seit jeher gelesen habe. Eine solche Verbindung von Witz, Phantasie und Empfindung möchte auch wohl ungefähr das in der Schriftstellerwelt sein, was die große Konjunktion dort oben am Planetenhimmel ist. Einen allmächtigern Gleichnisschöpfer kenne ich gar nicht. Es ist, als wenn in seinem Kopf sich jeder Gegenstand in dem Reiche der Natur oder der Körperwelt sogleich mit der schönsten Seele aus dem Reich der Sitten, der Philosophie oder der Gnade vermählte und nun mit ihr in Liebe verbunden wieder hervorträte. Haben Sie wohl die Stelle in dem ›Campaner Tal‹ gelesen, wo Chiaur in einem Luftball aufsteigt?

Ich kann mich nicht erinnern, daß seit langer Zeit irgend nur ein Bild einen so hinreißenden Eindruck auf mich gemacht hat. Ich muß gestehen, ich legte das Buch weg, um ihn recht lange zu behalten, denn ich fürchtete, er möchte vielleicht in der nächsten Periode durch einen vielleicht bloß witzigen Einfall gestört werden.

Dieses ist, wo ich nicht sehr irre, der einzige Fehler dieses wunderbaren Schriftstellers; er weiß seinen Reichtum nicht immer mit Geschmack anzuwenden. Ein Bild jagt das andere, und eine Blüte erstickt die andere. Deswegen kann ich, die Wahrheit zu gestehen, nicht viel auf einmal in ihm lesen. Vielleicht gäbe sich das mit den Jahren, und wenn man einige Alten nicht der Materie, sondern bloß der Form wegen liest …

An Immanuel Kant

Göttingen, den 9. Dezember 1798

Empfangen Sie, verehrungswürdiger Mann, meinen herzlichsten Dank für Ihr gütiges Andenken an mich, wovon Ihr letztes Schreiben wieder so manchen unschätzbaren Beweis enthielt. Die Freude, die mir jede Zeile, die ich von Ihnen erhalte, zu jeder Zeit macht, wurde diesmal nicht wenig durch einen Umstand vermehrt, der meinem kleinen häuslichen Aberglauben gerade recht kam: Ihr vortrefflicher Brief war am 1. Juli datiert, und dieser Tag ist mein Geburtstag. Sie würden gewiß lächeln, wenn ich Ihnen alle die Spiele darstellen könnte, die meine Phantasie mit diesem Ereignis trieb. Daß ich alles dabei zu meinem Vorteil deutete, versteht sich von selbst. Ich lächele am Ende darüber, ja zuweilen sogar mitten darunter und fahre gleich darauf wieder damit fort. Ehe die Vernunft, denke ich, das Feld bei dem Menschen in Besitz nahm, worauf jetzt noch zuweilen diese Keime sprossen, wuchs manches auf demselben zu Bäumen auf, die endlich ihr Alter ehrwürdig machte und heiligte. Jetzt kommt es nicht leicht mehr dahin. Es freute mich aber in Wahrheit nicht wenig, mich gerade Ihnen, verehrungswürdiger Mann, gegenüber auf diesem Aberglauben zu ertappen. Er zeugt auch von Verehrung, und zwar von einer Seite her, von welcher wohl, außer dem kantischen Gott, alle übrigen stammen mögen ...

An Ludwig Christian Lichtenberg

Göttingen, den 18. Februar 1799

... Unser armes, armes Vaterland! Ich kann die Namen Bischofsheim, Rüsselsheim usf. ohne die tiefste Rührung nicht lesen. – Haben wir weniger verschuldet? Aber freilich, wir sind noch nicht durch. Es sieht jetzt nicht zum besten mit uns aus. Die Franzosen haben (ich sage dieses nicht ganz ohne Autorität) bei ihren Unternehmungen nur einen Gesichtspunkt, in welchem sie alle zusammenlaufen, und dieses ist der Sturz von England. Zu dieser Absicht schlagen sie eine Burg von Republiken um dieses glückliche Land, nicht um es mit freien Staaten, sondern es mit sich frei dünkenden, eigentlich von Frankreich abhängigen, einzuschließen. Zu diesem Belagerungskordon ist ihnen Hamburg und

Bremen unentbehrlich, und auf dieses soll jetzt ihr Auge gerichtet sein. Doch genug hiervon. Es tut mir weh, mich in ein Räsonnement über mögliche Vorfälle einzulassen, die ich nicht überleben würde, wenn sie in Erfüllung gehen sollten.
Dein Antikantianismus hat mich herzlich gefreut, da ich jetzt weiß, wie Du die Sache nimmst. Er für seine Person ist gewiß ein großer und, was wohl ebensoviel wert ist, ein wohlmeinender, rechtschaffener Mann. Seine ›Kritik der reinen Vernunft‹ ist das Werk eines dreißigjährigen Studiums. Er hat lange über philosophische Systeme Vorlesungen gehalten, dadurch sind ihm eine Menge von Dingen freilich geläufig geworden, die es unzähligen Menschen, selbst von Geiste, nicht sind, wenigstens nicht zu dem Grade. Daher spricht er oft undeutlich, ehe man mit ihm bekannt wird. Selbst K...r weiß daher oft nichts gegen ihn vorzubringen, als daß Leibniz z. B. so etwas schon vor 100 Jahren gesagt. Aber Kant gibt sich auch nicht für den Erfinder von allem aus, er verbindet nur, was große Männer längst einzeln gesagt und gedacht haben, und NB. zeigt, warum man so denken und sprechen müsse. Bekanntlich hat Aristarch von Samos mehr als 1000 Jahr vor Kopernikus gelehrt, daß die Sonne stillestehe und die Erde um sie herumlaufe, aber das waren einzelne Lichtblicke, die sich in dem übrigen Wust von Dunkelheit wieder verloren. Kant spielt einmal, wo ich nicht irre, in der Vorrede zu seiner ›Kritik der reinen Vernunft‹ auf so etwas mit großer Feinheit an. Das Gleichnis hält stich. Man hat bisher geglaubt, wir seien das Werk der Dinge außer uns, von denen wir denn doch nichts wußten und wissen konnten, als was unser Ich uns angab. Wie also, wenn es gerade die Natur unsers Wesens wäre, was diese Welt eigentlich macht? Hier ist Umlauf und Umdrehung der Erde um die Achse dem Umlaufe der Sonne und des Sternenheeres um sie entgegengestellt. Er gibt ja alles auf die Probe. Ein dogmatisierender Kantianer ist gewiß kein echter. Selbst Fichte, quod pace tua dixerim, hat mehr wider die Klugheit verstoßen als wider die Philosophie. Es war

von ihm, wie mich dünkt, strafbarer Mutwille, jetzt so zu sprechen, und wird es wohl immer bleiben. Wir feineren Christen verachten den Bilderdienst, das ist, unser lieber Gott besteht nicht aus Holz und Goldschaum, aber er bleibt immer ein Bild, das nur ein anderes Glied in ebenderselben Reihe ist, feiner, aber immer ein Bild. Will sich der Geist von diesem Bilderdienst losreißen, so gerät er endlich auf die Kantische Idee. Aber es ist Vermessenheit zu glauben, daß ein so gemischtes Wesen als der Mensch das alles je so rein anerkennen werde. Alles, was also der eigentlich weise Mensch tun kann, alles zu einem guten Zweck zu leiten und dennoch die Menschen zu nehmen, wie sie sind. Davon scheint Herr Fichte nichts zu verstehen, und in dieser Rücksicht ist er ein voreiliger Tor. Verzeih mir, lieber Bruder, ich bin heute weitergegangen, als ich wollte. Das geht so, wenn das Herz mitspricht.

Bei meiner lieben Frau ist die Frau Leibmedika Richter heute zum Besuch, und ich befinde mich wenigstens vier Stubendurchmesser südwestlich von ihr entfernt. Ihre Aufträge aber, Gruß und Schwesterkuß, habe ich schon vorher von ihr empfangen. Auch der gute Alte empfiehlt sich. – Nun wird endlich die französische Sündflut unsern lieben Vetter auch dort wegführen. Ich höre nichts von ihm. Ganz gut scheint mir dieses nicht. Adieu, Adieu.

An Margarete Lichtenberg

[undatiert]

Wie ich mich befinde? Oh, mein lieber Schatz, wie ein Fisch im Wasser, ich meine so gesund, und wenn ich ebenso naß sein will, darf ich nur den Kopf einen Augenblick zum Fenster hinausstecken. Laß Dir des Regens wegen nicht bange sein; wenn ich mich hübsch mitten in der Stube halte, so spritzt kein Tröpfchen an mich. An den Fenstern herum trifft einen freilich manchmal eins, aber das wischt man wieder ab. Und an den Fenstern ist ohnehin jetzt nichts zu tun. Ich habe diesen ganzen Morgen noch keine Seele gesehen als ein Bauernmädchen, die sich so eingewikkelt hatte, daß ich nichts von ihr sehen konnte als die Knie. Kalt ist es nicht, aber wohl, wie die Leute sagen, etwas frisch. Noch habe ich kein Feuer im Ofen, aber desto mehr im Leibe. – Der kleine Bote eilt, deswegen muß ich schließen. Wenn Du mich besuchen willst, so wickele Dich besser ein als das Bauernmädchen. Mein Kompliment an die bekannten Freunde und Freundinnen. Adieu.

ANHANG

ZU DIESER AUSGABE

Die vorliegende Ausgabe versucht, ein möglichst umfassendes Bild des literarischen Schaffens Georg Christoph Lichtenbergs zu geben, umfassend weniger im quantitativen, sondern vielmehr im qualitativen Sinne. Aus Lichtenbergs vielseitiger Tätigkeit als Essayist und Publizist galt es das auszuwählen, was die Mannigfaltigkeit seiner literarischen Arbeit repräsentiert. Dabei mußten die naturwissenschaftlichen Aufsätze im vorhinein ausgeschlossen bleiben, da sie nur den Fachgelehrten, und auch ihn nur unter historischen Aspekten, angehen. Auch konnten wir uns trotz längerer Überlegung nicht entschließen, die zwar kulturgeschichtlich interessanten, aber in ihrer Minutiosität für den heutigen Leser zu langatmigen Erklärungen der ›Hogarthischen Kupferstiche‹ in Gänze zu veröffentlichen. Wir begnügten uns statt dessen mit dem Abdruck der Beschreibung des 1. Blattes der ›Heirat nach der Mode‹.

Die Briefe mußten in vielen Fällen gekürzt werden, damit der inhaltliche Kern nicht durch privates Rankenwerk verdeckt blieb. Alle Kürzungen wurden durch ... gekennzeichnet. Anrede- und Abschlußformeln wurden dort übernommen, wo sie Aufschlüsse über Lichtenbergs Verhältnis zu den Adressaten geben.

Die Aphorismen werden hier in chronologischer Folge dargeboten. Der Verzicht auf die übliche Systematisierung, der schon in der Einleitung begründet wurde, machte einen ausführlichen Sachweiser notwendig, der sich nur auf die Aphorismen und Briefe bezieht. Das erläuternde Personenregister bezieht sich auf den gesamten Band. Die *kursiven* Ziffern hinter den Namen geben den Briefempfänger an. Gewisse Schwierigkeiten entstanden dadurch, daß die Bemerkungen aus den Heften G, H und der größte Teil des Heftes K verlorengingen und Leitzmann für seine historisch-kritische Ausgabe nicht mehr vorlagen. Sie sind verstreut und nicht chronologisch geordnet zum Teil in der Ausgabe der ›Vermischten Schriften‹ enthalten. Bei der Anordnung dieser Aphorismen konnten wir uns weitestgehend auf die von Leitzmann im Anhang seiner Ausgabe vorgeschlagene Chronologie stützen.

Außer den im Quellennachweis zitierten Ausgaben, die dieser Auswahl zugrunde liegen, wurden folgende Lichtenberg-Editionen zu Rate gezogen:

Lichtenberg, Tag und Dämmerung. Aphorismen, Schriften, Briefe, Tagebücher. Mit einem Lebensbild herausgegeben von Ernst Vincent. Leipzig 1941

G. Chr. Lichtenberg, Gesammelte Werke. Hrsg. von Wilhelm Grenzmann. Frankfurt 1949

G. C. Lichtenberg, Aphorismen und Briefe. Hrsg. von Werner Ilberg. Berlin 1953

G. C. Lichtenberg, Aphorismen, Briefe, Schriften. Hrsg. von Paul Requadt. Stuttgart 1953

Der vorliegende Text wurde der heutigen Orthographie und Interpunktion angeglichen.

Für die Kommentierung wurden insbesondere folgende Arbeiten benutzt, deren Ergebnisse jedoch nicht in jedem Falle mit den Auffassungen des Herausgebers übereinstimmen:

C. Brinitzer, G. C. Lichtenberg. Die Geschichte eines gescheiten Mannes. Tübingen 1956

O. Deneke, Lichtenbergs Leben. München 1944

M. Domke, Goethe und Lichtenberg. Leipzig 1935

W. Grenzmann, G. C. Lichtenberg. Salzburg 1939

P. Hahn, G. C. Lichtenberg und die exakten Wissenschaften. Göttingen 1927

O. Jancke, Kunst und Reichtum deutscher Prosa. München o. J.

W. Preisendanz, G. C. Lichtenberg. Ein Literaturbericht. Germ. Rom. Monatsschrift 1956/4

P. Requadt, Lichtenberg. Zum Problem der deutschen Aphoristik. Hameln 1948

P. Rippmann, Werk und Fragment. G. C. Lichtenberg als Schriftsteller. Basel 1953

W. Rödel, Forster und Lichtenberg. Berlin 1960

G. Seidler, Versuch über die Bemerkungen Lichtenbergs. Stuttgart 1937

ANMERKUNGEN

Man vergleiche dazu Personenregister und Sachweiser

APHORISMEN

67 *Leibnizens Charakteristik:* ›Characteristica universalis‹, Bezeichnung der von ihm geforderten internationalen Begriffsschrift zur Darstellung des Wissens.

Debitum naturae reddere: lat., wörtlich: der Natur die Schulden zurückerstatten.

68 *sum, sono ...:* die lateinische, italienische, griechische, französische, schwedische und englische Form von ›ich bin‹.

69 *in seiner Komödie:* Dantes Meisterwerk ›Die göttliche Komödie‹.

Meinhard: in seiner Schrift ›Versuche über den Charakter und die Werke der besten italienischen Dichter‹.

70 *der in Frankreich:* Ludwig XVI. (1774–1792).

König von Spanien: Karl III. (1759–1788).

König in Polen: August der Starke (1697–1733).

Fürst von Löwenstein: Christian Philipp Fürst zu (1719–1781), machte sich als Offizier im Siebenjährigen Krieg einen Namen.

Landgraf von Kassel: Ludwig VIII. von Hessen-Kassel (1738–1768).

71 *Herzog von Württemberg:* Karl Eugen (1744–1793), Schillers Landesherr.

Fürst von Weilburg: Karl von Nassau-Weilburg (1718–1775). Eine abwertende Bemerkung über den englischen König wurde später von Lichtenberg wegen seiner guten Beziehungen zum englischen Hof gestrichen.

›Arts ...‹: Eine deutsche Übersetzung der Schrift des Volkswirtschaftlers Pommier ›L'art de s'enrichir par l'agriculture‹ (›Die Kunst, durch Ackerbau reich zu werden‹) wurde in den ›Göttingischen Gelehrten Anzeigen‹ besprochen.

›Hausväter‹: ›Der Hausvater‹, eine Zeitschrift, die in Hannover herausgegeben wurde.

75 *Juno:* altrömische Himmelskönigin, Göttin der Ehe und Geburt.

Paris: in der griechischen Mythologie trojanischer Königssohn, der die Königin von Sparta, Helena, entführte.

Serer: antike Bezeichnung für Chinese.

76 *Fama:* lat., Gerücht; von Virgil als tausendzüngig personifiziert.

77 *›Zuschauer‹:* ›Spectator‹, englische moralische, d. h. die Sitten betrachtende Wochenschrift Sir Richard Steeles und Joseph Addisons, seit 1711 erscheinend.

Rosenfarbe … Silberflor: Lieblingsworte Wielands.

Lohensteinische: Lohenstein galt als Hauptvertreter des barocken Sprachschwulstes.

78 *K....r:* Abraham Gotthelf Kästner, Lichtenbergs Lehrer.

Billingsgate: Fischmarkt im Londoner Eastend, gelangte zu literarischen Ehren wegen des dort gesprochenen Vulgärenglisch.

Bill: engl., Gesetzentwurf.

79 *cum spe divite:* lat., mit strömendem Lebensmut. Gemeint ist – nach Horaz – der Punkt, an dem der Wein seine schönste Wirkung tut.

Ambassaden: Botschaften.

80 *backside:* engl., Hinterseite.

81 *›Ehe denn die Berge worden‹:* 90. Psalm, 2: ›Ehe denn die Berge wurden und die Erde und die Welt geschaffen wurden, bist Du, Gott, von Ewigkeit zu Ewigkeit.‹

›Sing unsterbliche Seele‹: Beginn von Klopstocks ›Messias‹.

Herrn S.: Gemeint ist Lichtenberg.

83 *die berühmte Konspiration:* Cicero deckte 63 v. u. Z. eine Verschwörung verarmter Adliger unter Führung Catilinas gegen den römischen Staat auf.

85 *Parallaxe:* Winkel, den von zwei verschiedenen Punkten gezogene Linien bilden und aus dem die Entfernung, z. B. der Gestirne, gemessen wird.

sechstes Jahr des deutschen Hexameters: Die ersten drei Gesänge des ›Messias‹, des ersten großen deutschen Literaturwerkes in Hexametern, erschienen 1748. Die Zeitangabe Lichtenbergs ist also ungenau.

86 *Balleien:* Ordensbezirke der Deutschen Ritter.

Caput mortuum: lat., wörtl.: Totenkopf. Chemischer Rückstand bei der Destillation.

Point d'honneurs: frz., Ehrenpunkt.

88 *Ius naturae:* lat., Naturrecht.

Belles Lettres: frz., Schöne Wissenschaften, d. h. die Dichtung in ihren sämtlichen Gattungen und Vertretern, dazu die Journalistik.

Spes dives: Vgl. 1. Anm. zu S. 79.

89 *Zephir:* milder Südwestwind.

90 *mi si nihil ...:* lat., Wenn ich nichts anderes Männliches hätte, so wäre es das Geschlecht. (Petronius' ›Satyricon‹)

common sense: engl., gesunder Menschenverstand.

Demosthenes: Von dem griechischen Redner heißt es, er habe seine schwächliche Stimme durch besondere Übungen, wie z. B. die von Lichtenberg angeführte, geschult.

91 *To be or not to be ...:* engl., Sein oder Nichtsein, das ist hier die Frage. ›Hamlet‹ III, 1.

Toby: Hauptfigur in Sternes ›Tristram Shandy‹, 1760/67, der skurril-liebenswürdige Onkel der Titelfigur.

92 *Yorick:* in ›Tristram Shandy‹; eine tief humoristisch gezeichnete Pastorenfigur, ein Märtyrercharakter, gemischt aus Einfachheit und Geist; auch Pseudonym für Sterne.

93 *against a sea of troubles:* engl., gegen ein Meer von Plagen. ›Hamlet‹ III, 1.

Stella mirabilis: lat., wörtl.: wunderbarer Stern.

focum: von lat. focus; hier: Brennpunkt.

96 *in succum et sanguinem konvertieren:* lat., in Fleisch und Blut übergehen.

Chylus: Speisesaft.

fides implicita: lat., verwirrte Treue.

97 *roulierende Wahrheiten:* sich im Umlauf befindende Wahrheiten.

98 *Herrnhuter:* Mitglieder der pietistischen Brüdergemeine, die Arbeitsamkeit und tiefe, zuweilen überhitzte Frömmigkeit zu vereinen suchten.

99 *Agathon, ehe ihn Danaë nahm:* Die Titelfigur von Wielands Roman ›Agathon‹ (1766/67) soll durch die Hetäre Danaë auf Veranlassung ihres Herrn in Sünde verstrickt werden. Aber Danaë verliebt sich in Agathon.

101 *Hill,* John (1716–1775): englischer Arzt und Botaniker; regte an, daß sich Wissenschaftler nicht allein mit *einem* Gegenstand beschäftigen sollten.

102 *proprie communia dicere:* lat., das Allgemeine in spezieller Weise sagen.

108 *Lakedaimon:* Sparta.

109 *Chinesen:* China galt Lichtenberg als exemplarischer Fall eines zurückgebliebenen, despotisch regierten Landes.

omnium contra omnes: lat., aller gegen alle.

113 *Decennio ... Saeculo:* lat., decennium: Jahrzehnt; saeculum: Jahrhundert.

114 *›vox populi, vox dei‹:* lat., ›Volkes Stimme, Gottes Stimme‹.

qua talis: lat., wie – so; frei übersetzt: ob sie will oder nicht.

117 *›Zezuanische Geschichte‹:* Lichtenberg plante unter diesem Titel – Szetschuan oder Sichuan ist eine mittelchinesische Provinz – nach dem Vorbilde von Swifts ›Gullivers Reisen‹ eine große Satire auf die deutschen Zustände.

Vesikatorium: Zugpflaster.

118 *Herr S.:* unbekannt.

120 *Recensent ...:* lat., Sie urteilen wie ein neugeborenes Kind.

124 *Esprit du Corps:* frz., Gemeinschaftsgeist.

126 *›Ich bin ein deutsches Mädchen‹:* Anfangszeile von Klopstocks ›Vaterlandslied‹.

otaheitisches: Otaheiti = Tahiti.

129 *Idea rectrix:* lat., Leitidee.

132 *Pitschierstecher:* Kupferstecher; von engl. picture, Bild.

137 *Leidger at double entrance:* engl., Hauptbuch für doppelte Buchführung.

Spiritus rector: lat., treibende Kraft.

139 *unsere beiden Preußen:* Klopstock und Johann Georg Hamann, der ›Magus aus dem Norden‹, ein Vorläufer des Sturm und Drangs.

unser Schweizer: Johann Kaspar Lavater.

das subtilere Babel: die feinere Art der Sprachverwirrung.

Blaustrümpfe: im 18. Jh. noch in der Bedeutung von Verleumder.

140 *Whims:* engl., Grillen.

141 *Allgemeine Bibliothek:* ›Allgemeine Deutsche Bibliothek‹, eine von Nicolai herausgegebene antikirchliche und gegen den Sturm und Drang gerichtete Zeitschrift, an der zunächst auch Lessing mitarbeitete.

Liberty: engl., Freiheit.

143 *Tropicis:* in den Tropen.

Vatikanischer Apoll: die im Vatikan aufbewahrte Statue des griechischen Licht- und Weisheitsgottes.

Westminsterabtei: Londoner Kirche aus dem 13. Jh., in der Könige und andere berühmte Briten beigesetzt werden.

Systole und Diastole: Zusammenziehung und Ausdehnung (eigentlich des Herzens).

144 *Monade:* in Leibniz' metaphysischer Philosophie: die von Gott ausgestrahlten, deshalb göttlichen, in sich selbst beruhenden, punktuellen, seelenartigen, entwicklungsfähigen Krafteinheiten, aus denen die gleichfalls beseelt gedachte Welt zusammengesetzt sein soll.

145 *Margate:* Seebad östlich der Themsemündung.

146 *Sachsenhäuser Grobheit:* Sachsenhausen bei Frankfurt a. Main. Lichtenberg bezeichnet mit Sachsenhäuser die Genies um Goethe, die die ›Frankfurter Gelehrten Anzeigen‹ herausgaben und für ihre überscharfen Rezensionen bekannt waren.

ex nihilo nihil fit: lat., Aus nichts wird nichts.

148 *Briefe über die neueste Literatur:* eine von Lichtenberg geplante Aufsatzfolge (›Briefe von Mägden über Literatur‹).

Chophaus: (engl. Chop-house) Wirtshaus.

150 *L..s:* Gemeint ist Lavater.

›Aussichten in die Ewigkeit‹: In diesem vierbändigen Werk (Zürich 1768/78), der Vorstufe zu den ›Physiognomischen Fragmenten zur Beförderung der Menschenkenntnis und Menschenliebe‹ (1775/78), versuchte Lavater eine neue, mystische Religiosität durch Aufzeichnung von Vorgängen des eigenen Seelenlebens, von Träumen und Visionen über den Zustand nach dem Tode zu begründen.

152 *patriam fugimus:* lat., Das Vaterland fliehen wir.

154 *Beattiesche Philosophie:* Beattie, der englische Philosoph des ›gesunden Menschenverstandes‹, verwarf sowohl die metaphysischen Konstruktionen als auch die skeptische Erfahrungsphilosophie Humes. Er meinte, die unmittelbare, vorurteilsfreie Einsicht in die Gegebenheiten sei die sicherste Erkenntnis. Seine Philosophie kommt dem naiven Materialismus sehr nahe.

156 *Drurylane:* Londoner Theater.

157 *Deum ex machina:* lat., deus ex machina: Gott aus der Maschine; der rettende Gott in Bühnenstücken; hier: ein unberechtigtes Dazwischentreten eines Unbewiesenen, das einer Sache eine ihr ungemäße Wendung gibt.

158 *Seraphischdeutsch:* der Stil Klopstocks und seiner Jünger; (seraphisch: engelhaft, himmlisch).

159 *Eton und Westminster:* Schulen für Söhne der englischen Aristokratie. Eton, 34 km westlich von London, Westminster in London.

160 *›Gil Blas‹:* Schelmenroman von Lesage, erschien 1715/35.

›Findling‹: Untertitel von Fieldings Roman ›Tom Jones‹, 1749.

ein Spaß vom Horaz: In den ›Episteln‹ II,3 sagt Horaz:

›Nonumque in annum prematur.‹ Wörtlich: ›Bis ins neunte Jahr möge es (was du geschrieben hast) zurückgehalten werden.‹

161 *aus dem Stegreif entschieden:* Lichtenberg meint England, wo die Richter weit weniger durch Gesetze eingeengt sind als in Deutschland.

162 *Frau Baumin:* Göttinger Lokalgröße.

164 *Loca:* lat., Stellen.

Nomina propria: lat., Eigennamen.

165 *Laxiertränkchen:* Abführmittel.

Jalappe: Purgierwurzel (Abführmittel).

Furore Wertherino: lat., Furor Wertherinus: Werther-Raserei. Anspielung auf die Selbstmorde, die nach dem Erscheinen von Goethes ›Werther‹ (1774) überhandnahmen.

166 *Diabolus familiaris:* lat., Familienteufel.

167 *Testikeln:* Hoden.

169 *Fama:* lat., Ruhm.

Fames: lat., Hunger.

171 *Asymptote:* neben einer Kurve hinlaufende Linie, die sich ihr unbegrenzt nähert, jedoch nie mit ihr zusammentrifft.

172 *Spitzbubenrepublik:* abwertende Bezeichnung Lichtenbergs für die junge amerikanische Republik.

173 *in effigie:* lat., im Bild.

177 *ex socio:* lat., aus dem Gefährten.

ex socia: lat., aus der Gefährtin.

180 *hic niger est:* lat., Hier ist es schwarz.

181 *in meiner Abhandlung:* die ›Antiphysiognomik‹.

einer der größten Denker: vermutlich Möser.

183 *Respice finem:* lat., Bedenke das Ende.

185 *Sophia:* Sophie Western, Geliebte, spätere Frau des Titelhelden in ›Tom Jones‹.

186 *pathognomisch:* Die Pathognomik deutet – im Gegensatz zur Physiognomik – den Charakter des Menschen aus den Veränderungen des Körpers, hauptsächlich aus den Gesichtsbewegungen.

188 *les enseignés ... les savants:* frz., wörtlich: die Unterrichteten ... die Wissenden.

the taught ones ... learned: engl., wörtlich: die Gelehrten ... die Gelernten.

Lion: engl., Löwe. Lichtenberg selbst, 1. Juli geboren.

189 *Joseph von Arimathia:* bestattete Jesus nach der Überlieferung in seinem Felsengrab.

190 *Weilands Tochter ... Justine:* zwei Geliebte Lichtenbergs. Nichts Näheres bekannt.

Sachsens Marie: Tochter eines Göttinger Schneiders.

D...s Marie: Dieterichs Marie, die Köchin im Hause des Verlegers.

193 *exercitii gratia:* lat., um der Übung willen.

194 *Kordial:* Herzmittel.

Rousseaus ›Bekenntnisse‹: Lichtenberg bezieht sich auf eine Stelle im 5. Buch der Autobiographie Rousseaus, 1781 ff.

N...: vielleicht Johann Christoph Gatterer (1727–1799), seit 1759 Göttinger Historiker, der die Heraldik, Chronologie, Genealogie und Urkundenlehre einbürgerte und Handbücher der Weltgeschichte schrieb.

195 Coup d'Œil: frz., Blick.

Das Möserische ›Mehl und nicht die Mühle‹: In dem Aufsatz ›Über die verfeinerten Begriffe‹ läßt Möser einen Müller auftreten, der sich schwer verständlicher Begriffe des Mühlenbaus bedient. Möser will dartun, daß der Müller denselben Fehler begeht wie manche Philosophen und Pfarrer, die mit Gelehrsamkeit prunken, statt den Menschen praktische Wahrheiten mitzuteilen.

197 *Hartknopf beim Ziehbrunnen:* Anspielung auf das Werk von Karl Philipp Moritz ›Andreas Hartknopf. Eine Allegorie‹, 1786.

199 *Stoiker:* griechische und römische Philosophen, die Liebe und Leidenschaften um der seelischen Unerschütterlichkeit willen verwarfen.

207 *Philomele:* in der griechischen Sage eine Königstochter, die in eine Nachtigall verwandelt wurde.

208 *Niobe:* in der griechischen Sage thebanische Königin, die für ihren Mutterstolz dadurch gestraft wurde, daß Apollo und Artemis ihre vierzehn Kinder vor ihren Augen durch Pfeile töteten.

210 *Agamemnon:* in Homers ›Ilias‹ der Führer der Griechen vor Troja.

211 *sukkulent:* saftig, kräftig.

Auctores classicos: lat., die klassischen Dichter.

216 *daß unseren Vorstellungen etwas in der Welt korrespondiert:* Kants idealistische Erkenntnistheorie beruht auf der Voraussetzung, daß das ›Ding an sich‹, d. h. das wahre Sein der Welt, unerkennbar sei. Dem Menschen sei es nur gegeben, die vordergründige ihm in den Anschauungsformen von Raum, Zeit und Kausalität erscheinende Wirklichkeit zu erkennen. Demgemäß entspricht etwa der Kausalitätsbegriff nicht dem wahren Zusammenhang der Dinge, sondern ist eine Kategorie, die ›a priori‹, d. h. von vornherein, unabhängig von jeder Erfahrung, dem Menschen gegeben ist. – Gegen diese subjektiv-idealistische Auffassung polemisiert Lichtenberg.

217 *sagt der König:* Friedrich II. in seinen ›Hinterlassenen Schriften‹, die Lichtenberg aufmerksam und kritisch las.

218 *Palliative:* Linderungsmittel.

222 *sein Werk:* ›Kritik der reinen Vernunft‹, 1781.

Jacob Böhmismus: Lichtenberg spielt auf des schlesischen Mystikers undurchdringlichen Tiefenstil an, hinter dem er Scharlatanerie vermutet. (Dem entgegen stehen auch positive Urteile Lichtenbergs über Böhme.)

223 *Spinozismus:* Lichtenberg sieht in der Philosophie Spinozas, der die Natur und ihre Entwicklung mit Gott gleichsetzt, und dem Deismus, der nur die Schöpfung als Gottes Werk betrachtet, aber alle Offenbarung ablehnt, mit Recht verschiedene Ausprägungen der antikirchlichen Aufklärungsbewegung. Er gesteht jedoch dem Spinozismus die größere Tiefe zu.

224 *La Rochefoucaulds Urteil:* in ›Porträt des Kardinals de

Retz‹. Der Kardinal war der Führer des Adelsaufstands gegen Ludwig XIV., 1648–1652.

Hainberg: Hügel bei Göttingen.

Spinoza den größten Gedanken dachte: Lichtenberg meint Spinozas pantheistische, im Kern schon materialistische Auffassung, nach der Natur und Gott eins und Seele und Materie nur Erscheinungsformen dieser einen Substanz sind.

226 *in corpore:* lat., in der Gesamtheit.

227 *›Cogito ergo sum‹:* lat., ›Ich denke, also bin ich.‹ Der Schlüsselsatz des französischen Philosophen Descartes, der am Anfang des Aufklärungsdenkens steht.

›À la Bastille: revolutionärer Schlachtruf der Pariser Volksmassen bei der Erstürmung der Bastille, des Staatsgefängnisses, am 14. Juli 1789.

Palais Royal: Pariser Königsschloß, in dessen Garten die Pariser Bevölkerung ihre revolutionären Forderungen erhob.

228 *das wahre System:* Kant, der Königsberger, und Kopernikus, der im damals preußischen Thorn lebte.

Epicycli: die Nebenkreise, eigentlich der Himmelskörper.

tychonianisches System: das System des dänischen Astronomen Tycho Brahe (1546–1601), das zwischen dem ptolemäischen und kopernikanischen Weltsystem zu vermitteln suchte: um den Mittelpunkt Erde kreisen Mond und Sonne, um letztere Merkur, Venus, Mars, Jupiter und Saturn. Zur Erklärung der Mond- und Planetenbewegung nahm er Epicyclen, Nebenkreise, an, die diese außer ihrer hauptsächlichen Kreisbewegung beschreiben sollten. Durch Kepler widerlegt.

229 *apokryphisch:* untergeschoben, unecht.

230 *sagt Haller:* in dem Gedicht ›Die Falschheit menschlicher Tugend‹.

232 *ex officio:* lat., von Amts wegen.

233 *in usum Delphini:* lat., zum Gebrauch des Dauphins, d. h. des französischen Kronprinzen. Um anstößige Stellen gekürzte Buchausgabe.

Vaginam: lat., vagina, Scheide.

236 *Polygraphen:* Vielschreiber.

239 *Kants höchstes Prinzip der Moral:* der kategorische Imperativ: ›Handle so, als ob die Maxime (Richtlinie) deiner Handlung durch deinen Willen zum allgemeinen Naturgesetz werden sollte‹ (›Grundlegung zur Metaphysik der Sitten‹, 1797). – Lichtenberg wendet sich gegen Kants Auffassung, daß sittliches Handeln mit jeder Art Lust unvereinbar sei.

240 *circenses...pane:* lat., panem et circenses (Brot und Spiele) verlange das römische Volk, sagt Juvenal (›Satiren‹ X, 81).

241 *Cochinchina:* das heutige Vietnam.

242 *Born:* Ignaz Borns Satire ›Specimen monachologiae methodo linnaeano‹, 1783 (›Naturgeschichte des Mönchtums nach der Methode Linnés‹).

243 *Kalabrien:* Südwestspitze des italienischen Festlandes.

252 *Blame:* engl., Tadel.

255 *Goldschmied K.:* unbekannt.

256 *Fallacia causae:* lat., Betrug.

262 *Priester der Minerva:* Gelehrte. Minerva war die römische Göttin der Weisheit.

berühmten Vogel: Die Eule war das Attribut der Minerva.

264 *B.:* Gottfried August Bürger.

266 *Pantheon:* Ehrentempel.

270 *sagt schon Swift:* im 5. Kapitel des ›Märchens von der Tonne‹: ›In diesem göttlichen Traktat habe ich jeweils eine Schicht utile (Nützliches) mit einer Schicht dulce (des Angenehmen) verknetet.‹

272 *Benvenuto Cellini:* In seiner Selbstbiographie sagt Cellini (3, 5): ›Zwar sagt man: Du wirst nun lernen ein andermal klüger zu sein. Aber ich finde den Spruch nicht richtig, denn was uns begegnet, kommt immer auf eine so verschiedene Weise, wie wir es uns nicht haben einbilden können.‹ (Nach Goethes Übersetzung, 1803).

273 *Der jetzige Krieg:* der Krieg der ersten reaktionären Koalition, Österreich, Preußen, England, Holland und Spa-

nien, gegen das bürgerlich-revolutionäre Frankreich, 1792/93–1797.

Es gäbe eine Menge Dinge: ›Es gibt mehr Ding' im Himmel und auf Erden, als Eure Schulweisheit sich träumt.‹ ›Hamlet‹ I, 5.

276 *Kouverten:* Gedecke.

279 *›Midsummer night's dream‹:* ›Sommernachtstraum‹.

283 *pour la religion de nos pères:* frz., für die Religion unserer Väter.

284 *Coup de main:* frz., Handstreich.

probatum est: lat., Es ist bewährt, hilft (von Heilmitteln).

Laudator temporis acti se juvene: ›Lobredner der Vergangenheit, während er selbst junger Mann ist.‹ Nach Horaz' ›Episteln‹ II, ›Über die Dichtkunst‹ Vers 173 f.

Mediceische Venus: berühmte Statue der Liebesgöttin aus hellenistischer Zeit (3. Jh. v.u.Z.), ehemals im Besitz der Medici, heute in den Uffizien zu Florenz.

ESSAYS

Über den deutschen Roman

Dieses Bruchstück einer geplanten großen Satire auf den deutschen Roman entstand um 1775.

290 *Retirade:* Rückzug.

291 *Charingcross:* Platz in London.

Hydepark Corner: Ende des Hyde Parks, des berühmten großen Parks in London.

Weber Meleks Kasten: In der ›Geschichte Meleks und der Prinzessin Schirin‹ aus ›1001 Tag‹ kann sich der Besitzer mit seiner Zaubertruhe in die Luft erheben und fortfliegen.

Briefe aus England

Lichtenbergs ›Briefe aus England‹, die an Christian Boie, den Herausgeber des ›Musenalmanachs‹, adressiert sind, waren offenbar zur sofortigen Veröffentlichung bestimmt. Sie entstanden von August 1774 bis Dezember 1775 in England. Lichtenberg macht sich hier zum beredten Anwalt der neuen Schauspielkunst und der englischen Shakespeare-Pflege.

294 *boswellischen... Ton:* James Boswell (1740–1795), englischer Schriftsteller; Lichtenberg spielt an auf Boswells Biographie Samuel Johnsons, dessen Leben und Leistung Boswell über alle Maßen feiert.

295 *›Stratagem‹:* engl., ›Die List‹.

›Provoked wife‹: engl., ›Die erregte Frau‹.

›Zaïre‹: Tragödie Voltaires, 1732.

›Much ado about nothings‹: engl., ›Viel Lärm um nichts‹.

›Rule a wife...‹: engl., ›Regiere eine Frau und habe eine Frau‹.

296 *à son aise:* frz., nach seinem Belieben.

297 *›Devil upon two sticks‹:* engl., ›Teufel auf zwei Stöcken‹.

298 *Rebhuhne:* Anspielung auf Herrn Partridge (deutsch: Rebhuhn) aus Fieldings ›Tom Jones‹. Partridge ist die Verkörperung der Geschwätzigkeit.

301 *encore:* frz., noch einmal.

302 *Theater in Goodmansfields:* Londoner Theater.

St. James: Park und königlicher Palast in London.

St. Giles: Armenviertel in London.

305 *»Angels and ministers...«:* engl., »Engel und Boten Gottes, steht uns bei!« ›Hamlet‹ I, 4.

»By heaven ...«: engl., »Beim Himmel, den mach ich zum Gespenst, der mich zurückhält.« ›Hamlet‹ I, 4.

»Go on...«: engl., »Voran, ich folge dir.« ›Hamlet‹ I, 4.

309 *Portebras:* entstellt aus frz. Port de bras: Armhaltung, Armbewegung. Auch in Lessings ›Hamburgischer Dramaturgie‹.

Schauplatz: Theater.

Frisur: Besatz.

310 *Chironomie:* Lehre von der richtigen Bewegung der Hände.

Oligographen: Wenigschreiber, etwa Sallust und Xenophon.

Bände von Exercitiis: Bände von Vorstudien.

311 *›O that this…‹:* engl., ›O schmölze doch dies allzu feste Fleisch.‹ ›Hamlet‹ I, 2.

›So excellent a king‹: engl., ›Solch ein trefflicher Monarch.‹ ›Hamlet‹ I, 2.

312 *›To be or not to be‹:* Vgl. 1. Anm. zu S. 91.

313 *›against assailing troubles‹:* engl., ›gegen anstürmende Plagen‹.

›against a sea of troubles‹: engl., ›gegen ein Meer von Plagen‹, ›Hamlet‹ III, 1.

315 *prerogative:* engl., Vorrecht.

317 *leges:* lat., Gesetze. Gemeint ist das römische Recht, das Kaiser Justinian im ›Corpus juris‹ 528–534 zusammenstellen ließ.

καλοῖς κ' ἀγατοῖς: grch., ›den Guten und Schönen‹. Kalokagathía, die harmonische Ausbildung, war das Ideal der Athener Oberschicht.

influxum lunae physicum: lat., körperlicher Einfluß des Mondes.

318 *pro absente:* lat., für abwesend.

319 *damus petimusque:* lat., Wir geben und verlangen.

321 *Genius Quinquennii:* lat., Geist des Jahrfünfts.

323 *›Mayor of Garret‹:* engl., ›Bürgermeister von Garret‹.

›The maid of the Oaks‹: engl., ›Das Mädchen von den Eichen‹.

325 *die Götter und die Teufel:* ›Auf den englischen Schauplätzen nennt man die Bewohner auf der obersten Galerie Götter (the gods), und der Verfasser nennt daher in seiner Laune die vom Parterre und Logen die Teufel.‹ (Anmerkung des Erstherausgebers Boie)

326 *Crapaud:* frz., Haarbeutel.

327 *Affenlaokoon:* Karikatur Tizians.

»An ass …«: engl., »Ein Esel, ein Esel, ein Königreich für einen Esel.« – Parodistische Anspielung auf die Stelle in Shakespeares ›Richard III.‹ V,4: ›Ein Pferd, ein Pferd, mein Königreich für ein Pferd.‹

›Rival Candidates‹: ›Wetteifernde Kandidaten‹.

330 *»That one may smile ...«:* engl., »Daß einer lächeln kann und immer lächeln und doch ein Schurke sein.« ›Hamlet‹ I,5.

336 *Brydones ›Reisen‹:* Der englische Schriftsteller Patrice Brydone schrieb ›Die Reise nach Sizilien und Malta‹.

339 *Son regina ...:* ital., Ich bin Königin, und ich liebe, / und ich will herrschen / über meinen Thron und mein Herz./ Vergeblich will mir derjenige Gesetze geben, / der mir den freien Willen / über Ruhm und Liebe bestreitet.

Montezuma: Titelfigur einer Oper des bedeutenden, melodiösen Neapolitaners Antonio Maria Gasparo Sacchini (1734–1786), der 1771–1782 in London wirkte.

341 *Tombak:* Messing.

»Three thousand ducats«: engl., »Dreitausend Dukaten«. ›Der Kaufmann von Venedig‹ I,3.

›Love à la mode‹: ›Liebe nach der Mode‹.

Über die Macht der Liebe

Dieses Fragment, das 1777 entstand, ordnet sich ein in die Bruchstücke zu einer Streitschrift gegen den Sturm und Drang. Lichtenberg polemisiert vor allem gegen jene empfindsamen Zeitgenossen, die sich im Anschluß an die ›Werther‹-Lektüre mit Selbstmordabsichten tragen.

346 *›Siegwart‹:* ›Siegwart, eine Klostergeschichte‹, sentimentaler Roman von Johann Martin Miller, 1776.

347 *Die kranke Frau im Gellert:* In der Fabel ›Die kranke Frau‹ wird eine vermeintlich schwerkranke Dame dadurch geheilt, daß der Schneider ihr ein neues Kleid bringt.

in Ketten nach Celle: Anspielung auf das bekannte Gefängnis in Celle.

Über Physiognomik wider die Physiognomen

Diese historisch bedeutsame Streitschrift erschien 1778 im ›Göttingischen Taschenkalender‹. Sie ist die Ant-

wort des Wissenschaftlers auf die intellektuell unredlichen ›Physiognomischen Fragmente‹ Lavaters, die von 1775 bis 1778 erschienen waren und bei den meisten Anhängern des Sturm und Drangs Begeisterung auslösten. Da nach der Auffassung Lavaters, der Leibnizsche Gedanken aufgriff und verflachte, die Welt unter dem Gesetz göttlicher Harmonie steht, trifft dies auch auf den Menschen zu. Deshalb sind das Äußere und das Innere des Menschen aufeinander abgestimmt, d. h. , die Form des Gesichts entspricht der Seele, äußere Schönheit also moralischer Schönheit. Lavater hatte eine Reihe von Zeichnungen und Silhouetten willkürlich zusammengetragen, an denen er seine Meinung durch Beispiele zu erläutern suchte. Freilich zeigte sich dabei, daß er sowohl seine Absicht, eine neue Wissenschaft zu begründen, als auch das Vorhaben, christliche Nächstenliebe zu verbreiten, verfehlte, da in der Konsequenz seines Denkens der Charakter des Menschen unabänderlich durch seinen Körper bestimmt war.
Lichtenberg verwahrt sich vor allem gegen diesen mechanisch-metaphysischen Determinismus und macht darauf aufmerksam, daß der Mensch sehr wohl Autonomie besitzt, daß zudem der komplizierten Individualität nicht auf so dilettantische Weise beizukommen sei. Er will auch das dialektische Verhältnis von Mensch und Umwelt differenziert berücksichtigt wissen. Er führt aus, daß die festen Gesichtsteile keineswegs darüber Auskunft geben, ob ein Mensch ein Verbrecher oder ein Held wird. Daran anknüpfend, erörtert er grundsätzliche Fragen der Moral und Gesellschaft, der Menschenbeurteilung und der psychologischen Methode. Dabei bedarf es besonderer Erwähnung, daß er sich mit ungewöhnlich entschiedenen Worten gegen alle Arten von Rassendiskriminierung wendet, die Lavater gewollt oder ungewollt unterstützt. Das positive Ergebnis dieses Aufsatzes, der für Lichtenbergs wissenschaftliche Umsicht und sein Menschenbild überaus

aufschlußreich ist, besteht in dem Hinweis auf die Pathognomik, die aus Mimik, Gestik, Habitus und letztlich auch aus dem Sprechen Rückschlüsse auf den Charakter zieht.

350 *Semiotik:* Lehre von den Anzeichen.

351 *ein großer Weltweiser:* Leibniz.

354 *Lapsus memoriae:* lat., Gedächtnisfehler.

355 *delphischer Wörter:* geheimnisvoller Wörter (nach dem Orakel von Delphi).

Ausgang des amerikanischen Krieges: 1783 endete der Unabhängigkeitskrieg der amerikanischen Siedler gegen die englische Krone.

357 *Mallicolo:* Insel der Neuen Hebriden, östlich von Nord-Australien.

358 *Zopyrus:* griechischer Physiognom des 5. Jh. v. u. Z., verkündete, er durchschaue das Wesen eines jeden aus der Gestalt. Cicero ›Gespräche in Tuskulum‹ IV, 37, Abschn. 80.

Nachtmahlvergifter: Der Pfarrer Johann Heinrich Waser wurde einer 1776 geschehenen Nachtmahlvergiftung in Zürich für schuldig gehalten und 1780 hingerichtet.

360 *Candidat en belles lettres:* Kandidat der Schönen Wissenschaften, d. h. der Poesie und Rhetorik.

362 *Gradierhaus:* Reisigwände, über die man das salzhaltige Wasser, die Sole, zur Verdunstung leitet. Dient zur Salzgewinnung.

363 *Charmides:* athenischer Philosoph, Onkel Platos, starb 403 v. u. Z., Gesprächspartner in Platos Dialog ›Charmides‹.

366 *nomina propria:* lat., Eigennamen.

367 *fronti nulla fides:* lat., Dem Gesicht gebührt kein Vertrauen.

Ridicule magis hoc dictum ....: lat., Ich halte diese Behauptung mehr für lächerlich als für wahr, da ich auch schlechte Menschen häufig schön gestaltet gefunden und viele vorzügliche Menschen mit häßlicher Gestalt gesehen habe.

369 *broadfronted:* engl., breitstirnig, breitköpfig.

baldfronted: kahlstirnig.
foolish hanging netherlip: engl., albern hängende Unterlippe.
370 *die eifersüchtige Kleopatra:* Shakespeare ›Antonius und Kleopatra‹ III, 2.
377 *Corollaria:* in der Logik Lehrsätze, die aus dem Vorhergehenden unmittelbar folgen und deshalb keines Beweises bedürfen.
381 *Paucorum hominum homo:* lat., als Mensch der wenigen Menschen.
383 *Bedlam:* Anstalt für Geisteskranke in London, eigentlich: Bethlehem Royal Hospital.

Fragment von Schwänzen

Dieser Aufsatz, der zuerst 1779 in Baldingers ›Neuem Magazin für Ärzte‹ erschien, ist eine Parodie auf Inhalt und Stil von Lavaters ›Physiognomischen Fragmenten‹.
389 *Aut Caesar, aut nihil:* lat., Entweder bin ich Cäsar oder nichts.
Molliter ossa quiescant: lat., Sanft mögen seine Gebeine ruhen.
390 *Adonis:* in der griechischen Sage schöner Jüngling, der Geliebte der Aphrodite, wurde von einem Eber getötet.
Elater: lat. elatus, erhaben, hochtönend.
392 *Pusillanimität:* lat., Kleinmut.

Amintors Morgenandacht

Dieser Aufsatz, der 1791 im ›Göttingischen Taschenkalender‹ erschien, ist ein bemerkenswertes Zeugnis für Lichtenbergs Spinozismus.
396 *curiosité:* frz., Neugierde, Vorwitz.

Warum hat Deutschland noch kein großes öffentliches Seebad?

Der Aufsatz erschien 1793 im ›Göttingischen Taschenkalender‹. Er zeigt, wie sehr sich Lichtenberg mit Fragen der Gesundheitspflege beschäftigte und englische Errungenschaften im zurückgebliebenen Deutschland heimisch zu machen suchte.

398 *Brighthelmstone:* jetzt Brighton, südlich von London an der Kanalküste. In der Mitte des 18. Jahrhunderts auf Veranlassung eines englischen Arztes als Seebad angelegt.

Médecin Penseur … Médecin Seigneur: frz., der philosophische Arzt … der Arzt als Weltmann.

399 *Otaheiti:* Tahiti.

Eudiometer: Meßglas zur Prüfung des Sauerstoffgehalts der Luft.

400 *Deal:* Seebad an der Straße von Dover, südlich von Margate.

401 *Thetis:* Meeresnymphe der griechischen Sage.

403 *… was Pharao mit dem seinigen begegnete:* Nach 2. Mose 14, 19 ff. soll Pharao mit seinem Heer bei der Verfolgung der Israeliten von den Wellen des Roten Meeres verschlungen worden sein.

404 *Vomitivreisen:* Reisen mit Erbrechen durch Seekrankheit.

Pharao: Glücksspiel mit Karten.

405 *Jonas:* Prophet des Alten Testaments, der von einem großen Fisch verschluckt worden sein soll.

Ein Traum

Dieser phantasievolle Aufsatz Lichtenbergs erschien 1794 im ›Göttingischen Taschenkalender‹.

407 *Adlerstein:* Toneisenstein, oft mit losem, deshalb klapperndem Kern.

Gnädigstes Sendschreiben der Erde an den Mond

Diese Satire, die 1780 im ›Göttingischen Magazin der Wissenschaften und Literatur‹ erschien, parodiert den Stil höfischer Sendschreiben. Zum andern attackiert Lichtenberg seinen Gegner Johann Heinrich Voß, den späteren Homerübersetzer, vor allem aber die mondbegeisterten Dichter des Göttinger Hainbundes (Heinr. Christian Boie, Friedr. Wilh. Gotter, Joh. Heinr. Voß, Joh. Martin Miller, Ludw. Christoph Heinr. Hölty, Joh. Friedr. Hahn, Ludw. Wehrs, Karl Friedr. Cramer, Christian und Friedr. Leop. Reichsgrafen zu Stolberg seit 1772, später noch Joh. Anton Leisewitz) und ihren Mentor Klopstock. Darüber hinaus verteidigt er selbstironisch das ›Göttingische Magazin‹ gegen den Geschmack des Publikums.

411 *Yameos:* Als Yameos bezeichnen die Houyhnhnms, die weisen Pferde in Swifts ›Gullivers Reisen‹, verächtlich die Menschen.

sub dato: lat., unter dem Datum.

412 *Epakten:* grch., ›hinzugefügte‹ Tage, die Zahl der Tage vom letzten Neumond des alten Jahres bis zum 1. Januar des neuen. Auch ›Mondzeiger‹ genannt, weil sie anzeigen, wie alt der Mond am 1. Januar schon ist.

413 *Und hätten meine lieben Protestanten ...:* Auf dem Reichstage von 1582 hatten die katholischen Reichsstände den Gregorianischen Kalender angenommen, den die protestantischen zurückwiesen. Im September 1699 faßte jedoch das evangelische Corpus in Regensburg einstimmig einen Beschluß, der die bis dahin bestehende Differenz durch Einführung eines verbesserten Gregorianischen Kalenders vom Jahre 1700 an aufhob. Nur bei Bestimmung des Osterfestes folgten die Protestanten einer von der gregorianischen abweichenden, richtigen Berechnung, so daß die Osterfeier beider Teile noch von Zeit zu Zeit um acht Tage voneinander abwich. Erst 1770 wurde durch Annahme eines durchgängig gleichen Reichskalenders auch dieser Unterschied entfernt.

Pandekten: allumfassende Sammlung der Gesetze des römischen Rechts durch Kaiser Justinian 533, auch ›Digesten‹ (›Geordnetes‹) genannt, der zweite, wichtigste Teil des ›Corpus juris‹.

414 *πᾶν δεκομεναι:* grch., alles nehmend.
Digesta ... Indigestionen: lat., hier: Ordnung ... Unordnung.
Summum ius summa iniuria: lat., Das höchste Recht kann das höchste Unrecht sein.
Quinquennio physiognomico: lat., physiognomisches Jahrfünft.

415 *Jäsus:* Lichtenberg verspottet Voß, der das griechische Eta (η) als ä ausgesprochen wissen wollte.
Phébus: frz., Schwulst, Schönrednerei.

Von den Kriegs- und Fastschulen der Chinesen

Diese Satire, in der Lichtenberg unter der Maske des Reiseschriftstellers phantastisch-überhöht die Unterdrückung des Volkes durch die herrschende Klasse geißelt und die mechanisierte Barbarei einer Adelsdiktatur enthüllt, erschien 1796 im ›Göttingischen Taschenkalender‹. Dabei ist zu beachten, daß China dem Schriftsteller Lichtenberg als Symbol für Unfreiheit, Inhumanität und Rückständigkeit schlechthin gilt.

421 *à l'œuf d'autruche:* frz., in der Art des Straußeneis.

422 *Harrow:* berühmte Ausbildungsstätte für englische Aristokraten.
Neununddreißig Artikel: Artikel der anglikanischen Kirche; die nach dieser Auffassung wesentlichen Punkte der christlichen Lehre wurden 1562 aufgestellt.

423 *Spadille:* höchster Trumpf im L'hombre.
military academies ...: engl., Militärakademien, die die Kunst des Hungerns lehren.

424 *quasi in nuce:* lat., gleichsam im kleinen.

431 *Bumper:* engl., volles Weinglas.
Here is ›God ...: engl., Hier ist Euer ›Gott erhalt' den König‹. Zum Teufel mit Euern Tsing-Longs in alle Ewigkeit.

Die Heirat nach der Mode

Seit 1732 gab William Hogarth (1697–1764) Kupferstiche und Kupferstichfolgen heraus; darunter die von Lichtenberg erklärten ›Die Tageszeiten‹, ›Herumstreichende Komödianten‹, ›Die Punschgesellschaft‹, ›Der Weg einer Buhlerin‹, ›Der Weg des Liederlichen‹. Dabei ist bemerkenswert, daß es sich in allen Fällen zunächst um Gemälde handelte, die erst nachträglich in Kupfer gestochen wurden. – Hogarth war in einem eminenten Sinne bürgerlicher Künstler, der zwar bisweilen Motive des Rokoko übernimmt, aber dann konträr interpretiert. Was bei Watteau Grund zum genüßlichen Schwelgen ist, wird bei Hogarth Anlaß zur grimmigen Satire. Seine Kupferstiche verraten einen bis zum winzigsten Detail entlarvenden Realismus, wie er nur einem leidenschaftlichen Moralisten zu Gebote steht.

Der Künstler war sechs Jahre vor Lichtenbergs erstem Englandbesuch (1770) gestorben. Erste Anregungen erfolgten möglicherweise schon während dieses Aufenthalts. Von der zweiten Reise (1777) brachte Lichtenberg dann die Kupferstiche mit, die er 1782 aus Geldmangel an die Göttinger Bibliothek verkaufen mußte. Nachweislich beschäftigte er sich seit 1782 mit seinem Hogarth-Vorhaben. 1785 erschien dann im ›Göttingischen Taschenkalender‹ die Erklärung zum ›Weg des Liederlichen‹. Dazu wie zu allen folgenden Erklärungen hat der Göttinger Kupferstecher Ernst Ludwig Riepenhausen (1765–1840) verkleinerte Nachstiche der Originale angefertigt. Selbständig erschienen Lichtenbergs ›Ausführliche Erklärungen der Hogarthischen Kupferstiche‹ von 1794 bis 1799 in fünf Lieferungen bei Dieterich.

Obgleich Lichtenberg mehrfach betont hat, daß es ihm bei der Veröffentlichung dieser Arbeiten um den finanziellen Ertrag ging, berührt das nur eine Seite; unbestreitbar ist eine enge Geistesverwandtschaft zwischen dem Maler und dem Göttinger Professor: die Neigung beider zur kultur- und gesellschaftskritischen Satire, die Freude am zündenden Witz. Zudem war die Aufgabe, die Lichtenberg sich stellte, von vornherein größer, als einen bloß beschreibenden Abklatsch der Bilder zu geben: ›Mag ich doch hinzugedacht haben, was ich will, wenn ich nur nichts weggedacht oder wegerklärt habe.‹ – Schon vor Lichtenberg haben sich verschiedentlich englische Schriftsteller an Hogarth-Erklärungen versucht, indessen steht fest, daß Lichtenberg der einzige war, dessen Beschreibungen neben den Bildern Bestand haben.

Für diese Ausgabe wurde ein Stück ausgewählt, das insofern von besonderer Farbe und Verve ist, als der Autor hier seinen Witz und seine Satire über die konkrete Vorlage hinausgehen läßt und zugleich zum Künstler und Moralisten Hogarth Stellung nimmt.

433 *Foecunda culpae ...:* lat., Die mit Schuld beladenen Zeiten durchdrangen zuerst die Ehen, die Familie, die Häuser. Aus dieser Quelle kam der Schaden und breitete sich über Vaterland und Volk aus.

Voyage pittoresque: frz., malerische Reise.

aut, aut: lat., entweder-oder.

Dortoben: Lichtenberg deutet hier das an, was John Gay in der ›Bettleroper‹ (1728) dargestellt hatte: die moralische Identität der Unterwelt und gesellschaftlicher Oberschicht.

434 *Bœuf à la mode:* frz., Rinderbraten nach der Mode.

Alderman: engl., Stadtverordneter und Friedensrichter.

435 *Sheriff:* engl., höchster Beamter einer Grafschaft.

pro nunc: lat., für jetzt.

Viscount: engl., Adelstitel zwischen Graf (earl) und Baron (baron).

436 *The right Hon.:* engl., der sehr ehrenwerte (aus honourable).

437 *Mortgage:* engl., Pfandverschreibung, Pfandbrief.

Earl: engl., Graf.

438 *Wilhelm der Eroberer:* 1066–1087 König von England; eroberte als Herzog von der Normandie das Angelsachsenreich und schuf ein starkes englisches Königtum.

439 *Bon-ton-Pflaster:* frz., Modepflaster.

Selbstapprobation: Selbstgefälligkeit.

Herr Ireland: englischer Erklärer Hogarths.

katoptrische Unmöglichkeit: eine Unmöglichkeit nach den Spiegelgesetzen.

Hymenäus: griechischer Hochzeitsgott.

440 *attitude à dos d'âne:* frz., Haltung eines Eselsrückens.

Antinous und Adonis: besonders schöne Jünglinge. Antinous: der Geliebte des Kaisers Hadrian (um 125). Adonis: sagenhafter Geliebter der Aphrodite.

Debauche: frz., Ausschweifung.

441 *Matrimonialrat:* Eheberater.

443 *das Goldene Vlies:* in der griechischen Mythologie das goldene Fell eines Widders, das die Argonauten aus Kolchis nach Griechenland brachten.

Themis: griechische Göttin der Gerechtigkeit. – Als Goldenes Vlies der englischen Themis bezeichnet Lichtenberg hier spöttisch die langen Perücken der englischen Richter.

444 *Sportelkasse:* die Kasse für Nebeneinkünfte.

445 *Mariage de St. Barthélemy:* frz., Bartholomäushochzeit. Die Hochzeit des protestantischen Heinrich von Navarra (als französischer König Heinrich IV.) mit der katholischen Margarete von Valois. Auf Veranlassung der Brautmutter, der französischen Königin Katharina von Medici, wurden in der Nacht auf den Bartholomäustag, am 24. August 1572, zweitausend Protestanten in Paris ermordet.

Laurentius: katholischer Heiliger, wurde nach der Überlieferung in Rom auf einem Rost verbrannt.

Septemberbriseurs: Septemberstürmer, die an den sogenannten Septembermorden Beteiligten. Im September 1792 wurden viele politische Gefangene, die als Gegner der Jakobinerdiktatur galten, hingerichtet. – Herodes, jüdischer König unter römischer Herrschaft von 37–4 v. u. Z., soll laut Matthäusevangelium 2, 16 ff. die Ermordung aller Knaben unter zwei Jahren in und um Bethlehem befohlen haben.

der Kopf Holofernis: Nach dem apokryphen Buch Judith des Alten Testaments schlug Judith dem assyrischen Feldherrn Holofernes das Haupt ab, als sie nachts bei ihm schlief.

St. Sebastian: katholischer Schutzheiliger, wurde nach der Überlieferung von Schützen des Kaisers Diokletian mit tausend Pfeilen durchbohrt.

446 *ad vivum:* lat., nach dem Leben.

447 *Meduse:* in der griechischen Sage schlangenhaariges Ungeheuer, dessen Blick die Kraft hatte, alle, die es ansahen, zu versteinern.

BRIEFE

451 *Lord-Mayor:* Oberbürgermeister von London.

God bless him: engl., Gott behüte ihn.

Wilkes and liberty: engl., Wilkes und die Freiheit.

452 *Strand:* Geschäftsstraße in London.

453 *Pütterische Beschreibung:* eine Darstellung Göttingens von Johann Stephan Pütter.

›Public Advertiser‹: ›Öffentlicher Anzeiger‹; englische Zeitschrift.

›The Whisperer‹: ›Der Flüsterer‹; englische Zeitschrift.

454 *Ludgade Hill:* Straße in London.

There is Wilkes for you ...: engl., Auch der ist für Wilkes, verdammt.

457 *poenitere:* lat., bereuen. Als eine Dirne von Demosthenes einen hohen Preis forderte, sagte er: »Ich kaufe die Reue nicht so teuer.«

›Gothaischen Kalender‹: den Dieterich herausgab.

464 *Meßkunst:* Mathematik. Lichtenberg hat an der ›Meßkunst für Eheleute‹ längere Zeit gearbeitet.

466 *Phrases ... Grammaire:* frz., Sätze ... Grammatik.
Je suis ...: frz., Ich bin Ihr.
468 *›Flora Danica‹:* lat., ›Dänische Pflanzenwelt‹.
das Schlachtfeld: 1759, im Siebenjährigen Krieg, schlug Herzog Ferdinand von Braunschweig als preußischer General die Franzosen bei Minden.
473 *Urania:* Muse der Sternkunde.
474 *latitudinem et longitudinem geographicam:* lat., geographische Breite und Länge.
Mein Heinrich: Lichtenbergs Diener.
Masche: Gebiet bei Göttingen.
475 *›Musenkalender‹:* der ›Göttinger Musenalmanach‹, der, von Boie 1770–1775 redigiert, bei Dieterich erschien.
... welchen Du ohne Vorwissen der Muse herausgibst: der ›Göttingische Taschenkalender‹, den später Lichtenberg betreute.
476 *Swantons Uniform:* Lichtenbergs englischer Schützling nahm als Offizier am Kampf gegen die nordamerikanische Befreiungsbewegung teil.
479 *Slingemannisches Haus:* Gasthof ›Römischer Kaiser‹, in dem Lichtenberg vom 4. September bis 5. Oktober 1772 wohnte.
Hanna und die Buchholzische: Bediente im Hause.
480 *dänische Insel:* Helgoland war 1714–1807 dänisch.
482 *An Christiane Dieterich:* Hier setzt Lichtenberg einen Brief vom 20. Mai 1773 fort, in dem er die Vorbereitungen zum Besuch bei der dänischen Königin schildert.
483 *die Königin:* Karoline Mathilde von Dänemark (1751 bis 1775), die Schwester Georgs III. von England, wurde nach dem Sturz ihres Geliebten, des hallischen Arztes Joh. Friedr. Struensee (1737–1772), der bürgerliche Reformen durchgesetzt hatte, 1772 von dem geistesschwachen Christian VII. von Dänemark geschieden und mußte nach Deutschland emigrieren. Sie lebte in Celle.
485 *Bult:* kleiner Hügel, Erdhaufen.
487 *›Merkur‹:* Wieland gab seit 1773 die Zeitschrift ›Deutscher Merkur‹ heraus.

492 *Prinz Ernst:* Ernst August, später König von Hannover.
Mayerschen Werke: Lichtenberg gab die Werke des Göttinger Astronomen Tobias Mayer heraus.
Pindar: Heyne hatte die Werke Pindars herausgegeben, die von Dieterich besonders sorgfältig ausgestattet worden waren.

493 *Middlesex Election:* Die Wahlen in der Grafschaft Middlesex, nordwestlich von London, brachten Wilkes ins Parlament.

494 *Brentford:* In Brentford, westlich von London, an der Themse, war der Beschützer und Freund von Wilkes, Pastor Horne, beheimatet. Hier kam es zu heftigen, gar handgreiflichen Auseinandersetzungen zwischen bewaffneten Einheiten und der Bevölkerung.

495 *Cheapside … Fleetstreet:* Straßen in der Londoner City.

496 *Lottery Offices:* Lotteriebüros.
By your leave: engl., mit Verlaub.
»Stop thief!«: engl., »Halte den Dieb!«

497 *»Come, Mylord …«:* engl., »Kommen Sie, mein Herr, kommen Sie mit, wir wollen zusammen ein Glas trinken, oder ich komme mit Ihnen, wen es Ihnen recht ist.«
»God bless me«: engl., »Gott behüte mich.«
»poor creature«: engl., »armes Geschöpf.«
»Look there, damn me«: engl., »Sieh da, verdammt.«

498 *›Liberty‹ und ›Property‹:* engl., ›Freiheit‹ und ›Anständigkeit‹.
Behemoth: riesige Bestie, nach dem Buch Hiob 40, 10.

499 *›The Stratagem‹:* engl., ›Die List‹.

500 *›The Maid of the Oaks‹:* engl., ›Das Mädchen von den Eichen‹.

506 *Dormeuse:* frz., Nachthaube.
Salopp: frz., Morgenmantel.
St. James: Park in London.
in paille: frz., in Stroh, strohfarben.
frisiert: besetzt.

508 *Lords spiritual and temporal:* engl., geistliche und weltliche Lords.

509 *›Leiden und Freuden und Tollheiten des jungen Werther‹:* die Parodie Friedrich Nicolais ›Freuden des jungen Werthers – Leiden und Freuden Werthers des Mannes‹, 1775.

510 *›Prometheus‹:* Heinrich Leopold Wagners, des Stürmers und Drängers, Satire ›Prometheus, Deukalion und seine Rezensenten‹, 1775.

›Cato‹: In dem historischen Schauspiel ›Cato‹ legte Addison 1713 seine bürgerlich-demokratischen Gedanken dar.

My bane ...: engl., Mein Gift, mein Gegengift sind beide vor mir.

Jacta est alea: lat., Der Würfel ist gefallen.

511 *Phaëton:* hoher, eleganter Kutschwagen, Zweispänner.

513 *Portemanteau:* frz., Mantelsack.

514 *Tombak:* Messing.

Herrnhäuser Kunst: Wasserspiele im Park zu Herrenhausen bei Hannover.

Embolus: hier: Kolben.

515 *Freund Forster:* Johann Reinhold Forster, der gemeinsam mit seinem Sohn Georg als wissenschaftlicher Berater Cooks an der Weltumseglung von 1772 bis 1775 teilnahm. Die Reisebeschreibung, von Georg Forster verfaßt, erschien 1777 zunächst in englischer Sprache.

516 *›As you like it‹:* ›Wie es euch gefällt.‹

Physiognomik: ›Physiognomische Fragmente‹, deren erster Teil 1775 erschien.

Merseburger: Merseburg war bekannt wegen seines guten Biers.

521 *solenniter:* lat., feierlich.

edictaliter: lat., öffentlich.

523 *›Nothanker‹:* der zeitkritische, gegen die Orthodoxie gerichtete Roman Friedrich Nicolais ›Das Leben und die Meinungen des Herrn Magister Sebaldus Nothanker‹, 3 Bde., 1773–1776.

kalte Anzeige: eine ablehnende Rezension in den ›Göttinger Gelehrten Anzeigen‹.

par renommée: frz., vom Hörensagen.

›Bibliothek‹: ›Allgemeine Deutsche Bibliothek‹.

524 *›Frau Schnips‹:* erschien nach langem Zögern im ›Göttinger Musenalmanach‹, 1782.

528 *Pas frisé:* frz., Luftsprung.

529 *›Ernst und Falk, Gespräche für Freimäurer‹:* Lessing weist in diesem utopisch-humanistischen Werk den Freimaurern, ohne ihre Riten zu akzeptieren, die Aufgabe der Menschen- und Völkerverbrüderung zu, 1778, bei Dieterich.

530 *antispasmodisches Pulver:* Pulver, das Krämpfe löst.

Blitz verbannt: Als Lichtenberg an seinem Gartenhaus einen Blitzableiter angebracht hatte, schickte ihm Fräulein Koch einen Strauß Rosen.

531 *›Trapp, trapp ...‹:* ›Und außen, horch! gings trapp, trapp, trapp, als wie von Rosses Hufen.‹ Bürger, ›Lenore‹, 13.

Millers Romane: Johann Martin Millers empfindsame Romane ›Siegwart, eine Klostergeschichte‹, 1776, und ›Die Geschichte Karls von Burgheim und Emiliens von Rosenau in Briefen‹, 1778/79, stehen unter dem Einfluß von Goethes ›Werther‹, sind jedoch kaum von literarischer Bedeutung.

532 *›Trials at the old Baylay‹:* engl., ›Prozesse am alten Baylay‹, heute Bailey, Hauptkriminalgericht in der City.

Dicier haec est: lat., sagt: Die ist es.

in limbo: lat., in der Einfassung, im Rahmen.

Leisewitz: Der Dichter lieferte für das ›Göttingische Magazin‹ den Beitrag ›Nachricht von Lessings Tod‹, 1781.

533 *Rousseau:* begründete in seinem Roman ›Émile‹, 1762, eine neue pädagogische Theorie, die, aufklärerische Gedanken fortführend, eine ›Naturgemäßheit‹ der Erziehung fordert.

›Macbeth‹: Bürger übersetzte Shakespeares ›Macbeth‹ in den Jahren 1777–1783.

des Amtmanns Brief: Bürger war bis 1784 Amtmann in Niedeck, etwa 10 km südöstlich von Göttingen.

534 *Vossens Gedicht an Stolberg:* Widmungsgedicht von Johann Heinrich Voß an Friedrich Leopold Graf zu Stolberg, seinen Gönner und Freund.

Odüssee: Lichtenberg verspottet, vor allem in seiner Streitschrift ›Über die Prononciation der Schöpse‹, die von Voß geforderte Schreibweise und Aussprache griechischer Namen.

536 *mein vortreffliches Mädchen:* die Stechardin. Vgl. S. 678.

539 *He knew ...:* engl., Er kannte keinen außer seinem Schulmeister.

544 *»I can't get out ...«:* engl., »Ich kann nicht heraus, ich kann nicht heraus ...«

Yorick: Lawrence Sterne. Vgl. Anm. zu S. 92.

We can get in ...: engl., Wir können herein und heraus, wo es uns gefällt.

545 *Erxlebensche Kompendium:* Lichtenberg gab das Physiklehrbuch seines 1777 verstorbenen Freundes und Kollegen Erxleben neu heraus.

546 *Rubikon:* Grenzfluß zwischen Italien und Gallien. Cäsars Übergang 49 v. u. Z. war das Zeichen zum Bürgerkrieg.

Capitol: Burg des alten Rom.

Schiffsschnäbel: Rammsporn am Schiffsbug, wurden als Siegestrophäe von erbeuteten Schiffen auf dem römischen Marktplatz, dem Forum, an der Rednertribüne angebracht.

Tarpejischen Felsen: Westabhang des Capitols. Von ihm wurden die Staatsverbrecher hinabgestürzt.

Laokoon: Die berühmte Marmorgruppe, von griechischen Künstlern aus Rhodos um 500 v. u. Z. geschaffen, die den Todeskampf des trojanischen Priesters und seiner beiden Söhne gegen zwei Schlangen darstellt, befindet sich jetzt im Vatikan.

Apoll im Belvedere: Gemeint ist die im Gartenpalast Belvedere des Vatikans aufbewahrte berühmte griechische Apollostatue, deren Urbild aus dem 4. Jh. v. u. Z. stammt.

Pontinischen Sümpfen: Sumpfgebiet südöstlich von Rom.

Styx: nach der antiken Sage ein Fluß der Unterwelt, zu der man an einigen Orten den Zugang zu kennen glaubte.

547 *vom ›braunen Manne‹:* Müllers Roman ›Die Herren von Waldheim; eine komische Geschichte‹ mit dem Untertitel ›Komische Romane aus den Papieren des braunen Mannes‹ war 1784 erschienen. Dieses Werk, das unter dem Einfluß von Sterne und Fielding steht, galt als der ertse humoristische Roman in Deutschland.

549 *Muntus fuld tezibi:* (lat.: mundus vult decipi) Die Welt will betrogen sein. Der Leipziger Historiker Johann Burkhard Mencke (1674–1732) hatte galante und scherzhafte Gedichte verfaßt.

Fréron … Frelon: In der ›Schottin‹ hatte Voltaire seinen literarischen Gegner Fréron als Frelon (Wespe) eine jämmerliche Rolle spielen lassen.

whom Jews …: engl., welche Juden küssen und Heiden anbeten können.

550 *Therese:* Tochter des Professors Heyne, später Frau Georg Forsters.

à la Grenadier: frz., nach Grenadiersart, leichtlebig.

551 *seinen Lehrer:* Voß geriet mit seinem Lehrer und Förderer Heyne wegen der Homerübersetzung in Streit, bei dem er nicht mit heftigen Angriffen zurückhielt. Lichtenberg griff in den Streit ein. Vgl. 2. Anm. zu S. 534.

552 *Libell:* lat., kleines Büchlein; meint wohl einen ausführlichen Brief Dieterichs.

Ihr Roman: Joh. Gottwerth Müllers Roman ›Die Herren von Waldheim; eine komische Geschichte‹, Göttingen 1784/85. Vgl. Anm. zu S. 547.

supplizieren: um etwas nachsuchen; supplieren: ergänzen, hinzusetzen.

Fahrenheit, Gabriel Daniel (1686–1736): Physiker aus Danzig, erfand 1715 das mit Quecksilber gefüllte, nach ihm benannte Thermometer, das, mit F abgekürzt, noch heute in den englischsprechenden Ländern im Gebrauch ist. Dessen tiefster Punkt entspricht −32° Celsius (das war die tiefste Temperatur in Danzig im Winter 1709). Der Schmelzpunkt des Eises liegt auf dieser Skala bei +32°, und da sie den Temperaturunterschied zwischen dem Schmelzpunkt des Eises und dem Siedepunkt des Wassers in 180 Teile einteilt, liegt letzterer bei +212° F.

Sal amoniac: Ammoniaksalz, Verbindung des gasförmigen Ammoniaks NH_3 mit Säuren, kommt in der Luft, im Wasser und Boden vor.

Herr Walther: nicht feststellbar.

553 *Dogmaticis:* lat., mit den dogmatischen Schriften.

Polemicis: lat., mit den polemischen Schriften.

554 *Mathesis:* Mathematik.

›Kaiser‹: Gasthaus ›Römischer Kaiser‹. Vgl. 1. Anm. zu S. 479.

555 *puellam cum appendice:* lat., Mädchen mit Anhängsel.

560 *Auget praesentia famam:* lat., Es mehrt die Gegenwart den guten Namen.

561 *Spinozismus:* Es geht hier um den sog. Spinoza-Streit. Friedrich Heinrich Jacobi, ein konservativ-christlicher, schwärmerischer Philosoph, hatte 1785 mitgeteilt, daß Lessing Spinozist, d. h. nach Jacobis Interpretation zugleich Atheist, gewesen sei. Daran knüpfte sich ein Streit, in dessen Folge Moses Mendelssohn, Lessings Freund, von Jacobi angegriffen wurde und der schließlich zur Trennung Herders und Goethes von Jacobi führte.

Ἑν καὶ πᾶν. Unum et omne: grch., lat., alles und eins.

563 *Prädilektion:* Vorliebe.

564 *Vitiosior progenies:* lat., das lasterhaftere Geschlecht.

Die Geschichte mit dem Blatt: Angeblich soll sich einmal unter den Händen von Lichtenbergs Vater ein Text plötzlich verändert haben. Lichtenberg lehnt solchen Wunderglauben ab.

›Cook dem Entdecker‹: Aufsatz Georg Forsters. Dessen Beschreibung seiner Weltumseglung mit Cook: ›Joh. Reinhold Forsters Reise um die Welt‹, war schon 1778/80 und in Neuauflage 1784 erschienen.

565 *Q. E. D.:* lat., Quod erat demonstrandum: Was zu beweisen war.

566 *Haec sub rosa:* lat., Dies im Vertrauen.

567 *Coloms ›Modèles des lettres‹:* ein Briefsteller mit Musterbriefen.

568 *Scharwächter des metaphysischen Zion:* die Vertreter der Metaphysik auf den philosophischen und theologischen Lehrstühlen.

569 *res nicht angusta sondern augusta:* lat., die Sache nicht niedrig, sondern eine erhabene Sache.

570 *non agendo:* lat., durch Unterlassung.

571 *›Ansichten‹:* G. Forsters Werk ›Ansichten vom Niederrhein‹, 3 Bde., 1791 ff., das bedeutende literarische Ergebnis einer mit Alexander von Humboldt unternommenen Reise.

›Sakontala‹: Forster übersetzte 1791 das indische Drama des Kalidasa (5. Jh.) aus dem Englischen von William Jones, 1789.

573 *Prädilektion:* Vgl. Anm. zu S. 563.

Ihrer ›Kritik‹: ›Kritik der reinen Vernunft‹, 1781.

das wahre System der Welt: das kopernikanische System.

574 *omnibus satisfacere ...:* lat., Allen genügen, aber sich selbst niemals genügen zu können.

575 *ex professo:* lat., mit Fleiß.

576 *Jus:* frz., Brühe.

amputando: lat., durch Weglassen.

577 *Landesfürsten:* der Landgraf von Hessen-Darmstadt.

Franzosen: Nach der Besetzung von Mainz (Oktober 1792) fürchtete auch der Darmstädter Hof die Besetzung des Landes. Zuweilen durchstreiften französische Trupps dieses Gebiet.

procedere: lat., vorwärtsgehen.

578 *Ihres vortrefflichen Aufsatzes:* Goethes 1793 verfaßte Abhandlung ›Farbige Schatten‹, die zunächst handschriftlich einigen Fachgelehrten zugesandt wurde. In diesem Aufsatz leitet Goethe die Erscheinung der farbigen Schatten vom Gesetz der Komplementärfarben ab, d. h., die Färbung der Schatten ist stets der Farbe der ihn umgebenden Fläche entsprechend entgegengesetzt, wie

sich die Komplementärfarben diametral im Farbkreis gegenüberstehen. – Die Beobachtungen, die Lichtenberg hier mitteilt, widersprechen nicht Goethes grundsätzlichen Erkenntnissen, was gerade am Schluß dieses Briefes deutlich wird. Freilich scheint Lichtenberg nicht mit den Forschungsvoraussetzungen und der Methode Goethes einverstanden zu sein. Darauf deuten gewisse Einschränkungen hin, wie vor allem die Tatsache, daß er auf Bewußtseinsvorgänge hinweist, welche die Objektivität der Beobachtungsergebnisse unmerklich negativ beeinflussen.

Beobachtungen des genannten Herrn T.: Lichtenberg meint die in Paris 1782 anonym unter den Siglen H. F. T. erschienene Schrift ›Observations sur les ombres colorées‹ (›Beobachtungen bei farbigen Schatten‹). Während Goethe die farbigen Schatten als subjektive, vom menschlichen Auge hervorgebrachte Erscheinung ansieht, bezeichnet H. F. T. richtigerweise die farbigen Schatten als ein objektives Phänomen.

581 *hielt ich einen Schlüssel gegen eine weiße Wand:* Wahrscheinlich sind bei den Experimenten, die Lichtenberg vornahm, die Lichtverhältnisse tatsächlich unterschiedlich gewesen; denn sonst könnte der Schatten nicht das eine Mal ›blaßlila‹, das andere Mal ›schmutzig gelblich‹ gewesen sein, was beides Gegenfarben sind.

582 *Buffons couleurs accidentelles:* Der französische Naturwissenschaftler George Louis Le Clerc, Comte de Buffon (1707-1788) bezeichnet als couleurs accidentelles solche Farben, die nicht dem Gegenstand eigen sind, sondern von den Bedingungen des Auges und den Umständen des Sehvorgangs abhängen.

583 *›Bibliothek der Schönen Wissenschaften und der freien Künste‹:* Zeitschrift, die der Singspieldichter und Jugendschriftsteller Christian Felix Weiße 1759-1786 zusammen mit Friedr. Nicolai herausgab.

das Ding: die ›Ausführlichen Erklärungen der Hogarthischen Kupferstiche‹.

584 *pictoribus atque poetis:* lat., mit den Malern und Dichtern.

586 *asthmate convulsivo:* lat., von einem Asthmaanfall.

587 *›Carthaginem esse delendam‹:* lat. ›Karthago muß zerstört werden.‹

uxorem ...: lat., Eine Frau muß geheiratet werden.

Eheu, quantum mutatus ab illo: lat., Oh, wieviel hat sich verändert seitdem.

590 *Grazien:* römische Göttinnen der Anmut. Lieblingsfiguren Gleims.

Laudari a laudatis: lat., gelobt werden von den Gelobten.

592 *›des sentiments de liberté ...‹:* frz., ›Freiheitsgefühle, die Euch in Erstaunen setzen würden‹.

593 *Sapienti sat:* lat., Dem Weisen genügt es.

594 *Ordre du jour:* frz., Tagesordnung.

595 *Ihres Romanes:* ›Wilhelm Meisters Lehrjahre‹ erschien in 4 Bänden 1795 bis 1796.

596 *Assignaten:* das Papiergeld der Französischen Republik, das schließlich zu wertlosen Schuldscheinen wurde.

›Benvenuto Cellini‹: Goethes Übersetzung der Selbstbiographie Benvenuto Cellinis, für die er sich hier von Lichtenberg aus der Göttinger Universitätsbibliothek einen Text ausbittet, erschien 1796-1803 zunächst in der Zeitschrift ›Die Horen‹, 1803 als Buch ›Leben des Benvenuto Cellini‹.

597 *Exempli gratia:* lat., um des Beispiels willen.

Berthier, Alexandre (1753–1815): General Napoleon Bonapartes, ursprünglich Ingenieur-Geograph, dessen späterer Generalstabschef.

›Hesperus‹: Roman von Jean Paul, 1795 erschienen.

598 *Konjunktion:* die Stellung zweier Himmelskörper zur Erde nach der gleichen Richtung hin, so daß sie einander nahe zu sein scheinen.

›Campaner Tal‹: Die Erzählung Jean Pauls ›Das Campaner Tal oder Über die Unsterblichkeit der Seele‹ erschien 1797.

599 *Bischofsheim, Rüsselsheim:* Orte zwischen Mainz und

Frankfurt, die von französischen Truppen besetzt waren. Das linke Rheinufer war bereits 1795 im Frieden von Basel an Frankreich gefallen.

600 *NB.:* lat., nota bene: merke wohl! wohlgemerkt!

Fichte: Lichtenberg spielt auf den sog. Atheismusstreit an. Fichte, seit 1794 Professor der Philosophie in Jena, hatte 1798 dem Aufsatz des Saalfelder Rektors Forberg ›Über die Bestimmung des Begriffs Religion‹ eine Einleitung mit dem Titel ›Über den Grund unseres Glaubens an eine göttliche Weltregierung‹ vorweggeschickt, worin Gott mit der moralischen Weltordnung gleichgesetzt war. Er wurde darauf des Atheismus beschuldigt und verlor seinen Lehrstuhl.

quod pace tua dixerim: lat., was ich zu deinem Frieden sagen möchte.

601 *Leibmedika Richter:* Gattin des Göttinger Medizinprofessors.

ERLÄUTERNDES PERSONENREGISTER

Gleichzeitig Register der Briefempfänger (Zahlen kursiv)

VERZEICHNIS DER ABBILDUNGEN

8. Der Londoner Fischmarkt Billingsgate. (Crowle Collection)
9. Die Heirat nach der Mode (erstes Blatt). Gemälde (1745) und Kupferstich von William Hogarth, nachgestochen von Ernst Ludwig Riepenhausen um 1796. Vgl. S. 646.
10. Englisches Badeleben (Sommervergnügen im Seebad Margate). Karikatur von Thomas Rowlandson (1756–1827).
11. David Garrick. Gemälde von Robert Edge Pine (1742 bis 1788). (National Portrait Gallery)
12. Johann Kaspar Lavater. Kupferstich von Carl Hermann Pfeiffer nach einem Gemälde von Friedrich August Oelenhainz (1745–1804; 1790/91 in Zürich).
13. Abraham Gotthelf Kästner. Gemälde von Johann Heinrich Tischbein, 1762.
14. Gottfried August Bürger. Gemälde von Anton Graff (1736–1813).
15. Immanuel Kant. Gemälde von C. Vernet um 1795.
16. Johann Georg Forster. Gemälde von Johann Heinrich Tischbein um 1782.
17. Georg Christoph Lichtenberg. (Merksche Sammlung, hrsg. von L. Grünstein, Wien 1909)
18. Johann Christian Dieterich (1722–1800). Jetzt verschollene zeitgenössische Silhouette.

Göttingen um 1780

Der Göttinger Marktplatz

Die Allee in Göttingen

Die Göttinger Universität

Lichtenbergs Wohnhaus

Die Bank von England

Der Londoner Fischmarkt Billingsgate

Hogarth, Die Heirat nach der Mode · Erstes Blatt

Englisches Badesleben

David Garrick

Johann Caspar Lavater

Abraham Gotthelf Kästner

Gottfried August Bürger

Immanuel Kant

Johann Georg Forster